文治
© wenzhi books

更好的阅读

北斗 ——————— ある殺人者の回心

陨落的星星

〔日〕石田衣良 著　郭勇 译

SPM 南方传媒 | 花城出版社

中国·广州

1

在端爪北斗的大脑中，不曾有过被人拥抱的记忆。

人的身体到底是暖的，还是凉的，他始终不知道。

北斗的父亲、母亲都没有抱过他，温柔的爱抚更是无从谈起，他们甚至连他的小手都没有碰过。自北斗记事起，他所见过的别人的手，都是拳头的形状。一旦看到大人抬起手，北斗就会条件反射般地蜷缩起身体，用胳膊护住脑袋和肚子。这已经成为他在面对人类肉体接触时的一种自然反应。这种时候，对于北斗来说最重要的，是从护住脑袋的胳膊缝隙中盯着大人的动向。因为必须预先判断出大人下一击的目标，这样才能更好地躲避或防护。如果没有防到大人的一击，就会产生一阵剧痛，严重的时候甚至会被打昏，失去意识。在那个怪物面前失去意识可不是闹着玩的，每当想到这儿，北斗都会咬着牙忍受疼痛，尽力不让眼前变成一片黑暗。

父母和北斗之间的身体接触，就是通过剧烈疼痛的殴打。不管是北斗三岁进入希望之丘幼儿园的时候，还是六岁进入松屿第三小学的时候，父母和他之间的沟通方式都没有改变过。那是一种被烧红的烙铁烫在身上的钻心剧痛。要问父母给北斗带来了什么，只有一种东西，那便是痛苦。

父亲端爪至高，是北斗恐惧的源头。

这里要提一笔至高的体格，倒不是说他的身体好，而是想对比一下他和儿子体型的差距。他的身高是年幼儿子的两倍，体重则足有儿子的三倍。而平时，家里人几乎没有看过这个男人舒展眉头的样子，他总是板着脸，像怀着深仇大恨一样。

至高从北斗的爷爷那里接受了彻头彻尾的“精英教育”。北斗的爷爷以前是一名不得意的小警察，当看到自己升迁无望之后，便把全部希望和余力都投入在了儿子至高身上。他偏执地认为，如果儿子将来考不上东京大学，就当不了大官。当不了大官就不能出人头地，也就不能为国家、人民做大事。所以，至高在上小学以前，就被父亲逼着把小学六年的全部教科书都提前学习了一遍。而至高在学习上确实也很争气，小学、初中几乎都是班级里的第一名。高中还考上了一所私立名牌学校，那所高中每年都会向东京大学输送近五十名毕业生。当时，至高性格开朗，头脑聪明，见到人都会主动打招呼，所以不管是老师，还是周围的邻居，对他的评价都很高，说他是一个毫无争议的优等生。

可是，就在高考的前四天，至高莫名其妙地感染了甲型流感，从此，他的命运发生了一百八十度的大转折。高考失败，没有考上理想的东京大学，这让至高绝望至极，他开始责骂父母，甚至对他们大打出手。他最终只考上了一所不出名的私立大学的法学系。进入大学后，他也没心思学习。毕业进入社会，他找的第一份工作还不错，是一家上市的住宅开发公司。可是有一次，在制作住宅展示模型时，围绕该不该使用一种昂贵材料的问题，至高与上司起了争执，并动手打了上司。结果，至高不得不辞职离开那家公司，当时他二十八岁。

至高的性格非常倔强，属于绝对不会承认自己过错的人。他始终坚信自己的主张是正确的，不会向别人让步。他想：我为什么要让步呢？我让一厘米，别人就会要求一米，“得寸进尺”就是这个冷酷社会的现实。社会上全是一些贪得无厌的家伙。北斗啊，我的儿，你降生的这个世界，是一个恐怖的世界。

从那以后，至高每隔几年就会换一份工作，换去的公司规模越来越小，薪水也越来越低，一转眼就迈进了不惑之年。最后，只能在一家小装修公司中当业务员以维持生计。而工作方式又是被很多人不屑的上门推销。

端爪家位于东京都郊区的松屿新城。

松屿新城是将巨大的丘陵人工铲平之后建造的一座新城。当初的设计是想将这里建成一座未来公园城市，里面集中了二十二个住宅群。但是，端爪家搬到这里的时候，这个新城已经不“新”了，而是已有三十来年的历史，建筑物也都多多少少被刻上了光阴流逝的印记。这里过半数的居民已超过了六十岁。至高之所以选择住在这里，第一是因为房租便宜，第二是因为他的业务主要针对老年客户。至高家的门牌号码是 6-B-1102，是一座标准的三室两厅的房子。

这套白色的旧公寓，平时还算舒适。可是每当至高下班回到家，他就像一个冷源，把整座房子变得像电冰箱里一样冷。在父亲回家之前，北斗还能自由呼吸，可是一旦父亲回到家，北斗就会感觉墙壁和天花板都发生了歪斜、扭曲。那是因为恐惧感让北斗的视觉、距离感出现了错乱。

“我回来啦！”

随着门锁被钥匙打开的金属声，父亲那低沉的声音也传了进来，那声音低沉得简直能把小石子给碾碎。每每听到这声音，母亲美砂子和北斗首先都是身体一僵，然后便开始为即将到来的恐怖做心理准备。至高的怒火不知会因为什么事情突然被点燃，所以他爆发的时机是难以预料的。有时因为些许小事，他就会像一张浸泡在汽油中的纸一样，瞬间被引燃。

而有的时候，至高会默不作声地径直走进自己的房间，放下提包，换衣服。也有的时候，不知什么原因他会在房间里待上好几个小时不出来。虽然晚饭已经准备好了，但至高不出来，没有人敢先吃饭，也没有人敢去房间里叫他出来吃饭。如果至高不想吃饭，他就会一直不出来，而母亲和北斗也只能在外面等着。试想一下，让一个小学生空着肚子等到晚上十一点还不能吃饭会是什么感觉？所以北斗经常会在这种时候感到眩晕，眼前金星四射。

北斗的母亲美砂子以前是至高的同事，就是在至高大学毕业第一份工作的那家住宅开发公司，她的工作岗位是前台接待。因为美砂子读的是短期大学①，所以虽然她和至高同岁，但却比至高早两年进入那家公司。在至高的思想中，女人的价值全在脸蛋上。因为美砂子长得漂亮，所以至高进入公司后，刚结束为期三个月的新人培训，就开始天天往前台跑，最终追到了美砂子。而至高开始对妻子施暴，是在两人结婚后不久，也就是至高因殴打上司而被公司辞退的时候。

但是，美砂子和北斗并不是同一战线上的人。当北斗实在饿得受不了，伸手想抓一点菜放进嘴里充饥的时候，母亲会立刻用暴力制止他。而美砂子打北斗并不是用自己的手，因为她说那样自己也会痛。取而代之的打人工具是金属衣架，在这座三室两厅的房子里，到处都放着这种金属衣架，以便美砂子随时拿起来惩罚北斗。而且，美砂子还会对金属衣架进行具有自己风格的创造、加工，她会把衣架捏一捏、拧一拧，拧成一根细长的金属棒。北斗的手就不用说了，连脑袋、肩膀、脖子都是母亲袭击的目标。父亲的拳头带来的是钝痛，而带着风声呼啸而来的金属衣架，抽在身上的感觉，只能用火辣辣的刺痛来形容。所以，当北斗想起自己的父母时，满脑子都是疼痛的回忆。

北斗七岁时的一个晚上。

因为北斗白天在学校的体育馆和同学们玩了躲避球游戏，所以放学回家的时候，已经饿得饥肠辘辘了。可是到了天黑，父亲还没有回家。可能母亲知道今天父亲不会太早回来，于是就先去洗澡了。到了

---

① 日本以职业教育为主要内容的高等教育机构，学制一般为两年。

九点钟，北斗毫无表情地看着电视上播放的新闻。

北斗两眼放光地盯着餐桌上的食物。今天的菜是红烧鲽鱼和水煮蔬菜，虽然芦笋培根卷才是他的最爱，但是对于一个饥饿的小孩子来说，任何食物都香甜可口。

浴室中传来母亲淋浴的水声。

(这个时候，母亲应该看不到餐厅的情况。)

北斗的肚子发出一声巨大的咕噜声，估计连隔壁的邻居都能听到。父亲什么时候才回来呀？他不清楚。北斗心想，不管是什么东西，哪怕只让我吃一口也好啊，否则我就要昏倒了。可是，一想到偷吃的后果，他的身体立刻像燃烧一样灼热起来，那可怕的后果连想象一下，身体都会跟着颤抖。北斗呆呆地看着电视里播放的自己完全不明白的经济新闻，不一会儿，新闻结束，开始播放天气预报。北斗终于坐不住了。

浴室里还有淋浴的声音，母亲还在洗澡。北斗心想，这个时候应该是安全的，我不吃菜，只吃米饭，应该不会被发现。

于是，他蹑手蹑脚地向厨房走去。北斗打开电饭锅的盖子，用饭勺舀起一勺米饭，移近鼻子用力一吸，那米饭温暖的香气钻进鼻孔，顿时感觉全身都被幸福感包裹住了。他迅速地盛了一碗，然后从冰箱里拿出了蛋黄酱。北斗把一周才能吃到一次的蛋黄酱大量地挤在热腾腾的米饭上。此时，恐惧加上兴奋使他瘦小的身体颤抖不已，而口腔里的唾液如泉涌般分泌个不停。北斗甩开腮帮子大口吞食着蛋黄酱拌米饭，那美妙的味道几乎让他流下感动的热泪。快吃完一碗的时候，他想，如果能让我再吃一碗，今晚就不用吃晚饭了。

“你经过谁的许可在这儿吃饭？”至高的声音像一支冰做的箭穿透了北斗的胸膛。

“对……对不起……”

只见父亲正对着自己微笑，不了解情况的人还以为是慈爱的微笑。父亲到底什么时候回来的？那微笑在北斗眼中恐怖无比。

“我记得跟你说过，嘴里含着食物的时候不要说话。嘴里的饭你打算怎么处理？”

刚才还是无上美味的蛋黄酱拌米饭，怎么现在感觉它就像公园沙坑里的沙子一样呢？还是掺杂了狗屎和垃圾的沙子。是该立刻把它吞下去呢，还是吐出来向父亲道歉呢？北斗那颗幼小的心灵已经快被这个难解的问题撕裂了。但是，下一个瞬间北斗就做出了决定。接下来又要发生以前常有的状况了，他要让自己和痛苦分离，像一个局外人一样看着自己的身体挨打。反正今晚不会再有食物进嘴了，所以北斗把嘴里那沙子一般的米饭吞了下去。然后低头弯腰，给父亲鞠了一个九十度的躬。这是端爪家标准的道歉姿势。

“对不起！我绝对不会再犯第二次了，请爸爸原谅我！因为今天肚子太饿了，实在受不了了才偷偷吃饭。”

北斗抬起头，看见父亲依然保持着微笑的表情，他彻底绝望了。

“好吧，我们聊聊。”

又开始了，今晚注定是一个漫长的夜晚。北斗的心沉入了无边的黑暗之中。

北斗被父亲带到餐桌前，正对父亲坐了下来。这时的父亲板起了脸，但说话的语调还算沉稳。

“你为什么要道歉？说说理由。”

北斗在大脑中想了十多个理由。他在其中挑选了一个最贴近父亲平日里常说的“人世间的道理”的理由，慢吞吞地说了出来：“对不起！爸爸，我因为肚子太饿，没有控制住自己的欲望，在没有得到许可的情况下偷吃了米饭。”

“是啊。你的错误有两点：第一，没有抑制住自己想吃东西的欲望；第二，违反了咱们家的规定，偷吃东西。不管哪一条，都是由怯懦产生的罪过。所以，我必须得惩罚你。”

北斗抱着脑袋。他十分想哭。从没上幼儿园的时候至今，这种情况经常发生，已经成了家常便饭。但是北斗知道，必须要控制自己的情绪，不能让眼泪掉下来，否则会受到父亲加倍的惩罚。他颤抖着身体拼命地控制情绪，不让自己哭出来。同时，还搜遍了大脑，找出一句完全没有心思说的话，他对父亲说：“谢谢您！爸爸。”

北斗机械般地低下头。他真想逃离这个环境，如果逃不掉，也想让疼痛降到最低点，现在他的脑子里只有这个。

“感谢的话如果不是发自内心，就是毫无意义的。再说一遍，发自内心地说一遍。”

“爸爸，我偷吃了米饭。您好好地批评我、惩罚我，真心感谢您的教育。”

至高还没来得及解领带，脸上又浮现出之前的微笑。

“再说一遍。”

北斗集中精神，尽量不让眼泪流下来，又说了一遍同样的话。随后，父子之间同样的对话又重复了六遍。今天不知为什么，父亲没有像往常那样轻易出手。不管打也好，踢也好，北斗希望父亲的惩罚快点降临。等待的过程也是恐惧感升级的过程，最后，北斗终于抑制不住，大滴的眼泪顺着脸颊流了下来。也就在同一瞬间，父亲的手也飞了过来。伴随着一记清脆的耳光，只见这个七岁的少年和屁股下的椅子一起飞到了墙角边。

北斗感觉到嘴里有血腥的味道。他使劲皱着眉头，咬住嘴唇，极力不让痛苦的呻吟声从嘴角漏出来。而嘴里的血，也只能吞到肚子里。因为不能把疼痛和受伤表现在脸上。否则的话，会被打得更狠。这时，又传来了父亲那“稳重”的声音。

“把椅子搬回来，坐好！”

在刚才的猛烈一击之下，北斗脸上顿时出现了一个红色的手印，他感觉脸颊上灼烧一般地疼痛。北斗把椅子搬回原处，挺直腰杆准备再次坐到椅子上。可就在屁股刚刚碰到椅子的同时，父亲的第二击也到了。这次飞来的不是巴掌，而是拳头。北斗似乎听到了自己头骨碎裂的声音，他又连同椅子一起飞了出去。这次的疼痛比第一次更加厉害，以致北斗在短时间内都无法再次站起身来。刚才父亲的两次殴打，都打在了同一个地方，这就是端爪家的教育方式。

“谢谢您！爸爸。”

缓了好一会儿，北斗才从地上爬起来，规规矩矩地向父亲鞠躬致谢之后，把椅子搬回餐桌前又坐在了父亲的对面。即使他使劲咬着嘴唇，也控制不住嘴唇的颤抖，眼泪依然不争气地往外涌。可是，每当嘴角有血溢出，每当眼泪夺眶而出，北斗都会迅速地用手将它们擦拭干净。因为必须在父亲面前把这些东西隐藏起来。

“你听我说，好不好？北斗，连自己的欲望都控制不住的人，没有活着的价值。在这个世界上，有太多那样的垃圾。而我不希望你也成为那样低级的人。所以我惩罚你也是为你好。说实话，打你，爸爸的手也痛，心更痛。”

接下来接受惩罚的是另一侧的脸颊。这次是父亲的指甲划过了自己的脸颊吗？北斗怎么感觉有一股直线的痛感从脸颊横扫过去？就像用尺子画的一样直。北斗再次爬起身来，搬过椅子坐在父亲面前。此时他感觉自己的腮帮子好像比以前涨大了一倍。

“干什么呢，孩子他爸？”

这时传来了母亲美砂子的声音。一开始，好似还带有一点责怪的语气。母亲已经洗完澡，穿着睡衣从浴室中走了出来。北斗非常了解母亲遇到这种情况时的反应。她的注意力并不在被殴打的儿子身上。

母亲的全部神经都集中在了父亲身上。其实她很害怕自己也被卷入这场风暴。她所想的只有如何保护自己。所以，此时她虽然来晚了，但也要趁着父亲的怒气对北斗发一顿脾气，以表明自己的立场。和父亲的情绪不同，母亲一开始就发出了歇斯底里的高音吼叫。

“你到底干了什么？北斗！快说！”

因为恐惧和疼痛而哭泣的北斗，为了让自己能说出话来，拼命地控制着自己的身体、精神和呼吸，然后小声解释道：“因为我肚子饿得受不了，就去电饭锅里偷吃了米饭。爸爸、妈妈，我错了。”

看了看北斗，美砂子又偷偷看了看至高。她是在观察，以判断至高这次生气到什么程度。不过，这次美砂子做出的决定和以往相同。她随手拿起了放在厨房灶台上的金属衣架。

“你这个没出息的孩子！把手伸出来！”

北斗撩起了睡衣的袖子，把手掌和小臂放在了餐桌上。因为遗传了母亲的白皙肤色，北斗的手掌和小臂内侧白皙而细嫩，小臂上还爬着一条条青色的血管。嗖——随着划破空气的呼啸声，包裹着白色塑料皮的金属衣架从空中落了下来。为什么打手比打脑袋还痛呢？即使是早已熟悉这种尖锐疼痛的北斗，也不禁发出一声惨叫。从手掌到胳膊肘，被母亲反复抽打了好几下。就连炎热的夏天，北斗也只穿长袖衣服，目的就是遮掩胳膊上的伤痕。金属衣架每落下一次，北斗就会发出一声惨叫，同时流出几滴眼泪，而嘴里还要说声“谢谢”！不知重复说了多少次，“谢谢”这个词已经被分解成“谢——谢——”，完全没有任何意义的声音。

“就这样吧，今天放过你，我的气也消了一半。吃饭吧。”

说完，母亲转身去加热饭菜。虽然手掌、小臂和脑袋都很痛，但暴力停止之后，北斗感觉还是肚子最痛。因为刚才父亲好像用拳头重击了自己的肚子，在恐惧之中他自己都记不清了。北斗把椅子扶正，规规矩矩地坐在椅子上，挺直了腰身。疼痛也好，眼泪也罢，立刻就止住了。刚才的屈辱、委屈，也立刻忘掉了。从记事起就遭到父母暴力虐待的北斗，要想生存下去必须掌握这种技能。不管怎样，暴力时间终于结束了，总算可以吃晚饭了。北斗心想，只要保持这个状态熬到上床睡觉，这一晚就算平安过去了。想到这儿，北斗的嘴角流露出了一丝笑意，不过这笑意只有他一个人能觉察得到。同时，因为这个想法，他的身上还起了一层鸡皮疙瘩。

（可是，他高兴得太早了。）

至高一直在观察北斗。不知怎的，他的眼睛中闪出一道奇妙的光，然后笑着对儿子说："你是一个好孩子，应该再好好反省一下。我想，爱一个人就应该对他严格一点。因为我爱你，所以，还有一项惩罚你必须接受，怎么样？"

顿时，北斗感觉眼前的餐桌正在离自己而去。碗和筷子已经退到了自己伸手够不着的地方，而且它们还在变小。北斗知道自己的眼睛又浸泡在了泪水里，他还知道，当他点头表示同意的瞬间，巴掌或拳头就会飞来。于是，他不情愿地、机械地点了点头。

可是，这次父亲并没有动手，而是说："偷吃东西的人，就不用吃饭了。你去阳台罚站吧，直到今天结束，明天到来。这真是个不错的教育方法。你说呢，美砂子？"

母亲端着热好的汤回到了餐桌旁。听到父亲的问话，她连忙说："就是啊！北斗，你听见没有？还不好好谢谢爸爸。"

北斗只感觉一阵窒息。他低下了头，向父亲表示感谢。

"谢谢您！爸爸。"

母亲害怕父亲。为了讨父亲的欢心，也为了把暴力的矛头从自己身上移开，她总是拿孩子当挡箭牌，还会在父亲余怒未消之际，向北斗下达更加残酷的命令。

“对了，我看偷吃食物的孩子，也不用穿睡衣了。你脱光了再去阳台罚站！”

当时刚刚三月末，樱花还没有开，下个月，北斗就要成为二年级的小学生了[1]。只“偷吃”了一碗饭的北斗，腹中依然饥饿，但是，在母亲的命令下他还是乖乖地脱掉了睡衣，露出瘦弱的身体。他双手抱在胸前，哆哆嗦嗦地走到阳台的推拉门前，用了很大的力气才拉开沉重的铝合金门，来到了阳台上。要知道，端爪家住在十一楼，此时，这里的风和隆冬季节的没什么区别。远处楼房里的灯，和北斗毫不相干地亮着。身后，母亲关上了推拉门，并从里面上了锁，然后就回到了餐桌旁。北斗佝偻着背，双臂紧紧地抱在自己的胸前，并保护着肚子。这是防止热量散失的本能动作。身后只隔一层玻璃，父亲和母亲坐在餐桌旁，他们没有任何感觉，什么也没想。北斗关闭了自己内心的开关，朝着阳台对面的天空挺直了腰身。这样虽然很冷，但可以让悲伤的内心稍微舒服一点。

在十二点来临之前，北斗始终保持着那个姿势，不曾动过一下。

爸爸和妈妈为什么要这样对待我呢？

北斗不知道其中的理由。很小的时候，他以为所有家庭中的孩子都和自己一样受到严格的教育。他认为那是理所应当的教育，是父母对自己爱的表现。

但是，上学以后，北斗渐渐感觉到不太对劲。他吃惊地发现，每天被父母暴揍的孩子，在班上除了他之外，还真找不出第二个。不仅如此，一般孩子的父母，在周末会带着孩子愉快地外出游玩；或者晚饭前在附近的小公园里陪孩子玩篮球、棒球；还有的同学说他半夜做噩梦惊醒，会爬上父母的床让妈妈抱着睡……这些对于北斗来说，就

---

① 日本学校 4 月 1 日开学。

好像天方夜谭。

（我的爸爸、妈妈不会那么温柔地对待我，一定是我身上有问题，肯定是我做错了什么。）

一个夏天的午后，北斗下定了决心。他心想，要说父母对自己这个年龄段的孩子有什么要求的话，无非就是两点：第一是在学校学习成绩好；第二是在家里会帮忙做家事。学习，对于北斗来说本来就不是什么难事，为了在学习上得到父母的表扬，他每天晚上缩短睡眠时间来学习。端爪家并不富裕，所以北斗练字和演算都是在广告宣传单的空白处和背面。广告宣传单的背面都被他写上了密密麻麻的字。而一些计算题他闭着眼睛都能算出答案，但还是不停地在纸上重复地算着。家务活儿他也干了很多，比如打扫玄关、清洗浴缸、擦地板等。

北斗心中暗想，不管结果怎样，先努力一个月再说。以前北斗喜欢看动画片，现在他也不看了，回家后把所有时间都用来学习和做家务。他一味地以为，自己这样努力下去的话，没准哪一天，爸爸也会陪自己去小公园里玩篮球，妈妈也会给自己一个温暖的拥抱。

暑假前的期末考试结束了。小学的考试并不是很难，北斗的语文和数学都考了满分——100 分。他拿着试卷高高兴兴地回到了家。

回家后，北斗迫不及待地把满分试卷拿给母亲看，母亲虽然只说了一句话，但这句话至少是难得一见的表扬："考得不错。"虽然没有北斗想象中的拥抱，但一句表扬已经算是很大的奖赏了。平时一想起来就感到恐惧的父亲，今天北斗竟然希望他早点回来。北斗把试卷叠好藏在背后，一直站在玄关那里等待着父亲下班回来。晚上七点左右，父亲终于回来了。父亲还没来得及脱鞋，北斗就急不可耐地对他说："爸爸，我、我学习很努力！看！这是我的试卷，您看看！"

一脸疲惫的父亲，接过北斗的试卷。展开卷子，他看见了异常显眼的红色 100 分。此刻，北斗的整个身体都在期待着父亲的表扬。

“你这家伙，什么意思？只有你能得 100 分？你在嘲笑我得不到 100 分吗？”

北斗无法理解父亲发怒的原因，他的头脑陷入了完全的混乱，只能像棍子一样直挺挺地站在原地。下一瞬间，一记老拳击中了毫无防备的北斗的肚子。这种疼痛是用金属衣架抽打身体无法比拟的。北斗感觉自己的肚子里好像生成了一个黑色的太阳，灼热的闷痛感从肚子向全身扩散。他一弯腰，一摊胃液吐到了地板上，然后疼得倒了下去。

“看你炫耀的样子，考个试，有那么了不起吗？”

黑皮鞋的鞋尖朝北斗的肋部又是一脚。北斗疼得连惨叫声都发不出来，只有躺在地上张着嘴吸气的份儿。在北斗还没回过神来的时候，父亲已经把满分试卷撕了个粉碎，随手扔在了地板上。然后，父亲用皮鞋底踩住北斗的后脑勺。地上那摊酸臭的胃液全都沾到了北斗的脸上。

“不要让我再看到你炫耀自己的成绩。听见了吗？北斗，在这个世界上，要是让别人看见你傲慢的样子，你就没有生存的空间了。你要时刻把自己隐藏起来，不露锋芒，你觉得呢？”

北斗想起了自己一个月以来的努力。自己那么努力，也得不到父亲的认可，估计以后做什么也不会得到父亲的认可。北斗迷茫了，失去了方向，不知该如何是好。脸的一侧浸在地板上的胃液中，嘴里机械地说道：“是！谢谢爸爸！”

“你明白就好。把玄关和地板打扫干净，然后过来吃饭。”

北斗用抹布擦拭地上的胃液时，竟然没有流泪，对此，他自己都感到不可思议。他把地板上散落的试卷碎屑收集起来。那红色的 100

分已经碎了，但旁边的一个红色印章还是完整的。看到这枚印章，北斗再也忍不住，泪水暴发式地涌了出来，但他使劲控制着不让自己哭出声来。父亲刚才肯定也看到了那枚印章，但他依然无法认可北斗付出的努力。那是一枚圆形的印章，外围是一圈月桂树叶，中间是三个字。北斗又读了一遍那三个字：

“你真棒！”

在和家人一起度过的时光中，能让北斗感到轻松愉快的时间，只能用瞬间来形容，而且是非常少有的瞬间。

真正开心的记忆，在北斗的脑海中几乎不存在。不过，偶尔也曾闪现过那么一两次愉快的瞬间，就像在梅雨季节连续多日的阴雨天气中，太阳突然露出了笑脸，那是罕见的。其中令北斗印象最深的一次，应该是和父母一起开车兜风。至高一直开着比较老旧的车型。因为他喜欢皇冠牌轿车，所以一直买皇冠牌的二手轿车。

就连那么暴躁的父亲，在开车的时候也不敢对儿子乱用暴力。也许是因为他一直主张在人群中隐藏自己，不露锋芒，不想让别人看到他打儿子的场面吧。北斗长这么大，除了自己的父亲之外，他还从没见过一个动手打孩子的大人。所以，在外面，北斗是安全的。

那是某年晚秋的一天，端爪一家人开车去轻井泽看红叶。

至高对自己的驾驶技术非常自信，所以每次去他都选择走碓冰岭的一条旧路。那是一条蜿蜒曲折的盘山公路，而且很窄。在这条路上，只能看见这一辆白色的皇冠轿车沿着公路盘山而上。头上是一片红色，知道自己将死的秋叶用最后一点生命能量染红了整片山坡。车上的音响播放着二十世纪八十年代早期的流行歌曲。那些都是至高和美砂子初识的时候流行的歌曲。

后排座椅中间的位置是北斗的固定座席。因为在这个位置上可以把头探到前排去，然后眺望前面不断迫近的风景。北斗也喜欢兜风的速度感，更喜欢一家三口向同一个方向前进的感觉。虽然三人共处在一个狭小的空间里，但此刻不用害怕父母的殴打、责骂。这对北斗来说，可是无上的幸福。

“爸爸，能不能再快一点？”

北斗感觉自己说话的声音中都带着一丝甜蜜，这可是他少有的体验。

“好嘞！”

前方是一条直路，暂时看不到转弯的地方，左手边则是山崖。至高突然猛踩油门，发动机发出了一声低吼，车身后部明显向下一沉，然后“嗖”的一下就蹿了出去。北斗的后背被紧紧地吸在靠背上。只见速度表上的指针在不停地升高。

“孩子他爸，慢一点！”

母亲紧张地抓着车门内侧的扶手喊道。北斗也从靠背上坐起身来，把头伸到前面看着父亲。只见至高的眼睛中放出异样的光芒，直直地盯着前方。没多久，前面就出现了一个急转弯，可是，至高似乎没有松开油门的意思。这时北斗才发现，父亲并没有看向前方的路，而是望着秋高气爽的湛蓝色的天空。再这样开下去的话，肯定会冲破护栏，飞向悬崖。而此时父亲的表情是一种透明的陶醉感，就和他给北斗讲世间的道理、用殴打来教育儿子时的表情一模一样。看来他并没有意识到危险的临近。

“爸爸！快停车！”

北斗在父亲的耳边大喊了一声。至高如梦方醒，脸色大变，露出了恐惧的表情。这令北斗着实吃了一惊，原来令他恐惧的父亲也有恐惧的时候。至高猛地将刹车踏板踩到了底。在轮胎的一阵悲鸣声中，那辆二手皇冠牌轿车滑出很远才停了下来。

北斗又开始颤抖，为什么？因为他知道自己又触动了父亲的“开关”。因为他知道自己犯了一个无法挽回的错误。

咔嗒！一声清脆的金属声，是父亲解开安全带的声音。至高开门下车，检查一下外面的情况。像有某种强力磁场吸着北斗一样，他也下了车。只见汽车前面的保险杠距离公路护栏只有十五厘米左右了。再看汽车后面，两条黑色的轮胎痕迹，拖出去好长好长。车子没有熄火，发动机轰轰地运转着，排气管还冒着白气。

美砂子降下车窗玻璃，在汽车里说："你到底想干什么?!北斗！都是因为你，刚才我们差点冲下山去。还不赶快反省！"

在这个家里，出了任何问题都是北斗的错。所以美砂子的话并不出乎北斗的意料。关键是看父亲有什么反应。所以北斗胆战心惊地看着站在保险杠前面的父亲。至高一只脚踩在公路护栏上，然后探着身子朝山下张望，看样子那谷底还是很深的。到目前为止，父亲的怒火似乎还没被点燃。面对这种情况时，北斗知道，还是冷静地道歉比较好。

"爸爸、妈妈，对不起！刚才要不是我让爸爸加速，就不会有危险。真的对不起！对不起！"

至高把脸扭了过来，他的脸上浮现出难得一见的笑容，好像是沉醉于某件事的笑容。北斗心中已经有所觉悟，心想这下完蛋了，一家人愉快的兜风也就这样结束了。

"你这个家伙总是口是心非。这次不是你的错，错在开车的我。可是，你却说是你的错。这不是撒谎吗？你也试着想象一下和天天撒谎的孩子生活在一起，当父母的会是什么感受。你为什么这么爱耍滑头？一点都不诚实。我们家里不需要撒谎的孩子。"

说完，父亲打开车门钻进了车里，然后迅速倒车，再前进回到了正路上。就这样把北斗丢下了，白色皇冠牌轿车则加速而去。

"爸爸，等等！"

白色轿车的背影越来越小，一开始，北斗还跑了几步想去追汽车，但没跑出几步他就放弃了。汽车转过下一个弯道，就完全看不见了。因为汽车里开了空调很暖和，所以北斗只穿了一件长袖T恤。而深秋季节的轻井泽已经非常寒冷了，尤其是在山岭上。山上的空气异常清新，当汽车消失之后，北斗的周围就陷入了一片死寂。

（北斗被父亲抛弃在山里了。）

这次，北斗的心灵受到了前所未有的冲击。之前，虽然他受到过无数次残酷的体罚，但父母还从没说过“我们不需要你”而把他抛弃。此刻的北斗感觉自己是一个不被任何人需要的孩子。这种想法涌上心头后，让他整个人都变得冰冷了。

如果就这样站在山岭上一动不动的话，迟早要被冻僵。于是，北斗开始沿着公路护栏向自家汽车行驶的方向走去，他的身体一直在颤抖。树枝、树叶被山风摇动的声音，好像是来自大自然的威胁，令北斗心里直打怵。午后的阳光本应带给人温暖，但这时它却残酷地照射着山岭上的一切。因为自己是被抛弃的孩子，所以北斗不知道目的地在哪里。他只是机械地迈动双腿，让自己知道自己还活着，也许只有这副躯壳想活下去吧。

在盘山公路上走了十分钟左右，从后面开来一辆小汽车。也许是车上的人觉得独自在山里行走的孩子太奇怪了，所以在北斗身边停了下来。车窗玻璃摇了下来，传来一位年轻母亲的声音：“喂，小朋友，你怎么了？穿这么单薄，还一个人在山岭里走。”

此时，北斗大脑中首先想到的是，如果让父亲知道自己搭别人的车下山，肯定又要挨一顿胖揍。一想到这儿，北斗的后背冒出一层冷汗。于是，北斗很有礼貌地向车上的人鞠躬道谢，说道：“非常感谢您的关心！我没事。我爸爸的车在前面等着我呢。”

车上那少妇露出了疑惑的表情。车里还有两个孩子在玩掌上游戏机。总之，车里弥漫着一种端爪家不曾有过的沉稳的、幸福的氛围。北斗真希望这辆汽车快点开走。第一，他不想让别人看见自己这么凄惨的样子；第二，他也不想看到别人家其乐融融、一起快乐兜风的情景。

“好吧，我明白了。既然你这么说，那我们就先走了。啊！对了。”

说着，年轻的母亲把手伸进了汽车的手套箱，从里面摸出一大块巧克力。

“天气这么冷，你要小心别冻坏了。吃块巧克力增加点热量吧。”

北斗长这么大，还从来没有一次性吃下整整一块巧克力的体验。

“非常感谢！”

北斗双手接过巧克力，向车里人鞠躬表示感谢。在父亲严酷的教育下，北斗的礼仪、礼貌是非常周到的。然后，载着幸福一家人的小汽车开走了。北斗又上路了，走了一个半小时后，他终于下了山。一路上，他一小块一小块地掰开巧克力放进嘴里，虽然被父母抛弃是世界上最悲惨的事情，但巧克力在嘴里融化时产生的甜味，却给北斗带来一丝慰藉。这一路上，北斗看见了被红叶染红的整个山坡，也看见了云淡风轻的天空，还有脚下被踩得沙沙作响的落叶……虽然寒气异常凛冽，但站在轻井泽晚秋的山岭上，景色确实很美。北斗的头脑已经快被冻僵了，但当时的景色也已经深深地刻进了他的脑海里。

北斗在山脚下路边服务区的一家餐厅前发现了自家的白色皇冠牌轿车。当看见这辆熟悉的、怀念的汽车时，北斗的胸口涌上一股不知是喜悦还是苦涩的强烈感情。与回到那样的父母身边相比，似乎还是被抛弃的感觉好一些，北斗对自己新产生的这种感觉吃惊不已，同时，这也是一种新鲜的感觉。在这个世界上，没有父母的孤儿也有不少。那样的话，自己被父母抛弃，孤独地一个人生活也没什么不可思议的。虽然北斗的头脑中是这样想的，但脚步却不由自主地走进了那家餐厅的大门。进门后，北斗径直走向了窗边的一张桌子，因为父亲和母亲就坐在那里。只见在至高和美砂子眼前的桌子上，放着空的蛋糕盘子和空的咖啡杯。

“你可真慢啊，路上去哪儿玩了？”

和父亲单独相处了九十分钟，估计母亲的神经已经到了崩溃的边缘，所以北斗反倒成了她的救星。她一上来就劈头盖脸地数落北斗。

“对不起！我一直在走，没有停下来，可还是来晚了。”

至高则眯缝着眼睛一直盯着北斗看，那是一种能看透人心的眼神。

“外边很冷吧，你忍着寒冷一直走过来，很不错啊。北斗，这一路上，你感觉自己发生了什么变化？”

听了父亲的问话，在北斗的脑海中浮现出了刚才巧克力外面的那层闪闪发亮的锡箔包装纸。他已经把锡箔纸团成一个小球放进裤袋中，如果不跟父亲说巧克力这件事的话，他应该不会知道的。虽然心中这样想，但看到父亲恐怖的眼神，北斗犹豫了。他开始权衡，直接跟父亲坦白或是先隐瞒起来待日后败露，哪个惩罚会轻一些。此时的北斗已经被分裂成两个人，其中一个人大喊：“不要说！”可是，现实中的北斗已经朝父亲鞠了一个九十度的躬。

“对不起！爸爸，在路上，一个陌生的女人给了我一块巧克力，我接受了。而且在来的路上全吃光了。”

因为恐惧，北斗的双腿一直在颤抖。可北斗想，也许是走山路走得太久，腿累得受不了才会颤抖吧。

至高眯着眼睛笑了起来，说道：“你很诚实嘛。那么，关于让你下车自己走的事情以及我们家的教育方针，你没有跟他们讲吧。”

北斗拼命地点头。这个世界上坏人很多，对于自己家庭的生活状况是绝对不能泄露出去的秘密。在父亲的教导下，北斗早就懂得这个道理。

“嗯，我什么也没说。我们的汽车差点冲下山的事，以及你们把我抛弃的事，我一个字也没有提。”

至高继续稳重地笑着。

“我们没有抛弃你呀。只是觉得天气很好，红叶也很漂亮，为了你的健康，锻炼一下你的身体，才让你自己走一段山路。我们在这里就是为了等你啊，如果不要你了，我们为什么要在这儿等你？是不是，美砂子？”

母亲像触电一样使劲点头。

“是啊，我们哪有抛弃你？山里的空气那么好，景色那么漂亮，北斗，你现在的心情是不是特别好？”

北斗咬着冻得发紫的嘴唇，使劲让自己已经僵硬的脸做出愉快的表情。

“是的，妈妈，我的心情特别好！”

可就在这时，父亲突然变了脸色。就像摄影时打在脸上的补光灯突然关了一样，脸一下子黑了下来。

“我们该走了，美砂子，赶快去埋单。”

母亲急忙拿起小票连蹦带跳地去柜台付账。北斗则灰溜溜地跟在父亲身后走出餐厅，朝自家汽车走去。

当天晚上，至高又爆发了。

也许是很久没有这样带一家人出门远行，至高感觉很疲惫的缘故；也许是明天，也就是周一的工作任务非常繁重的缘故；也许……也许——没有任何理由。吃过晚饭之后，至高以有话要谈为由，把美砂子和北斗叫到了客厅中，并让他们跪在自己面前。

谈话的内容和以前没什么区别，还是老生常谈。无非就是这个世界多么多么冷酷，人情多么多么淡漠，我们一家人能够平平安安、不犯大错地生活在这个世界上，是多么多么幸福……而父亲每说一句话，母亲就拼命地点头，还送上感谢的话。可是，母亲的每一次回应，得到的回馈不是一拳就是一脚。但是，这个晚上有一点是不可思议的，不管父亲怎么对母亲施暴，都没有对北斗出手。

回答丈夫的问话时，美砂子如果回答“是”，就会被扇一巴掌；如果回答“不是”，脸上就会被踹一脚。渐渐地，美砂子对丈夫的话语已经失去了反应。整整两个小时，母亲被折磨了两个小时，而北斗就跪在旁边看了两个小时。对北斗来说，这种感觉比自己挨打更难受。他希望自己受到和母亲一样的惩罚，希望父亲早点对自己动手。总之，他希望这一切早点来，那样也就可以早点结束了。

满眼血丝的至高终于从母子面前的沙发里站起身来，时间已经接近十一点。父亲露出温柔的微笑跪在妻子对面，然后把披头散发的母亲的头抱在怀里。

“对不起了，美砂子。我刚才那样做，是想教会你如何正确地教导别人，我想你应该已经学会了，并且用身体记住了。接下来，就轮到你用这种方法好好地教育一下北斗了。我也有点累了，先去泡个澡。”

听到父亲的这些话，北斗的背上起了一层鸡皮疙瘩。父亲真是个恶魔，他能看穿人性的弱点，他知道怎样做才能把一个人的恐惧感放到最大。说完，至高头也没回地离开了客厅。

父亲的身影消失之后，母亲才开始哭出声来。而且是那种声嘶力竭的大哭。她貌似是想用最短的时间，以哭的方式将心中积压的恐惧感全部释放出来。母亲费了很大劲儿才从地上爬起来，跪了那么久，腿早就麻木了，她活动了好一会儿，步履蹒跚地走到厨房，拿起了放在橱柜上的白色衣架。

“北斗！要是没有生你的话，我就可以和那个人离婚。为什么你会出生？当初要是不生你就好了。都是因为你……都是因为你……”

每一句“都是因为你”过后，衣架都会抽打在北斗身上。就这样持续了十五分钟，北斗全身都被打遍了。但是，与皮肤上爬出的一条条红色“蚯蚓”伤痕相比，北斗心里的伤更深，疼痛更加尖锐。

自己是一个没人想要的孩子，是一个不该来到这个世界的孩子，是一个被抛弃的孩子。

衣架每落到身上一下，北斗就机械地点头，嘴里说：“谢谢！”与此同时，他心里不断重复的是：自己是绝对不能得到幸福的孩子。

那个夜晚，北斗没有心思睡觉，或者说，根本没有睡觉的精神。

凌晨三点钟，北斗从床上坐了起来。他在黑暗之中竖起耳朵探听父母房间的情况。整个公寓中一片死寂，估计父母早已睡熟了。北斗光着脚蹑手蹑脚地走到了玄关，在鞋柜里找了一双夏季的拖鞋，悄悄打开大门，穿上拖鞋溜了出去。

北斗家住在十一楼，但是这次北斗不敢乘坐电梯，而是选择走楼梯下楼。因为他怕电梯的声音把父母吵醒，那可不得了。下楼之后，北斗朝住宅群背后的一座小山走去。时值深秋，东京郊区的温度本来就比较低，凌晨小山上的温度已经接近冰点。那个家已经不要自己了，自己是一个不该来到这个世界的孩子，如果父母不想再看到自己，那我就消失好了，这样低的温度应该足够了……北斗心里想着。他记得以前在电影里看到过，人冻死的时候就像睡着一样，不怎么痛苦。

北斗沿着后山的小路步履蹒跚地往山顶走去。嘴里呼出的气息就像汽车排气管排出的白烟，被迎面的风一吹，全都蒙在了脸上。走了二十分钟左右，北斗就登上了这座小山的山顶。山顶是一个圆形的小广场，有一盏路灯孤零零地立在广场正中，除此之外，还有一张长椅以及一个自动售货机。整个景象散发着一股黑白老照片的颓废感。

北斗抱着双膝坐在已经掉漆的长椅上，心想，就在这里结束一切吧，就像睡着一样被冻死。他抬头望着天空，灰色的云无声无息地飘动着，有时又像深蓝色的天空在移动。星星只有为数不多的几颗，寂寥地眨着眼睛。枝头的树叶已经掉光，光秃秃的树枝就像冻僵的手指在夜空中摸索着什么。

就这样，北斗等待着。只要困意一上来，死神就接近了，小学五年级学生北斗等待着自己的一切落下大幕。可是，即便手脚已经没有了知觉，即便头脑失去了时间感，但临死的那一刻还是不愿到来。唉！虽然已经做好了迎接死亡的准备，可是就连死神也不愿搭理北斗。于是，北斗毫无理由地、不出声地笑了。可是，笑的同时，眼眶里也涌出了泪水。

北斗又环视了一圈山顶的一切，这次他觉得这里的景色美妙极了。深蓝的夜空很美，飘浮的云也美，云过之处露出的星星更美。

（这些，都是我的朋友！）

这里的一切，都是北斗的朋友，因为它们在北斗人生最糟糕的时候一直陪伴着他。北斗从长椅上站起身来，走到昏暗的水银灯下，张开双臂给电线杆来了一个紧紧的拥抱。接着，他又走到广场边上的自动售货机旁，这个闪着微弱荧光灯的长方体金属箱子，看上去也很亲切呢，北斗也拥抱了这个金属箱子。可是，令北斗吃惊的是，这个金属箱子和自己的父母不同，竟然散发着微弱的温暖。

北斗抱着双膝倚靠着自动售货机坐了下来。就这样，他一直坐到了天亮，当第一道曙光透过云层照射到山顶上的树木时，北斗身边只有一个发出轻微嗡嗡声和微弱温暖的朋友——自动售货机。

2

端爪北斗渐渐地变成了一个“影子”般的少年。

每当拍完合影，拿到照片时，北斗那里的光线总是最暗的，不知道是为什么。北斗的脸色比生病的同学还要灰暗，还要难看。总之，这种时候北斗都会面无表情，而且不直视镜头，他拼命地想削弱自己的存在感。

这绝对源于父亲至高对他的教育。

这个世界是一个恐怖的地方，要是被那些邪恶的家伙注意到，自己肯定会被五马分尸。虽然父亲经常对自己拳打脚踢，母亲总用衣架抽打自己，让自己的身体吃了很多苦头，但是，外面的世界更加恐怖。虽然至高和美砂子只给了自己痛苦，但至少他们是自己的父母。如果到了外面，那些和自己没有血缘关系的人，不知会给自己带来什么，不过可以肯定的是，带来的只能是更糟的东西。世界是一个无情又残酷的地方，北斗在十一岁时就已下定决心，要活得让任何人都不会注意到自己。

小学高年级的时候，北斗获得一个绰号——“幽灵”。

意思就是说，虽然他在现场，可是几乎没有人注意到他的存在。比如，上课的时候，他从来不会举手回答问题，大部分时间是趴在桌子上，用书盖住头。课间休息的时候，他也不会去操场上玩，而是留在自己的座位上一个人待着。教室里有人跟他说话的时候，他也只会用最低的音量和最少的词语回答。北斗时刻在有意地抹杀自己的存在感，就连呼吸都控制在最小的限度内，以防引起别人的注意。

这就是北斗的生存之道。

从松屿第三小学毕业后，北斗跟大部分同学一起升入了松屿第二中学。

不管是第三小学还是第二中学，都是松屿地区比较一般的公立学校。可是，虽然北斗想在教室中隐身，但他在学习方面却做得不错。

他从来不进行预习和复习，放学后也不去补习班，可是，教科书上的知识，对于北斗来说非常轻松地就能学会。老师也很认可北斗聪明的头脑和优秀的学习能力，所以，每当遇到没有人会的问题时，总是点名叫北斗来回答。

每当遇到这种情况的时候，北斗都感觉很不爽，但也只能无奈地说出正确答案，只不过声音很小罢了。对他来说，上课时引起同学和老师的注意是最糟糕的事情，但是对于老师的提问闭口不答也不是办法，所以只能小声地草草应付一下了事。在班级的同学中间，也会根据学习成绩、父母的收入等，将他们分成若干微妙的“等级”。在考试的时候，北斗也讨厌引起别人的注意，所以他会故意做错几道题，因此成绩总是保持在中等偏上的水平，这比考前几名，让北斗感觉更自在。

北斗所在的班级——初一三班，班长是一个名叫寺冈修史的阳光少年。修史不住在松屿新城内，而是住在与新城一街之隔的自建住宅区。在这里住的人收入相对高一些，房子都是自己建造的别墅一样的小楼。修史的父亲经营一家诊所——寺冈诊所，主要开设内科和儿科。就连在松屿二中的PTA[1]里，也会因为这条街而产生微妙的对立。住在松屿新城集群公寓中的人，属于“内”人，而住在带院子的小别墅区的人，属于“外”人。仅仅是收入的差别，就让人心之中充满了嫉妒和恨意。不管是在教室里，还是在大人中间，人类的丑陋都是一样的。北斗就曾多次在新城内的公园里听大人们讲过“外”人的坏话。好像就是因为孩子在学校发生了纠纷，“外”面的家长对老师提出了意见之类的事情。

这些事情更让北斗坚信，这个世界确实如父亲所说的那么丑恶。

---

① 家长教师协会。

寺冈修史不仅学习成绩优异，运动神经也非常发达。他保持着班级内五十米短跑和跳远的纪录。另外，他在外面的游泳学校学过游泳，比松屿二中的体育老师游得还快。而且，他对班里的所有同学都一视同仁，主动热情地和每一个人交往，有人遇到困难时他也会出手相助。他会把自己的数学作业拿给不会做的同学看，也会给他们讲解；长跑比赛的时候，领先的他会故意慢下来鼓励那些落在后面的同学；对于班级中处于较低“等级”的同学，他不但不会瞧不起他们，还会主动和他们交往……所以，他在班里的威信很高，大多数同学都非常支持他。

热情开朗的修史同学也经常主动和北斗打招呼。修史简直是班里的明星学生。可是，当修史主动向自己示好的时候，没有朋友的北斗不仅不会感到高兴，反而还会觉得恐惧。因为和这样一位优秀的班长走得太近，自然会引起别人的侧目。这和自己的生存之道背道而驰，说不定会给自己带来难以预测的厄运呢。

秋天的早晨，在松屿二中门前的道路上，北斗低着头静静地走向校门，他根本没有注意到头上的榉树叶子随风飘摆的样子，它们像是在和路人打招呼似的。突然，他听到有人跟自己打招呼。

“早上好啊！端爪同学。”

不用看也知道是谁在和自己打招呼，因为只有修史会和北斗打招呼。北斗头也不抬地回了一句：“早上好。”

北斗以为修史会就此和自己擦肩而过，但没想到修史竟然和自己并排朝校门走去。意识到这一点时，北斗感觉自己的半边身体都变凉了。

“我说，端爪同学，你上课的时候怎么从来不举手回答问题？真有点不可思议。”

北斗扭头看了看这位班长同学。他心想，难道这位同学看不到世界上的各种危险吗？还是修史同学特别地幸运，所有不好的事情都不会发生在他身上，和我吸引一切坏事正好相反？北斗自言自语似的说道：“我嫌麻烦。”

“而且，你又不去补习班补习，但学习成绩却那么好。”

这个季节，榉树的叶子大部分已经变黄，而有些已经向红色蜕变。在如此漂亮的秋季风景下，来上学的少年们相互打着招呼。有女生朝修史和北斗问好。也有一小撮人不动声色，只是眯起眼睛，盯着修史和北斗这对不太协调的组合，这三个家伙就是西垣银河和他的两个党羽。他们三人穿着学生装，故意敞胸露怀，一看便知是不良少年。西垣银河的哥哥曾经放火烧毁了镇子外面一间无人居住的老屋，因此被送到少年管教院接受改造。曾经有人提醒北斗，不要和西垣有视线上的交接，所以北斗依然低头走路，不看他们。而修史则若无其事地和西垣打招呼，就像和北斗打招呼时一样。

“早上好啊！银河。”

银河没有回话，不过至少点了点头。他那光头在朝阳下闪闪发亮。

这时，北斗对修史说：“马上到学校了，你先走行吗？我不想让其他人看见我和你一起走。”

修史露出了不可思议的表情，回道：“没问题啊，那我先走了。不过，就是觉得你太奇怪了。我可以先走，但你要答应我一件事。”

北斗能感觉到后背上视线聚焦的热度，那是银河和他两个喽啰的炙热视线。北斗就快抓狂了。

“好！我答应你！你快走吧！”

修史笑了，对北斗说：“OK！今天放学我不用去补习班。如果你有时间的话，放学后来我家玩吧。”

听到这话，北斗心头涌上一股不知是厌恶、鄙夷还是肉麻的感觉，为此他后背还出了一层冷汗。为了应付修史，北斗点头说道：

“好，我答应你，你赶紧走吧！”

修史笑着走进了教学楼里换鞋的走廊，换上了室内鞋，开开心心地朝教室走去。北斗故意放慢了脚步走在后面，等修史进了教室之后，他才来到换鞋的地方。正当他弯着腰换鞋的时候，屁股上被人踢了一脚。

“喂！幽灵，你和寺冈的关系不错嘛。”

是银河的声音，他的嗓音独特，音调比较高。虽然银河的个头比北斗还要矮一拳，但他肌肉结实，很是粗壮，体重比北斗还重五公斤。

北斗并不抬头看他，只是回了一句：“没有，我跟他不是朋友。”

站在北斗面前，银河开始用手指戳北斗的前胸。只见银河手握成拳，只伸出中指，用这根中指连续戳着北斗胸部的肌肉，这个动作在大人看来，侮辱性十足。可是北斗早就习惯了忍受侮辱和疼痛，因此他并没有什么反应。

银河说：“你真是个奇怪的家伙。幽灵就该有个幽灵的样子，你平时待在黑暗的地方，一直黑着脸就行了。”

北斗并不搭话。他的眼睛看着自己的脚，迈开脚步向教室的方向走去，无声无息的，真像个幽灵。一场风波，在其中一方毫无反应的情况下，没有闹起来。银河泄气地吐了口口水在地上，然后对着北斗的背影说：“看来幽灵有点得意忘形了。”

听到这话，北斗依然没有做出任何回应。不过，他猜想接下来会发生不好的事情，于是停下了脚步，做出防御的姿势等待随后而至的狂风暴雨。可是，银河那伙人竟然走开了，这倒是出乎北斗的意料。北斗心里在反思，也许银河说得没错，自己确实因为和修史说话，感觉有点得意。

北斗把头低得更低了，他想进一步抹杀自己的存在感，然后朝教室走去。

寺冈诊所是一座混凝土浇筑的现代风格建筑物，据说还是一位著名建筑师的手笔。建筑物正面，有两扇很大的玻璃门。修史走了进去。

“这就是我家的大门啦。”

进入大门后，玄关里摆着一口大缸，北斗往缸里望了一眼，原来这缸是养金鱼的。里面有几尾红色的金鱼，摇动着红霞一样的大尾巴，悠闲地游来游去。走进玄关后，修史大声地喊了一句：“妈！我回来啦！端爪同学来咱家玩儿，请给我们准备点儿好吃的。”

从走廊那端走来一位少妇，看上去比美砂子年轻多了，她就是修史的母亲。修史的母亲身穿一件卡其色亚麻连衣裙，上身是一件颜色稍深的卡其色开衫毛衣。这个人不会打孩子。只要看一眼，北斗就能分辨出这个人是否会打孩子。一个人，不管他的衣着多么光鲜，说话声音多么温柔，但如果他会在家打孩子的话，北斗马上就能辨别出来。看到修史母亲的第一眼，北斗就对修史产生了无比的羡慕感，就因为他感觉得到，这位母亲不会打孩子。

修史请北斗参观自己的家。院子里种着草坪，被人工修剪得非常平整。院子里还架设了一个单杠，估计是修史锻炼身体用的吧。不知转过几个弯之后，来到了修史的房间。房间里摆着很多北斗不曾见过的玩具、教具。不过，北斗没有看到电子游戏机的影子。令人印象深刻的是修史的书架，这个大书架里整齐地摆着很多适合少年阅读的世界文学名著。这时，传来了敲门声，修史说：“进来吧！”

修史的声音里居然还带着一点撒娇的语气。这是北斗绝不可能和自己的母亲使用的语气。修史的母亲端着一个托盘走了进来，她把托盘里的巧克力蛋糕和果汁放在了桌子上。然后问北斗道：“端爪同学，你爸爸、妈妈是做什么工作的？”

北斗小声地回答：“普通的公司职员。”

修史的母亲露出了一丝讶异的表情。

怕伤到北斗的自尊心，机灵的修史赶紧打圆场说：“端爪同学是我们班上最优秀的学生之一。遇到大家都不会的问题时，老师点名提问的学生就只有端爪同学、小林同学和我。”

听到这话母亲非常高兴，她说：“是吗？那你们的将来非常值得期待呀！希望端爪同学一直和修史做好朋友。因为我觉得修史这家伙几乎没什么朋友。”

“好好，我们知道啦，您快去忙您的吧！”对于母亲的啰唆，修史似乎觉得有些不好意思，于是赶快把母亲赶出了自己的房间。

修史真的没什么朋友吗？北斗一边往嘴里送蛋糕一边思考这个问题。修史不仅学习成绩好，体育运动也很强，还是班长，他会没有朋友吗？班里应该至少有一半的女生都喜欢他才对。

这时，班长同学用天真无邪的声音说道：“我老妈可真啰唆。”

听到这话，北斗的身体条件反射式地颤抖起来，不自觉地望向关闭的房门。要是在自己家，这话如果被母亲听见了，肯定要挨衣架抽打。

“今天是星期二，每周只有今天我不用去上补习班和兴趣班。从上幼儿园开始，我就被父母逼迫学习各种东西，真的很辛苦。平时，我必须装出一副品行端正、好学向上的好学生的样子。你不觉得咱们两个很像吗？”

吃完蛋糕之后，随便往床上一倒，还跷起了二郎腿。这副样子，在端爪家是被禁止的。北斗依然保持正襟危坐的姿势，背挺得笔直。对于修史刚才的问题，北斗保持沉默。于是，修史说：“端爪，你一直拼命压抑着自己，努力想让端爪这个人在班级里消失。你扮演着一个存在感极其微弱的自己，而我则扮演着一个好孩子。咱俩都扮演着别人，虽然方向不同，但感受是差不多的。”

北斗吃惊不已，原来，一直扮演幽灵的自己，竟然早就被修史看穿了。但是，有一点他是无论如何也想不通的。

“我和你不同。”

不管怎么说，修史家里没有至高和美砂子。而且，整天被拳打脚踢，和从小被逼着上各种兴趣班、补习班，也没有什么相同的地方啊。

“是啊，咱们所走的方向有一百八十度的差别。我是往开朗、明快的方向扮演自己，而你是往沉默、阴暗的方向隐藏自己。但是，不管往哪个方向走，痛苦都是一样的。了解其中痛苦的人，咱们班上只有你和我两个人。怎么样？咱俩做朋友吧？”

活在人世的这十三年中，北斗从来没有过真正的朋友。虽然修史的请求异常诚恳，把北斗感动得内心都在震颤，但是他依然非常谨慎，时刻告诫自己不能得意忘形，因为一旦向别人敞开心扉，那么自己内心的一切就有可能被掏空。

“如果你能在所有人面前保密的话，我可以考虑一下。”

竟然提出这样奇葩的条件，连北斗自己都觉得自己是个招人讨厌的人。

“好啊。那么，以后我就叫你北斗，你就叫我修史吧。”

北斗点了点头，体验到一种前所未有的愉悦心情。但是他同时也预感到，这种幸运是不会持续太久的，因为自己是一个不配获得幸福的人。突然，他感觉好像有一个黑影正在迅速地向他逼近，于是，在这个明亮的房间里他也恐惧了起来。

北斗和修史一起读着书架上的漫画，随性地或躺或坐，聊着班里发生的趣闻逸事。虽然没有什么特别有意思的事，但北斗似乎感觉自己内心那层坚硬的外壳开始融化了。他和人类之间竟然能有如此愉快的经历，以前是从来没有过的。修史是一个具有不可思议力量的少年，他可以让别人放下内心的防备。

已经是下午五点多了，修史对北斗说："都这个时候了，就留在我们家吃晚饭吧。"

端爪家没有亲戚，也从来不和外人交往，北斗也没有朋友，所以，在别人家吃晚饭，对于北斗来说还是人生中的"处女体验"。

"这……不太好吧。"

"没事，我给你妈妈打个电话，然后再让我妈妈跟她说一说。"

北斗不敢告诉修史自己母亲的恐怖。他屏住呼吸，眼睛盯在修史按电话号码的手上。电话接通之后，修史非常有礼貌地和北斗的母亲打了招呼，又把事情的大致经过讲了一遍，然后就把电话交给了自己的母亲，请她和北斗的母亲说明情况。放下电话之后，修史显得有点失望，对北斗说："你妈妈同意你在我家吃晚饭，但是说你必须得在八点之前回家。"

修史家的餐桌只有两米长，上面摆满了杯盘碗筷。主菜是蘑菇洋葱炖牛肉，主食是香喷喷的牛油炒饭。另外还有煮蔬菜，再配上土豆汤，简直美味绝伦。

修史的医生父亲、读高中的姐姐也都坐到了餐桌旁，餐桌上显得非常热闹。这里没有严苛的教导与服从，只有笑声和轻松的谈话声。这个场面，简直让北斗有些头晕目眩。肯定是因为修史是班上的班长，他的家庭才如此特别和幸福。在这个充斥着邪恶的世界上，像这样幸福的家庭肯定不会太多。这时，修史的父亲问了北斗一个问题，其实，在此之前，北斗一直都在拼命地抹杀自己的存在感，没想到还是被注意到了。

修史的父亲问："端爪同学，你长大了想做什么职业呢？我们家修史要当医生，虽然他不那么情愿。”

说完，父亲向儿子抛去了一个微笑，儿子也还以微笑。北斗被眼前的光景惊呆了，他简直不相信这是真的。如果自己对着父亲笑的话，恐怕下一秒就得把脑袋和肚子保护好。北斗将视线停留在盘子里，然后回答道：“我也不知道。但我想尽早离开家独立生活。”

北斗没有办法认真想象自己长大后的样子。没准，自己根本长不成大人，说不定在长大之前就被父亲打死了。北斗出神地想着，对于自己那个家，北斗真想明天就离它而去。可是，一想到外面的世界是那么邪恶，他又从心底感到万分恐惧。因为就连自己父亲那样残暴的人，都对外面的世界心有余悸。

北斗在晚上七点五十五分时，回到了自己的家。可就在打开大门的瞬间，北斗似乎被速冻了。原来，他看到父亲的黑色皮鞋整齐地摆在门口。要在平时的话，这个时间父亲应该还没有回来，可今天他为什么回来得这么早？北斗提高了嗓门，怯生生地喊了一句：“我回来啦！”

至高穿着白衬衫出现在过道里，他的领带还没有解，像搜寻什么东西一样，从头到脚把北斗看了个遍。

“听说你在班长家吃了个晚饭？”

北斗以立正姿势仰着头看着父亲回答道：“是的。我本来不打算吃的，可他非得让我留下来。对不起，爸爸！”

至高笑了，说：“到别人家吃饭，也是一个不错的学习机会。你有没有把咱家的事情说出去？关于教育方针、亲子关系之类的事情，是绝对不能泄露给外人的！”

北斗像触了电一样，立刻做出了回答：“我一个字也没有说！我们家的事情对外人绝对保密。在学校，我也没有对任何老师和同学说起过。”

“不错，咱们家的事情没有必要让他们知道。还有，你觉得寺冈家如何？据说他爸爸是个医生？”

回答父亲的问题时，北斗必须全神贯注、小心谨慎，因为不能触碰到父亲发怒的开关。可是话说回来，父亲发怒的开关到底在哪里，和父亲一起生活了十多年的北斗，一点门道也摸不着。

“他们家很奇怪。家长的教育和我们家不同，父母对孩子太宠爱了。”

听到这儿，至高的眼睛里突然闪过一道奇怪的光。是好的征兆还是坏的开始，北斗无法判断，因此，他的呼吸变得急促起来。

“具体是什么情况？”

北斗做了一个深呼吸，定了定神，然后说：“修史有时竟然会反对他的父母，对于父母的问题，他也不好好回答。”

而且，寺冈父子之间，还会用温柔的笑容交流感情。他们家也没有像现在这种在刀刃上行走般的对话。想到这儿，北斗难过得都快哭出来了。

“这就太不像话了，你觉得呢，北斗？”

居然到现在父亲还没有发火，北斗感到非常意外。他想，如果我再小心一点，别说错话，也许今天晚上不用挨打就能平安度过。于是，他用清晰的声音一字一句地回答说：“就是，还是我们家的教育好得多。在我们家里，孩子知道尊敬大人、感谢大人，爸爸妈妈也会认真教育孩子，指导孩子的成长。与寺冈家相比，我们家的亲子关系更加和谐。”

这个谎话说得太大了，北斗自己都快难过得掉下眼泪来。如果能像修史那样和父亲轻松地说话，该是多么幸福的一件事啊！北斗心中升起一股烈火燃烧般的羡慕之情。可是突然，至高的拳头从意料之外的角度砸了下来。“咣”的一声，北斗感觉后脑勺一阵闷痛，眼前一黑，差点趴在地上。当他强力控制自己勉强站住之后，又被父亲揪着腮帮子把脸提了起来，然后，就听见父亲用极其冷静的声音说道："你想用这种说法来讨我欢心是不管用的。不存在好与不好的家庭。把自己的家庭和别人的家庭进行比较，这个想法本身就是错误至极的。明白了吗？北斗，所谓'家'这种东西是独一无二的，是无法进行比较的。寺冈家有他们独特的教育方法，我们家也有我们特别的生活方式。"

北斗护着肚子，捂着脸，立刻回答道："明白了！爸爸，感谢您给我正确的指导。"

父亲又抓起北斗的头发，把他的脸提起来，而且，至高还有意扭动手腕，像是要把儿子的头发揪下来一样。此时的北斗，只有脚尖踩在地上，再被提高一点，整个身体就腾空了。

"知道了吗？你绝对不能把我们家和别人家作比较！你给我记好了！"

从这么近的距离看父亲的眼睛，北斗发现他的眼睛异常清澈，清澈得令人恐惧。虽然很清澈，但是看不见底！

"明白了！爸爸，我绝对不和任何人做比较。"

至高一松手，北斗又踏实地踩到了地面上，头皮火辣辣地痛。

"记住，这就是幸福的秘诀，不要把自己和别人做比较。我还有话要和你妈说，你洗澡睡觉去吧。"

北斗扭头看了看走廊，只见两颊红肿的美砂子呆呆地靠墙站在走廊中间。也许是因为同意北斗在同学家吃饭，刚才已经被至高打骂了一顿。但是，以至高的性格来说，不可能就这样轻易放过美砂子。教训完北斗之后，肯定会接着收拾美砂子。看到这样的场面，北斗也无能为力，只有尽快逃离这个场景。在走廊里和母亲擦肩而过的时候，北斗小声地对母亲说了一句："晚安！妈妈，对不起！"

美砂子那呆滞的目光迟缓地移到了北斗身上，和儿子对视之后，她的眼睛里射出了怨恨、憎恶的神情，就这样无言地盯着北斗。

之后，北斗还是偶尔会去修史家玩。

那天晚上，北斗听见父亲整整折磨了母亲一个晚上，所以，以后再去修史家时，不管他们家人多么热情地邀请，北斗也不会留下来吃晚饭。当然，北斗从来不请修史到自己家来做客。另外，北斗也觉得自己的家是一个很特别的地方，是不能和别人家进行比较的，虽然他还不太清楚其中的原因。

更为有趣的是班里的变化。和学习成绩优秀、人缘又很好的班长成为朋友，让北斗在班级里的地位发生了微妙的变化，他的地位竟然提升了。北斗的考试成绩虽然一般，但是遇到难题时，老师都会点名请他解答，而且他头脑里的知识确实很丰富。再加上北斗遗传了母亲白皙的皮肤、漂亮的头发和清秀的脸庞，班上竟然也有那么几个女生对他产生了好感。他这种谜一样的阴郁气质，对这个年纪的女孩子还是有一定杀伤力的。

十月的一天，放学后，北斗正打算离开教室回家，可在教学大楼楼道的尽头，却被西垣银河叫住了。当时，旁边还有几个班上的女同学经过。

银河对着北斗喊道："喂！幽灵，你最近有点得意忘形哟！"

北斗不去看银河的眼睛，回了一句："我没有什么得意的。"

因为银河的个子稍矮，所以他仰头望着北斗，不依不饶地说："你就是很得意！你们说是不是？"银河转头对自己的两个小跟班说。

饭田友之和大前洁坏笑着不住点头。他们就是银河的小喽啰，银河吩咐什么他们就做什么。

北斗再次否认："我没有得意！"

“不，你就是翘尾巴啦。整天和寺冈缠在一起，你这家伙到底想干什么？”

银河挥拳去打北斗的脸，但在拳到之前北斗已经举起双臂护住了脸，拳头只打在了北斗的小臂上。因为打得不爽，银河大为光火。

“还说你没有得意?!”

银河的光头因为怒火和兴奋，变成了紫红色。北斗则蜷缩着身体，做出防护的姿势，保护着自己的脑袋和肚子。他还从护住脑袋的双臂之间，观察着银河的动向。银河用力挥了好几拳，可没有一拳击中北斗要害。

“赶快去把班长叫来！”有女同学喊了一句，然后沿着楼道跑开了，估计是找班长去了。

“住手！西垣同学。”修史很快就来了。

银河脸上的笑容立刻消失了。他知道这位班长同学头脑聪明，说不定会把老师找来呢，那可就麻烦了。而且，自己的拳头根本没有占到便宜，每一拳都像打在了大树上，对方一点反应都没有，这也让银河焦躁不已。

“我知道你爸是做什么工作的。他就是骗人翻新房子的，给人家重新装修时的质量非常差。而你，就是骗子的儿子！端爪。”

至高是北斗恐惧的源泉。他从来不曾模仿过父亲的任何行为。他憎恨自己的父亲，甚至多次想亲手杀死他。但不知为什么，银河刚才的话却深深地刺痛了北斗的心。

“你就是罪犯的儿子！”银河还在纠缠。

到这个时候，北斗已经放下双手，解除了防御的姿势。趁着这个空隙，银河坚硬的拳头打在了北斗的右脸上。这拳虽然也痛，但和父亲暴风骤雨一般的暴力虐待相比，银河的拳头简直就像挠痒痒。

“骗子的儿子！”

“不许你侮辱我爸爸！”北斗大喊出来。

这时，北斗感到耳朵深处传来“咕咚”一声，那声音巨大而深沉，就像平地响了声惊雷，就连刚才喊的那句话也被它盖过去了。北斗不知道，那是他身体里的血管因愤怒而爆炸的声音。他只感觉全身像燃烧起来一样灼热。

北斗只是轻微地晃了一下身体，一记右摆拳就击中了银河的腮帮子。刚才，被银河那家伙打，不疼也不痒，而且心里一点恐惧感也没有。这次，北斗要把心中的愤怒发泄在他身上。银河吃了北斗一拳之后，完全惊呆了，只是睁大了眼睛，傻傻地看着北斗。紧接着，第二拳也命中了。北斗并不打算用太大的力量，只是想让拳头走最短的距离，然后击中银河。被打第二拳之后，银河才反应过来，开始双手抱头做出防御的姿势。

北斗观察着对手的一举一动，那清澈的眼睛就和至高的一模一样。他观察着自己的猎物，找出对方防御的破绽，然后直击其要害，根本不费多大的力气。而从猎物的角度来说，当被人连续不断殴打时，反抗的意志就会逐渐削弱直至消失，剩下的只有求饶和逃跑。

咕嘟咕嘟……北斗听着耳朵里血液汩汩流淌的声音，同时，他继续快速地出拳，根本没有停下来的迹象，这些拳头像冰雹一样集中落在银河的头上。不知什么时候，银河脸上的皮肤被打开了小口子，于是鲜红的血液开始淌了出来。看到银河流血之后，北斗继续攻击的决心并没有动摇。因为他早就看惯了母亲的血和自己的血。挨揍的时候当然会出血，这是人类的生理特点嘛，没什么可大惊小怪的。刚才，完全没有反抗的自己，不也被银河殴打吗？此时，血从银河的眼角、鼻子、耳朵开始往外冒，他满脸鲜血的样子还怪吓人的。银河实在受不了了，开始哭喊。

北斗的白色衬衫也溅满了银河的血。饭田友之和大前洁则站得远远地大喊："够了！端爪，停手吧！"

北斗扭过头去，用犀利的目光盯着银河的那两个小喽啰，心想，刚才我被银河打的时候，你们两个不是在一边开心地看热闹吗？北斗根本不把这两个家伙放在眼里。银河的一只眼睛已经肿起来，中间只剩一道缝了。于是，北斗用拳头最尖锐的地方瞄准这只眼睛就是一拳，结果可想而知，银河一声惨叫，紧接着就是求饶的声音："救命啊！放过我吧，以后再也不找你的麻烦了。"

接下来的一拳打在了银河正在说话的嘴上，他的嘴唇瞬间开裂，迸出血来。北斗惊异地发现，原来自己攻击运动目标时也是如此精准，与此同时，他的拳头仍没有停下来。此时此刻的北斗，感觉越是用力，体内就会有越多的力量涌上来。暴力，是一种无限的力量。北斗醉心于自己的愤怒和力量，对于对手的疼痛，他没有一点儿感觉，也根本不关心。像银河那样的人渣，打死也没关系。在这种热情冷却下来之前，必须把浑身的力量用完……这就是北斗此刻的决心。

忽然，楼道里传来了急促奔跑的声音。

"北斗！住手！够了！停下来！"

那是修史的声音。接下来是一个女老师的声音："快住手！对方已经受伤了，别再打了！"

北斗面无表情地回过头来，看着对自己喊话的两个人。拳头一停下来，银河就开始大叫起来。

"这家伙脑子有问题，和他那骗子老爸一样。快救救我！"

北斗听到"骗子老爸"这几个字，耳朵中的惊雷之声又增加了。他提起拳头又往银河脸上送去。即使银河用两个胳膊护住脑袋，依然逃脱不了北斗的拳头。

"快停下来！"

修史从背后抱住了北斗。而银河又哭叫起来："骗子老爸有一个脑子有病的幽灵儿子。”

北斗挣脱修史的双臂，继续去打银河。修史担心会出大问题，急忙上前两步又要抓北斗，已被愤怒冲昏头脑的北斗，这次挥起带血的拳头打了修史。结果，唯一的朋友修史，用发现怪物似的惊讶目光盯着北斗。看到这眼神，北斗那被愤怒燃烧的身体迅速地冷却下来。最后只是象征性地打了银河几下，然后转过身来对呆立原地、不知所措的修史说：“对不起！你们家和我们家不同。你不用再管我了，以后我也不会找你玩了。”

班长恐惧又迷茫地点了点头。北斗像泄了气的皮球，双手垂落，而手上还不断有别人的鲜血滴落下来。他体验到，使用暴力并不是一件开心的事情。

北斗只感觉连呼吸都很沉重。这时，其他老师和同学也纷纷聚集过来。为了清洗手上的鲜血，北斗推开人群，摇摇晃晃地朝洗手间走去。

从第二天开始，修史就不再和北斗说话了。

在学校里，害怕北斗的还不止修史和银河。说北斗是一个残暴学生的传闻，从初一三班不胫而走，传遍了整个学校。到了十月底，北斗在学校里已经完全被孤立了。课间，当大家在操场上、楼道里聊天的时候，只要一看见北斗走过来，周围就会立刻安静下来。

不管是在家里，还是学校，北斗都失去了立足之地。唯一的一个朋友，如今也不再搭理自己。虽然北斗早就习惯没人和自己说话，但是，失去朋友的冲击对他来说还是相当大的，毕竟这是他人生中的第一个朋友。

十一月初，在学校男厕所的单间中，北斗从内侧锁上门，对自己的手腕划了一刀。他再也不想忍受这比死还难受的孤独。虽然北斗并不打算死，但他也讨厌这样活着。美工刀是美术课上常会用到的工具，它也是这次北斗割腕用的“凶器”。

北斗用美工刀在左手手腕处横着划了一刀，然后便出现一道红色的直线，血从刀口处渗了出来。他握紧左拳，渗出的鲜血逐渐变成大滴大滴的血珠，并沿着手腕向下滴落。鲜血的颜色真漂亮，自己还活着，但还能活多久呢？看着自己的血往外流，北斗的心情不可思议地异常舒畅。他就这样一直坐在马桶上，看着自己的鲜血往外流。

不知过了多久，北斗一只手拿着美工刀，另一只手滴着血朝学校医务室走去。医务室的卫生老师名叫竹内苑子，是一位体形微胖的中年女性。平时，她对学生们都很和蔼温柔，所以大家对她的评价不错。当北斗把左手腕伸到竹内老师面前时，她吃惊地捂住了嘴。

“端爪同学，这是你自己割伤的吗？”

北斗无言地点了点头，觉得说话很麻烦。卫生老师赶快对北斗的伤口进行了消毒处理，又用绷带包扎了起来。随后，竹内老师拉下北斗衣服的袖子，将绷带盖住了。

“我不知道发生了什么事情，但这种事你不能再做第二次了！如果再做这种事情的话，发生了无法挽回的后果，我和学校是不负责任的。听明白了吗，端爪同学？”

北斗没有完全明白卫生老师的意思，一脸茫然地看着她，然后似懂非懂地点了点头。

卫生老师不耐烦地把刚才的话用更直白的语言又说了一遍：“下次你干这种蠢事的话，不要到我这里来了。请到其他地方去治疗！”

北斗无言地从椅子上站起身来，转身走出了医务室。在这所学校里，不管是学生还是老师，没有一个值得信任的。大人们都跟父亲说的一样，狡猾、虚伪，只会逃避责任。放学之后，北斗在楼道里解下了手腕上的绷带，把它们团成一团丢进了垃圾箱，然后头也不回地走出了学校。

3

北斗看着自己的手臂，竟然莫名地感到有些吃惊。

他坐在浴缸中将手臂和腿都伸展开来，发现和幼年时的自己已经不同。自己的身体已经介于孩子和大人之间。北斗又把自己的胳膊沉入温暖的洗澡水中。自己身体各处的关节已经像成年人那样坚硬而突出。骨头上附着的肌肉虽然不粗壮，但绷紧了也很硬实。将来，自己会用这双手臂做些什么呢？会用它们来工作、拥抱自己爱的人……在父亲至高独裁统治的这个帝国中，北斗每天为了苟延残喘地活下去已经耗尽了几乎全部精力，他根本没有时间去想未来的事情，更不用说什么梦想了。

北斗又看了看左手腕的伤痕，那条直直的伤痕比其他地方的皮肤稍微突起一些，颜色更白一点。现在，北斗已经不会再干割腕之类的傻事了。因为没有人关心，所以伤害自己的身体也没有任何意义。对于孩子受的伤，大人从来不当回事。自那次在厕所割腕之后，医务室的竹内老师就再也没有拿正眼看过北斗。

上了初中三年级之后，北斗每天的时间被分成两部分。不是学习时间和学习之外的时间，而是父亲在的时间和父亲不在的时间。平时，放学之后北斗会一直待在学校里，直到学校关大门才回家。他没有参加任何课外活动，所以只好一个人像幽灵一样在校园里徘徊。有时他会坐在教室里或图书馆里发呆，有时会在操场上看那些体育组的学生训练。当自己的影子在操场上越拖越长的时候，痛苦的时间也就接近了。

为了在晚饭前尽量晚地回家，每天北斗都会绕远路。

“我回来啦！”

进门时，和家里人打一声招呼是不可少的礼节。但是，母亲美砂子每次都不会有回应。可是北斗还是会喊得超级大声，以至于隔壁的邻居都听得到。因为这礼节、礼貌都是至高平时严格教育的结果，如果北斗哪次进门忘记打招呼，就会被父亲暴揍，又会在大腿或背上留下新的伤痕。如今，北斗已经长大了，至高不会再像以前那样打他的脑袋和脸。因为不能在别人看得见的地方留下伤痕。看来至高还很在意面子，担心别人说自己虐待孩子。

这天晚上，至高九点多才回家。不管他几点回家，反正在他回来之前，家里不能开饭。晚上饿肚子，北斗从小就习惯了。有的时候北斗饿得胃痛，有的时候感觉整个胃收缩到只有核桃大小，但只要忽视它，不知不觉就没有感觉了。一听到父亲回家的声音，母亲就会瞬间变身。父亲回来之前，母亲从来都是一脸阴沉，也几乎不说话，可听到父亲进门的声音，她就会立刻变成一个普通的、热情的家庭主妇。北斗认为母亲就是父亲的机器人——家庭主妇型机器人。这个机器人身上的开关，就是父亲的淫威，同时也是母亲心里的恐惧。

至高换了拖鞋，走进了客厅。一天之中，北斗注意力最为集中的时间，就要算这一瞬间了。

北斗必须判断出父亲是否疲惫，疲惫到什么程度，他的心情是好是坏，情绪中是否隐藏着怒气……面对父亲，北斗会强挤出笑容，同时眼睛像扫描仪一样观察着父亲从头到脚的每一个细节。这一天，至高看起来有点疲惫。他那异常锐利的眼睛凹陷下去了，瘦削的颧骨则高高隆起。美砂子也察觉到了丈夫的神色，然后以温柔犹如新婚妻子的声音对至高说：“老公，你回来啦！肚子饿了吧，马上就开饭。”

至高没有说话，这可不是一个好兆头。北斗已经为接下来可能发生的事情做好了心理准备，或者说对挨打已经有所觉悟。他像穿上厚厚的宇航服一样，给自己的心穿上了好几层厚重的铠甲。此时的房间里，只有电视里播报九点新闻的声音和厨房里微波炉工作的声音。而电视中净是一些令人闹心的负面新闻，比如富豪夫妇杀人事件，醉酒驾驶造成交通事故出现人员伤亡，日本继续在经济危机的深渊中挣扎……

“人类，是一种多么愚蠢的生物啊！”

至高一屁股坐在沙发里，双腿伸直想放松一下，连西装上衣也没有脱。至高有三套一样的灰色西服套装，所以，他每天去上班都是一成不变的样子。外面灰色西装，里面白色衬衣，领带不是黑色的就是深蓝色的。

听了至高的言论，美砂子在厨房里不断地、夸张地点头，那点头的幅度必须让客厅中的至高看得到。然后还附和道：“没错，人类就是这么愚蠢。”

听到这话，至高翻着眼皮往厨房里的美砂子瞪去，看来，这次愚蠢的是美砂子。今天晚上，在侍候丈夫的过程中，美砂子犯了一个错误。因为对于至高来说，并不是所有附和和拍马屁，他都愿意听。餐桌上摆放的有用豆瓣酱和甜酱油调味的炸猪排、炒青菜、鸡蛋汤和凉拌黄瓜。吃了一口炒青菜后，至高放下了筷子。在没有任何预备动作的情况下，突然扬起手来就给美砂子一个耳光。美砂子刚喝到嘴里的汤全喷了出来，胸前湿了一片，可她却一动也不敢动。她知道，如果自己着急去擦的话，一定会让至高的怒火越烧越凶。

而此时的至高，非常平静地说：“男人在外面拼了命地工作，回家就吃这么难吃的东西吗？”

至高拿起餐桌上的酱油瓶，给每一个盘子里都倒了很多酱油。而北斗则继续默默地吃饭。今晚能吃的东西全都在这张桌子上。从中午在学校吃了午饭之后，到现在已经九个多小时了。如果现在不吃东西的话，晚上肯定饿得难以入睡。

至高自己也吃了一口蘸满酱油的菜，然后把手里的筷子朝美砂子脸上扔去。

“这东西是人吃的吗?!”

至高的怒骂声刚好控制在无法穿过混凝土墙让邻居听到的音量上，然后对准美砂子的脸颊又是重重一击。当至高第二次打一个人的时候，他就停不下来了。对至高来说，暴力和音乐差不多。一旦形成一个节奏，就必须把整个旋律演奏完。至高站起身来，把上衣脱掉，依然平静地说：“接下来，我要好好教育教育你！不过在此之前，你先叫份比萨外卖。”

美砂子颤抖着点了点头。拿起无绳电话的子机拨出了比萨店的订餐电话。当电话接通之后，美砂子用手捂住话筒，轻声细语地问至高：“老公，现在点餐的人有点多，做好了送过来可能要花一个小时。”

至高默不作声地点了点头。然后拿起餐桌上的那盘倒满了酱油的炒青菜，从妻子头上淋了下去。美砂子只是皱着眉头闭上眼睛耸起了肩膀，嘴里轻轻地吸了一口气，不敢有其他任何大的反应，然后问丈夫：“要点什么口味的比萨呢？”

北斗看着桌上泡在酱油里的炸猪排，心想，如果这盘菜也被父亲糟蹋了，今晚就没有下饭的菜了。于是赶紧夹了一块猪排放在碗里的白米饭上。

至高则用皮笑肉不笑的表情说：“我要芝士培根的。”

芝士比萨是至高的大爱。就在美砂子打电话跟餐馆订餐的过程中，至高又把那盘炸猪排连汤带肉地淋到了她的头上。只见美砂子的头发全被佐料汤汁淋湿了，而肩膀上还扛着几块猪排……但是，她必须得装作什么也没发生的样子。

"麻烦你们尽快送来，谢谢！"

说完这句话，美砂子挂断了电话。也就在同一个瞬间，至高对着美砂子的后背就是一脚，把她踹倒在地。趴在地上的美砂子连哭也不敢，只有惊恐和忍耐。至高所行使的暴力，在他看来是教育性的指导。如果被教育的人表现出感情上的抵触或反抗，就会受到更加严厉的"教育"。对此，虽然北斗心里也不舒服，但因为经历得太多，也接近麻木了，所以他继续自顾自地吃饭。因为他可不想等一个小时之后，和情绪暴躁的父亲一起吃比萨饼，所以必须尽快把肚子填饱。开启暴力模式的至高，就像一场龙卷风。他目所能及的东西，都会被卷入风暴之内。

于是，北斗默不作声地继续吃饭。他先咬了一口浸泡过酱油、咸得不得了的炸猪排，然后使劲往嘴里扒米饭。这个时候，味道什么的都无所谓了，北斗只想尽快填饱肚子，离开餐桌。站出来保护母亲的想法，他压根就没有过。因为如果此时挨打的是北斗，那么美砂子肯定会笑嘻嘻地落井下石，等父亲打完，她还要打几下。

至高用一只脚踩在倒地的美砂子的脸上。母亲在流泪，但她拼命地控制自己不发出声音。北斗用清楚洪亮的声音对父亲说："爸爸，我吃饱了。我先去洗澡了。"

至高抬起头，用他那清澈的眼睛望着北斗，然后点了点头，说："好，去吧。最近有没有好好学习？快考高中了。"

"有。我会努力的！"

趴在散落着菜叶、菜汤的地板上，美砂子望着儿子北斗。北斗不清楚那眼神的含义，是在向自己求救吗，还是对自己充满怨恨？不管怎么说，自己是这个女人生的，但北斗对美砂子的注视一点感觉也没有。

至高朝美砂子的软肋踢了一脚，只听到母亲张大嘴巴吸了一口气，但没敢喊出来。北斗切断了自己看母亲的视线，走出了餐厅。北斗迅速洗了个澡，然后早早地钻进了被窝。隔着不厚的墙壁，听着父亲折磨母亲的声音，北斗渐渐睡着了。

北斗睡得很浅，总是翻来覆去的，但也一直算是没醒。直到天亮的时候，美砂子用衣架打他的脸，才把他打醒。母亲一边抽泣一边用衣架抽打儿子的脸和胸口，对此，北斗默默地忍受着，毫不抵抗。被父亲暴力虐待一夜的母亲，接下来肯定会把心里的委屈、恐惧、怨恨发泄到儿子身上。这一点，昨天晚上北斗就已经预料到了。暴力总会向更弱者传递。最初的暴力也许只是一滴水，但传到下端的最弱者身上时，可能已经变成了洪流。

清晨的日光照在窗帘上，虽然窗帘不太透光，但光可以从窗帘四边的缝隙中渗透进来。而母亲手里的衣架，在晨光中反射着白光。北斗用双臂护住脑袋，听着早晨的音乐。松屿新城的早晨，有很多早起的鸟儿会唱美妙的歌。

北斗把自己在家里待的时间尽量控制在最小限度内。

在至高和美砂子不断的暴力虐待中，北斗唯一的自卫术就是尽量减少在家的时间。因为父母施加暴力没有任何缘由，所以北斗根本无法预测，也无法躲避。和他们保持一定的距离是唯一的方法。从这个角度来看，为考高中而进行学习，反倒成了北斗不回家的好借口。

到了周末，即使整天不回家，北斗也不会挨骂挨打。以前，只要北斗离开自己的视线，至高就会生气，可如今，要是听说北斗去图书馆学习，他就不会找碴儿。周末，北斗会骑自行车去松屿新城外面的市立图书馆，从家出发骑车到图书馆大约需要十五分钟。虽然书包里装着教科书和笔记本，但北斗到图书馆也不是去学习的。看到自己父母的样子，北斗就觉得大人都信不过。大人们总是撒谎。而由这样的大人们建立起来的教育体系，当然也不值得信任。

这样的教育系统，无非就是大批量生产“听大人话的好孩子”。孩子们在学校里读着完全一样的教科书，吃着学校统一供应的午饭。他们学到的是这个社会的规矩，长大以后为了维持这样的社会继续运转而工作。同时，他们也被这样的社会束缚住了。而北斗，想要的是自由。他想脱离至高和美砂子的统治，一个人生活。北斗认为，要实现这样一个梦想，并不需要多么努力地学习。只要上课时认真听，就能考个过得去的成绩。以北斗的成绩，考上附近的都立高中，是绰绰有余的。

虽然北斗在图书馆不学习，但他会如痴如醉地阅读图书馆里的书。他觉得只要是书，不管什么样的书都很有趣。端爪家没有书架，也基本没有像样的书，所以图书馆对他来说是个非常新鲜的地方。北斗在这儿阅读的书大多是小说，但是，小说中他也喜欢那些故事情节清晰流畅，而且离现实越远越好的。读书成了北斗逃亡的一种手段。他把想象力当作翅膀，希望从至高和美砂子统治的家中逃离出来，在自己的头脑中远行。北斗经常在杀人破案、推理解谜、科幻宇宙、冒险旅行的世界中全力逃亡。

对于北斗来说有一个问题：图书馆关门时间太早。星期日下午五点过五分开始，图书馆内就会播放用单簧管演奏的莫扎特的协奏曲，而且是恐怖、阴暗、忧郁的第二乐章。一听到这个音乐，北斗就从安全、愉快的阅读世界中被拉回到残酷的现实生活中。可是，家里吃晚饭的时间是七点多，还有两个多小时的时间，该去哪儿？做点什么呢？

北斗不情愿地、慢吞吞地离开图书馆阅览室，朝自行车停车场走去。现在还是初夏，所以就算是下午五点多，太阳还很高。北斗骑上自行车，依依不舍地离开了图书馆。他绕着虽然不大但也不小的松屿新城骑了一圈，然后便去他熟悉的希望之丘。

希望之丘位于松屿新城的东端。去那里的路上有一段又长又陡的斜坡，如果骑自行车的话，一般人都得下来推车，要想骑上去的话，需要相当强的体力。斜坡的途中有变电所和水塔毫无表情地矗立着。在希望之丘的顶上，有一块地方堆放着一些建筑用的混凝土块。

北斗凭借自己年轻，一口气骑上了那又长又陡的斜坡。到了丘顶，他大口地喘着气下了车。太阳把混凝土块晒得很暖和，北斗一屁股坐在上面，伸直了两腿让全身放松下来，将松屿新城的公寓楼群尽收眼底。而另一边则可以一眼望到绿色的地平线，有一条高速公路直通东京都的中心。天空已经被微微地染上了一层晚霞的颜色，这种空旷感以及伸手无法触及任何事物的距离感，让北斗心中不由得升起一种憧憬的感觉，但到底是憧憬什么，他也搞不清楚。西边天空中的太阳，正以肉眼无法察觉的速度缓慢地沉了下去。

（自己就是一个渺小无比的人类。）

每次来到希望之丘，北斗都会产生这种感觉。每个星期天的下午，北斗都会来这里，花两个小时看着太阳落山。这已经成为北斗的习惯。而那些混凝土块，就是北斗观赏日落的特等席。因为从没有人爱过北斗，所以北斗不知道这个世界到底需不需要自己。也许自己就是一个可有可无的人。以后，什么痕迹都没有留下就死去了，这就是自己可怜的命运。这个世界上一定没有属于自己的立足之地，也没有人需要自己。自己长大以后，同样是一个多余的人，干着一份无关痛痒的工作，直至终老。在夕阳照耀的希望之丘顶上，北斗思考的总是这些令人绝望的事情。

天边的云被染成了橙色，一个巨大的橙红色球体已经接近地平线，用不了多久它就会沉到地平线下面去。天空变成了透明的深蓝色，银色的星星开始一颗一颗地冒出来，配上彩色的云朵，真是漂亮极了。在观赏日落的这两个小时里，北斗那冰冷坚硬的心有时也会被打动。在和自己没有关系的这个冷酷世界中，竟然存在如此醉人的美景。也许是出于大自然和人类没有任何关系的缘故吧。因为人类的冷漠、残酷无法影响大自然，所以它才那么美丽吧。

也许自己的真正父母并不是至高和美砂子，而是这美丽的夕阳、天空和云彩。北斗不停地这样安慰自己。渐渐地，他累了，就什么也不想，只让自己心跳的速度和日落的速度相吻合。

每个星期天的这两个小时，是北斗少年时代中为数不多的黄金时间。

暑假前的一个星期六，发生了一件奇怪的事情。

那一天，至高的情绪非常平静，既没有殴打妻子，也没有揍儿子。不知什么原因，他面对墙壁坐了很长时间，这简直太不寻常了。也许他在思考什么事情，也许只是坐着发呆。至于父亲一生追求的是什么，他想要的是什么，就连和他一起生活了十多年的北斗，也摸不着头脑。

突然，可视门铃响了起来，刚好在母亲把晚餐准备好的时间。美砂子拿起客厅墙壁上的门铃电话听筒，问道："请问您找哪位？有什么事？"

北斗把视线从电视机上移开，瞥了一眼可视门铃的监视器。监视器屏幕上映出一个身穿西装的年轻人。

对方回答道："我叫富冈，是儿童福利司的工作人员。我刚从本地区的儿童咨询中心赶过来。端爪先生在吗？我想和他聊几句。"

端爪家住的松屿新城的公寓，已经有些年头，是比较旧的公寓，所以楼下单元门没有门禁系统，这位陌生人现在就站在他们家门前。听到"儿童福利司"这个名称，面壁的至高把脸扭了过来，睁开了他那鱼眼一般的眼睛。只要看到父亲的这种眼神，北斗的身体立刻就会变得僵硬起来。那是暴风雨来临的前奏。

至高就像吊线木偶一样，机械地站起身来朝大门走去。他打开了门，但只开了一条小缝，并没有解开门上的链条锁。

“儿童福利司的这位老兄，你有什么事？”至高用沉稳、平静的语气问。

“啊，您别往坏处想。周围的邻居有向我们报告说，您家里对孩子的管教有些严厉，我是来了解情况的。”

北斗从客厅里望着站在玄关的父亲的背影。美砂子和北斗都屏住了呼吸。北斗忽然想起来，前几天，自己被父亲关在阳台上罚站整整一个晚上。北斗在阳台上时，看见对面楼的一个阳台上，有一对夫妇指着自己说了些什么。没准就是他们去儿童福利司举报的。

至高用毫不迟疑的语气说：“是吗？那可真是辛苦您了，但估计您这是白跑一趟。不用您操心，我家儿子已经上初中三年级了，一直健康成长，而且成绩还不错呢。”

对面的年轻人并不着急，依然保持着稳重的态度，说：“那样最好。不过，端爪先生，以前，您家就曾多次被邻居以同样的理由举报。我的前任同事因为太忙，一直把您家的事拖到了现在。现在我负责这个片区的少年儿童事务，如果以后您家再被举报的话，我会再来的。所以，现在提醒您注意一下。”

至高的后背挺直，看得出硬得像一块板子。对此北斗感到很吃惊，没想到那么凶残的父亲也会感到害怕。

“您是不是搞错了？在我们家，那个……怎么说的？对，‘虐待儿童’，虐待儿童之类的事情完全不可能发生。您还是快回去吧！”

当至高要关闭那道窄窄的门缝时，儿童福利司的那位工作人员喊了起来：“北斗同学！我知道你在里面，如果以后再挨打的话，请到儿童福利司来找我，记住！我叫富冈！”

“讨厌的家伙！净说些难听的话。”

至高吼着关上了门，并从里面上了锁，然后回到客厅。北斗什么话也没说。他认为，自己听到了那个叫富冈的男人的话，仅凭这个理由父亲就会暴揍自己一顿，所以他从心理和身体上，都做好了挨打的准备。

“我们吃饭吧，再不吃都快凉了。”

至高又变回了稳重的语调，这让北斗感到非常意外。而美砂子则手忙脚乱地在餐桌上做着开饭准备。

在暑假中，父亲的变化越来越明显。

周末不上班的日子，父亲甚至会面壁坐上一整天，还会一个人念念有词地说个不停。有的时候，他手里拿着一样工具想要做什么，可好像突然之间忘记自己要做什么一样，盯着那个工具发呆，就像第一次看到它一样。有一次，北斗就看到父亲盯着手里的钳子看了二十分钟，一想到这事，北斗就会起一身鸡皮疙瘩。

至高的这种反常行为不仅出现在家里。据说在公司里，他也出了不少问题。比如，上司交代的工作转身他就忘记了，反而机械地重复某项无关紧要的工作。有的时候，咖啡杯已经满了，但他还呆呆地站在咖啡机面前，不知道关开关。也有的时候，会用胶水把空信封一个个封起来。为此，美砂子还曾被至高的上司叫到公司来，询问至高的健康状况。

至高的脑子刚开始出问题的那段时间，北斗反而感到挺高兴。因为以前，父亲拥有绝对的自信和信念，所以他非常暴躁，经常对家人拳脚相加，北斗简直就是他发泄情绪的工具。但是，如今这个“全新”的父亲，不怎么使用暴力了。现在的至高，只要一睁开他那玻璃球一般的眼睛，就会无神地向自己周围来回张望，嘴里自言自语地说一些没人能听懂的话。

“你爸这是怎么了？”

对于至高的变化，美砂子也感到不可思议，所以她向北斗寻问答案。

“我也不知道。不过，和以前相比真的是判若两人了。”

北斗感觉到，母亲对改变后的丈夫多少抱有一点好感。因为至高最近都没有殴打美砂子，而美砂子对北斗使用暴力的次数也大为减少。

北斗的暑假已经接近尾声，在一个星期日的晚上，又发生了一件不可思议的事情。

至高又在客厅里的那个专属位置面壁打坐。而北斗则斜靠在床上读书，是从图书馆借来的玄幻小说。小说的内容是华丽的、光与影之间的战斗，但却比现实世界要简单多了。在幻想的世界中畅游，是北斗最喜欢做的事情。而且，如今和父亲同居一室居然也能如此轻松地读书，这让北斗有些意外，也正因如此，他的轻松才会显得更加轻松。母亲正在洗澡，如果没有打扰她的话，她能洗上一个甚至两个小时。家里的浴缸就是美砂子逃避噩梦的地方，就像图书馆是北斗逃避噩梦的地方一样。

“北斗，你过来一下，我有话跟你说。”父亲的声音很平静。

北斗赶紧把书扣过来放在床上，然后小心翼翼地走到父亲身边，挺直腰杆挨着父亲坐了下来。北斗吃惊地发现，自己的视线居然和父亲的差不多一样高。是自己长高了，还是父亲变矮了呢？

“今天我告诉你一个秘密。为什么我天天坐在客厅的这个地方面壁？”

北斗谨慎地用眼角的余光瞄了一眼身边的父亲。父亲的鬓角已经长出几许白发。这个残暴的家伙不知不觉地也上了年纪。就在这时，北斗眼前展现出一幕他简直不敢相信的场景。至高慢慢地扭过头，对着儿子笑了起来。此时至高的眼睛和醉心于暴力时那清澈的眼睛完全不同。此刻他的眼角竟然聚起了和蔼的鱼尾纹，眼神也异常温暖，不再清澈得令人打寒战。他的嘴角也向上翘了起来，他真的笑了，像个普通父亲一样。

对于北斗来说，这真是一个甜美的瞬间。在此之前，北斗从没见自己的父亲如此这般对自己笑过。十五年了，北斗第一次真真切切地感受到父亲的笑意，北斗的心又被射穿了。不过，这次是甜蜜的伤口，但甜蜜的伤口也会痛，而且和以前挨打之后尖锐的刺痛一模一样。

“别以为这只是一面白色的墙壁，只要你仔细看的话，会浮现出各种各样的影像。而且，必须得在这个位置，以我这样的角度、以固定的视线才能看到。就像个大屏幕一样，过去的一幕幕都会浮现在墙上，鲜活生动，很有意思。”

北斗也学着父亲的样子，稍微向右倾斜着脖子，盯着对面那面白墙。

“必须集中精神，但眼睛得放松，而且视线不能紧盯一处，要像我这样稍微斜着眼睛看。”

北斗什么也看不见，白色的墙壁，在他眼睛里只是一片雪白。尽管如此，他还是目不转睛地盯着墙壁看，因为能和父亲并肩坐在一起，共同做一件事情，非常开心。

“你看见了吗？北斗，现在画面中放映的是医院新生儿室。我第一次见到你，还隔着一层玻璃。那时你就像一个干瘪的红色小猴子，正在睡觉。”

父亲说话的声调就像在唱歌，他看起来非常愉快。虽然北斗什么也看不见，但他的脑海中也在浮现父亲所说的场景。年轻的父亲隔着玻璃面对一个新生儿，北斗不敢相信，那婴儿原来就是自己。

“你小时候，吐奶的技术可是一流。你那时不太会打嗝，只要一打嗝就会像喷泉一样吐奶，把你妈妈给愁坏了。”

北斗扭头偷偷看了看父亲的侧脸。他弓着背，歪着头，微笑着，痴迷于自己眼前的景象。没想到这个人还有如此可爱的一面。北斗被眼前的一幕陶醉了。

“你第一次学会走路，会说的第一句话，我都记着。你扶着电视柜站了起来，然后一步、两步地走了起来。当你走累了，一屁股坐在地上后，脸上还露出骄傲的笑容，好像已经征服了整个世界一样。你会说的第一句话竟然是：‘走走。’你一定是想让爸爸妈妈带你出去走走，所以你最喜欢那个婴儿车。”

北斗感到不太对劲。十五年来，父亲都没有给自己的爱，为什么现在一下子都给了自己？接下来会发生什么？

“你上幼儿园后，有点孤僻。在幼儿园交不到朋友，你也不爱上幼儿园。你妈妈每天送你去幼儿园的时候，你都抱着她的腿哭着不肯让妈妈离开。”

在北斗的记忆中，自己受到暴力虐待，就是从那个时候开始的。在那以前，端爪家肯定也有家暴，只是北斗太小，他记不得罢了。北斗清楚地记得，有一次父亲打了自己，致使鼻血把校服都染红了，然后母亲赶紧拿去洗了。

“上小学后，你就活泼多了。上课时老师教的知识就像水，而你就像一堆干燥的沙子，一下子就把那些水给吸收了。你的面容遗传了你妈妈的俊美，皮肤也白，说话声音还好听，又单纯。我很羡慕你。而我小的时候被你爷爷紧紧地束缚了起来，过得非常不幸，你是那么自由，那么幸福。我很嫉妒你，北斗。”

嫉妒六岁儿子的父亲，北斗绞尽脑汁也想象不出这样的人到底长什么样儿。北斗所能看见的是一个完全不讲理、彻底醉心于暴力、会用语言把孩子逼上绝路的怪物。这时，至高的声音突然发生了变化，屋子里的温度也瞬间降低至冰点。北斗的后背上起了一层鸡皮疙瘩。

“你是一个幸福的孩子，你是一个受老天恩惠的孩子。你拥有我没有的一切！”

北斗直直地盯着父亲，眼睛似乎被吸住了，完全无法移开。而父亲的眼睛则慢慢地冰冻起来，渐渐地又恢复了冰冷的清澈。

“我没有什么可以留给你。我就要死了。这个世界、这个家、美砂子的心里、你的心里都没有我能停留的地方。我是一个不该来到这个世界的人。”

自己虽然憎恨父亲，但从他嘴里说出自己要死的话，北斗也感觉不是滋味。说实话，在北斗的头脑中，不是没有想过让父亲死。有好多次在被父亲殴打的时候，北斗都想要是父亲早点死了就好了。如果在想象中杀人也算犯罪的话，那么北斗已经犯过无数次的杀人罪了。至高猛然站起身来，不知要做什么。

只见父亲走到了玄关的壁橱前，打开壁橱好像是在找什么东西。翻了一会儿，他好像找到了，然后把那个东西藏在手心里又回到了客厅。北斗知道，这下糟了，于是赶紧用双手抱住脑袋，做好防御的姿势。此时，至高的眼睛又变回了以前那种纯粹的清澈状态。

“喂！”至高像哀号一样大叫了一声。走到北斗身前，至高朝北斗护住头部的双臂就是一脚。北斗被踹得直挺挺地向后倒下，躺在了地板上。至高上前两步骑在了北斗身上，左手握拳猛砸儿子。这拳头从北斗两臂之间的缝隙伸进去，直捣他的额头。虽然北斗早就习惯了挨打的疼痛，但手骨与头骨之间的碰撞总是会发出钻心的痛楚。北斗疼得连腹中的内脏都缩成了一团。

“放开手！北斗，我要送给你一样东西！”

北斗透过保护着头部的双臂的间隙，偷偷观察着父亲。他终于看清父亲手里拿的东西了，那是一把木柄十字螺丝刀。这把螺丝刀已经很久没人用过了，前端都生了锈。难道父亲想用这把螺丝刀杀死自己吗？想到这儿，北斗把脑袋护得更紧了，绝不能松开双臂。至高的拳头像雨点一样打在北斗的双臂上，致使那两条纤细的手臂已经失去了知觉。

北斗不知道自己还能坚持多久。在至高的拳头和螺丝刀柄的轮番攻击下，北斗的双臂已经没有力气再护住头部了。看来父亲已经疯了，今天自己就要死在他的手里了。不过，那样也未必是件坏事，从明天开始自己就再也没有烦恼了。北斗放弃了抵抗，只是躺在地板上呆呆地盯着父亲。至高用双膝压住北斗的双肩，北斗感受着父亲大腿的热量，觉得压在自己身上的是一头未曾见过的野兽。

“不要忘记！你是我的儿子！”

至高的左手从天而降，拨开北斗额前的头发，露出了皮肤细嫩的脑门。至高瞪着清澈的眼睛微笑着。他调整了一下右手握螺丝刀的姿势，让螺丝刀的尖端缓缓地降到北斗的脸上，直指他的眼睛。北斗想象着接下来可能发生的事情，如果螺丝刀再这样降下来的话，就会刺中眼睛，然后穿过眼睛插入大脑。北斗已经麻木，无力感到恐惧。

但是，螺丝刀躲开了眼睛，向北斗的额头慢慢降了下来。至高到底想做什么？当螺丝刀的尖端触碰到北斗额头中央的皮肤时，至高开始猛烈地用力钻了起来。此刻，与疼痛相比，北斗感知到的是一种更强烈的不和谐感，亲生父亲竟然用螺丝刀钻自己儿子的额头。北斗额头的皮肤立刻就被钻破了，螺丝刀的尖端穿过前额薄薄的一层肉，很快就触到了头盖骨。金属钻骨头的感觉，比任何事情都恐怖。而鲜血则沿着北斗的额头两侧淌了下来。

至高脸上依然保持着微笑的表情。

“我的一生，被自己的父亲，以及这个世界捉弄得团团转。所以才给你取名叫北斗。北斗是北方天空中绝对不动的一颗星星。我希望你成为北斗星，比任何人都强大，在这个世界上坚定不移地生活下去。我给这个世界留下的东西就只有你了，北斗。”

十字螺丝刀还在钻个不停。再过一会儿，就会把我的头盖骨钻透了吧。北斗用即将失去的、微弱的意识这样想着。

“为了让你永远记住我，让你永远记住你是我的儿子，我要在你额头上刻一个星星的印记。任何东西也无法消除的星星印记，将一直在你的额头上闪耀。你是我的儿子！北斗，永远不要忘记！”

北斗耳朵里回响着金属螺丝刀钻骨头的声音。至高几乎把整个身体的重量都压在那把螺丝刀上，还是不停地钻啊钻。

这时北斗似乎听到了急促的脚步声，然后在母亲美砂子的惊叫声中，北斗终于失去了意识。他什么也看不见，什么也听不见，什么也感觉不到，看来，还是那边的世界更美好。

北斗在失去意识的瞬间还思考了如下的两个问题：首先，他痛切地感受到自己确实是这个男人的儿子，正如父亲所说；其次，当这个疯子的儿子，一定是上天加在自己身上的诅咒。

自己的一生都不会幸福，不会被人所爱，也不会爱谁。

最后，就像这个疯子父亲一样，自我毁灭。

父亲，再见了！

后来，北斗被救护车送到了医院。当医生赶到端爪家的时候，至高正歪着脑袋对着白墙发呆。医生处理了北斗的伤口之后，给他注射了镇痛剂。那天晚上，北斗就住在松屿新城的医院里，他也只在那个医院住了这一晚。

北斗住的病房是一间有四张病床的多人间，病床与病床之间由活动拉帘隔开。熄灯之后，屋里只剩微弱的光亮。在昏昏沉沉之中，北斗感觉自己床边的拉帘晃动了一下，然后有个人影站在了自己的床边。

“你就是端爪同学吧，还记得我吗？我是儿童福利司的富冈啊。”

北斗用微弱的声音应了一声：“……嗯。”

“在这个医院中接受治疗的孩子，只要家里出现家庭暴力的征兆，院方都会向我们儿童福利司报告。关于你的情况，我们也接到了院方的报告。你前额的伤很严重，是你父亲弄的吗？”

镇痛剂让北斗的大脑有点晕。额头的伤痛就像很远的地方有人在敲大鼓一样，虽然微弱但却一直轰轰作响。北斗想起了父亲的样子，让自己不要忘记是他儿子时的样子。至高去拿螺丝刀之前那奇迹般的笑容，又闪现在北斗的脑海中。

这个时候，北斗也没有意识到，他自己的嘴角上也挂着笑。

“不，不是我爸爸弄伤的。是我自己不小心，在客厅摔倒，额头刚好撞在螺丝刀上。”

富冈长长地叹了一口气，就连床边的拉帘都被他叹出的这口气给吹动了。因为病房里并没有开窗户，所以拉帘晃动肯定是富冈叹气给吹的。

“如果你这么说的话，那我也没有办法。事情肯定就是你说的那样了。不过，北斗同学，你们家已经在我们儿童福利司挂上号了。所以，以后再发生什么情况的话，请在无法挽回之前给我们打电话，好吗？这名片上不仅有儿童福利司的电话，还有我个人的手机号码。任何时间都可以打，不要不好意思。遇到危险，记得要自救，要向我们发 SOS 信号。”

富冈递过自己的名片，放在北斗的枕头旁边。随后，他转身拉开拉帘，准备离开。不过，他临走之前又对北斗说了一句。

“也许，你是在保护你的父亲；也许，你不想让家丑外扬。但是，如果你老是这样犹豫不决的话，没准哪一天你父亲会变成不可饶恕的罪犯。到时恐怕连你的生命也会暴露在危险之中。请你好好考虑一下。好了，多保重，再见！”

富冈离开之后，北斗好像从梦中醒来，而刚才发生的一切仿佛做梦一样。虽然头被镇痛剂弄得昏昏沉沉的，但北斗还是尽力地集中精神，开始思考。“不可饶恕的罪犯？”“生命危险？”对此，北斗只能付之一笑，因为从记事开始，北斗就已经习惯了这样的状态。

开学前的最后一周，北斗的头上都缠着绷带。而至高又变回了上次爆发之前的稳定状态，每天都会面壁而坐。自打发生上次的事件之后，北斗就不会靠近父亲，而且谨慎地和他保持着一定的距离。母亲不在家的时候，北斗也不会和父亲单独相处，他都会尽量外出，远离这个家。

就在开学的头一天，白天，北斗也是大部分时间待在离家不远的书店里打发时间，直到快要吃晚饭才回家。这个时间，父亲可能已经下班回家了，但回家后只要迅速吃完饭，然后去洗澡，就可以上床睡觉了。这样可以把危险降到最低点。北斗在打开家门的同时，礼貌周到地喊了一声：“我回来啦！”

可是，与此同时，北斗握着门把手的手腕被人一把抓住，并用力拉进了门里。有如此大的力量，肯定是父亲。“砰”的一声，大门在身后关闭了。北斗定睛一看，只见走廊尽头的地板上瘫坐着母亲美砂子。母亲的双颊红肿，左边的眼睛更是肿得老高，紫色的淤血充盈，左眼已经睁不开，只剩一道缝。而玄关里更是弥漫着一股血腥味。父亲到底对母亲做了些什么?!

“我正在等你呢，北斗！你头上的星星我还没有刻完呢。”

北斗根本没有时间换鞋，就被父亲拉到走廊，按倒在地。至高的右手里还是握着那把十字螺丝刀。至高粗暴地摘掉了北斗头上的绷带，这时，不知为什么，北斗感觉自己的眼泪和唾液如泉涌般爆发性地冒了出来。口水从嘴角流出来，北斗躺在地上哭着对父亲喊起来："我已经记住了，我是爸爸的儿子！我会永远记住的！请爸爸不要再刻了！"

至高又用双膝压住北斗的双肩，让他无法动弹。眼睛是那么清澈，向上翘起的嘴角描绘出一个凝固的笑容。

"不行！现在的整形技术太发达。上次给你刻的伤痕，很容易就可以消除。所以我要再刻一个，刻一个永远也无法消除的星星。可能稍微有点疼，你就再忍耐一下吧。"

北斗感觉有温热的东西落在了自己脸上。那是至高的口水，至高的嘴角也淌出了口水。从这一点来看，二人还真是一对父子。

"你是我的儿子，北斗！你要成为北方天空最亮、最坚定不移的那颗星星。"

就在生锈的螺丝刀尖端触碰到额头的瞬间，北斗失去了知觉。

4

端爪北斗透过教室的窗户玻璃，凝望着在寒风中显得异常萧瑟的校园。

为什么高中的入学考试要放在一年中最冷的时候举行呢？难道是嫌考生们受的罪还不够多吗？电视新闻曾经把中考和高考称为"压力承受能力测试"。这个名词听起来好像是金融机构对投资客户进行的测试，但是，放在学生的升学考试中，意义就完全不同了。意思是对所有升学考生施加最大的压力，借此来筛选更加适应这个社会的"人才"。这个社会所需要的"人才"就是西装革履，能够遵守规矩、承受压力，具有一定业务能力的人。

北斗报考的是东京都立松屿西高中，所以今天他是坐在松屿西高中的教室里参加入学考试的。松屿西高中是本地录取分数最高的一所公立高中。而这一带的居民对下一代的教育都非常重视，所以竞争还是非常激烈的。考高中的成绩由两部分组成：一部分是所读初中给学生平时的学习状况评的分数，北斗的这个分数已经由初中提交给了松屿西高中。而且，松屿西高中已经审核过这个成绩，并通知北斗合格。所以，对于北斗来说，高中入学考试已经完成了一半，只要今天的考试成绩合格，就能顺利地就读松屿西高中。今天的考试，只要北斗发挥出正常水平，就没有问题。北斗一点都不紧张。北斗也许就像至高给他取的名字一样，在他体内确实存在着某种毫不动摇的品质。主考官进入教室，给大家分发了数学试卷。看了一下手表，西装革履、一脸严肃的主考官对大家说："请把桌上的东西收拾起来。听到我的口令后，大家才可以打开试卷。"

这位主考官是个中年男老师，个子不高，表情严峻，额头宽阔。戴着一副样式有点过时的黑框眼镜。为了生存下来，北斗每天都要拼命地解读父亲的表情。因此，读懂主考官的表情，对于北斗来说简直小菜一碟。

这位主考官喜欢指使别人，喜欢别人服从他的指挥。他的脸上不仅仅显示出威严，北斗根据他的声音和表情还判断出，这位主考官多少有些自恋。

"好，考试开始！"

只听教室中一片翻卷子的声音，就像一大群鸟儿同时振翅起飞一样。大浪淘沙般的考试开始了。因为这些年来经济不景气，学费昂贵的私立学校不再那么受欢迎，有名的公立学校就成了大家升学的首选。所以，像松屿西高中这种在当地有名的公立高中，升学录取率只有不到20%。夸张点说，这个教室中的考生，只有五六名能被录取。在别人翻开数学试卷的时候，北斗依然呆呆地望着窗外。在光秃秃的操场上，只有体育老师画的一条条白色线条，就像没有答案的几何难题一样静静地趴在操场上。

叹了一口气过后，北斗慢慢地打开数学试卷。他竟然有点高兴，因为今天高中入学考试的压力给他提供了一个完美的逃避现实的机会。但是，考试结束之后，至高会不会还像以前那样发飙呢？不过，就连那样的父亲，也很在乎北斗的入学考试。虽然他从来不会在嘴上督促北斗学习，说“赶快去学习！”之类的话，至高从来没有对北斗说过，但他心里还是非常希望儿子考出好成绩。而且，对于北斗在学习方面的优秀表现，他还是很满意的。只不过从来没有在嘴上赞美过北斗的聪明。不过他曾说过一句：“你是我的儿子，所以学习成绩好是理所当然的事情。”临近考试的这段时间，至高对北斗的暴力虐待也收敛了很多。但是，父亲的暴力会不会以今天为界线，又恢复到以前的程度呢？虽然身在考场，但北斗担心的并不是考试的事情，而是自己那残暴的父亲。一想到父亲对自己实施暴力的场面，北斗感觉自己的整个身体都缩成了一团，寒意从心脏发出直达手指尖、脚趾尖，而额头上的星星伤痕却是灼热刺痛的。北斗用右手的中指摸了摸头上的伤痕，平时，伤痕被头发盖住，一般人注意不到。北斗经过几番深呼吸之后，才渐渐将心中对父亲的恐惧和伤口的疼痛驱走。经过一番调整之后，他才开始做试卷上的第一道题。

全神贯注于考试，竟然让北斗完全忘记了父亲至高的存在，因此，北斗非常感谢这些奇难无比的数学题。

考试结束后，北斗又回到了自己的学校——松屿二中。出了考场，所有考生都带着无比舒畅的解放感轻松地走在路上。北斗则一个人静静地跟在后面。北斗在学校里没有一个朋友。在班里，不到万不得已时，他也绝不开口说话。就按照父亲说的，北斗对于自己的遭遇，对任何人都守口如瓶。而他不说的理由，和父亲不让说的理由正好相反。至高是害怕自己虐待儿子的行为败露出去，而北斗则是耻于将自己受虐待的事情说出来。他认为，如果同学们知道自己每天都被父母殴打，那么学校里恐怕更没有自己生存的空间了。于是，在保持沉默这一点上，加害者与受害者的利害关系实现了统一。

回到松屿二中的教室之后，刚才参加入学考试的同学都拿到了试卷的标准答案，开始自己估分。班主任是一位男老师，当他看到北斗之后，马上走过来对他说："端爪同学，刚才你家里打来电话，让你赶快回去一趟。估分先放一放，你快回去吧。"

家里到底发生了什么事情？上这么多年学，父母还从来没有给学校打过电话呢。北斗最先想到的是父亲肯定又想到了什么理由，要教训自己一顿，这种假设让他不寒而栗：难不成又要给我留下一个永远无法抹去的伤疤？面对老师，北斗面无表情地说："老师，我必须得回去吗？我先把刚才考试的成绩估算出来再回去不行吗？"

这位三十来岁的男老师，拍了拍北斗的肩膀。只要有大人向自己伸出手，北斗全身的汗毛瞬间就会竖立起来。不过，这次北斗总算勉强抑制住内心的恐惧，没有伸手去抱头，否则的话，就显得太狼狈了。其实，这位老师只不过是喜欢通过这样的方式亲近同学而已。

"端爪同学，你不用担心考试成绩，我们都相信你没问题的。还是赶快回家看看吧，电话里你母亲的语气有些不对劲。"

"好的，我明白了。"

慢吞吞地收拾了一番之后，北斗不情愿地离开了相对比较安全的教室。一想到家里可能有一头怪兽在等待自己，北斗就感到无比绝望。虽然已经十五岁了，但回家的绝望感让北斗依然无法适应。

"我回来啦！"

北斗打开家门之后，端正地站在门口先和家里人打了声招呼。母亲美砂子慌忙地从走廊里探出了身子。今天母亲的装扮比较少见，她穿了一身正装，手里还提着提包，像是要出门的样子。家里并没见父亲的身影。

“你也快去准备一下。”

“准备什么？发生什么事了？”

“你爸爸突然被送到医院去了。”

虽然北斗从心底里憎恨自己的父亲，但听到这话，他竟然不自觉地担心起来。可是，当意识到自己在担心父亲时，他连忙纠正了自己的这种想法，并告诉自己，如果父亲因为意外受伤住院就好了，如果能住上一两个月就更理想了。

“哪家医院？”

美砂子看着北斗。可是，北斗从母亲看自己的眼神中感觉自己真的变成了一个幽灵，因为母亲的视线似乎穿过了自己，停留在自己身后的某个地方。

“……松屿市精神医疗中心。”

那不是个精神病医院吗？北斗吃惊不小，他以为父亲是在上班的时候不小心受伤了呢。来不及多想，母亲抓住北斗的手腕就要出门。

“你不用准备什么了，这样就行了，我们走吧！可是北斗，这个家今后该怎么办呢？”

对于将来的事情，北斗没有想过。不过，他能感觉得到，母亲嘴里所说的“家”更多的是指她自己的生活。有关儿子的一切，母亲并没有将其纳入这个“家”的范畴。

母子二人乘坐出租车赶往医院，汽车大约开了二十分钟，便在一片深绿色针叶植物中看到了一幢白色的低层建筑，那就是松屿市精神医疗中心。远看那医院就像一座很新的度假酒店。出租车在医院门口停下来，母子二人下车后，径直走进了医院的大厅。大厅很宽阔，还有舒缓的背景音乐萦绕其中。

来到咨询台前，美砂子对负责接待的护士小姐说："我是端爪至高的妻子，我丈夫今天住进了贵院。"

听到美砂子的介绍，护士小姐马上通过电脑查询患者的相关资料。查到之后对美砂子说："您先生现在还在急诊室。大厅一直往里走，在第一个走廊口转右，再一直走到头就是急诊室了。"

"非常感谢！"

原来精神病院也有急诊室，这件事北斗还是第一次知道。母子二人一路小跑，按照护士小姐指示的路线去寻找急诊室。阳光透过玻璃窗照进医院的走廊，走廊显得很是明亮。可是，跑着跑着，他们二人就听到了一个熟悉的声音，那是至高的喊叫声。

"住——手——"

走廊里还有一些人，有的是医院的工作人员，有的是患者，他们似乎早就听惯了这种喊叫声。在与这里优雅的环境格格不入的喊叫声中，他们面无表情地做着自己的事情，就像什么也没听见一样。

"放开我——"

在整洁、优雅的医院里听到父亲这样鬼叫，北斗觉得很不协调，也很不好意思。美砂子拉开急诊室的滑动门，冲了进去。北斗诚惶诚恐地跟在母亲身后。只见急诊室中间横着一道白色的拉帘，至高的叫喊声是从帘子后面传来的。美砂子连忙上前抓住一位年轻医生的胳膊，急不可耐地问道："我是端爪的妻子，到底发生什么事情了？"

"您丈夫好像是在街上与人发生了冲突，有人报了警。警察赶到才将您丈夫控制住，可是发现他精神状态有些异常，就把他送到我们这里来了。您丈夫到这里来的时候，异常兴奋，我们没办法和他进行正常的对话。"

听到这儿，美砂子愣在了原地，她的背僵得像石头一样硬。而北斗也只是呆立在原地听着父亲的喊叫声，不知所措。

“刚才您丈夫还踢伤了一位护士，那位护士的额头缝了三针。我想告诉您的是，以您丈夫现在的状态，我们不能让他回家。我们想在征得您的同意后，对端爪先生进行住院治疗。确切地说，应该叫作‘医疗保护住院’。一会儿我们会把相关的住院文件交给您，请您仔细阅读后签字。”

父亲住进了精神病院？北斗已经分不清现在是梦，还是刚才参加高中入学考试是梦。

美砂子似乎刚明白过来发生了什么事情，对医生说：“好，我知道了。不过，先让我见见丈夫吧。”

“嗯，请不要刺激他的情绪，另外您也要保持镇定，不要被您丈夫的样子吓到。”

医生上前一步，拉开了白色拉帘。看到这番情景，北斗的脑海中忽然闪现出了舞台的样子，心想，这拉帘好像舞台的幕布。一层拉帘竟然隔开了两个世界。帘子拉开后，父亲躺在一张急救用的床上。地板上还有一片未干的血迹，而且已经被人踩过，床的周围有很多散乱的黑红色的血脚印。躺在床上的父亲还穿着上班时的西装，手腕、脚腕以及腰部都被白色的带子绑着固定在床上。医生一脸抱歉的表情对美砂子说：“我们医院除了紧急情况之外，基本上不会使用‘抑制带’绑住患者的。这种‘抑制带’是德国产的最新式的，不会让患者太不舒服的。”

说这些话时，医生是站在床头的，也就是在至高头部的后面，至高看不见医生。医生向前走了两步，走到床的侧面，进入了至高视线内，用和缓的语气对至高说：“端爪先生，您的太太和孩子来看您了。今天就好好休息一下吧。”

美砂子和北斗战战兢兢地来到了床的旁边。至高用异样清澈的眼睛盯着母子二人。北斗的视线落在了床脚，结果大吃一惊。现在是寒冷的二月，父亲身上穿着冬天的西服外套，但却赤裸着双脚，而且脚尖沾满了泥土和鲜血的混合物。他刚才在街上赤足乱跑来着吗？父亲到底干了些什么？

“我啥病也没有。”至高压低了声音对美砂子说。

“赶快把这些带子给我解开。我是一个遵纪守法的好公民，天天去公司上班，还有一个健全的家庭，我没干任何坏事，你们没有理由把我绑在这里。”至高又对医生说。

医生则一脸和蔼地回答说：“可是，端爪先生，您为什么在公交车站挨个儿抢别人的手机，并把它们一个一个摔坏呢？而且，在警察赶到之前，您不是一直在大喊大叫吗？看！您的脚又是怎么回事？”

至高的眼睛依然清澈，并毫无悔意、毫不犹豫地说道：“因为那些家伙在背后议论我。说我在家里虐待孩子，这简直是无稽之谈！我抢他们的电话只是想阻止他们恶意地举报我。至于鞋子和袜子，我也记不起来了。估计是被谁脱掉了吧。”

听到这儿，美砂子全身颤抖。她单腿跪到床边，面对着至高的脸，握住了被带子绑住的丈夫的手。

“老公，已经没事了。你就在这里住院一段时间吧，等心情好起来就回家。”

“住院”两个字让至高瞬间脸色大变。他猛地扬起涨得紫红的脸，用自己的头朝美砂子的脸砸去。耳轮中只听见“咚”的一声钝响，美砂子就满脸鲜血地瘫倒在了地板上。医生连忙上前扶起了几乎昏厥的美砂子，并对血泪模糊的她说：“借一步说话可以吗？”说着，医生把美砂子拉到帘子的另一边，小声地商量着什么。

而北斗只能看着已经发狂的父亲，不知道该做点什么。发自心底的恐惧，让北斗一句话也说不出来。这时，至高又扬起了脖子，对儿子说：“北斗，我们回家吧！帮我把这个该死的带子解开。如果你现在不按我说的去做，那回家后我一定会好好地教育你！会让你知道以前给你的那些教育不过都是小儿科而已！”

此时的北斗，还只是一个初中三年级的孩子。他也了解自己的父亲，知道他是一个言出必行的人。虽然父亲刚才的话让他恐惧不已，但在这里，他也没有勇气违反医生、护士的命令给父亲解开“抑制带”。

看威胁不奏效，至高又改变了策略，用哄小孩儿的语气说：“北斗，你最了解爸爸了，你知道爸爸没有什么不正常。以前，我一直很正派，现在更不会做坏事。他们这样把我绑在这里，完全是滥用公权力，是对我的虐待！”

接着，至高那玻璃球一样透明的眼珠里流露出了可怜的神色，他又对北斗说：“北斗，快帮爸爸解开，拜托你了。让我逃出去。”

在这寒冷的冬日，在精神病院的急诊室里，北斗不知道为什么自己全身都在出汗。他真想帮父亲逃走，他自己也不想在这里多待一秒钟。今天的高中入学考试已经让自己很累了，可是眼前又发生了这样的事情，真不知道老天是怎么安排的。

“北斗，我不喜欢待在这里。”

此时，北斗觉得自己必须得说点什么了，于是，从他的嘴里挤出一句话：“没事的，爸爸，没事的。”

北斗只感觉要是现在不对父亲说点什么的话，自己也要疯掉了。

“爸爸，您会没事的。很快就能回家了，到时候您又能教育我和妈妈了。”

至高的眼睛闪烁出如受伤猛兽一般的光。

“是啊，以后我还能再教育你和美砂子吗？”

北斗不自觉地把手轻轻放在父亲的肩膀上。

“嗯，我们都期待着那一天的到来，希望您继续给我们正确的指导。”

“是吗？你真是我的好儿子，你是我的骄傲！没有白养你啊！”

说着，至高的眼圈红了。在这一瞬间，北斗竟然感觉到自己和父亲心灵相通了。虽然刚刚结束烦人的入学考试，虽然父亲被绑在床上无法动弹，虽然自己对这个人恨之入骨，但和他的内心竟然也存在相通的地方。北斗的视线和父亲的视线碰在了一起，而且就这样相互凝视了一会儿。这种父子对视，以前是从来没有发生过的。

拉帘晃动了一下，医生和美砂子回来了。医生像哄小孩一样对至高说：“端爪先生，您太太同意您住院接受治疗。”

“啊——”至高暴跳如雷，开始在床上拼命挣扎。

医生则开始宣读手里的文件。

“第一，根据精神科保健医生对您的诊断结果，您需要住院治疗一段时间。入院时间是平成 ×× 年二月二十六日。”

“嗷——美砂子！我要杀了你！”

医生不理会至高的喊叫，继续宣读手里的文件。

“第二，您这次入院治疗，根据《精神保健与精神障碍者福利法》第三十三条第一款的规定，定性为医疗保护住院。”

“我肯定会杀了你！美砂子！”

喊完，至高又把满是泪水的目光投向了北斗。

“还有你！北斗，我也要杀了你！”

“第三，在您住院的过程中，写信、寄明信片是不受限制的。但是，如果院方发现信封中夹带异物的话，可以在多名院方工作人员同时在场的情况下，将信封拆开，并将异物交由院方保管。”

至高继续激烈地哭叫。北斗似乎被钉在原地，根本动弹不得，只能茫然地听着那些带有法律色彩的语句。这份文件一共有七条，北斗感觉医生花了很长时间才把它读完。

从当天晚上起，北斗家就开始了没有至高的生活。

可是没过几天，北斗就深刻地体会到，这个家说到底还是以父亲为中心的。并不宽敞的三居室小家，只要少了一个人，就会变得异常空荡。那个整日对自己拳脚相加的丈夫不在了，对于美砂子来说应该值得高兴才对，可不知为什么她却像失去了生活的动力，整天失魂落魄的。以前至高在家的时候，大部分时间会面壁而坐，可是现在轮到美砂子做同样的事情了，只不过她面对的是电视机而已。早晨一起床，美砂子也不梳洗、打扮，就穿着睡衣对着电视看一天。她基本上不换台，双眼只是直直地盯着电视屏幕，让各种各样的画面从自己的眼前上演过。

北斗的早饭就是一杯牛奶和一块面包或蛋糕。美砂子早晨什么也不吃。以前至高在家的时候，她早晨还要喝一大碗加点酱油的柴鱼紫菜汤。可是，当暴风骤雨一样的家庭暴力消失之后，美砂子也随之变得无所适从了。至高住院之后，美砂子也不会对北斗动手了。

母亲对生活和未来抱有的不安，此时的北斗还无法理解。高中入学考试已经全部结束，班级里四处弥漫着轻松的“解放感”，似乎余下的初中生活就只剩玩耍了。至高在短时间内也不会回家了。对于北斗来说，这感觉就好像台风过后看到了万里晴空。

因为美砂子已经放弃了家务活儿，所以家里变得越来越脏乱。但是北斗却感觉这样很舒服。自打北斗有记忆开始，就从没有过如此放松的生活。现在，下雨天不用在外面徘徊，周末也不用整天窝在图书馆里。家，就应该是这样一个安心、放松的地方，可是这个理所当然的事实，北斗活到十五岁才第一次感受到。

至高住院已经四周了。

每到周末，美砂子就会带北斗去医院看望至高。也许是吃了药的缘故，每次见到至高，他总是一副睡眼惺忪的样子。至高以前那种清澈得简直要发出丁零丁零声的眼珠，现在也变了模样。

北斗不敢相信，印象中魁梧高大、不可一世的父亲怎么会变得如此弯腰驼背、萎靡不振？至高就像一个泄了气的气球，几乎快要缩成一团。之前他体内的愤怒之源似乎已经被切除，现在就只剩一副目光呆滞、有气无力的空壳。北斗不知道医生给父亲用了些什么药。但是，仅仅几毫升的药物，就能让一个人发生如此大的变化，想一想还是觉得非常恐怖的。

在第三次探视的时候，至高说自己的后背一直痛，还说有奇怪的虫子从他的肛门钻进了体内，并用它们尖利的牙齿撕咬自己的内脏。那些虫子吃了自己的内脏，然后在里面产卵。而自己的身体就成了那些幼虫的饵料。说着，至高抓起了美砂子的手，这位端爪家曾经的“王”，竟然泪流满面。

向护士诉说了背部疼痛的症状之后，护士一边抚摩至高的后背，一边安慰他说：“肚子里进了虫子可不得了。下次一定要好好地让医生给你检查一下。不过你放心，给你吃的那些药，可以杀死各种寄生虫。”而至高就像一个可怜的孩子一样，怯生生地朝年轻的护士小姐点了点头。看到丈夫这样的状态，美砂子也流下了眼泪。北斗没有哭，不过他的心就像被人掏出来放进了电冰箱的冷冻室，既干燥又寒冷。不过，北斗善于将自己内心的痛苦剥离出来。他可以把心里的痛苦，像倒一杯奇妙的液体一样，把它装在杯子里，然后以局外人的角度来观察这杯液体的颜色和气味。这是北斗为了在家里生存下去所学会的一项本领。如今，面对疯了的父亲，那种痛苦同样可以用这个技能来化解。

从医院回家后，美砂子居然下厨做饭了，这可是久违的场景。

不久前还在医院哭得很难过的美砂子，在厨房做饭的时候居然哼起了轻快的歌。北斗横躺在客厅的沙发里，读着从图书馆借来的书。

要是以前至高在家的时候，看到北斗这个样子，早就上去一顿暴打了。因为至高规定，沙发是用来坐的，不是躺的。

“北斗，晚饭好了，来吃饭吧。”

母亲的声音居然很轻快悦耳。北斗感到疑惑不解，母亲到底怎么了？莫非也是哪根神经搭错了位置？北斗来到餐桌前，看到餐桌上摆着炸猪排、炒青菜和鸡蛋汤。总觉得这个搭配似曾相识呢。

“那我就不客气了，我先吃了！”

虽然至高不在家，但北斗还是很讲礼貌。他拿起筷子，伸向了炒青菜。而美砂子则抻长了脖子，像期待什么似的目不转睛地盯着北斗。

把菜送入口中，嚼了一下，北斗的脸上就现出了奇怪的表情。怎么一点咸味也没有？这到底是怎么回事？

“妈妈，怎么这个炒青菜的味道这么怪？”

美砂子充满期待的眼神依然没有变。北斗又夹了一块炸猪排放到自己的碗里，看了母亲一眼后，才把猪排放到嘴里。结果同样奇怪，炸猪排也没有咸味。

“一点咸味也没有，今天的晚饭太奇怪了。”

北斗看了看餐桌对面的母亲，美砂子一口菜也没吃。她身体僵在那里，抻着脖子，用胆怯又兴奋还充满期待的眼神观察着北斗的反应。这简直和至高对美砂子实施暴力之前，她所表现出来的顺从姿态一模一样。

北斗又看了看桌上的菜。忽然，他触电一样想起了一件事。今天的菜谱和有一次父亲大爆发时的菜谱完全一样。曾经有天晚上，母亲做了和今天一样的菜，结果父亲觉得没味道，就往每道菜中都倒满了酱油，最后还把这些菜都淋在了母亲头上。

北斗的视线再次与母亲的视线重合，他所看见的是一个期待着支配与暴力的女人的眼睛。北斗似乎明白了什么，他一边嚼着无味的菜，一边倒吸了一口冷气。没法被至高殴打的话，就让北斗来打自己好了。母亲是在恳求有人对自己实施暴力。

父亲住院之后，家里才刚刚过上几天平静的日子。可是这次，母亲竟然暗示自己来扮演父亲的角色。让自己扮演那个自己恨之入骨、恨不得一刀将其杀死的人。母亲的视线是火热的，甚至还夹杂着兴奋。人竟然会如此渴望被别人支配、被别人殴打吗？北斗感觉浑身不自在，但嘴里却不知不觉地说了一句："什么东西呀，这是……这能吃吗？"

听到北斗的责骂，美砂子的脸上竟然"啪"的一下闪出了一道光辉。她的脸颊微微泛红，露出紧张又恐惧的神色，但眼角却流露出一丝笑意。她好像在说，对了！北斗，就是这个样子！而北斗也好像听懂了母亲心里的这番话。下一个瞬间，他把筷子使劲地扔在了地上，随手就把右手抡了起来。"啪"的一声脆响，美砂子吃了北斗一记耳光。

北斗被自己所做的事情惊呆了，瞪着眼睛，张大着嘴，陷入了短暂的迟疑。我居然打了母亲一耳光，我为什么要这么做？我自己也不知道。而这记耳光好像打开了美砂子身上的开关。她的脸上又恢复了几周以前的生机。她对北斗低下了头，说道："对不起！北斗，我现在就去重新做几个菜。"

说完，美砂子跪在地上捡起了北斗丢下的筷子。她也不顾脸上的疼痛，双手端着盘子就进厨房了。

北斗盯着自己有点发麻的右手。

（自己竟然打了母亲，和父亲一样。）

这句话在北斗的大脑中反复回响了无数遍。为什么自己讨厌和父亲一样，但却出手打了母亲呢？胸腔底部沉淀的泥土又被搅了起来，北斗的心脏变得浑浊不堪，还散发着令人难以忍受的灼热感。

这时，厨房里传来了母亲愉快的声音："好吃的饭菜马上就好了，稍等一会儿哟，北斗。"

北斗对这样的母亲也感到憎恶，因为刚才是她让自己做了一件无可救药的坏事。母亲的声音中带着愉悦和谄媚。这令北斗胃里如翻江倒海一般难受，差点吐出来。于是北斗愤然站起身来，气冲冲地朝厨房走去。

"你等不及了吧？马上就好了。"听到了北斗的脚步声，母亲又用刚才那种腔调说了一句。

美砂子忙碌着，并没有转过身来，北斗照着母亲丰润的腰部用力地踹了一脚。

因为身体上的不适，至高需要接受更加精细的身体检查，于是松屿市精神医疗中心将至高转院到了附近的市立综合医院。这时的至高，没有以前那么多话了，也不会轻易激动了，就和一个经常自言自语的普通中年男人没什么区别，只是目光要呆滞一些。

经过一周的详细检查，结果终于出来了，可是这结果是残酷的。至高患上了胰腺癌，而且已经到了晚期，癌细胞扩散得很严重，通过手术切除癌变部位已经不可能了。化学疗法和放射疗法虽然能够延缓病情的发展，但效果并不确定。胰腺癌是最难治疗的一种癌症，根据医学上的统计，晚期患者能存活三年的概率也只有 3% 左右。

一位面容疲惫的中年医生淡淡地将至高的检查结果和最好、最差的状况如实地告诉了美砂子和北斗。因为这个打击太大，美砂子的脸立刻变得惨白。北斗也感觉腹腔里的内脏全部被掏空了一样，内心无比空虚，可是他还在极力控制着自己，不让这心里的冲击表现在脸上。

母子二人像踩着棉花一样，深一脚浅一脚地走出了医院。那一天虽然北斗也见到了父亲，可是因为医生宣布的检查结果所造成的冲击过于强烈，以至于他对当天与父亲见面的情景没有一点印象。走到医院的大门口，北斗仿佛看见一层淡红色的薄云飘浮在眼前。原来是医院门前一个圆形环岛上栽种的樱花全都开放了。春天已经迈着大步走近了。

尽管北斗在家里受尽暴力虐待，尽管父亲患上了晚期癌症，尽管母亲的精神也出了问题，但这个世界还是迎来了春日。盛开的樱花，竟然让北斗的内心感到一阵不可思议的陶醉，更确切地说是麻醉。不管人活着是一件多么残酷的事情、多么愚蠢的事情，但花儿还是照开不误，它的美具有一种穿透人心的力量。花儿对于人类的世界，不抱一点点关心。

北斗和美砂子坐在公共汽车站的长椅上等待下一班汽车的到来。在等车的三十分钟里，母子二人茫然地望着那片盛开的樱花。在北斗短短的、十几年的记忆中，虽然也有樱花盛开的印记，但让他感受到如此之美的樱花，这还是第一次。

北斗被松屿西高中录取了，这在北斗心中没有什么悬念，因此也没掀起一丁点波澜。

这一年的初夏，至高离开了人世。他死的时候，身上插满了各种管子，体重也只有健康时的一半左右。他和晚期胰腺癌“斗争”了三个月。不过，至高的死，不管是对北斗还是对美砂子来说，都只不过是一个形式而已。

至高的暴力风暴停止的时候，也是至高实质性不复存在的时候。至高的葬礼在松屿新城的殡仪馆举行，只有家人参加。要说他的家人，也只有美砂子和北斗两个人。那是一场异常安静的葬礼。美砂子一根接一根地烧着线香，而北斗则无视母亲的行为，双眼直勾勾地盯着祭坛上父亲的遗像。

至高穿着一贯的灰色西装，爽朗地笑着，但是这次是被装在黑色相框里的。北斗心中在想，因为这个男人，自己这些年来活得是多么痛苦；因为这个男人，自己流了多少血和泪；因为这个男人，现在自己每周要殴打母亲两次；因为这个男人，自己走上了一条无可救药的歪路。在父亲的遗像前，他没有落一滴眼泪。在这个十六岁少年的心中，只有像灰烬一样的悲痛，和一种奇妙的安心感。

从殡仪馆外面传来了树叶被风吹动的沙沙声。忽然，父亲对自己温柔微笑的记忆在北斗的脑海中出现了。那一个周末，父亲对着白墙打坐，喊北斗也一起来看，说墙壁上会浮现出过去的一幕一幕。那时，父亲竟然对自己笑了。那是北斗有生以来第一次看到父亲对自己露出如此温柔和蔼的微笑。

当时，父亲皱着眉头的严峻的表情忽然一转，变得缓和起来。而打人时那种恐怖的、清澈的眼睛，也变得温暖、浑浊。那么残暴的父亲竟然对自己温柔地笑了。想到这儿，北斗几乎要流出泪来，但是，他用力地咬了一下自己的舌头。

舌头被咬破后溢出来的血腥味和疼痛感，抑制了泪液的分泌。北斗继续呆呆地望着正面的遗像以及白色的棺材。

5

读了高中后，北斗感情一片空白地过了一天又一天。

父亲至高的死，给北斗带来的冲击，几天之后就消失得一干二净了，剩下的只有一丁点悲伤以及前所未有的安心。以后，再也不用受那个男人的“教育”和“指导”了，再也不用挨一顿胖揍之后还要低头道谢了。这让北斗感到一种单纯的快乐，但偶尔他也会想，如果父亲还活着也许会更好。

如果那个男人还活着的话，自己就有憎恨的对象，那样没准自己可以活得更加顽强。虽然是憎恨的感情，但一个人有感情地活着，总比心死了，一片空白地活着要好一些。

如果至高还活着，那么北斗也许会以逆反的心理，向相反的方向成长。违背至高的期望，未必不是一件好事，而且，等自己再长大一点，也许就可以和那个禽兽父亲对决了。可是，父亲没有给自己这个对决的机会，把这个家庭糟蹋得一团糟之后，就自私、任性地撒手人寰了。天下还有比这更不负责任的事情吗？至高受胰腺癌折磨的这段时间，与北斗人生的十五年相比，简直不值一提。北斗心想，父亲真应该得一个更加痛苦，但短时间还死不了的慢性病。

至高死后，留给这个家的只有微薄的死亡保险金和北斗被掏空的心。从幼年时代起就受到父母残酷暴力虐待的北斗，信任别人的能力已经基本丧失了。因为自打记事起，他用眼睛看见的第一个人，就是殴打自己的人，记住的第一件事，也是挨打。所以，对于别人，尤其是不太熟悉的人，他完全不敢相信。

北斗在高中一年级的班里没有一个朋友。他平时基本上不和同学说话，最多也就是在不得已的情况下和同桌以及前后座的同学用最简洁的语言说一两句话。

北斗总是一个人安静地坐在教室里，放学后也不参加任何课外活动。他依然在极力抹杀自己的存在感，努力把自己变成空气。在这个班级里，北斗永远是背景。

虽然北斗从心底里憎恨父亲至高，但至高的教育却在他身上完美地开花结果了。北斗一直坚信，人必须低调地生活，把自己隐藏起来不让别人注意到。一旦做出引人注意的事情，必定会遭殃。始终忠实地贯彻至高理念的北斗，在高中获得的绰号竟然和小学、初中的绰号不谋而合——“幽灵”。小学也好，初中、高中也罢，环境的残酷性没有任何改变。十六岁的北斗被人称作“幽灵”，他一点感觉也没有，既不反感也不开心。

至高死后，端爪家的经济状况就迅速恶化。因为没有经济来源，母亲美砂子只得去松屿新城的超市里打零工。但是，打零工的收入远不如至高以前上班时的收入，虽然他工作的那家公司就是一家皮包公司。松屿西高中没有午餐供应，因此北斗每天得自带午饭。因为没什么零花钱，所以大多数时候北斗的午饭就是一块面包或者一杯方便面。

桥本真吾是坐在北斗后面的一个小个子少年。进入高中不久，很多同学放学后就会去补习班补课，真吾一开始也去，但没多久就不去了。在学校里他也总是一副畏首畏尾的样子，像害怕什么似的。真吾的两颗门牙有点突出，再加上身材矮小，所以大家送了一个绰号——“耗子”给他。一个下雨的中午，北斗一个人来到教学楼楼顶上的小仓库里吃午饭。不过，所谓午饭，也只有一个肉松面包而已。忽然，有人跟他搭话。

“这种面包最便宜，但是热量最高。”

北斗先是一惊，然后回头看见真吾同学站在门口。他手里也拿着一个肉松面包，只不过还多了一袋牛奶。

真吾接着说：“我爸爸被公司裁员了，我能坐在这儿跟你一起吃吗？在教室里我总觉得不自在。”

北斗望着窗外被雨水淋湿的灰色的屋顶。他并不讨厌一个人吃午饭。虽然再加一个人进来会比较麻烦，但北斗想不出拒绝人家的理由。他原本是坐在一堆废弃的书桌上的，现在他往里挪了挪，给真吾空出了一点坐的地方。

“Thank you。端爪同学，你在我们班里有不少流言呢。”

听到这儿，北斗才第一次开口说话。

“什么？”

“说你学习好，但不爱搭理人。于是就有人猜测说你性格孤僻，是个宅男，讨厌和人交往。不管怎么说，都说你是个奇怪的人。”

虽然北斗不想和任何同学产生交集，但他对有关自己的流言却异常敏感。因为这说明大家都在注意自己。于是，他内心的报警器急促地响了起来。

“是吗？还有其他什么吗？”

真吾撕开肉松面包的塑料袋，开始大口大口地吃起来。等把嘴里的一口咽下去之后，真吾说：“还有很多呢。比如，说你皮肤白过头了，看了有点不舒服。不过大家都承认你长得确实有点帅。”

肤质、肤色和容貌，北斗都遗传自曾经在公司中做接待小姐的美貌的母亲。但是，对于极端恐惧被人注意的北斗来说，这些都不是值得高兴的好事。

“再有，听说E班的吉川美玲似乎对你怀有好感。”

美玲在他们班里可以称得上排在第二、第三的可爱小美女。在朴素的公立高中里，她的长相绝对算得上出类拔萃的。在这所高中里，男女比例严重失调，男女生人数几乎到了二比一的程度。在一个班级里，女生最多也就十来人。这时，真吾用眼角的余光瞟着北斗说：“要不，你们俩试试谈恋爱吧。”

北斗凝望着被雨水淋湿的混凝土屋顶，回了一句：“我不想跟任何人谈恋爱。”虽然语气淡淡的，但却透着极度认真的态度。

“看来你还是更重视学业啊。”

“也不是为了这个。我这一辈子也不打算和谁谈恋爱，更不想结婚。”

精神崩溃之后又患上癌症的至高那病弱的形象，在北斗的头脑中留下了极其深刻的印象。自己是那样一个男人的儿子，如果自己结婚的话，将来生了孩子可怎么办？继承了至高血液的人在这个地球上只有自己一个人，如果再出来一个，那不是给世界添乱吗？只是想一想，北斗都觉得万分恐怖。

“你果然很奇怪呀，难不成你喜欢男人？”

不管是男人还是女人，北斗都不喜欢。在他看来，不管是什么性别，人都不值得信任。

“不是。”

“那样的话，还是试着和美玲同学交往吧。”

“不，我不想和任何人谈恋爱。”

“你可真够奇葩的。”

北斗竟然笑了出来，这件事情的概率比太阳从西边升起高不了多少。上次像这样和自己的同龄人说话，已经不知道是多少年前的事情了。虽然不是朋友，但和真吾聊天着实让北斗感觉心情愉悦。当意识到自己在笑之后，北斗慌忙地收住了笑容，然后对真吾说：“我觉得自己没什么奇怪的，我就是一个普通人。”

“好，好，我知道啦。以后，我们也像今天一样偶尔一起吃个午饭，你看怎么样？”

真吾露出了那两颗突出的门牙，对着北斗笑了。而在北斗的内心，代表危险的红色信号灯也同时被点亮了。有人主动接近自己，将来就有可能被这个人背叛。这就是这个世界的规则。但是，交一个新朋友的诱惑，对于北斗来说也是异常强烈。

“好，可以。”

北斗认为，父亲至高已经死了，那么对自己的诅咒也应该解除了吧。但是，北斗的这个猜想，会不会太过美好了呢？

“我回来啦！”

北斗打开大门，里面就有两个装满垃圾的塑料袋倒了下来，幸亏他躲闪得及时，才没被垃圾袋压住脚。可是，倒下来的过程中，袋里的垃圾把塑料袋撑破了。北斗心想，人类也和这垃圾袋差不多，什么都往肚子里吃，最后被自己撑破。

“你回来啦！”

从客厅里传来了母亲的回应。自从至高死后，美砂子就放弃了家务活儿。玄关很杂乱就不用说了，就连从客厅到玄关的一段短短的走廊里也堆满了等着洗的脏衣服和垃圾。没有至高的严酷“教育”之后，母亲似乎也失去了生活的动力。

“今天晚上吃什么？”北斗问。

美砂子横躺在沙发里，懒得动弹的样子，只是用眼睛看了看餐桌。北斗会意，朝餐桌望去，结果看到了米饭和炸鸡。不过，不管是米饭还是炸鸡，都是用方便饭盒装的。一看就知道，这又是母亲在打工的超市里买来的特价货。

“怎么又吃这个？”

虽然已经吃了好几天的米饭配炸鸡，北斗见到炸鸡就有点反胃，但他还是尽量控制着自己对母亲说话的语气，不让怒气表现出来。毕竟母亲赚钱养家不容易。

“有得吃已经不错了，我们家没有多余的钱了。”

躺在沙发里的美砂子正在吃大袋装的廉价炸薯片，薯片最近成了她的主食。自从至高去世之后，美砂子的体重增加了整整十公斤。

“你振作一点好不好！”

如今的美砂子，不要说化妆，就连衣服也是随便乱穿。至高死后，美砂子已经不再像一个女人，甚至连一个基本的“正常人”都算不上。

“是啊，都是妈妈我的错。”美砂子手里拿着薯片的袋子，忽然眼睛里噙满了泪水。

这段时期，美砂子的感情状态只有两种：一是发怒，二是反省。她的心里已经失去了所有颜色，她就像生活在黑白世界中。这时，北斗又在母亲的眼睛中看到了祈求暴力的哀怨，于是后背不禁又是一颤。看来母亲又想把自己当至高“使用”。

“我回自己房间里吃。”

说着，北斗提起餐桌上装饭菜的塑料袋，转身躲进了自己的房间。虽然这个家里从玄关到走廊，到客厅，再到厨房，都乱得一塌糊涂，但至少北斗的房间还算干净整洁，因为北斗每天都要打扫自己的房间。

把装米饭和炸鸡的袋子往书桌上一丢，一屁股坐在了床上，北斗想先让自己的心情平静一下。以前，北斗至少会把饭菜放到微波炉里加热一下再吃，而今天，冷着就吃了。

“嗷呜——”

北斗真想大声喊叫出来，但这声音只是从心里发出来的，没有让任何人听到。然后，他照着墙壁狠狠地打了一拳。他们住的这种廉价公寓，一些非承重墙都是用石膏板做的，一拳就能打出一个窟窿。所以，虽然北斗的房间收拾得干净整齐，但唯有墙壁上存在很多大大小小的窟窿。那都是北斗拳打脚踢的结果。他心里想，自己到什么时候才能抑制住愤怒的情绪呢？

至高死后，令北斗最恐惧的人，只有他自己。

最近在学校里，关于北斗的流言越来越多。

有人说北斗和母亲两个人一起生活，相依为命。父亲曾经在一家劣质的房屋翻新公司上班，后来得了精神病，病死在医院中。还有人说北斗为了让母亲过上幸福的生活，现在拼命地努力学习，目标是考上名牌国立大学。最后，还说北斗好像喜欢 E 班的吉川美玲同学。

现在一周有三四天的样子北斗要和真吾一起吃午饭。他和真吾聊的话题，过不了几天就会在班级里传开。北斗也懒得去管这事，因为他嫌麻烦。而且，非要当着大家的面去澄清的话，容易被人误解为辩解，反倒让人信以为真。不过，北斗知道这些流言肯定是通过真吾的嘴传出去的。但是北斗觉得这样也不错，通过真吾向班里适当地传递一些自己的信息，没什么不好的。如果和班里所有人都交往，北斗会觉得很累、很辛苦，但只面对真吾一个人的话，就没那么痛苦了。

一天，放学之后，在教学楼与教学楼相连的走廊里，北斗忽然被人叫住了。原来是两个叫不上名字的女生，北斗印象中她们应该是 E 班的。她们好像有话要对北斗说。现在已经是秋末冬初，校园边上种的银杏树已经掉光了叶子。落在地上的银杏果子也早已腐烂，周围都弥漫着银杏果腐烂的气味。

“端爪同学，你知道我们班的吉川同学吧。”

说完，两个女生相视一笑，扭扭捏捏的样子就像一对双胞胎姐妹。要说她们的容貌，应该算平均水平偏上一点点。北斗默默地点了点头。他确实知道 E 班有个女同学叫吉川，但他并不关心。因为死去的至高、抑郁的美砂子和他自己，已经占满了北斗的心，他没有多余的心思去关心其他人和事。

“吉川是个很不错的女孩子。也许你早就知道了，她挺喜欢你的。”

“谢谢！”

北斗依然保持着彬彬有礼的态度。虽然他对女人毫不关心，但他却懂得女人的恐怖。

不久前他就曾亲眼见过一个口无遮拦的男生，随便说了女生的坏话，结果被全校女生鄙视的悲惨经历。在学校里，除了表面上公开的人际关系之外，暗地里还有一层关系网络。而且，背后这层网络更加危险。

“端爪同学，听说你为了以后给母亲盖漂亮的房子，准备考入国立大学的理工系，学习建筑学，是吧？”

“……”

虽然早就知道“三人成虎”的道理，但听到这话，北斗还是大吃一惊。没想到流言竟然已经误传到这种地步。北斗并没有为母亲而努力的打算。那位母亲曾经用衣架抽打自己，在自己身上和心里留下了无数的伤痕。自己长大后，没打算和她一起生活。

“而且，还听说你把家务活儿全都包了。”

北斗暗想，自己曾经跟真吾说过这种话吗？最多也就说过自己打扫自己房间的事情，其他的就没什么印象了。

“没有，我不怎么干家务活儿的。”

对面的两个女生对视了一下，又用肩膀撞了一下对方，然后同时用害羞的眼神望着北斗。北斗遗传了自己最讨厌的母亲的美貌，并且学习成绩优秀，再加上因为恐惧而独来独往，也许这些特质，让学校的女生产生了错觉。她们认为北斗孤立超然的样子是精神高贵的象征。北斗认为自己是一个内部空空荡荡的躯壳，只不过是为了隐藏身心无数的伤，而拼命抹杀自己的存在感罢了。不管什么人，总喜欢把自己容易接受的故事套在别人身上，从自己方便的角度去判断他人。此时，北斗感觉到左手腕处曾经自残的伤痕开始隐隐作痛。

“我说，今天就到这里吧。”

不知道名字的两个女生小声地嘀咕了几句，像是在交换意见。然后，个子稍高的女生从校服口袋里掏出一张折好的纸片。

“这上面有美玲同学的联系方式。感兴趣的话可以给她发短信、发邮件。她又漂亮又可爱，和端爪同学很配呢，相信你一定会喜欢她的。”

北斗用手指尖捏过那张纸片。他没有扔掉这张纸片的理由——即使要扔也不能当着这两个女生的面，于是把它揣进了口袋里。这时，个子稍矮且稍胖的女生说话了。

“对了，端爪同学，忘了问你，你现在有没有女朋友？”

北斗心想，我怎么会有那种东西？恐怕自己的一生也不会交女朋友。他漠然地想着，然后摇了摇头。

“嗯，没有。”

“太好了！那我们也可以和你做朋友咯？”

北斗没有说话，只是对她们笑了笑。可是他心里却烦得不得了。回想起来，自己上初中的时候，也曾好几次有女同学主动来和自己交朋友。那时的自己可没有现在这么沉着、冷静，他的小心脏还扑通扑通地跳个不停。可现在长大了，已经上了高中，面对这种事情已经淡定多了，但是，恐怕以后这样的麻烦事还少不了呢。北斗把右手伸进口袋去摸索刚才那张纸片。对了，如果自己和吉川美玲交往的话，也许就可以减少很多麻烦，至少可以挡掉其他女生的追求。和女生谈恋爱的话，估计也就是偶尔发几条短信吧。北斗像发现新大陆一样眼前一亮，因为他觉得自己找到了一条逃避之路。于是，他对“双胞胎二人组”说：“好吧，我们可以做朋友。随后，我也会给吉川同学发短信，我和她就先从短信朋友开始吧。麻烦你们回去和她说一声。”

“哦耶！”

那对“双胞胎二人组”高兴得连两只手都拍不到一块了，还不停地又喊又跳。真是莫名其妙。连走廊里的窗户都被她们震得嗡嗡作响。可空气中依然弥漫着腐烂的银杏果的臭味。十几岁的男孩子也好，女孩子也罢，都是莫名其妙的生物。

那天晚上北斗回到家以后，看到美砂子还是老样子，慵懒地躺在沙发上抱着一大袋炸薯片在吃。

餐桌上什么也没有，这次连超市的特价炸鸡也没了。北斗只在茶几上发现了一袋和母亲手里那袋一模一样的薯片。美砂子知道北斗不喜欢孜然烧烤味的薯片，所以这包和她那袋一样，是原味薯片。就给正在长身体的高中生吃这个当晚餐？想到这儿，北斗的目光变得阴郁起来。

“什么东西啊，这是……”

北斗把薯片袋扒拉到地上，然后狠狠地踩了一脚。“砰”的一声，塑料袋被踩破，紧跟着，油腻的薯片飞溅一地板。美砂子躺在沙发里说：“今天的晚饭就只有这个了。我说北斗，你将来打算干什么？”

关于未来，北斗没有任何目标。他讨厌大人，当然也不想长成大人生活在这个世界上。这让北斗想到了他最不想提起的话题，是父亲和母亲让自己变成这个样子的。此刻，大量的悲伤与等量的愤怒一并涌上了北斗的心头，而且越来越多，就快把他的胸膛撑爆了。

北斗不能理解母亲美砂子的心情。至高死后，她就自由了，再也不用受谁不讲道理的责骂和殴打。但与此同时，美砂子似乎也失去了生活的目标。

“你应该像你爸爸期望的那样，考上一流的大学，以后找一份安定的工作。现在经济这么不景气，考个一般的大学毕业以后很难找到工作，到时候就要像我一样一辈子打零工了。你明白吗，北斗？”

这种事情，电视里面天天说，只要看过电视，小孩子也明白其中的道理呀。电视节目中曾经给大家算过一笔账，一个日本人，如果没找到正式工作，一辈子打零工的话，那么一生能挣到的薪水大约为九千万日元，如果成为大企业职员的话，一生可以挣到两亿五千万日元的薪水。差距是一亿六千万日元。所以，努力考上一流大学，就是一盘豪赌，赌注是一亿六千万日元。美砂子在说话的时候，总觉得语调中带有某种期待，似乎她很想知道接下来要发生的事情。

“我这也是为你着想啊，北斗。你属于不善于和人交往的类型，与人协作的工作不适合你，所以你还是考一个什么职业资格证书吧，将来自己营业。你不用考虑妈妈，好好地设计一下自己的未来吧。”

这个女人到底在想些什么？要是真的为儿子着想的话，就不该拿薯片给他当晚餐！

“你很烦。”一开始北斗的声音很低。不过他接着说道：“你在说些什么啊！我不会与人交往，还不都是你和那个男人的暴力虐待造成的?!”

没想到北斗随口说出的“虐待”一词，就像打开了搅拌机的开关，把北斗的记忆全部翻上来搅碎了。同时，一股无名火直冲顶门，这愤怒烧得他头昏眼花，只感觉视野中变成一片乳白色。以前，毫无缘由地就被暴打一顿、狂踢一顿，还不让吃饭；脱光了衣服在阳台上罚站一整晚；一家人出去兜风，还被丢在荒山野岭中；前额差点被父亲用十字螺丝刀钻一个洞……这些可怕的经历都被深深地烙印在北斗的头脑中。虽然那个男人是万恶之源，但也有一半的虐待是由眼前这个女人实施的——这个又丑又胖、窝在沙发里的女人！就是这个天天吃薯片，今晚也只给我吃薯片的女人！

北斗径直朝沙发走去，从美砂子手里抢过她的晚饭——那袋薯片，然后将薯片全部倒在了母亲头上。这实惠装的廉价薯片，一袋的量还真是大得惊人。接着，北斗握紧了拳头，照着美砂子右肩的肌肉就是一拳。

“你给我振作一点！”

挨打之后，美砂子的眼中反而闪现出喜悦的光芒。她连忙从沙发上下来，跪在地板上。都一把年纪了，还穿着一条弹性面料的连衣裙，裙子还不长，大胖腿都露了一半在外面。北斗看了就不舒服，于是用脚尖朝母亲的大腿狠狠踢了一脚。这种踢法，是这几个月里北斗在殴打母亲的过程中总结出来的心得。殴打家人的时候，不能在外人能看见的地方留下伤痕。不管暴力行为多么激烈，都必须秘密地进行，不能让外人发觉。要是让外人知道自己殴打亲生母亲的事情，结果可想而知。可是，这一脚却让母亲两颊潮红，她低下了头。

“我是一个坏妈妈，对不起！把北斗害成现在这个样子，真是对不起！以后不管什么事我都会按你说的去做，请原谅我吧！”

这些话就像唱歌一样从美砂子的嘴里说出来。为什么母亲总是说着一成不变的台词？北斗感到不可思议，也厌烦不已。其实那些话不是说给北斗听的，而是说给她自己的。证据就是，说完之后，美砂子又弓着背做好了再次挨打的准备。这个女人就那么喜欢挨打吗？

北斗又把手掌伸出来，朝母亲的后背狠狠拍了一掌。“啪”的一声，就像片状物体拍在水面上发出的声音。而美砂子则“啊”地发出了一声呻吟，然后又低头认错：“我是一个坏妈妈，对不起！”

大腿、肩膀、软肋、后背，北斗以这些隐蔽的地方为目标，一次又一次地让母亲感受疼痛。在打人的时候依然保持着出奇地冷静，这一点北斗像极了至高。美砂子抽泣着跪在地上，呆呆地望着北斗。

“你以前怎么对待我，我就要怎么对待你。去！去衣柜里拿个衣架过来。”北斗命令母亲说。

谁知，美砂子的表情竟然瞬间绽放出了兴奋的光彩。衣架是美砂子最喜欢的工具。她慢慢站起身来，朝卧室走去。

北斗不依不饶，对动作缓慢的母亲吼道：“磨蹭什么！你这个胖女人，动作快点！”

美砂子连忙一路小跑地去卧室的衣柜里拿来了一个金属衣架。北斗接过衣架，用力拧了两三下，把衣架拧成一根细长的金属棍。这就是美砂子发明出来的“教育工具”。

“那个男人曾经说过，打人的时候自己的手也会痛。但是，你不喜欢自己的手痛，所以在教育自己儿子的时候，就发明了这种东西。”

说着，北斗手腕一抖，空气中立刻发出“嗖”的一声呼啸。衣架抽在了美砂子大腿的侧面，立刻，腿上就出现一道红色印记。

“那个男人打你之后，你总会把怨气发泄在我身上。这些我都清清楚楚地记得。现在我要把你给我的都还给你。”

“我是一个坏妈妈，对不起！”

美砂子低下头不再看北斗。现在打她的到底是北斗，还是至高，可能连她自己也搞不清楚了。

北斗又发出了命令：“把两个胳膊举起来！”

美砂子举起双臂，露出了近期都没有刮毛的腋下以及白皙的手臂。北斗用衣架狠抽这些娇嫩的地方，而且，每个地方都抽两下。这也是北斗上小学的时候，美砂子对他采取的惩罚手段。当时，不管小北斗怎么哭着道歉、求饶，母亲都没有停手的意思。母亲的衣架会一直抽打北斗那稚嫩的双臂，直到整个都红肿起来为止。每次都要经历数十下的抽打，那种恐惧和痛苦已经超出了北斗幼小的内心所能承受的范围。虽然自己没做错什么，但在那种情况下，也只能拼命地道歉。现在，北斗把这种惩罚施加在母亲身上，直到母亲双臂内侧变成紫红色，他才喘着粗气把手里的衣架扔在地上。

“我是一个坏妈妈，请再教育教育我吧！”

北斗感到胃里一阵翻江倒海。为什么自己会被当作至高的替代品?!而自己真的快变成了至高的样子，快变成了自己最最痛恨的人。想到这儿，北斗后背上不禁又出了一层令人难受的汗。但美砂子还在自顾自不停地说：“我是一个坏妈妈，你再……”

“烦死了！”

北斗心中莫名地涌起一股厌恶之情。他厌恶死去的至高，厌恶利用儿子的愤怒的美砂子，厌恶以其人之道还治其人之身，对母亲施加暴力虐待的自己。

当他意识到自己的行为的危险性时，他已经用双手死死地掐住了母亲的脖子，并且还在不断用力。而母亲已经快要窒息，舌头都伸了出来，透明的唾液也从嘴角汩汩冒出。可是令人吃惊的是，母亲的脸上竟然现出陶醉的神情。北斗死命想把自己的手从母亲的脖子上剥离下来，可是手指似乎被她脖子上的脂肪粘住了，怎么也拿不下来。

“我不会按照你的愿望做傻事的！我不会用我的手杀死你。”

北斗艰难地站起身来，可是美砂子却在他脚边放声大哭起来。北斗指着母亲命令道：“你去阳台罚跪，一直到明天早晨！把裙子脱了，只许你穿内衣。”

现在已经是深秋，位于东京都郊区的松屿新城，到了晚上温度也只有个位数。美砂子慢慢地站起身来，开始在北斗面前脱裙子。北斗扭过脸去，朝自己的房间走去。就是北斗关上自己房门的同时，他听见了阳台推拉门在轨道里滑动的声音。

那个女人也会像自己小时候一样，光着身子在阳台的水泥地板上跪一夜吧。再这样下去的话，说不定哪一天母亲真的会死在自己手里。北斗心中恐惧不已。母亲竟然把自己当作割腕的刀子和上吊的绳子来利用，这真是令人恐惧又气愤的事情。长此以往的话，母亲和自己都会毁灭。自己已经沉醉于暴力中难以自拔。暴力的恐怖性就在于，它能从根底改变一个人的心性。

北斗抬起头来，看着对面的白墙。此时的他，就像一座即将喷发的火山。

“啊——”

一声大吼之后，北斗又狠狠地一拳在墙壁上捶开了一个窟窿。就这样，他在十六岁的花季年华里自我毁灭了。母亲将死在自己手里，自己也将背负着这个罪责活一辈子。而至高也好，美砂子也罢，都不用接受任何人的审判就自私地逃到了安全的另一个世界。北斗感到异常恐惧、异常悔恨。

北斗用双手压着自己空空的、隐隐作痛的胃，脑力全开地思考了几个小时。最终他决定，必须想办法从端爪家的诅咒中将自己解放出来。

那个深夜，北斗打了一个电话。那是北斗求救的电话，可是，这个电话会不会把他带入更加黑暗的深渊呢？

6

在傍晚的快餐店中，端爪北斗凝视着手中的咖啡杯。

在这个一次性纸杯里，一种浑浊的液体正在旋转，并形成一个漩涡。那是一种苦的、热的、看不见底的黑褐色液体。一瞬间，北斗的脑海中忽然闪现出一个可怕的景象——咖啡忽然像洪水一样暴发性地从杯子中涌出来，在极短的时间内就将这个快餐店淹没了。就像自己一样，从体内涌出一股蛮荒的力量，将周围的一切瞬间毁掉，只留下一片无法抹去的焦黑的印迹。

北斗心跳得厉害，他像以往一样，不自觉地用手去摸额头上的伤痕。那个被父亲用十字螺丝刀钻出的星形伤痕。到了现在，至高留在这个世界上的东西，就只有那个伤痕了。平时，北斗会用长长的头发把整个额头，甚至眼睛都遮住，但是感觉恐惧的时候，他就会无意识地用手去摸额头上的伤痕。

“让你久等啦！”一个熟悉的声音传来。

已经有一年时间没听到这个声音了，但北斗依然熟悉，于是他抬起头来。眼前这个男人的长相，北斗的印象倒是不深，因为唯一一次见面是在医院里。当时北斗额头受伤，缠着绷带，在镇痛药的作用下昏昏沉沉。在昏暗的灯光下，他并没有看清那个男人的脸。

“我接到你的电话时，着实吃了一惊。”

带着耐心的微笑在和北斗说话的是当地儿童福利司的富冈一磨。住院的那天晚上，北斗把富冈给自己的名片好好地保存了下来。当时北斗心想，也许有一天自己能够从至高和美砂子统治的暴力帝国里逃脱出来，而那张名片就是逃走的船票。北斗一直相信这一天会到来的。可是，北斗没想到前一天自己竟然会以完全相反的理由拨通了名片上的电话。北斗用非常冷静的语气对富冈说：“请帮帮我吧！”

对于这种事态，富冈好像已经习以为常了。他也平静地说：“是吗？你终于下定决心要离开父母了？”

北斗额前的头发已经长到快把眼睛遮住了，其实他是故意想用头发遮挡住自己的眼睛，因为眼睛会泄露人的感情。此时，北斗正用锐利的目光穿过挡在眼前的头发观察着这位三十多岁的儿童福利司的工作人员。这个男人看起来应该不会殴打孩子吧，他有着温和、稳重的面相。但谁知道呢？人，毕竟是一种从外表难以看透的生物。回到家后，这个人也许会变成像至高那样的暴君也说不定。总之，人是不可以信任的。

“我爸爸死了。”

听到这个消息，富冈似乎吃惊不小，变得哑口无言。接下来北斗就不带任何感情色彩地把至高如何住进松屿市精神医疗中心，又如何被转入市立综合医院，最后病死的经过讲述了一遍：先是精神崩溃，随后肉体也腐坏了，想一想这还真是适合那个男人的死法，一种最差的死法。

“是这样啊，令尊还真是悲惨。”

到底谁更悲惨啊？草草离开人世的至高，如今再也不用受任何痛苦。人世间还真是不公平啊。

“这次轮到令堂对了吧？她继续对你进行严格的教育？”

暴力、虐待，能称为严格的教育吗？虽然觉得富冈的说法不太合适，但北斗领会富冈的意思，只不过令富冈意想不到的是，北斗竟然摇了摇头。在傍晚的快餐店里，有很多学生和家庭主妇。他们都是结束了一天的繁杂事务，来到这里就餐、喝咖啡的，所以充满了轻松愉快的气氛。北斗心中暗自盘算，在这样一个放松的环境中，我要泄露自己人生中的秘密吗？北斗的身体开始轻微地发抖。“家丑不可外扬”“家庭暴力事件绝不能让外人知道”，至高的这些教导已经深深地印在了常年受虐待的北斗的心里。

“……不是的。”

富冈的脸上依然是充满耐心的微笑，他歪了一下头，意思是让北斗继续说下去。北斗一咬牙一狠心，说：“问题出在我身上。爸爸死后，这次……这次变成我打妈妈了。”

即使听到这些，富冈脸上的微笑也没有崩溃的迹象。看来，这样的情况他早已见怪不怪了。他从事的工作是多么可怕啊！

“爸爸死后，妈妈似乎有意让我接替了爸爸的角色。现在，平均每周两次，妈妈会故意做一些激怒我的事情，然后诱使我对她拳脚相加。每次我都想尽力克制自己，但是，小时候的痛苦记忆总会毫无防备地苏醒过来……让我对自己失去控制，真是一点办法也没有。”

北斗感觉一阵窒息，胸口很痛。自己如此丑陋的行为如果败露出去，也许以后全世界的人都会鄙视自己，自己在这个世界上再也找不到立足之地。

“……每次我都忍不住殴打妈妈，就像爸爸那样。”

北斗真的要窒息了。他感觉快餐店里的光景开始渐渐远离自己，眼前一阵眩晕。不过，他努力控制着自己，继续说道：“……再这样下去的话，说不定哪一天我会把自己的妈妈杀死。请您帮帮我！拜托了！”

富冈的冷静令人吃惊。笑容就像钢铁雕刻的一样，依然挂在他的脸上。他点了点头，说：“嗯，长期受虐待的人，会因为某种机缘反过来虐待别人。像北斗同学这样的情况，并不少见。没什么大不了的，我会尽量帮你想办法。”

自己以前绝对不想让人知道的秘密，竟然如此简单地被富冈接受了，北斗还有点回不过神来。不过，一种温暖的安心感从他的心底汩汩地涌了出来。

“真的吗？像我这样的人并不少见？”

富冈略带遗憾地说：“是啊，因为我从事有关儿童福利的工作，所以遇到的类似情况比较多。为了便于我们考虑日后处理你这个案子的方针，讲讲你和母亲这段时间的生活状态好吗？接下来我要做记录，北斗同学，你不介意吧？”

北斗点了点头。于是富冈从公事包里拿出一个边角已经被磨得很旧的笔记本和一支录音笔，把它们放在桌子上。接下来北斗就开始讲暴君至高死后自己和母亲的生活。他的话就像决堤的洪水，一发不可收拾。关于自己可怕的生活，他足足和富冈讲了一个半小时。

儿童福利司的工作效率还真高。

富冈在和北斗见面的第二周，就和美砂子进行了面谈。一开始，美砂子非常抵触儿童福利司的工作，不肯对北斗放手，但最后，也不得不同意将北斗送到儿童养护中心去寄养。美砂子对于北斗的态度，令人捉摸不透。和富冈见面后的第二天，美砂子就像变了个人一样，对北斗照顾得无微不至，每天的餐桌上都摆满了丰盛的晚餐，而且都是北斗最喜欢吃的菜。可是，后来看到北斗去意已决，就又变回原来的状态，什么家务也不管了，就好像和北斗已经没有任何关系一样。虽然两人同住在一间公寓里，但现在美砂子已经不跟北斗说话，甚至看都不看他一眼。似乎北斗已经变成了透明人。而对于母亲的无视，北斗也只能还以无视。如果再把这样的母亲放在心上的话，迟早有一天自己的脑袋也会坏掉。

北斗离开家的日子定在十月的第二个星期六。就要离开自己一直生活的松屿新城了，北斗还真有点不舍得。虽然从很小的时候开始，北斗连做梦都想早日离开这个家，可是，看到躺在玄关地板上的两个大帆布包，他又突然不安起来，那里面装着他的全部家当。中午刚过，富冈就来接北斗。富冈和美砂子简单地寒暄几句之后，就对北斗点了点头，示意他，是时候离开了。

“我在大门外面等你，你和母亲告个别吧。不用着急，慢慢来。”

身穿灰色西服套装的富冈，消失在了大门外。这时，美砂子忽然冲过来紧紧地抱住了北斗，紧得快让北斗喘不过气来了。北斗还记得，当时他在母亲的表情中看到了某种安心感。

“北斗，照顾好自己啊！等你能独立生活了，我再去接你。你一定要好好学习，将来考上一流的大学。妈妈期待着和你一起生活的那一天早点到来，我会一直等你的。”

美砂子的泪水淌到了北斗的脖子上，这只让北斗感觉不舒服。眼前这个女人会根据当时的心情要么感伤，要么消沉，要么暴躁……总之，是一个靠不住的母亲。也许，自己和母亲再也不会见面了。这个设想带给北斗的感觉一半是痛快，一半是痛苦。父亲那么丑陋地死了，这次连母亲也要失去了，自己已经是孤儿了。

“知道了，我会努力学习的。妈妈你也要过得幸福。”

“对不起！北斗，我是一个没用的妈妈。你爸爸离开得太急了，可是在这个家里我一点忙也帮不上。不过，以后我也会努力的，努力过得幸福。”

说完，美砂子哭出声来。北斗并没有落泪。这个女人接下来又会依赖谁呢？我和至高都不在了，她应该会再缠上另一个男人吧。已经是高中生的北斗，现在多少理解了母亲所需要的爱。对于美砂子来说，她需要的爱就是被支配。她喜欢别人剥夺自己的意志，教训自己，对自己使用暴力。美砂子还没有停止哭泣的意思，北斗只得把搭在自己脖子上的母亲的手硬掰下来。

“再见了，妈妈，你要幸福啊！”

北斗真心希望母亲能过得幸福。但是，她要在自己看不到的地方过幸福的生活。其实，她幸福与否，已经与自己无关了，因为北斗再也不想见到这位母亲了。

北斗用右手提起一个帆布包斜挎在肩膀上，左手提起另一个包，推开了大门。富冈正站在外面的楼道里眺望松屿新城的公园。楼道里以前到处都是涂鸦，现在物业管理人员会定期清理这些涂鸦，所以墙壁上留下了很多清除涂鸦的痕迹。

“让您久等了。”

“令堂没事吧？”

北斗带着不可思议的确信说：“啊，她没有我也会过得很好的。别看她现在哭得跟泪人似的，其实最近她买了不少化妆品呢。”

听到北斗对母亲的讽刺，富冈只是用眼角笑了笑，说：“是吗？看来她开始变得积极了呢。好了，咱们走吧。”

跟在富冈的身后，北斗即将告别这座已经住惯了的松屿新城。走廊里剥落的墙皮，电梯内壁上的划痕，单元门里静静地矗立着的煞风景的信箱……虽然还没有离开，但这一切的一切都让北斗心生怀念。虽然离开父亲、母亲没有特别的感觉，但这个地方却带给北斗强烈的乡愁。

“嗯，富冈先生，有个地方我想去看一下，不知时间允许吗？”

“可以啊，没问题。”

北斗转到了公寓楼的背后，沿着小路走上了后面的小山。没多久，就登上了后山顶上的小广场。广场正中还是孤零零地立着那盏水银路灯。广场边上有一张掉了漆的长椅，还有一台自动售货机。从北斗小学时代起，这里的样子就没有变过。

在经受了残酷折磨的那个晚上，北斗曾经想在这里结束自己年幼的生命。他抱着双膝坐在长椅上，等待着夜晚的寒冷把自己冻死。但没想到那寒意并没有要了他的性命，最后，他挨着略带暖意的自动售货机等到了初升的太阳。这个自动售货机散发的温暖虽然非常微弱，但也好过至高和美砂子。认识到这个事实时，心中产生的震惊感，北斗至今记忆犹新。

这个自动售货机可是当时北斗唯一的朋友，多年以后的今天，北斗站在它面前，张开双臂紧紧地抱住了这个金属箱子。这个山顶广场也好，松屿新城也好，美砂子住的公寓也罢，自己以后可能都不会再来了。

（再会了，我的朋友！）

富冈则坐在长椅上，故意不往北斗这边看。北斗最后瞥了一眼自动售货机后，提起帆布包，和富冈一起下山去了。

不久之后，富冈就带着北斗来到了儿童养护中心。这个养护中心位于松屿市的老城区，从新城过来，乘公共汽车也只需要二十分钟左右。

这座儿童养护中心的建筑物比北斗的年龄还要大。从外面来看，儿童养护中心的窗玻璃上贴满了手绘的海报、剪纸窗花，但也无法掩饰这座建筑物冰冷的气氛。这是一座由钢筋混凝土建造的方方正正的三层小楼，一看就给人一种公务建筑的感觉。

“这里生活着很多出于某种因素不能和父母生活在一起的孩子。从原则上讲，这个养护中心只能把孩子收养到十八岁。满十八岁后，就得自寻生路了。”

十八岁的话，也就是上高中三年级的样子。对北斗来说，最多能在这里住两年。北斗的不安感立刻高涨起来。

“北斗同学的学习成绩那么好，请一定继续努力，争取考上好大学。我们儿童福利司有一个方针，就是尽量不把孩子收养在养护中心里，而是尽最大可能地帮他们寻找收养的家庭，让他们和养父母一起生活。”

“领养家庭”这个词，北斗不止一次听富冈提起过。也就是将像北斗这样需要保护的儿童，寄养在养父母的家里。而有意领养儿童的家庭，需要事先进行申请，通过儿童福利司的审核后才有资格领养儿童。政府每月会支付给领养家庭一定的养育费，养子、养女的医疗也是全部免费的。

“在儿童养护中心里，年满十八岁后，就必须得离开了，养护中心就再也帮不上忙了。而在领养家庭里则不同，考上大学后也可以和养父母住在一起，以后找工作、租房子需要保证人时，养父母也可以担任。而且，和养父母生活在一起，可以得到更多的关怀，体会更多的家庭温暖。我也在积极地帮你寻找领养家庭，所以，也许北斗同学在儿童养护中心住不了太长时间。”

北斗和富冈肩并肩地站在一起，仰头望着这座煞风景的建筑物。窗子的玻璃上贴着用七彩纸带拼出来的字，那是这座儿童养护中心的名字——“彩虹之家”。北斗感到有些不可思议，离开美砂子身边后，自己的未来就完全托付给这个政府创办的机构了。在做这个决定的过程中，与自己的意愿相比，似乎法律的力量起了更大的作用。

不管是养护中心，还是领养家庭，在北斗大脑中一点概念也没有。但是，既然政府机构对自己说：“你该这样生活！”那么，没有生活能力的北斗也只有服从了。

“走，我们进去吧。这里的保育员高桥女士，是个温柔体贴、善解人意的好人。”

富冈轻轻拍了一下北斗的肩膀。仅此一个动作，就让北斗全身都紧张了起来。任何人的手碰到北斗，都会唤醒他内心深处关于暴力虐待的记忆。富冈似乎注意到了北斗身体的僵硬。

“啊，对不起！看来北斗同学还需要一点时间。但是，总有一天你会明白的。和别人接触、交往，是一件非常美妙的事情。”

虽然北斗无法理解富冈的这番话，但他还是点了点头。他知道，进入这座建筑物的大门后，最好乖乖地按照里面的人的指示做。登上大门前的几级台阶，北斗的内心感受到了一种绝望。

“彩虹之家”就像一个大的学生宿舍，里面住着各个年龄段的孩子。住进来之后，北斗每天就从这里出发去松屿西高中上学。关于自己住进儿童养护中心的事情，北斗只和学校的班主任讲了，除此之外没告诉任何人。北斗在一年级 D 班里，没有可以交心的朋友，平时在教室里也很少开口。不过，这样倒没有什么不方便的地方，沉默让北斗感觉很自在。

在休息时间，大多数时候都能看见北斗在读书，是从图书馆借来的书。北斗成绩优秀，面容又清秀俊俏，白皙的脸被长长的头发遮住三分之一，更散发出一种忧郁的气质。沉默又给他增添了许多神秘色彩。所以，学校里有传闻说很多女生都喜欢北斗。不过，对于这些传闻、传闻中的女生，以及那些嫉妒自己的男生，北斗一并予以无视。

富冈的动作还真快，关于第二阶段，也就是帮北斗寻找领养家庭的工作也迅速地展开了。他首先确定了几个候选的领养家庭，并在下个月安排北斗和他们见面。一天，北斗放学回到养护中心后，得知富冈正在会议室等自己。进入会议室后，北斗看到墙上贴着孩子们练习毛笔字的书法作品，不仔细看的话，还以为贴的是魔法咒语呢。北斗隔着会议桌坐在了富冈对面，在北斗面前的桌子上摆着三份文件。

“寻找领养家庭的事越快越好。你先从这三个家庭中，选择一个，然后我就安排你们见面谈。”

面前的文件就像是履历书，上面还用夹子夹着养父母的照片。北斗看了一眼，第一个是中年胖男人；第二个是中年瘦女人，但表情比较严肃；第三个是老年女性，脸上带着和蔼的笑容。面对这个可能左右自己命运的选择，北斗的决定却出乎意料地快。他拿起了老年女性的档案。

“我选这位太太。麻烦您了。”

其他两位，北斗根本没有选择的欲望。因为中年人和至高、美砂子的年龄太接近了。北斗甚至不想让他们当候补。看到北斗已经做出决定，富冈满意地笑了。

“啊，近藤绫子太太。这位太太当养母的时间已经很长了，经验丰富，在和养子、养女一起生活的过程中，也无可挑剔。二十年来，她已经先后将四位养子女抚养成人，其中两人已经大学毕业了。”

那又怎么样？对于北斗来说，自己的未来就像别人的未来，似乎和自己关系不大。所以，只要不像自己的亲生父母那样就好，什么家庭都无所谓了。于是，他不冷不热地回应了一句：“是吗？”

富冈把其余两份档案收回了公事包里。好像他一开始也很中意这位近藤绫子太太，预感到北斗要选她一样。

“当然了。我们这个儿童养护中心，不会让你住到大学毕业的。以后求职、租房的时候，儿童养护中心也无法当你的保证人。而养父母就不一样了，他们个个都很好，不会计算利益上的得失，会一直照顾养子、养女，就像亲人一样。从我个人来说，也非常希望帮北斗找到一个最好的领养家庭。”

富冈说的一定没错。但是，北斗却有些犹豫了。因为“养父母”这个词里有“父母”二字，这两个字是北斗最憎恨、最害怕的。大人真的值得信任吗？不过，富冈好像没有注意到北斗的担心。

“那我下周就安排你们第一次见面。今年内会让你们多见几次。十一月中旬的时候，你可以到她家长期住宿试试看。”

富冈说了一个北斗从来没听说过的词——“长期住宿”。

“‘长期住宿’……是什么意思？”

“啊，就是你到近藤太太家住几天试试。毕竟大家都是人，性格合不合还要实际接触一段时间才知道。如果你在她家住得不开心，也没关系，我们不是还有其他候选人嘛。”

北斗把自己心中的感情完全隐藏起来，然后点了点头。这个时候，他自己也搞不清自己的想法。

“好的，我明白了。”

富冈认真地看着北斗的脸说道：“北斗，我给你提个要求，可能对你来说有点难，但我希望你能像其他孩子一样会笑、会生气。还有，就是你前面的头发……”

北斗额前的头发已经长到能够遮住一半眼睛。留这么长的头发，第一是为了遮挡额头上的星形伤痕；第二也是为了隐藏自己的心情，那头发就像墨镜一样遮住了眼睛，让别人看不到自己的眼睛——心灵的窗户。

“让保育员帮你修剪一下如何？那么精神的帅哥，把脸挡住就太可惜了。你的眼睛也是那么漂亮，亮出来让大家看到多好啊。”

北斗那又大又长的眼睛，也是遗传了自己最讨厌的母亲。他不想把这双眼睛给任何人看。不过，这个时候，北斗依然压抑着自己的感情。

“我知道啦，下次就剪。”

富冈一脸满足地看着手里近藤绫子的档案。

“这样就好了。说出来也许你不会相信，个人的慈悲心比政府机构更可靠。几乎所有养父母花在养子、养女身上的钱，都比政府支付给他们的抚养费高得多。他们对别人的孩子这么好，是为什么呢？”

北斗想不出个所以然来。对他来说，孩子也很讨厌，北斗就像讨厌自己一样讨厌小孩。

“我不知道。”

富冈神秘地笑了，说：“不知道，就是正确答案。”

什么意思？这个疑问让北斗的表情今天第一次动了一下。

富冈看吊起了北斗的胃口，感到十分满足。他接着说道：“没有什么理由。有一种人，看到孩子遇到困难后，就会坐立不安、寝食不宁。不管自己有什么麻烦，都会对受困的孩子伸出援手。而且，令人吃惊的是，这种人还不在少数。”

北斗在思考，如果富冈说的是真的，那么也许这个世界并不像自己想象的那么垃圾。如果虐待孩子的父母和收养孩子的养父母数量相当的话，那么这个世界上的痛苦和幸福就会相互抵消，达到一种平衡。可是，即使这是事实，那么自己因至高和美砂子的虐待所留下的伤痕和恐惧感也是永远无法消除的。

人到底是怎样一种生物？人的父母又是怎样一种生物？看来，北斗需要彻夜思考的问题又增加了。

北斗和近藤绫子太太的第一次见面，富冈也会出席。一般情况下，第一次会面往往会被安排在儿童养护中心举行，但在富冈的精心安排下，北斗人生中的这次重要会面被选在了外面。场所是松屿市郊外一个购物中心里的咖啡馆。这家咖啡馆的内部装潢用了很多原木材料，被打造得像一个木屋。据说这里的红茶很好喝。富冈和北斗比约定的时间提前了二十分钟来到咖啡馆，在靠边的一张桌子前坐了下来，坐在这里可以看到整个大厅的情况。

“对于北斗，我没有需要提醒的地方。你礼数周到，说话也没什么可挑剔的。我只是希望你能把心里想的更多地表达出来。语言这个东西，节约下来有什么用呢？想到的就要清楚地表达出来。再有……你看！”

说着，富冈把自己前面的牙齿都露了出来，灿烂地笑了。

“重要的是学会笑。行为心理学家说，人不是因为开心才笑的，而是因为在笑的过程中自然就变得开心了。不管发生什么事，都要让自己条件反射似的笑出来。只要笑出来，随后肯定会高兴的。”

北斗小心翼翼地试着挤出一个笑容。上次真心地笑已经不知是多久以前的事情了。北斗脸颊的肌肉已经非常僵硬，不太适合笑了。

“对，就是这个样子。不过，你这只能算是两成的笑容。今天回去之前，最起码要练到五成的笑容才行。”

北斗继续试着收缩自己脸颊的肌肉，把自己的脸弄成笑的样子。就在这时，富冈举起了右手，像是在和谁打招呼。

“糟啦，近藤太太提前十分钟来了。我已经把你的资料给她看过了。剩下的就由你自己来努力了，好好表现一下自己。你的未来，没准就要依靠这位太太了。”

北斗沿着富冈视线的方向看了过去，对面走来的是一位身穿粗花呢料外套的老年女性，个子不高。虽说是老年女性，而且，她的头发已经全白了，但那一头银发却显得格外精神。她在咖啡馆的桌子之间穿梭着朝这边走来。从档案中北斗已经知道，近藤太太今年六十三岁。丈夫智裕在二十二年前就去世了，夫妻二人也没有孩子。近藤太太自己孤独地生活了两年之后，申请取得了领养家庭的资格。

北斗连忙起身，很有礼貌地向这位太太点头行礼。而近藤太太用很有精神又很响亮的声音说：“啊，这就是北斗同学吧？你的个子长得好高啊。富冈君，好久没见了。”

三个人都坐了下来。见到陌生人，北斗还有些腼腆。他最后一个坐下，而且屁股只贴了一点点椅子，后背挺得笔直。一坐下，近藤太太就打开了话匣子：“之前富冈说，有一位特别优秀的男孩子要介绍给我。说这个男孩儿认真、亲切，成绩优秀，很有礼貌，长得还超级帅，好像韩国帅哥。”

说到这儿，近藤太太用调皮的眼神看了一眼北斗的脸。北斗心想，这个人知不知道我受尽了父母的虐待，还殴打母亲的事情？北斗困惑了。近藤太太接着说道：“你有什么兴趣爱好吗，北斗同学？”

“我喜欢读书。”

确实，对于北斗来说没有什么比读书更好的消磨时间的方法了。一本好书，只要读上几行，就能把他从烦恼的现实世界带到遥远的幻想世界。读书，就是用想象力和语言打造一个最佳逃避的地方。虽然读书不能改变北斗的世界，但可以改变他看待这个世界的态度和心情。

“是吗？太好了，我也喜欢读书。下次我们可以把自己最近读的书，交换来读。”

“嗯，好的。”

自己到底能不能像富冈说的那样做出微笑的表情？北斗突然不安起来。这时，富冈像是在给北斗打气一样，说道：“北斗同学在松屿西高中，成绩处于上游水平。考上好大学，绝对没问题。将来说不定还能干一番大事业呢。”

近藤太太露出了会心的微笑。当服务员走来的时候，三个人都点了柠檬茶。柠檬茶端上来之后，红茶的浓香和柠檬的水果香气，从茶杯里随同热气一起飘进了北斗的鼻腔。这个香味，就是北斗和近藤太太第一次见面时留下的记忆。

“北斗君，你未来的梦想是什么？”

富冈对北斗提出了这样一个问题。关于未来的问题，不管什么时候问，都能把北斗难住。以前的北斗一直不能确定，自己能否顺利地长大成人，预感自己在长成大人之前就会死掉。所以从未考虑过未来的事情。现在被问到这样的问题之后，他想了想父亲至高以前上班时的样子，北斗心想，我以后可不想到什么公司里去打工。于是他说：“至于梦想，我现在还没找到。不知以后做什么好。”

近藤太太看了看北斗的眼睛，然后认真地点了点头。

“问这样的问题没有什么意义，富冈君。所谓梦想，可不是那么容易就能找到的。就拿我来说，长大成人之后，甚至到了中年，都还没有找到自己的梦想。所以，我小的时候，最讨厌大人问我将来想干什么。”

北斗忽然感到有一种温暖感朝自己靠近，这到底是怎么回事？虽然富冈也很有包容力，但眼前这位太太和富冈给人的感觉不同，更加宽广、包容。北斗想到一个问题，于是鼓起勇气问了出来：“嗯，近藤太太，您说您中年才找到自己的梦想，那么您的这个梦想是什么呢？”

近藤太太温柔地看着北斗的眼睛，目光很稳重，但也很有力。

“我找到的梦想，就是想培养出像北斗君这样优秀的孩子。”

富冈在旁边不停地点头。

“我自己没有生孩子，丈夫也早早离开了。人活一世，我想给这个世界留下一点什么。可是想来想去，到底该留下点什么呢？最终我发现，人还是只能给这个世界留下人。我自己没有生孩子，那就养育别人的孩子吧。”

近藤太太把别人培养失败的孩子，领养到自己家里来，代替孩子的父母培养孩子，让他们健康茁壮地成长。想到这儿，北斗的心中第一次产生了一个新想法。

父母和孩子之间的血缘关系也许并不是绝对的。以前，自己一直认为至高和美砂子作为自己的监护者，他们对自己具有绝对至高无上的权威。但是，如果在这个形式中加入一个第三者，也许原来的局面就会发生改变。父母和孩子之间的关系，并不是永远一成不变的。有了这个新发现之后，北斗感觉自己的呼吸都舒畅了许多。

近藤太太慢慢地喝了一口柠檬茶。

“现在，在我养育的孩子中，三个都有稳定的工作了。这次，富冈君把你介绍给了我，我想这是我们之间的一种缘分。”

北斗垂着眼皮回应道：“谢谢！”

“北斗君，也许你认为这个世界上不会有人爱你。其实你错了，我会好好地珍惜你、喜欢你、爱你。而且，以后这样的人会不断地出现在你的生活里。遇到这样的人，你也要用心去对待他们哟。”

听到这话后，看到富冈在点头，于是北斗也点了点头。不管怎么说，到目前为止，北斗的人生中还没有出现过这样的人。难道这位近藤太太会是第一个这样的人？

“你知道为什么吗，北斗君？”

近藤太太面带微笑地问北斗，她似乎对这个问题很感兴趣。对自己怀有好意的人，我们为什么要珍惜他们、好好地待他们呢？对于这样一个问题，如果从理论角度出发进行考虑的话，恐怕要写一本哲学书出来。这对北斗来说，可是一个太难的问题。

“先来说说我的想法吧，我认为我们生活在这个世界上的时间太短了。不管什么人，总有说再见的一天。就拿今天我们的见面来说，一会儿就要结束了。虽然我还舍不得离开你们。”

北斗心中十分感慨。他看着眼前这位夫人，心想，这位夫人有一种能够融化别人心中厚厚冰层的力量。

“一定要这么快就说再见吗？”北斗问。

近藤太太笑了，她一笑起来眼睛就眯成了一道缝。

“是啊，就像我家老公那个冒失鬼，匆匆忙忙撇下我就走了。还有北斗君你们班上的同学，高中毕业各奔东西后，也许以后就再也没有机会见面了。很多人对未来的东西没有一丝的确信，就这样浑浑噩噩地活着。进入社会后，人就会变得狡猾、世故。大人中也有很多没有活明白的人。”

富冈挠了挠头，笑出声来，对近藤太太说：“唉，真是服了您了。我做这个儿童福利的工作，时常也会感到绝望。每当这样的时候，我都会想起近藤太太您，然后告诉自己，我要向近藤太太学习，不管遇到多么艰难的困境，都不能灰心！不能放弃！要再加把劲！您的这种态度，不知救了我多少次。”

北斗看着眼前桌上的茶杯。要说自己最近一次感到绝望，应该是富冈约自己在快餐店见面那次。那杯浑浊的、黑褐色的、看不到底的咖啡升高了北斗的绝望率。眼前的这杯柠檬茶完全不同，它清澈见底，色泽鲜亮，香气宜人，一眼就能看到杯底印的店铺标志。

变成大人之后，人就会变得狡猾、世故。不知为什么，听到这话后，北斗感觉心里很舒服。眼前的这两个大人，为什么不会像至高那样心中怀有纯粹的仇恨？为什么不会奋力地抵抗着什么？至高因为未能实现梦想而受伤，于是他希望周围的人都和自己一样变得不幸。可为什么眼前的这两位，没有至高那样的想法？这让北斗感觉非常不可思议。

也许这个世界上，还有和父亲至高、母亲美砂子不同类型的人。仅仅是这样一个疑问，就像一道亮光，照进了北斗的未来。

这时，富冈开口了：“时间差不多了，我们该走了。要不，我们在这个购物中心逛逛再回去？”

富冈叫来服务员，结了账。三个人走出咖啡馆，开始在宽敞的购物中心散步。两边装饰着很多观叶植物，其间有一些售货花车。阳光从高高的玻璃天井洒下来，十分舒服。走着走着，他们来到一个挂着很多可爱小动物的钥匙链、手机链的花车前。近藤太太说："要不要选一个留作纪念？我送给你，北斗君。"

北斗还没来得及回答，近藤太太就已经开始选了起来。这个时候，是不是该接受别人的好意呢？在和领养家庭的养父母见面时，是不是有细节上的规定呢？这些问题萦绕在北斗的头脑中，让他不知所措。于是，北斗害羞地看了看富冈，像是在征求他的意见，这位儿童福利司的工作者用力地点了点头，说："不错啊，你选一个吧，北斗。"

"这个怎么样？和北斗君很像呢。"

近藤太太取下一个小刺猬挂件。浑身长着尖尖的刺，前面的刺都快把眼睛遮住了。

"是不是很像？哈哈。"

近藤太太笑了，富冈笑了，看到这个情景北斗也安心地笑了。近藤太太付了钱，把小刺猬交到北斗手中，北斗赶快掏出手机，把它挂在了手机上。北斗握着这个小刺猬，虽然它浑身长满了刺，可一点都不扎手，因为是用软软的毛线做成的刺。

在购物中心的出口处，富冈向近藤太太低头行了个礼。

"提前和您约一下，下一次见面安排在下周如何？"

近藤太太一边穿大衣一边回答说："好啊，我没问题。只要北斗君愿意，什么时间都行。"

这个时候，是不是该抬起头看着近藤太太的脸呢？北斗心中依然残留着恐惧。因为他还不习惯大人对自己怀有好意。而且，以后自己还有可能和对方一起生活，只有两个人一起生活。北斗一边摆弄手里的小刺猬一边说：“我也没有问题。”

富冈爽朗地说道：“好的，那我就在下周安排二位的第二次见面。下次我就不来了，你和近藤太太好好聊一聊。加油哟，北斗！”

说着，富冈轻轻拍了一下北斗的肩头。这次，北斗没有感觉到一丝不快或恐惧。此刻，北斗的目光无法从眼前这位身材并不高大的和蔼太太的身上移开。今后，自己的人生将和这位太太发生怎样的联系呢？

北斗呆呆地站在巨大的购物中心门口，手里不停地抚弄着那个小刺猬手机链。

7

端爪北斗望着自己的新住所。

近藤太太的家位于松屿市的旧市区，附近还有一个火车站。近藤太太的家是一座独门独院的小楼，建筑年龄已经有二十五年。房顶上铺着接近黑色的灰瓦，外墙的墙壁也被涂成灰色。这幢不大的房子，给人一种单调但沉稳的感觉。房子前面还有一个狭小的院子和停车场，但不论是院子还是停车场，都是空的。

近藤太太不会开车，所以丈夫智裕去世后，家里的汽车就被卖了，停车场也就空了下来。

现在，停车场里只停着北斗的自行车。

站在大门外，穿着高中校服的北斗在思考。自己来到这个家已经有两周时间了。和一位已年过六十的老妇人一起生活，家中冷清孤寂是理所当然的事情，可北斗总感觉这份冷清有点异样。

近藤太太基本上不干涉北斗的生活。他们之间的对话也仅限于吃饭时和洗澡前。“饭做好了，来吃饭吧，北斗。”“你先洗澡吧。”……除了这些，再加上每天早上、睡前的寒暄，这些就是一天的全部对话了。

造成这种状况的原因，北斗心中明白一二。自己的心中还存在恐惧感，还无法向近藤太太敞开心扉。北斗始终认为，自己还有被这位养母背叛、抛弃的可能性。如果把真实的自己展现出来，有可能遭到近藤太太的厌恶，而把自己赶出这个家，或许还会受到新的虐待呢。北斗就像一只曾经被主人抛弃的宠物一样，不会那么轻易地信任新的主人。

对于近藤太太的全部性格，北斗还无法很好地把握。自己丈夫去世之后，这二十二年来，近藤太太每天都会给家里设置的佛坛供奉新做好的米饭和清水。虽然近藤太太并不那么热衷于宗教，但每天饭做好后，总会盛上一碗供在佛坛上，还要供一杯清水。而每天早晨，近藤太太和北斗一起吃早餐时，她自己的早餐就是从佛坛上撤下来的昨天的冷饭。虽然是隔夜冷饭，但她还是吃得很开心。

虽然餐桌上只有两个人在吃饭，但北斗时常会产生不可思议的幻觉。他感觉这餐桌上仿佛还有肉眼看不见的第三个人，那就是近藤太太去世多年的丈夫智裕先生。北斗总是觉得自己是这位养母和幽灵父亲的儿子。

每当这种时候，北斗总会让自己笑一下。也许真像富冈说的那样，人不是因为开心才笑，而是笑会让人变开心。虽然还没有体验到笑能让人变开心的感觉，但至少可以隐藏心中的痛苦。北斗的笑容就像一张面具，把自己对这个世界和大人们的恐惧、痛苦、不信任全都隐藏起来的面具。

“啊，你回来啦，北斗。”

从玄关旁边的小窗口，传来了近藤太太的招呼声。北斗赶快把脸上两成的笑容提升到了五成。如今，北斗已经成为制造“无心笑容”的专家了。

“嗯，我回来啦。绫子太太，今天晚上咱们吃什么？”北斗对养母的称呼已经由原来称呼姓氏“近藤太太”，改成称呼名字“绫子太太”，在亲近程度上已经有所进步。

“我做了你喜欢吃的炸排骨和中华料理的凉拌菜。我说，你是不是该改口叫我‘妈妈’了？”

对于“妈妈”这个称呼，北斗所拥有的全是痛苦的记忆。母亲美砂子曾经和父亲至高一起虐待自己，而当至高死后，她又把自己当作至高的替代品，强迫自己虐待她。母亲用衣架抽打自己的疼痛，和自己打母亲时手上的疼痛，依然清晰鲜明地留在北斗的脑海中。美砂子现在在哪里，做什么，北斗完全不知道，也不想知道。美砂子没有联系北斗，北斗也没有联系她。对于北斗来说，自己的亲生母亲只不过是手机通讯录上的一个名字和一串号码罢了。

“好，我知道了……绫子太太，下次我努力试一试。”

北斗上了二楼，回到了自己的房间。当他把房门关上，并从里面上了锁之后，回家的紧张感才终于缓解下来。这种情况以后还会持续多久呢？和养母在一起生活，也像一场令人窒息的战斗。

后来，北斗遇到了一个好东西——音乐。

上了高中之后，北斗才第一次发现音乐的魅力。最初也只是听听流行歌曲排行榜上的通俗音乐，但时间一长，流行的东西已经不能满足他的胃口。北斗沿着音乐历史的足迹，找到了摇滚乐和爵士乐。二十世纪六七十年代是摇滚、爵士这两种音乐形式的黄金时期。沉浸在那个时代的音乐中，北斗感到很是舒心。那是音乐成为一种产业之前的自由时期，也可以说是摇滚和爵士的短暂的青春时期。

北斗用不多的零花钱购买了很多二手 CD。虽然和其他同学一样，他也有随身听，但他不太喜欢戴着耳机用随身听欣赏音乐。他更喜欢让音乐引起空气的振动，然后用全身去感受音乐。

在北斗自己的房间里，有一台挺大的音响。是近藤太太家的老古董。北斗选了一张 Electric Miles Band 的 CD，那是 Miles 从爵士向摇滚转型时期的作品。他用音响播放这张 CD，并把音量开得很大，甚至窗子玻璃都在跟着震动。时间已经是夜里十一点多了，一开始，北斗并没有意识到这么大的音量会给别人造成什么影响。

“北斗！北斗！”

外面传来了绫子太太连续的敲门声和呼唤声。北斗调低了音量，问：“什么事，绫子太太？”

绫子太太隔着门对北斗喊道：“这么晚用这么大的音量听音乐，会吵到邻居的。早点熄灯睡觉吧。”

Miles 把以往的爵士形象全然打破，他那富有争议的表现形式颠覆了音乐的传统，不过，他的小号吹得还真是好听。一直以来，北斗都是按照大人的意志成长，逆来顺受，过得十分压抑。现在，他开始反抗。他没听绫子太太的话，反而把音量调得更大。瞬间，整个房间都好像震动了起来。

“北斗！北斗！”

绫子太太还在外面敲门。北斗望着音响的扩音器，一动也没动。北斗奇怪，为什么心中突然涌起对大人的反抗之心？和着撕心裂肺的电吉他声，北斗的情绪也愈加高涨起来。在此之前，不管北斗怎么憎恨自己的父母，但从来没有反抗过。所以，第一次反抗大人，让他感觉心里还蛮爽快的。

绫子太太在北斗门前站了一会儿之后，就离开了，可能回到了自己一楼的卧室。之后一直到天亮，北斗都在用雷鸣一般的音量听音乐。

北斗的生活开始变得不安定。

因为经常熬夜，他睡眠不足，白天走路总是脚底下没根的感觉。绫子太太辛苦做的早饭他也基本上不吃。有的时候干脆不去上学，即使去了学校，上课也是心不在焉的，所以成绩不断下滑。他大部分时间都用来读自己喜欢的书，听自己喜欢的音乐，思考自己到底是什么人。对于这个世界上一切被认为是了不起的价值观，他都产生了抵触心理。

从小受到亲生父母虐待的北斗，一直生活在一个牢笼里。成为高中生之后，或者说来到绫子太太家之后，他才第一次意识到自我的存在。与此同时，他的这些行为，也是对养母绫子太太的一种试探。他想知道自己做到什么程度，绫子太太才会发怒，才会抛弃自己。他想试探出“安全”的界限，否则的话，他就没有办法安心地和绫子太太生活在一起。因为从没有遇到过可以从内心深处信任的大人，这让北斗养成了试探别人的癖好。

那是一个二月的晚上，放学之后，北斗并不想马上回家。现在，他依然无法把那幢灰色的小楼真心当作自己的家。于是，他流连于地铁站前的快餐店、咖啡屋、漫画吧，肆意地消磨时间，就是不愿回家。那是绫子太太的家，自己虽然住在里面，但是很不自在。所以，地铁站前的店铺几乎被他逛遍了，而且每家店都能逛上一个小时。等店铺都打烊之后，北斗不得不回到大街上，吐出的气马上变成一团白雾将自己的脸包围。和东京都中心相比，松屿市要低上几度。北斗不情愿地迈开双腿往家的方向走时，看了一眼手机上显示的时间，已经接近凌晨两点了。

在离家还有两根电线杆远的时候，北斗注意到家门口有个矮小的身影。一个裹着羽绒服的矮小女性，双臂紧搂在胸前，手还在不停地搓着，看上去很冷的样子，还不停地原地跺脚。是绫子太太。北斗低着头走了过去，小声地说："我回来啦。"

绫子太太双手抓住了北斗的肩膀。

"太好啦！北斗，你终于平安回来啦！我还以为你遇上事故了呢，担心得不得了。"

"您在外面等了好几个小时吗？"

绫子太太的嘴唇已经冻得发青，但她还是勉强地咧开嘴笑了，然后摇了摇头。

"也没有等多久啊。看完晚间新闻是十一点，看你还没回来，我心想应该到外面迎迎你。不说这些了，赶快回家暖和暖和，再泡一个热热的澡。"

北斗实在无法理解眼前的这位老妇人。她到底是个什么样的人？她就像自己在书中读到的圣人一样，完全不考虑自己，只为他人奉献。

"绫子太太，您为什么不骂我？"

绫子太太又笑了，抬头看着北斗说："我想，你长这么大，以前可能已经挨了太多责骂吧。我不想再让这种事情发生在你身上。"

绫子太太的这句话，简直快让北斗的心融化了。他真想扑到养母的怀里大哭一场。但是，北斗想到了至高和美砂子，于是，一切的冲动都忍住了。那些被虐待的日日夜夜又在脑海中出现了。眼前这位面容慈祥和蔼的老妇人，毕竟也是大人中的一员。所有大人都是自己的敌人。所以，北斗要彻底地试探一下绫子太太。他一定要把这位老妇人脸上的假面具剥下来。于是，北斗又露出了铠甲一样的笑容。

"我回来得太晚了，对不起！绫子太太，最近我想的事情有点多。"

"这就是青春的烦恼啊，谁年轻的时候都有过。我说，还是别叫我绫子太太了，快点改口叫'妈妈'吧，怎么样，北斗？"

这一瞬间，北斗的眼睛放出一道光。可是瞬间他又控制住了自己，心想，眼前这个大人太会抓住对方的弱点了，真是一个厉害的对手。北斗默默地点了点头，和绫子太太一起走进了灰色小楼的大门。

怎样才能彻底地试探到绫子太太的心底呢?

之后的日子，北斗一直在思考这个问题。虽然他每天还是去高中上课，但生活节奏早已被打乱了，吃饭和睡觉都不规律。不管是白天还是晚上，只要情绪一上来，就会用最大的音量听音乐。有时也会莫名其妙地发怒，像以前一样在石膏板的墙壁上留下窟窿。对于北斗的这些行为，绫子太太一直忍耐着，这份耐心让北斗吃惊。不管北斗做什么事，绫子太太都不会生气，更不会抛弃北斗。一开始也会露出发愁的表情，但最后总会笑着接受北斗的所作所为，还会劝慰他。

也许只在家里作怪，还不足以激怒绫子太太，北斗是这么想的。看来绫子太太的忍受力还有余地。那样的话，不如去外面的世界闯点祸，给社会添点麻烦试试。虽然下定了这样的决心，但北斗对于自己到底能干什么坏事，心里一点数也没有。而对于试探别人这种行为的恶劣性，北斗也没有意识到。如果做出一些严重的犯罪行为，那自己不但要受到法律的制裁，还会给自己的履历上留下污迹。北斗不希望事态发展到那么严重的地步，但他还是想彻底地试探一下绫子太太。在北斗短短的十几年生命中，不曾遇到过一个让他真心信任的大人，所以，信任对他来说确实是一件困难的事情。

北斗最终选择的方法是喝酒。喝酒闹事，不会像盗窃或抢劫那样犯重罪。北斗选择了一个星期日的傍晚走出家门，朝地铁站前的繁华商业街走去。居酒屋、咖啡馆、酒吧，都提供酒精饮料。高中生北斗，个子已经长得很高，穿了套便服，又戴了副淡色墨镜，再把鸭舌帽的帽檐压得很低，所以根本看不出他是未成年人。

北斗选中了一家啤酒屋，走进去选了一个靠窗边的座位。他向服务员点了一扎生啤酒和炸薯片。人生中第一口啤酒入口后，北斗感觉苦涩难耐，舌头都快苦到麻木了。大人们为何会如此痴迷于这种东西？真是太不可思议了。于是他赶紧吃了口薯片。现炸的薯片松脆无比，还带着温热，在适量的盐的调味下，薯片香甜可口。不知不觉，在薯片的搭配下，北斗把一扎啤酒都喝光了。他又掏出随身听，戴上耳机开始听滚石乐队的经典曲目，而且把音量调到最大，让自己与外界隔绝。

北斗一共喝了两扎半生啤酒，已经到了他酒量的极限。北斗只感觉双颊像火烧一样灼热，心脏跳动的声音在头脑中咚咚作响。现在的世界在北斗眼中异常愉快，但同时又残酷无比。这一秒他想大笑出声，下一秒又想嘶吼着砸碎啤酒屋的玻璃。北斗摇晃着离开了座位，到吧台付了酒钱。对于高中生那点零花钱来说，酒钱可算是一笔昂贵的费用。北斗心想，竟然要为难喝得犹如马尿一样的东西花这么多钱，真是气死我也！但转念一想，这不全是为了达到自己闹事的目的嘛，也就忍了下来。结完账后，服务员将北斗送出了啤酒屋。

站在大街上，北斗看了看手表，但双眼似乎无法对焦，始终看不清表上的数字。最后把手表贴到眼前，才勉强看清是十点半。他早就把手机关掉了，否则肯定已经接到好几个绫子太太催他回家的电话和短信了。摇摇晃晃地在街上瞎逛，一会儿，北斗发现路边有一个治安派出所，于是步履蹒跚地朝派出所走去。商业街上的霓虹灯和广告牌把这里的街道照得五颜六色。派出所里一位年轻的警官看到一个醉汉走了进来，连忙站起身来，喝问道：“喂！你有什么事？”

北斗对警官的喝问置之不理，继续往派出所的屋里走。一屁股坐在金属桌子前面的钢管椅上。年轻的警官走过来，站在北斗的对面。

“你想干什么？你是从哪儿来的？”

没想到警察也这么啰唆！北斗就像在自己房间里一样，一脚踢在眼前的桌子上。这天北斗穿了一双工装靴，靴子头上是包有钢板的，桌子也是金属的，所以立刻发出一声清脆的金属撞击声，桌子差点被踹翻。

“你！干什么?!”年轻的警官把手按在了腰间的警棍上。看来警察已经快被激怒了。北斗终于开口了。

“好啰唆！”

接着又朝桌子踢了一脚。这时，从里面的房间又走出一位警官。这位警官年纪将近四十岁，看起来是个老警察。

“发生了什么事？”

“这家伙突然闯进来，在这儿胡闹，还踢桌子。”

年长的警官看了看北斗，嘴角露出了一丝笑意，以调解的口气说道：“这位老兄，你好像喝醉了。是不是对我们警察有什么怨言啊？”

北斗也笑了。他对警察没有一句怨言。只不过，警察也是大人，他讨厌所有大人。

“……我来这里，是想让你们逮捕我。”

北斗这一句话，立刻让派出所里的空气紧张了起来。两位警官的表情严肃起来。他们认为这可能是某个重要罪犯前来自首。如果真是那样的话，那么他俩就可以立大功了。于是，年长的警官坐在了北斗对面，以安抚的语气说：“是这样啊，那太好了，你先平静一下。你做了什么事，要我们逮捕你？”

那位年轻的警官则站在北斗旁边，一只手按着腰间的警棍，双腿已经微微弯曲，放低了重心准备随时跃起扑倒身旁这位“犯罪嫌疑人”。

“我喝了三扎生啤酒，在站前的啤酒屋。感觉特别爽！”

北斗环视了一圈这个煞风景的派出所。墙壁上挂着一个古旧的挂钟，还有一个印着富士山的日历，以及反对“黄、赌、毒”的宣传海报，再有就是几张小明星的海报。这一切，就像一出并不好笑的喜剧。警官有点摸不着头脑地盯着北斗，等他继续说下去。

北斗接着说："顺便说一句，我是未成年人。"

"你在说些什么？"

警官脸上露出了烦躁的表情，他可能意识到，眼前这位并不是什么重大罪犯来自首，而是喝醉了来无理取闹的。北斗不管他，继续说道："我叫端爪北斗，在松屿西高中读高一。"

然后他摘掉帽子，取下墨镜，嘿嘿地笑着，望着警官。

"你这家伙，在耍我们大人玩吗？"

两位警官对视了一下，然后小声嘀咕了几句。

"把你家的电话号码告诉我。"

没有办法，北斗磨磨蹭蹭地说出了近藤绫子家的电话号码。二十分钟后，绫子太太就慌慌张张地赶到了派出所。她可能刚洗完澡，顶着一头湿漉漉的白发。北斗头脑发晕，他用迷离的眼睛发现上了年纪的女人的头发打湿后，会显得格外稀少。自己竟然会留意这样的事情，连北斗自己都感觉不可思议。

"我家的孩子给你们添麻烦了！"绫子太太对着两位警官深深地低下了头。

年长的警官首先开腔了："您是这孩子的奶奶吧？"

快速看了一眼北斗之后，绫子太太说："不，我是他母亲。这位警官，方便借一步说话吗？"

绫子太太把年长的警官拉到了屋子外面，开始小声和他解释起来。只有年轻的警官和北斗留在屋子里，年轻的警官时刻保持警惕地注视着北斗。

"松屿西高中，可是咱们这一带很有名的高中啊。这孩子为什么要喝酒啊？而且还是主动闯进我们派出所的。"

北斗隐约听见了年长的警官和绫子太太谈话的内容。

连北斗自己也不清楚自己内心深处到底是怎么想的。只是不试探出绫子太太的底线，他就觉得不舒服。北斗想知道，自己能够在多大程度上信任绫子太太，否则他就无法和她一起生活下去。北斗一言不发地望着门外。他的目光锐利得就像闪着寒光的刀刃。绫子太太和年长的警官回到了屋里。

“你的事情，你母亲都跟我说了。不要再喝酒了！这次就放你一马，我们也不会通报你的学校。你记住，这都是托了你母亲的福。她自己主动申请当养母，养育那些有困难的孩子，是一位多么了不起的母亲呀！”

听到这话，年轻的警官不干了，他对自己的前辈说：“这样处理好吗？像他这样任性的家伙，不给他点教训，他真不知道社会的深浅。”

年长的警官用眼神示意部下别说了，然后点了点头说：“好啦，回头我再跟你细说。北斗同学，快回家吧！不要再给你母亲惹麻烦了。你的名字和住所已经在我们这里备案了。”

说着，年长的警官把一个黑色笔记本在北斗面前晃了晃。

“这个人不是我的母亲。”

北斗的声音像冰一样寒冷、清冽，他接着说道：“我没有父亲，也没有母亲，我是一个不应该来到这个世界上的人。”

绫子太太把手放在北斗的肩膀上，说道：“没有哪个人是不应该来到这个世界上的，北斗。”

真是这样的吗？北斗用昏昏沉沉的脑子在想这个问题。可是，他想到的是连环杀人犯、诈骗犯和强奸犯。看来，确实有些人是不应该来到这个世界上的。北斗感觉自己整个人快要分裂了，在体内，想要扑到养母怀里祈求她原谅的自己，与企图继续试探养母的自己展开了激烈的斗争。如果能够消除心中所有不信任，紧紧地抱住眼前这位老妇人，那自己该是多么幸福啊！

“即使你现在还不能从心底里接受我，但我依然愿意做你的母亲。也许上了年纪的女人脸皮越来越厚吧。反正我是不会让你离开我的。好啦！咱们回家吧！北斗。”

听到绫子太太的召唤，北斗像个机器人一样站起身来。

“二位警官，真是对不起了！”绫子太太再一次向警官道歉。同时也示意北斗向他们赔礼。

于是，北斗用毫无感情的声音说：“给你们添麻烦了，对不起！”

北斗和绫子太太一起走出派出所，已经是晚上十一点多。

绫子太太牵着北斗走在站前的繁华商业街，虽然已经接近半夜，但依然灯红酒绿。北斗脚下无根，醉意还很浓。绫子太太抓着北斗的手腕，领着他慢慢地往家的方向走。现在是三月中旬，晚上还是挺冷的，两人呼出的白气瞬间就把脸给包围了。不过，绫子太太的手特别温暖，这温度能够融化北斗心中对大人的憎恨感情。

“你刚才说的话，太冰冷了。”绫子太太对北斗说。

北斗并没有回答，酒馆、便利店的霓虹灯和广告牌让北斗昏沉沉的脑袋更加眩晕。

“说自己没有母亲，自己不应该来到这个世界上……听你说出这样的话，我们大人真的不知该怎样回应你。”

北斗只觉得胃里一阵波涛翻涌，酒劲又涌了上来，头痛得厉害。他感觉太阳穴附近好像又生出了一个心脏，咚咚地跳着把血液送往全身。走到一家灯光明亮的店铺门前，绫子太太停下了脚步，转过身来对着北斗说：“你一定也很痛苦吧。但不管多么痛苦，我都不会放弃你。好不好？北斗，你也振作一点。总有一天，我会让你感觉到：‘能来到这个世界真好！’”

绫子太太眼角的鱼尾纹又温柔地聚在了一起。而自己的亲生母亲美砂子却从来没有用如此慈爱的目光看过自己。不知不觉，北斗感觉自己非常对不起绫子太太，可是与此同时，心里的警报器又响了起来。北斗告诉自己，我不能这么轻易就败下阵来。北斗没有回答绫子太太，只是默默地点了点头。绫子太太笑了，说："没关系的，北斗。已经很好了，因为你生来就是一个非常优秀的孩子。"

说着，绫子太太把北斗的右手抓起来抱在自己胸前，然后迈开步子向前走。北斗被绫子太太的真情打动，但同时，他心里还在盘算着什么。这个老女人心中最为宝贵的东西是什么呢？如果我能破坏她最为珍惜的东西，她一定会像其他大人一样发怒，然后抛弃我。当二人走过拉面屋的时候，从里面飘来了煎饺子的香气。

"已经这么晚了，北斗，你肚子饿不饿？进去吃碗拉面怎么样？"

虽然北斗在啤酒屋吃了炸薯片，但那点东西早就消化完了，他确实感到肚子在咕咕叫。北斗对绫子太太点了点头。于是，绫子太太掀开门帘，带着北斗走进了拉面屋。看着这位老妇人的背影，北斗的大脑中生出了一个令他自己都吃惊的好主意，同时他也觉得这个点子有点可怕。

早晨的阳光已经倾斜着照进一楼的客厅。刚蒸好的大米饭，散发出令人食欲大增的香气。北斗穿着校服，望着餐桌。餐桌上摆着和往日差不多的早餐：大米饭、煎鸡蛋、火腿蔬菜沙拉和青菜汤。

"老公，该吃早饭了。"

绫子太太站在客厅一角的佛坛前，正在为去世的丈夫供上今天的水和米饭。

"今天也要拜托你保佑啊。"

虽然绫子太太并没有特别虔诚地信奉佛教，但是每天在丈夫的遗像前供奉水、米和祈祷是必不可少的，而且二十年如一日。北斗心想，向一个死了二十多年的人祷告，有什么意义呀？看着养母瘦小的背影，北斗为自己接下来要采取的行动感到害怕。但是，不管怎样，必须要试探出绫子太太到底是不是一个值得信任的人。北斗无法和自己信不过的大人生活在一起。绫子太太注意到身后有人，于是将上半身扭了过来，对北斗说：“啊，北斗。早啊。你今天这么早就起床了，最近很少见啊。”

北斗一句话也没说。他径直走到佛坛前，拿起绫子太太刚刚供上的杯子，把杯子里的水朝佛坛中的遗像泼去。遗像中是一个四十来岁的中年男人。绫子太太被眼前的一幕震惊了。

“北斗！”几乎是一声哀号。

可是北斗并不停手。他又把那碗热腾腾的米饭扣在了佛坛上。此时的北斗喘着粗气，心跳难以保持平静。他告诉自己，死人是不存在的。这个世界上也没有灵魂。如果人死后灵魂还在的话，那么自己最想做的事情就是把至高的灵魂找出来，然后把它杀死！最后，北斗抓起香炉，朝遗像砸了过去，佛坛顿时被淹没在一片香灰之中。

北斗双腿分开，像是故意要让自己站稳一样。要想撕下绫子太太的假面具，就只有伤害她最珍惜的东西。侮辱她死去的丈夫，自然是不二之选。今天，北斗确实把绫子太太坚持了二十二年的祷告时间，弄得一团糟。

北斗的双腿和双手都在发抖。就这样，应该一切都结束了。绫子太太再有爱心和耐心，今天自己干出这种事来，她也不会再宽容自己了吧？自己肯定会被送回儿童养护中心。一想到要回儿童养护中心，北斗心中有说不出的难受，可与此同时，他也感到十分安心。要做坏事，就要做到底。反正自己是一个不值得被别人爱的人。

“老公，对不起！”

此时的绫子太太已经从震惊中平静了下来。她已经明白眼前发生的事情。但她并没有对北斗说一句话，而是开始静静地收拾佛坛。她先用毛巾擦去遗像上的水、香灰和米饭的混合物。北斗退后几步站在客厅中央，呆呆地注视着绫子太太的一举一动。绫子太太的脸上没有一丝怒气，只是平静地收拾着一片狼藉的佛坛。大约花了二十分钟，佛坛又恢复了原来的样子。一切都复原之后，绫子太太双手合十，对着丈夫的遗像重新做了一次祷告。然后，她转过身来对北斗说："饭都凉了，快去吃饭吧，北斗。"

绫子太太抓起北斗的手，把他领到了餐桌旁。而北斗的身体僵硬得像根木头，他坐在餐桌旁，也不知自己该做什么。

"快吃吧。"

北斗就像一个机器人，按照绫子太太发出的"指令"，把米饭一口口地往嘴里送，又喝了一口冷汤。没有对话的早餐，就这样一直淡淡地持续着。吃完早饭后，已经到了上学时间。电视里播放着天气预报，今天，日本全是大晴天。而绫子太太和往常没有什么变化。北斗把盘子和碗拿到厨房的水槽洗了起来。这时，绫子太太开口说话了。

"放在那儿吧，不用洗了。北斗。"

北斗回来，又坐到了餐桌旁。

"你那么拼命地试探别人，正说明你拼命地想相信别人。我说得对吧？"

北斗仰起脸，看着面前这位六十多岁的老妇人。她的目光是那么慈祥，北斗感觉自己就快要被那充满温暖、宽容的眼睛吸进去了。

"不管我做什么，您都不会抛弃我吗？您为什么不骂我？不打我？"

绫子太太笑了，说："是啊。因为你是我们家的孩子嘛。当孩子觉得痛苦的时候，父母不应该去打骂孩子，而是陪着孩子一起面对痛苦。"

这是再普通不过的道理了吧。在电视剧中，北斗已经听过无数次类似的台词。最后总是以大团圆为结局的无聊的家庭剧，常会出现这样的台词。但是，不知为什么，北斗自己的泪水已经如洪水决堤般涌了出来。他不知道自己为什么会哭，也不知道什么时候开始哭的，只是感觉泪水源源不断地往外涌。

绫子太太站起身来，走到了北斗的椅子后面，从后面抱住了坐在椅子上的北斗。

“请放心，不管发生什么事情，你都是我们家的孩子。什么事情都不能让父母抛弃孩子。”

北斗再也忍不住了。他扭过上半身，把头埋进了绫子太太的胸前。他闻到了一股女性温柔的体香，感受到了母亲的温暖。

“……妈妈。”

这是北斗第一次叫绫子太太“妈妈”。以后，也会一直叫她“妈妈”吧。北斗有生以来第一次遇到能够敞开心扉，把自己的全部都委托给她的大人。母亲的身体又瘦又小，北斗希望她永远健康，最好能长命百岁。对于大人，北斗从来没这么想过。以前，大人的死活北斗从来不放在心上。包括至高的死，他也没有太多的感触。

北斗痛快地哭着，有一段话在心中反复地回响着：

妈妈！妈妈！请您保护我！保护我不要受这个冰冷世界的伤害，保护我不要被我自己残酷的内心伤害。妈妈！妈妈！同样地，不管发生什么事，我也会保护您的！

以那一天为界限，北斗的人生发生了天翻地覆的巨变。

天真、单纯的少年天性终于可以自由舒展地表现出来了。北斗的生活节奏恢复了正常，学习成绩也稳步上升，保持在了前几名的位置。在学校里，同学们也能看到北斗的笑容了，于是，他身边的朋友逐渐多了起来。见到街坊邻居时，现在的北斗能够主动热情地打招呼，邻居们对他的评价也越来越好。接下来的几年时间，堪称北斗人生中的黄金时期。他一直生活在养母绫子太太家里，高中毕业后还考上了大学。对一般孩子来说，这是再普通不过的生活，可是在北斗看来，却是无比宝贵、无法替代的幸福生活。

一个星期天的下午。

北斗正在客厅的茶几上做数学作业。忽然，门铃响了起来。那段时间，北斗除了晚上回二楼的卧室睡觉之外，其他时间就在一楼和绫子太太一起度过。

“妈妈，我回来啦！”绫子太太一开门，外面传来了一个年轻女性的声音。

北斗朝大门瞥了一眼，只见一个妙龄女子，比自己大两三岁的样子。下身穿着牛仔裤，上身穿了两件T恤衫。里面一层是长袖，外面一层是短袖。这位姑娘身材非常苗条。

“啊！明日实，是你啊！回来之前怎么也没打个电话啊？我好给你准备点好吃的。”

北斗起身来到大门前的走廊，他的视线越过绫子太太的背影，落在这位姑娘身上。这位姑娘也管绫子太太叫妈妈，而绫子太太又没有生育过子女，那她应该是绫子太太的养女了，而且是自己的前辈。

绫子太太转过身来为北斗介绍这个陌生人。她说：“这位是鞠谷明日实。北斗，你来咱家之前，她就跟我一起生活。如今她在护士学校读书，平时住在学校的宿舍。”

眼前这位姑娘给人一种很安静的印象。一头披肩长发乌黑发亮，像一盆墨水从头上泼洒下来。

“我从妈妈那儿听说了你的事情，北斗，你好啊！初次见面，请多关照！”

明日实用左手拨开挡在脸上的头发。从衣袖中露出的手腕处，北斗看见了一些熟悉的印记——比其他地方的肤色要深一些的直线伤痕。

那是自己用刀割腕后留下的痕迹，而且在明日实的手腕上有很多。北斗差点叫出声来。难道她和自己一样，也曾经是受虐待的孩子？

“好啦，快进屋吧。我马上烤小饼，咱们三个人一起吃饭。”

点了点头后，明日实走进了家门。在狭窄的走廊里擦肩而过的时候，北斗的视线也没有离开过这位精瘦的姑娘，而对方也一直看着北斗。与自己有着相同遭遇的人，也许会散发出一种莫名的吸引力吧。

两个人来到客厅，坐在沙发的茶几旁。绫子太太卷起袖子进了厨房。用荞麦粉制作的烤饼，是她的得意之作。客厅中只剩北斗和明日实两个人的时候，北斗不知该说点什么。

相对无言的沉默过了好几分钟。在这样的气氛中，明日实似乎也不觉得尴尬。她只是安静地坐在北斗对面，用似看非看的眼神望着北斗这边。这种气氛倒是让北斗觉得有些不自在，于是他想找点话题来打破沉默。可是，他一开口竟然问出了一个连自己都觉得不太合适的问题。

“你说妈妈为什么会这么热心地照顾我们？”

国家支付给养父母的一点点抚养费是绝对不够用的。而北斗之前对绫子太太所做的那些过分的事，明日实也应该有所耳闻。在这样的情况下，绫子太太依然没有放弃自己，而且还对自己那么好，如果说这只是出于无私的爱心、慈悲心的话，北斗无法理解。明日实用她那略带嘶哑的嗓音小声地回答道：“是啊。我们在她心里可能是无所谓的人。”

什么？北斗不能理解明日实的话。绫子太太对自己的关爱、体贴，怎么会来自一种无所谓的心理？

“也许在妈妈看来，我也好，北斗你也好，都是无关紧要的人。她最珍惜的人早已经死了。打那以后，她做的事情无非是打发余生罢了。”

“可是，我都把她的佛坛弄得乱七八糟了，她也没有责备我。”

明日实只是微微地笑了一下。不过，这一笑把她脸上原本严肃的表情一冲而散，露出了年轻姑娘可爱的一面。北斗心想，这个人笑起来还是非常可爱的。

“我听说了，你可真够莽撞的。不过，北斗，我不得不承认你的脑子很聪明。我以前也曾故意耍性子，想惹妈妈生气，可就是没想到对佛坛和遗像下手。”

说完，明日实一个人嘿嘿地笑了起来。虽然她笑得很可爱，可总给人一种猜不透、摸不清的感觉。

“在妈妈的心中，只有一个已经离开的丈夫。之后遇到的所有人，在她心中的分量都是一样的。所以，不管遇到多么棘手的孩子，她都能平等地、温柔地对待，能够敞开心扉接受咱们。”

听到这话，北斗受到很大的冲击。当人放弃一切的时候，就可以平等、宽容地对待所有人吗？“死心”中真的能产生出“爱”吗？

“不用多想了，北斗，慢慢你就会明白了。喂，妈妈过来了。表情欢快点。在这个家里我是你的前辈，也比你大，你就叫我姐姐吧。”

“聊什么呢？看样子你们两个人相处得不错嘛。”

绫子太太手里托着一个漂亮的盘子，里面叠放着好几块刚烤好的小饼。专门为小饼配的蘸料有蜂蜜、草莓酱和鲜奶油。刚沏好的红茶散发着诱人的香气。明日实提高了嗓门说道：“啊！看起来好好吃啊！刚才我让北斗叫我姐姐呢。”

明日实的表情转变得竟然如此之快，俨然是个演员，这令北斗很吃惊。不过，对于独生子的北斗来说，突然有了一个姐姐让他感觉幸福来得太快了，以至于短时间内难以反应过来。北斗心里想，我们将会以姐弟相称，而且手腕上都有割腕留下的伤痕，也许会成为一对不错的姐弟组合吧。北斗没有再说话，而是把冒着热气的小饼不停地往嘴里塞。这个温暖的家里又增添了新成员，北斗暗自高兴不已。

8

端爪北斗有生以来，第一次感受到幸福的滋味。

高中生活剩下的两年时间，是北斗少年时代的黄金时期，也是日后他反复回味的幸福记忆。不用整天费尽心思地去解读身边人的表情，对于北斗来说是多么轻松的一种生活啊！不用害怕被虐待，不必担心被无视，想做什么就做什么，还有比这更高级的自由吗？

但实际上，北斗这份幸福来得非常容易，他并没有做什么特殊的努力。只是做一名普通的高中生，每天去上学，上课认真听讲，放学后马上回家，回到那个有母亲等候的朴素的家。这样就足够了，足够给北斗带来满满的幸福感。

北斗的亲生父母至高和美砂子，从来没有温柔地拥抱过自己的儿子。他们的手似乎就是为了殴打年幼的北斗而生的，和父母牵手、被父母爱抚脑袋，对于北斗来说都是不可思议的动作。也正是这个原因，北斗一旦遇到可以完全信赖的大人，就会极度渴望得到其关爱。如今，北斗已经长成十七岁的青年，体格比绫子太太高大很多，但他整天就像一只幼犬一样对养母寸步不离。而且，和绫子太太在一起的时候，北斗的表现完全像一个幼儿园的儿童，还会撒娇。如果不能时刻接触到养母身体的某一部位，北斗就会立刻不安起来。和养母有身体接触的时候，就像有弱电流流入体内一样，北斗总能感到一股麻酥酥的快感。所以，只要是在家，北斗看书也好，看电视也好，都会一直拉着绫子太太的手。

也许，北斗的内心是想重新过一次童年生活，因为自己的童年生活被亲生父母糟蹋得体无完肤，只有痛苦悲惨的记忆。现在，北斗极力想抹去那段痛苦的记忆，重新录入新的记忆。北斗的头脑非常聪明，他能理解自己这些行为的原因。但是，用头脑理解道理，和在现实生活中与人相处完全是两回事。而且，对方还是一个自己可以把一切都奉献给她的至亲之人。

在接受绫子太太之前，北斗不认为自己有母亲。虽然美砂子是自己血缘上的生母，但北斗并不觉得自己和她之间存在任何正面的感情。那时的北斗一直相信自己的人生已经和“幸福”二字无缘，但就在青春期的大门口，幸福悄悄地找上门来。

被人信任、被人爱，信任别人、爱别人，这些感受对于北斗来说来得太迟了。但当他第一次用身体实际感受到这种体会之后，简直甘美得令他快要喘不上气来。

“喂，端爪，B 班的河野笑美莉好像对你有点意思。”

在高三放暑假的前夕，北斗从同学那里听到了这个传闻。对自己说这个消息的是一个平时不太熟的同学，所以北斗有点吃惊。当时，夕阳的余晖斜斜地照进井然有序的教室，让这个教室里呈现出一片橘红色。告诉北斗这个消息的同学姓川崎，至于他叫什么名字，北斗记不清了。

“不过，为什么呢……”

要问一个女孩子为什么喜欢一个男孩子，这可把川崎给难住了。他只好转换话题说：“其实，我正在和 B 班一个叫奈良冈舞的女生交往。舞和笑美莉是好朋友，我从舞那儿听说笑美莉喜欢你的消息。而且，舞拜托我把这件事告诉你。我想这也不是什么坏事，就跟你说了。”

说完，川崎略带羞怯地、试探性地用手握成拳头，轻轻地敲了一下北斗的肩膀。这是好朋友之间经常做的亲昵动作。虽然川崎和北斗并不算好朋友，但可能川崎觉得刚才和北斗说了那样的话，如果现在不表现出一个好朋友应有的态度，似乎气氛有点怪怪的。十多岁的男孩子之间表现距离感的方式实在是很微妙。川崎脸上有很多青春痘留下的痕迹，可谓坑坑洼洼，但是，他的成绩、性格都不错，这在以考大学为主要目标的高中生中可算罕见。一般这样的学生，成绩越好，性格就越怪。因为父母给的学习压力太大，他们的性格都被扭曲了。

“那个……我说……如果今天你方便的话，咱们一起回家吧？”川崎对北斗说。

北斗似乎没明白川崎的意思，于是川崎又慌忙补了一句：“啊，如果你有事要忙，或者要学习，不能跟我们同路的话，我一会儿跟笑美莉说一声就是了。不过……说实话，现在舞和笑美莉正在学校门口等着我们呢。”

北斗把视线移到了学校的操场上，那里，棒球队和足球队的学生们正在挥洒着青春的汗水，卖力地跑着、跳着、笑着。读了几年的初中、高中，可北斗并没有尝过恋爱的滋味。因为以前对于北斗来说，努力地生存下来已经非常吃力，所以从没奢望过一场恋爱。当他和绫子太太之间建立起良好、稳定的母子关系之后，生活变得平稳、幸福，此时北斗才有余力留心同龄的异性。

“好的，一起走嘛。”

听到北斗同意后，川崎高兴得差点跳起来。他大叫道：“太好啦！如果我能把你带过去，今天舞就请我喝咖啡。”

帮女朋友办点事，有必要高兴到这种程度吗？北斗不能理解川崎的心理，依然平静地说：“今天因为她们都在等了，我不好意思推托，才同意和你们一路回家的，但并不代表我愿意和河野同学交往。你可以把我的这个意思转达给河野。”

川崎忽然抱住了北斗的肩膀。现在，除了近藤绫子太太之外，北斗和其他人发生肢体接触时依然会感到紧张。他连忙推开川崎的手臂，而川崎并不以为意，对北斗说："你别那么冰冷嘛，笑美莉真的非常可爱，性格也好。"

北斗和川崎一起离开了教室，黄昏的斜阳照射在他们白色短袖衬衫的后背上。

奈良冈舞和河野笑美莉靠在学校门口的栏杆上等待着。

当她们发现川崎和北斗朝这边走来时，舞高高地举起右手在空中用力地挥舞，隔着很远就和两个男生热情地打招呼。而笑美莉则文静地低着头，两只手十指交叉放在身前。

只见川崎昂首挺胸地走过来，活脱脱一副胜利者的样子。他向两位女生介绍说："这就是端爪北斗同学，今天和我们一路回家。"

"太好啦！端爪同学，笑美莉是个非常好的女孩子，你们认识一下吧。"奈良冈舞也在一旁帮腔。

舞的头发染成了淡茶色，这在松屿西高中的女生里还是比较少见的，因为毕竟这所高中是当地有名的高中，学生大多以学业为重。笑美莉则是一头天然的黑发。舞的校服裙子一看就是改造过的，非常短，短到了膝盖以上二十厘米的样子。露出的一截大腿倒是挺丰满，但皮肤很干燥，看上去感觉沙沙的。笑美莉的裙子保持了原有的长度，裙摆到膝盖附近。但她腿上的皮肤很是白净嫩滑，和抛光过的白色玉石非常相似。

四个人拖着步子朝松屿地铁站走去。这个年纪的孩子，最不喜欢规规矩矩地走路了。川崎和舞两个人走在前面，北斗和笑美莉跟在后面。为了确认后面的情况，川崎和舞还不时回头瞅两眼，搭几句话。但他们说的都是些没话找话的话题。

走到松屿地铁站前的广场，四个人停住了脚步。川崎首先开口说话："我和舞要去咖啡馆坐坐，你们两个来不来？那边那家怎么样？"

笑美莉用力地摇了摇头，脸又红了起来，和之前在校门口见到北斗时一样。她说："今天已经挺晚了，我要回家了。"

说完，笑美莉仰起脸，把视线投向了北斗。虽然刚才两个人已经肩并肩走了很长的距离，但视线相碰还是第一次。笑美莉虽然算不上一流的美女，但她有一双清澈如水的眼眸。北斗心想，她没准真是个不错的女孩子。在场的另外两位好像也感觉到了北斗和笑美莉之间微妙的气氛变化，于是舞捅了捅川崎的腰肋，说："接下来就看你的了，去吧。"

川崎非常亲热地对北斗说："喂，好好干啊，端爪。"

好好干？干什么？北斗目送着川崎和舞手牵手地离开了。

"刚才川崎同学说的话太奇怪了，对不起啊。"笑美莉对北斗说。

北斗转过身来面对着笑美莉。此时，傍晚下班的高峰期已经开始，站前广场的人流越来越大。公司职员、学生就像蚂蚁一样从地下钻出来，匆匆地穿过站前广场向自己家的方向走去。西边的天空已经被即将沉下去的落日染成了漂亮的橙红色。在汹涌的人流之中，北斗和笑美莉就像两块抵挡激流的岩石，相视而立。他们之间保持着一定的距离，但同时伸出手臂就可以触及对方的手。

"今天忽然把你约出来，真不好意思。"

北斗扑哧一笑，说："河野同学，你没做什么错事，怎么老是道歉啊？"

笑美莉抬起头来望着北斗，难为情得都快哭出来了。

"端爪同学你经常在站前的书店里看书、买书吧。我也常去那家书店。看你买了之后，好几次我也买了和你一样的书。回去一读才发现，端爪同学选的书大多讲的是悲剧故事。"

笑美莉还说出几个北斗熟悉的作家名字，都是北斗最近在读的作家。北斗喜欢那些和自己一样，被命运伤得体无完肤的作者的作品。在北斗喜欢的作家中，有一半都是自己了断了性命。

“你还喜欢去地铁站后街的那家二手 CD 店吧？”

北斗心中一惊。倒不是惊讶于笑美莉竟然跟踪自己，而是没有想到自己竟然有被人跟踪的价值。

“然后，你也买了几张我买过的 CD ？”北斗问道。

笑美莉慌忙地低下了头，因为动作太快，头发都被弄乱了。从地铁站里出来，着急回家的人们，从他们身边匆匆而过，有些路人还险些撞到他们身上。为了躲避这对少年男女，很多路人不得不侧身前行。

“对不起！我好像在跟踪你，也许一半是这样的。但是，端爪同学你总是很悲伤的样子，这是为什么呢？我非常在意这一点，所以就不知不觉跟着你去了很多地方。真是对不起！”

“你看，你又在道歉。没什么的，我不介意啦。不过，下次如果你在书店或 CD 店看到我的话，就来打个招呼吧。我也想认识一下和我读一样的书、听一样的音乐的人。”

说这话时，北斗轻描淡写地，就像随口一说。但实际上，在此之前，北斗曾经多么渴望找到能够分享文学、音乐中的快乐的同龄人啊！以前，北斗一直都是一个人。不会相信任何人，不会对任何人敞开心扉，就这样生活了十多年。虽说现在他还很年轻，但这十多年也不算短了。

不知是激动、感动还是兴奋，泪水在笑美莉的眼圈里打转，使她的眼睛都变红了。

“端爪同学你真好，今天我非常感动。我先回家了。明天放学后我会去书店，如果你也有空的话，请来书店找我吧。这个请求有点任性，请你原谅。”

最后的道别也是以道歉结束。说完，笑美莉像小鱼一样，一转身就潜入了水底，走进汹涌的人潮之中。北斗站在原地，对着笑美莉的背影说："再见，河野同学，明天见。"说完，笑美莉的背影就消失不见了。

北斗人生中的第一次恋爱，就是以这样的方式开始的。

那天晚上，北斗把认识笑美莉的事情都讲给了养母绫子太太听。

对于北斗来说，绫子太太不仅仅是自己的母亲，也是自己在这个世界上唯一可以信赖的人。北斗和绫子太太坐在客厅茶几的同一侧，因为这样牵养母的手更方便，所以长期以来，北斗和绫子太太聊天时，都采取这样的坐姿。

"您觉得我该怎么办，妈妈？"

妈妈，这个称呼不管叫多少次，北斗也不会觉得腻。妈妈，这是一个多么甜蜜、多么令人陶醉的称呼啊！绫子太太则一边喝茶一边笑。

"这是你自己应该做决定的事情啊。不过作为妈妈来说，我觉得这应该是件好事吧。"

"您是说我应该和河野同学交往？"

电视中播放着没什么新意的家庭肥皂剧。每部电视剧的故事情节都差不多，不会给人留下太深的印象。

"也不是应该不应该的问题。我只是觉得北斗你到了这个年纪，谈一场恋爱也没什么奇怪的。每一个人都是经历了各种各样的事情才长大成人的。我觉得，坏的经历也好，好的经历也罢，人都是需要的。"

北斗握紧了绫子太太的手，作为对她刚才那番话的回应。虽然绫子太太手上的皮肤就如同她六十多岁的年龄，既干燥又满是皱纹，但却异常地温暖。

"不过，考大学的事情还是要好好努力啊。这个和谈恋爱不同，直接关系到你的前途命运。"

竟然有人替自己的未来操心，即使是现在北斗也觉得这太不可思议了，简直是个奇迹。所以，在别人看来可能是稀松平常的一句话，却让北斗感动不已，他一个劲地点头，说："嗯，我一定会努力的。我要和河野同学好好地交往，让我们两个人都获得成长。"

绫子太太扭过头，像看着某个光芒夺目的星体一样看着北斗。她说："说得真好，一起成长，这也许是最重要的事情。"

不知不觉，绫子太太把视线移向了客厅一角的佛坛。遗像中面带微笑的丈夫，只是一个四十出头的中年人，还年轻得很。

"我不了解那个叫河野的女孩子。但是北斗，你要记住，你和任何人在一起的时间，都是有限的。即使现在你感觉眼前的快乐时光可以永远地持续下去，但总有一天会结束的。所以，你和河野同学交往的日子，一定要好好珍惜。对她也好，对你自己也好，都要好好珍惜。"

北斗心里也是这样想的，而且，他觉得这是理所应当的事情。在这个世界上，有无数的人生活在同一时代。但是，其中能够和自己心意相通的人，却寥寥无几。自己一定会珍惜笑美莉的。不过，与此相比，北斗会更加珍惜自己眼前的这位母亲。想到这儿，一个声音从北斗的嘴角漏了出来："……妈妈。"

叫一声妈妈，让北斗感觉身体里仿佛灌满了蜂蜜，他都快被自己的这声"妈妈"给陶醉了。

"什么事，北斗？"

"啊，没什么。"

北斗握着绫子太太的手，像往常一样，把目光放在电视上，让自己的思绪随着电视剧的情节高低起伏。

之后，北斗和笑美莉的约会像其他高中生情侣一样，充满阳光和羞涩。虽然他们都知道来年春天将迎来大学入学考试，但这个年纪的高中生，还很少能感觉到即将长大成人的焦虑。放学后，两个人要么去松屿图书馆一起做习题集，要么去地铁站前的书店选书，有时还去快餐店点最便宜的套餐吃。

刚和笑美莉开始交往的时候，最令北斗开心的是终于可以将自己关于书籍和音乐的想法说给别人听了。绫子太太虽然是个好母亲，但毕竟她年纪已大，对于年轻一代的文学和音乐，她和北斗很难有共同语言。而在学校的同学中，虽然也有人喜欢读书、听音乐，但北斗所喜欢的领域实在独特，找不到“知音”。

笑美莉是个敏感而头脑聪明的姑娘。而北斗也很敏锐，他的思维跳跃性很强，想法中也带有不少主观的判断。可对于北斗的观点，笑美莉总能轻松地跟上，给予支持和肯定，时而也会从北斗没有注意到的角度出发，直接指出作品的核心思想。

两个人第一次牵手，是在暑假即将结束的时候。

炎炎夏日，树上的蝉鸣就像淋浴的声音，沙沙地打在人的身上，让人无处可逃。北斗和笑美莉走在从图书馆回家的路上。复习了学校的课业之后，他们聊了一会儿二十世纪八十年代的文化，所以很晚才从图书馆出来。虽然夏天天黑得晚，但临近七点钟，夕阳的一点余晖也快消失了。

路灯点亮，笑美莉的腿在灯光的照耀下显得异常美丽。不知为什么，每次约会，笑美莉的裙子都会比上次短一点。街边梧桐树的叶子到了晚上依然绿意盎然。

“那时的泡沫经济，给人们留下的全是不好的记忆。不过，我真想亲身体验一下当时的社会生活。我觉得那时的音乐、电影比现在的好多了。”

图书馆位于一座小山包上，在这里可以俯瞰整个松屿市。华灯初上的夜晚，松屿市内不断有新的灯光点亮，从图书馆遥望下去，真是漂亮极了。这对年轻的高中生情侣肩并肩沿着下山的路往城里走。有好几次，在摆臂的过程中，北斗有意地用手去碰笑美莉的手背，结果，笑美莉并没有立刻躲闪。

（如果我现在抓住她的手，她会不会惊慌失措，离我而去？）

一瞬间，北斗迷茫了，不知道自己到底该不该牵笑美莉的手。可是，当他回过神来的时候，却发现自己的手里已经多了一只手。这只手和绫子太太的手不同，皮肤滑嫩，而且十分柔软。关键是，笑美莉的手像一只小虫子在北斗的手心里来回蠕动，这让北斗心中一阵发痒。他慌忙地对笑美莉说："啊，不好意思！不知怎的，突然抓住了你的手。"

笑美莉也害羞得一直低着头，不过听了北斗的话她摇了摇头说："没关系。"

北斗的手稍微一松，两只手瞬间分开了，但这只是北斗想换个姿势牵手的前奏。下一秒钟，他又抓起了笑美莉的手，但这次换成了十指紧扣的姿势。笑美莉那柔软的手指被北斗硬实的手指夹在中间，而北斗感觉自己的手指缝中好像夹了棉花一样舒服，心情就更别提有多舒畅了。

"谢谢你！"

在北斗正儿八经牵过手的人中，笑美莉是第二个，第一个是养母绫子太太。因此，和笑美莉牵手时，北斗的心中自然涌上了一股感激之情。因为对方竟然愿意牵起我这个毫无价值的人的手。这种想法是感恩之心的源头。

"说谢谢的人应该是我才对。"

就这样，两个人手牵手默默地走啊走，一直走到笑美莉的家门口。这样的幸福，没准一生也只有这一次吧？那天晚上，北斗躺在床上一直盯着自己的右手看，直到微笑着睡着了。

北斗并不讨厌学习，所以为考大学进行复习，在他看来并不怎么痛苦。不过，北斗不太喜欢数学和物理，因为这两科总需要趴在桌子前不断地重复单调的解法，这让北斗觉得很无聊。整天埋头于课外书和欧美流行音乐的北斗，对于语文和英语这两门功课基本上不用花太多时间来复习。在高三分文理班的时候，北斗很快就决定放弃国立大学的文科班，而是和笑美莉一起选择了私立大学的文科班。因为国立大学需要考六七门功课，而私立大学只需考语文、英语和社会这三门功课。到了这个时候，很多同年级的学生都在校外报了补习班，每天大量地缩减睡眠时间用于学习，而即使在这样紧张的时候，北斗也从来没有放弃过自己喜欢的课外书、音乐和电影。他对自己的学习成绩还是有自信的，即使不用那么难为自己，也能考上个大学，虽然不一定是名牌大学，但也不至于太差。与紧张的学习相比，珍惜眼前让自己感动的人和事物更为重要。北斗有这样的想法，可能多少也隐含着他对大人存在无意识的叛逆心。什么高考啊，读大学啊，以及后面的毕业找工作啦，都只不过是大人们无视孩子的感受建立的一套系统。北斗可不打算把自己的一切都交给这样一个系统。他认为人就应该按照自己喜欢的方式生活。有件事情他甚至都没跟笑美莉说过，他希望自己能和喜欢的几位作家一样，在年轻的时候就结束自己的生命。而且，他对此有一种微妙的确信感。

这一对小情侣第一次牵手之后的两周，北斗尝到了初吻的滋味。

又是在从图书馆回家的路上。像以往一样，两个人牵着手并肩前行，直到把笑美莉送到家。笑美莉的家也是一幢独门独院的小房子，院门是一扇不大的铝合金门，上面有蔓草的图案。从很远的地方看到这扇门时，北斗心中就会感到一阵悲伤，因为今天两个人在一起的时间就要结束了。

这一天，往常分别时总是干净利落的笑美莉忽然左右看了看，然后对北斗说："你先把眼睛闭上。"

北斗以为她又要送自己点心之类的礼物吧。通过这样的方式，北斗已经收到好多巧克力和点心了。当他闭上眼睛之后，耳朵就变得异常敏感，他听到了平时不会在意的很多声音。有汽车行驶的声音，关门的声音，人们打招呼的声音……

忽然，他感到笑美莉的双手放在了自己的肩膀上，几乎与此同时，他的嘴唇上出现了一种柔软的触感。没错，就是嘴唇碰嘴唇的触感。

“啊……”

北斗不禁叫出声来。当他睁开眼睛的时候，笑美莉已经推开了大门，正在回头朝自己笑。

“这是我今天送你的礼物。晚安，北斗。”

说了句很有大人范儿的台词之后，笑美莉也觉得有点不好意思了。说完，她就像一阵旋风一样，闪进了门里。留给北斗印象最深的是她那喇叭短裙在身后飞舞的样子。

北斗用手按在自己的嘴唇上，竟然一时无法动弹。他的初吻，在闭眼的一瞬间就完结了。

那年冬天是一个多年不遇的暖冬，在十一月初的时候还很暖和，有些日子，北斗只穿一件短袖 T 恤就能应付一天。不过，到了这个时期，就连一向不在乎考试的北斗，也感觉到了升学的压力。虽然考试只是做几张试卷而已，但毕竟是测试一个考生能力的方式。对于这样的测试方式，北斗心里多少还是有些恐惧和焦虑的。这段时间，北斗依然时常和笑美莉约会，但重心还是放到了考试复习上，所以并不是每次约会都能体会到甜蜜的接吻。

北斗和笑美莉的接吻已经不是小孩子玩过家家那种级别的接吻。但是，当他们吻到动情的时候，也会相互之间无言地、微妙地控制一下。他们心里都清楚，如果有再进一步的动作的话，也必须和眼前这个人一起做。但是，时机要等到高考之后。北斗也好，笑美莉也好，都没有过做爱的经历。他们相信做爱是一种非常圣洁的行为，不想在考试的压力和不安之下，草草地完成神圣的造爱之举，那样简直没有幸福感可言。

幸好北斗和笑美莉的成绩都不错。对北斗来说，与那恐怖的童年生活相比，考试这点压力根本算不得什么。一想到曾经整晚光着身子站在寒冷的阳台上，连续几顿不让吃饭，被金属衣架抽得全身都是紫色的印记，那种痛苦与屈辱的叠加，甚至让北斗产生寻死的想法。所以，北斗是经历了痛苦的最深渊，然后又挣扎着活过来的孩子。而且，现在还有两个人爱着他。

北斗已经剪短了额前的刘海，敢于堂堂正正地将那星形伤痕示人。对于这样的北斗来说，他在这个世界上无所畏惧。

大学录取榜单于二月的最后一个星期六统一发布了。

北斗报的第一志愿是东京都的一所私立名牌大学，选择的专业是将来好找工作的经济学。这一天，北斗和笑美莉两个人一起赶往那所大学查看榜单。在从松屿市开往东京都市中心的地铁里，倒是笑美莉显得比北斗紧张些。

“你能考上就太好了。”

很早以前，笑美莉就决定要报考横滨的一所女子大学。可是，与前途大事相比，北斗更加在意的是笑美莉毛衣下面的乳房。因为今天是两人约定好的偷尝禁果的日子。

“没关系啦，反正我已经被第二志愿的大学录取了。至少不会成为无学可上、无工可做的游民了。所以，能被第一志愿的大学录取更好，如果没被录取也没啥大不了的，上第二志愿的大学就好了。”

在毛衣之下，笑美莉到底隐藏着什么形状的乳房呢？这个问题远比考大学的事情更让北斗感兴趣。从新宿站下车，在南口出了地铁站之后，两人开始穿过宽阔的马路，朝大学榜单处走去。一路上，遇到很多高中生朝同一个方向走。进入大学的一幢高层大楼之后，展现在眼前的是一个带有玻璃穹顶的宽敞大厅。午后的阳光把这里晒得像一个温室，在二月的早春季节让人感觉很是温暖。在大厅的一侧墙边，立着几块黑板，上面贴着录取者的榜单。

跑在前面的是笑美莉，她踮着脚尖，视线穿过众多考生肩膀的缝隙在榜单上搜索着北斗的考号。

“6871……6871……啊！找到啦，北斗，你被录取啦！”

听到这个消息，北斗虽然也高兴，但总觉得这是理所当然的事情。而且，就为了考上这所大学，自己付出了那么多辛苦，多少还有点不值的感觉。于是，北斗就像第三者冷眼旁观似的回应了一句：“啊，是吗？那不错啊。等我先打个电话哈。”

北斗离开了榜单前的人群，朝大厅中一个人少的角落走去。然后掏出手机拨通了养母绫子太太的电话号码。电话一接通，那边的绫子太太就迫不及待地问道：“怎么样，北斗？”

可能又有人在榜单上找到了自己的名字，所以考生群里发出了一阵欢呼声，顿时，整个大厅吵闹无比，北斗只好用手捂着另外一边的耳朵说：“我考上了。”

“太好啦！恭喜你！北斗。”

犹豫了片刻之后，北斗对着电话说道：“一会儿我陪笑美莉在新宿逛一逛，买点东西。估计要晚点回来。”

“好啦，我知道了。不过，今晚我准备了好菜给你庆祝一下，不要玩得太晚哟。”

北斗答应了一声就挂断了电话。这是北斗第一次对绫子太太撒谎。

北斗选择的那家情侣酒店在新宿歌舞伎町的深处。事先，北斗已经在网上通过电子地图确认了这家旅馆的位置，并将路线牢记在心。

不过，在带着笑美莉路过这里的时候，却假装偶然地说："这家酒店，看起来还不错嘛。"

这家酒店是去年夏天刚刚重新装修后新开业的，建筑物的外观被粉刷成纯白色。笑美莉也许是因为紧张吧，没有说话，只是害羞地点了点头。在这家酒店里休息两个小时的费用是六千日元，两人各出三千日元。当北斗把钱从前台的小窗口递进去的时候，他的手竟然在发抖。

"超过两个小时的话，我们也不会去提醒你们。所以请注意时间，延时是要另外收费的。"

北斗像小学生听老师教导一样，认真地回答了一句："是！"

他们的房间是 507 号。开门进去之后，原来是一间装潢成东南亚风格的房间。虽然北斗没有去过热带旅行，但也从电视中看过东南亚风情的房间。屋里有藤编的沙发、藤编的床，房间四角还分别立着四个热带人偶雕像。因为房间没有一个窗户，所以屋里没有阳光，也没有风，只有效果非常好的暖气，让人觉得有些燥热。

北斗先去卫生间冲了个澡，回来之后卧室灯已经关了，一片漆黑。他双手摸索着爬到了床上。被子下面铺着一层凉席，在这个人工制造的热带房间里，躺在凉席上让北斗感到非常舒服。

两个年轻人在黑暗中赤裸地拥抱在了一起。这样的开局，和北斗从损友那儿借来的 DVD 中演的完全不一样啊。不管怎么说，笑美莉的皮肤水嫩柔软，又散发着令人心安的温暖。北斗终于触摸到了那想念已久的乳房。那柔软、丰满又富有弹性的乳房被北斗握在手里，他只感觉全身的血液瞬间集中到了下身。只是眼睛还没有完全适应屋里的黑暗，还没法用视觉来确认笑美莉那美丽动人的胸部。北斗温柔地、用心地爱抚着女朋友的身体。笑美莉把人生的第一次交给了自己。所以，今天北斗不能只顾着满足自己，更重要的是让心爱的女孩留下最美好的记忆。

在黑暗之中，对时间流逝的速度，人往往难以把握。笑美莉身体的每一寸肌肤都被北斗的手指和舌头爱抚了一遍。北斗通过手指感觉到了笑美莉下体的湿润程度和她喘息的急促劲，知道她已经准备好了。因为担心让她怀孕，北斗戴上了安全套。

“我来啦。”

“……嗯。”

北斗又爬到笑美莉身上，摆好了要“进攻”的架势。可是，不知为什么，在如此关键的时刻，脑海中出现了生父至高的形象。只见至高那惨白的脸上双眼放光，正用责备的目光盯着自己。北斗用双手撑起上半身，后背渗出了一层冷汗。不知发生了什么，笑美莉正用不可思议的目光看着北斗。

“怎么了？”

北斗又低头看了一眼自己戴着安全套的下身。

（这样还不行……绝对不能让那个男人的遗传因子传承下去，绝对不行！）

北斗从笑美莉的身上下来，又戴了一层安全套，做到“双保险”。然后才又回到床上继续和女朋友亲昵。事后，北斗的感想是，原来这事远比想象中的无聊。也许是双重安全套影响了触感，也许是想到了死去的至高而影响了心情。与最后实际的交合相比，之前的前戏反倒更令人兴奋，更充满爱意。不管怎么说，北斗必须时刻注意一件事情，就是绝不能让那个男人的血脉后继有人。一滴血也好，一个遗传因子也罢，绝不能让它延续到未来。以上就是北斗对自己略带遗憾的人生初体验所留下的印象。日后，那一天的记忆被北斗长时间地封存在了头脑中。

9

端爪北斗进入了明启大学经济学系读书。

明启大学是一所名牌私立大学，它在新宿南口拥有一幢二十七层高的校舍，也是当地小有名气的建筑物之一。北斗在选择专业的时候，基本上算是当机立断。因为大学毕业之后，肯定要进入社会工作。所以，选择专业时只要选择那些日后对求职有利的专业就行了。

如今，北斗已经年满十八岁，从法律上说已经是成年人了。养母近藤绫子太太已经向儿童福利司申请了国家抚养费的延长支付。但即便如此，国家最多还能支付两年的抚养费，即当北斗满二十岁的时候，国家就不会再为其提供任何帮助了。可是二十岁的时候，北斗离大学毕业还有两年时间，不过这两年的学费和生活费，绫子太太愿意私人提供。大家都知道，绫子太太的丈夫已经去世二十多年，这些年来她又先后将四名养子女抚养成人，所以，从经济上来说，绫子太太实在不算宽裕。

北斗在参加高考之前，最担心的不是考哪所大学、选哪个专业，而是担心考不上大学，那样就难以找到正式工作，就变成了无业游民——会给绫子太太增加更多的经济负担，这才是让他最害怕的事情。所以，与考上第一志愿明启大学所带来的喜悦感相比，自己可以减轻绫子太太的经济负担这一点更让北斗感到高兴。而且，在大学里北斗已经获得了领取助学贷款的资格，但他还是开始在学校周围寻找打零工的机会，以便勤工俭学。

上了大学之后，北斗和高中时代的女朋友河野笑美莉之间的一切自然而然就变得疏远了。最直接的原因就是他们现在分属两个城市，在空间上出现了较长的距离。北斗在东京都上学，而笑美莉考上了心仪已久的横滨一所女子大学，学的是幼儿教育专业。他们俩最后一次约会的情景，北斗还记得很清楚，地点是在横滨。

“喂，北斗，将来你想要孩子吗？”

横滨市的元町商业街在星期天的下午格外热闹。时值万物复苏的春天，到处都能体会到一种新鲜的绿意。关于自己会不会有后代这个问题，北斗根本不愿去想。所以被问到这个问题的时候，他沉默了。看到北斗不出声了，笑美莉连忙补充道：“别误会，不是说我和你的孩子。”

北斗看了笑美莉一眼。两个人并肩走在石板铺成的步行街上，北斗扭头看到的是笑美莉初显成熟女人味的侧脸，上了大学以后，她和其他女生一样也开始化妆了。

“不知道，我总觉得我不会有后代的。”

笑美莉的脸上现出吃惊的神情。这时，他们正好走到一家银质餐具店的橱窗前。笑美莉背后的橱窗里那闪着银光的刀子、叉子和盘子，就像美丽无比的武器。

“还是……因为你爸爸、妈妈的关系吗？”

关于至高和美砂子对自己的虐待，北斗跟笑美莉说过几次。但每次说到一半时都会被笑美莉制止。笑美莉是怕自己的男朋友再次掉进那段危险记忆的深渊。同时，她也怕自己被这可怕的事情伤害。笑美莉是在父母的关爱下健康长大的，而北斗所讲述的父母对他的虐待暴行，已经远远地超出了她的想象和理解范围。虽然那是发生在别人身上的事情，但当其残暴性超过一定的度之后，也会给了解这件事的人造成心灵上的伤害。

“有这个可能，但也许又不是因为这个，我也弄不明白到底怎么回事。我总觉得自己活不到能生孩子的年纪。”

笑美莉的表情瞬间冻结了，她只觉得这个海港城市那热闹的商业街突然一片寂静，并且在自己的视线中越来越远。

“别老说这样的话呀。语言拥有不可思议的力量哟，说出的话会不知不觉地变成现实的。”

北斗认真地打量着眼前这位有好几周都没见到的女朋友，她的脸和一位小学女同学有点像。北斗回忆起自己上小学的时候，美砂子完全不管孩子，北斗的衣服她也不给洗。经常是一件衣服穿一个星期。暑假前那令人汗流浃背的盛夏，北斗也会一个星期穿同一件 T 恤衫上学。周围同学看他的目光和看外星人的眼神没什么区别。那家伙太臭了！不过即便如此，北斗的自尊心也不会受太大的伤害，因为还有让他更加痛苦的事情。相比之下，这点小事已经不算什么了。

当笑美莉扭过脸来看北斗的时候，北斗露出了一个笑容，以掩盖刚才自己内心的想法。他对女朋友说：“要真是那样就好了。我每天都会说几百遍：‘要幸福’‘要幸福’‘要幸福’。慢慢就真的幸福起来了。”

笑美莉终于也笑了起来，说：“你呀，一天说几百遍恐怕都不够。”

笑美莉那抹了眼影的眼睛笑起来很可爱，可是，她突然变得严肃起来，说：“北斗，你和我在一起，感觉幸福吗？”

被女朋友问到这样的问题，必须得说点什么。北斗焦急不已，可是嘴巴里就是说不出一个字来。太阳好像一下子沉到了地平线以下，北斗感觉周围立刻黑了起来。看到此番情景，笑美莉勉强地笑了笑，说：“没关系，你不用那么为难，不回答也没事。突然提出这么奇怪的问题，真是对不起。我们要不要去喝点什么？”

北斗站在原地低头看着脚下的石板路，每一块石头都是用山里的原石打磨的，但并不十分光滑，保留了几分自然的风味。笑美莉的靴子踩在石板路上发出清脆的咯噔声，她已经走在了前面，朝山下公园走去。幸福！幸福！幸福！真心话也好，撒谎也罢，这么简单的一个词就不能把它赠送给自己的女朋友吗？对于如此刻薄的自己，北斗感到十分厌恶。

快到山下公园的路边，有一家咖啡馆，二人走了进去。他们点了奶茶和戚风蛋糕。刚刚进入大学不久，他们两人都忙着适应新的环境，再加上东京和横滨之间的距离也不算近，所以约好每三周才见一次面。见面时，谈论的话题越来越少，总是不经意间就陷入沉默，因为他们各自都有了自己的世界。两个人就像行驶在两条铁轨上的火车，虽然现在相距还不远，但轨道的方向已经出现了微妙的差异，时间长了，自然会让两人越来越远。他们点的戚风蛋糕是生姜口味的，所以不是很甜。把蛋糕送进嘴里，北斗有一种预感：也许该结束了。

当天傍晚，两人在回石川町车站的路上，走进了一家情侣酒店。酒店的房费还是AA制。这是一家由古旧的商务酒店改造成的情侣酒店，房间很大，浴室也比一般的情侣酒店宽敞，所以给人一种微妙的空荡荡的感觉。虽然是春季，但在太阳快落山的时候，温度还是比较低的。笑美莉把空调开到最热，然后去淋浴。

北斗一个人躺在床上，双手枕在脑后呆呆地望着天花板。房间中央的床是一张最大号的双人床，而床正上方的天花板上，则贴着一面和床大小相当的镜子。从镜子中，北斗看见自己一副愁眉苦脸的表情，觉得这副嘴脸十分令人讨厌。这是一个十八岁的健康青年男子等待和女朋友亲热时该有的表情吗？看那样子，不是在等待美艳的女朋友，而是要出席母亲的葬礼似的。于是，北斗让自己的嘴角上翘，做出了一个僵硬的笑容。他想到了参加至高葬礼时的心情，有一种获得解放的轻松感。他希望能借助这种感觉，让现在的自己高兴一点。

“等着急了吧？你也去洗个澡吧，北斗。”

这句话不知已经听了多少遍，北斗已经没什么感觉了。他无言地下了床，走进了浴室。洗面台上放着叠好的浴巾和毛巾，这一定是笑美莉为自己准备好的。和笑美莉这样的女人一起生活，自己也许可以很幸福吧。北斗漫不经心地脱光了衣服。浴室中的水蒸气附在了镜面上，北斗从镜子中只能模糊地看到自己身体的轮廓——一个很瘦的男人。镜中自己的双眼是全黑的，就像两个黑洞，似乎要将周围的光全部吸进去。对着镜子，北斗用很小的声音说了很多遍：“幸福！幸福！幸福！幸福！幸福！”

当时，所有代表幸福的词汇，全部消失在了北斗脸上的那两个黑洞里。

“你今天身体不太舒服吗？”

笑美莉躺在北斗旁边仰望着天花板上的镜子。刚才，北斗已经在笑美莉身上用尽了各种手段，但自始至终自己却有些力不从心。北斗侧眼看了一下身边的女朋友，笑美莉把被子拉到胸前，但乳房竟然从两侧垂了下来。她的胸部竟然有这么大啊！可即便如此，自己也兴奋不起来，这到底是为什么呢？今天竟然体验到了失败的感觉，北斗自己也觉得不可思议。

“最近又要打工，又要上课，可能身体有点疲惫。”

其实北斗知道自己的身体并不疲惫，只是在这么大的床上竟然无所作为，他必须得给自己找个理由。

“先休息一会儿再试试。住酒店的钱不能白花了呀。”笑美莉的语气中没有一点开玩笑的意思。

北斗也在打工挣钱，他非常清楚这短短两个小时的酒店费用是个什么分量，可能顶得上他几个小时的工钱。

“你们大学怎么样？明启大学那么大，人那么多，美女一定很多吧？”

“可能吧，我不太清楚。”

在微暗的酒店床上，聊这样的话题是不是显得有点奇怪呢，北斗心中想。看来大学生和高中生果然是完全不一样了，自己正在一点点长成大人。

“因为我对她们没什么兴趣，所以基本上不看学校的女生。现在我拿到了助学贷款，还要好好地打工挣钱，把四年的学业完成下来，然后找个稳定的工作。不想当无业游民，不想留级，这就是我现在考虑的事情。”

笑美莉仰起头，看着北斗的侧脸，说：“那，然后呢？”

工作以后的事情，北斗从来没想过。就像他无法想象以后自己也会有孩子一样。那些对于北斗来说都是虚无缥缈的事情，他不想去想。

“然后该怎样我就不知道了。但是，工作以后，至少可以还我的助学贷款，还能给母亲一部分赡养费。”

笑美莉把头枕在了北斗的胸口上。北斗的胸口上有一股沐浴液和汗水混合的气味，他的心跳有些乱。

“但是，你有在更远的将来找到生活的意义吗？如果只是努力学习，大学毕业，找个工作还贷款，这样能幸福吗？”

北斗和笑美莉聊天时，总觉得有些不太对劲的地方，原来就是这里。什么生活意义、未来、梦想、幸福……在北斗看来，都是极其抽象又奢侈的词语。

“所以我以前不是说过嘛，每个人的起点不一样。像你，生活在一个充满温暖的普通家庭，你当然可以追求更高一步的幸福，也可以谈什么生活意义、梦想之类的话题。可是我就不一样了，我是从负数开始的，能够考上普通的学校，找一份稳定的工作，就已经让我很知足了。能够继续活下去，就更幸运了，我没有余力做更远的梦。正负相抵等于零，已经是我最高的追求了。”

这是北斗一直确信的事情，所以他就像汇报工作一样，淡淡地对笑美莉讲述着。笑美莉伸出一只手，抚摩着北斗的额头。

“都是你爸爸、妈妈造成的，可怜的北斗。”

北斗无言以对，承认也好，不承认也罢，自己的现状都是无法改变的。只能背负着沉重的过去，继续生活下去。这时，笑美莉钻进了被子里，北斗对着躲进被子里的笑美莉说：“你要做什么？”

笑美莉也不搭话。忽然之间，北斗感觉自己的下身被一个温暖湿润的物体包裹住了。北斗能感觉到笑美莉的舌头在自己的敏感地带周围左右移动着。北斗依然望着天花板的镜子，镜子中浮现出自己裸露的上半身，锁骨和肋骨像废船的龙骨一样，根根清晰可见。不管怎么吃，北斗都长不胖。而盖到腰际的被子，隆起一块，还在有节奏地上下运动。

北斗只感觉此刻身体无法进入自己的头脑和心里。他不愿再看镜子中自己丑陋的身体，于是闭上了眼睛。就这样过了好一会儿，北斗依然没有预想中的兴奋。北斗也很疑惑，自己到底是怎么了？

“好了，笑美莉。”

北斗把被子掀开了。可笑美莉并没停下来，反而更加激烈地上下摇动着她的头。北斗把手放在女朋友的头上，抚摩着她的头发。这时，北斗忽然感觉到有水滴连续地滴到自己的小腹上。这冰冷的水滴到底是什么呢？过了几秒钟，他才反应过来那是笑美莉的眼泪。瞬间，北斗整个人都陷入了极度的悲哀之中。

笑美莉终于停了下来。她把脸埋在北斗的小腹上平静地哭泣着。而北斗则抱着她那不大的头，抚摩着她的头发和肩背。

“对不起，我是个没有用的人。”

笑美莉没有说话。两个人就这样赤裸地抱着，直到钟点房的时间结束。这一过程中，两个人的视线始终没有交接过。

他们从情侣酒店出来，接着朝石川町车站走去。

一路上两人没有再牵手。但是，北斗害怕自己和笑美莉之间分开太大的距离，所以他寸步不离地跟在女朋友旁边，就像一个交谊舞高手一样，和笑美莉保持着统一的步调。在夕阳的余晖下，傍晚的元町商业街热闹非凡。霓虹灯装饰的招牌也都被纷纷点亮了，春天黄昏的天空被映照得五彩斑斓。

今天晚上北斗还要去打工。他打工的地方就是大学附近的一家二手 CD 店。北斗要赶高铁回东京，而以往，笑美莉也要同乘一趟车，在横滨郊区自己的大学附近下车。可是今天，北斗准备进检票口的时候，笑美莉却停住了脚步。

“我还要去横滨市里见一位朋友。”

北斗吃了一惊，看来笑美莉不打算和自己坐一趟车了。

“之前已经约好了？”

笑美莉摇了摇头，说：“没有，刚才突然决定的。反正就这样回去的话，今晚也睡不着。”

北斗抬头看了看车站里的大钟，再不走的话，打工就要迟到了。于是他说：“好吧，我必须得回去了。再见，回头发短信。”

正当北斗准备转身走进检票口的时候，笑美莉说话了。

“我想，咱们还是暂时别见面了。”

北斗像是被一桶冰水从头上淋下来一样，起了一身的鸡皮疙瘩。

“你是说……分手？”

笑美莉仰头盯着北斗的脸。为什么女孩子总是这个时候显得最美丽动人呢？而北斗只能像个麻木的冰雕，将茫然的目光回赠给笑美莉。

笑美莉开口了：“我也不知道，但我觉得我们俩都需要一点时间好好思考一下。思考一下我们的现在，还有将来。”

北斗想说点反驳的话，可张开了嘴却说不出一个字。其实他心里也清楚，笑美莉是个好姑娘，她太善良、太温柔，不能让这样的好姑娘一直背负着自己的阴影生活下去。

“好吧。”

北斗这句话一出口，笑美莉的眼圈马上红了。站在检票口前的一对年轻男女，并没有引起过路旅客的注意。现在进站的大多是昨天来横滨，今天回东京的旅客。在汹涌的人流之中，只有北斗和笑美莉两个一动不动。

“北斗，谢谢你！保重啊。”

笑美莉差点就要哭出来了，北斗不敢看她的眼睛，故意把目光投向了过往的路人。

“嗯，笑美莉，你也要保重。”

虽然两个人之间的距离伸手可及，但他们都没有勇气伸出手去牵对方的手。笑美莉举起了小小的手，挥了一下，做出了再见的手势。恐怕以后再也没有机会握这双柔嫩的小手，拥抱她的臂膀了吧。她的眼睛、脸颊、嘴唇，从现在开始，再也不属于自己了吧。北斗忍住内心刀割般的疼痛，使出了全身力气装出了一个笑脸。不知什么原因，笑美莉连续点了好几次头。

“我会为你祈祷，希望北斗有一天能够找到人生的快乐，以及有关未来的梦想。我会努力为你祈祷的。”

笑美莉要向谁祈祷呢？就北斗个人的生活经历来说，他是不相信神的，如果真有神的话，他也不会经历那么可怕的童年时光了，因为他曾经无数次地向神祈祷过。不过，在笑美莉生活的那个普通的善良的世界中，没准存在能够帮人实现愿望的普通的、善良的神。笑美莉一下子转过身去，一路小跑离开了北斗，穿过候车大厅消失在了人流中。

此时的北斗，感觉心脏已经被从身体中剥离出来。像机器人一样走进了检票口。可是，在登上通往月台的台阶时，北斗却遇到了困难。这里的台阶格外长。当他上到一半的时候，感觉腿像灌了铅一样，再也无法迈出下一步。为了不让自己一屁股瘫坐在台阶上，北斗用力地抓紧扶手，用胳膊拼命地支撑着身体的重量。

（不行了，我已经没有力气再走下去了。）

再次迈开步子爬楼梯已经是十五分钟之后的事了。这十五分钟里，北斗就瘫坐在台阶上休息，仰头呆呆地望着车站的天井。自己怎么样都无所谓，但是祝愿笑美莉能够得到幸福。北斗的愿望一如既往地单纯。

七月的高尾山郁郁葱葱。

山顶周围的树木，就像用水彩画颜料精心涂过一样，绿得简直要滴出水来。北斗陪绫子太太来这里登山。最近，绫子太太热衷于登山，附近的山几乎都被她爬遍了。所以，北斗专门挑了一个课程比较少的日子，请假来陪养母登山。如果是周末来的话，登山的人就太多了，到处都是老年登山爱好者和学生，一点都不安逸，所以北斗才选了平时人少的日子。

“还是第一次和北斗一起出来远足呢。”走在前面的绫子太太说。

但她的精神集中于脚下的山路，并没有回头。绫子太太脚上穿着一双专业的登山鞋，身上是薄款的冲锋衣，背上还背着一个登山包。

“嗯，以后只要我有空，就常陪您出来活动活动。”

北斗仰望着天空。为什么自己那么喜欢看天呢？或者说为什么自己很多时候都在看天呢？这还是在和至高一起生活的日子里养成的癖好。望着遥远、无边的天空，北斗能感到前所未有的安心和平静。他想，也许以后我当个气象预报员也不错。至少可以经常看看天空，那可是比天天看人的脸色要安全多了，对心理健康也更有好处。远处的天空，自西向东快速地飘过一团灰色的云。虽然高尾山山顶的海拔不到六百米，但吹过的风还是凉飕飕的。

“你的女朋友，叫什么名字来着？”

北斗还没有把他和笑美莉分手的事情告诉绫子太太。北斗想，也许早一点告诉养母比较好。

“她叫笑美莉，河野笑美莉。我们已经分手了。我们在不同的城市上大学，空间上的距离让我们的感情变淡了，这段恋爱算是自生自灭吧。”

自横滨车站分手后，已经过去好几个月了。一开始，两人还偶尔发短信联系。但是已经有一个多月没有收到彼此的消息了。说是自生自灭，其实并没有那么轻松。回忆起在车站检票口分别的场面，以及笑美莉哭着给自己口交的情景，顿时北斗的整个天空都昏暗下来，再这样想下去，自己肯定又要流泪了，于是他急忙左顾右盼地寻找能够转移注意力的事物。

北斗的目光穿过不远处的三四重小山峰，射到了极远处的富士山上。富士山的形状是那么漂亮，只是现在这个季节山顶没有白色的积雪。可是，这巍峨的景色并不能在北斗的心中掀起任何一丝感动的涟漪。

绫子太太摘下背包，对北斗说：“右肩膀又僵了。不知怎么搞的，最近肩膀老是痛，今天背了这个背包，右肩膀又不行了。这里，我们坐这里休息一会儿吧。”

绫子太太在眼前一块较为平整的石头上坐了下来，把背包放在脚边，开始揉右边的肩膀。北斗也卸下肩上的背包，然后走到绫子太太身后，开始帮她按摩肩膀。他感觉养母的肩膀很是柔软，根本感觉不到肌肉的僵硬。

“啊，真舒服！谢谢你，北斗。没有女朋友了，你也可以积极参加大学的各种社团啊。我觉得，大学不只是一个学习的地方。多结识一些人，说不定其中有些能够成为你一生的朋友呢。这一点的重要性不次于学习知识。而且……”

说着，绫子太太回过头仰望着北斗。摘下登山帽后，绫子太太的一头白发展现在北斗面前。北斗忽然意识到，养母已经这般年纪，要是她先于我离开这个世界，我该怎么办呢？这个问题光是想一想，就已经让北斗两腿发软了。于是他又慌忙转移注意力，想打消这个不好的念头。绫子太太假装没有注意到北斗表情的变化，只是用调皮的眼神盯着他看。她的眼神中竟然看不到年龄的痕迹，真是令人不可思议。

“而且……而且在大学的社团中可以认识更多的好姑娘啊。北斗，你是个好男生，当然要找一个好姑娘。你可是我最引以为豪的儿子，我很看好你哟。”

北斗心想，养母都一把年纪了，还说这样的话，真让人难为情。即使自己要找女朋友，也不会受她的影响吧。

“妈妈，您觉得我什么时候结婚、生孩子比较合适？”自己怎么会突然问出这样的问题，北斗被自己说出去的话吓了一跳。

“哇！北斗的孩子就是我的孙子、孙女。我还真有点想抱孙子了呢。等你有了宝宝，平时我会帮你照顾他们，那样你就可以和太太单独出去约会了。”

对于绫子太太的设想，北斗并没有什么实际的感觉，但是他觉得应该顺着养母的情绪说下去。

“那样当然最好了，我就轻松多了。看来，我要开始找对象了。”

此时，北斗的手还搭在养母的肩膀上帮她按摩。绫子太太抬起左手，搭在北斗的手上面。北斗感觉到养母的手很温暖。绫子太太用力握了一下北斗的手指，然后说：“我上了年纪了，不知还能健康地活多久，所以，北斗你动作要快一点哟。再过五年我都七十多岁了。最近，就经常感到疲劳，体力也越来越差了。”

这么一说，北斗也注意到，养母好像比以前瘦了。也许是夏天炎热，吃不下饭的缘故吧。

“照顾娃娃，是我能帮你做的最后一件事啦。”

北斗没有说话，用力地按摩着养母的肩膀。眼前这位老妇人，必须长命百岁。北斗有生以来，是绫子太太第一次让他感受到被爱的感觉，绫子太太是第一个关心他、爱护他、悉心照顾他的人。如果这个人不在人世了，那么自己会不会变回以前的样子，不被任何人爱，也不会爱任何人。想到这里，北斗不禁打了个冷战。

“你有在听我说话吗，北斗？”

北斗把心中的秘密暂时隐藏起来，条件反射式地回应了一句：“啊，我在听呢，妈妈。”

“北斗，你是我最后一个儿子。以后我不会再收养孩子了。因为身体实在承受不起了。虽然说和你们年轻人生活在一起，可以接受很多新鲜事物，每天都非常开心，但这也是需要极大体力的。我老了，不适合总那么兴奋了。”

听到前一半时，北斗心里面很是高兴。因为自己是绫子太太的最后一个儿子，以后她都不会收养别人了。北斗眺望着远处山峦的风景。一团灰色的云飘过来，遮住了太阳，天色顿时暗下来。云彩的阴影投射在山上，让原本鲜绿的树木变成了墨绿色。风也凉飕飕的。但是，北斗的注意力并没有放在周围的环境上。

“我会一直生活在妈妈身边，一直照顾您。”

绫子太太拍了拍放在自己肩头上北斗的手，说道：“我可能会患上老年痴呆症，大小便都不能自理，到时候，照顾起来可麻烦啦。”

此时，北斗的头脑中浮现出一幅他觉得很温馨的场面。绫子太太躺在床上，而自己正坐在床边用勺子喂她吃流体食物。那个房间一定有日光照射进来，床就摆在温暖的角落里。自己就陪在绫子太太的身边，读喜欢的书，听好听的音乐，每天照顾她。

“我不嫌弃，我喜欢照顾您。”

“你想得太简单了，北斗，照顾老年人可不是那么好玩的。而且，屎尿我是绝对不会让你碰的。”

“欸？为什么？我很愿意帮妈妈换尿布啊。”

绫子太太忽然举起手揽住了北斗的脖子，北斗顺势弯下了腰，把下巴搭在了养母的右肩上。绫子太太用手掌爱怜地抚摩着北斗的脸颊，那是一只温暖而干燥的手。

“谢谢你，北斗！我们家里，你是最让我骄傲的孩子。就这样让我死，我也心满意足了。你看，要变天了，咱们趁早下山吧。”

北斗将双臂环在了养母腰间，从后面紧紧地抱住了他最爱的女人。如果时间就这样停止了，那该有多好啊。虽然同是女人，但笑美莉和绫子太太给北斗的感觉全然不同，拥抱养母时那种宁静感和充实感，是别人无法给予的。北斗心想，也许做爱这种事情不适合自己。北斗对异性和新生命，基本上不关心。只要能和养母绫子太太永远这样平静地生活下去，哪怕终身不娶，北斗也不在乎。

在这个盛夏季节，在凉爽的高尾山山顶，北斗下定了决心。

母子二人选择了一条最短的路线下山，怎奈天气变化太快。快到山脚时，冰凉的山雨无情地将两人淋了个透心凉。那天晚上，绫子太太就发高烧，病倒在床了。高烧到了早上很快就退了，但受的风寒却迟迟不愿从她体内散去。在家里躺了几天，北斗一直陪在她身边照顾她。稍微见点好转，绫子太太就勉强地爬起来，要去最近的小诊所看医生。因为她不想让北斗耽误学业。

“总觉得浑身酸痛、无力，右肩膀也疼得厉害。这几天肠胃也不舒服，又掉了几斤分量。我要去医院看看，北斗，你赶快回学校念书吧。”

虽然担心，但想到绫子太太要去看医生，估计经过治疗很快就会好起来吧，于是他点了点头。

“好吧，我先回学校了。有什么事，您要给我打电话啊，妈妈，千万别自己挺着。”

北斗想，如果养母病情严重的话，下午可以请假回家照顾她。而且，看绫子太太的情况，就是风热感冒，吃了医生开的药，应该很容易痊愈。

那个上午，北斗都是在焦虑和不安中度过的。在学校做什么都心不在焉的，心中的不安总是挥之不去。就像热锅上的蚂蚁，还像撞在蜘蛛网上的飞虫。中午，北斗来到学校的餐厅吃饭，餐厅位于学校大楼的顶层——二十七楼。从那里向下俯视新宿街头，路上的汽车就像小甲虫，而行人更是缩成了一个个的小黑点。他们的存在已经变得无足轻重。刚吃了一半，手机就振动了起来。

“北斗啊。”

是绫子太太打来的，但北斗能感觉出她的声音和往常不同，有点颤巍巍的。不等北斗应声，绫子太太在电话那头就接着说道：“门口诊所的这个医生，好像有点奇怪。他给我检查了半天，却说不出个一二三来。还开了一张转院单，让我去大医院做详细的检查。”

这到底是怎么回事？眼前窗外的都市风景瞬间变成了没有颜色的黑白照片。北斗感到一阵眩晕，他用近乎哀鸣的声音喊道：“为什么要去大医院再检查一次？”

“那个医生说有些情况他不能下定论，需要借助大医院的精密设备进行详细检查。”

北斗真切地预感到，肯定要有不祥的事情发生。但是，自己首先不能慌张，于是他强装镇定地说：“那您打算什么时候去，妈妈？”

绫子太太的声音中透出不安，她说：“就今天，现在就去。北斗，你说到底是怎么回事？”

北斗做了一个深呼吸，先让内心平静一下。虽然自己也担心得要死，但这情绪绝对不能传染给绫子太太。

“我也不知道。但好好检查一下也不是坏事。如果不确诊一下的话，反倒会一直担心。正好今天下午我没什么课，我也赶去医院。”

“嗯，嗯。”

这个声音远比绫子太太六十多岁的年纪要幼稚多了，可见她心里也是慌了。

“妈妈，您要去哪家医院检查？”

绫子太太缓慢地抛出一句：“松屿市立综合医院。”

那家医院北斗再熟悉不过了，他曾怀着阴郁的心情多次到访松屿市立综合医院呢。令他憎恨的父亲至高就是在那家医院病死的。没想到养母绫子太太这次也要去那家医院做检查。关于死亡的联想以光的速度在北斗的头脑中一闪而过。难道自己的生父和养母都要死在那家医院里吗？北斗全身肌肉都收紧了，但他还是尽力以开朗的声音对着电话说：“您放心吧，我觉得门口诊所的那位医生一直都迷迷糊糊的。您到综合医院检查后，肯定也就是感冒。我马上就赶过去，咱们在综合医院会合。明白了吗？”

绫子太太机械地回答了一句：“明白了。”

北斗心里紧张得不得了，如果不说一句别的岔开话题，他根本不敢挂断电话，担心养母之后会胡思乱想。他搜肠刮肚才想到一句：“您的肩膀还疼吗？”

“嗯，现在右边的整个肩胛骨都疼。真是顽固的肩周炎啊。”

“好了，在医院检查后，等待出结果的时候，我会一直帮您做按摩。好啦，一会儿医院见，妈妈，您路上注意安全。”

就在北斗要挂断电话的时候，绫子太太慌忙地问了一句：“喂，北斗，你说妈妈真的没事吗？”

一般来说，医生建议去大医院用精密设备做详细检查，都是患上重大疾病的征兆。但是，现在不是说这些话的时候。北斗双手捧着手机，像双手合十做祈祷一样，一字一顿地对养母说：“绝对，没问题！妈妈，不管什么病都能治好。我帮您治！”

“谢谢你！北斗。”

“嗯，好了，我挂了，待会儿见。”

北斗挂断电话之后，像抓着救命稻草一样抓着手机冲出了餐厅，直奔卫生间。而桌上还剩了一半没吃完的饭菜。刚才接电话的过程中，他感觉整个世界好像颠倒过来一样，头晕眼花，胃里一阵翻江倒海。刚吃进去的食物已经涌上了嗓子眼儿，似乎马上就要吐出来了。捂着嘴跑到卫生间，掀开马桶盖，北斗就吐了，而且是喷射出来的。他反复吐了好几次，直到把胃里清空，只能吐出一些透明、酸苦的胃液为止。弯着腰缓了好一阵，北斗才摇摇晃晃地站起身来。

来到洗面台前，北斗用清水漱了漱口，又洗了洗脸。他发现自己脸颊发青，双眼凹陷。但是，绝不能把这样灰心丧气、焦虑不安的表情展现在绫子太太面前。北斗开始挑战自己的极限，对着镜子做出了一个类似于微笑的表情，但不知为什么，这个表情是那么难看。他又练习了好多次，让僵硬的面颊肌肉稍微变得柔软了一点。北斗离开了这个位于二十七楼的卫生间，赶往松屿市立综合医院。

10

端爪北斗的神经一直处于紧绷的状态。

养母近藤绫子太太住进松屿市立综合医院接受各项检查一周之

后，北斗被医生单独叫到了办公室。医生是一位表情疲惫的中年男子，他的办公桌上放着很厚的一摞文件和一些检查结果的大幅底片。在这个以白色为基调、异常干净的办公室中，北斗感觉只有自己和那位医生是最脏的存在。医生快速瞟了北斗一眼，然后说："我是近藤太太的主治医师，我叫北泽。患者的家属就你一个人吗？"

北斗点了点头。绫子太太的老家不在东京，亲戚都在遥远的乡下，赶到首都来看检查结果不太方便。

"好吧。"

说着，北泽医生抽出了一张检查底片，把它插在办公桌旁墙壁上的白色灯箱上。在灯光的映照下，可以看到底片上显示的是绫子太太的内脏器官。北泽医生用笔尖指着底片对北斗说："这是肝脏。请看这里，还有这里。"

在笔尖所指之处，北斗看见了两个有如鹌鹑蛋大小的浅阴影。不知为什么，此时北斗嘴里的唾液腺异常活跃，不停地分泌着唾液，医生每说一句话，他就咕咚一声咽一口口水。

"X 光、CT、B 超的检查都显示了同一个结果，这两个部位出现了恶性肿瘤。恶性肿瘤就是所谓的癌。血液检查也验证了同样的结论。"

北斗立刻感觉到嘴里的唾液变味了，就像含了一口海水在嘴里似的，又咸又苦。瞬间，他发觉医生的办公室好像设置在一艘轮船上，开始随着波涛摇晃。这个白色的房间迅速就倾斜了，北斗感觉自己的脸离地板越来越近。原来他从椅子上跌了下去，趴在了地板上。眼前一会儿红，一会儿黑。

"你没事吧，小伙子？"

刚才医生的话，对北斗的冲击实在太大了，他感觉自己的内脏都搅在了一起。恶性肿瘤？自己唯一的亲人竟然患上了癌症！北斗双手撑在地上，把上半身支了起来，然后大口地喘着气。北泽医生从办公桌后走出来，蹲下身来用手轻抚着北斗的后背。北斗经过一阵深呼吸，终于能从地上爬起来，勉强又坐到了椅子上。北斗的脸变得苍白没有血色，他对医生说："不好意思，最近学习很忙，又要打工，身体有点疲惫。"

北泽医生用理解的表情对他点了点头，用适度同情又非常冷静的语气说："非常遗憾的是，两个肿瘤都长在肝脏主动脉的旁边，手术切除的困难极大，危险性也很高。听你母亲说，她最近体力下降得非常快，而且肩膀一直疼痛难忍，一般情况下，出现这样的症状，说明癌症已经发展到中晚期了。治疗起来是非常困难的。"

北斗呆呆地听着医生的话。

"关于治疗方法，有几种方案可以选择。第一，可以使用血管堵塞物质，将为肿瘤提供营养的动脉血管堵塞，切断肿瘤的营养供应，再用抗癌药物消灭癌细胞；第二，直接向患部注射抗癌药物，最大限度地消灭癌细胞；第三，使用高频率电波杀死癌细胞的烧灼疗法。关于具体的治疗方法，随后我们再详细讨论。如果你想到其他医院再次确诊的话，我们医院的病例和各种检查结果，你可以申请借出来。"

北斗的头脑迅速恢复了清醒。绫子太太身边就只有自己一个人，虽然自己只是养子，但和绫子太太的感情比亲母子还要深。这种时候，自己必须振作起来。于是，在北泽医生说话的过程中，北斗拿出了笔记本，开始做记录。其中有一些专业词汇，北斗根本听都没听说过。他想，看来从现在开始得学习有关癌症的相关知识了。

"还有一件事情需要你来做决定，不过，做这个决定对你来说可能有点残酷……"

北泽医生的语调变得有些犹豫了，北斗抬起了头，望着医生。医生的眼睛中透露出一丝怜悯和不安。

"诊断结果，是否要告知患者本人，这个问题需要你来决定。如果要告知的话，需要考虑患者本人可能做出的反应；如果不告知的话，关于病情，以后我就只和你沟通。另外，还得商量一个普通的病名来骗患者，比如肝炎、肝硬化之类的。”

北斗感觉自己仿佛置身于烤肉炉上，被烤得灼热难耐。虽然医院有中央空调，每个房间的温度都是恒定的，夏天的室内也很凉爽，但北斗却感觉后背在不停地出汗。为什么会这样，他自己也不知道。未经过大脑思考，他就向医生提出了一个自己最希望得到肯定答案的问题：“这个病，能彻底治好吗？”

北泽医生沉默了一会儿，又拿出两张检查结果的底片夹在了灯箱上。北斗心里也清楚，这个问题医生很难回答。养母的病情肯定已经不太乐观了，虽然不情愿，但自己也得做好心理准备了。

“无法通过手术切除肿瘤的肝癌，治疗起来非常困难。虽然也有治愈的可能性，但复发的概率非常高。你要先做好一定的心理准备，然后积极配合医院进行治疗。我也会尽全力帮你的。”

北斗的身体像是被切断了能量来源一样，一点力气也没有，他让自己坐在椅子上，已经费了很大的劲儿。最后，北斗向医生低头致谢，说：“我明白了，我先考虑一下该不该把实情告诉妈妈。治疗方面，就全拜托您了。谢谢！”

接下来的一段时间，北斗暂时失忆了。

自己是怎样走出医生办公室，怎样穿过走廊来到医院院子里的，北斗一点印象也没有。医院中庭的小路，由褐色的砖铺成，院子中央种着巨大的樟树。北斗坐在木制的长椅上，看着那沐浴在夏日阳光下的常绿植物。北斗心想，这明明是市立综合医院，又不是天主教医院，可为什么长椅的靠背上要挖出十字架形的洞呢？只是为了装饰吗？不管怎样，他就靠在那些十字架上。日光渐渐地变了颜色，并开始向西边的地平线沉下去，周围一切的影子都被拉长了。

这个世界上唯一爱自己的人，却患上难以治疗的重病。说不定，在不久的将来，自己又要孤零零地一个人生活了。十九岁的北斗，非常害怕自己又回到以前的生活状态，没有一个人爱护、支持自己，就像被整个世界抛弃一样。想到这儿，北斗不自觉地伸手去摸前额的那个星形伤痕。一感到痛苦或紧张就去摸这个伤痕的毛病，北斗已经好久没犯了。

此刻的北斗，头脑中已经没有了时间的概念，就这样呆呆地坐着，不知要去哪里，不知要做什么，也不知该想什么。此时，口袋里的手机响了起来。北斗掏出手机一看，是明日实打来的。

“喂，北斗啊。”

电话中明日实的语气冷静而缓和。

“啊，明日实，还没来得及打电话告诉你妈妈的情况，不好意思。”

北斗把手机从耳边稍微移开，目的是想看看手腕上刀割的伤痕。那是初中时自残留下的痕迹。而明日实的手腕上，有好几处同样的伤痕。

“嗯，没关系，反正我刚才也在上课，没法接电话……”

接下来，明日实就陷入了沉默。至于她想问什么，北斗心里很清楚。

“……妈妈的情况怎么样？”她终于还是问出了口。

刚好吹来一阵风，樟树的叶子被风吹得沙沙作响。

“是肝癌。”

北斗说出这句话的同时，眼泪也掉了下来。北泽医生之前跟自己说的那番话，现在才真正进入心里。

“……哦。”

“而且肿瘤有两颗，都长在动脉旁边，手术切除的话，非常困难，而且危险性很高。但如果不做手术听之任之的话，癌症迟早会把妈妈拖垮的。该怎么办呢？我也不知道。医生还说，该不该把实情告诉妈妈，由我来决定。”

北斗的眼泪说什么也止不住。已经接近黄昏，医院的中庭中没有一个人。长椅整齐地排列在樟树下。此时空旷的医院中庭，好像一个空空的教堂。那些在冬季也依然保持绿意的樟树，肯定就是这里的神。北斗在电话里短短的几个字，已经让明日实明白了一切。毕竟她读的是医护学校，基本的医学知识还是有的。

“这么说的话……妈妈剩下的时间可能不多了。北斗，你最好也先做个心理准备啊。”

明日实和自己一样，也是绫子太太收养的孩子，她竟然说出这么冰冷的话，北斗简直不敢相信。北斗虽然心里也明白其中的道理，但是绝对不会说出口的。养母身患绝症的事情让北斗痛苦难耐，可明日实却可以轻松地说出那种话。

“你为什么这么说？”北斗问。

明日实声音不大，但回答得很爽快：“为了帮你做决定，是否该告诉妈妈实情。”

北斗顿时语塞，明日实说得没错。关于养母的治疗问题，他们没有任何人可以依靠，只能靠自己。所以自己必须勇敢地接受现实，然后才可能做出正确的判断。

“现在，我们必须把妈妈的事情放在第一位来考虑。不管你和我多么悲伤、多么痛苦，都不能改变现实。我们现在所要做的，就是让妈妈好好地度过人生最后的一段时光。为了让她开心，我什么事都愿意做。你呢？”

北斗握着电话点了点头，说：“嗯！”

“我认为应该告诉妈妈实情。如果换作我生病的话，连得的什么病都不知道，就感觉自己一天天越来越虚弱，那在心理上是非常恐惧的。身体是自己的，所以，不管它发生了什么情况，自己都有权知道。我认为，妈妈能够正确地面对这个问题。”

北斗心里十分不安。毕竟绫子太太已经那么大年纪了，告诉她实情的话，她能受得了这个打击吗？亲生父亲至高被诊断出癌症的时候，他就受到了极大的冲击，之后简直像变了一个人，没多久就死了。当北斗听到父亲患癌的消息时，心里反而感到安心多了。可是，这次养母绫子太太入院，带给北斗的感觉只有恐惧和不安。至高是他的生身父亲，而绫子太太只是儿童福利司介绍的养母，两者在北斗心目中的地位却有如此大的差距。

“可是，如果妈妈经受不住这个打击的话……”

好像有意在配合北斗的思绪，傍晚的微风再一次吹向了樟树的叶子。有不少患者在得知自己患病的实情后，连活下去的信念都没有了，从精神上迅速消沉下去，身体自然也撑不了多久。而且，仅根据一个人平时的性格很难判断他得知自己身患绝症时的反应，只有实际告诉他之后，才能看到结果。

“如果不幸发生在我身上的话，我还是希望清楚地知道自己身上发生的详细情况，知道自己还剩多少时间，才好适时地调整自己的人生观、生活方式，继续顽强地、精彩地活下去。如果知道自己患上了癌症，也许反而会激发出我与之斗争的勇气，我就是个不会轻易服输的人。如果换作你的话，你会怎样面对，北斗？”

想都没想，北斗立刻便给出了答案：“我绝对希望别人告诉我真实的情况。被莫名其妙的疾病折磨，最后死得不明不白，我不喜欢！不知自己的生命何时终结，还没来得及整理自己的人生就死去，我也不喜欢！”

“所以，就让妈妈知道真实的情况吧。你通知医生把实情都告诉妈妈。然后，不管怎样，我们都会一直陪伴着妈妈的。”

北斗的心情稍微轻松了一些。不知为什么，就连院子里樟树叶子的绿色，看起来也亮丽了几分。

“好的，我去通知医生，请他告知妈妈实情。”

“不过你要告诉医生，让他多宽慰妈妈。比如说，让医生告诉妈妈，有很多癌症患者战胜了病魔，健康快乐地享受到了长寿的人生。总之就是让妈妈感觉还有希望，一定能治好，这样才不至于消沉下去。那么好的一个人，神也不会见死不救啊。”

丈夫去世之后，包括北斗在内，绫子太太先后收养了五个孩子，并把他们都抚养成人了。虽然每月从政府那里领取法定的抚养费，但那点微薄的费用根本不够用，其余的都是她自己在垫钱。北斗的眼泪已经干了，从现在开始，他要开始一场战斗——一场与不知何时是尽头的疾病的战斗。北斗用力在自己的大腿上拍了一巴掌，然后站起身来，朝养母住的病房走去。

“妈妈一定在病房里等我呢！”北斗心想。他已经不再迷惘。

几天之后，医生正式将疾病的实情告知了绫子太太。在北泽医生的办公室里，只有医生和绫子太太两个人，一般情况下，都是医生对患者进行单独告知。

与此同时，北斗和明日实在绫子太太的病房等待着养母的归来。这是一间四人病房，除了绫子太太之外还住着两位病人，另外还空着一张床。那两位患者中，一位是五十多岁的中年女性，身材有些发福，可能是因为住院比较无聊的关系，她非常喜欢找人聊天。她得的好像是丙型肝炎。另一位患者和绫子太太一样，患的也是肝癌，她的病床周围一直拉着帘子，透过帘子随时可以听到她被病痛折磨所发出的呻吟声。但这些天来，北斗在病房的时候，从来没有见到她床边的帘子被拉开过，所以也就从来没见过那位患者长什么样。

大约二十分钟后，绫子太太回来了。看到步履如往常一般平稳的养母，北斗和明日实立刻冲过去打招呼：“妈妈，您没事吧？”

用略带僵硬的脸做出一个笑容之后，绫子太太坐在了床边。

“嗯，老天爷终于要召唤我了。”

绫子太太说话的声音意外地非常坦然。她脱了外套，躺在了床上，明日实赶快给养母的下半身盖好了被子。

“不要说这种话嘛，妈妈，这次您一定能痊愈，还会长命百岁呢。之前您还说我是您最后一个儿子，要一直和我生活在一起呢。”

绫子太太把头深深地埋进了叠在一起的两个枕头，平静地望着天花板。她的表情和平时一样祥和、自然。她并没有回应北斗的话，而是自言自语般地说道：“我家老头子，二十多年前就走了，那时我一直在想，什么时候才能去他身边陪他啊？自己一个人独活，也没什么意思。但是，在我人生最黑暗的时候，老天爷却不来叫我。后来，收养了你们这些孩子，我才再一次感受到人生的幸福和温暖，可就在这个时候，老天爷却要把我叫走了。真是讽刺啊。”

北斗认为，绫子太太肯定还处于震惊状态之中，毕竟几分钟之前她才知道自己患了癌症。绫子太太将双手放在胸前，像做祷告一样。

“自从老公去世之后，我就把自己的生命置之度外了。这个病能治好的话当然好，但治不好的话，也无所谓。对于不怕死的人来说，死算不了什么。”

北斗还无法理解绫子太太所说的话。明日实坐过来抓起养母的手，一边抚摩一边说：“嗯，这样最好了。如果总是对自己的病提心吊胆的，那有多累啊。”

北斗再也听不下去了，用生硬的声音厉声说道：“你在说什么呀！就连医生都那么努力地帮妈妈治疗，你难道不应该劝妈妈振作起来，和病魔斗争到底吗？”

明日实用怜惜的目光看着北斗。她只比北斗大几岁，可怎么感觉要成熟很多呢。北斗心想，她也是妈妈收养的孩子，可为什么对妈妈那么冷漠呢？于是，他的心里非常不舒服。似乎看出了他的心事，绫子太太笑着把脸转向北斗，说："没什么了，我已经决定做一个不去抗争的癌症患者。一开始医生叫我住院接受检查，我就大体明白了，预感到自己可能得了什么重病。不太勉强自己，让自己尽量轻松地过好剩下的日子，可能对我更好一些。老公死了之后，我的生命就已经是多余的了。所以最后以什么样的形式终结，我都不会有遗憾。"

北斗想对绫子太太说，您应该再坚强一点！和疾病做斗争，我会一直支持您的！正当他要开口的时候，却在不经意间看到了明日实的脸，她用冷峻的目光告诉北斗："你不要说了！"而这时，绫子太太好像想起了什么有趣的事，开口说道："北斗，你下次再来的时候，记得把家里佛坛上供的那个人的照片带来好吗？"

那是绫子太太每天都要用刚煮好的白米饭和清水供奉的去世多年的丈夫——智裕的遗像。

"另外，佛坛下的小抽屉里，还有我们家的银行存折，以后就交给北斗你管理了。我住院治疗的费用、你的生活费等一切开销，都用存折里的钱支付吧。你今天回家后，就去查看一下存折。好不好？北斗，以后你就是一家之主了，肩上的担子不轻哟。"

"好的，妈妈，我明白了，以后我会努力的。"

绫子太太朝明日实和北斗笑了笑，然后安心地躺在了枕头上。

"我感觉有点累了，想休息了，你们两个回去吧，好好休息一下，今天也把你们累坏了吧。北斗，以后要好好吃饭啊。你不像我，还有美好的未来在前面等着你呢。我觉得你应该再胖一点，那样才健康。"

说完，绫子太太闭上了眼睛，把脸转向了墙壁。

"那您好好休息吧，我们回去了，明天再来看您。"

明日实率先掀开帘子走了。北斗还想再多留一会儿，但想到养母刚才的一番话，还是咬了咬牙，转身离开了呻吟声不断的病房。北斗的步子异常沉重，就像他自己被医生告知得了癌症一样。

绫子太太日后的住院生活不知要持续几个月，也许是几年。刚找到这样一个温暖的母亲，她却要离自己而去，北斗无论如何也不想接受这个现实。他真心希望绫子太太能够健康长寿，哪怕多活一天也好。

明日实和北斗在医院门前的公交站上了公交车，赶往松屿地铁站。太阳已经完全落山了，地铁站前的商业街已经开始灯红酒绿。

明日实问北斗："想吃点什么？"

北斗一点食欲都没有，回了一句："不用了，我什么也不想吃。"

明日实就像姐姐一样唠叨起来："不吃饭怎么行？以后你还要照顾妈妈的嘛。不吃饭，你自己先病倒了，妈妈怎么办？走！跟我一起去吃饭！"

在繁华大街一角，有一家中华料理连锁店，明日实迈开步子朝那家店走去。北斗还站在原地犹豫不决。明日实回过头来对他说："快过来，我请客。"

走进中华料理店，北斗立刻就闻到空气中弥漫的一股油炸食物的香味，但对于现在的他来说，这个味道有点反胃。店内的装修风格很有中国特色，墙壁上贴着带有食物照片的大菜单。因为价格便宜、分量足，最近中华料理店生意非常火爆，开了很多家连锁店。两人找个位子坐下来之后，女服务员就走了过来。明日实开始点菜："我要一碗拉面、一份饺子。北斗，饺子你吃一半哈，我自己吃不完一份。然后再来一盘凉拌菜。你还要吃什么？你自己点。"

说实话，北斗真的一点也吃不下去，因为绫子太太患上了绝症。现在北斗满脑子想的都是养母的病情。一想到她一个人躺在那充满呻吟声的病房里独自面对病魔，北斗哪儿还有胃口。可是，他不点餐的话，立刻又会招致明日实那严苛的目光。于是北斗只好应付一下，说："那……我也要一碗拉面吧。"

女服务员走后，明日实说："我们接着之前的话题说。"

北斗呆呆地看着这家到处油乎乎的餐馆，不知道明日实所说的"之前的话题"到底指什么。

"刚才在医院的时候，妈妈说她无所谓，那时你是不是想劝妈妈坚强一点，让她和癌症做斗争？"

确实，当绫子太太从医生办公室回到病房的时候，北斗的确想劝养母振作一点。可是，现在北斗疲惫至极，随便明日实怎么说吧，他不想做任何争论，于是只是附和地点了点头，然后说："啊，是啊，因为我不想让妈妈轻易败给疾病。"

而明日实用严厉的口吻说道："你那是多余的操心。以妈妈现在的状态，我们应该尽量减少她的精神压力。不管她现在积极也好，消极也罢，治疗的结果不会有太大差别。癌症这种东西，不管患者怎么想，都会不断恶化的。"

拉面端了上来。明日实掰开一双一次性筷子，先开动了。而北斗只是用疲惫的双眼盯着那碗冒着热气的拉面，并不动手。不管怎么看，他都觉得眼前这是一碗另外一个世界的食物。

"另外，我之前跟你说过的话，你还记得吗？"

这次明日实又要说什么？北斗望着拉面，不知她要说什么。在酱油汤汁的表面上，漂着无数个透明的小油珠，就像某种恶心生物产的卵。明日实为什么喜欢吃这种食物？

"就是之前我在电话里跟你说过的话。我们要把妈妈的心情放在第一位，不管我们受到多么大的打击、心里多么悲伤，都不能改变现实。也不能用这种情绪影响妈妈。所以，不管发生什么事情，不管你的心情多么糟糕，都请忍耐一下！因为你要长时间陪在妈妈身边照顾她。如果让妈妈的心情也陷入悲伤、消极，那么原本能治好的病也治不好了，原本能活一年，搞不好三个月就死了。所以你必须先要坚强起来。可是，我看你知道这个消息之后，就整个变了一个人似的，连饭都不吃了。”

这段时间，北斗确实没有什么食欲。自己一个人在家里，没有绫子太太做饭，北斗只有在饥饿难耐的时候，才会去便利店或快餐店买点东西填饱肚子，平时基本上把吃饭这件事给抛在脑后了。明日实放下筷子，隔着桌子把手伸了过来，把她那柔软温暖的手放在了北斗冰冷僵硬的手上。

“北斗，你一定要振作起来哟！虽然说妈妈越放松越好，但你面临的却是一场战斗。妈妈需要你在精神上和肉体上的双重保护，拜托你了！”

听到明日实的这句话，北斗那已经精疲力竭的身体中似乎又燃起了熊熊的火焰。

“让我做什么都行！”

明日实认真地看着北斗的眼睛。明日实的皮肤白皙，眼珠是明亮的茶色，但她的目光却有一种不可思议的能力，可以不流露心中的任何感情。

“现在，你要做的就是——吃饭！”

北斗像机器人一样，伸手拿起了筷子，依然没有任何食欲。但是，现在吃饭是为了明天照顾绫子太太储备必要的营养和能量。他极力抑制着自己反胃的感觉，把一碗拉面吃完了，把半份饺子吃下去了，又吃了几口凉拌菜。明日实则用悲伤的表情望着眼前这位青着脸、勉强往嘴里填食物的弟弟——北斗。

和明日实在地铁站前分别之后，北斗回到了空无一人的家里。没有任何灯光的房子，从外面看就像一个没有灵魂的空壳。进门之后，北斗径直走到客厅一角的佛坛前。北斗跪在这个用原色圆木制作的佛坛前，学着绫子太太的样子点了一支线香供在香炉里。在北斗出生之前就已经离开人世的智裕先生静静地在照片中微笑着。他身穿白衬衫，最上面一颗扣子是解开的，领带也只是松松垮垮地挂在脖子上。绫子太太曾经说，就喜欢他那个样子。

北斗双手合十，对着遗像做了一番祷告，然后拉开了佛坛正中的一个小抽屉。抽屉里面有一个用金色线缝的布口袋。北斗打开布口袋，从里面取出两本银行存折。第一本存折上的户名是近藤绫子，存款余额有七位数，再加上绫子太太的退休金和房产，应该就是她的全部财产了吧。

另一本存折是谁的呢？北斗打开一看，只见户名一栏中是电脑打印的四个规规矩矩的宋体字——端爪北斗。自己的存折？这到底是怎么回事呢？

浏览了一下这本存折的存取款明细表，每月都会取出几万日元来，而今年春天曾经取过一笔较大的金额。北斗明白了，原来自己的学费、在学校的餐费、交通费、零花钱等都是从这里支出的。春天取出的那笔钱，就是大学开学时交的学费。而这本存折中的余额，足够支付北斗剩余三年大学生活的一切费用了。

（妈妈已经准备好了我读大学的全部费用。）

跪在佛坛前面，北斗的心在颤抖，他被感动得不知所措。完全没有血缘关系、以前也完全不认识的养母，竟然对自己照顾到这种程度。北斗下定决心，就算赌上自己的性命，也要报答绫子太太的恩情。否则的话，自己生活在这个世界上还有什么意义呢？

从内心深处发出的感动，让北斗感觉全身都在发热。可与此同时，刚才勉强自己吃下去的拉面，却在胃里翻江倒海。这是好几天以来他第一次吃顿饱饭，所以也难怪他的胃会难受。油腻的食物开始逆流，北斗感觉那拉面的味道已经涌上了嗓子眼儿，再往上一点就要吐出来了。北斗闭上嘴，憋了一口气，又强迫自己把那些食物吞了回去。这也是为了照顾绫子太太而进行的斗争！因为明日实说了，这些营养是必需的！从明天开始，北斗要用钢铁般的意志继续努力吃饭。

北斗手握着第二本存折，全身在不停地颤抖。他拼了命也要让绫子太太多活一天。他要想尽一切办法，照顾好养母。可是，此时的北斗万万也没有想到，一年后，他会因为这个想法、因为这两本存折而杀人。

11

端爪北斗对于松屿市立综合医院附近的每一台自动售货机，都非常熟悉。

那个转弯处设置有几台自动售货机，哪台售货机卖的是什么商品，商品是什么牌子的、哪里生产的、价格是多少，他都记得一清二楚。对于北斗来说，晚上亮着荧光灯的自动售货机，就像暴风雨中的灯塔，而他自己就是在狂暴的大海上航行的一叶小舟。若没有那些四四方方的自动售货机，北斗就会迷路找不到医院，而在医院的病床上，远比自己亲生母亲更亲的养母绫子太太正静静地等待着死亡。对于自动售货机的亲切感，可能还是源于幼年时的记忆。小学五年级，一个深秋的夜晚，北斗经历了一场残酷的暴力虐待之后，他偷偷地爬上家后面的小山准备结束自己的生命。当时，从置身冰海一般的孤独感中拯救了北斗的正是那亮着微弱荧光的自动售货机。从那以后，在北斗心中，自动售货机就成了他最为亲密的朋友。

北斗每天都要去医院看望绫子太太。而每天在去松屿市立综合医院的路上，他都心沉似水。每迈出一步，几乎要使尽全身的力气。医生说，绫子太太最多还有一年的生命。虽然北斗没有任何医学常识，但绫子太太因为疾病而日渐减少的生命力，是任何人都能看出来的，更不用说北斗了。

每天陪伴在逐渐向死亡深渊靠近的人身边，眼看着生命的气息一点点从她身体里释放出来，是一件非常痛苦的事情。北斗在亲生父母的暴力虐待下长大，一直认为自己是个毫无价值的人，没想到，却遇到了一位能够关爱自己、珍惜自己的养母——绫子太太，而且，这世界上目前只有她一个人是这样对待北斗的，是绫子太太教会了北斗生命的意义。可是，这样一位慈母，却早早地踏上了通向另一个世界的旅程。

每天，除了在医院陪养母的时间之外，北斗的脸上基本失去了表情变化。现在，他去大学上课只是为了不留级，所以只要获得最低限度的学分就够了，他把上学的时间也控制在了最小范围内。北斗每天还是会去打工，但一起打工的同事都发觉了他的变化，他终日死气沉沉的。在自己最亲爱的人的生命逐渐微弱的时期，北斗的心也一步一步走向死亡。

虽然现在已经是十二月的寒冬，但从病房的窗户望出去，还能看到绿色的叶子，那便是医院院子里种的常绿树——樟树。可是，到了这个季节，所谓常绿树的叶子，也变成了发黑的墨绿色，这种颜色是北斗最害怕的。冬季，是生命自然枯竭的季节。人类好像也进入了生命的低谷，好多人再也爬不出来。

“妈妈，您的手有点肿啊。”

北斗把目光从窗外收回来，移到养母露在被子外面的手上。在病房中，北斗就像戴着假面具一样，始终保持着微笑。几周为一个疗程的抗癌药物治疗已经结束，但医生每天还是要给绫子太太输液。所以，她的手就像始终浸泡在水里一样，变得浮肿起来。

“是啊。不过，我既不用给北斗做饭、洗衣服，也不用出去臭美，手再难看也无所谓啊。”

北斗假装乐观地说道：“您不要这么说嘛，我来给您按摩，帮您舒筋活血。”

北斗先挤了一点润肤霜在手上，揉搓均匀之后再用双手握住养母的一只手，轻轻地帮她按摩起来。绫子太太闭着眼睛躺在床上，一脸很享受的样子说：“儿子的按摩，真舒服啊！”

“只要您觉得舒服，我就从早到晚一直给您按摩。妈妈，您快点好起来吧。”

“嗯，等春暖花开了，我们找个地方去泡温泉。”

那是不可能的事情，这一点不管是绫子太太还是北斗，心里都很清楚。有的时候，说出这样的话后，他们自己都能察觉到自己是在演戏。但是，明知道对方是在演戏，自己还是必须得随着对方编织的情节演下去。冬去春来之后，绫子太太一定能出院。晚期的肝癌也会奇迹般地痊愈……母子二人进行着梦幻一般的对话。

“去泡温泉太好啦，我先在网上查一查，找一个最舒服的温泉旅馆，到时叫上明日实姐姐一起去。”

明日实会隔一天来医院一次，她会拿走绫子太太的脏衣服，带来洗干净的换洗衣物。一开始，关于给养母洗衣服这件事，北斗和明日实还争执了一番。关于照顾绫子太太的一切，北斗都想自己来做。可是，那样太累了，明日实担心北斗会累坏。于是她对北斗说：“妈妈肯定不好意思让你给她洗内衣内裤的。”听了这句话，北斗也只好无奈地把洗衣服的活儿让给明日实了。

对癌症的任何治疗都伴有严重的副作用，经过这段时间的治疗之后，绫子太太的脸色变得非常难看。虽然脸上的皱纹好像减少了，但那是因为脸部浮肿造成的假象。不过，肿大了一圈的脸上，唯有那双眼睛还和往常一样，保持着敏锐和灵活。

“说起来，到明年春天的时候，北斗你就满二十岁了。过生日的时候，要买套好西装，我们给你好好地庆祝一下。不过，不知道我还能不能亲眼看见你长大成人的样子。”

在这间病房里，有时非常单纯的一句话、一个词语，也会成为引爆悲伤情绪的地雷。早上好、谢谢、再见，从绫子太太嘴里说出的这些简单寒暄语，就曾好几次让北斗流下泪来。北斗用牙咬着自己的舌头，抑制着自己内心的感情，同时脸上装出微笑的表情，说道：“您当然会看到。以后，我穿西装的样子，说不定您会看腻呢。现在最重要的是您赶快好起来，到时我们去温泉开生日派对。”

“好的，就这么说定了。对了，傍晚的时候，我早年的一位同学会来看我。现在我有点累了，想睡一会儿，到时候好精神饱满地见同学。”

“好的，您休息吧。”

北斗最后在养母的手背上画了一个圆，结束了按摩，把绫子太太肿胀的手放回了被子里。

北斗又调整了一下枕头的位置，然后拿出梳子帮绫子太太梳了梳头，看养母闭上眼睛之后，静静地起身离开了病床，拉上帘子后蹑手蹑脚地走了。

北斗来到寒风凛冽的院子里。

北斗坐在靠背上雕有十字架镂空的木制长椅上，让由内而外灼热的身体冷却一下。在病房里，他要时刻小心谨慎，又要装出与内心相反的表情，实在太消耗精力了，所以，一个人在院子里的时光，对他来说是一个很好的休息时间。因此，虽然很冷，但北斗很喜欢一个人坐在长椅上让精神放松一下。看了一眼这家医院具有象征性的植物——那生命力无比顽强的樟树，北斗把目光移向了清澈湛蓝的寒冬天空。在住院大楼三楼的一个窗口里，有一个孩子正在朝自己挥手。看上去那是一个小学低年级的学生，头上缠着白色的绷带，是刚做完手术吗，还是意外受伤了？北斗面无表情地也朝那孩子挥了挥手。

疾病这种东西，到底是什么呢？北斗漫无目的地思考着。

医院里，住着各种各样的病人，既有年幼的儿童，也有上了年纪的老人。总之，不管男女老幼，都会生病。他们每个人都有必须生病的理由吗？要说坏人应该得病，这个好理解。但实际上，疾病是不看好人坏人的。疾病就像天上射下来的无数毒箭，毒箭不长眼睛，射到谁身上，谁就只能自认倒霉。这是仅凭人类那点微不足道的智慧，无法预测也不可能避免的。可以说疾病是老天爷带给人间的一种偶然的恶意吗？

如果是可以治愈的疾病，也没那么可怕。但绫子太太却患上了不可能治好的绝症，对于上苍的这份恶意，人该怎样面对才好呢？就在北斗坐在院子里吹风的这段时间，唯一爱自己的养母的生命，也在无声无息地加速走向终结。

这太不公平了！北斗心想。我刚刚获得了普通人的幸福，却又要被老天爷夺走。北斗不信仰任何宗教，也不信神，原因之一就是对神的憎恶。在这个世界上痛苦地生活了十多年，北斗才第一次遇到真正爱自己的人，她也是自己第一次敞开心扉用心去爱的人，可如今她却要躺在病床上受苦。难道天上的神，都是这样安排人间的故事情节的吗？虽然北斗表面上冷静，但内心却已经快被现实的痛苦压得喘不过气来。养母躺在病床上忍受煎熬的样子，想一想都会让北斗心如刀割。

“原来你在这儿啊。”

这也是一个不表露任何感情的、冷静异常的声音。明日实用手拍了拍北斗的肩膀，打破了他的沉思。拍他肩膀的这只手，手腕上还留有自残的伤痕。

“……哦。”

北斗只是应了一声，没有更多的言语。自从绫子太太住院以来，北斗除了同养母对话之外，很少开口说话。

“妈妈已经睡着了，我没打扰她。我把要洗的衣服收了，带回去洗。你没事吧，北斗？看你没精神的样子，有好好睡觉吗？”

“嗯，我睡得挺好。”其实，北斗每晚的睡眠都很浅，而且天蒙蒙亮就自然醒了。

“那就好。”

说着，明日实在北斗旁边坐下了。她那双穿着黑色紧身裤的腿格外瘦，就像厌食症患者那种皮包骨头的瘦。北斗心想，也许她和我一样，也在为绫子太太的病感到悲伤吧。

“北斗，你不能这个样子去爱一个人。”

明日实扭过身正面对着北斗，说了这么一句令北斗意外的话。北斗依然沉默不语，于是明日实淡淡地继续说道：“看你现在的样子，我觉得你很危险，也很可怕。因为你太过依赖妈妈了。如果这根支柱倒了，恐怕你也会跟着一起垮掉。”

北斗微微地笑了一下，说：“一起倒掉，也没什么不好。”

如果绫子太太死了，那自己也不活了。一瞬间浮现在北斗脑海中的这个想法，让他自己感到无比甘美。

“胡说！妈妈和我绝对不允许你这么做、这么想！在这个世界上，除了妈妈以外，还有很多的人啊。”

在北斗看来，这个世界上有再多的人也没有意义。无法和自己心意相通的人，只能做背景或者是没有生命的东西。从小就不被父母当作人来看待的北斗，现在也只把不相干的人当作工具对待。

“有再多的人，和我也没有关系。”

“但是，在和你毫无关系的人中，你不是遇到了妈妈和我吗？北斗这么年轻，以后的路还长着呢，肯定还会遇到很多值得信任的好人。”在明日实那自言自语似的话语中，没有一点说教的感觉，这让北斗感到不可思议。也许明日实自己也不太相信自己的话吧。

在没有绫子太太的世界里，自己还能信任别人、爱别人吗？想到这里，北斗就感觉自己的胸腔好像裂开一般痛苦，血和泪不停地从身体里往外涌。一阵北风掠过，樟树的叶子被吹得哗啦啦地响。樟树叶子的表面是深深的墨绿色，但背面却像涂了蜡一样，泛着白光。在北风的吹动下，有无数叶子被吹翻过来，从远处望去，樟树就是一片绿白相间的风景。北斗突发奇想，这叶子的正面和背面、绿色与白色，不正好象征着人的生死吗？人的生命，轻易就会失去，就像树叶被吹翻过来一样简单。现在这个瞬间，世界上应该就有无数人的心脏停止跳动吧。眼前的一棵树，就好像整个人类的世界，而且，这棵常绿树，也终有一天会枯萎死去吧。我们人类，就更难逃一死了。

“练习一下怎么样？”

明日实又突然冒出一句莫名其妙的话来，北斗把视线从树叶移回了明日实的脸上。明日实的侧脸，勾画出一个棱角分明的、瘦削的轮廓。

“练习什么？”

“试着练习一下接受妈妈的死。”

北斗无言以对。那种事情还可以练习的吗？明日实呆呆地望着院子里的樟树说：“我每天晚上睡觉之前，都要练习一下。想一想妈妈死了，我该怎么面对。”

北斗认为明日实真有勇气。他把自己的第一反应说了出来：“想这些，你不会哭吗？”

明日实笑了，可同时又叹了口气，那叹息的声音就像漏出来的笑声，给人非常奇怪的感觉。她说："当然会哭啊。一开始几乎每晚都哭。但是慢慢地就好了，后来就不哭了。我把失去妈妈的痛苦想象成一个白色的球，在黑暗的房间中，这个球会放出柔和的光，把房间变得很漂亮。然后我慢慢地把这个球吸收到身体里。身体会感觉到轻盈、放松，心里也就释怀了。"

北斗还是很恐惧，从来不敢把绫子太太即将死去的这件事，当作一个事实来正视。所以他觉得还是明日实更坚强、更勇敢。

"我认为，癌症是妈妈为我们准备的最后一份礼物。人固有一死，都会以各种各样的形式结束生命。有人死于事故，有人死于自然灾害，有人死于心脏病、脑血管疾病，不过那些疾病都是在瞬间要了人的命，死者不会体会到太多的痛苦。可是，妈妈得的不是那种痛快的急病。癌症会让人慢慢地死去，但是，不管这个过程多么痛苦，都给了我们一个逐渐适应的机会，让我们坚强起来，勇敢地去面对这个事实。这也是对我们的一个考验和历练。从这个角度上说，癌症也不算太坏。"

三楼那个男孩又出现在窗口，朝他们挥手。北斗和明日实一起挥手和那孩子打招呼。这时，北斗突然意识到，不管自己再怎么不愿意，也总有一天要和养母分别。一根时间的射线，总会在某一点停下来。北斗扭过头来看着明日实的眼睛，点了点头。当他再次把目光投向三楼那个窗口的时候，男孩已经不在了，窗户也关上了，只有窗户玻璃淡淡地反射出严冬的天空和几缕白云的图像。

(妈妈也会像那个样子消失吧。)

北斗的眼中淌下了第一滴眼泪。明日实抱住北斗的肩膀，轻轻地抚摩着他的头。北斗真怕自己号啕大哭，于是极力抑制着内心即将爆发的感情。可是，当他反应过来的时候，发现自己的内心已经被痛苦麻痹，根本没有力气大哭出来。就这样，北斗躲在明日实的怀中，目光呆呆地望着三楼那扇已经关闭的窗户。

医院住院部规定的每日探视时间于下午五点结束。就在离探视结束还有半个小时的四点半，绫子太太的朋友赶来了。她叫大杉聪子，是一位胖墩墩的老太太，看外表就给人一种大大咧咧的感觉。她身穿一件羽绒大衣，单手提着一个商场的购物纸袋。北斗打开一张折叠椅放在床边，请大杉太太坐下。绫子太太按下电动床的按钮，让上半身斜坐起来。

“你们好好聊，我先出去一下。”北斗知趣地说。

大杉太太把手按在北斗大腿上，说：“你怎么能走？你是绫子的最后一个儿子，当然要在这儿听我讲你妈妈年轻时的故事。”

北斗点了点头，说：“……嗯。”

一打开话匣子，大杉太太的话就停不下来了。她一会儿讲到了和绫子太太一起上学时的往事，一会儿又毫无预兆地把话题拉回到现实；一会儿开始聊家长里短，一会儿又说到上学时爱慕的那位学长……她所讲的时代和内容完全是四分五裂的，让人抓不到重点，但讲得倒是绘声绘色，蛮有精神的。听着听着，绫子太太那浮肿的脸上，血色也好了很多。

“绫子，你还记得当年咱们在学校附近的河里游泳的事吗？那个时候哪有游泳池，大家都是在河里练习游泳的。你相信吗，北斗？”

说到高兴处，大杉太太还情不自禁地拍一拍北斗的肩膀。因为小时候受虐待的经历太深刻，北斗对于别人和自己的身体接触十分敏感，也非常不自在，但大杉太太似乎并没有注意到这一点。

“我们游泳的时候，鱼就在身边一起游，真是完全融入了大自然。那时绫子的身材是数一数二的，女生们都对她穿泳装的样子充满了羡慕嫉妒恨。”

原来绫子太太也有青春岁月，这个理所当然的事实，也让北斗感动不已。这时，大杉太太忽然朝向北斗，对他说："你要好好地读大学呀。照顾你妈妈是应该的，但学习也不能丢下哟。前面还有美好的未来在等着你呢。"

绫子太太也顺水推舟地说："是啊，聪子。他天天都来医院陪我，我真担心他的学业落下。他说每天都有上课，是用课余时间来看我的。现在的大学生，真的这么闲吗？"

关于去学校上课的事情，北斗一直在瞒着绫子太太。

"哎呀，怎么说也比我们家那个熊孩子强。我们家那小子，不知怎么迷上了演戏，大学也中途退学了，一心想当个演员。结果怎么样，现在只能每天卖汉堡包，靠打零工为生。就凭他那副长相，怎么可能当演员？真是异想天开，不知道自己能吃几碗干饭。"

北斗曾经听说，儿子一般都像母亲。眼前这位太太如此大大咧咧，想必她儿子的心也会很大吧。所以，虽然他现在以打零工为生，但应该过得也很快乐。又想到了自己，北斗恨自己怎么不能性格开朗一点呢。自己一旦投入了一件事情，整个心就被占满了，其他事情根本无心顾及。如果考虑一下自己的未来，好好上学还是很重要的。

这时，楼道里响起了悠扬的萨克斯乐曲，是凯丽·金的《回家》，说明探视病人的时间已经结束。

"哎呀，怕打扰你休息，本来想看你一眼就走的，没想到东拉西扯地聊到了这个时候。

"不过，看到你还是那么有精神，我真开心！好了，我得回去了，以后我会常来看你的。我还给你带了点好东西。"

"谢谢你了，聪子。"

大杉太太站起身来，把羽绒服拿在手上，对北斗说："小伙子，你过来，我跟你说几句话。"

说完，大杉太太先走出了病房，北斗跟在她身后来到走廊里。在绫子太太视线无法到达的地方，大杉太太突然抓住了北斗的双肩，对他说："你要打起精神来啊！北斗。你妈妈人太好了，没想到竟然得了这么个病，真是老天不开眼啊。你必须得振作起来，照顾绫子的事，就全拜托你了！"

说着，大杉太太也顾不得脸上厚厚的脂粉了，眼泪大颗大颗地滚落下来。刚才还谈笑风生、东拉西扯的开朗老妇人，现在却动情地哭了。虽然北斗最不善于和不熟的人打交道，但听了大杉太太的话，还是用力地点了点头。

"我一定会努力的！今天十分感谢您的到来。您能来看望我妈妈，她可高兴了。希望您有空常来看看她。"

"你这个小伙子很会说话嘛，真是个好孩子，长得又帅。对了，我差点忘了。"

说着，大杉太太把手里的购物纸袋提起来给北斗看。

"这里边可是好东西。让你妈妈喝喝看。我家有个远房亲戚，得了胃癌，就是喝这种水给治好了。后来复查的时候，身体里一个癌细胞也没有了。这是真事儿。好了，我先走了，照顾好你妈妈哟。"

大杉太太一边擦眼泪一边离开了。北斗望着她离去的背影，只见大杉太太步履蹒跚，可能因为忙着用手帕擦眼泪而看不清前面的路吧。北斗提着大杉太太送的纸袋，回到了病房里。绫子太太肩上披着一件开衫毛衣，斜靠在床头，呆呆地望着窗外。

"大杉太太还带了礼物给您。"

北斗双手提着袋子往里面看，只见一道耀眼的银色闪光，原来是一层炫目的铝箔包装纸。绫子太太说："什么东西啊？"

北斗伸手拿出那个东西，打开外面的一层铝箔包装纸，里面现出一个比普通红酒瓶大一圈的玻璃瓶子。瓶子的标签上用毛笔写着"波洞水·银"几个字。

北斗把瓶子举起来在荧光灯下照了照。只是一瓶透明的水，但不同的地方是水里有很细的银粉随瓶中的水流起舞。

北斗把瓶子递给绫子太太，又拿出纸袋中附赠的说明书读了起来。翻开这本说明书，最吸引人目光的就是下面一句话：“波洞水，生命之水！”

接下来的正文这样写道：水，乃一切生命的基础。人体细胞的深处，是任何药物都无法到达的地方，只有波洞水可以渗入其中。借助波洞水的效力，可以大幅提升药物的效果，让身体细胞恢复正常的机能，修复遗传基因中不良的变异。能帮助患者治病的不是医生的医术，先进的药物，精密的手术，而是让生命本初的正常机能和遗传信息，自然修复身体的改变，让生命之光重新闪耀。

在说明书的一角，用很小的字印着波洞水的销售价格。看了那组价格表后，北斗不自觉地吞了一口口水。

波洞水 · 银的含税价格是一万零五百日元，波洞水 · 金的含税价格是三万一千五百日元，最高级的波洞水 · 白金，用水晶瓶和木箱包装，含税价格为五万二千五百日元。以上均为一升水的价格。

“聪子说的那个好东西，就是这水啊？啊，看起来真漂亮啊！银色的粉末在水中飞舞，好像冬天的雪花。北斗，听说这个喝了对身体很好，给我倒一杯，我试试看。”

北斗慌忙地把说明书藏回纸袋中，接过瓶子打开瓶塞，向养母的马克杯里倒了一杯混有银粉的波洞水。也许是刚才说话太多，绫子太太的喉咙有些干渴了，她一口气就把杯中的水喝干了。

“感觉不错呢。北斗，今天你也累了，赶快回家吧，回去后要好好学习哟。”

“我知道了，妈妈。”

北斗提着那个只装着说明书的空纸袋离开了病房。这个波洞水到底是个什么东西？北斗心想，我必须调查清楚。如果真像大杉太太所说，她的亲戚喝这种水治好了癌症，倒是可以试一试。反正医生已经下了结论，说绫子太太的肝癌无法手术切除，使用抗癌药物治疗，只是让她多活几天而已。

生命，就是细胞的正常机能和遗传基因的修复。北斗从来没听说过这种话。

但是，北斗相信绫子太太这个生命是绝对完美的。他相信绫子太太身体细胞的机能比任何人都正常，也相信绫子太太拥有人类最完美的遗传基因信息。因为这位老妇人比任何人都爱自己，比任何人都更有爱心、更宽容。

那天，北斗在回家的路上，没有看街边的自动售货机一眼。他把所有注意力都放在了波洞水——这个有可能挽救养母生命的神水上面。

12

端爪北斗弄不清楚。

自己到底是幸福还是不幸，北斗完全弄不清楚。现在，他基本上处于休学状态，每天都来医院陪绫子太太。在被绫子太太收养的这几年里，北斗还从来没有如此长时间地和养母腻在一起，因为以前白天毕竟要上学。十九岁的北斗，每天要照顾病人，采购日用品和食品，还要缴纳医院的治疗费用。原来生活中有这么多琐碎的事情要做。北斗心想，原来大人的生活充满了这么多繁杂琐碎的事情。原本就不喜欢大人生活的北斗，现在更加讨厌长大成人了。

但是，和绫子太太待在一起的时间，北斗感到异常幸福。养母的病情时好时坏。生命的沙漏在不停地往下漏沙，但绫子太太和北斗在一起时依然谈笑风生。从她那爱笑的脸上，怎么也看不出她是一个晚期癌症患者。有的时候，就连绫子太太自己也会忘记自己身患绝症，还和北斗一起讨论等他大学毕业后一起毕业旅行的事情。是去澳大利亚好呢，还是去夏威夷好呢？最近中国经济发展非常迅速，说不定以后北斗要去中国工作，不如毕业后就先去中国旅行一圈吧……绫子太太躺在病床上，兴高采烈地和北斗讨论几年以后的旅行计划。这让北斗心中荡漾着满满的幸福感。

而北斗对养母无微不至的照顾，在松屿市立综合医院中也成了大家议论的话题。因为每天都来医院，所以北斗几乎认识了所有医务人员和住院的患者。大家见到北斗都会主动和他打招呼，还有人给他们母子送来食物、饮料等慰问品。大家知道绫子太太有个好儿子，都羡慕不已。

医院，也许就像一艘大船。长期住院的患者，就像同在这艘船上的乘客，大家的命运都紧紧地联系在一起。运气好的患者，可能很快被治愈下船，而运气不好的患者，最后可能被装进棺材悄悄地运出船去。医院，是为患者治病的地方，同时，也是人们死去的地方。就在绫子太太的病房中，前段时间就有一位患者去世了。就是那位终日隔着帘子呻吟的女性患者，她得的也是肝癌。北斗从没见过这位患者的面容，但在十二月中旬的时候，据说她的病情急剧恶化，被送进了重症监护室，几天之后，就不行了。对于北斗来说，除了绫子太太之外，其他患者的生死在他脑中只是一个抽象的概念，他根本没有任何感受。

虽然那位患者的死为这间病房平添了不少哀伤的气氛，但那天，当晚饭送来的时候，大家就忘记了今天有人去世的事情。在医院里，死亡是再平常不过的事情。为了削减日渐接近的死亡给自己带来的压力，患者们各有各的办法，把自己投身到琐碎的日常生活中去，就是最便捷的方法之一。

尽管如此，当绫子太太睡去的时候，北斗还是会望着隔壁那张空床发呆。空空的床上，被子被叠得整整齐齐放在床头，枕头放在被子上面。那位患者去世之后，这张床上应该已经落了一层肉眼看不见的尘埃了吧。

人死之后，他之前待过的地方就会积累看不见的尘埃和时间的碎片。想到这里，北斗不禁打了个冷战，这种恐惧让他连忙把视线从隔壁的空床移开。绫子太太正在熟睡，胸部静静地一起一伏，脸颊泛着红润的血色。北斗轻轻托起养母露在被子外面的手，把它放进了被子里面。因为长期输液，绫子太太的手浮肿得厉害，原本娇小的手，现在竟然跟北斗的手差不多大。北斗心疼地想，这还是妈妈那双温暖的手吗？

北斗用手指轻轻地帮绫子太太梳理了一下额前的乱发，然后就一直这样看着她熟睡的脸。根据以往的经验，估计绫子太太再睡几十分钟，就要醒来了。北斗希望养母醒来时第一眼见到的人是自己。当四目相对，彼此露出微笑的时候，是北斗最幸福的时候。为了让养母醒来微笑地看见自己，北斗会在那冰冷坚硬的折叠椅子上坐好几个小时。

旧的一年就要过去，新的一年即将到来。

绫子太太这个年纪的人，对于圣诞节什么的没有太多感觉。明日实为了庆祝圣诞节，来医院时带了一个草莓蛋糕，几乎被她和北斗分吃了，绫子太太只尝了一小口。到了三十一日的时候，医院也为患者增加了几道好菜，以展现辞旧迎新的气氛。可是，绫子太太也是只尝了一点就放下了筷子，说味道太淡。

在与外面世界隔绝的病房中，多少也能感受到新年的气氛，至少患者们的情绪都比以往好一些。绫子太太把床上的移动桌板推到一边，对北斗说："北斗，给我倒一杯波洞水吧，我有点渴了。"

这几天来，绫子太太每天要喝一瓶波洞水。这种水对于癌症治疗是否有效，倒还看不出来。但绫子太太喝了波洞水后，感觉抗癌药物的副作用对身体的损害没以前那么大了，也许是心理作用吧。北斗连忙从床头的一个置物架上取下了一瓶波洞水。瓶里还剩一半的水，北斗轻轻地摇晃着瓶子，让瓶底沉淀的金粉飞舞起来，然后把一个水晶杯摆在小桌板上，双手抱着瓶子慢慢地向杯里倒水，就像一个实习服务生小心翼翼地为客人斟高级香槟酒的样子。桌板上的水晶杯，也是制造、销售波洞水的生田波洞研究所特制的，据说用这个水晶杯喝波洞水，可以将水的效果提升百分之三十。看着从瓶中流出的水，绫子太太微笑着说："这水真漂亮啊！"

从瓶口流出的一丝细流中还混杂着金色的粉末，而在已经注入半杯水的水晶杯中，金色粉末更是随着水流的漩涡划出一道美丽的螺旋形轨迹。进入新的一年之后，绫子太太的身体眼看着消瘦下来，所以北斗把"波洞水 · 银"换成了价格更高的"波洞水 · 金"，希望能获得更好的效果。不过，对于水的价格，绫子太太是一无所知的。

"好了，妈妈，请喝'生命之水'。"

绫子太太也是倍加珍惜地双手接过杯子，一口一口地喝下那含有金色粉末的水。

"感觉身体好像被唤醒了一样。虽然什么东西都觉得不好吃，但喝这个水，却觉得非常甘甜，真是不可思议。"

北斗又想起了说明书上说的波洞水的功效。它可以渗透到身体细胞的最深层，让细胞恢复原来的正常机能，并修复遗传基因中受损的地方。生命就是由正常的细胞机能和无缺损的遗传基因构成的。如果这是真的，那么一升就卖三万多日元的"神水"，还是有价值的。不管怎么说，绫子太太说这水好喝。只要绫子太太高兴，北斗觉得花多少钱、做什么事都值得。

“北斗，医生嘱咐我平时要多喝水，现在我一天喝一瓶波洞水，要不以后一天喝两瓶吧。”

抗癌药物本身具有毒素，它就是靠这毒素来杀死癌细胞的，可是同时，也会对健康的细胞造成危害。为了减轻抗癌药物的副作用，医生通常都会让患者多喝水，以利于将药物的毒素排出体外。听到养母这么说，北斗的头脑中开始盘算波洞水的价格和家里两本存折的余额。一天喝两瓶“波洞水 · 金”的话，就得花六万三千日元。而那个生田波洞研究所小气得很，不管买多少瓶，也没有一分钱优惠。

如果绫子太太长期这样喝下去的话，早晚有一天存折的余额要归零。但是，那又怎样！绫子太太是自己在这个世界上唯一的亲人，是唯一用心爱自己，也是自己唯一用心爱的人。如果绫子太太死了，那留下再多的钱又有什么用呢?

“还有，北斗，那个波洞水，贵不贵？”

绫子太太露出了疑惑的表情，似乎看出了北斗的心事。她看着杯子底还剩的一点点水，第一次向北斗询问这水的价格，最后把杯子举起来，将里面仅剩的几滴水也倒进了嘴里。喝完咂了咂嘴说：“真好喝啊，喝完之后感觉身体好像有力气了。医院的水太难喝了，感觉喝了医院的水会带来更多的病，所以我一点也不想喝。”

脸颊已经有些凹陷的绫子太太向北斗露出了微笑。就为了看到这样的微笑，北斗会不惜一切代价。他绝不会吝惜花钱的，而且这钱本来也是绫子太太自己的。

“嗯，我知道了，明天就给您买两瓶波洞水。关于价钱的问题，您根本不用操心，我会安排好一切。”

北斗嘴上说得轻松，可他却感觉有一团漆黑的不明物体压在胸口，而且足有千斤重，快让他喘不过气来了。绫子太太的存款，也像她的生命一样在不断消耗。如果那波洞水真的有效，能让绫子太太的生命延续下去，那当然是最好不过的事情。可是这样一来，如果买波洞水花光了存折里的钱，到那时该怎么办呢？绫子太太已经六十多岁，不可能再出去工作赚钱。而自己退学打工的话，挣的钱够两个人生活吗？别说还要买昂贵的神水给养母喝了。

除了打零工挣点零花钱，没有别的办法弄到钱的北斗，在严酷的现实面前自然会感觉到窒息。治病，需要花钱；生活下去，也需要花钱。可是，自己手里的钱又是有限的，而且一直是只出不进。

在未来的某一天，是存款先花光呢，还是绫子太太先恢复呢，还是……自己最不愿看到的结果——绫子太太先去世呢？不管哪一种情况先发生，对于接下来将面对的事情，北斗都感到恐惧不已。

那天晚上回家的时候，北斗顺路去了趟地铁站前的书店。他之前在那家书店订购了一本书，今天老板通知他货到了。那是一本简装的薄册子，只有两百来页。书名是《生命之波、生命之识》。出版单位是生田波洞研究所，作者就是波洞水的发明人——医学博士生田友亲。

北斗在书店柜台前取了书，付了钱。一边往书店大门走，一边翻开书看。扉页上赫然印着作者的照片，这张照片给北斗留下了深刻的印象。作者生田友亲的容貌，与其说是医生，不如说更像一位哲学家。他有一张又瘦又长的脸，下巴瘦削，颧骨凸出，脸颊凹陷，一眼就能看出头骨的形状。他的眼窝也很深，黑色的眸子中闪烁着思考的光芒，但并不跳跃，能给人一种平静的感觉。

回家的路上，北斗走进一家百元店，去买晚餐。今天他选了一碗韩国生产的方便面，只需一百日元。现在，北斗除了要每天购买昂贵的波洞水外，还要支付绫子太太的住院费、自己的学费，每月还有水电气费、通信费、交通费以及各种税金。对于自己的餐费，北斗尽量将其控制在最低限度。晚餐的费用，大约一百日元就应付了。吃不饱、吃不好，北斗倒不感觉有多痛苦。首先，小时候经常挨饿，早已经习惯了；其次，比起绫子太太忍受的病痛，自己挨饿根本算不得什么。自打绫子太太住院以后，北斗就一直没什么胃口，因此对于吃饭这件事他根本没投入多少精力。这段时间，北斗的体重又轻了几公斤，但他并不当回事。自己随便怎么样，都无所谓。只要能跟绫子太太一起继续活下去，北斗就心满意足了。

回到空无一人的家后，北斗先把方便面泡上了。一个人在家的晚上，北斗只开一盏灯，因为空调太耗电，所以在这样寒冷的冬夜他也不开空调。即使在家里，北斗也不会脱去身上的羽绒服。

生田友亲的书中说，癌症，是生命之波被打乱了，是遗传基因的信息出现了缺失。原本，我们身体上每一个细胞应该在什么时间死亡，早就已经由遗传基因信息规定好了的，而无法正常读取遗传基因的信息，将生命的自然循环规律打破的细胞，就是癌细胞。波洞水可以让癌细胞恢复丧失的记忆和功能，使其回到自然的生老病死的轨迹上来。真正自然地、安全地治疗癌症的方法是把人体里的癌细胞引导向自然死亡，而通过手术、抗癌药物、化学疗法、物理疗法等治疗癌症，都不能从根本上消灭癌症，还会给身体带来极大的损伤。根据最先进的物理学理论，光是一种波，也是一种粒子。生命现象，具有两面性：一面是按正常规律运动的波；另一面是对遗传基因信息的准确再现。对于生命现象的这种两面性，现代医学还没有办法将“手术刀”伸入其中。现在，大多数医生还只把人体当作一部精密、复杂的机器来看待。更深层次的东西，他们还根本没有理解到。

这位日本医学博士、在美国钻研生命哲学的生田友亲医生所提出来的理论，对于北斗这位十九岁的青年来说，最多只能理解一半。读完了十几页的序章之后，接下来便进入正文了。可是正文中所讲述的都是波洞水将晚期癌症患者从死神手中抢救回来的案例报告。比如，有八岁患上脑癌的孩子、十七岁的白血病少女、二十六岁得了骨癌的公司职员、三十六岁患了乳腺癌的家庭主妇、四十八岁被食道癌折磨的会计师、五十二岁患上胰腺癌的教师、六十六岁得了前列腺癌的官员……他们喝了波洞水之后，都奇迹般地康复了，而且是彻底地痊愈。

还有更加令北斗不可思议的案例，比如，一位二十四岁的自闭症患者，喝了一段时间“波洞水 · 白金”之后，竟然开朗地走出家门，最后还应聘到了一家大公司上班。还有一位三十九岁的不孕主妇，喝了“波洞水 · 金”，没过几周就怀孕了。看来，波洞水不仅可以打败癌症，还对治疗心理疾病和不孕症有效。

看书看得太入神了，方便面都已经冷了。突然意识到这一点之后，北斗边看书边拿起筷子挑起面条往嘴里送。因为方便面泡得太久，都已经烂了，放到嘴里没有任何嚼头，北斗一下就吞到肚里去了。可北斗并没有把注意力放在面条的质感上，他继续专注地读书，至于那已经泡成粥的方便面只是填饱肚子的食物。看书的同时北斗心想，书里一定会介绍波洞水的科学原理和制造方法。虽然北斗对自然科学和医学知识了解不多，但从这本书中他也能读出那位生田友亲医生所写的内容大多是从文化的角度来阐述波洞水的好处，而且在修辞上还运用了大量的比喻手法。首先，北斗想知道那白金、金、银三种波洞水的价格差距那么大，原因何在？其次，他还想知道在水中加入贵金属粉末，到底会给饮用水带来什么样的变化。可是，在这本仅仅两百页的小册子中，只用了很小的篇幅提到了波洞水的制造方法。这一部分，北斗用红笔画了下来。

波洞水采用富含矿物质的深海矿泉水。首先，用特殊的光线对深海矿泉水进行四十八小时的照射，将生命信息导入水中。这种光线的特殊之处在于，其波长被调整为与人体细胞分裂速度相同的斐波那契数列。然后再向水中添加白金、金或银的微粒子，以便松缓水分子之间的聚合力，让生命信息更容易导入水中。最后再经过灭菌加工，便制成了波洞水。我们制造波洞水的方法已经在日本、美国等三十二个国家申请了专利。

这段话到底是什么意思，北斗也不太清楚。用特殊的光线照射两天，再加入一些贵金属粉末，就可以把深海矿泉水卖得那么贵？一升最贵都卖到了五万日元。说是把生命信息导入了水中，可是，水真的有记忆功能吗？

自从绫子太太被确诊为肝癌之后，北斗就开始拼命地学习跟癌症有关的一切知识。结果他了解到，在现代医学中会使用白金络合物的制剂来治疗卵巢癌、宫颈癌、淋巴癌等癌症。白金络合物的药理作用已经得到了证明。白金可以和癌细胞的DNA结合，抑制癌细胞的增殖。但是，除了白金之外，金和银的粉末也有这样的功效吗？对此北斗非常怀疑。

吃完方便面之后，北斗就去洗澡。北斗淋浴用不了三分钟，主要是为了节约水费和天然气费。头发和身体打湿之后，给头发快速涂上洗发水，搓几下冲掉泡沫就算洗完了。沐浴液什么的，一概不用。就这样，北斗身上的皮肤还能保持光洁滑嫩，只能说明他年轻，皮肤好。

头发只是用毛巾擦了擦，还湿漉漉的，北斗就钻进了被窝，然后打开了笔记本电脑。卧室里也没有开空调，所以北斗即使裹着厚厚的被子，身体依然在发抖。最近一段时间，北斗每天晚上睡前都要打开电脑，做同一件事情，就是首先登录银行的网站，然后输入用户名和密码，确认账户里的余额。每次看到电脑屏幕上显示出来的数字，北斗的胸口都像刀割一样痛。绫子太太账户里的余额只剩下当初的一半，剩下的钱还能支撑多久呢？北斗想一想都觉得恐惧。但是，既然答应了绫子太太每天给她喝波洞水，就绝对要做到。

于是，北斗又在网上向生田波洞研究所的账户里转入了六万三千日元，订购了两瓶“波洞水·金”。以后每天还要继续支出六万多日元的“巨款”。这件事情，北斗没有跟任何人说过。生田波洞研究所只接受转账或者现金，不能刷卡消费。所以，对于北斗来说最便捷的方式就是每天转账。看着转账之后再一次减少的账户余额，北斗不禁更加忧郁了。

反正已经打开银行的网站了，不如把绫子太太留给自己上学用的那个账户也确认一下。到目前为止，北斗还没有动过这个账户。因为是绫子太太为自己存的钱，指定用途是上学用的，所以北斗准备遵照养母的意思，日后慢慢用这笔钱。等大学毕业后，找一份稳定的工作，然后和绫子太太二人过平静的生活，这就是北斗奢侈的愿望。

可是，按照现在的花钱节奏，再过一个月，就不得不动用学费这本存折了。北斗双手抱住了湿漉漉的头，不知该如何是好。

二月，已经是冬季的尾声，但天气依然寒冷。

在淡淡的日光照射下，北斗的影子像是冻结在了医院的中庭里。西北风用冬天的最后一丝寒意割着北斗露在外面的皮肤。在北斗的记忆中，这个二月是他有生以来最冷的一个月。因为根本没有吃过什么正经的食物，所以北斗体内根本没有足够的热量抵御这寒冷，大部分时间他都在颤抖中度过。

这一天，明日实结束了护士学校的课程后来到医院探望养母。

“妈妈，到了三月，就可以去赏樱花了。”

绫子太太平躺在床上，微微地睁开眼睛笑着说：“嗯，明日实，你也要准备好巧克力哟。”

巧克力？北斗不明白她们在说些什么，于是问道：“什么巧克力？”

“我和你姐姐在说下个月会发生的好事。以前十一月的时候我们就说圣诞节的事情，十二月的时候就说新年的事情。现在是二月，我们就在说三月赏花的事情。三月里还有个白色情人节，女孩子当然要准备点礼物送男朋友喽。”

以下个月将要发生的好事作为近期目标，更能激发人的幸福感和活下去的欲望吧。这和北斗说的毕业旅行的远期目标，对绫子太太的激励作用可完全不一样。

这时，绫子太太像忽然想到什么似的对北斗说：“对了，北斗，你的成人仪式准备得怎么样了？”

“那种仪式有什么意思，参不参加都无所谓。”

北斗用很小的声音回答道。确实，即使去参加成人仪式，那里也没有自己想见的人。而且，要买一套新衣服还得花很多钱。买新衣服的钱，都可以为绫子太太买两瓶波洞水了。听到这话，绫子太太把头费力地从枕头上抬了起来。

“那可不行。等你满二十岁成人的时候，咱家三口人一起去拍张合影。去照相馆拍，大家都要好好打扮一番。”

这段时间，绫子太太主动提议去做一件事情，还是很少见的。因为病痛的折磨，使她的体力大为下降，进入二月之后，每天大部分时间都是在睡眠中度过的。为了减轻癌症引起的疼痛，医生给她使用了吗啡，这也是引起嗜睡的原因之一。她竟然主动提出大家一起合影，真是出乎北斗的意料。

“可是，那样……”

出于对养母的关心，北斗想反驳一下，但明日实马上打断了北斗。她插话道：“那样很好啊，我们照一张全家福，是一个很好的纪念呢。照相的话，只出去半天就够了，妈妈肯定没问题的。到时我跟医生商量一下，帮妈妈请半天假。”

“太好了！我要好好化一下妆，再不拍恐怕以后也没机会拍了。而且，这是和北斗第一次到照相馆正式拍合影。唉，不过，就怕我挺不到你的成人仪式了……唉，怎么那么困呢？明日实好不容易来看我，我却想睡觉。我小睡一会儿，你们先别走啊。我一会儿就醒。”

北斗已经没有办法再反驳养母。绫子太太向明日实伸出了手，明日实握住了养母那异常肿胀的手。

“嗯，一会儿见。我和北斗先到餐厅去喝杯茶。”

绫子太太对着明日实点了点头。然后又把脸扭向了北斗，说：“睡之前，我想再喝杯金水。”

北斗拿起瓶子往杯子里倒波洞水，今天的第一瓶水只剩这最后一杯了。每当一瓶水倒空时，都会有一种恐惧感涌上北斗的心头，令他后背直冒冷汗。绫子太太把那杯金粉飘舞的波洞水一饮而尽，然后把杯子递给了北斗。

在医院里，中庭对面的餐厅像一家家庭饭馆，玻璃窗子很多，因此店内的光线非常充足。玻璃上还有一层薄薄的雾气。北斗和明日实在桌子两边相对而坐。明日实说：“北斗，最近你有好好吃饭吗？你都瘦了很多，腮帮子都陷下去了。”

这段时间，北斗基本上没照过镜子，所以自己的脸变成了什么样，他也不清楚。

“有好好吃饭啊，只不过没什么食欲。”

明日实用敏锐的目光盯着北斗的眼睛，好像能看穿他的心思一样。北斗最害怕明日实这样的目光。

“上个礼拜，因为学校安排实习，所以我没来医院看望妈妈。可今天一来，看到妈妈和你，着实把我吓了一跳。”

北斗不知道她这句话的含义是什么。他觉得不管是养母还是自己，与一周前相比应该没有什么变化。

“北斗，你瘦了很多，从脸上就能看出来啊。妈妈的脸和手又肿胀了很多。刚才你给妈妈喝的水，到底是什么东西？应该不是治病的药吧。”

看来明日实已经注意到波洞水的事情。一股电流从北斗的后脖子顺着脊梁骨传了下去。

“啊，你说那水啊，是妈妈的朋友推荐的。据妈妈的那位朋友说，她一个患胃癌的亲戚就是喝了那种水，结果痊愈了。”

说到这儿，北斗忽然想起，明日实读的可是护士学校，她掌握的医学知识可比自己多多了。于是，又赶紧解释了一番。当然，他解释的不是这水的治病原理，而是解释自己给妈妈喝这种水的原因。

“对这种事情，我打心底里是不会相信的。但是，妈妈现在用抗癌药物治疗，为了减少药物的副作用，医生也嘱咐妈妈多喝水。我想，反正也要喝水，不如喝波洞水试试。没想到妈妈喝了之后，感觉很不错。这是好事啊，于是就一直买那个水给妈妈喝。”

北斗也不知道自己怎么了，为什么自己会给一种连制造方法都弄不明白的奇怪的水进行辩护。他也觉得很奇怪，可是，接着说道：“那水也不贵，喝点没什么的。只要妈妈喜欢，只要妈妈喝着舒服，我们就让她喝吧。”

明日实没有马上说话，而是用她那锐利的眼睛盯了北斗一会儿，然后才开口：“好吧，那就先听你的。不过我也会调查一下那个水的情况。”

“好的，我知道了。”

这个时候，如果把真实情况告诉明日实，说为了买那个“神水”已经把绫子太太的存款花掉了一半，她会有什么反应呢？可是，这样做是为了绫子太太好呢，还是背叛她呢？北斗无法判断。就在北斗头脑一片混乱的时候，明日实又以不紧不慢的口吻说道：“癌症目前还是医学界的一个难题，可以算是不治之症，而市面上又有很多未经相关机构认证的药物和保健品。大多都是些骗人的东西，所以你一定要注意。”

此时的北斗，感觉自己仿佛坠入了那漂着金粉的水中，水就快没到自己的下巴了。在被淹死之前，北斗本想大声呼救的，可他却用强有力的意志压制住了心中的恐慌，用瘦削的脸做出了一个笑容，对明日实说：“我会多加小心的。我还要努力学习，最后让妈妈亲眼看见我大学毕业，穿上学士服、戴上学士帽的样子。”

这时，明日实为北斗点的蛋糕端上来了。蛋糕上满是奶油和水果，北斗嘴里说着好吃，其实却吃不出任何味道，只是机械地把松软的蛋糕送入嘴里，然后像嚼蜡一样把它们嚼碎咽下去。再勉强自己喝几口明日实帮忙点的咖啡。

二人回到病房之后，北斗轻轻拉开床边的拉帘，看一下养母的情况。绫子太太还在睡。明日实打开一把折叠椅坐在床边。

“妈妈在流眼泪。”细心的北斗发现。

一条泪线从绫子太太闭着的眼角延伸出来，一直流到耳边。妈妈睡觉的时候也会感到痛苦悲伤吗？想到这儿，北斗心疼得无法自已。

“癌症患者接受治疗后，经常会出现这样的情况。为了减轻药物的副作用，医生都会让病人大量饮水，再加上输液的时候，也会往体内注入很多水分。因此患者的身体都会出现浮肿，身体内淤积了大量的水。多余水分有时会以流泪的方式不自觉地排出来。”明日实冷静地从医学原理上进行着分析。

说着，明日实掏出手帕，用手帕的一角帮绫子太太把眼角的泪水吸干。难道这真的只是身体自动排出多余的水分？真的与悲伤无关吗？想到这儿，北斗再一次注意到绫子太太脸上、手上的皮肤，已经肿胀得像大象的皮肤。难道喝那昂贵的波洞水，也只是为身体增加多余的水分吗？

不自觉地，一个恐怖的画面出现在北斗的脑海中。一个躺着的人，就快要被他自己体内的水分淹死。而这样一个恐怖的形象，又和眼前的养母重叠在了一起。原本，正常人体内有一半都是水分，可是，持续不断往人体里注水，会变成什么样子呢？人的身体就会逐渐膨胀，像个灌满了水的气球，而内脏、骨骼则像水草一样在气球中四处飘荡……太恐怖了，北斗不敢再想下去。

“啊，你们回来啦。”绫子太太醒了。

听到养母在呼唤自己，北斗的身体立刻进入了紧张状态。

明日实问道：“妈妈，您醒啦。刚才做什么悲伤的梦了吗？”

绫子太太用比原来足足粗了一倍的手指擦拭着眼泪，说道：“嗯，我梦见去赏樱花了。这漂亮的樱花。虽然我想这可能是我最后一次看樱花了，但心里一点悲伤的感觉也没有。那么漂亮的樱花，我从来都没有见过。”

“那……那太好了。”能微笑着做出这样的回答，北斗已经是竭尽全力了。

而绫子太太始终保持着微笑，她说：“我总感觉，自己是看不到今年的樱花了。”

那是一个既感觉不到悲伤也感觉不到恐惧的平静的声音。就像说“今天天气真不错”一样，绫子太太随口就说出了那样的话。这次，别说北斗了，就连明日实也不知该用什么样的语言来回应养母。这时，医院的走廊里，传来了送晚餐的小推车的声音。

“你们不要阴沉着脸嘛，我对自己的人生没有一点遗憾。能遇到明日实和北斗，是我最大的幸福。好啦，我们三个人一起吃晚饭吧。北斗，再给妈妈倒一杯水。”

北斗用麻木的心来掩盖痛苦的感觉，然后拔掉了一瓶全新的波洞水瓶塞。

绫子太太的预感是正确的。

从二月底到三月初，绫子太太的身体开始加速衰弱。以前每天能喝两瓶波洞水的，现在也只能喝下一瓶了。这段时间，北斗也索性把“波洞水 · 金”换成了木箱、水晶瓶包装的“波洞水 · 白金”。一天一瓶白金水，比一天两瓶金水还能便宜一点点。

花钱什么的，怎么样都无所谓了。当看清楚绫子太太生命的余量后，北斗也开始自暴自弃了。绫子太太的那张存折，余额已经所剩无几，北斗终于还是把手伸向了存着自己未来三年学费的存折。而那张存折的余额也以每天五万二千五百日元的节奏快速递减着。

绫子太太的浮肿没有任何改善，而且肤色也逐渐变成了黑灰色。虽然为了对抗癌症引起的疼痛，医生给绫子太太使用了吗啡，但有时疼痛来得急，在药物起作用之前，还是非常折磨人的。这种时候，绫子太太就蜷缩在床上，像一块石头。

此时的绫子太太已经很少笑了，食量进一步减少，除了波洞水之外，嘴里几乎不进任何固体食物。进入三月之后，医生只得用输液的方式为她补充营养。绫子太太说话也变得很困难，只能用表情或眨眼睛的方式来表达自己的意思。自主呼吸也变得十分微弱，于是医生给她的鼻孔中插上了氧气管。在锁骨附近的静脉处，开始输高浓度的葡萄糖液体。躺在床上的绫子太太已经无法自己翻身。

可即使在这种情况下，绫子太太每天还会用吸管喝波洞水。

一天大部分时间都在昏睡中度过的绫子太太，一旦睁开眼睛，就会把目光投向北斗，然后费力地眨三次眼睛。意思是要喝水。北斗用杯子里的吸管分开养母的嘴唇，将吸管插进她嘴里。然后就看见杯子里混有白金粉末的液面在不断下降。绫子太太闭着眼睛，就像婴儿喝奶一样吸着波洞水。

养母吸水时的姿态让北斗倍感悲伤。人只要活着，就必须得喝水。哪怕不吃食物，也得喝水。绫子太太在生命的最后阶段，唯一执着的就是喝水，喝波洞水。

三月的第一个周末。

北斗很早就起床了，刚收拾停当正准备去医院，门铃就响了。北斗以为是送快递的，但通过门禁系统的显示器看到，按门铃的是一个身穿西装、打着领带的男人，看样子像一个公司职员。北斗心想，肯定是个推销员。他最讨厌上门推销商品的推销员了，于是对着门禁系统的话筒冷冷地说："有什么事？"

结果那个男人把脸凑近了摄像头，还拿出一张名片放在脸的旁边，以便让房子里的人看清自己的职业。

"星期六的早晨这么早就来打扰您，真是不好意思！我是《周刊时代》的记者，我叫本桥博信。关于生田波洞研究所生产的波洞水，我想跟您聊两句。"

周刊？波洞水？它们俩怎么产生了联系？北斗弄不清楚到底发生了什么事。但他像被人打中了要害一样，瞬间捂着肚子弯下了腰。缓了好一会儿，北斗才又开口说话："不过，我没什么好说的。"

听到房子里的人要拒绝，门外的记者连忙像连珠炮一样解释说："下个月，波洞水的受害者将会对生田波洞研究所进行集体起诉。生田友亲所开发的治病'神水'——波洞水，没有任何科学依据。鼓吹波洞水可以治疗晚期癌症，完全是卑劣的欺诈行为。很多受害者都已经觉悟了，并准备拿起法律的武器保护自己。"

听到这话，北斗的头脑中顿时一片空白。本桥博信接着说道："从波洞研究所辞职的一位内部人员也向我们举报了生田友亲的诈骗手段，还交给我们一份最近购买波洞水的顾客清单。清单上显示，端爪先生近三个月来，一共购买了将近四百万日元的波洞水。在这份清单中，您也算消费额相当巨大的受害者了。所以我想采访您一下，把您的受害经历写成报道，以便更好地打击骗人钱财的恶徒，也让更多人免遭损失。请您开门好吗？我不会占用您太多时间。”

北斗家的门很薄，记者在门外说话的声音，可以直接传到北斗的耳朵中。而门禁系统的听筒会把记者的话通过电流也传过来。所以，这双重的声音都快把北斗给弄晕了。

受害者、集体起诉、卑劣的欺诈行为。

那唯一能够维系绫子太太生命的波洞水，竟然是骗子制造出来的假货吗？北斗摘掉刚戴好的围巾，穿过玄关走到大门前，伸手拧动了门把手。

13

打开大门这个动作虽然只有短短的一瞬间，但端爪北斗却感觉自己仿佛在那里站立了很久很久。

早春三月的早晨，北斗却感到了前所未有的寒冷，那是一种发自内心的寒冷。他的头发还保持着刚起床时的凌乱，脚上也没穿袜子。打开门后，眼前站着一位身穿深色西服套装的男子。刚才从摄像头中，北斗无法看清对方脸上的细节，真人面对面后，他才发现这位记者的脸上留着不少粉刺的疤痕。这位记者重新打过招呼之后，向北斗递上了名片。名片上赫然印着：《周刊时代》记者，本桥博信。

“这么早就来打扰您，真不好意思！”

本桥记者似乎对开门人的年龄感到有些吃惊，便不时地向北斗身后张望。

“请问你家大人在吗？我想直接和端爪北斗先生谈一谈。”

对方竟然不相信自己就是端爪北斗，对此北斗感到有些不爽。但是，在一个不到二十岁的孩子的心目中，记者这个职业还是相当有权威的，他还不敢冒犯。

“那个……我就是端爪北斗。”

本桥记者睁大了眼睛，盯着北斗看了一会儿。然后略带同情地问：“你们家有人得了癌症吗？”

北斗沉默地点了点头。这还是第一次有人以如此直接的语言询问养母生病的事。本桥记者的手中还握着一个用了很久的笔记本。

“请问是哪一位呢？”

北斗稍微把背挺了挺，把声音放大一点说：“是我妈妈，近藤绫子。”

虽然只是养母，但绫子太太确实是北斗心目中唯一的母亲。这段时间，北斗最缺乏的就是营养和睡眠，但可能是因为精神上始终紧绷着，所以他并不感觉疲惫。本桥记者一边做记录一边继续说：“哦，这样啊。看样子你爸爸也不在家。你也没有兄弟姐妹吧。我明白了。端爪，给你看看这份清单吧。”

本桥记者打开一张折叠的复印纸，交给北斗看。只见上面密密麻麻地印着很多人名和数字。北斗扫了一眼之后，立刻把视线从这张纸上移开。因为他瞬间就发现了“端爪北斗”这四个字，而且还不止一次。每隔几行，自己的名字就会出现一次。也不管北斗脸上的表情多么难看，本桥记者接着说道：“这张表是上个月通过银行转账购买波洞水的顾客的清单。仅仅二月，端爪你就总共购买了五十瓶波洞水。更具体地说，你买了四十四瓶‘波洞水 · 金’和六瓶‘波洞水 · 白金’。合计金额达到了一百七十万一千日元。”

北斗最近最害怕算钱，所以，至于北桥记者说出的这一系列数字，他根本没有心情去核实。不过，如果记者手里拿到的那张清单确实是从生田波洞研究所泄露出来的话，那么那组数字应该不会有错。

“……具体数字我也不太清楚，不过差不多吧。”

本桥记者单刀直入：“问个失礼的问题，你母亲具体哪个部位得了癌症？”

北斗已经不知多少次研究过“肝脏”这个器官。他用很小的声音说出了那个似乎被诅咒的器官。

“肝脏。”

本桥记者用水性笔在本子上迅速记录着。从他写字的姿势也可以看出他写的是哪两个字。写完后，本桥记者从笔记本上抬起头，继续问道：“一个月花了一百七十万日元购买的水，把你妈妈的肝癌治好了吗？即使没有治愈，有没有让癌细胞减少呢？”

这是一个北斗始终不敢直面的问题，或者说一直逃避的问题。北斗咬着嘴唇，沉默不语。

“生田友亲说，他研发的波洞水可以让癌细胞恢复正常的生命机能，让它们自然死去。还能修复破损的遗传基因信息。你母亲饮用波洞水后有没有发生这样的情况？”

北斗低着头，看着自己的手指。大拇指的指甲怎么乌黑发青了？看来这段时间自己的血液循环很差。北斗像挤牙膏一样挤出了两个字：“……没有。”

本桥记者叹了口气，迟疑了一秒钟说：“真不幸。”

这时北斗抬起了头，觉得如果自己再不说点什么，就会被眼前这位记者一直当作不幸的人来可怜。也许这位记者会在报道中把自己写成一个生来不幸的人：小时候遭受亲生父母的暴力虐待，终于遇到一位善良的养母，可好景不长，养母也要因病离开人世。北斗不想自己被描写得那么可怜。

“不过，波洞水确实对我妈妈的身体有好处。我妈妈一直在接受抗癌药物的治疗，医生建议她平时多喝水，以冲淡药物的毒副作用。喝了波洞水之后，我妈妈确实感觉药物副作用对她身体的损害小多了。这说明，那水对于细胞机能的恢复、遗传基因信息的修复，还是有作用的。”

波洞水被周刊指责为诈骗钱财的假货，可为什么自己却在给波洞水辩护呢？北斗也不明白自己到底是怎么想的。然后他又声嘶力竭地补充道：“我妈妈剩下的日子已经不多了。如果你突然不让我再买波洞水给她喝，必须给出强有力的证据和理由。我觉得波洞水绝不是骗人的。是我妈妈的朋友好心介绍给我们的……而且……而且……”

本桥记者停下了笔，抬起头说：“而且，你母亲还不知道波洞水的价格。”

北斗差点哭出来，但是，在一个陌生的记者面前哭鼻子，是他的自尊心所不能忍受的。于是他把眼泪强忍了回去。

“……是的。”

本桥记者又叹了一口气，在笔记本上翻开了新的一页，然后说：“生田友亲在成立波洞研究所之前，经营着一家医院。那医院是他家干了好几代的基业，但传到他这一代，由于他个人的能力不足和生性懒散，生生把医院开垮了。医院关门倒闭时，他还欠了银行七亿日元以上的贷款。可是，自从他开发了所谓的波洞水之后，只用四年时间就还清了巨额贷款，还在横滨的高级住宅区买地建造了一座豪宅。”

说着，本桥记者从笔记本中抽出一张照片给北斗看。照片中是一个奇妙的建筑，外观由半透明的树脂材料组成，是一个圆形的略带棱角的建筑物。还有一些水道围绕在建筑物周围。本桥记者略带讽刺地说：“看到这个建筑，是不是能让人联想到一个细胞在波洞水的作用下正在逐渐恢复正常机能？生田友亲那个家伙所说的什么恢复生命机能、修复遗传基因信息等，没有一点科学依据。而且，那个所谓的波洞水，根本就不是以深海矿泉水为原料的，就是普通的自来水。他把自来水经过一般的净化器过滤之后，再用莫名其妙的光照射一下，最后加入一些金属粉末，就完成了。我们杂志社也购买了一些银、金、白金的波洞水做样本，请专业的机构进行了分析。虽然最后的详细结果还没有出来，但至少已经证实一点，即波洞水中所含的贵金属是非常微量的。就拿最贵的‘波洞水 · 白金’来说，经过检测其中根本不含白金。那么，水中飞舞的金属粉末到底是什么呢？谁也不知道。”

那些令北斗双腿颤抖的事实一个接一个地从本桥记者嘴里说出来，北斗只得攥紧了拳头，咬牙控制着自己以防瘫软在地上。本桥记者也知道这些话会给眼前这个年轻人带来多么巨大的冲击，于是他忽然抓住了北斗的双肩，说：“你明白了吗，端爪？那个波洞水能治病完全是骗人的。从今天开始，你就不要给母亲喝那种水了，最好把事实原原本本地告诉她。生田友亲泯灭天良，从时日不多的癌症患者身上骗钱，真是可耻的骗子。我们杂志社将和受害者携起手来，共同声讨生田波洞研究所，并将拿起法律的武器维护自己的利益，打击唯利是图的骗子。端爪，你也加入受害者阵营吧，我们会帮你的。”

北斗看了看手表，再不赶往医院，养母可能会着急了。而且，刚才听到的情况实在太突然了，北斗想一个人先冷静地思考一下。

“不好意思，我现在有事必须得走了。今天您先回去吧。”

本桥记者把自己的名片塞到了北斗手里。

“好吧，不过，日后你一定要联系我呀。因为你也是受害者。”

说这话的时候，本桥注视着北斗的眼睛，可北斗却不敢和他对视。

“……好的。”

“你没事吧？你的脸色很难看。”

很早以前北斗就知道了，这段时间自己的脸色一直都是不健康的青灰色。

“……嗯。”

记者走后，他那张名片在北斗的手里被攥成了团儿，然后就被随意抛弃在了鞋柜上。那张被团成团儿的名片就一直在鞋柜上静静地躺着，任由灰尘落在上面。直到警察来搜查北斗的住宅时，才再次进入人们的视线。后来，被警察收去，当作证物。

绫子太太一定在医院等得有点着急了。记者走后，北斗的头脑一片混乱，他慢吞吞地做着外出的准备工作。在出门之前，他在卫生间吐了，不过只吐出了一点点透明的胃液。

北斗赶到医院时，绫子太太正在睡觉。

现在，绫子太太白天的大部分时间也是在睡眠中度过的。

到了这个阶段，北斗已经看清了现实，明白绫子太太也逃不脱死神的魔掌。当人的身体逐渐接近死亡时，皮肤就会变成黄土的颜色。拿绫子太太的情况来说，因为她全身浮肿，所以肤色已经成了比黄土更加深的湿泥巴色。人死之后就会回归大地，变成泥土，这果然是事实。北斗的心疼痛不已，没想到唯一爱自己，也是自己唯一爱的人，竟然要死去变成泥土了。

绫子太太已经无法通过嘴巴吃食物，医生只得通过静脉点滴，向她身体里注入营养物质。能从她嘴里进入体内的，只有少量的波洞水。绫子太太醒来之后，就会用视线寻找北斗。虽然她的脸上已经很难做出表情，但目光却还能表达很多意思。她能通过眼神告诉北斗自己疼痛，或者示意北斗去叫护士，她想自己一个人待一会儿的时候，也是通过眼神告诉北斗的。甚至，精神稍好的时候，她还会用眼神和北斗开玩笑。

眼神交流到最后，绫子太太总会对北斗眨三下眼睛。这是要喝波洞水的暗号。在北斗的头脑中，对本桥记者的话反复考虑了无数次，但最终还是没有停止购买波洞水。诈骗也好，没有科学依据也好，自来水也罢，都无所谓啦！现在，这种水是唯一能够通过绫子太太的嘴进入她体内的物质。一升一瓶就需要五万二千五百日元，那高得令北斗心虚的价格，但它却是其他东西无法替代的，唯一能够维系养母生命的水。

一周、两周，三月的时光不停地流逝着。

气温一日高似一日，和煦的春风也在窗外蠢蠢欲动。根据电视里的天气预报所说，今年的樱花会比往年开得早一些。北斗天天守在绫子太太的身边，因此对于季节的变化和生命力的逐渐消逝，他是用身体感受到的。两者有相似的地方：首先，它们的脚步都很缓慢但却坚定地向前走着；其次，都常会出现反复，初春也有倒春寒，而行将就木的绫子太太也有回光返照的时候。绫子太太的状态就像春天的天气，时暖时寒。

绫子太太精神好的时候，可以操纵电动床让上半身斜坐起来，听北斗和明日实聊天，有时还能插上几句话。但是，状态不好的时候，要么蜷缩在被子里闭着眼睛忍受着晚期癌症的痛苦折磨，要么就在镇静剂的作用下酣然大睡。

三月的最后一个星期一，绫子太太的状态出奇地好。

早晨，当北斗来到医院的时候，看见绫子太太正在睡衣外面穿羽绒大衣，看样子是在做外出准备。北斗吃了一惊，睁大了眼睛问："妈妈，您要做什么？"

刚输完液，身上的管子都拔掉了，绫子太太似乎感觉特别轻松。而她的脸上也泛起了难得的红晕。她开心地说："我和明日实约好了的。"

之前，明日实曾说等樱花盛开的时候，大家一起出去赏樱花。这件事情，北斗早就忘了。与其说忘了，倒不如说从一开始就不相信能够成行。但是，这可能是支撑绫子太太一直活到现在的动力。

“昨天我和明日实发过短信了，她说今天要来的。”

这时，病床帘子的外面传来了一个熟悉的声音：“我已经来了。”

是明日实那略显沙哑又很低的声音。如此没有精神的声音，在医院里没准会被误认为是病人吧。拉开帘子，明日实来到了床边。她手里提着水壶和一个用布包裹的包袱。

“今天早晨我可是五点钟就爬起来做了这盒便当。北斗，你要多吃点，剩下了我可和你没完！”

说着，明日实把手里的包袱递给了北斗，说：“你负责去占地方。不过，今天是星期一，赏樱花的人应该不会像周末那么多，估计也用不着占地方。”

母子三人和病房中的其他病友打过招呼之后，就兴高采烈地走出了病房。

从松屿市立综合医院出去步行五分钟，就来到一条铁路边。铁路两边像河堤一样是斜坡。在斜坡上种植着很多“染井吉野樱花”[①]，因此这里是附近人们春季赏樱花的好去处，也挺出名。绫子太太他们三人在堤岸上铺开了野餐垫，把明日实准备的好吃的都摆好了。薄红色的樱花像云朵一样在眼下流淌，远处可以看见都市里的高楼大厦伸入春天那晴朗的天空中。

这些樱花可能都憋着劲，等着周末赏花的人多时再一起盛开，所以现在只有五成左右的花骨朵开出了花朵。虽然阳光已经有了春天的温暖，但吹过的风却还带着不愿离去的冬天的寒意。北斗把绫子太太从轮椅上扶下来，搀扶着让她慢慢坐在野餐垫上。明日实上前帮养母拉好了羽绒大衣前面的拉链，还拿了张毛毯盖在她的腿上。

① 明治初年，由东京染井村的花店最初出售，因此得名。是日本公园中最普通的樱花树品种。

打开多层饭盒的盖子，里面的美食可真够丰盛的。有炸鸡块、煎蛋、花椰菜炒虾仁、淋了蛋黄酱的蔬菜沙拉、香肠……这些都是明日实亲手做的。

明日实拿出几个纸杯，对北斗说："北斗，你很快就要过生日了。再过两个礼拜你就满二十周岁，是成年人了。所以，喝点酒吧，没关系的。"

北斗对酒这种东西没有任何好印象，因为小的时候，至高一喝醉就要对自己下毒手。但是，今天他乖乖地接过了纸杯，等明日实把罐装啤酒倒入自己的杯子。因为如果错过了今天，恐怕再也不可能和绫子太太一起喝酒了。

接下来，北斗也给明日实倒了一杯啤酒。绫子太太在一旁笑眯眯地看着养子和养女。

"妈妈，您就来一杯波洞水代替酒吧。"

说这话时，北斗胸中感到一阵冰凉，然后向养母的纸杯中倒了三分之一的"波洞水·白金"。

三个人都端起了自己的纸杯，明日实说道："妈妈，在干杯之前，您先说点祝词吧。"

"嗯，好。"

北斗把视线从斜坡上的樱花移回到了绫子太太的脸上。他吃惊地发现，养母在说话之前，她的眼眶里已经充满了泪水。

"如今这么幸福，要让我说点什么，我都不知道该说什么好了。说点什么呢？北斗、明日实，有你们两个在身边我实在是太幸福了。也许你们不知道，养育你们两个，可是花了我很大一番心血啊。知道吗？在我收养的这几个孩子中，从棘手程度来说，你们两个可算数一数二的。北斗一直都不愿意对我敞开心扉，还把家里的佛坛和我老公的遗像弄得乱七八糟。明日实呢，和我生活在一起之后，也不能停止自己伤害自己。”说话的时候，绫子太太还不时用调皮的眼神看看北斗，再看看明日实。然后她接着说道：“可谁也没想到，最难对付的两个人，结果却变成了最乖的两个孩子，真是不可思议啊！”

这时，有一滴眼泪从绫子太太右眼中滚落下来。可她既不去擦眼泪，也不低下头隐藏自己的泪水。周围，只有春风吹拂樱花树枝发出温柔的沙沙声。

“我应该活不了多久了，我已经清晰地感觉到了死亡的脚步。这个月还能呼吸，下个月就不好说了。”

说着，绫子太太笑了。可是，在北斗的眼中，养母的笑容却渐渐地扭曲了，这时他才发觉自己的眼中也涌出了泪水。

“妈妈，快别这么说。”明日实使用她那一贯不带感情的平淡语调说道。

北斗不喜欢让别人看见自己哭，所以他一言不发，只是拼命地抑制着泪水不让它们落下来。

“说实话，面对死亡，我还觉得挺开心的。第一，有你们的陪伴让我这么幸福；第二，我终于可以去见我家老头子了。所以，我没有任何想不开的。明日实，你就是外表太酷了。总是装出一副冷漠的样子，很少对人打开心门，其实我知道你内心里是非常温柔的。你要多练习一下微笑，日后一定能遇到一个很好的意中人。你不是一个能孤独地活一辈子的人，你需要有人陪伴。”

北斗杯子里的啤酒已经没有了气泡，而且都快被手的温度焐暖了。这时，有一片心急的樱花从枝头落下来，随风飘落到了北斗的杯子里。

“北斗，你要努力学习呀，争取早日掌握一技之长。因为你不善于和人交往，也不适应激烈的竞争，所以适合做一些技术性的工作。有一天，你也会找到一个很好的终身伴侣，并结婚生子。你知道为什么吗？”

北斗已经无法掩饰泪水，而且，他也不想再隐藏心里的感情，只是任凭泪水往下淌。他摇了摇头。

“因为你不能输给你亲生父亲。为了证明这一点，你就要组建一个幸福的家庭，生可爱的孩子，然后用爱将孩子抚养长大。你一定能超越你的父亲，让你的爱人、孩子感到温暖，得到幸福。”

这可能是人生的终极目标吧，马上就要迈入成年人行列的北斗出神地思考着这个问题。人们刻苦地学习，辛勤地工作，可能只不过是为了实现这个简单目标的手段而已。自己到底会在什么时候遇到相伴终生的人？什么时候能够组建家庭，生养后代？北斗用一种宗教式的虔诚，等待着那一天的到来。

这时，绫子太太露出了不好意思的笑容，说：“怎么把干杯祝词搞得像临终遗言一样。好！我们干杯吧！今年的樱花这么漂亮，又有北斗和明日实陪伴左右，好吃的又这么多，真是太开心啦！如果现在就让我死，我也心甘情愿，可以算得上是一个最完美的结局。来！干杯！”

“干杯！”

“干杯！”

三个柔软得像人心的纸杯碰在了一起，然后三人各自一饮而尽。

进入四月之后，绫子太太的状况就迅速恶化了。

在最后的日子里，绫子太太清醒的时间就很少了。也许是维持最基本的生命已经让她筋疲力尽，也许是镇静剂的作用，总之，她大部分时间都在睡觉。绫子太太已经被从普通病房移入了集中治疗室。虽然还不至于进重症监护室，但她的状况已经相当糟糕。这段时间北斗倒是能安下心来，因为上次一起外出赏樱花的时候，他从养母身上看到了她平静面对死亡的态度，以及无怨无悔的人生。北斗心想，如果妈妈就这样平静地走完剩下的日子，也真算是一个完美的结局。虽然自己没有能力为她做得更多，但至少在绫子太太最后的时间里是两个人共同度过的。北斗心中的悲痛虽然并没有减少，但他至少可以直视这个现实，敢于挺起胸膛了。

绫子太太学生时代的好友——大杉聪子太太再一次来医院探望她是在四月的第一个周末。在集中治疗室里看到北斗后，大杉太太一脸严肃地说："我有些话想和绫子说，能让我们俩单独待一会儿吗？"

北斗观察了一下躺在床上的绫子太太，看样子她是醒着的。只见她半睁着眼睛，无神地望着天花板。

"好的，我明白了。"

北斗走出集中治疗室，独自一人坐在走廊的椅子上。这里的气氛和普通病房的完全不同。药品的气味更浓，而且异常安静，安静得让人容易产生错觉，以为时间是静止的。十五分钟之后，大杉太太走了出来。她的眼圈通红，看到北斗的脸，她不好意思地低下了头，说："对不起！对不起！北斗，当初我不应该把那种假货带给你们。"

顿时，北斗全身的汗毛都竖了起来，后背直冒冷汗，头皮像过电一样一阵阵发麻。他迫不及待地问大杉太太："您跟我妈妈说了波洞水的事情？"

"嗯，我想我不说出实情，向绫子谢罪的话，她会恨我一辈子。"

就在这时，集中治疗室里传来了玻璃破碎的声音。北斗立刻冲进了集中治疗室，把大杉太太一个人留在了走廊里。地板上有一个摔碎的玻璃瓶子，里面的波洞水洒了一地，水中还泛着白金粉末的光泽。绫子太太躺在床上，双眼直直地盯着手里的一本杂志——《周刊时代》。杂志的封面上，一个妙龄女郎穿着很少的衣服，以吸引读者的眼球。但是，对封面女郎见怪不怪的读者们，一定会被封面的一排红色大字吸引。

“一瓶五万日元的自来水！对晚期癌症患者敲骨吸髓的恶魔！波洞水的骗局！”

北斗不敢走近床边。绫子太太把手里的那本杂志扔在被子上，之前还平静稳定的眼睛现在变得通红。她用沙哑而无力的声音问北斗：“杂志中写的青年，就是北斗吧？”

北斗也不敢伸手去碰那本杂志，绫子太太接着说道：“为了给晚期肝癌的母亲治病，每天购买波洞水，前后花了四百多万日元，这说的就是你吧？”

北斗真想当场下跪给绫子太太道歉。这一切都是自己自作主张造成的恶果。绫子太太那张存折上的所有积蓄已经花光，而存着自己未来三年学费、生活费的存折，也已消耗掉一半。自从那位本桥记者来采访过北斗之后，北斗并没有停止购买波洞水。打那一个月来，北斗每天都要买一瓶“波洞水 · 白金”。

北斗低着头，从牙缝里挤出几个字：“……是的，说的就是咱家的事。”

已经虚弱到极点的绫子太太，用几近痉挛的胳膊支撑着上身坐了起来。随后，北斗看见了他做梦也想象不到的一幕。绫子太太慢慢地向北斗低下了头，她一边剧烈地咳嗽一边说：“对不起！北斗……我不知道波洞水有那么贵……还一直任性地……任性地喊着要喝。你的学费还够吗？……真的非常对不起！真的！”

一个快要死去的老人，而且是自己最亲的养母，在临死之前还要低头向自己道歉，北斗怎能忍心再看下去。波洞水、生田友亲，这都是你们给害的！想到这里，北斗全身的血液开始逆流。诈骗也好，伪科学也好，损失了巨额金钱也好，都见鬼去吧！那一切都无所谓了！但是，把自己最爱的人最后的一点时光搞得如此不堪，这一点是绝对不可原谅的！北斗的胸口出现了一个像黑洞一样的物体，那是仇恨的集合体。

(绝对不可饶恕！……绝对不可饶恕！……绝对！)

绫子太太还在道歉，低着头淌着泪。

“那笔钱可不是给我这个行将就木的老太婆用的……那是为北斗……为你的未来准备的……”

北斗从没见过绫子太太哭得如此伤心。

(妈妈人生最后的一点时光竟然被糟蹋成这样！)

愤怒就像沸腾的开水，灼热的气泡在北斗体内到处乱窜。因为心脏的压力太大，北斗不自觉地颤抖起来。看着呆坐在床上像祷告一样不停道歉的绫子太太，北斗再也忍不住了，冲上去抱住了亲爱的妈妈。就这样，直到绫子太太筋疲力尽地睡去，北斗一直颤抖着拥抱着她。

从那一天开始，绫子太太体内的气力被彻底抽空了。现在她已经很少醒来了，随时都在昏迷的状态下睡觉。这样的她，应该感觉不到什么痛苦，这让北斗心里多少有一丝慰藉。睡着的时候，绫子太太的嘴里偶尔还会发出几句呓语，看来像是做梦，但嘴里说的话谁也听不清。北斗心中暗暗祈祷，只要养母梦见的不是有关波洞水的事就好。

不知是从哪儿得来的消息，很多媒体的记者竟然直接跑到医院来，要求采访北斗。而这段时间，电视、报纸、杂志也是连日大肆报道波洞水和生田友亲的事情，简直成了这个春天最热门的话题。北斗拒绝了所有采访请求，专心致志地照顾绫子太太。

绫子太太离开人世，是在樱花败落的四月上旬。

令人不可思议的是，绫子太太在停止呼吸的一个小时之前，竟然醒过来了，转动眼珠向病房里张望着。这也许就是所谓的回光返照吧。病房里异常安静，除了绫子太太之外就只有四个人，主治医生、护士、北斗和明日实。看到养母睁开眼睛，明日实跪到床边，握住她的一只手，轻声说："妈妈，谢谢您！您已经非常努力了，可以稍微休息一下了。以后我也会振作起来，好好生活的。"

仰卧着的绫子太太，两腮深陷，张着的嘴巴呼出的空气比吸进的空气多。虽然她睁着眼睛，但是脸上没有表情。只是点了几次头。是她听懂了明日实的话，还是因为呼吸困难造成的颈部肌肉痉挛，而机械性地点头？明日实拿起养母的手在自己的脸颊上蹭了几下，让她最后一次抚摩自己的脸，然后站起身叫北斗过来。

明日实在北斗耳边小声地说："差不多了。北斗，你和妈妈好好地道个别吧。"

北斗来到床边，俯身把脸贴近养母的脸。他看了看养母的眼睛，然后把嘴凑到她耳边，用其他人都听不见的声音说："妈妈，您希望我复仇吗？"

她听见了吗？北斗又重复了一遍，这次是一字一顿慢慢说的。

"妈妈，您希望我向生田友亲复仇吗？"

北斗把脸抬起来，观察着绫子太太的眼睛。可是，她的眼神里没有一丝感情。可就在这时，只见呼气不见吸气的绫子太太，连续做了几下点头的动作。啊！她点头了！妈妈希望我去复仇！

此刻，北斗的全身被火热的喜悦和冰冷的仇恨所包围，他在心里做出了回答。

（我明白了，妈妈！我一定要向生田友亲那家伙复仇！）

下定这个决心之后，北斗在这个世界上就没什么可怕了。大学毕业证书、稳定的工作什么的，都已经无所谓了；存折上的钱都花光了，也无所谓了。北斗已经不需要"未来"这种东西了。

（妈妈，我要为您杀了生田友亲那家伙！亲手杀了他！）

就这样，北斗怀抱着痛快的心情度过了接下来的一个小时，然后绫子太太便停止了呼吸。可是，即使在那个时候，北斗的眼中也没有一滴泪。因为他有一个必须实现的新目标！悲伤什么的，在完成任务之后再说。

为了照顾病重的绫子太太而活的北斗，突然在一个春天里，变成了为杀死一个男人而生。北斗不再迷茫，也没有任何悔恨。杀死那个男人！除此之外，这个世界上的一切都没有意义！

14

端爪北斗一直在微笑。

那是一个温暖的四月的午后。北斗呆呆的视线前面，是绫子太太的遗像。那是在高尾山的山顶北斗为她拍的。当时还没有发现癌症，她的笑容是那么轻松，就像万里无云的晴空。妈妈还曾经那样笑过？每看一次遗像，北斗都要吃一惊。为什么死去的人在别人头脑中的记忆消失得如此之快？可不公平的是，为什么逝者死时那可怕的表情却会一直烙印在人的心里？绫子太太因为喝波洞水和输液而导致浮肿的脸，并不是北斗想留在心里的记忆，可它却偏偏挥之不去。而以前，绫子太太的生命里明明有很多闪耀光辉的时刻，可为什么现在都记不起来了呢？

一个用金色绸布包裹的骨灰罐，就放在遗像旁边。绫子太太火化之后，当北斗用筷子收取那还带着温度的遗骨时，不知为什么那骨头一夹就立刻粉碎了，很难夹起来。用这种方式为养母收骨灰，真是上天对自己的一种惩罚，北斗心想。后来听人说，遗骨变脆变疏松，可能是大量使用抗癌药物造成的。

蒙着白布的祭坛，是殡葬公司布置的，其实就是一个折叠便携式的祭坛。遗像前的香炉里，燃烧着两根线香，烟从线香的顶端垂直飘向上空。北斗认为，这两根线香一根是绫子太太，另一根是自己。只要北斗醒着的时候，就不会让香炉里断了香火。

一楼的客厅窗户敞开着，北斗抬起头，透过窗户看见春日那暖洋洋的蓝天，还有几团轮廓模糊的云朵飘在其间。还从不知什么地方传来几声鸟儿的鸣叫，那叫声不可思议地直达人的心田，预示着这是一个美好的春日午后。绫子太太已经走了几天了？北斗完全没有概念。现在的他已经失去了对日期、星期的感觉。呆坐在客厅里，随时给遗像上香，就是他一天的全部事情。虽然新学期已经开始，但北斗一次也没去过学校。

为绫子太太守灵以及葬礼，都进行得非常顺利。绫子太太在医院去世的当天，就有殡葬公司的人主动来联系北斗，商量办丧事的事宜。来的是一个有着一副沉痛面孔的中年男子，北斗心里暗想，这个男人什么时候才会摘掉他的假面具呢？这个身穿一套黑西装的男人，还真适合做悼念人的工作呢。也许他每天都会参加葬礼，他的人生就是不停地为别人默哀。

丧主当然由北斗来扮演，他从那个男人带来的葬礼用品清单中选了一些价格中等的骨灰盒、骨灰罐、祭坛、鲜花等。最后的总价他根本连看都没看一眼。他已经完全不在乎存折余额的多少。自己也不可能从大学毕业了，“中途退学”这个词在他心中也不会掀起任何波澜。北斗人生中最为重要的部分已经结束了。

葬礼在平静中进行着。绫子太太的远房亲戚、朋友、以前的养子都来致哀，表达完哀悼之情后便离开了。面对来宾，北斗只需微笑着点头致意，或鞠躬行礼。这对现在的北斗来说，没有什么难度。扮演一个悲伤的儿子，即使不是专业演员，也能轻易办到。只要先想象一下其他人心目中一个死了母亲的儿子应有的样子，然后按照那个去表演就行了。而实际上，绫子太太去世之后，北斗连一滴眼泪也没掉过。筹办、参加葬礼等一系列杂事，让北斗根本没有余暇去悲伤，悲伤现在简直是一种奢侈。

可是有一个问题，大门外面站了不少媒体记者。最近，有关生田友亲和生田波洞研究所的医疗欺诈案件，电视、报纸、杂志每天都在进行追踪报道。而北斗曾经每个月都要购买一百五十万日元以上的波洞水给绫子太太喝，如今，养母又因晚期癌症不治去世，对于媒体来说这是绝佳的报道素材。今天早晨，北斗就在电视中无意看到了记者采访绫子太太葬礼来宾的镜头，只听到那位接受采访的人说了一句“太可怜了！”就马上换台了。北斗清点了来宾送的奠仪，并向殡葬公司支付了殡葬服务费后，可以做的事情就只剩在养母的灵前上香了。

就这样不知过了几天，一个百无聊赖的傍晚，明日实忽然来了。

“生日快乐！”

进了大门，明日实先说了这么一句没头没脑的话，然后把一个系着彩带的纸盒子塞到了北斗怀里。不知为什么今天明日实的声音比往常要开朗一些。北斗先是吃了一惊，后来才慢慢反应过来。说实话，要不是明日实提醒，北斗根本没意识到今天是自己的生日。

明日实绕开呆立在大门口的北斗，穿过玄关的走廊，来到绫子太太的遗像前，上了一炷香。

“妈妈，您在那边还好吗？已经感觉不到痛了吧。”

在明日实的身旁还放着一个超市购物袋和一个白色的纸盒子。购物袋中露出大葱那绿油油的叶子，白色盒子里想必应该是生日蛋糕吧。

“今晚就先别为妈妈悲伤了，今天是你的生日嘛，我来给你庆祝一下！”

说完，明日实就站起身来，大大方方地走进厨房开始准备晚饭。北斗依然呆呆地抱着那个系着彩带的纸盒，就这样跟在明日实后面走进了厨房。明日实系好围裙之后，头也不回地对北斗说："穿上试试吧，我想应该很适合你。"

北斗解开纸盒外面的彩带，打开盒子取出了用薄纸包裹的衣服。透过薄纸，可以看到深蓝色的衣服底色。那是一件棉外套。

"……谢谢。"北斗声音非常小。

"不用客气。北斗，你再不吃点东西，身体恐怕要撑不住了哟。妈妈走后，你有好好吃过一顿饭吗？"

不管是自己做、去外面吃，还是去便利店买方便面，北斗都嫌麻烦。自从绫子太太被移入集中治疗室后，食欲这种东西就从北斗身上完全消失了。明日实回过头来对北斗说："你在客厅等着吧，用不了一个小时就OK了。要不你躺着休息一会儿吧，这几天你也没有好好睡过觉吧？"

明日实的猜测完全正确。这几天，北斗从来没有睡过一夜的整觉。不管白天还是晚上，实在撑不住了，他就和衣而卧，睡两三个小时后就自然醒来了。早晨起床、晚上睡觉的正常作息规律，已经被完全打乱了。见北斗还是呆立在厨房门口，明日实只好"责令"他说："快出去！去客厅，你看香炉里的香都快烧完了。"

北斗终于转过身，手里拿着那件深蓝色棉外套朝母亲的祭坛走去，衣服就在地上拖着。

晚饭做好了，餐桌上摆的都是绫子太太活着的时候经常吃的家常菜。

金黄色的炒鸡蛋，配上嫩绿的牛油炒扁豆，单从颜色上看就让人食欲大增。海鲜拌面旁边还放着一小碗竹笋饭。绫子太太做海鲜拌面的时候，酱汁做得很特别，她不用虾，而用蛤仔。将蛤仔肉剥出来，再用大葱爆炒一下，加高汤做成的拌面酱汁别提有多鲜了。明日实忠实地继承了养母的做法。以前北斗最喜欢吃这种海鲜拌面。

明日实打开一罐啤酒，给北斗和自己的杯子倒满。

“来，北斗，干一杯。祝你二十岁生日快乐！”

今天自己竟然已经年满二十岁了，可是，对于自己已经长大成人这件事，北斗一点真实的感觉也没有。他感觉自己好像在参加别人的生日聚会。

“……谢谢。”

明日实一口把杯中的啤酒喝了一半，然后面无表情地说：“这句话，刚才你已经说过了。说点别的。”

北斗开始思考，心想，该说点什么呢？一个普通的二十岁青年，应该对未来充满希望吧，应该对前途有所规划吧。可是，自己对未来完全是一片空白。就像绫子太太中年丧夫一样，自己的人生也从中间被突然切断了。可不知为什么，想到这里北斗竟然觉得心情有些愉悦，还不禁笑了起来。他喝了一口啤酒，啤酒流过喉咙的时候，也带来一种爽快的感觉。

明日实穿着七分袖的衬衣，左手腕上很多条自残的伤痕就像很多条手镯一样。看来，她并不介意把陈年的伤痕露出来示人。

“只要你高兴，也不用勉强说什么。北斗，快吃吧，要是我们不动筷子的话，妈妈也不好意思吃呢。”

刚才，明日实把今晚的饭菜每一样都盛了一小碗摆在绫子太太的祭坛上。今天供奉的饭菜与往日相比可谓十分丰盛。因为平时北斗只给养母供上一碗白米饭和一杯清水，就像绫子太太以前给死去的丈夫供奉的一样。于是北斗心想，想必妈妈的肚子也饿了吧。

“好，那我开动了。真的谢谢你做这么多好吃的。”

北斗不太自然地微笑着说，然后把筷子伸向了冒着热气的海鲜拌面。

两个人的晚餐在一片沉默中继续着。不知不觉天已经黑了下来，北斗中途起身关上了客厅的窗户。这里的春天，白天和晚上的温差还比较大，白天阳光晒在人身上暖烘烘的，只穿一件短袖 T 恤就够了，可是太阳落山之后就立刻凉了下来。北斗刚收到的礼物——那件深蓝色棉外套披在了 T 恤衫外面。

已是微醺的明日实的脸上，绽放出了笑容，她说："我就说嘛，你穿肯定合适。看，多帅！对了，大学那边怎么样了？"

和其他很多来参加葬礼的人一样，明日实也很担心北斗的学业。毕竟他还年轻，对他来说，前途才是最重要的。而北斗则轻松地回答："妈妈去世后，学校给我打来电话，让我安心在家居丧，放我一段时间的假。"

绫子太太住院之后，北斗去学校的次数越来越少，后来就干脆不去了。由于旷课太多，大学学生科的老师曾多次给北斗打电话，让他今早返校上课。可北斗根本不理会老师的催促。吃完饭，明日实把餐桌收拾干净之后，就开始准备蛋糕和红茶。蛋糕摆上桌后，她又动手点蜡烛。

"插二十根蜡烛太多了。我们就用这个吧。"

说着，明日实拿出两根数字蜡烛，一根是"2"，一根是"0"。把蜡烛插在草莓奶油蛋糕上之后，又拿出打火机把它们点燃了。她让北斗关上了客厅的灯，蜡烛那摇曳的火光照在明日实和北斗的脸上。北斗忽然发现，原来明日实也有如此温柔的一面。一直以来，明日实给北斗的印象都是单独生活、非常能干的大姐姐形象。可是，现在她脸上的表情，完全就是一个可爱的少女，根本看不出她比北斗大两三岁。

北斗正要吹蜡烛，明日实却说："等等！"

然后掏出手机给北斗和生日蛋糕拍了张合影。

“现在，妈妈肯定就在这个房间的某个地方注视着我们呢。”北斗说。

对于北斗来说，这种感觉是绝对真实的。他坚信绫子太太去世后，并没有完全地消失，也没有去到另外一个世界。她就在自己身边，时刻关注着自己。

“是啊，我也是这么想的。现在，再一次祝你生日快乐！我想，妈妈肯定也想见到你长大成人的样子，希望你成为一个有用的人。”

北斗什么话也没说，默默地一口气吹灭了蜡烛。客厅里就只有从窗子射进来的月光和路灯的光亮。再有就是香炉里的两根香，小小的红光，像两只萤火虫。北斗起身想去开灯，却被明日实拦住了。

“等等！”

北斗又坐回了椅子上，明日实起身绕过餐桌来到了北斗身边。她把手放在了北斗的额头上，用指尖帮他梳理着头发。也许是酒精让她的身体略微发热吧，明日实身体中散发出和绫子太太十分相似的女人的香味。当北斗意识到的时候，明日实已经用臂弯抱住了北斗的头。北斗只觉得自己的额头触到了明日实那柔软的乳房。

“我知道，自从妈妈去世之后，你一滴眼泪也没掉过。这样下去可不是个办法。妈妈过世、波洞水受骗，让你心里积压了太多的悲伤、悔恨和愤怒，我希望你大哭一场，用泪水把心里的负能量全部发泄出来。”

北斗的全身都麻痹了。就连他放在膝盖上的手，都不会动了。为了不让自己的呼吸显得慌乱，北斗竭尽所能谨慎地呼吸着每一口气。他感觉自己内心设置的防御工事就要崩溃了，只能咬着嘴唇一言不发，因为他也不知道该说什么。

“刚才一进大门见到你的时候，真把我吓了一跳。没想到一周没见，你竟然瘦了那么多，都快成皮包骨了。北斗，你知道吗？”

明日实的声音从头上传来，就像温柔平静的音乐。

“……”

北斗无言以对，只是默默地喘息着。他们被春季夜晚的空气柔和地包裹着。

“你知道吗？活着的人不能像你那样接近死去的人。我读的是护士学校，所以非常清楚这一点。一旦接触到死亡的世界，就不容易再走出来。”

此时的明日实就像一位传达神的旨意的女巫，那声音听起来坚定无比，不容反驳。接着，明日实用自己冰凉的手抓起了北斗的手，然后把他的手放在了自己的胸脯上。

“我也不是第一次了，我不太在乎。如果做爱的体验能把北斗拉回活人的世界，我愿意为你付出。”

虽然表面上看起来像大人那般成熟，但明日实的年纪比北斗也大不了多少。所以，在她故意装出来的冷静声音中，偶尔也会出现紧张的乱流，这并没有逃过北斗的耳朵。隔着衬衣和胸罩，北斗感受到了明日实那丰满乳房的触感。明日实虽然非常瘦，但却有一对和身材不太相称的丰满乳房。

接下来到底该怎么做？北斗在脑子中展开了思想斗争。如果此时把明日实拥入怀中，和她做爱的话，那自己肯定又会对未来产生希望。但那样的话，就无法实现和绫子太太最后的约定了。

说是思想斗争，其实做这个决定对北斗来说并不难。正值青壮年的北斗，近一个月以来，下身已经失去了充实感。早晨起床时也不会出现勃起的生理反应，似乎那里就只剩下排尿这一种功能了。食欲、睡眠欲、性欲……在绫子太太去世的同时，北斗作为一个生物的所有欲望好像全都消失了。

北斗把手从明日实的胸脯上拿了下来，然后像姐弟拥抱那样，抱住了姐姐的腰，额头依然贴在明日实的胸口上。

“谢谢你！明日实姐姐。今天是我有生以来过得最开心的一个生日。我没事的。让你担心了，真是对不起！不过，我真的没事的。”

这是北斗第一次直接称呼明日实姐姐。

“好吧，我知道了。不过，我是你唯一的家人啊，所以总会为你担心。”

明日实松开了手，绕过餐桌回到了自己的座位。北斗起身打开了客厅的荧光灯。在这青白色的荧光灯下，姐弟二人默默地吃着生日蛋糕，听着外面传来的夜晚的各种声音。

那个晚上，明日实回去之后，北斗好好地泡了一个澡。他都记不得自己上次泡在浴缸里是什么时候了。

当活下去的欲望都变得无比淡薄之后，谁还会在乎清洗身体这件事呢？这段时间，北斗只是隔几天淋浴几分钟，就算清洁身体了。所以，今天他把身体浸泡在干净、温暖的洗澡水中，伸展一下手脚，感觉舒畅无比。肚子里被食物填满，也让他很舒服。用洗发水在头上搓泡沫的感觉，更是带来了愉悦的体验。

出浴之后，北斗简单地把头发擦了一下，就穿上睡衣来到了二楼的卧室。他躺在床上打开了床头的收音机。收音机里飘扬出来的是二三十年前的老歌。“你不在的日子我寂寞无比，I miss you……”这几句歌词一再重复。北斗没听过这首歌，是一位女歌手在唱，她声线甜美，以弦乐为主的配乐北斗觉得过于温柔了。可是下一个瞬间，当北斗听清楚歌词后，不可思议的事情发生了。

这么一首以悲伤为基调的、平淡无奇的情歌，怎么会有如此强大的力量呢？北斗只感觉自己的心脏瞬间就裂开了。“你不在的日子我寂寞无比，I miss you……”这句歌词让北斗的眼泪突然有如泉涌。北斗心想，如果自己就这样仰卧着哭的话，说不定会被自己的泪水淹死。于是北斗翻了个身，改成了侧卧。如此巨量的泪水到底是从哪儿来的？人体的机能还真令人吃惊。

这首歌点燃了北斗心底的悲伤，就在那首歌结束之后，他的泪水依然无法抑制。到了这个时候，北斗才终于明白了一件事情。之前明日实对自己说的话，一点错也没有。当最最亲近的人去世之后，活着的人应该从内心深处感到悲伤，并把这份悲伤表达出来，这是非常重要的工作。如果不哭的话，不仅不自然，还伤害自己的身心，也是死者不愿意见到的。

北斗一边哭一边从床上爬起来，到CD架中寻找悲伤的碟子。一旦把通向悲伤的那扇心门打开了，接下来就容易了。不管是谁唱的什么风格的歌曲，只要带有伤感的情绪，现在就能让眼泪自然地从北斗的眼眶中溢出来。这泪水具有神奇的力量，北斗感觉自己紧闭的、干燥的、坚硬的心门，开始变得湿润了。

北斗痛快地挥洒着泪水，而心中则充满欣喜地呼唤着自己的养母——绫子太太。

（妈妈，我终于可以为您哭出来了，终于可以痛快地大哭一场了。哭出来，真是太重要了。今晚哭过之后，明天我就可以行动了，为了实现我和您最后的那个约定。）

这时，从CD播放器中流出的一首歌里，也出现了“I miss you”的歌词。其实，在英文歌里，这句歌词的出现率可以说是相当高的。北斗的枕头已经湿了一大片，可是他却在笑。

（妈妈，我一定会按照我们的约定，杀死生田友亲！）

当音箱里那位黑人灵魂歌手（soul singer）用具有穿透力的声音唱出“I miss you”的时候，北斗的泪腺就像被调到了“自动工作”模式，泪水哗哗地往下流。可是，北斗的心里感到异常愉快。

（生田友亲那个畜生说生命就是细胞的正常机能和遗传基因信息，这次我就要用他的生命来验证一下，看他说的到底是不是真的。）

“I miss you……”北斗的泪水依然没有枯竭。

（我一定会兑现我们的约定，妈妈！）

“I miss you……”

（生田友亲，你等着我！）

北斗在心中无数次地发誓要杀死那个男人，然后便在一片泪水中沉沉地睡去了。

第二天早晨，北斗醒来的时候，他感觉自己仿佛变了个人一样，浑身轻松，心情爽朗无比。在最爱的人去世，经过昨夜的一场大哭，把心中的悲伤全部发泄出来之后，北斗的人生再一次转变了。这一次，他变成了一个真正的杀人凶手。

15

端爪北斗一个人走在大街上。

秋叶原的中央大街上，是一派北斗完全陌生的景象。虽然这一天不是周末，但宽阔的大街上却满是行人。大部分都是和北斗年龄相仿的年轻人，他们行色匆匆，大多背着双肩包。街边有一家大型的电器商场，虽然是白天，但店前的霓虹灯招牌依然不知疲倦地闪烁着。店门口的巨大音响中，播放着震耳欲聋的电子舞曲。在街角，有好几个身穿女仆制服的女孩子在发宣传单。

对于那些最吸引年轻人的电器商场、电子游戏厅、女仆咖啡屋，北斗看都懒得看一眼。他时不时地看一眼手里的那张打印地图，从大街拐进了外神田的小街。走进小街之后，店铺播放的乐曲改变了，但那电子合成的音乐，怎么听都有着类似的质感。这条小街的两边，有很多推手推车或就地摆摊的小贩，他们卖的是电脑周边产品、软件光盘、成人游戏光盘等。

北斗走到一幢沙色的四方形大楼面前，看样子这幢楼的年龄应该比北斗还要大。这里就是北斗今天的目的地，之前他已经在网上查好了。这幢不太高的大楼里，每一层都密布着很多小店，进去之后就像进入了热带雨林，店铺密集得令人有点喘不过气来。在这里可以买到你想要的所有数码电子产品和“宅男”的嗜好品。

这座古旧的大楼里只有一部直达电梯，没有自动扶梯。而且里面到处散发着一股生锈的气味，也许是二手电器和晶体管、真空管等古老电子元件比较多的缘故吧。北斗想找的那家店铺在三楼，他决定走楼梯上三楼。通过阴暗的楼梯爬上三楼之后，北斗找到了那家名为“幸存者”的刀具店。这家店在东京一带的刀具爱好者中可是相当有名气的，因为它的商品种类非常齐全。

这家店的大门是铁格子的，透过铁格子门北斗向里面望去。店里的四壁也都用铁格子作为装饰，所以整体就像一个铁笼子。店里并不算宽敞，四面都摆着玻璃展示柜。在射灯的照射下，展示柜中的数百种刀具发出寒气逼人的光芒。北斗吃惊不已，没想到世界上竟然存在这么多种类的刀。可是，并不是所有人都像自己一样买刀是有明确目的的。可为什么还会有这么多种刀呢？他实在想不通。

北斗推开咯吱咯吱的铁格子门走进店内，几乎与此同时，里面迎面走出一位店员。之前他肯定通过店门口的摄像头时刻留意着门口的动静，所以看见有客人来，他就立刻迎了出来。这是一位中年男子，上身只穿了一件黑色的紧身无袖背心，下身穿着一条迷彩裤，裤脚塞在黑色的军靴中，还染了一头金发，看上去有点吓人。

“小兄弟，你想要什么刀？”

虽然外表吓人，但他说话的语气，却像招呼老朋友一样。

(其实是……杀人用的刀。)

北斗脑海中首先想到的是这个念头，但肯定不能说出口。所以，他用尽量轻松的口吻把事先准备好的理由说了出来。此时，既不能回答得太快，也不能支支吾吾，免得引起对方的怀疑。

“过几天，我们准备去野营。听书上说，野营最好带上一把刀。”

背心金发男没做任何反应，意思是让他继续说，于是北斗接着说道：“至少可以收拾比较大的鱼，砍砍树枝什么的。”

“明白了，我帮你选几把，你看看。”

说着，背心金发男从玻璃展示柜中选出了四把刀子，把它们放在一个米黄色的皮革托盘上，摆在北斗面前。然后开始滔滔不绝地讲解：“说到刀具，各种各样的都有，贵的一柄都要卖到二十万日元。不过那种家伙都接近工艺品了，用来观赏、把玩的居多。但是小兄弟你要实用的，我想这几把野外生存刀就完全可以满足你的需求。每一柄的价格都在两三万日元，你看它们的材质和做工，性价比非常高。”

北斗看了看这几把刀，算上刀柄，长度从二十多厘米到三十多厘米不等，既有双面刃的，也有单面刃的。不过每一把都很尖利。刀柄有木制的，有动物角的，造型也富于变化。北斗拿起了托盘中最右边的一把全黑色的刀。因为它的刀刃是四把中最长的。北斗不太清楚人的心脏藏在胸腔中多深的地方，但如果一刀下去刺不到心脏的话，就白费劲了。

“啊，你眼力不错啊，这把很厉害。刀刃镀了一层钛合金。经过试验，用这种刀子连续刺与动物身体硬度相当的实验物体，刺三千次，刀尖和刀刃也不会出现任何磨损。”

我会用这把刀刺人三千次吗？北斗盯着眼前这把尖刀。刀刃和刀柄为一体成型，通体黑色，刀柄还缠着黑色的皮革条，看上去给人一种非常干练的感觉，真是一把上好的野外生存刀。北斗目测了一下，刀柄的长度应该足有十五厘米以上，插入人的胸膛后，刺入心脏应该是不成问题的。

“嗯，我明白了。好，这把刀我要了。”

背心金发男露出了欣赏的目光，赞美北斗道：“OK！果断的男人才会成功！”

北斗反射性地迎合对面这个男人，笑了一下，然后继续展示他的演技。

“我对刀具很感兴趣，在网上研究了很久的。我还想再买一把，这次要更锋利一点的，我要切东西。”

背心金发男喜出望外，连忙大献殷勤地说：“小兄弟，你懂得很多嘛。太好了，说说你喜欢什么样的。”遇到一个懂行的同好，自然是一件令人高兴的事。

北斗指了指眼前那个玻璃展示柜中的一把刀，之前他就注意到这把刀了。它刀身比较细，但刀刃比一般刀子长，刀身上闪现出波浪状的花纹，看了不禁令人胆战心惊。

“我挺喜欢这把，您觉得如何呢？帮我介绍一下吧。”

背心金发男蹲下身来，双手从展示柜中捧出了那把刀。刀柄是纯白色的，看上去像是用象牙制作的。

“没想到小兄弟的品位如此之高。这把刀虽然价格贵了点，但它是货真价实的大马士革刀，堪称最锋利的刀子了。这家伙使用了两种钢材，经过若干次弯曲延展锻造，才能拥有异常锋利的刀刃和漂亮的波浪状花纹。”

背心金发男将那把刀子举到腮帮子旁边，做了一个刮胡子的动作，意思是这刀子锋利得都可以用来刮胡子了。

只有一把刀的话，北斗会感到不安。在动手的时候只带一把刀的话，万一那刀子不够锋利，刺不死对方怎么办？万一刀子被人夺过去怎么办？为了以防万一，所以在刺杀生田友亲的时候，绝对还需要再带一把备用的刀子。这时，背心金发男又开始如痴如醉地讲解起来，他说："这一把是叙利亚大马士革制造的战刀的后裔。你的眼光可真独到！"

再和这位背心金发男说下去也只是浪费时间而已，于是北斗干脆利索地说："这两把刀我都要了。"

"真爽快！如果小兄弟对刀具感兴趣的话，还要不要选点磨刀石和除锈剂什么的？"

北斗摇了摇头。心想，这刀子我也只会用一次，以后的事情谁还会考虑。两把刀一共九万日元，北斗用现金付了账。背心金发男用小木箱把两把刀包装起来递给了北斗，北斗随手就把木箱装进了背包里。同样干脆利落地转身走出了这间铁笼一样的刀具店。

"有空再来哟。小兄弟你有什么想要的刀，可以提前联系我，我可以找到全世界所有的刀哟。"

北斗转过身去，隔着铁格子门对那位背心金发男点了点头。恐怕自己这辈子再也不会买刀子了，更不会再来光顾这家店了。也许秋叶原的大街，甚至东京这座大都市，自己也不会再来了。

北斗能够感觉到背上那两把杀人凶器的重量。他又回到了电子产品商店鳞次栉比的大街上。动画片中的歌曲被巨大的音箱放得震天响，内存条、液晶显示器的降价招牌让人眼花缭乱，还有一大群穿着五颜六色的T恤衫的中国游客在这里采购。在这样一条五彩缤纷的繁华的商业街上，只有北斗一个人是黑白的。他就像影子一样，极力想消除自己的存在感。他控制着自己的呼吸，走路时脚轻轻落地，不发出任何声音，视线也不和任何人对接，真的像一个幽灵一样，沿着街边悄悄地滑行着。

自己将要使用背包中的刀子杀死仇人，对于这一点，北斗心中已经没有任何犹豫和顾虑。

此刻的北斗，已经向一个真正的杀人凶手迈出了实质性的第一步。

16

端爪北斗抬头向上望去。

在一条二车道的道路对面，立着一幢白色的建筑物。

背景是晚春那晴朗的天空。空中只有一朵云团，像走丢的孩子一样孤零零地飘在那里。对面这座建筑物的外形很难用语言形容出来，它的整体气氛也很怪异，完全没有现实感。这座建筑物应该有三层楼高吧，整体都被半透明的树脂材料包裹着。从外面都能看到里面来回走动的人影，只是非常模糊而已。从外形上看，说它像一颗槽牙也有那么点意思，说它像一个带棱角的蛋也行。它表面是纯白色的，看上去没有一丝伤痕，很是完美。建筑物周围围绕着一条宽约两米的潜水道。虽然现在没有一丝风，但总感觉水道里的水在摇晃。

在横滨的高级住宅区中，这座建筑物绽放出夺目的异彩。建筑物的入口是一个圆形的玻璃自动门，门上的玻璃也是半透明的。在大门的旁边，立着一根玻璃制的圆柱。玻璃柱里镶嵌着几个闪着彩虹光彩的 3D 文字——“生田波洞研究所”。

终于来到了这里。

对妈妈的承诺就要实现了。

北斗身上的这件户外夹克异常沉重，因为在左、右两侧的内兜里各装着一把崭新的刀子。北斗围着这幢奇妙的建筑物慢慢地走了两圈。经过仔细观察他发现，这座建筑物共有三个出入口——前面的大门、后面用于搬运物品的卷帘门以及建筑物侧面的一扇便门。监控摄像头共有五个——建筑物的四角各有一个，大门处有一个。监视摄像头并不是问题，因为北斗从来没有考虑过后路，采取行动之后，爱怎样就怎样。自己既不会逃跑，被抓住后也不会辩解，当然，他也从没有想过失手的情况。反正，生田友亲是必须要死的。

（但是，有些话我想问问他。）

北斗心里这样想。生田友亲用所谓的波洞水欺骗了全日本的晚期癌症患者和其他各种疑难杂病患者，榨取了大量的金钱。最可恶的是，这个男人毁了自己养母人生中最后的一点时光，而绫子太太是自己最爱的人。绫子太太最后知道上当受骗，在悔恨中离开人世。绫子太太一定深深地痛恨着生田友亲和波洞水。绫子太太是那么善良、温柔，北斗从小受尽亲生父母的虐待，心灵变得扭曲，可即便如此，绫子太太也愿意张开双臂无条件地接纳这个精神畸形的孩子。她是这个世界上唯一爱自己的人。

为了报答绫子太太的这份爱，即使触犯法律去杀人，北斗也在所不惜。自己的养母平生绝对没有犯过任何罪过，绝对不应该被那个叫生田友亲的诈骗犯毁掉她临死之前那短暂的平静时光。这个世界上绝对不存在神。即使有神，这个神也绝对不关心人间的事情。既然神不关心人间的事情，那么作为人类，也没必要在乎神的存在，更不用担心神的惩罚。北斗这样想着，如果世界上不存在神的话，那么为了让世界能够按照一定的规则运转下去，就由自己来扮演神的角色——复仇之神。

像做梦一样，北斗的精神肆意神游着。从这个梦中醒来的时候，他左右张望了一番，看没有汽车，也没有行人，便走过马路，径直朝波洞研究所的大门走去。大门前的水渠上架着一座汉白玉的小桥，走过这座桥，北斗感觉自己已经进入了另一个世界。跨进这个全新的世界之后，自己就变成了一个审判罪人的仲裁者，变成了一个惩罚罪人的执行官。

来到玻璃大门前，北斗按下了门旁的门铃。马上，从门禁对讲系统里传来了一个温柔的女性声音："您好！这里是生田波洞研究所。"

"我叫端爪北斗，之前预约了今天下午三点来买波洞水。"

北斗朝着门禁系统上的针孔摄像头露出了一个微笑。随后，玻璃门自动打开了。

"进门后请一直走。"

外观全是白色的这座奇妙建筑物，里面的墙壁和地板竟然也是白色的。接待中心位于大厅的一角，贴着日式壁纸的隔断将接待中心分割成两个空间，可以同时接待两拨客人。现在这里没有一个人，于是北斗站在原地等待着。就在这时，一位身穿白衣的年轻护士走了过来，看上去也就二十五岁的样子。这位看上去十分整洁的女性，给北斗印象最深的地方就是她宽宽的额头和玲珑但挺拔的双乳。

"端爪先生，请坐。今天您申请购买的是波洞水·白金，对吧？"

一升就卖五万日元的波洞水·白金，再加上消费税总共就是五万二千五百日元，是生田波洞研究所中单价最贵的商品。

"是的。另外，我想代表已故的母亲来向生田所长当面道谢。世人好像对波洞水产生了很大的误会，因为他们并没有亲身体验过波洞水的好处。我母亲临终前受到恶性肝癌的折磨，正是波洞水帮了她的大忙。抗癌药物的副作用，都被波洞水化解了。今天我买波洞水，是要自己喝，因为我知道它对健康非常好。"

北斗的这番话，有一半是事实。如果花五万二千五百日元买一个水晶瓶，然后里面装上自来水，绫子太太喝了没准也能获得同样的效果。这就是所谓的心理安慰作用，而那水就是一种安慰剂。北斗表达了自己的谢意之后，对面那位年轻女护士的表情没有一丝变化。北斗心想，恐怕她也知道波洞水是骗人的吧。

“生田所长在吗？”北斗问。

女护士认真地点了点头。她宽宽的额头上顶着的那顶护士帽，就像一个装饰品。

“好的，我现在就去通知所长，请端爪先生在这里稍等一会儿。”

在这个会客中心，配有舒适的沙发，墙壁上还挂着超薄液晶电视。圆形的大厅墙边，隔一段距离就摆着一盆绿色的观叶植物，叶子随着空调吹出的风微微摇晃着。今天，北斗打算好好地质问一下生田友亲，听听他成为骗子的心路历程，然后再替天行道，杀死他。给他辩解的机会，也是公平的。即使生田友亲非常清楚自己是在行骗，但他行骗的动机也值得听一听，也许他也有难言之隐呢。当然，不管生田友亲说出怎样天花乱坠的理由，也都不会影响北斗最终将要对他进行的惩罚。之所以想听他的辩解，是出自北斗的好奇心。这个生田友亲到底是个什么样的人？竟然能在世间掀起如此大的波澜。

北斗想起了在电视节目和报刊上出现的那个男人的形象。生田友亲今年六十二岁，一头银白的头发，梳成中分式。尖尖的鹰钩鼻和大得惊人的眼睛，如果穿上白大褂，真像当年好莱坞黑白电影中出场的疯狂科学家。生田友亲平时都穿一套黑色西装，纯白的衬衣，加一条极细的领带，领带不是黑色的就是深灰色的。西装的板型时尚、修身，一看就是高级货。懂行的人能看出，他穿的西装大多出自德国设计师的手笔，一套至少得三十万日元。

但是，给北斗印象最深的还不是生田友亲的外表，而是他沉稳老练的说话方式。在参加电视节目的时候，不管主持人和来自医疗界的嘉宾如何向他发起刁难，微笑都没有从生田友亲的脸上消失过。他会认真地回答每一个质问，甚至指责他的问题，还时常加入几个幽默的玩笑。和小学校长安抚一群调皮捣蛋的孩子的态度如出一辙。北斗还从各种周刊上看到，在中年女性中，甚至还有不少人成了生田友亲的粉丝。

东想西想的，时间过得就很快，当北斗回过神来的时候，他已经在沙发上坐等了二十五分钟。一阵阵不安开始袭上北斗的心头。他又开始胡思乱想，如果刚才进来的大门处有机场安检那样的金属探测器，那么他们说不定已经发现我身上带有凶器。说不定他们已经报警了，大厅里的摄像头没准现在正监视着我的一举一动呢。

紧张感在北斗身上不断升级，和真皮沙发接触的大腿下面已经出了一层汗，让大腿感觉黏糊糊的。北斗光想着该如何摆脱这种讨厌的感觉了，根本没有注意到背后传来的脚步声。所以，当有人从头顶上对他说话时，他吓得差点跳起来。

"你就是端爪北斗吗？"

这个声音和北斗在电视节目里听到的生田友亲的声音一模一样。一个人给别人留下的印象，外表占五成，说话的内容占一成，而说话的声音竟然意外地占到了四成。一般来说，我们都以为人的视觉更为敏感，但实际上听觉也不可忽视。第一次见面的人，对方说话的声音会给他的形象带来很大的影响，甚至远远大于他说话的内容。生田友亲的声音就深沉有力，稳重而不沉重，传到耳朵里让人感觉很舒服。这样的声音，即使只是朗读毫无意义的电话簿，估计大部分人也愿意听下去。北斗慌忙站起身来回答道："是的。"

北斗身后出现的这个男人，个头不比北斗矮。今天他没有穿黑西装，而是一件白衬衣配米白色的裤子。如今，生田友亲已经实实在在地出现在眼前，可是在北斗眼中他却好像是一个画在透明纸上的黑白线条人物，存在感非常微弱。

这就是我要杀的男人，北斗在心里再次确认了这一点。不可思议的是，他心中并没有涌起一点憎恶感。生田友亲似乎对北斗的狼狈样子感到有点奇怪，吊起一边的嘴角，露出似笑非笑的表情，用天鹅绒一般柔滑而富有质感的声音说："这里不是说话的地方，到我的办公室去谈吧。"

北斗跟在生田友亲后面穿过了大厅，朝研究所深处走去。前面出现了一个巨大的螺旋形楼梯，这个楼梯的设计也非常前卫。每一级台阶都用透明的合成材料制成，因此整个楼梯就像是由无数个蜻蜓的翅膀拼成的。向上望去，这个螺旋形楼梯一直延伸到三楼，向下，它还通向某个地方。

"请这边来，我们下楼。"

跟在生田友亲身后的北斗，窥见了仇人的后脖子。白发的边际生长着和他年龄相符的干燥、褶皱的皮肤。颈椎是人的要害之一，如果现在自己掏出刀子刺向他的颈椎，那么，生田友亲肯定一命呜呼，他甚至都不知道发生了什么事情。北斗心里想着。

沿着螺旋楼梯逐级而下，一个巨大的地下空间出现在了眼前。墙壁、地板、天花板都是白色的。从他们所站的位置到每一面墙壁之间都是数十米的距离，这个地下空间的面积和高度，足够进行羽毛球比赛了。纯白色的空间容易让人失去距离感，在这个巨大房间的中央，摆着一套纯白色真皮沙发。无论是质感还是设计，一看就知道这套沙发也是从欧洲某个国家进口的。穿着白衬衣的生田友亲坐在设计感十足的纯白色沙发里，这幅景象俨然就是家居设计杂志里的一页彩图，而生田友亲就像一个会呼吸的人形模特。

"令堂的离世我感到很遗憾。听说她最后的日子并不太痛苦，这就是不幸中的万幸，而你也相当努力。"

有关北斗和绫子太太的事情，很多报刊都进行了报道。看来生田友亲也看到了相关的报道。对于眼前这个男人竟然有如此强大的内心，北斗感慨不已。几乎所有主流媒体都对生田友亲进行了指责和抨击，他已经被描绘为现代日本社会中一个典型的恶人形象，但他竟还能如此坦然地面对。如果是一个国家的总理遇到这种情况，肯定应该主动辞职了吧。在生田友亲这个男人的大脑里，到底有没有“良心”两个字？

“非常感谢您的关心！我母亲最后的日子过得很平静，离开人世的时候也没受什么苦。这都是波洞水的功劳。”

北斗违心地说着。从孩提时代开始，他就擅长说谎话。因为如果不说些让父母满意的话，就会遭到毒打。

“不好意思，打扰了。”一位办公室助理模样的中年女性端着茶盘走了过来。她把茶盘中的两个玻璃杯放在沙发中间的茶几上。北斗朝那玻璃杯看了一眼，里面盛着深绿色的液体。

“这是用波洞水·白金沏的抹茶。最近我基本上只喝这种茶，对身体很好。”生田友亲说。

北斗心想，用波洞水·白金沏茶，这一杯至少也值五千日元吧。北斗也喝了一口，用冰镇过的波洞水沏的抹茶，让北斗整个身体都冷却下来，似乎整个心脏都被染成了抹茶的深绿色。心中的不安和愤怒，也随之降了温。北斗做出了一个不输给生田友亲的笑容，然后接着撒谎：“我也想像生田所长您一样，有朝一日能够从事造福人类的工作。所长您是因为怎样的机缘，才从一位普通的医疗工作者变成波洞水开发者的呢？”

要想了解一个人，必须得知道他的过去。作为一个即将杀人的杀人犯，北斗对待这份“工作”的态度非常认真。生田友亲向后靠在纯白色的沙发里，视线则投向了北斗后方的白色墙壁。

“成为医生后，我在工作上迈出的第一步是当了一名医疗志愿者。孟加拉、索马里、卢旺达……世界上最贫穷的国家都留下了我的脚印。当时我很年轻，胸中怀揣着理想，我希望尽自己的力量帮助那些正在和贫困与疾病做斗争的人们。记得有一次，在非洲某个国家，军人统治着那里的一切，一个将领想独吞海外国家援助的医疗物资，因此我和他发生了争执。而在他身后，就站着两个手持冲锋枪的卫兵。你能想象吗？那两个卫兵都是十四五岁的孩子。据说他们之前都杀过很多人，因此已经失去了正常人的感情，个个都是铁血无情的杀人机器。只要上司下令，他们随时会对着我一顿扫射。”

北斗留意观察着生田友亲说话时面部表情的变化，看他是否在撒谎。或者即使有这回事，他是否有夸大或歪曲。北斗假装出一副崇拜的样子，认真聆听着生田友亲的讲述，其实他扮演的是一个审讯官的角色。可是，对面这个男人说话的声音很平静，脸上的表情也没有丝毫值得怀疑的变化。

“二十五岁到三十出头的这几年，我一直在世界上最贫穷、最混乱的国家从事医疗支援活动。那段经历让我深刻地感受到一个问题，是整个世界的问题。你知道那是什么问题吗？”

整个世界的问题？这个世界是否存在问题，北斗从未花心思想过，就更别说存在什么样的问题了。以前自己的家庭里存在那么深刻的问题，他哪还有余力去想外面世界中的问题？

“我不知道，但是，生田所长是冒着生命危险才认识到那个问题的吧。”

生田友亲满意地望着北斗，像老师看着自己的得意门生。

“倒不是我的命，而是以很多当地人的生命为代价，还包括很多孩子的生命，才让我领悟到这个问题。二十一世纪的全部问题，都出在巨大的贫富差距上。在那些贫穷的国家里，连一支三十日元的疫苗都没有，我曾经目睹了太多的婴儿因为没办法注射疫苗而患病死去的例子。当地人的无助感和我所感到的无力感，至今仍深深地印在我的脑子里。那段时期，每天晚上不吃安眠药我就难以入眠。而给孩子们注射疫苗的那点儿钱，对富裕的发达国家来说，只是每个人钱包中的一点儿零钱而已。”

北斗在自己心里的笔记本上，描绘出了一个患上失眠症的、理想主义的、青年医生的形象。但是，生田友亲必须得死。

“是吗？您所经历的这些事情，我根本都想象不到。”北斗说。

同时，生田友亲可能也想象不到，在一个发达国家的家庭里，父母竟然会对亲生儿子实施暴力虐待。不管是富裕还是贫穷，只要有人类生活的地方，就有痛苦，也许这正是这个世界公平的一面。

“回国之后，我继承了父亲的医院。那段时间我拼命工作，全力救治患者，在很短的时间内就把医院的规模扩大了一倍。当时，我依然睡眠不足，但这次不是因为失眠，而是因为太过忙碌，睡觉的时间太少。每天只能睡几个小时的辛苦日子，一下子就持续了将近二十年。我把医院的大部分收入都捐给了我以前当医疗志愿者时到过的那些贫穷国家，希望能尽自己的一点微薄之力以改善当地人的医疗条件。别人不愿意的话，我就一马当先地去做。我愿意做一台水泵，把发达国家的财富源源不断地输送给贫穷国家。”

这时，北斗发现生田友亲眺望着远方，目光中充满了对美好愿景的期许。这个男人正陶醉在自己所做的善行中。为贫穷国家的孩子们送去一支支战胜病魔的疫苗的中年医生的形象，也印在了北斗的脑海中。

“一开始，医院的经营状况还很顺利。但是，我把大部分收入都捐赠给贫穷国家的行为受到了医院内不少人的反对。而实际上，我给他们的薪水并不比其他医院低。只是那些医生、护士、事务性工作人员的欲望太强了。我发现，在发达国家中，越是优秀的人贪欲就越强。”

北斗还没有任何在社会上打拼的经验，因此，自己到底是不是一个贪欲强的人，他自己也不清楚。不过有一点他是可以确定的，就是为了自己所爱的人，他愿意抛弃一切。这一点激情他还是有的。当下的北斗，愿意用自己的未来换生田友亲的死。

“对物质的追求，是没有边际的。一个人不管他多么富有，都不会知足，正所谓欲壑难填。财富就像毒品一样，是会上瘾的。穷人获得一点点财富的时候，他会高兴得不得了。可是随后，得不到更多的财富他就会不开心、不满足。他会追求更多的金钱，更大的房子，更豪华的汽车……财富会让人中毒，让人上瘾。而与此同时，人积累的财富越多，内心就会越发不安，而他离天堂也越来越远。但是，内心越是不安，人就越会疯狂地追求财富，以安慰自己不安的内心。于是便进入了一种恶性循环状态。”

说着，生田友亲用枯瘦的手指敲打着自己跷着二郎腿的膝盖，脸上依然保持着微笑。

“日本泡沫经济崩溃的时候，对人们的贪欲进行了一些修正，但那修正只是暂时的。金钱的毒性是相当强大的。泡沫经济崩溃只有瞬间的退烧效果。没过半年时间，人们内心的贪欲又开始蠢蠢欲动，唉！他们对钱财的追求，真是没有止境啊！”

突然，生田友亲像大梦初醒似的盯着北斗看，然后，这位年过花甲的医生说：“刚才我讲到哪儿了？对了，作为医院的经营者，我和医生、护士之间产生了矛盾对立。他们都中了贪欲的毒，很多优秀的医生、护士纷纷递交辞职信，离我而去。医院发展的过程缓慢而艰辛，但垮掉却是一瞬间的事情。”

北斗叹了一口气。在他的头脑中，对生田友亲的印象又加了一条——满怀理想，但对现实认识不够清晰的医院经营者。

“于是生田所长就开始研究波洞水了，是吗？”

和一位敬仰自己的大学生聊天，这位白发医生似乎很放松。他把腿放到了沙发上，整个人侧躺在沙发里。

“在回答你的问题之前，我先问你一个问题。如果你面前有一条路，走这条路的话你可以拯救数百个孩子的生命，那么你会怎么选择呢？做这个选择的时候，善恶会成为影响你判断的标准吗？如果你做了某种程度的坏事，就可以拯救那数百个孩子的生命；如果你不愿意做坏事，那些孩子就只有死路一条。你会怎么选择？”

这个问题，北斗无法回答。数百个孩子的生命，是个非常单纯的砝码，可也正因为太过单纯，北斗反而无法想象它的重量。不等北斗开口，甚至不给北斗思考的时间，生田友亲继续说道：“在医院破产之前，我一直在给贫穷国家捐款。我没有结婚，独身一人清净自在，所以每年都会飞往那些穷国去和当地的孩子交流。可是，如果医院没有了，我也就没有经济来源继续资助他们了。那样的话，一个严峻的现实就会摆在我的面前——当地数百，乃至上千的儿童就会死于各种肆虐的疾病。如果换作你，你会怎么办？放弃不管，任由那些孩子自生自灭？到了当地你就会知道，他们都是很热情、亲切的孩子，就像你的弟弟妹妹。”

听到这儿，北斗吞了一口口水。在这个纯白的空间中听着生田友亲的告白，就像他事先写好了脚本一样流畅。之前，北斗在电视节目、报刊上也有所了解，生田友亲在世界上最贫穷的国家中受到了国王一般的待遇。人们把他当作神一样崇敬，一些有孩子的父母甚至会跪下亲吻他的脚。生田友亲简直就是当地人崇拜、信仰的对象。而接下来生田友亲所说的话，更是令北斗大为吃惊。

“对你说实情，其实也没什么关系。说实话，关于波洞水，我的心里没有任何愧疚之处。”

面对任何媒体的时候，生田友亲都是这样一副坚决的态度。

“失去医院之后，暂时我也没有其他任何创造财富的方法。不过之前我一直在研究最新的生命科学和文化，还具有医学博士该有的知识。所以，让我制造一个推销保健品的故事，远比做医院的人事管理工作要容易得多。于是，我下定决心，向市场上推出了波洞水。我还和某个矿泉水公司开展了一升换十升的合作营销活动。即我卖出一升波洞水，就会拿出其中的利润购买十升消过毒的安全饮用水提供给非洲国家。如果买一瓶波洞水·白金的话，就可以把几百个在死亡线上挣扎的非洲儿童救活。北斗，你和你的母亲绫子太太不知救了多少非洲儿童的生命，你知道吗？我要代表他们感谢你！感谢你购买波洞水！感谢你救了那么多人的性命！”

为了达到这种“正义”的目的，就可以实施诈骗吗？北斗浑身僵硬地坐在沙发上思考着这个问题。结果，整件事情就变成了一个非常简单的问题——为了达到“善”的目的需要采取“恶”的手段，这种“恶”到底能够做到什么程度？超过什么样的程度就必须要受到惩罚？其实，这是任何一个生活在现实社会中的人都无法逃避的问题。

“生田所长，现在您的个人捐助行为还在继续吗？”

生田友亲脸上的表情异常坚毅。虽然他被各种媒体指责为骗子、疯子、罪犯，但一提到他所谓的“善举”，他总会露出坚定无比的表情。

“啊，最近波洞水的销售情况不断恶化，与全盛期相比，销售额下降了很多。但是，我从没想过停止我的医疗援助事业。当然，如果我遭到起诉，被判有罪并被关进监狱的话，那项事业自然也就进行不下去了。不过，他们为什么要逮捕我？这简直有点像悬疑电影。”

似乎是为了化解当下的尴尬，生田友亲短短地笑了两声：“这个国家已经行将就木了。据统计说，我们国家的个人资产总额有一千四百兆或一千五百兆日元，但这些资产全都掌握在老年人手中。老人的心态我想你是了解的，他们担心自己的健康，怕将来有一天自己要面对昂贵的医疗费用，因此他们的积蓄是绝不会轻易拿出来消费的。这样一来，通货紧缩和经济衰退就会永远困扰着日本。老年人的钱都存在银行里，就相当于把钱借给了国家。我只是从这笔钱中拿了微乎其微的一点点出来，而且，都捐助给了贫穷国家的孩子们。你说，我这样做算有罪吗？”

北斗看到，眼前这个男人为了将他的捐助事业持续下去，不惜使用任何手段，他确实是一个疯狂的人。为了不让生田友亲感到一丝被指责的感觉，北斗尽量控制着自己的语气，用平静的口吻质问道：“您说的话我非常理解。可是，有些癌症患者为了购买昂贵的波洞水几乎倾家荡产，导致家破人亡的例子也不少见。作为波洞水的开发人，生田所长您想对那些家庭的孩子说点什么呢？”

生田友亲的嘴角向上翘了两下，他又露出了惯有的微笑，然后说道：“北斗，你比来我这儿采访的记者们可优秀多了。你会抛开自己的感情和正义感倾听我讲话，而你提出的问题也异常尖锐。非常遗憾，对于你这个问题，我的回答可能会有些冰冷。我们研究所无法掌握顾客的经济状况，这一点我也感到非常遗憾。如果能事先了解顾客家庭的经济情况，遇到条件不好的顾客时，我会极力劝说他不要买波洞水。而且，北斗你想想，日本再穷困的家庭，也不会像非洲国家那么艰难。日本医疗条件最差的地方，孩子也不会因伤寒或破伤风无药可医而无奈等死。”

北斗只能点头表示赞同。像自己这种已经倾家荡产的日本大学生，虽然大学是读不下去了，但也不至于明天就死啊。

“我每次去非洲，都会非常认真地观察大自然。但每次都会有新的震撼直达我的心灵。我曾经亲眼见过狮子捕获角马的幼崽。狮子会用它们尖利的牙齿咬住小角马的脖子，直至它窒息而亡。狮子是杀戮的一方，而角马就是牺牲的一方。但是小角马的肉和内脏成为狮子家族的食物，让狮子这个物种得以延续下去。当小角马被狮子咬住脖子，温热的鲜血不断喷涌而出的时候，小角马挣扎着，喉咙里发出不成声的哀嚎，等待着完全死亡的来临。此时，小角马的体内会产生出超越我们想象的恐惧与痛苦。在那片大地上，每天都会发生无数的杀戮行为，但每一次的杀戮都不是多余的、浪费的、肆意的。更不能用善恶去衡量这种杀戮，因为杀戮一方只是为了生存下去。”

生田友亲的音量没有变，但声调降低了一度，他接着说道：“你觉得呢？大自然中可不像我们人类社会那样存在所谓的善与恶。自然界中不会有生物因为善而受到赞美，也不会有生物因为恶而遭到指责。大自然中不需要‘善恶’这种暧昧的、无意义的标准。在人类创造的这个社会中，我算是个恶人呢，还是善人呢？把视角提高点，将我放在整个自然界中，又该怎样评价我呢？实际上，我也没有杀害任何人，而且还通过医疗援助拯救了无数人的生命。”

北斗注视着眼前这位老人，他就像一个矛盾的集合体。在这个世界上，有些人给予他很高的评价，而有些人则恨不得把他送进监狱。作为北斗来说，他已经和自己最爱的人做过约定，一定要杀死眼前这个白发医生。而和死去的人做过的约定，不但无法解约，也不能做任何更改。绫子太太在弥留之际，是抱着对北斗的信任——相信他一定能杀死生田友亲为自己报仇——咽下最后一口气的。至少，北斗是这样认为的。

“你现在还是大学生。等你毕业了，如果还是我管理这家研究所，到我这里来工作怎么样？我这里有很多有意义的工作可做。这里的所有事情我都得操心，所以非常忙，也很辛苦。如果你能来帮我的话，我想我会轻松很多。而且，以你对我所做的事情的理解，我真心希望你能把我的事业继承下去。当然，关于待遇方面我可以向你承诺，一开始就会超过上市公司新进职员的薪水。怎么样？好好考虑一下哟。”

这个时候，北斗想起了自己夹克内兜里装的两把刀。他的肩膀上，感觉到了那两把金属杀人凶器的沉重感。抽出那把纯黑色的刀子，只需上前三步距离就可以来到生田友亲面前。然后要做的就是把他扑倒，将刀子刺入他白衬衣下面的胸膛里。就像狮子咬死角马幼崽一样，让生田友亲的鲜血染红这间纯白的办公室。这一连串动作只需要数秒钟，至多十几秒钟。

在北斗的身体里，年轻的能量汩汩涌出，就快把整个身体撑破了。以当前的形势来看，眼前这个男人逃脱的可能性很小，北斗只要迈出第一步，接下来就会像一部机器一样完成剩下的“工作”。

现在，北斗所需要的只有一件事，就是做出决断。

面对兼具天使与恶魔两副面孔的这个老人——生田友亲，北斗只要下定杀死他的决心就一切都OK了。但是，现在的北斗迷茫了。不经意之间，他开口说道：“好的，请容我考虑一下。我觉得您的提议非常好，令我受宠若惊，但我还太年轻，很多事情我还没有找准方向。”

生田友亲像一位慈父一样点了点头，说：“每个人年轻的时候都很迷惘。但是，下次再见面的时候，我希望听到你的好消息哟。今天我们聊得很开心，我送你到上面的大厅吧。”

说着，生田友亲从沙发上站起身来，主动伸出手要和北斗握手。这个男人的手掌和北斗的手大小相当，但要厚实很多。北斗握住这只手，感觉到了对方很强的力量。北斗心想，这个男人已经对我放下了戒备心，换句话说，我随时可以要他的命。于是，北斗回应给对方一个快活的笑容。

俨然父子的二人，离开了这间纯白色的办公室，沿着透明的楼梯向上走。北斗不会想到，他此时的决定，日后将会造成更大的悲剧。但不管怎样，现在的北斗是满足的。

不管现在杀与不杀生田友亲，他的性命都握在自己手里。跟在生田友亲后面一步步上楼梯的时候，北斗竟然得拼命控制着内心的狂喜，否则的话，他肯定会不自觉地哼起欢快的小曲。他想，既然狮子杀死角马是为了生存，没有善恶之分，那么自己也可以杀死生田友亲，并不会受到任何谴责。

大自然中没有善恶，也没有无意义的杀戮。

这样的世界是多么单纯而美丽啊！

此刻的端爪北斗，心情异常爽朗。

17

端爪北斗迷惑了。

在此之前，北斗专门查了人体的所有要害部位。头部、太阳穴、眼球、下颌骨下面、心脏、咽喉、脊椎、肾脏、肝脏、胰脏、大腿内侧大动脉……人的身体上有无数个要害部位。

在所有要害部位中，最致命的还要数大脑和心脏。不管是大脑还是心脏，只要用刀子刺进去，对方肯定一击必死。要是刺中其他部位的话，对方不会瞬间就死，而是会缓慢地因为失血过多而死亡。人的血液只要流失一半以上，就会死亡。一个中等体重的成年人，身体的总血液量在五升左右。失血一半以上，至少就得流出两升半的血液。

两升半的血液，北斗想到了波洞水，两瓶半的波洞水才有那么多。如果在一个小房间中，这么多的血液足够把一面墙染红，地板上还会流好大一摊。要流出这么多的血液，至少需要好几分钟，被刺伤的人在这段时间里会产生极大的恐惧和痛苦。如果是那样的话，为了确认生田友亲彻底死亡，北斗必须留在现场等他咽气。现在的医疗抢救技术非常高超，如果这段时间有人来救他，他可能还死不了。北斗倒不是害怕看见人死或被人抓住，只是他害怕见到死亡的残酷过程，他更害怕失败。

所以，北斗选择的部位只有大脑和心脏。可是，大脑又被坚硬的头盖骨保护着，该采用什么样的姿势才能很好地刺入大脑呢？总之，刺大脑的难度系数还是比较大的。

最后，北斗就把目标锁定在心脏上。这是适合生田友亲的惩罚方式。

在杀人方法上，北斗已经认真地考虑过每一个细节，但他依然感到迷惘。

已经制订了完美的杀人计划，也选择了合适的杀人方法，但这和实际采取行动之间，还存在着遥远的距离。不管怎么说，自己还得和生田友亲见一次面。那个男人用右手制造波洞水欺骗病入膏肓的人，赚取大笔的金钱，同时他又用左手对非洲穷国实施医疗援助。在媒体的报道中，对生田友亲的评价不管是善还是恶，都是极端抽象的，对于年轻的北斗来说，理解起来还是有困难的。可是，眼前这个一边自嘲着自身的矛盾，一边邀请北斗来自己的波洞研究所工作的医生，却是一个有血有肉的活人。当然在北斗看来，后者更加真实。

生田友亲说，自然界中不存在善与恶的概念。这个道理北斗虽然理解，但是他毕竟已经在人类创造的这个社会体系中生活了二十来年，对于杀人这种事，还是打心底感到厌恶的。

在春意最浓的时节里，北斗连续烦恼了好几天。

在二楼北斗的房间里，书桌上放着两把锋利的刀子。对面的窗户上映出一片被几根电线分隔的蔚蓝天空。从窗户向下望去，可以看见对面邻居家种的樱桃树的绿叶在微风中轻柔地摇摆。北斗坐在书桌前，浑身僵硬，他的眼睛像针刺一样地痛，后背和肩膀像被绑在一个十字架上，动弹不得。

北斗拼命地思考着，几乎所有脑细胞都在全速运转。是要遵守和绫子太太的约定，实施复仇计划呢，还是忘记复仇的事，回到大学上课呢，或者，像生田友亲提议的那样，去波洞研究所给他帮忙？北斗觉得，最后这个选项，也不是太坏。正像生田友亲说的那样，北斗身上真具有一种疯狂信仰式的、志愿者的气质。为了达到心中的目的，北斗什么事情都肯做，包括献出自己的一切，有时还会采取恐怖的、过激的行为。如果这个世界不存在善恶之分的话，那么他可以做任何事情。这样思考本身，就是一个疯狂信仰者的性格。不管是医疗欺诈，还是用刀子杀人，都是反社会的行为。

这几天北斗几乎没怎么吃东西，因为他的内心一直处在迷茫的旋涡中。食欲这种东西似乎已经抛弃了北斗，他每天只是偶尔喝一点水，就靠这点水维持着生命。可是，不管北斗如何前思后想、左掂量右计算，也无法做出一个决断。但是，留给他的时间不多了。看杂志和电视新闻上说，警方就要采取行动了，估计生田友亲被逮捕的日子已经不远了。如果在警方采取行动之前，北斗还没有下定决心并实施计划的话，生田友亲就可能逃到一个绝对安全的场所——监狱。

第一次和生田友亲会面后的第四个深夜，北斗再也无法安坐在书桌前了。他从椅子上站起身来，下楼走进了深夜的街道。头上是一片晴朗而平静的春日夜空。不过，虽然春天已经接近尾声，但夜风却出人意料地凉。在北斗所穿的户外夹克的内兜里，静静地躺着两把尖锐的刀子。

在没有一个人影的住宅区的街道上，北斗漫无目的地走着。突然，他发自内心地想大叫几声，或者狂跑起来；再或者，随便找一个人把刀子插进他的胸膛，以发泄自己身体里某种难以抑制的冲动。

在夜风的吹动下，北斗额前的头发也飘摆起来。路灯一个接一个地排列下去，一直延伸到路的尽头。这时，从地铁站方向走来一个醉醺醺的人，一看就是一个加班后借酒放松的打工族。北斗立刻把手伸进了夹克里，握住了一把刀子的刀柄。

“该死！客户什么的……都不是人！”

那个领带松松垮垮地挂在脖子上、敞胸露怀的打工族从北斗身旁经过时，嘴里还不停地咒骂着。北斗停住了脚步，看着对面那个人的脸。而那个一张大红脸、眼神迷离、浑身散发着刺鼻酒味的醉鬼，也注意到了北斗的存在。于是，他磕磕绊绊地说：“公司什么的，根本不是人待的地方！小兄弟你以后可不要给别人打工啊。”

听到这话，北斗僵硬的身体终于稍微放松了下来。就在一秒钟之前，他还准备飞扑上去，刺死这个男人呢。他知道自己这么做没有什么意义，只是为了让自己从窒息的迷茫中解脱出来，为此，他不惜去杀死一个素昧平生的人。可不知为什么，听了那人的话后，他打消了刺死他的念头，只剩下手心里的一把汗水。

那个打工族走远了，无人的街道和路灯恢复了之前的平静，一直延伸到北斗视线的尽头。北斗还站在原地，他闭上了眼睛，做了几次深呼吸。与此同时，小时候的记忆又浮现在了脑海中。是那个他决定结束生命的夜晚，当时他一个人来到后山的山顶上，最后却交到了一个朋友——散发着微弱温暖的自动售货机。

夜凉如水，当夜风再次吹拂北斗脸颊的时候，他决定不再自己思考那恼人的谜题，还是交给运气吧。他准备赌一把。

北斗心想，我沿着这条路一直走下去。

如果遇到的第一个自动售货机在路的右边，我就杀死生田友亲。

如果遇到的第一个自动售货机在路的左边，我就不再找生田友亲报仇，乖乖回学校上课。

不管结果如何，用这个方法做出的决定，都是不可改变的。

如果大自然中不存在善恶之分的话，那么将一个人的生死交给运气来决定，也没什么不可以的。因为让他活下去也好，杀死他也罢，都没有善与恶的意义。

北斗嘴里哼着老歌，轻松地迈开步子沿街前行。

将未来的一切交给运气来做决定，这让北斗的心里感到一种莫名的安心感。

之前将近二十年的记忆，像过电影一样，一幕一幕地出现在北斗的头脑中。从小受尽虐待的北斗，留下的恐怖记忆居多。但尽管如此，也有一些幸福的瞬间在记忆深处散发出耀眼的光芒。

星期天的傍晚，独自一人在小山包顶上俯瞰整个松屿市的街景；初中时交到第一个朋友——寺冈修史，据说他现在在一所私立大学读医学专业；父亲至高去世时晴朗的天空，晴空带给他无比的爽快感，而父亲的离开则让他感到前所未有的解脱感；还有，有幸成为绫子太太的养子，正是绫子太太，让他第一次感受到被人疼爱的滋味。

说到这儿，还有一个人北斗当然不会忘记，那就是一起偷尝禁果的初恋女友——河野笑美莉。听人说，笑美莉在横滨的女子大学中加入了英语俱乐部，并在那里结交了新的男朋友。在茫茫人海中，仅有几个人对自己好，因此，北斗祝愿他们拥有健康、幸福的未来。自己的未来怎么样都无所谓了，但他希望那些人一定要幸福。

醉心于幸福的回忆只有短短的几分钟，因为真正称得上幸福的记忆，在北斗的头脑中确实不多。尽管如此，幸福的记忆却拥有强大的力量，甚至让北斗产生了重新活一回的念头。他希望过往二十年的一切都在今夜结束，从现在的这个瞬间开始，历史将翻开全新的一页。

北斗抬起头，向道路的尽头望去。虽然夜已深，但他的眼睛并没有一点疲劳感。他眼中的一切都像被刚刚清洗过一样清晰闪亮。夜空中，在淡淡的云间若隐若现地闪烁着点点星光。冷不防地，一股异样的幸福感袭上北斗的心头。

北斗心想，自己肯定是为了今夜，才努力活到现在的。

正是为了今夜能够感受到这份幸福，老天才让自己受尽了屈辱与痛苦。那些悲惨的经历，只要挺过去了，就变成了毫无意义的东西，再不会对自己造成任何不良的影响。现在，自己如此幸福，也许该原谅过往的所有人。这个夜晚是如此完美，就连住宅区的街景也如童话中的画面一样梦幻。北斗一边沉醉在这美妙的幸福感中，一边继续往前走。

咦？那不是自动售货机吗？在路的左边孤零零地站立着一个散发出青白色灯光的自动售货机。哦，遇到的第一个自动售货机出现在左边。看来命运并不想让我杀死生田友亲，北斗心想。通过自己设计的方法得到的答案是不杀生田友亲，这个结果是不能改变的，但不知为什么，这个决定并不能完全拂去北斗心中的迷惘，也没让他感觉到安心。他只是毫无感情地接受了这个结果。

北斗以原有的步伐和速度朝那个自动售货机走去。走到自动售货机正对面一看，那是一个漆成蓝色的长方形箱子，里面卖的各种饮料，有十几种之多。北斗早已发现，在它的玻璃窗口贴着一张 A4 大小的白纸，上面用黑色的粗记号笔写着三个大字——“故障中”。

看到这张纸，北斗心中出现的第一反应是自己真是个不可思议的人。

（这家伙不是我的朋友！）

北斗凭直觉认为，这个自动售货机不是自己的朋友，赌人命的游戏，它没有资格参与，刚才的结果是无效的。自己必须还得往前走。刚才出现的幸福感瞬间就消失了，北斗的后背开始冒汗。

为了得到真正令自己信服的答案，必须得沿着这条路继续走下去，不管走多远。这是自己必须完成的工作。

东京郊区的这座小城，路边绿化带多，而自动售货机少。凉凉的夜风吹在北斗的后背上，像一只手推着他继续向前走。他的目标就是再找到一个自动售货机。

北斗走路的速度越来越快了，后来干脆小跑起来，他恨不得马上找到下一个自动售货机。与其在这空荡的街上徘徊，在浩渺的宇宙中迷惘，不如尽快得到一个结果，至于结果是什么，那都无所谓，北斗只想为自己的未来定一个方向。

当再次看到遥远的前方出现了疑似自动售货机的微弱光亮时，北斗的胸口出现刀割一样的剧痛。再往前走了一段距离，才彻底判明，那确实是一个自动售货机，在两个路口之外，位于路的右侧。北斗已经不跑了，慢慢地朝那个涂成红色的长方体箱子接近。

当来到这个自动售货机跟前时，北斗像面对一位久违的老友一样，从上到下地打量着它，认真地检查着每一个地方。最后他确认，这个机器上没有贴“故障中”的告示。北斗不禁自言自语道：“你就是答案吗？”

红色的自动售货机没有任何反应。北斗突然笑了出来。这个决定的结果是自己要杀死生田友亲，现在一切都决定了，终于决定了。最终，小时受尽虐待的自己，以杀人的方式结束了自己的人生。这个世界上的一切都在命令自己杀死生田友亲，他无处可逃，也无人能拯救他。

北斗张开双臂抱住了这个散发着微弱热量的自动售货机。他把脸贴在自动售货机的玻璃窗口上一边出声大笑，一边亲昵地用脸颊蹭着玻璃窗，过了一会儿，笑声停止了，取而代之的是抽泣声，不过，北斗只流了几滴眼泪。现在这个瞬间，北斗的未来已经决定，一个杀人犯的未来。

把手臂从自动售货机上拿下来，北斗从口袋里掏出几枚硬币投入自动售货机的投币口，买了一罐咖啡。他站在机器旁，把那罐咖啡一饮而尽。然后他头也不回地转身而去，沿着来时的路往家的方向走。

他要回到自己的房间中，将杀死生田友亲的最终计划反复研究、推敲几遍。

第二天，北斗用离家不远的公用电话给波洞研究所打了个电话。他倒不是担心泄露自己的手机号码容易被警察抓住，而是不喜欢别人看到自己的手机号码。

“您好！这里是生田波洞研究所。”

北斗听出，这个声音不是上次接电话的那个人，有种中年女性的沉着老练，从声音中还能听出这是一个略胖的女人。可能是上次端茶来的那个女人吧。不管是谁，北斗已经想不起她的容貌了，因为当时就没有留意这些。

“我叫端爪北斗。前几天曾经来研究所和生田所长见过面。就是经常买波洞水的那个。”

听到北斗的话，对方的声音提高了一些，说：“啊，听所长说了你的事。他说你是一个有为青年，将来一定能干一番大事。”

北斗想起了生田友亲那一头漂亮的白发。如果鲜血飞溅到头发上，将会被染成一片血红吧。

“上次会面时，生田所长提议我来研究所工作，经过考虑我想当面给他一个答复。请问，所长明天有时间吗？”

之前，等待和迷茫的时间已经太久了。现在，决心已下，所以北斗恨不得尽快下手，早完事，早轻松。

过了一段时间后，电话那头说：“我查了一下所长的时间表，明天下午五点之后有时间。”

一股喜悦的快感犹如岩浆般从北斗体内涌上来，那热量几乎快让他晕厥过去。北斗极力让自己保持冷静，用尽量平稳的语气说：“好，我知道了。请您转告生田所长，明天下午五点钟我来拜访。”

说完，北斗把公用电话那沉重的听筒挂回了主机上。接着，几枚硬币从电话机的找零钱口掉落下来。和生田友亲的见面时间已经约定了，从这一刻起，北斗已经没有退路，只能一条直线地向前冲。

当天晚上，北斗过得和往常没有什么不同。打开电视看看新闻，又看了一会儿搞笑的相声节目，他发现自己竟然真的能被相声演员逗笑。然后关闭电视去洗澡，今天他洗得特别仔细。躺到床上的时间也和往日一样。那一夜，北斗并没有紧张，更没有失眠。只是不管做什么事情，都好像自己和世界之间隔了一层塑料薄膜，有种非常不真实的感觉。

北斗心想，要把这层薄膜割破，恐怕只有用那两把刀子了。躺在床上，北斗望着书桌上那两把尖利的刀子，静静地睡着了。

第二天早晨，北斗醒来后的第一件事就是确认外面的天气。

北斗拉开窗帘，一道阳光照进卧室内，又拉开窗子，让春日的暖风飘进来，天空异样清澄。春天就要结束，夏日的热空气已经迫不及待地出现在了这座城市。北斗下楼来到客厅，打开了电视。用遥控器搜索着自己想看的节目——天气预报。终于，在第三频道出现了一个一脸认真的男性播音员，正在播报今天的天气预报。

“……一股春季少见的太平洋高气压控制着日本列岛，今日午后，预计关东局部地区的气温将逼近三十摄氏度，恐怕将迎来今年的第一个夏日。但是，从傍晚开始，天气将由晴转阴，下雷阵雨的概率很高。提醒傍晚出行的观众朋友，请携带雨具，注意安全！”

今天，也许是自己能够自由生活的最后一天了，不过今天的天气这么好，北斗真的很感谢老天爷。至少不会因为天气，让心情变得沉重。从早上开始，北斗就忙碌起来。他忙着打扫整座房子。

北斗收拾好自己的房间后，又把厨房中的生鲜垃圾装入垃圾袋，封好口。把卫生间和浴缸彻底地刷了一遍。又用吸尘器把客厅的每个角落都清理得一尘不染。尤其是摆着绫子和智裕两人灵位的祭坛，北斗更是打扫得一丝不苟。

将近中午的时候，清洁工作结束了，北斗带上手机和钱包出了门。他想最后再看一眼自己出生、长大的松屿市。边走边到处留恋地张望，不知不觉来到了地铁站前，因为气温升上来了，北斗后背上已经出了一层汗。果然是今年的第一个夏日，天气预报没有说错。北斗把长袖衬衫脱掉，缠在腰间，上身只穿一件短袖 T 恤衫。夏日的热风吹进 T 恤衫里，吹干身体表面的汗，让北斗感觉很舒爽。同时他也发现，自己真是一个容易满足的人，仅仅是在天气好的日子到街上走走，就感到非常幸福。

北斗来到了地铁站前的一家露天咖啡馆。虽然还没到午餐时间，但他还是点了一份有机西红柿做酱汁的通心粉。监狱里也会提供意大利面条吧？想到这儿，北斗笑了。

对了，差点忘了，从今天傍晚开始，自己就要进入另一个世界了，在此之前，有一个人必须得和她告个别。在等待通心粉上桌的这段时间里，北斗拿出了手机。他手机上的通讯录里只保存了不到二十个人的电话，所以他很快就找到了明日实的电话号码。拨通明日实的电话之后，他把手机放在自己耳边，结果听到了风的声音。

“喂，北斗吗？最近好吗？”

对方接通电话后，北斗的手机里便传出了明日实那缺少起伏的声音。北斗想起了明日实左手腕上无数的伤痕。明日实和自己一样，小时候受尽了恐怖的虐待，她也曾经历过生死抉择的艰难关头，心灵也是扭曲的。

“嗯，我挺好。今天提前出来吃午饭。”

自己今天说话竟然这么爽朗，这一点让北斗自己都有点吃惊。虽然坐在露天咖啡馆的太阳伞下，但阳光还是相当强烈的。北斗举着手机，还眯着眼睛打量从眼前经过的一位年轻女性。她丰满挺拔的乳房跟着走路的节奏夸张地左右摇晃着，露在外面的胳膊，也显得十分性感。

“我下午有课，正在预习。你还真是悠闲啊，听你的声音，感觉你挺开心呀。对了，怎么突然想起给我打电话了？你平时都很少想到我的。”

明日实读的是护士学校。她将来肯定是一位了解患者苦衷的好护士。

“也没什么事，就是想谢谢你，照顾生病的妈妈、办丧事什么的都多亏了你，妈妈去世后也是你的安慰，才帮我走出了阴影。我想真心对你说一声，谢谢！”

“说什么呢？怎么搞得像以后再也见不到我一样。”

作为一个正常的社会人，端爪北斗的人生从今天傍晚开始，就实质性地结束了。在现代社会中，杀死别人，就等于社会性地自杀，因为杀人的同时也就放弃了自己在这个社会上的立足之地和生存空间。

听到明日实的话，北斗冒出了一身冷汗，明日实太敏感了。

“没有！没有！没有那回事。我真的只是想谢谢你。”北斗连忙解释道。

“对了，妈妈的‘七七’，你打算怎么搞？”

妈妈的“七七”？那还是挺遥远的事情，北斗想，到那个时候我是否还在人世，都还说不准。

“我还没有想过呢。如果你方便的话，帮我查一下该怎么操办，好吗？关于这些仪式、宗教上的事情，我完全没有概念。”

这是在绫子太太的葬礼上北斗获得的感想。当时，他唯一能做的事情就是一一向来宾们低头鞠躬。从那个时候起，他就发现，自己跟宗教无缘，自己不信神佛也不信魔鬼。为死人举行的那些仪式，其实只是活人做给活人看的。北斗想，等自己死后，骨灰什么的撒在路边的树丛里就行了。

“好吧，我查一下‘七七’该怎么办。喂，我说北斗，你什么时候回学校上课啊？妈妈虽然不在了，但你还有美好的未来呀。”

北斗的未来，已经在前一天的深夜里由自动售货机决定了。北斗举着手机大笑起来。他感觉自己的嘴角都快咧到耳朵根儿了。正在这时，服务员端着通心粉走了过来。

“好，知道了。我点的菜来了，我要吃饭了。最后，我还要跟你说一句，谢谢！”

“嗯，我也一样，也要谢谢你。好了，再见。”

让北斗的耳朵感觉格外凉爽的明日实的声音，就这样从电话中消失了。收起手机之后，北斗想，在这个世界上自己已经没有任何牵挂。他慢慢品味着用酸甜的番茄酱调味的意大利面条。在自己喜欢的时间、喜欢的地方，点自己喜欢的菜，恐怕这顿午餐将是自己人生中的最后一次了吧。对于北斗来说，自由的感觉是那样甜美。

春末夏初的这一天，太阳渐渐西斜。

那座半透明的卵形建筑，也被染上了淡淡的橘黄色。北斗感觉到自己身体内涌动着一股异常的热和力量。从早晨睁开眼睛开始，就有了这种不可思议的感觉。北斗想起了生田友亲讲的狮子猎杀小角马的故事。当狮子准备捕猎角马幼崽的时候，想必它们也有类似的兴奋感吧。当人类要全力杀死另一个人类的时候，可能要使出全身所有黑暗的能量吧。那种能量每个人都有，只是大部分人平时根本意识不到这种能量的存在，也不会随意使用它。

按下生田波洞研究所的门铃时，北斗的心情格外爽朗。

“我叫端爪北斗，之前约了五点钟见生田所长。”

“好的，请进！”

玻璃门自动滑开了。北斗除了穿着一件户外夹克之外，背上还背了一个双肩包。包里装了一套替换的衣服。要是身上溅满鲜血之后，好有干净的衣服可换。说不定，到时候还需要从这里逃出去呢。

进门后，北斗轻车熟路地来到圆形大厅的客户接待中心，坐在了沙发上。可能是因为接近下班时间，所以北斗没见到一个客户的影子。一会儿，一位办事员打扮的中年女性职员走了出来，手里还端着一个茶盘。这是一位身体略胖、十分丰满的女性，给人一种和善的印象。北斗心想，这个女人一定是个好母亲。这时，对方开口了，那女人的声音在没有棱角的大厅里回响起来。这声音北斗在电话里听过。

“我是生田波洞研究所事务部的饭冈。你专程来研究所拜访生田所长，我们表示非常欢迎，也非常感谢你的到来！可是这次不好意思了……”

说完，这个女人把一杯用波洞水沏的茶放在北斗面前的茶几上。北斗瞬间凌乱了，她什么意思？她说这次不好意思是怎么回事？难道生田友亲不想见我？难道他觉察到我要杀他？

“欸？怎么回事？”

那位中年女性办事员坐在了北斗对面的沙发上，把茶盘放在了自己身边，然后说道：“今天午后，警察局突然打电话来，请生田所长自行到警察局去配合调查。说是傍晚前就可以回来，可现在还没回来。”

“哦，这样啊。”

北斗的大脑变得一片空白。看来自己的动作比警察慢了一步。如果真如那个女人说的那样，自己必须得在这里等生田友亲回来。北斗明显感觉背后背包的重量增加了，肩头和后背已经被汗打湿了。当北斗回过神来的时候，发现一大滴汗水正从额头滚落到眉头上。自己竟然出了这么多的汗！让别人看见一定会觉得自己现在的状态不正常。北斗心中的不安就像暴雨来临之前天上聚集的乌云一样，迅速膨胀着。他用尽全身力气勉强保持着正常的坐姿，装出一个“活力青年”

应有的样子。杀死生田友亲！这是自己在这个世界上仅有的一个目标，也是唯一的一点牵挂。北斗用手擦了擦额头的汗水。

“之前，生田所长给了我一个非常重要的建议，今天我来给他答复。因为他的建议关系到我的未来，我非常重视，所以一定要等他回来当面向他请教。所以，不管等多久，我都要等生田所长回来。”

饭冈点了点头，说：“好吧。不过，根据今天剩余的工作量，我估计到晚上八点半左右，就得锁门回家了。如果那个时候生田所长还没有回来的话，那不好意思了，只好请你在门外等了。”

“好的，我明白。”

姑且先等他三个半小时再说。为了获得另外一个重要情报，北斗又开口问道：“请问，现在研究所里有多少工作人员？”

中年女性办事员并没有对北斗的问题产生任何怀疑，爽快地回答道：“只有两个人，我和一位护士。那位护士姓关本，你见过的，就是上次在前台接待你的那位。在我们研究所里，还会用波洞水给一些患者输液，关本护士主要负责输液的工作。生田所长脑子里想的只有非洲的儿童，对研究所的事不怎么上心，所以我们要应对这里的所有工作，真是有点忙不过来。”

饭冈看起来还真沉稳呢，自己的老板都被警察叫去配合调查，她还能如此从容。难道她不会感到不安吗？北斗说出了心中的这个疑问，结果，饭冈用疲惫的表情笑了笑，说：“报刊、电视已经对我们狂轰滥炸了好一阵子了，我早已看透了。虽然今天是警察局要求生田所长自行去配合调查，但毕竟是去了警察局，这件事恐怕会在明天的媒体上掀起轩然大波。我问了一些记者，听他们说生田所长有可能会被逮捕，但只是听命行事的我们，还不至于被追究法律责任。生田所长是建议你到研究所来帮他工作吧？可能你还对此满怀热情吧？但我要遗憾地告诉你，我已经交了辞职信，下个月起我就不在这里工作了。生田所长在非洲的公益活动虽然很了不起，但在国内引起了如此大的骚动，我也是受够了。”

饭冈盯着北斗的眼睛，接着说道：“虽然生田所长有很强的个人魅力，但以他目前所处的状况，他的建议你还是要谨慎地考虑一下，毕竟是关系到你未来的大事。好啦，我要回去工作了。你就在这里等他吧，有事的话，可以用前台的内线电话和我联络。”

这位中年女性办事员向北斗点了点头，然后就离开了。北斗在这个白色的大厅中开始了漫长的等待。而在这个白色的大厅中，北斗一直没有找到那乳白色的光源是从哪儿发出来的。接下来的两个小时，可以说是北斗不太长的人生中最为漫长的两个小时。但是，北斗的决心并没有动摇。

他要遵守和绫子太太之间的约定，一定要杀死生田友亲。已经失去一切的北斗，当前唯一支撑着自己活下去的目标，就只有这一个了。

18

端爪北斗浑身上下都淌着汗。

在充满乳白色光线的圆形大厅里，既没有人的气息，也没有时间流逝的感觉。北斗感觉自己就像一个细胞核或线粒体似的，漂浮在白色的液体中间，而白色液体的最外边就是一层白色的细胞膜，北斗成了一个细胞的一部分。他在生田波洞研究所中，等待着杀死生田友亲为养母报仇。

北斗一边冒汗一边思考。人都是经过相遇、相识、相爱、生孩子、养育孩子，才能实现生命的延续。而人类繁衍生息的这一过程，已经具有几百万年的历史。但与此同时，人们也会相遇、相识、相互憎恨、相互伤害直到相互厮杀，这也是人类历史重要的组成部分，可以说是真实的另一面。我们没有任何理由只欣赏、赞美好的方面，而轻蔑、回避不好的方面。生田友亲曾经说过，大自然中根本没有善与恶的概念。确实，爱就是善、恨就是恶，那只不过是人类社会中一部分人所拥有的价值观而已。

爱一个人和恨一个人，也无非是同一种执拗情感的表、里两面而已。我们人类的身体拥有六十万亿以上的细胞，其中每天都会有无数的细胞自然死亡，也会有无数的病原菌、癌细胞被我们自身的免疫系统所杀死。由此可见，我们并不只有在为了生存而捕猎动物时才会杀生，随时随地，我们都是在杀戮的同时生存着。我们会把无数的自身的细胞杀死，借此保持身体的平衡，以便让自己健康地活下去。

北斗心想，如果把我们生活的社会比作一个巨大的生命体，那么自己一定是一个负责扼杀癌细胞的白血球。而像生田友亲这种会伤害周围的细胞，并且无限增殖的癌细胞，是必须要消灭的。为了让整个生命体保持健康和平衡，一定不能让那个男人继续活在世上。

北斗反复地思考着这个问题，同时，汗也越出越多。

自己的理论肯定毋庸置疑。可是，既然自己想得没错，但为什么内心却如此躁动，汗如泉涌呢？从毛孔中渗出的水分越来越多，最后凝结成大滴的汗水滴落下来，然后毛孔继续往外渗汗。这种不舒服的感觉，到底是从哪里来的呢？

今天我是不是该回去了呢？下次再找机会杀生田友亲。北斗的心中刚有所松动，立刻就想起了绫子太太咽气前自己和她的约定。当时，北斗问她要不要报仇，在北斗看来，临死之前的绫子太太用尽生命的最后一点力气点了点头。于是北斗发誓要杀死生田友亲，为养母报仇，因为那个家伙把绫子太太最后的人生践踏得一塌糊涂。

所以，夺走绫子太太的大部分财产以及美好时光的生田友亲，必须受到惩罚。

北斗坐在沙发上等待着，虽然已经等了很久，但他并没有把后背靠在沙发上，上半身始终保持着九十度端坐着。今天，警察已经传唤生田友亲，让他自行到警察局配合调查，这也许说明，正式逮捕他的日子已经不远了。如果今天不杀死生田友亲，也许永远都找不到杀死他的机会了。如果他被逮捕、起诉的话，那最后判他有罪也是十有八九的事情。到那时，那个男人和自己之间将出现一道无法逾越的高墙——监狱的墙。虽然生田友亲受到了法律的制裁，被关进了监狱，但却逃脱了自己对他的制裁。

北斗看了看手表，已经是晚上七点钟，他在这里已经等了将近两个小时。在头脑中思考杀人这种行为的是非，是一种异常繁重的脑力劳动，对体力的消耗也相当大。现在，北斗的肉体已经接近疲惫的极限，但精神上却还紧紧地绷着那根弦，他的警惕程度相当高，哪怕是手表的秒针，他也可以用慢镜头的视角来观察它的运动。为了防止自己松懈下来，他试着向自己提问。

要不要杀死生田友亲？

于是，内心的某个角落里的一个声音毫不犹豫地做出了回答："杀！毫无疑问要杀！"

北斗对这个回答的强度和反应时间，感到满意。于是，他让自己全身僵直地继续等待着。

北斗用右手拉开了户外夹克口袋的拉链，伸手去摸那把黑色的野外生存刀。北斗为了袭击生田友亲，准备了两把刀，一把是通体黑色的户外生存刀，放在夹克外面右侧的衣袋里。另一把是细长的大马士革刀，刀身还有漂亮的金属花纹。这把刀作为备用刀放在夹克的内兜里。因为觉得野外生存刀更加实用，北斗才把它当作杀人的首选。当他的右手握住那缠着皮绳的刀把时，他的心情稍微平静了一点。

这时，走廊里传来了脚步声，北斗慌忙地把手从口袋里抽出来。这脚步声不是从正门传来的，而且听声音也不像是男人的脚步声。

“生田所长还没有回来。”

原来是办事员饭冈。因为她知道生田友亲邀请北斗来研究所工作，所以没把北斗当外人，说话的语气也很平易近人。这位中年女性已经微微发福，为了掩饰自己略胖的身材，饭冈上面穿了一件毛线罩衫，下穿过膝裙。饭冈的手里又托着一个茶盘。

“等了这么久，你肯定渴了，再喝杯茶吧。”

端上来的还是一杯用波洞水泡的茶。仅仅是一杯自来水，就可以卖到五千日元，这就是生田友亲的波洞水理论的魔力。仔细想一下，无论是在现实世界中还是在网络上，有很多类似的医疗欺诈、保健欺诈，可生田友亲却把这项“事业”做得那么大。可能是因为一直出汗，身体流失了太多水分，北斗感觉嘴巴里黏糊糊的。

“谢谢！”

北斗伸手去拿茶几上那个磨砂玻璃杯，当把它端到面前的时候，一个圆形的绿色水面就迫近了自己的脸。这种水能治疗晚期癌症、精神疾病吗？答案毫无悬念，肯定不能。但现在北斗把它喝到嘴里，却能感受到一种难以言表的甘甜。

喝完茶，正当北斗想把茶杯放回茶几上的时候，他忽然听到自己户外夹克右边的口袋处传来一个奇妙的声音，是什么硬物与布料摩擦的声音。北斗的大脑中立刻拉响了警报。他全身所有毛孔都关闭了，头发和每一根汗毛都竖立起来。

在把杯子放回去的过程中，北斗迅速旋转眼球向自己的口袋处望了一眼，原来刚才忘记拉上口袋拉链，缠着黑色皮绳的刀柄已经露了出来。北斗继续放杯子的动作，而就在他的视线从口袋上回到茶杯上的时候，饭冈也同时开口了："……你，那是……"她已经发现了北斗口袋里的刀子。

这一瞬间，北斗到底产生了什么样的感受，他自己也记不得了。只是在头脑中出现了一个炸雷一般的想法，如果让这个女人逃掉的话，就杀不了生田友亲了。她跑出去后绝对会到处宣扬，把我的计划搞砸。

接下来北斗的动作只发生在一瞬间。绫子太太死后，他身体里蓄积的能量，都在这一刻爆发出来了。北斗停止了把杯子放回茶几上的动作，而是在空中就松开了杯子。当杯子落在地上发出清脆的玻璃碎裂声时，他的右手也已经从口袋里抽出了刀子，然后左手拔掉塑料刀鞘，双手紧握刀柄。

在和饭冈之间仅有几步远的距离中，北斗做了一个全力的冲刺。目标就是那位中年女性办事员身体的中心——胸口。因为北斗的速度太快，饭冈只是吃惊地睁大了眼睛，其他比如伸手拦挡、转身逃跑的动作，一个也没有做出来。就这样，那把黑色的野外生存刀就像插入一叠湿报纸似的刺进了饭冈的胸口。刀子的整个刀身都陷了进去。北斗几乎没有感觉到什么阻力。这没有阻力的感觉，让北斗感到异常恐惧。

以前，北斗在头脑中曾经无数次模拟过杀死生田友亲的过程，每个细节都想到了。而现在，他设想的杀人过程完美地实现了。可是，被杀的对象却不是生田友亲，而是一个中年女性办事员，北斗只知道她姓饭冈，连她叫什么名字都不知道，更不用说跟她有什么冤仇了。北斗知道什么地方出了差错，但到底错在哪里呢？他一时还反应不过来。

北斗向后一撤身，把刀子拔了出来，而那女人瞬间瘫倒在地。溅到北斗身上的血迹并不多，但饭冈胸前的伤口处就像一个泉眼，鲜红的血液汩汩地冒出来，流到白色地板上的已经形成了很大一摊，而且那摊血还在不断扩大。空气中弥漫着鲜血的腥味、生肉的腥味，就像打开了冰箱门一样，也像某个低级餐馆厨房中的气味。

这一切都是为了报仇！北斗的心已经麻木，现在没有任何感觉，他没有反省，也没有恐惧。虽然心中也曾产生过一丝悔意，但在对生田友亲的憎恶与仇恨面前，那点悔意就像洒在三伏天大太阳下路上的水一样，几秒钟就蒸发干了。

人失血死亡的话，至少要流出两升多的血。北斗想象着两升液体的量，同时，他向后退了一步，因为地上不断扩大的那摊鲜血正在向他逼近。虽然背包中带了更换的鞋子，但他还是尽量避免鞋子沾上鲜血。

北斗杀死了一个人。他现在反而比杀人前更加冷静了。

没问题，生田友亲也跑不掉！

北斗在白色的真皮沙发上蹭了蹭刀刃上的血迹，把刀子放在了面前的茶几上。

现在，在这个大厅里只有白色、红色和黑色三种颜色。这样的色彩搭配竟然出奇地美。北斗贴身的衣服都已经被汗水浸湿，他浑身颤抖着，露出了微微的笑容。

北斗坐在沙发上继续等待生田友亲，他有意把身子扭向一边，不想看见倒在地上的女性办事员的尸体。只用了短短的几分钟时间，北斗的鼻子就习惯了血腥气味。此时，他的心坚硬如铁，地上这位没有任何罪过的女人只是为了杀死生田友亲做了垫脚石。今晚，生田友亲必须得死，一切必须得做个了断。和几分钟之前，也就是杀人之前相比，北斗完全变了一个人。

杀人，这个具体行为实施完毕之后，北斗头脑中所想的事情又回到了杀人之前的状态。他又在想人体的免疫力消灭癌细胞的情景。

可是，这次发生了一件不可思议的事情。不管北斗头脑中在想什么，但每隔数十秒，就有一个新的信号——端爪北斗杀了人。比如，刚想到杀死生田友亲后自己该怎么办呢，脑海中就出现一个声音“端爪北斗杀了人”；回想起和绫子太太一起度过的美好时光时，那个声音又出现了，“端爪北斗杀了人”；想到和女朋友的性体验时，“端爪北斗杀了人”……

今晚，杀死一个人之后，北斗还必须再杀死一个人，那就是最终的目标——生田友亲。此时，北斗已经无法控制自己的思想和感情了，在复仇行动完成之前，不让自己的精神分崩离析，已经费了北斗很大的意志力和气力。

在这个没有时间感的白色空间中，北斗和地上的尸体一起等待着最终时刻的到来。

“饭冈姐，你在吗？时间不早了，我先走一步了，不好意思了。”一个年轻女性的声音传了过来。

北斗的心立刻缩成了一团。为什么第二个出现的人不是生田友亲，而是那名护士?!她好像姓关本。除了生田友亲，自己杀了一个无辜的人，不想再把其他人牵扯进来。此刻，就好像有一双冰冷的手在使劲攥北斗的心脏，他的心脏几乎无法跳动了，人也快窒息了。北斗慌忙叫起来：“饭冈小姐不在这儿，她已经回家了。”

脚步声越来越近，北斗不自觉地伸手去抓茶几上的那把刀子，同时，他的耳朵也竖了起来。

“啊，是端爪同学啊，你还没走啊。你还是小心点好，外面已经来了一些媒体的人，而且好像越来越多。”

从走廊里走出来，站在走廊与大厅交接的地方，关本护士抽了两下鼻子。她似乎闻到了什么，那是血腥的气息、生肉的气息、死亡的气息。没错，这种气味，谁也不会搞错。关本护士已经收拾好回家的行装，她已经脱掉了护士服，换上了一件淡蓝色的薄风衣。在闻到气味的同时，她也看见了北斗手中的黑色刀子，以及从沙发阴影中延伸出来的一大摊血迹。关本护士似乎明白了什么，尖叫一声转身就跑。淡蓝色的风衣就像一朵绽开的花，翻飞起来。

北斗的心已经疲惫至极，他不想再思考该不该杀死其他人的事情。可是，绝不能让这位年轻的女护士逃掉。如果她逃到了外边，那么不但饭冈的牺牲变得毫无意义，而且对生田友亲的复仇也将永远无法实现。北斗只感觉自己处于脱水状态的身体显得异常沉重。他试着迈开脚步去追关本护士，可与上次扑上去刺饭冈不同，这次他的身体僵硬得像个机器人。北斗感觉这简直不是自己的身体，想控制自己的动作都难。

尽管如此，北斗还是在走廊中段追上了关本护士。他从关本的后背用力刺了下去，这次的手感没有上次那么绵软，刀子无法刺入很深，可能是刺到骨头上了。关本护士连续地发出一声声尖叫，但在北斗身体和刀子的冲击力下，她还是扑倒在了地上。趴在地上，她双手抱着头，用发自内心的惊恐的声音哀求着："求求你！不要杀我……不要杀我……"

疲惫的北斗骑在了关本护士的背上，用他那柄黑色的刀子在这位年轻女性的后背上胡乱地刺着。心脏、脊椎、肾脏、肝脏……之前研究的人体要害部位，现在在北斗脑子里一个也找不到了。他只是无言地胡乱刺着。可是这个女人为什么还不死呢？她还在发出歇斯底里的尖叫。不管怎么样，北斗还在挥舞着刀子。总之不能让她活着，如果她跑掉了，那么杀死生田友亲的计划也将就此流产。北斗眼前一片黑暗，他嘴里发出犬吠一样的声音，拼命地刺着。

"不要杀我……不要杀我……妈妈！"

听到最后这句话，北斗停了下来。妈妈。这个女护士也是别人的女儿，她也有妈妈。从还有微弱起伏的女护士身上站起来，北斗单手握着刀子大口地喘息着。为什么事情会发展到这个地步？谁能告诉我为什么?!北斗在心中呐喊着。他全身溅满了年轻女护士的鲜血，就像用鲜血淋浴了一样。地板上、墙壁上，甚至天花板上都有飞溅的血迹。

在北斗眼前，关本护士停止了呼吸。吐出最后一口气后，她的身体就再也没有上下起伏了。“端爪北斗杀了人”，那个声音又来了。“端爪北斗杀了两个人”。此时，北斗的身体就像装了湿沙子的麻袋，沉重无比，他都没法把脚抬离地板。他只能拖着脚步沿着走廊回到了大厅中。而手里的一把刀子，也有杠铃那么重。回到大厅后，只见北斗身后有两道血脚印，而且这血的足迹是连续的两道，因为这一路，他的脚是在地上拖过来的。

北斗一边颤抖，一边脱掉身上的衣服。

他用脱下来的、沾满血渍的T恤衫擦了擦脸和头发，想把身上的鲜血擦掉，然后从背包里拿出准备好的干净衣服，慢吞吞地往身上套。北斗身体在颤抖，但头脑中的那个声音还是没有停过，过一会儿就出现一次，“端爪北斗杀了人，杀了两个人”。事情已经到了这个地步，北斗就更没有退路了，今晚必须杀死生田友亲。为了杀那个男人，已经有两个无辜的女人成了牺牲品。

北斗看了一眼手表，七点二十分。根据北斗的感觉，刚才杀死两个人的过程是那么漫长，但从时间上看，却只过了十几分钟。在这个研究所里，时间到底是以什么方式流逝的？因为身体的颤抖，北斗的上下两排牙齿也不停地撞击着，发出嗒嗒的声音。他扭过头来，望了望研究所的大门。

北斗在祈祷，希望生田友亲早点回来。

现在，北斗所能做的唯一一件事情就是祈祷那个男人尽早回来。完成这项工作之后，北斗的身体和内心疲惫到了极点，强烈的睡意瞬间涌上了大脑。但是，北斗告诉自己，绝对不能在这里睡着。在杀死生田友亲之前，自己永远只是一个没有归宿的孤魂野鬼。杀死那个男人，为绫子太太报仇，惩罚他的医疗欺诈行为，是北斗存在的唯一，也是最终目的。

全身散发出刺鼻的血腥味，在这个时间静止的白色大厅里，北斗继续等待着。

一个小时就像十年那么长，不！应该有一个世纪那么长。

北斗回顾着自己二十年的短暂生涯。他最先想到了自己的亲生父母，和他们生活在一起的日子，自己不能安心吃饭，更没睡过安稳觉。在父母的暴力虐待下，内心只有“恐惧”两个字。他的神经一直处于紧张状态，在自家的客厅里是这样的，在自己的床上也不敢放松。后来遇到了绫子太太，真是天上掉下来的幸福，可是，除了绫子太太之外，自己也没有向任何人真正敞开过心扉。学校的同学、高中时的女朋友，自己都没有真心对待过。自己是一个无法和任何人发生联系，也不被任何人需要的人。

自己本就不应该来到这个世界上。北斗从内心深处坚信这一点。

如果有可能的话，最好这一次自己也一同消失。北斗看了看沾有两个无辜女性血液的黑色刀子。刀柄上缠的黑色皮绳已经吸饱了鲜血。而经过特殊加工的刀刃，一点损伤的痕迹都没有。和这把尖利的刀子比较起来，人体的骨头和血肉简直太柔软了。

现在，就在这里结束自己的生命，是一件多么轻而易举的事情啊！北斗心想。只要用这把刀轻轻地刺进自己的喉咙，用不了几秒钟，就可以成功逃离这个世界。“端爪北斗杀了两个人”，这个声音也就不会再缠着自己了。

可是那样的话，生田友亲就会继续活在这个世界上。

这种情况，是北斗无论如何也不能接受的。

现在，自己已经杀了两个无辜的人。而就在五天前，自己刚过了二十岁生日。自己已经是成年人，因此按照自己的罪行肯定会被判死刑，这是确定无疑的了。但是北斗想，在自己死之前，一定要拉上生田友亲当垫背的。

生田友亲啊，你快点回来吧！

复仇的念头，是支撑北斗生存下去的唯一理由。而现在的北斗，就像一块千疮百孔的抹布，已经悲催到了难以形容的地步。

虽然在这个白色的大厅里时间流逝得很慢，但它并没有停下脚步，可是，不管过多久，都不见生田友亲的影子。

从杀死饭冈算起，已经过去了九十分钟，突然，门铃响了起来。那刺耳的声音把北斗惊得直接从沙发上弹了起来。他直挺挺地像个僵尸一样走到大厅接待台的后面，那里有可视门禁系统的显示器，从那个显示器可以看到外面按门铃的人是谁。结果，显示器上浮现出一个戴着黑框眼镜的男人的脸。北斗拿起听筒，想听听对方有什么事，结果，听筒中传来了那个男人的声音："你好！我是《周刊时代》的记者，我叫浜田。生田友亲所长貌似还没有回来吧。关于这次警方传唤生田所长的事情，我们想采访一下研究所的工作人员。"

在那个男人的身后，还有好几个端着"长枪短炮"的摄影师、摄像师。那些"长枪短炮"包括单反相机、摄像机，等等。它们的镜头都瞄准了那个按门铃的男人。北斗连忙切断了通话，担心自己也被照相机或摄像机捕捉到，其实，门外的门禁系统根本看不见里面的人的影像。接下来，自己该怎么办呢？继续等下去的话，生田友亲真的会回来吗？在被媒体记者包围的这个研究所，生田友亲敢来露面吗？

但是，只要有一线可能，北斗就会继续等下去，直到复仇成功。

于是，北斗决定和两具尸体一起，在这个建筑物中继续等待。

每隔十分钟左右，门铃就会响一次。一开始，每当门铃响起的时候，北斗就像挂在鱼钩上刚出水的鱼一样，从沙发上蹦起来。

对于大多数门铃的响声，北斗都充耳不闻。但偶尔，他也会拿起门禁系统的听筒和按门铃的各报社记者说几句。北斗想通过记者的嘴了解一些外面的信息，但他最主要的目标是想知道生田友亲什么时候从警察局出来，以及会不会回到研究所。于是北斗装作研究所工作人员的语气，和门外的记者交流着，一点点搜集着有用的情报。

在杀了两名无辜的女性之后，自己还能如此冷静，就连北斗自己都感到吃惊。北斗借用接待台里的笔和笔记本，把门铃响的次数、时间、和自己对话的记者的名字、所属报社、获得的信息等都详细记录了下来。其中，和北斗通话次数最多的就是第一次按门铃的那位《周刊时代》的浜田记者。

“根据我们手头掌握的资料，现在波洞研究所的工作人员只有两名女性，请问您是哪位呢？”浜田问。

北斗朝大厅中的沙发那边望了一眼，中年女性办事员饭冈的血迹已经凝固，变成黑红色。北斗的身心已经非常疲惫，他懒得再给自己编个新名字，于是说：“我是办事员饭冈的亲戚。最近生田所长太忙了，研究所人手不够，就喊我来帮忙，算是打零工。我还是个学生。”

浜田记者把这个新情况记录在了笔记本上。同时他说：“那请让饭冈小姐出来说话，估计你还被蒙在鼓里，对波洞研究所的医疗欺诈你肯定不清楚。”

北斗再次看了看饭冈的尸体，如果没有血迹的话，她就像安然地睡着了。从她高跟鞋鞋底的花纹来看，那还是双新鞋，没穿多久。今天下午第一次见到饭冈时，她对自己说了些什么来着？北斗努力地回想着。

“那个，我姨妈说她下个月就不在研究所工作了，她已经交了辞职信。她说不想再对媒体说任何事情。不好意思啊。”

犯了杀人重罪之后，再说多少谎话，也没什么感觉了。

“哦，那好吧。”

这时，浜田背后好像有动静，一个年轻记者朝浜田走了过来。显示器中，浜田的脸旁边又出现了一张脸，他在浜田耳边说了几句悄悄话。

声音虽小，但北斗也隐约听到了。

“生田友亲好像从警察局出来了。”

听到这话，北斗极力抑制着内心的激动。门外的记者肯定想不到，自己是为杀死生田友亲才在这里等待的。北斗装出若无其事的声音问：“生田所长之后会怎么样？他会被逮捕吗？今晚他会回来吗？之前他好像已经把研究所的钥匙交给我姨妈保管了。”

从显示器屏幕中北斗看到，外面有些摄影师已经开始收三脚架，把器材都装回了面包车中。看样子他们是要撤退了，为什么呢？难道那个男人真的不回研究所了吗？北斗着急了。

“啊，生田友亲已经离开警察局了，有人看到他的汽车开进了港未来①的酒店。今晚，他多半会做缩头乌龟，不会露面了。我们也准备赶往那家酒店去看看。我说，饭冈小姐的外甥，你还年轻，这个研究所你最好不要参与太多。再见。”

说完，浜田记者的脸从门禁系统的显示器上消失了，屏幕上只剩下横滨高级住宅区的街景。路边的树木，在春末夏初的夜风中，摇摆着叶子。那是白杨吧，沿路种的白杨树好像都是从一个模子里出来的，长得都差不多。北斗确认了一下时间，晚上九点半了。自己来到这个研究所已经四个半小时了。这真是一段漫长犹如噩梦的时间，北

① 日本横滨市西区及中区交界水岸的都市再开发区。

斗恨不得立刻离开这个建筑物，一秒也不想在这里停留了。

北斗和两具尸体已经共处了两个多小时，而那两个人都是自己杀死的。他的忍耐已经接近了极限。但是同时，北斗依然发挥了超强的忍耐力，在外面的记者全部消失之前，他又和两具尸体共处了一个小时。

此刻盘旋在北斗头脑中的想法是如果逃离这个犯罪现场，逃离的方法是个问题。离开这里之后，自己要去高级酒店袭击生田友亲，必须重新制订一个计划。

北斗已经不把自己当人看了。自己是为了杀死生田友亲而射出的一支箭，是朝着目标直线高速飞行的一支箭。自己已经没什么好犹豫的，也没什么可反省的。自己接下来要采取的一切行动，都是为了将那把黑色的刀子全部刺入生田友亲的胸口。

关于那两位牺牲者，等一切都了结后再想也不迟。

对于自己杀死的那两位女性，北斗一点都不了解，也不想去了解。人的灵魂离开身体之后，剩下的就只是一堆血和肉了。这样说来，那两具尸体也没什么值得看的。她们只是自己在实现最终目标的过程中，偶然出现的两个牺牲者。中年女性办事员也好，年轻的女护士也罢，她们都是北斗复仇路上的障碍物。

晚上十点半已过，北斗从研究所的后门离开了这个奇怪的建筑物。

北斗先把后门打开一条小缝，窥探了一下外面的情况。外面只有凉爽的夜风。高级住宅区到了这个时间段，汽车、行人都已经非常稀少了。外面整齐排列的房子，就像电影中的情景，只有街灯照着黝黑的柏油路。北斗早已换上没有血迹的干净衣服，从后门悄悄地潜入了夜色之中。

北斗尽量不让自己走路发出声音，极力装出一副往家赶的学生的模样。走出几十米之后，他回头望了望波洞研究所。那个被半透明树脂材料包裹着的卵形建筑物、静寂的高级住宅区发散出奇异的光彩。在那个犹如细胞一样的建筑物中，现在正躺着两具冰冷的尸体。难道，那是自己出现的幻觉吗？

北斗把手抬起来放在鼻子下闻了闻。

之前已经在研究所的卫生间用洗手液反复洗了好几次，但血液的腥味还是无法全部清除掉的。在一层薰衣草香味的下面，还能嗅出凶暴的血液和死亡的气息。反正已经杀人了，再多杀一个也没什么大不了。这是在北斗以前看到的动作片中，反派角色气势汹汹地说过的台词。现在，自己也和电影中的反派角色一样了，没得救了，北斗心想。

傍晚时分刚来到这里的自己，和现在的自己绝对是完全不同的两个人。现在的自己已经烙上了杀人犯印记，必须得和死亡的气息一起活下去。但是，这个时候感伤，绝对是一种奢侈的行为。此刻的北斗只能心无旁骛地笔直飞行，因为他早已经是一支离弦之箭，最终目标就是杀死生田友亲。

北斗把两位死者与作为杀人犯的自己之间的一切联系都用快刀斩乱麻的方式麻利地切断了，然后埋头走进横滨市的夜色之中。明天！绝对要杀死生田友亲！北斗的意志就像一颗玻璃球，既清澈透明，又坚硬无比。他的生存目标只有一个，一个人如果只是为了杀戮而生，那么多几个牺牲者也不是问题。走着走着，北斗的肚子传来咕咕的叫声，这时他才意识到，自己是那么饥饿，饿得恨不能马上昏倒在地。只要是食物，只要能够补充营养，估计他什么都能吃得下去。

为了实现人生最终的目标，北斗走进了繁华的商业街。首先要补充营养和睡眠，明天一早再起来做最后的工作。对此，北斗心中没有丝毫的犹豫。

19

端爪北斗疲惫至极。

到目前为止，北斗的人生只有二十年零五天，这是他第一次感觉到如此疲惫。自己的血液就像泥浆一样根本流不动，肉就像煮过一样，已经失去了柔软的弹性，浑身的骨头似乎都被剔掉了，根本无法支撑自己的肉身。全身六十万亿的细胞每一个都累到了极点，北斗的眼睛蒙眬得看不清前面的路，耳朵嗡嗡作响，只听见山崩地裂的响声。他连自己在想些什么都不知道，甚至不愿去想任何事情。每往前挪动一步，几乎都要使出全身的力气。四肢都在颤抖，手掌想握成拳头都难。

北斗定了定神，抬头望了一下前方。港未来区的一座超高层大厦映入眼帘，在黑夜的背景下，那大厦就像飘浮在空中的楼房，也像古代的城堡。那座大厦的上层是一家豪华酒店，今晚，生田友亲就住在那里。在研究所的大厅中，北斗和两具尸体一同等待时机的时候，他打开电视看了会儿新闻。新闻中说，生田友亲离开警察局后，就驱车来到了这座大厦，应该是住进了其中的酒店。那个男人必须得死，因为他，自己已经杀死了两名无辜的女性，那种异样的疲惫感，可能就是由此产生的，北斗心想。连累到无辜的人，这又增加了自己对生田友亲的仇恨。

在北斗那特殊的思维模式中，杀死生田友亲并不是犯罪。因为自己杀他有正当的理由，虽然在人类社会中杀人是一项极重的罪，但在自己的判断标准中，北斗并不把自己看成“杀人犯”。北斗早就想好，当成功地杀死生田友亲之后，他会爽快地去警察局自首。即使接受法庭的审判他也不怕。任何罪、任何惩罚，他都愿意接受。

他正想堂堂正正地站在法庭上伸张自己的正义，揭露那毫无效果的医疗欺诈，把养母绫子太太所遭受的苦难和仇恨，一一陈述出来，然后挺起胸膛接受判决。

但是，北斗也知道，自己杀死两名无辜的女性，就不是正义的举动了。虽然北斗自己心中的判断标准异常牢固，不会受社会法律、道义的影响，但即使在这个判断标准中，自己杀死两名无辜女性的行为，也是“犯罪”。对于这两个人的死，他在法庭上是不敢挺起胸膛伸张正义的。或者说，对于这件事情，他是抬不起头来的。

在夜风的吹拂下，北斗额前的头发飘散起来。他闻到了自己身上散发的一股血腥气息，于是慌忙地环视了一遍自己的周围，发现近处没有人，才稍微放下心来。坐到樱木町地铁站附近，才看到远处稀稀疏疏有几个人影晃动，不是正往家赶的打工族，就是下了补习班的学生。

对于生田友亲所住的那家酒店，北斗不太熟悉。不管怎么说，已经接近深夜，这个时候如果直接打电话给生田友亲，提出见面要求的话，肯定会被拒绝。在警察局被询问了那么长时间，那个男人应该也很累了。所以，北斗决定明天一早再来酒店。要么在朝阳照射下的酒店豪华大厅里，要么在宾客们用早餐的酒店餐厅里，再对生田友亲下手。在众目睽睽之下杀死那个男人。要像刺死饭冈一样，一刀漂亮地结束战斗。

想到这儿，北斗的心情才稍微放松一点，然后，他像一个影子一样摇摇晃晃地朝繁华商业街走去。绫子太太的房子已经回不去，作为一个杀人凶手，北斗已经没有任何归宿。但北斗并不介意。反正自己在这个奇怪的世界上所剩的时间也就不到一天了。

在明早的阳光之中，杀死那个男人，一切就都结束了。

现在的北斗弓着背，拖着脚步，寻找一个能够睡一觉的地方。

在方砖铺成的人行道两侧，半数以上的店铺已经拉下了卷帘门。

虽然是横滨的繁华街，但到了这个时间，外出活动的人也不多了。在附近，北斗认识一家网吧。他曾经来过一次，现在他的目的地就是那里。北斗拖着烂泥一般的身体向前摸索着。虽然已经疲惫到了这种程度，但那令人讨厌的不断冒出的汗水还是没有停下来的迹象。四月末的天气，虽然白天已经有夏日的热度，但夜间的风还是有些凉的。可为什么还在出汗？难道自己身体调节体温的功能已经紊乱了吗？也许是杀死了两个人之后，自己已经不是人间的生物了。北斗胡思乱想着。

那家网吧在一幢商务楼的二楼，那里混杂着很多店铺。一楼是二十四小时营业的快餐店，快餐店的灯光透过落地玻璃把街边照得犹如白昼。而通向二楼的楼梯处，灯光更加耀眼。就像用灯光吸引飞蛾一样，这里也吸引着很多贫穷的、晚上不知该去哪里过夜的人们。越是贫穷的人，越是被剥夺得更多。北斗突发一阵怜悯之后，转念一想，这个国家的社会现状就是如此，也没有什么值得大惊小怪的，而且自己不也是被剥夺得一无所有的人吗？

楼梯间从墙壁到楼梯都被漫画海报贴得满满当当，在强烈光线的照射下显得异常炫目，这里仿佛是一个异世界的空间。北斗沿楼梯走上二楼之后，一扇磨砂玻璃的自动门感应到了人体的移动，于是自动滑开了。因为自动门是磨砂玻璃制成的，所以在它打开之前，看不到里面的情况。当门滑开之后，首先映入北斗眼帘的是网吧的接待台，因为它紧挨着自动门。接待台后面站着一个和北斗年纪相仿的男青年，见到有客人来，他先微微鞠了个躬，然后用毫无感情的语调细声细气地说：“欢迎光临！您要上网，还是过夜？您有我们的会员卡吗？”

北斗疲惫的耳朵零零星星地捕捉到了对方的话语，那话语的断片刺得他鼓膜有些痛，一时之间他竟没有反应过来对方在说什么。迟疑了一会儿他才开口说："过夜，没有会员卡，我不打算办。"

北斗的喉咙干得快要掉渣，所以说话的声音沙哑得像个老头。接待台后的那个男青年像是对北斗失去兴趣一样，低头在卡片上写着什么。

"非本店会员的话，过夜的价格是二千日元。请在这张卡片上登记您的姓名、住址和联系电话。"

北斗知道这家网吧不需要提供身份证，所以他就瞎编了一些内容填在登记卡中。北斗把填好的登记卡还给店员之后，对方递过来一个很小的塑料卡片，上面写着"二十八"。

"您是第二十八号包厢。请自行保管好自己的贵重物品，丢失的话，本店概不负责。"

北斗点了点头，然后就朝接待台旁边的饮料机走去。这里的饮料可以免费喝。北斗用纸杯连续喝了两杯可乐，又喝了两杯冰咖啡。可是，不管喝多少，身体都像干燥的沙子一样，把所有水都吸了进去。北斗想，杀人之后喉咙就会感到干渴，可能等明天一早把生田友亲杀死之后，这种干渴感就会消失吧。

北斗首先想到的是淋浴，把身上的血腥味和死亡的气息都冲洗掉。于是他走进了网吧的公共淋浴室。那是一个非常小的卫生间，里面又被隔成了四个更小的淋浴室。北斗肩上的背包已经比之前轻了许多。沾上血污的衣服已经被分批丢到了街上的便利店、快餐店门前的垃圾桶里了。背包里剩下的只有钱包、手机、随身听，以及重量最大的两把刀子。

在淋浴室中，北斗把背包放在头顶的铁架上，又脱掉了衣服。虽然只有一天没见到自己的身体，但它明显瘦了很多。肋骨都一根根地凸显出来，而且身体各处还有一些新出现的伤痕。尤其是小臂和大腿处，带颜色的瘀青很显眼。黄色的、绿色的、紫色的伤痕，就像恶心的虫子一样潜伏在皮肤下面。肯定是在杀死那两个人的过程中，在什么地方碰到的，可北斗当时一点都没有注意到。

北斗用手撑在墙上，任凭喷头中的水淋在头上，如果松开手的话，自己肯定会马上瘫倒在地上。冲了一会儿之后，北斗拿洗发水使劲在头上搓着，搓出了很多泡沫，冲掉泡沫之后又搓了一遍洗发水。然后他又用店家准备的沐浴液清洗自己的身体。这种廉价的沐浴液散发着浓烈的薰衣草香味，明显是一种化工合成的香精。但只要它能掩盖掉自己身上的血腥味，北斗就满足了。

把身上的汗水和异味洗掉之后，北斗从背包里掏出了那把全黑的野外生存刀。如果刀上的血迹不及时清理的话，也许会生锈吧。等到下次对生田友亲使用时，不锋利可就麻烦了。北斗蹲在小小的淋浴室里，把黑色的刀子放在地上。然后将沐浴液淋在刀子上，开始清洗它。因为没有经验，一不小心还把左手的大拇指割了个口子，伤口挺深的，流了不少血。随后他才想到一个安全一点的方法，把自己的袜子套在手上，擦洗着刀刃。全黑的刀子是一把单面刃的野外生存刀，杀死那两个人之后，只有刀尖部分有一点点轻微的弯卷，刀背和刀身一点伤痕都没有。看来，和金属相比，人的肉体还是要脆弱很多。那么，对于那个瘦弱的老人，这一把刀就足够了。也许那把大马士革刀永远都没有登场的机会。

在狭小的淋浴室中，北斗花最多时间去做的一件事情就是清洗刀柄上的皮绳。皮绳本身吸饱了鲜血，而皮绳的缝隙间也满是干涸的血渍。不管冲洗多长时间，从刀柄处淌下来的水都是淡红色的。

沾了两个女性鲜血的刀柄，北斗反反复复地洗了三遍。他想，反正再洗也还是会淌血水出来，干脆作罢，用毛巾将刀子擦干后，把它放回了背包中。

二十八号包厢的面积只有两张榻榻米大小。它和相邻的包厢之间只有一面和北斗肩膀同高的隔断墙，上面都是相通的。一张长条小桌子靠着其中一面隔断墙，上面放着一台可以看电视、看DVD、上网的电脑。旁边还有一台游戏机。游戏机的旁边是一盒纸巾，里面剩的纸巾已经不多了。

除此之外，就只有一张黑色合成革的折叠躺椅了。这也是北斗将要用来休息的地方。折叠躺椅的靠背放到最低，也不是平的，北斗只能斜倚在上面，而小腿部位没有支撑，北斗的腿只好伸到桌子底下的电脑主机旁。

北斗打开了电脑，想看一下电视节目中的深夜新闻。已经快到深夜十二点，新闻节目中重复播放着当天发生的最新事件。比如首相的支持率和号召力持续下降；首都高速发生两辆卡车相撞的事故；日元走高，股市大跌；寒冷的北海道，樱花刚刚开放……看着看着，北斗的眼皮就垂了下来。他心想，按照这个节奏下去的话，估计波洞研究所里的那两具尸体暂时还不会被发现。那样的话，明天一早就可以安心地把剩余的工作处理完。

可就在北斗快合上眼睛的时候，单调的电视画面中出现了一个变化。在画面中面无表情地播报着新闻的女播音员旁边，伸进一只手，递过来一份稿子。女播音员开始念那份稿子，估计是最新的新闻。

“现在播报一则刚刚收到的突发新闻。今天，在接受警方问询的生田友亲所创办的生田波洞研究所中，发现了两具女性职员的尸体。目前，警方已经把此案件认定为凶杀案，并迅速展开了侦破。”

躺在折叠椅上的北斗，瞬间感觉自己身体里的某种东西崩塌了。耳朵里传来汩汩的血流声。他们已经发现了！才过了几个小时而已。刚才自己没有回家就对了。研究所的某个地方肯定留下了自己的名字。不是前台接待簿上，就是前台电脑里，因为他们会记录每一位访客的信息。而在那段时间里只有自己到访过研究所。

北斗意识到，自己复仇的时间所剩无几，也许从明天开始，警察就会把生田友亲“保护”起来了。自己肯定还有转瞬即逝的机会，但不管怎么样，现在必须得休息一下，补充好体力再说。北斗极力控制着自己波澜起伏的内心，想让自己赶快入睡。

在黑暗的天花板上，可以看到空调通风管道蜿蜒地爬行其间。一夜只要二千日元的便宜网吧，肯定不会花钱装修丑陋的房顶，就让它裸露着。还有一些顾客没有睡，天花板的好几个地方反射出电脑显示器的微弱光亮。

北斗把腿搭在桌子上，努力让自己快速睡着。刚才洗澡时冲掉的汗水，现在再次冒了出来，而且出得更多，他全身都湿透了。本来已经干了的头发，现在又像被水淋过一样。

恐惧真是个无孔不入的东西。

北斗已经杀了两个人，这本来应该是件恐怖的事情，但北斗自己并没有感到一丝恐惧。他怕的是被别人追捕，而不怕当杀人的一方，就像大自然中的狮子和角马一样，捕食的一方不会害怕，只有被捕食的一方才会恐惧。弱肉强食是这个世界不变的法则。刚才还是捕猎一方的北斗，仅仅因为一条短短的突发新闻，就变成了被捕食的一方。

其实，北斗最害怕的是自己在杀死生田友亲之前，就被警察抓到。那样的话，自己杀死的两名无辜女性，真是白死了，一点意义都没有。同样地，自己也就成了半途而废的复仇者，成了愚蠢的杀人犯。

现在不是睡大觉的时候！北斗把躺椅的靠背调直，坐起来再次启动了电脑，必须得对生田友亲所住的酒店进行一番考察。

网络连上后，北斗先搜索到了港未来区那家酒店的主页。

那家酒店的客房位于日本东部第一高楼的第五十二层至第

六十七层。酒店大堂设在大厦的一楼，餐厅设在二楼。在反复研究酒店网站的过程中，忽然有一个好主意闪现在北斗的头脑中。位于大厦二楼的餐厅和一个大型购物中心是挨在一起的。也就是说，可以不通过一楼的酒店大堂，从二楼的购物中心混入酒店餐厅，再从餐厅乘电梯直达客房。

接下来要做的就是必须查出生田友亲所住的房间号。北斗想起了以前看过的好莱坞谍战片中的情节。一名间谍给社保局打了个电话，冒充社保局其他部门的工作人员，轻松地获取了目标人物的重要信息。一个电话就搞定了，即使失败了自己也不损失什么，到时再想别的办法就是了。反正北斗已经杀了两个人，他已经把一切都豁出去了，所以做决定非常果断。

北斗首先在酒店的网站上找到了前台联系电话，然后用手机拨通了这串号码。接通之后，北斗开口说道："我们是桐屿鲜花店。有客户在我们这里订了鲜花，请我们帮忙送到一位名叫生田友亲的客人手中。客户告诉我们，生田先生目前正下榻在贵酒店。"

"您的意思是……"酒店前台接待员似乎没有明白对方的意思。

"啊，是这样的。我们有一个客户叫远藤，他在新闻中看到好朋友生田先生遇到了麻烦，想送一束鲜花去慰问一下，于是在我们花店里订了鲜花，并请我们帮忙送给生田先生。当我们询问送花地址的时候，远藤先生告诉我们是在贵酒店，但具体房间号不清楚。我们将在明天一早请快递公司送花过来，能否帮忙查询一下生田友亲先生的房间号码？"

说完，北斗竖起耳朵认真听着。如果对方没有多想，可能接下来就会报出生田友亲的房间号。可是，他听到的是："对不起！我们不能随便透露客人的信息。"

对于这种情况，北斗之前也已做好心理准备。他死缠不放。反正已经编了谎话，干脆就编到底。

“这样啊，那可就麻烦了。完不成客户交给的任务，我们要被骂的。”

“要不你们把花送到酒店大堂，我们帮忙转交到客人手中，怎么样？”接电话的前台小伙子人不错，语调中能听出同情的口吻。

“万分感谢！这样做我们花店倒是没意见。可与我们合作的快递公司不愿意。之前也这样做过，但发生了好几次纠纷，要么送错了人，要么送到客人手中商品已经毁坏，到时候找责任人都很麻烦，因为中间发生过转手。如果不写清客人的具体房间号，他们不会接件。所以我才特意打电话来查询客人的房间号。”

“哦，明白了。请问你们送的东西，具体是什么？”

听到这个问题，北斗有点着急了，因为之前完全没有设想过。情急之下他随口说了一句，可这句话说出之后，他自己都感到吃惊不已。

“一篮白菊花，还有一张卡片。”白菊花一般是送给死人的呀。

接电话的酒店前台接待员沉默了一会儿。北斗屏息倾听着，可能因为握手机太用力，耳边似乎传来了塑料零件被捏碎的声音。电话中可以听到，接待员和旁边的人交谈了两三句之后，对着北斗说：“好的，生田友亲先生的房间号是6307。”

“明白，非常感谢！”

北斗把那个号码牢牢地记在了心间，然后挂断了电话。北斗高兴得真想大喊几声。但现在的场合不适合那么做。取而代之，北斗表达兴奋的方式，是在狭小的包厢中紧握双拳，将双拳高高举过头顶，用力做了一个胜利欢呼的动作，但嘴里没有出声。

这样的话，明天早晨就可以结束一切了。

成功杀死生田友亲的话，那么死在自己刀下的人一共就有三个。自己已经年满二十周岁，又是有预谋、有计划地杀人。自己的精神状况也没有出问题，有完全行为能力。虽然事出有因，但对量刑的影响估计也微乎其微，因此北斗断定：自己离死刑已经不远了。

虽然对这样可怕的结果已经确认无疑，但北斗还是忍不住哼起了小曲。那是小时候听过的流行歌曲，想了半天北斗也没想起那个歌手的名字。

睡意离北斗还很遥远。

在狭小的空间中伸不直双腿是件很难受的事情，北斗在折叠躺椅上翻来覆去，换了很多姿势，可还是无法找到最舒服的姿势让自己平静下来。所以，对于那些经常在这种便宜网吧中过夜的、从事不规律工作的同龄人，北斗在心中泛起一阵同情。虽然北斗已经犯了最严重的罪，但他竟然还会对社会的不公感到愤慨，这一点连他自己都觉得奇怪。不过，人都是这个样子的，总是把自己的情况放在一边，而对别人的不公愤愤不平。

北斗实在睡不着，就开始思考死刑的事情。

他试着在网上搜索了一下“死刑”这个关键词。结果显示竟然有五千六百四十多万条相关信息，这个数字还是相当惊人的。北斗在狭小的包厢中笑了。因为看样子大家对死刑还是很感兴趣的。北斗又查询了一下死刑犯从审判到执行死刑之间的平均时间，结果是七到八年的时间。最近日本法院审判的速度已经有所提升，那从初审到判决也要大约一年时间。如果犯人不提起上诉的话，那么七八年后就要执行死刑。

北斗心想，如果按照这个平均时间计算的话，自己大约要在二十八岁时被执行死刑。

看来自己活不到三十岁了，这让北斗感到十分满意。因为自己的人生没有意义，自己存在与否对这个世界来说一点影响都没有。这就是端爪北斗，也许端爪北斗只是一个符号。亲生父母是为了虐待他，才生了这个孩子，而上天赋予他命运唯一的任务就是复仇。北斗既没有希望，也没有未来。

对于北斗来说，被逮捕、审判、判死刑，都好像是发生在别人身上的事情，他一点感觉都没有。

自己和路边的石子没有什么区别。

像自己这样的人，死与不死都没人在意，自己原本就是没有价值的生物。人们吃饭的时候，如果桌子上飞来一只苍蝇，都会毫不犹豫地把它拍死。北斗想，对于这个社会来说，自己就像一只苍蝇。

再过八年时间，自己就要像一只苍蝇一样被随意拍死了。

北斗心想，那样也不错。肯定会有一些有良知的人以端爪北斗的杀人事件为话题，辩论该不该判自己死刑。他们的辩论也许会持续到自己死后。他们可能都出生在幸福的家庭中，是奉公守法的安善良民；他们在无忧无虑的生活中，茶余饭后也许会聊到端爪北斗的话题。不知为什么，北斗对那些人的冷漠感到厌恶，他为自己不是他们中的一员而感到开心。

天快亮的时候，北斗用意志力强迫自己闭上了眼睛，不知过了多久，才浅浅地睡着了。

啊！我是不是睡过头了！

在一身大汗之中惊醒过来，北斗看了看手表，才早上八点半。北斗先去淋浴，然后穿好衣服走出了包厢。为了让自己的身心彻底清醒过来，他到接待台旁边的饮料机前连续喝了两杯冰咖啡。北斗只感觉全身多处关节疼痛，而浑身肌肉也酸得不行，尤其严重的是右手臂的肌肉。看来用刀子刺人的动作，还是需要相当大的力气的，可当时自己并没有感觉到。

在九点多一点时，北斗走出了那家网吧。

饥饿的感觉再次袭来，北斗在一楼的快餐店吃了一份汉堡包套餐。他不经意间发现，坐在窗边的那个人，是他昨天深夜从快餐店窗边经过时看到的那个人，原来他是在这里过夜的，而他面前的桌子上只摆着一杯咖啡。和自己昨晚睡的躺椅相比，那个人坐在椅子上睡觉，要更加不舒服。他怎么会落到这种地步呢？北斗胡乱想象着其中的原因。人生的转折还真是难以预料啊。想想马上要去杀第三个人的自己，就不难理解人生的起起落落。刚和养母过上幸福的生活没多久，就遭遇到养母病重、医疗欺诈等一系列意想不到的事情，于是自己才会一步步地走到今天这般田地。

生田友亲所住的酒店楼下的购物中心是在上午十点开门营业。为了消磨掉这段时光，北斗在这一带闲逛起来。不知不觉他走到了山下公园。春末的上午，阳光明媚，公园中飘荡着海潮的气息。这里有散步的老年人，甜蜜缠绵的情侣，嬉笑打闹的孩子们，推自行车卖冰激凌的小贩……和以往的周末景象没什么不同。海岸边，由退役的“冰川丸号”邮轮改造的博物馆被极其粗大的铁链固定着，巨大的船身随着平静的波涛微微起伏着。

北斗买了一个冰激凌，一边吃一边沿着海边在山下公园里闲逛。

他心里在想，也许这是自己最后一次来这个公园吧，以后恐怕再也没有机会了。如此自由自在的晚春早晨，以后的人生中不会有第二次了。自己的人生已经完全毁了。在如此悲哀的气氛中，走着走着，忽然一阵莫名的幸福感袭上北斗心头。也许是他年轻的身体对这个温暖的早晨所做出的自然反应吧。虽然自己已经杀了两个人，虽然自己正在被警方通缉，但这都不能影响北斗心中的幸福感。因为现在的自己，拥有一个完美的四月的早晨。温暖的太阳晒在身上，夹带着一丝腥味的海风轻抚着裸露在外的皮肤，这样在海边漫步的感觉，本身就是一种让人陶醉的幸福。

虽然接下来自己还有八年时间可以活，但像现在这样幸福的瞬间恐怕再难出现。

不过，虽然北斗心里清楚这些，但他并没有任何的不安，也不会叹息自己的不幸。自己的幸福时光，都已经成了过去式，但有那些就够了。北斗不期待未来。他坚信自己没有未来。

自己剩下的钱，估计以后也没机会花了。于是北斗对着在附近骑自行车玩耍的一群小朋友喊道："小朋友们，你们想不想吃冰激凌？"

听到这句话，小朋友们都停下自行车，向北斗这边张望着。

"今天哥哥遇到喜事了，想庆祝一下。我请客，请大家吃冰激凌，怎么样？"

小朋友们你看看我，我看看你，略带好奇又充满喜悦，但又不好意思地问："真的吗？"

北斗抬头望了望海湾的碧蓝天空，四月的云像棉花糖一样松软。他又环视了一下四周，海平线上有星星点点的船只，而地平线则被高低起伏的建筑物填满了。

"当然是真的啦，一个人吃两个也可以啊。"

说着，北斗喊来了卖冰激凌的小贩，给在场的小朋友都买了冰激凌。

十点刚过，购物中心已经开门，但里面还很安静。

刚开门的这段时间，购物中心里的顾客还没有做准备工作的员工多。北斗警觉着周围的情况，然后走进了购物中心的大门。一进门，那十多米高的大厅马上给人一种震撼的感觉。不知隐藏在哪里的音响播放着舒缓的英文歌曲。

北斗依然没有放松警惕。他左顾右盼一番，没发现保安、警察的身影，也没有看到便衣警察之类鬼鬼祟祟的人。于是他径直走向了自动扶梯，那里通往二楼。上了二楼之后，北斗在巨大的购物中心里寻找着酒店的餐厅。经过很多面向年轻人的时装店，终于来到了餐厅的入口。里面的人也很少，进去之后并没有人注意北斗，他走到了餐厅中通往高层酒店的直达电梯。

按了一下上楼的按钮，那个塑料的半透明的按钮亮了起来，同时显现出一个向上的箭头。没过多久，电梯门打开了，北斗迅速闪了进去。等电梯门关上，他才舒了一口气。北斗像做祈祷一样，按亮了六十三楼的按钮。电梯轿厢里只有他一个人，轿厢最里面是正面的大镜子，除了门的其他两面都装饰着带有花纹的实木板，看上去很是高级。电梯轿厢里的空调开得很足，同样也播放着令人身心放松的音乐。

在电梯中，北斗检查了一下自己的黑色刀子。它就插在裤兜里。昨天用沐浴液洗了好几遍的刀柄皮绳，干了之后略显粗糙，这样握起来更不容易打滑。北斗做了几组深呼吸，让激动的心情尽量平静下来。高速电梯在上升过程中，由于气压的变化让北斗的耳朵感觉不太舒服，他吞了两次口水才稍微缓解一点。没过多久，就到达了距离地面二百多米的六十三楼。

当电梯门打开后，北斗先把脑袋探出去左右打探了一番，电梯厅里连一个人影都没有。走出电梯，北斗看见电梯厅的墙壁上挂着大海的装饰画，靠墙的条桌上还摆着鲜花。走进楼道，就是一扇接一扇的房间门，它们都关着，就像走进了一座迷宫。北斗看了看墙上的指示牌，找到了 6307 房间的方向。

看到门牌号逐渐接近生田友亲的房间，北斗的心跳也越来越快。他觉得自己就是一台满负荷开动的机器，身体已经为下一次袭击做好了准备，但内心的某个地方依然保持着冷静。

北斗终于看见了 6307 这个门牌号。他又左右确认了一番，除了自己，楼道里空无一人。咚咚咚、咚咚咚，北斗敲了两次门，每次敲三下。里面很快传来了一个熟悉的声音，那正是生田友亲的声音：“谁呀？”

北斗没有正对大门，而是躲在门框旁边，以便让里面的人无法从门镜中看到自己。然后他说："我是桐屿花店的，受客户之托来给您送花。"

当房门打开的时候，没有白色的鲜花，只有黑色的刀子。在生田友亲还没回过神来的时候，我就送他上西天了。北斗心中盘算着。想到这里，他把手伸进了裤兜，紧紧握住了刀柄。

下一瞬间，房门"呼"的一下打开了。三个陌生男人的面孔出现在了北斗眼前，他们三人几乎把整个门框都填满了。中间那个人掏出一张纸，读了起来："端爪北斗！我们以涉嫌故意杀人和违反《刀枪法》，将你逮捕！"

同时，左右两个人像海啸中的巨浪一般朝北斗扑来，他瞬间被按倒在地。当北斗反应过来的时候，发现自己的脸已经贴在地毯上，双臂被两名警官拢到了身后。而自己手里的那把黑色刀子，也不知跑到哪里去了。北斗感觉好似几座大山压在自己背上一样，身上没有一个地方可以动弹。

原来这一切都是陷阱！在完全失去反抗能力之后，北斗终于明白了。酒店前台接待员告诉自己生田友亲的房间号码，一路上没有见到一个保安、警察……这一切都是为了把自己引到这里而设置的陷阱。此刻的北斗感到万般悔恨。自己杀死了两个无辜的人，却偏偏让生田友亲漏网了。就差最后一步，却和终极目标擦肩而过。北斗撕破喉咙般地喊了起来："生田！我一定要杀了你！……不管到什么时候、什么地方，我绝对要杀死你！"

刚才读逮捕令的那个男人的声音，又冷冰冰地从头上传了下来。此时的北斗只能看见地毯的花纹，不知道那警官是个什么样的表情。

"上午十点十三分，将端爪北斗逮捕！"

北斗闭上眼睛，也不想听，只是挣扎着大喊大叫着。那个男人应该就在房间里，他应该能听到自己的喊叫。

“生田！我一定要杀了你！……一定！……一定！”

要是喊声能杀人就好了，北斗在心中这样祈祷着，继续大喊着。直到房间的大门沉重地关闭，楼道里一直回响着北斗撕心裂肺的喊叫声。

20

停止喊叫后，端爪北斗又走向了另一个极端，一直沉默着。

被逮捕之后，便衣警官首先询问了北斗的姓名，以确认是否抓对了人。北斗只是默默地点了点头。确认之后，北斗被当场戴上了手铐，腰间也被绑上了绳子。在豪华、干净的酒店走廊中，墙壁上挂着很多和大海相关的画，而在这样的环境中，北斗戴着手铐、绑着绳子，有一种强烈的不和谐感。他简直不敢相信这是现实。但是，昨天晚上，自己确确实实用刀子刺死了两位无辜的女性。那段回忆就像梦中出现的情景，被扭曲地反映在北斗的大脑中，但他心里清楚，那是事实，无法改变的事实。黑色的手铐好像是铝制的，非常轻，但却死死地、冰冷地钳着自己的手腕。

两名便衣警官分别在左、右两侧抓着北斗的胳膊，带他沿走廊来到了电梯厅。进入电梯后，警官命令北斗面朝里站着，也就是面对着那面镜子站着。可能考虑到途中也许会有其他客人乘坐电梯，怕惊扰到客人，电梯一直降到了地下停车场。北斗被带进了停在那里的一辆面包车中，他被安排到后排座椅坐下。后面上车的警官，把车上所有窗帘都拉上了。但这窗帘也是半透明的，从外面还是能隐约看见里面的人。汽车发动后，沿着地下停车场那长长的螺旋形弯道开上了地面。一位中年警官问北斗：“外面有很多媒体，要不要戴上这个？”

说着，他拿起了一个头套。这时，北斗才第一次开口说话：“不必了。”

当面包车开出停车场出口，来到街上的瞬间，那不亚于夏日阳光的闪光灯，从四面八方像洪水一般朝汽车射了过来。数十名摄影师从各个方向拥了出来，他们的镜头像枪口一样对着飞驰而过的汽车一顿疯狂拍摄。

端爪！北斗！杀人犯！没能杀死生田你有没有遗憾？……那些媒体记者为了引起北斗的注意，喊出了各种各样的话语。对此，北斗脸上的表情没有任何变化，他眼睛直勾勾地盯着前方的道路。而不停闪烁的相机闪光灯就像飞石一样刺激着北斗的眼睛，可他的眼睛连眨都不眨一下。

至于自己的脸会不会出现在电视上，会不会让全体日本人都认识自己，北斗一点都不关心。在北斗的心中，现在只有悔恨，没有实现和养母绫子太太的约定所产生的悔恨。结果，自己还是成了一个半途而废的人。没有给生田友亲最终的制裁，没有实现为养母报仇的目标，还杀了两个手无寸铁的无辜女人，在完成人生最后一个任务之前就被警察逮捕了。在自己所剩不多的时间里，恐怕再也没有杀死生田友亲的机会了。

北斗想起了昨晚在网吧里看到的电视中关于生田波洞研究所里发现两具女尸的报道。新闻报道里曾经提到过：“完全没有过错的受害人”“残忍至极的杀人手法”“受害者家人的震惊和悲伤”“抓住凶手后肯定会判死刑或无期徒刑”……北斗相信，自己一定会被判处极刑的。面包车后面还跟着好几辆警用摩托车，每辆摩托车上都乘坐着两名警官。不曾相识的男人叫着自己的名字，这一切，北斗都觉得滑稽可笑。

港未来区的游乐园梦幻般地坐落在运河对面。北斗透过面包车半透明的窗帘，朝游乐园望去。摩天轮在温暖的春风中缓慢地旋转着，相信上面的游客一定正在惬意地欣赏这座城市的风景。急流勇进的小船沿着斜坡轨道冲入水池中，激起几米高的水花，船上的乘客发出一阵欢喜的尖叫声……自己剩下的人生虽然不长，但也应该还有七八年时间，恐怕以后再也不可能去游乐园玩，甚至连看一眼的机会都没有了。从这个角度说，游乐园在北斗眼里简直就像天堂一样。

不久之前，在酒店的走廊里，生田友亲的房间门前，自己实质性的人生已经结束了。现在坐着面包车的端爪北斗，只不过是一个被社会所摒弃的病菌。几年之后，自己将被彻底消灭，到那时，这个社会也会变得比以前更清洁一点吧。

只用了几分钟时间，面包车就开到了警察局。警察局门口也已站满了媒体人。还是刚才那位警官，开口问道："还是不需要这个吗？"

一瞬间北斗没有反应过来，不知道他在说些什么。那警官用视线瞄了一下座椅上那个团成一团、略带脏污的面罩。

"不需要。"

警察局大门两旁已经拉起了隔离带，防止记者和围观的人冲过来。面包车停在了警察局门口。

"下车吧。"

北斗默默地点了点头。车门滑开，警官先下车，然后向北斗伸出一只手。戴着手铐的北斗，如果没有别人帮助的话，下车还很困难。从汽车门到警察局大门，只有几米的距离。两者之间被隔离带隔出了一条通路，两边都是记者，也有几个围观的路人。

"北斗！"

这个声音在北斗耳朵里，就像是一个霹雳，那是明日实的声音。北斗抬起了头。在端着照相机、摄像机的记者堆中，浮现出一个没有化妆的苍白的脸，那正是姐姐明日实。她像祈祷一样，双手交叉抱在胸前，眼睛直勾勾地盯着北斗。而在明日实的身旁，站着《周刊时代》的记者。北斗想对她说点什么，可是喉咙却发不出声音来，只用口型表达了一下自己的心情：“谢……谢……再……见……”

看到明日实脸上的两行泪水，北斗想安慰、鼓励她一下，慢慢地做出了一个微笑的表情。于是，闪光灯和按快门的声音像一阵暴雨，噼里啪啦地响起来。北斗此刻的表情，一定会登上报刊的头版头条，传遍全国，而配的文字也许是“二十岁的冷酷杀人魔”。除了报刊之外，电视新闻也会反复报道北斗的杀人事件，各个网站当然也不会放过这个新闻，也许还会有设计师把这位英俊的杀人犯的肖像加以动漫化，然后印在T恤衫上出售。这是日本常有的事情。

进入警察局后，北斗没有被要求换衣服，而是直接乘上电梯被带到了审讯室。审讯室的水泥墙壁上下分别被涂成白色和灰色两种颜色。墙壁上不知如何形成的细小裂痕，让北斗看了非常不舒服。审讯室的中央放着一张桌子，墙边也放着一张桌子，北斗被安排坐在了中央那张桌子前。

不一会儿，身穿便衣的两名刑警进来之后，分别朝各自的桌子走去。其中比较年轻的刑警坐到了墙边的桌子前，并打开了笔记本。另外一名四十多岁的中年刑警则走到了北斗所坐的桌子对面，面对着北斗坐了下来。

“你倒是很有勇气啊！可是你傻吗？非要把你的脸暴露在媒体前。”

看来这个问题并不需要回答，于是北斗保持着沉默。中年刑警接着说道：“唉，好吧。接下来我们进入正题，先例行公事地说点套话，你有权保持沉默，也可以现在就请律师过来，需要吗？”

北斗摇了摇头。而对面的刑警点了点头，意思是明白了。这个中年男人给人的感觉就像一个杂货店老板，为人处世得体周到。他的头发已经不算茂盛，额前的发际线向后退得厉害，形成了一个夸张的“M”形。鬓角的头发已经白了一半。此刻，这个房间里虽然没人抽烟，但北斗却闻到一股浓重的烟草味。看来这位中年刑警是个“大烟枪”。

“关于审讯这件事，希望我们都不要给对方添麻烦。接下来我们要做笔录，你所说的话将会被记录下来，将成为呈堂证供。所以不想说的话我们不会逼你说。”

北斗点了点头，表示听明白了。

“姓名、出生年月、住址。”

北斗平静地一一回答了这些问题，毫无隐瞒。因为他已经是一个死人。

“生田波洞研究所里的两名女性职员，是你杀死的吗？”

昨晚的自己，也是自己，自己昨晚做的事，到了今天当然还是自己做的。北斗现在想一想，自己根本没有必要杀她们两个嘛。只要把她们绑起来，不让她们自由行动，等生田友亲回来杀死他后，再把两个女人放了不就行了？可是，时间不能倒退。当自己的刀子被饭冈发现的瞬间，北斗的脑子里根本来不及想这么多。当时他的心里只有一个念头，那就是杀死生田友亲。

“是我杀的。”

“逮捕你的时候，我们在你身上找到了两把刀子。经过检验，其中一把上面出现了血液反应。你行凶时使用的凶器就是那把刀子吗？”

“是的。”

“你为什么要杀死她们两个？”

对于这个问题，北斗沉默了。对于杀害两个人的犯罪事实，北斗已经供认不讳。他认为，已经承认了这个最重要的事实，再说其他的也都是浪费时间，于是他选择沉默。自己对于生田友亲的仇恨、与绫子太太最终的约定、购买波洞水让自己几乎破产、不得不退学等一切的一切，和眼前这位刑警一点关系都没有，费口舌说这些有什么必要呢？

自己是怀着什么样的动机和想法去杀人的，弄清这些对于两名被害者也毫无意义。因为不管自己再怎么供述，死去的人也不能复活了。而且，自己也不希望获得减刑。

中年刑警读懂了北斗的表情，接着说：“你不想说就不说。另外，你去酒店，是为了袭击生田友亲吗？”

“是。”

这次北斗痛快地承认了。两起杀人案，再加上一起杀人未遂，北斗感到很满意。他知道自己是最为恶劣的、残酷无比的杀人凶手。以这样的理由被世人记住，也挺不错的，算是遗臭万年了。

“对于生田友亲，你有什么想法？”

从第三者的嘴里听到生田友亲这个名字，北斗的胸中顿时燃起了一团黑色的火焰。一股因为未完全燃烧而产生的黑烟，散发着浓烈的刺激性气味，腐蚀着他的胸腔。北斗用不带任何感情的语调淡淡地说：“没能杀死生田友亲，是我人生最大的遗憾。如果现在给我自由的话，我一定会找到他，杀死他！”

对面那位经验丰富的中年刑警挑了挑一边的眉毛，说：“你也是在高等学府深造的大学生，在这种地方最好不要说那些过激的话。大家都知道，那个男人欺骗癌症晚期患者，把普通的自来水当作治病良药来卖。不过，刚才你说的话，我们不得不记录下来。你最好考虑一下自己当前的处境，我可以让你重新说一次。”

隔着灰色桌子与自己相向而坐的这个男人，确实是一个充满人情味的人呢，还是故意装出一副好心人的样子呢？北斗难以判断。

“我再问你一遍，你对生田友亲有什么看法？”

北斗的表情没有任何变化，态度也一样，他坚定地说：“如果现在生田友亲出现在我眼前，我一定会掐死他。没能杀死那个男人，我感到悔恨无比。”

做笔录的年轻刑警抬起了头，把目光投向了自己的前辈，似乎在询问他，这段话该不该记录？中年刑警用眼神给出了肯定的回答，然后用疲惫的表情对北斗说：“好吧，我明白了。你是无论如何也要把这些话带到法庭上的。”

“是。”

接下来，中年刑警开始询问北斗在行凶当天的一些行动，以及行凶时的具体细节。对于犯罪事实，北斗毫不隐讳地和盘托出。但关于行凶的动机和心理上的发展变化，则一概不提，对于刑警在这方面的提问，也始终保持沉默。

到了中午，也没人给他送午饭来，北斗虽然肚子里已经空了，但他并没有一点饥饿的感觉。刑警们中午稍事休息之后，又回来继续审讯北斗。在下午的审讯中，刑警的问题逐渐沿着时间的顺序向前追溯。突然，中年刑警抛出了这样一个问题：“你对你的亲生父母，有什么感觉？”

北斗想起了自己的亲生父母——至高和美砂子。自从和养母绫子太太一起生活之后，北斗几乎就不去想自己的亲生父母了。他想把自己受虐待的日日夜夜从记忆中抹去，将它们从心中赶出去。北斗自己认为，这是这几年来他做得不错的一件事。

北斗选择了沉默。

到了这个时候，经过一段时间的接触，中年刑警已经能够判断出对于哪些问题北斗会回避，对于哪些问题他会老实地回答。关于事实，北斗会毫无保留地说出来。而对于自己的感情、印象等主观性的话题，他一个字也不想说。于是，中年刑警改变了提问的形式。

“你的爸爸、妈妈还健在吗？”

听到这个问题，北斗高兴地回答道：“父亲已经死了。母亲改嫁了，不知道在哪里活着呢。”

中年刑警轻轻地摇了摇头，叹息一声说道：“你过得也不容易啊。”

北斗虽然没说话，但心里吃了一惊。哪有什么不容易啊？像暴君一样的父亲死了，又离开了母亲，这是自己短暂的人生中最快乐的事情啊。如果对方说自己幸运的话，自己一定会毫不犹豫地点头表示赞同。

这时，有人敲门，然后进来了一位不曾见过的刑警。他手里拿着一张A4大小的纸，让北斗看了一眼，然后很快地读了起来。北斗已经很疲惫了，茫然地任凭刑警的话语进入自己的耳朵。他大体听出了那是一份《逮捕令》，说自己因涉嫌故意杀人和违反《刀枪法》而被捕。那刑警读完《逮捕令》后便离开了审讯室。审讯继续进行。

北斗被逮捕的当天，上午接受了两个小时的审讯，中午没有午饭，稍事休息，审讯又开始了，一直到下午五点钟。中年刑警问的最后一个问题是关于绫子太太的。

“你的养母，近藤绫子太太是什么时候去世的？”

在波洞水医疗诈骗事件中，北斗和绫子太太已经非常出名。关于他们的报道已经无数次见诸报端、电视。

“这个月。”

“死因是什么？”

不管是中年刑警的声音，还是北斗的声音，都因疲惫而显得有气无力。

“肝癌。”

“近藤绫子太太最后跟你说了些什么？”

北斗只是摇了摇头。他想尽量节约自己的语言。因为他知道，今天的审讯只是个开始，今后还会持续很多天。

“看来她什么也没说。那么，你对她说了些什么呢？”

此时的北斗已经懒得开口。而绫子太太弥留之际的情景，就像第三者拍摄的电影一样，清晰地印在北斗的脑海里。北斗不带任何感情色彩，只选择把自己当时的行动说了出来。

“我问母亲，想不想找生田友亲报仇，想不想让我杀了那个家伙。”

“近藤绫子太太有什么反应？”

“她点头了。看到她点头，我就下定了决心。一定要杀死生田友亲。我绝对会兑现和母亲最后的承诺。”

说完，北斗面部痉挛般地笑了一下，然后立刻转为悲伤的表情。

“可是，结果我还是没有完成她的心愿，真是悔恨无比。”

中年刑警看了一眼手表，说：“今天的审讯就到这里吧。把手伸出来。”

进入审讯室，开始审讯的时候，北斗的手铐被摘掉了，审讯结束，又要戴起来。从凳子上站起身来的时候，疲劳让北斗感觉一阵眩晕。北斗被带到了另外一个房间。在那里，他被拍摄了正面照、侧面照、四十五度角斜面照，又被提取了指纹和掌纹。这些都将被录入警方的数据库。

随后，北斗又被带到另一个房间中，对他被捕时随身携带的物品进行了确认。两把刀子已经被作为证物没收，背包中还有钱包、手机和随身听。一件一件确认之后，北斗在物品清单上签了字。离开这个房间，又乘坐电梯向楼上移动。在警察局的电梯里，和在酒店的电梯里一样，北斗被要求朝里面的墙壁站立。

“走这边。”

年轻的便衣刑警把北斗领到了一间白色的房间。早有一位身穿警服的警官等在里面。这位警官见北斗进来，对他说：“把衣服脱掉。”

北斗脱掉了上身的长袖罩衫、短袖T恤，又脱了鞋、袜子和裤子。身上只剩下一条内裤，站在警官面前。北斗感觉很屈辱，在这里他就是一个毫无价值的生物。他对面前的警官心生憎恶。正当北斗要脱掉最后的内裤时，警官说话了。

“这样就行了。把腰带和鞋带解下来，放在这里。”

这是警方防止犯人自杀的必要措施。北斗抽出鞋带后，发现没有鞋带的鞋子十分怪异。

“把衣服穿上，鞋子换上这双。”警官命令北斗道。

旁边放着一双塑料拖鞋，上面写着“17”的数字。警官接着说：“从现在开始，你就是17号。叫你的号码时，你要及时回答。”

北斗现在能做的只有点头。穿上自己的衣服，换上塑料拖鞋，警官给他戴上手铐，系上腰绳，像物品一样被警官领着向下一个目的地移动。这次来到的是一个带有白色铁格子门的房间，也有警官待命。在这个狭小的房间中，办理了收押北斗的手续。

然后，由两名警官一左一右地带领北斗穿过铁格子门林立的走廊，这次的目的地应该是关押北斗的拘留室。路上经过的每一扇铁格子门都是一间拘留室，有多人混居的，也有单人独居的。里面关押的犯人都用目光追逐着这位新来的“同行”。北斗被带到了一间单人拘留室。

北斗进入这间拘留室后，手铐和腰绳都被解开了，随后警官说：“一会儿会给你送晚餐来。今晚不能洗澡。便池你随便使用。吃完饭后老老实实地休息。”

北斗四处打量了一下这间只有三张榻榻米大小的单人拘留室。地板上铺着毛很短的化纤地毯，淡茶色的，有几处液体留下的污渍。墙壁和铁格子门都是白色的。遗憾的是这个房间没有窗户。靠墙边有一张小床。最不和谐的要算地板上镶嵌的一个不锈钢便池。虽然便池前挡了一块半高的木板，但小便的时候，上半身是露在外面的。也就是说，以后要在警卫的眼皮底下上厕所，这让北斗感觉很不舒服。

夜晚来临，水泥墙壁给人的感觉冰冷无比。吃完晚餐后，北斗盘腿坐在这间拘留室的正中央，心想，自己剩余的、不长的人生都要在类似的牢房中度过了。

自由、隐私什么的，都是奢侈品，它们只存在于遥远的另一个世界。

自己已经不再是端爪北斗，而是 17 号。

北斗没有任何事情可做，他也不想做任何事情。

在拘留室的第一个夜晚，北斗就这样静静地感受着时间的流逝。

21

北斗在盘腿打坐。

在警察局内的一间单人拘留室里，北斗一直这样坐着。房间里没有时钟，也没有可以看到日光的窗户，所以北斗已经失去了时间的概念。只有每天三次规则的送餐，能让北斗大体了解当前的时间。

每天早晨七点，北斗会在警卫一声“起床”的命令中醒来，然后洗漱，整理房间。北斗就像机器人一样，机械地完成指定的任务。早饭时间是七点半到八点。吃饭也是机械性的，至于吃的是什么，好不好吃，北斗完全没有感觉。餐饭很简单，一汤一菜，外加白米饭。

一开始，对北斗的审讯都是那位中年刑警负责的。他叫中森秀则，四十四岁，据说他有一个和北斗年纪相仿的儿子，正上高中。令北斗意外的是，和这位刑警大叔的对话，并不像电视剧中看过的警察审讯犯人那么恐怖。

“你很有骨气，这很好，但对于我的提问，希望你回答得有诚意一点。我这也是工作。希望我们的交流不要出现不愉快的情况，所以，我们都应该为对方想一想。”

对于中年刑警的态度，北斗感觉有些不可思议。自己不是杀死两个手无寸铁的女性的凶徒吗？他怎么还这样对待自己？关于北斗袭击生田波洞研究所的新闻报道，北斗自己不曾看过，所以对当前的舆论，以及自己在世人心目中的形象，他一无所知。但是他自己认为，世人应该把自己看作一个穷凶极恶的暴徒吧。不过，在警察局中，北斗是一个中立的、安全的17号。只要警卫一叫17号，北斗就会立刻做出回应，现在已经形成了一种条件反射。而且，几天之后，北斗对那个开放式厕所也适应了。因为单人拘留室中没有窗户，空气流通比较差，上厕所的臭味不容易散去，所以北斗还自然而然地发明了一种边上厕所边冲水的防臭方法。

在审讯开始的五分钟，和结束前的五分钟，中森警官常会和北斗聊一些家常。比如，今年的夏天来得早，自己去哪儿看樱花，樱花都已经凋谢啦之类的话题，他也会询问北斗生活中的一些琐事。

不知从哪一天开始，审讯桌上多了一罐加热过的咖啡。于是每天审讯的时候北斗都能喝到温热的咖啡。北斗心里清楚，警察局是不会花经费为自己买咖啡的，这肯定是中森警官掏腰包给自己买的，所以每次喝咖啡前，北斗总要礼貌地向刑警大叔道谢。而且，为了不浪费刑警大叔的好意，北斗会把罐里的最后一滴咖啡喝光。

被逮捕的第二天，北斗被带到了横滨地方检察院，检察官在他面前读了一通他似懂非懂的法律文件。北斗对自己的未来毫不关心。他已经给自己的人生画上了句号。于是，他只是面对着检察官，等待他把文件念完。

然后，北斗又被戴上手铐、系上腰绳送回了警察局。他心想，这种毫无意义的移动和手续，真是浪费时间。北斗用那双已经死去的眼睛看这个世界，觉得很多事情都滑稽可笑。

警方对北斗的刑事拘留持续了二十天，第二十天，以两起故意杀人的罪名对北斗进行了再次逮捕，从而又延长了二十天的刑事拘留时间。之后的审讯就从中森警官手中移交给了检察官，并由检察官制作北斗的供述书。在接受中森警官的审讯中，有一点是北斗不太理解的，那就是为什么这位刑警大叔对自己的身世和成长经历如此关心。

北斗老是在心中揣摩，自己杀死了两个手无寸铁的女人。她们两个在生田波洞研究所中工作，而生田波洞研究所从事的是医疗欺诈活动，所以，要说那两个女人完全没有罪过，恐怕也不对。只不过她们的罪过还不至于大到非杀不可的地步。

杀死那两个女人不应该是整个事件的全部，也不是事件的重心。

杀人犯是个什么样的人，他在想些什么，他以什么动机行凶，另外，他的父母是什么样的人，他是在什么环境中长大的，从本质上说，这和他杀人瞬间的行为没有直接的关系。北斗始终坚信这一点。

北斗一直认为，自己应该因杀人这个犯罪行为而受到法律的制裁。可是，中森警官却会问自己很多和杀人行为不相干的、有关人性方面的问题，这让北斗感到异常不自在。中森警官又开始问了。

“你的亲生父亲是个什么样的人？”

北斗顿时因为听到“父亲”这个词而变得脸色苍白。他的双手用力握紧了自己所坐的椅子。对于北斗来说，回忆和至高有关的事情，比回忆杀人现场还要困难，还要痛苦。

“这和我犯的罪没有关系。”

中森警官用手抹掉了额头的汗水，然后在他那条廉价的合成纤维裤子上擦了擦手。

“那，你对你的亲生母亲怎么看？”

“这也没关系。”

中森警官就像一位远房亲戚一样，口吻亲切地说："我知道你不想提起他们，因为他们给你留下的记忆并不怎么愉快。我们这里有你在儿童福利司的记录。通过记录可以看出，你的父母对你十分不好。"

北斗的脸立刻就涨红了。至高和美砂子对自己的虐待，是只属于自己的秘密，从幼儿园、小学、初中、高中到大学，自己没向任何一个朋友诉说过。只对笑美莉透露过一点。在这个不太干净的审讯室中，刑警大叔突然提到这个，绝对不是一个简单的问题。对于自己有那样的父母，北斗感到很羞耻，好像那是自己的责任一样。那种羞耻的感觉即使在至高去世，美砂子改嫁，乃至现在，仍然没有消失。

北斗想把自己曾经是受虐儿童的历史抹去。如果能消去那段历史和记忆，不管付出什么样的代价，北斗都愿意。

"我也清楚你不愿回想以前的事情。但是，关于你从小就受到虐待，在残酷的环境中长大的事情，是有据可查的。在三月的一个夜晚，你被父母强迫以裸体在阳台上罚跪，直到天亮，有没有这件事？"

刚静止的血液一下子全都涌到了北斗的脑袋上，他感觉自己的脸在发烧。这种事情一定是儿童福利司的富冈告诉他的。北斗连点头的力气都没有。他全身僵硬，双手死死地抓着椅子，好像一松手自己就会落入地狱一般。

"你还经常被你母亲用衣架抽打，浑身都是伤痕，有没有这回事？"

说着，中森警官的视线落在了手中的文件上。

"晚秋时节，你们一家开车去山里兜风，父母把你赶下车，让你一个人在山中打转，有没有这回事？"

时间打着旋涡，把北斗卷回了过去。在现在的北斗的身体里，还活着一个瘦弱的小学生，流着眼泪，淌着鼻涕。

"你父亲用十字螺丝刀在你额头上几乎钻出一个洞，伤及骨头，落下了永远的伤痕，是不是？”

北斗无处可逃。不管到何时、到何处，过去的痛苦记忆一直追随着北斗。中森警官满含同情地说：“某个十一月的深夜，你悄悄离家出走准备自杀，有没有这回事？”

这一段段痛苦的记忆就像一颗颗炸弹轰炸着北斗的内心，他的心门终于被炸开了。至高那闪烁着异样光芒的眼神又出现在了北斗的脑海中，北斗只感觉呼吸困难，心脏狂跳。北斗恨死了眼前这个刑警大叔，他为什么非要揭开自己的陈年伤疤？可与此同时，他又有一种冲过去紧紧抱住他的冲动。这个大叔掌握了北斗最不想让外人知道，自己人生中最为敏感、最为羞耻的部分。

“我说，北斗，你知道我为什么要跟你提这些陈年往事吗？我知道这些往事让你非常痛苦，你甚至都不愿回忆那些事。但是，你受虐待的过去，在你现在的案子中，却是对你有利的证词。”

听到这话，北斗真想大声吼叫出来。他感觉这审讯室的四面水泥墙和天花板，以及地板正在不断向他挤压过来，压得他动弹不得，也喘不过气来。自己最为憎恨的、羞耻的遭受虐待的历史，竟然成了对自己有利的证词。自己怎么能够接受这个事实?!

“法律上的复杂条款我搞不太懂，但是，你杀了两个人，最后的判决也许会非常严厉。通过这么多天的审讯，我对你这个孩子多少也有些了解。我想帮你。”

说完，中森警官伸手拿起桌子上的茶杯，喝了一口温热的浓茶。

“给我讲讲你小时候的事情，好不好？”

中森警官这语气已经接近于恳求。但北斗却昂然挺起胸膛，坚定地说：“和这件事情没关系！”

警官的额头上又沁出了一层汗，他的表情把内心的疲惫表现了出来。

“为什么呢？你为什么要固执到这个地步？”

北斗思考了一瞬间，仅仅是一瞬间。他还是不想说自己的事情，不想说自己的心情。他在想，有没有其他方法可以逃避呢？

“请您想想受害人。她们在被杀之前，有机会对我说自己的家庭成员、日常生活吗？当我把刀举起来的时候，她们有机会对我说‘我的生活很痛苦，请放过我吧！’之类的话吗？”

听了北斗这番话，就连经验丰富的中年刑警也一时语塞，无言以对。

“我犯下了这么凶恶的罪行，理应受到制裁，可是我却以小时候受虐待的悲惨生活为借口来为自己开脱，那不是太怯懦了吗？这种事情我绝对做不出来。所以，我对自己的过去，没什么好说的。”

对于警方的审讯，此时北斗已经在心中建立了底线。对于自己有利的证言，一概拒绝。而关于至高和美砂子，以及自己受虐待的经历，也全都封印在内心深处。自己提供的证词仅限于杀人这个事实。现在的自己不是以前的生活经历造就的，当前应该受法律制裁的，是自己不久前犯下的罪行。对此，北斗已经不再迷茫。

那天晚上，北斗像往常一样，九点钟就躺在了小床上。他仰面朝天躺着，把头枕在硬邦邦的小枕头上，闭上了眼睛。他想，这个世界上最恐怖的东西，就是“故事”。人们对于别人的行为，只能以故事的形式来理解。可是，每个人的人生只有一次，经历有限，于是他们头脑中的故事类型是有限的。那么，用有限的故事类型，来理解别人的行为、生活，就难免会出现偏差或完全不能理解。

以北斗的情况来说，他是一个从小就受父母虐待的可怜孩子，长大了又遭遇可恶的医疗欺诈，养母的积蓄和留给自己的学费几乎被骗光了，简直惨到了无以复加的地步。可是，要让北斗用自己的这些故事来博取法官、陪审员的同情，是他最为厌恶的，也是万万做不到的。北斗又在想，自己这样固执算不算是一种奢侈的任性呢，也许在一般人看来，自己简直是疯了。夜已经深了，远处不时传来飞驰而过的汽车的呼啸声，这里是横滨市港未来区的一角。

北斗扪心自问了好多次，但都无法给出肯定的答案。不管最后得到多么不利的判决，自己都能接受。但要在那薄薄的口供记录本上，留下自己以往的故事，却是他无论如何都不想看到的。与让大家都理解自己，让别人都同情自己相比，北斗更希望自己的故事不被任何人理解，无法得到任何人的共鸣，希望世人把自己当作一个残酷的怪物记住。

死刑，正是北斗心中的愿望。

第一次正式逮捕，北斗被刑事拘留二十天，拘留期满后又被再次逮捕，再次刑事拘留二十天，合计四十天。在这段时间里，令北斗最为吃惊的事情发生在后半段。此时已是五月末的初夏，北斗的单人拘留室里也充满了温暖的空气。外面的世界蝶飞裙舞，已经进入了一个行乐的季节，可这和拘留室里的北斗一点关系都没有。每逢节假日，给北斗送来的伙食也会稍微豪华一些，但他对于吃什么，甚至对于活下去已经毫不关心。

在一个百无聊赖的下午，一名看守来到了北斗的拘留室门前。

“17 号，有人来探望你。”

这还是第一次有人来探望北斗，所以，因为惊愕，北斗的回答比以往慢了两秒。

“好的，谢谢！”

看守打开门走进房中，给北斗戴上了手铐、系上了腰绳，然后带着他去探望室。身后还有两名看守跟随。令北斗万分高兴的是，这一路上有机会通过走廊上的窗户看看外面的世界。远处，横滨的街景是那么漂亮，贴着玻璃幕墙的大厦高耸入云，公路上的汽车反射着阳光飞驰而过，一家人穿着漂亮的衣服在街边散步。虽然这只是通过窗户看到的景色，但在北斗眼里却是梦幻般美丽。北斗知道，在自己死前，是绝没有机会自己一个人或与心爱的人一起在初夏的阳光中自由自在地漫步在大街上了。因为清楚这一点，所以街道的景色在北斗心中就显得更加美好。

探望室在较低的楼层，所以他们得乘电梯下楼。进入电梯之后，北斗习惯性地朝向里面的墙壁面壁而立。一名看守领北斗进入探望室之后，给他解开了手铐和腰绳。北斗还是第一次来探望室，所以他把这里仔细地打量了一番。这个房间总共只有三张榻榻米那么大，中间还被透明的树脂板完全隔开了，就形成了两个更小的房间。树脂板的两边各放着一把椅子。隐约听到树脂板对面传来了几下敲门声，紧接着对面房间的一扇门打开了。

“打扰了。”

这个声音让北斗倍感亲切，虽然很平静，甚至有点冰冷，那是明日实特有的声音。她下身穿一条牛仔裤，上面是一件很薄的黑色卫衣。进屋后，明日实把挎包从肩上取了下来。北斗发现她的脸颊瘦削，整个人好像比以前瘪了一圈。明日实隔着树脂板坐在了北斗对面。

“你看上去很有精神嘛，北斗，好像还胖了点。”

自从绫子太太患病住院后，北斗的生活就被完全打乱了，不按时吃饭，不按时睡觉，所以那段时间他瘦了不少。被逮捕后，至少每天三顿饭会按时吃，也没有什么运动的机会，所以身体倒是恢复了一些，虽然说不上长胖，但至少体重恢复到了绫子太太住院前的水平。

“明日实姐姐你的气色也不错。”

北斗不知道该说点什么，于是冒出了这么一句。自己杀了人，已经和明日实是两个世界的人了。其证据之一就是彼此说话的声音都无法全部传到对方的世界去。仔细看来，将这个小房间隔开的树脂板还是两层，中间有狭小的距离。只有中间的一个圆形小窗上开了很多小孔，以便让声音传过去。而且，两张树脂板上的小孔还是彼此错开的。于是，自己的声音只有一半能传到另外一边去，剩余的一半又反射回来了。感觉就像对着一口井说话，还有回声。

寒暄之后，明日实开始抓紧时间说重要的事情："这里的探视时间很短，北斗，你听好了。富冈以及儿童福利司的人，你大学、高中、初中的朋友，现在正齐心协力地想办法救你。还有生田波洞研究所的受害者们，也都站在你这一边。他们都在想各种办法帮你减刑。明天下午，法院指定的辩护律师高井先生会来这里和你见面，到时你要把情况原原本本地告诉他，要听他的安排。"

北斗沉默了一会儿。和明日实见面的喜悦表情渐渐从他脸上消失了。明日实带着不安的表情盯着北斗，把脸凑近了树脂板，等待着北斗的回应。

"是让我讲小时候受虐待的事情吗？还是什么事情？"北斗问。

明日实皱起了眉头，说："我也不太清楚，但是很重要，高井律师说的。"

"可是我没什么好说的。我也不希望减刑。我自己犯的罪，我自己补偿。"

说完，北斗自己也深刻地感觉到，自己说的话只不过是一种有形无实的语言，显得苍白无力。如果是损坏了物品，可以修理，可以赔偿；抢了别人的钱，可以还回去。但是自己夺去的却是别人的生命，生命怎么挽回呀？人死不能复生。即使自己被判了死刑，自己的命也没法补偿别人的命。可是，身陷囹圄之中的北斗，除了这个还能说点什么呢？

"北斗，你不能自暴自弃啊。我希望你坚强地活下去。"

北斗笑了笑，算是回应吧。他心想，自己这二十年的人生，没有任何价值。继续活下去的话，也只能更糟。

“还是就此了结的好。如果我活着的话，被害者的家属是不会幸福的。我自己也是一样，在以前的人生中，只会给别人带来痛苦，我自己也痛苦。所以，为了大家，我还是死了的好。像我这样的人，继续活下去也只能是浪费纳税人的钱。”

“别胡说！”

明日实的声音中带着一股热力。她和北斗一样，小时候也生活在暴力虐待的环境中，后来被绫子太太收养，人生才走上正轨。对于北斗来说，明日实就像亲姐姐一样。

“我绝对不允许你随随便便就去死。”

明日实抬头瞟了一眼坐在北斗身后的看守，然后小声快速地对北斗说：“听着，现在整个社会都非常关注你的案子。你的照片每天都会在新闻中出现无数次，是否要对你判死刑，在老百姓中引起了很大的争论。现在的你，就像在没有安全网的保护下走高空钢索一样，有的人希望你掉下来，有的人希望你平安走过去。”

听到这些话，看守提醒明日实说：“你要注意你说的话。与本案有关的事情，不要多说。”

明日实赶快低头道歉：“对不起！我会注意的。”

明日实把两只不大的手掌贴在了透明的树脂板上。手腕上露出了以前自残的伤痕，一道、两道……很多道。

“今天我来只想告诉你，很多人在为了你的事情奔波着、努力着，希望你坚强地活下去。你并不孤独，大家在和你一起面对这个危机，他们都关心着你。”

北斗简直不敢相信，像自己这种没有价值的人，又杀了两个人，怎么会有人关心自己呢？世人把自己遗忘了倒是在情理之中。北斗一直认为，自己到了现在这个地步，应该被丢进垃圾焚烧炉，一把大火过后，血肉被烧光了，剩下的骨头也会被人随意处理掉。从此之后，世界就清洁了。因为北斗觉得自己是和社会无缘的人。

“探视时间结束。”

看守看了看表说道。应该还不到十五分钟吧。可是，在这里看守所说的话就是至高无上的法律，任何人必须遵守。可能今天来探视囚犯的人比较多，所以时间被压缩了。明日实依依不舍地提高了嗓门对北斗说：“明天你和高井律师好好谈谈。拜托啦，北斗！再有……”

明日实好像还有别的话要说，是道别的话吗？看守开始准备手铐和腰绳。已经没有时间慢慢地说，于是趁着北斗被带走之前，明日实大喊起来：“再有，你可能没有机会再认识别人了。北斗，我们组织一个家庭吧！就算你被终身监禁也没关系，我们结婚吧！”

北斗刚把身子从椅子上站起来一半，听到明日实这句话，他弯着腰停在了空中。而心脏就像被子弹洞穿一样，胸口瞬间空了一块，自然也无法做出任何回答。结婚，这个词到底是什么意思，北斗想了半天。而一旁的看守无视二人的对话，催促道：“17 号，时间到了，站起来！”

眼看北斗就要被带走，明日实张开双臂整个人都贴在了透明树脂板上，说：“北斗，我们组成一个家庭吧。一个虽然彼此永远无法触及对方，但却永远彼此关照的家庭。我绝对不让你一个人孤独地活下去。”

接着传来的是明日实的哭声。北斗站起身来，转过身去向看守伸出了双手。然后就是冰冷的手铐锁起来的声音。

“不要放弃！你不是一个人！”

“17 号，走吧！”

北斗的心已经麻痹了，他的头脑中想不出一个词语来。他只是轻轻地朝明日实点了点头，然后把哭泣的明日实一个人留在那里，和看守一起走出了探视室。在长长的走廊里，北斗听到了撕心裂肺的哭声，但那是不是明日实的哭声，北斗已经分辨不出。

22

端爪北斗拒绝见律师。

正如明日实说的，第二天下午，法院为北斗指定的辩护律师来见北斗，可是却遭到了北斗的拒绝。姓高井的那位律师，后来又连续三次要求与北斗见面，但都被北斗拒绝了。被自己杀死的两个人，有谁来为她们辩护呢？她们被自己这双罪恶的手，在很短的时间内夺去了生命。在这个五月的温暖的单人拘留室中，北斗想到了杀人者与受害者之间压倒性的不平等。

杀人凶手还活着，虽然已经被刑事拘留，并且还要接受审讯，但至少思想是自由的，每天三顿饭是不会少的，警方还会提供运动和娱乐的时间。在拘留室里，可以阅读报刊，也可以听收音机。但是，被杀死的那两个人却再也不可能呼吸到初夏那微甜的空气了，也没有机会擦去脖子上因天热而出的汗了。死亡，是一种彻底的消失。思考、感觉、行动的主体，彻底地从这个世界上消失了。因此，死亡具有一种极其强烈的压迫感。

北斗一边出汗一边思考着。

自己仅仅是坐在这个狭小的拘留室中，身体就会接收到无数的感觉信息。盘腿打坐时，腿的感觉；双手合十时，手掌出的汗；后背挺直时，背部肌肉的紧张感，从肩膀到脖子的僵硬感；胃里的空虚感……看来该到吃晚饭的时间了。虽然这些都是没多大意义的感觉，但人活着本身，就是各种感觉的累积。

北斗把手举到面前，盯着自己的手指看。那是五根纤细的手指，没有干过体力活的手指。对于自己还没有进行社会工作，就落到了这般地步，北斗感到甚是遗憾。现在，手指还有手指的感觉，还能根据自己的意志自由活动，甚至还可以去触摸别人，对此，北斗心里产生了一种奇怪的惊诧感觉，盯着手指看得越久，这种感觉就越强烈。

只要给这手指一支铅笔，就可以画出这个世界，可以写出心中的想法，没准还能写一首恋歌；这手指可以工作，为社会创造价值，给周围的人带来幸福；这手指还可以触摸爱人的肌肤，潜入她身体最隐秘的地方，给她带来无边的快感。

但是，自己的手指即将消失了，再也不会有触摸的感觉。

自己的肉体和心灵，都将消失。

一切已经太迟了。

现在这种安乐的日子不可能永远持续下去。总有一天自己会被执行死刑的。是绞刑吗？绞刑到底是什么样子的呢？虽然北斗知道这个国家存在死刑，但关于死刑的细节就无从知晓了。国家一直把死刑的细节当作一个秘密，对国民守口如瓶，因为政府认为还是不要让国民了解死刑的细节好一些。想一想，这也是理所当然的事情。毕竟死刑是一个国家的耻辱。就像在国民心中，自己这样的杀人凶犯也是一种耻辱一样。所以，死刑都是悄悄执行的，不会声张，也希望所有人都赶快忘记。

在不久的将来，自己就将从这个世界上消失。

北斗盘腿坐在单人拘留室的中央，把自己想象成一团空气。没有温度，没有重量，没有感觉，没有思考。就和这初夏的温暖空气一样，是一种可以透过声音和光线的透明存在。

一个小时过去了，北斗一直这样坐着。不可思议的是，他的内心渐渐平静了下来。

要说北斗对死亡没有一点恐惧，那也不是实话。但是，自己这个载满痛苦的主体如果不在了，那一切都解脱了。不知那一时刻何时到来，但北斗希望越早越好。

与端爪北斗这个人相比，北斗更想当这夏日的空气。

这是被囚禁在单人拘留室的北斗的心声。

第二天，又有人来探望北斗了，还是明日实。

明日实穿着一件像白云一样轻飘飘的白色亚麻长袖衬衣。外面已经这么暖和了吗？北斗心想。被拘禁在室内的北斗，感知不到外面季节的变化，只有通过探视人的衣着来判断外面的天气。

北斗刚一坐下，明日实就用咄咄逼人的口气问："你为什么不见高井律师？"

北斗什么也没说，一直沉默着。同时，他的目光透过两重树脂板盯着明日实的脸，像是要把她的脸吸过来似的。明日实的皮肤白皙，纹理细腻。虽然有点干燥，但很光滑。她的皮肤有一种不可思议的魔力，可以让人同时感觉到冰冷和温暖。在不多的探视时间里，北斗就想一直这样盯着明日实的皮肤，可是，对于明日实的问话，他又不得不做出回应。

"太麻烦了。审讯的话，刑警和检察官已经对我审了很久了。如果再让律师对我来一次审讯的话，我还得说一遍。我嫌麻烦。"

之前的光彩一下子从明日实的脸上消失了，瞬间变得暗淡下来。她皮肤下面的血管，隐约都能看得出来。人的表情真是一种微妙的东西。北斗被眼前这位年轻女性脸上的表情变化吓住了。明日实用小得几乎听不见的声音开始说话了。为了听清她说什么，北斗把耳朵凑到了树脂板的小孔旁。

"你什么都不知道！现在，关于你的案子，外面闹得沸沸扬扬。民众的意见分成几派。你小时候受虐待的事实，很多报刊都在争相报道，生田波洞研究所的骗局也已经被彻底揭穿。生田友亲骗来的那些钱，只有少部分捐给了非洲，大部分都用来购置豪华别墅、游艇，以及在海外用于信托投资。”

媒体居然已经开始报道自己小时候受虐待的事情了。明日实的这句话让北斗一瞬间有些心神不宁，但他极力控制住自己的情绪，让心情慢慢平静了下来。北斗悄悄回头看了一眼身后的看守。和上次明日实来探望自己时虽然是同一个看守，但他这次看起来却像换了个人似的。这次明日实和自己谈有关案件的事情，看守并没有像上次那么严厉地制止。而且，之前北斗就已经注意到不对劲。在拘留室里，北斗能看到的报刊上，关于自己的报道全都被事先剪掉了，多半是那个好心的看守干的。

“是吗？那些人还真喜欢多管闲事啊。”

北斗轻描淡写地说了一句，仿佛在旁观别人的事一样。现在所发生的一切，对北斗来说都没有真实感。他看这个世界，就像现在看明日实一样，有种隔着双重透明树脂板的感觉。

“你还是不愿意见高井律师吗？”

北斗点了点头。

“那我继续待在这里也没有意义了。”

就像蜡烛被吹灭似的，明日实的眼睛失去了光芒。她接着说道：“……嗯，那好吧。我明白了，就这么算了吧。”

一种不祥的预感袭上北斗心头，他不自觉地问了一句：“什么算了？”

明日实的声音中几乎不带温度。那声音像冰冷的雾一样，从她嘴里流出来。

“既然北斗你已经决心一个人去死，也不想见律师，那么就随你吧。不过，我不会让你一个人去死，所以，我也不想活了。你不用多管，反正我的生命是我自己的，我想怎样就怎样。”

说着，明日实举起了左手，把手掌按在透明树脂板的小孔上，然后面无表情地用右手解开了左臂袖口的扣子，把袖子拉到了胳膊肘。顿时，从手腕到肘关节之间那十多道自残的伤痕显露出来。北斗只感觉胸口一阵刺痛，像心脏要弹跳出来一样。明日实露出了满足的表情。

“妈妈已经离开了我们，北斗你也执意要死。虽然我拼命努力地活到了今天，但你们都去了那边的世界，我自己留在这边还有什么意思？你那么想接受死刑的惩罚，可我不想看见你被执行死刑，所以我只好先走一步了。这样我反倒轻松一些。”

最后几句，明日实几乎是微笑着说完的。北斗哑然无声，呆坐在那里，因为他知道，明日实会说到做到的。明日实和北斗一样，她小时候的生活经历让她用身体感受到，自己是毫无价值的存在。她小的时候也受到了父母的残酷暴力虐待，甚至先后六次被殴打致骨折。心灵上的伤害就更不用说了。因为北斗执意要死的一句话，可能今天明日实在回去的路上就会做出无法挽回的事情。北斗不想再看到任何人因为自己而失去生命，放在明日实姐姐身上就更不行了。

北斗知道，即使在这个绝对安全的牢房之中，自己也逃不脱某种压迫。自己引发了这么大的事件之后，北斗已经放弃了自己的人生，可是这种放弃反而让他感觉到一种奇妙的自由和安全。当然，也许这种感觉都是幻觉。即将接受审判的人、有可能被判处极刑的人，是不可能从社会中、从别人的心中获得自由的。社会的力量无处不在，即使是“铜墙铁壁”的单人牢房，社会的力量也会渗透其中。只要人活着，就不可能得到完全的自由，也不会彻底孤立地存在。

北斗感觉到背后有汗水沿脊梁骨淌了下去。现在的自己必须慎重，不能再伤害明日实。

“好，我懂了。我不想你死。”

明日实不发一言，默默地系上了左手袖口的扣子。

“那你该怎么做？”

“明天高井律师来的时候，我要好好和他谈谈。”

接下来，北斗自己都吃了一惊，他竟然用高一度的声调对明日实说：“我会好好配合律师的安排。”

听了这话，明日实把双手放在了膝盖上，咯咯地笑了。

“今天来看你之前我就已经和高井律师说好了，我赌上性命也要说服你见他。”

原来明日实早就想好了这一招。看来，威胁别人，明日实比北斗要高明得多。

“不过，我和律师谈过之后，再往下走会怎样我就不知道了。说不定不会按照明日实姐姐希望的方向发展呢，你要做好心理准备哟。”

明日实深深地点了点头。

这时，看守开腔了：“时间快到了，17 号。”

“好的，知道了。”

北斗把脸凑近树脂板，急切地小声说道：“明日实姐姐，拜托你了，千万不要为我而死。你必须活下去，忘了我，好好活下去。”

明日实的眼睛上蒙上了一层薄薄的液体膜，下一秒钟就从眼角溢出了一滴眼泪。

“我怎么可能忘记你。北斗，你现在是我唯一的亲人。我之前和你说咱俩结婚的事，也不是一时兴起。”

“17 号，时间到了。”

明日实用流泪的眼睛看了一眼北斗背后的看守。北斗虽然没有回头，但已经感受到那位中年看守被这眼神“逼退”的情景。看守不再说话，默许他们再做最后的道别。

“喜欢不喜欢、爱不爱，都没关系，我们两个人的灵魂是联系在一起的。有一个人死了，另一个人也活不下去。这就是我们之间的关系。”

说完，明日实把手掌贴在了树脂板的小孔上，北斗在那边也伸出了手，两只手隔着双重树脂板重叠在了一起。从树脂板的小孔中，北斗似乎感觉到了明日实手掌的热度。

北斗只是点了点头。和明日实姐姐一起流泪，以及完全认同她的想法，北斗做不到。几年之后，也许自己就从这个世界上消失了，所以，现在的他根本没有办法担负起明日实的未来，这个责任实在太重了。北斗没有做出肯定的回答，而是把身体里蕴藏的所有力气都使出来，尽量温柔地说了一句：“谢谢！明日实姐姐。”

被看守戴上手铐、系上腰绳之后，北斗走出了探视室。可能是为了防止串供，警方事先对各个嫌疑人的探视时间都进行了计划安排，所以，在长长的走廊里，北斗没有见到其他任何人。只有从玻璃窗里射进来的阳光，把人影投射到墙上。

北斗哭出来是在进入电梯之后，当他面对里面的墙壁站好后，眼泪开始掉下来。

但是，在电梯上升好几层楼的过程中，北斗只流了一滴眼泪。迈出电梯的时候，北斗的眼睛已经干了。

像自己这样的杀人犯，流泪简直太奢侈了。

回到自己的四方形单间中，北斗又开始盘腿打坐。

“你终于愿意见我了，真是太好了。”

探视室的另一边，坐着的是北斗的辩护律师高井聪一。虽然这位律师已经四十多岁，快奔五十了，但从面相看上去还不算老。他上身穿一件藏青色夹克，里面是条纹衬衫，脖子上系着一条深蓝色带深红色斜纹的领带。四方形的国字脸上戴着一副四方形的眼镜。他对探视室的看守客气地说了一声：“我们需要单独聊聊，希望你先回避一下。”

看守默默地出去了。

“这次的事件，有很多令人难过的偶然。”

高井律师的这句话让北斗很是意外。北斗认为整个事件中没有一点是偶然的。

“首先，端爪君的养母患上了重病。而那种病既无法通过手术治疗，也没有特效药。于是，一个难以接受的现实摆在了你和养母面前。恰巧又在这个时候，你们接触到了生田波洞研究所开发的波洞水。结果，大部分生活费和你未来的教育费用都被波洞水骗走了。而更不幸的是，你去刺杀生田友亲的时候，他偏偏不在，反而把两个无关的人卷了进来。”

高井律师看着北斗的眼睛，一口气把整个事件中的偶然因素都说了出来，然后还补充了一句：“端爪君还真够倒霉的。”

北斗心想，自己杀死了两个无辜的女性，不管从哪个角度来看，自己也不应该是被同情的对象啊。于是他沉默不语。

“我向鞠谷明日实小姐详细地询问了有关你的各种情况。端爪君，你认为在这个案件中，我的辩护方针应该是什么呢？”

北斗把早已准备的话说了出来。

“按照现在的法律，能对我进行严格、公正的审判，我就知足了。我不希望获得减刑。我也不想用自己过去的生活经历当作辩护的武器。”

高井律师轻轻地点了点头，同时把北斗的意见记在了笔记本上。

“明白了。但是，我是一个对死刑持反对立场的律师。我认为，人杀人时的状态，要么是怒火中烧，要么是人生脱离了正轨，要么是失去了理智。杀人自然是违反法律的。但是，用国家的力量杀死杀人犯，也是不应该出现在法治国家的。这就是我对死刑的基本态度。所以，对于端爪君的辩护，我也将尽力避免死刑。”

从理论上讲，高井律师的意见也许是对的。但是，像国家这个抽象的概念，有时不也会丧失理智吗？在面对战争、恐怖袭击等危机局面的时候，国家不也是会脱离正轨吗？人类所制定的制度，能够百分之百地保持理性吗？对此，北斗始终持怀疑态度。

“至于辩护方针，就全由高井先生您做主吧。但是，有些事情我可以协助您，也有些事情我是不能协助您的。”

高井律师停住手中的笔，抬起头来看着北斗的脸。

“你是一个必须活下去，补偿自己罪责的人。”

北斗不知道该怎么回应。他伸了伸脊背，双手握成了拳头。高井律师的这句话很是危险。它让北斗刚产生的继续活下去的念头又动摇了。

“作为律师，我接触过各种各样的被告。那些从心底里反省自己罪行的人，反而不会轻易地谢罪。他们认为自己现在的言行必须得和之前犯下的罪行相符。越是有良心的人，越不会把内心的悔过情绪表现出来，而只是默默地接受法律的惩罚。”

高井律师向前探了探身子，用有力的声音继续说道：“但是，只有被判普通监禁徒刑的犯人，才有机会用这种方式反省、赎罪。如果判死刑的话，想赎罪也没有机会了。所以，我极力反对死刑，也争取帮你避免死刑。”

虽然说帮委托人辩护是律师的职责所在，但这个初次见面的律师为什么对自己的案子如此用心？北斗心中猜测着。他这种积极向前的态度，难道是法律界人士特有的性格吗？这让北斗觉得不可思议。对于自己的这条“烂命”，什么时候失去都无所谓，北斗小时候就已经对这种想法习以为常了。卑微、毫无价值，没有人关心，没有人爱。亲生父母当初对自己说出的那些语言，毫无动摇地支撑着北斗对自己的评价。

“高井先生，您为什么那么关心我的事情？只是出于工作的关系吗？”

高井律师放下手中的笔，半开玩笑似的对北斗说：“你快饶了我吧。法院指定的辩护人，那点报酬就好比麻雀的眼泪，只有那么一丁点。而且，你的这个案子牵扯到生田波洞研究所的医疗欺诈，以及你个人的成长历史，工作量相当大。另外，除了我以外，还有两位律师协助办理这个案子，最后我们三个人分那一点钱，拿到手的报酬就更是少得可怜了。但是，我为什么还这么努力呢？全是受了大家的鼓舞。”

高井律师嘴里的“大家”，北斗只能想到一个人。

“是明日实吗？”

“是，但不仅仅是她。”

高井律师开始掰着手指头数起来。他的左手上戴着不太显眼的结婚戒指。

“波洞水的受害者们，端爪君的大学同学、高中同学、初中同学、小学同学，你家附近的邻居，儿童福利司的人，儿童养护中心的人，大家都在齐心协力地声援你，还成立了支持你的组织。不仅如此，全国各地的人还为你进行了捐款活动。”

北斗在头脑中想象着那些自己认识的人、不认识的人，可他们为什么会为了自己投入那么多的精力，甚至还会捐钱呢？如果换作自己的话，是绝对不会为端爪北斗这样的杀人犯浪费时间和精力的。这时，高井律师刚才还很严肃的表情，瞬间变成了笑脸。他说：“据说网上还成立了不少端爪北斗粉丝俱乐部呢。我开个玩笑，你可不能辜负了他们对你的爱呀，不过事实也是如此。”

外面的人，爱怎么样就怎么样吧。尤其是网络，网络就像是热带雨林，里面充斥着各种各样的价值观，特别是极端的价值标准，很容易受到追捧。北斗一直认为，网络上对人的评价，是绝不能轻易相信的。网友们肯定是通过不知从哪里流出来的影像和新闻片段，就一厢情愿地把自己想象成一个儿童虐待的受害者或英俊的杀人犯。当然，北斗这段时间被关在警察局的拘留室里，对于网上的事情他一无所知。

“对了，审讯已经结束了吧？”高井律师又恢复了工作时的严肃表情。

“嗯，基本上结束了。”

“你应该都坦白了吧。关于杀人的意图，你也承认了吗？”

这正是北斗一直烦恼的事情。

“我自己也搞不太清楚，只能把当时的心情尽量准确地表达给刑警和检察官。”

“那当时你是怎样的一种心情呢？”

“当时我一心想杀死生田友亲，给养母报仇，生怕复仇失败。可是，我的意图被人发现了，我必须得堵住她们的嘴，不能让她们影响我复仇，我首先想到的方法就是杀人灭口。当时脑子里就这一个想法。”

“审讯的时候，你就是这样说的吗？”

“是的。”

高井律师双臂抱在胸前，身体靠在椅背上思考了一会儿。

“端爪君，你想杀死的人是谁？”

思考这个问题的时候，北斗的胸脯剧烈地上下起伏着，因为那个名字强烈地刺激到了他的神经。

“生田友亲！如果现在有可能的话，我还是会去杀了他的。”

高井律师赶紧举起双手，示意北斗不要再说下去了。

“那被你杀死的那两位女性职员呢？一开始你并没想杀她们吗？”

“嗯，我从来都没想过要杀其他人。我还以为能像第一次去生田波洞研究所那样，能够顺利地见到生田友亲呢。如果我一开始就打算杀死那两个女职员的话，一进去就会动手，何必要在大厅里等那么久呢？”

“我明白了。你对那两名女职员并没有杀意，也没有杀死她们的打算。假设你杀死了生田友亲，实现了复仇的目的，之后你遇到了那两个女职员，你会怎么对待她们呢？”

成功杀死生田友亲！虽然只是短暂地假设，但这种想象已经让北斗的胸中充满了甜蜜的幸福感。

“如果顺利杀死生田友亲，我原本的打算是就地自首。遇到女职员的话，我会请她们报警。”

“嗯，我是可以理解的，你对本案的被害人并没有直接的仇恨。不过，你现在还对生田友亲怀有杀意，这可能是你的真心话。但是，在法庭上最好不要再说这件事，怎么说呢，因为这样会让别人觉得你对自己的犯罪行为并没有任何反省。”

北斗没有答话，只是用目光盯着高井律师的眼睛。相互注视了一会儿之后，首先移开视线的是高井律师。

“好吧，我明白了。这是北斗君坚持要在法庭上提出的主张。”

这时，北斗才点了点头。因为这是他和绫子太太最后的约定。

“我听鞠谷小姐说，在近藤绫子太太的弥留之际，端爪君好像和绫子太太做了一个最后的约定。有这回事吗？你们约定的内容能透露给我吗？”

“在母亲去世之前，我在她耳边轻轻地问过，想不想报仇，杀死生田友亲。”

“你觉得绫子太太有没有可能听清你所说的话？”

北斗回想起了当时的情况。在绫子太太即将辞别人世之际，他就像坐在热锅里一样忍受着煎熬。北斗在她耳边问了那个问题之后，他看见绫子太太下颚颤抖着点了点头。

“这一点我没办法确认，但她应该听清了。随后，我母亲颤抖着点了点头。”

高井律师在笔记本上唰唰地书写着，把北斗的每一句话都记了下来。写完之后，律师抬起头盯着北斗的脸。

“人在临死之前，会因为呼吸困难而改用嘴呼吸。一般都会张开嘴巴，有时会因为很痛苦而上下点头。”

他到底在说些什么？对于高井律师的话，北斗不能理解，或者说不愿意理解。

“一开始我就觉得端爪君和母亲之间的约定有点蹊跷。知道自己即将走到人生的尽头，任何母亲都希望自己的孩子以后过得幸福。可是，儿子却要说去报仇、杀人，如果点头同意，那儿子的人生将会变成可怕的地狱。我想哪位母亲也不会轻易同意吧。而且，绫子太太不是还为你准备了生活费和教育费吗？你认为她留这些钱给你，是为了什么？难道会让你去杀人吗？端爪君，如果让你站在绫子太太的角度，你会同意儿子去杀人吗？不管有多么深的仇恨。”

当北斗反应过来的时候，他感觉自己浑身都在流汗。那黏糊糊的汗水让他难受无比，几乎快要喘不过气来了。北斗的双手还不自觉地反复握拳、张开，再握拳，再张开。

“我不知道。但妈妈确实点头了。”

高井律师一脸无奈地说：“那不是同意你去杀人而点头，很可能是因为临终前呼吸困难而造成的不自觉的动作。说不定你母亲同意杀死生田友亲的约定，只不过是端爪君你个人的错觉。”

啊！北斗发出了一声几乎要撕裂喉咙的吼叫。然后猛然站起身来朝透明的树脂板扑了过来，他用两个手掌狠命地拍打着眼前的树脂板。难道引发那么残忍的恶性案件的最终原因，只是自己的错觉吗？北斗想起了那两个女职员流出的鲜血。生田波洞研究所的大厅和走廊，淌满了她们的血。北斗还想起了自己在浓浓的血腥味中度过的那好几个小时。自己杀死那两个女人之后，为了杀死生田友亲，还在尸体旁边等了好几个小时。杀死两个女职员，同时也彻底断送了自己的未来，难道这仅仅是自己的错觉导致的吗？这时，北斗那一侧的房门被打开了，看守冲了进来。

“17 号，请你冷静！律师先生，你们谈完了吧？”

走廊里又传来了有人跑动的脚步声。而北斗还在不停地拍打着透明的树脂板。接到报告前来支援的看守赶到了，将北斗制服，给他戴上了手铐，系上了腰绳。高井律师合上笔记本，站起身的同时说道：“明天我再来。端爪君，我刚才说的话你要好好考虑一下。另外，我认为你也是这个事件的受害人之一。近藤绫子太太患上癌症，并不是任何人的错。那一天晚上，恰巧两个女性职员在研究所里，这也不是任何人的错。端爪君，你至少没有计划杀死那两个女职员。端爪君，唯一爱你的亲人痛苦地离开了人世，而你把她临终前不由自主的动作当成了让你去杀死生田友亲的信号，这也不是任何人的错。在整个事件中，唯一一处人为的恶，就是生田友亲的医疗欺诈行为。这就是我对你这个案子的理解。”

两名看守架着北斗站了起来。

“回头你可要好好想想。关于你小时候受到虐待的成长经历，我不会强求端爪君你自己站出来提供证词，但我在这方面会做认真的调查，在法庭上会作为酌量减刑的证据提出来。”

看守开口了：“17 号，走吧！”

高井律师举起左手叫了起来：“稍等一会儿，我还有话要说。端爪君，我知道，你是想杀死生田友亲，同时也把自己从这个世界上抹杀掉，追随绫子太太而去。”

这席话给北斗的打击可不小。也许事实真如这位律师所说。自己那么轻易就决定复仇、杀人，在心里是想结束这一切，也就是自己的一切。在没有一个人爱自己的世界上，活着又有什么意思呢？所以，复仇、杀人，也许就是一种变相的自杀。

北斗被看守架出了探视室。来到走廊之后，北斗才叹了一口气。

可是，这到底是怎么一回事呢？

是自己的错觉也好，思想太过极端也好，变相自杀也罢，都无所谓了。自己的行为所造成的结果，是冷冰冰的两具女性尸体、破碎的家庭，以及诅咒自己死的受害者家属。即将受到审判的不是北斗行为的原因或理由，而是杀死两个人的行为本身。

在长长的走廊里朝着电梯移动的过程中，北斗已经感觉不到自己是在走路，他的双脚、双腿失去了感觉。北斗想，也许我已经变成幽灵了吧。一个戴着手铐的幽灵，在夏日的空气中行走。北斗吃牢饭的日子，才刚刚开始。

23

端爪北斗飘浮在空中。

如今，决定自己命运的力量，在身体里已经不存在一丝一毫了。吃饭、睡觉、洗澡、移动，所有时间都是被精细规定好了的。在拘留室的日子，每一分每一秒都是受他人支配的。自己就像待在四方盒子里的偶人。已经放弃求生欲望的北斗，连自己的身体也不当作自己的了。

在单人拘留室里打坐的时候，北斗大部分时间都在思考一个问题——自己究竟是一个什么样的人？自己是端爪至高和美砂子的独生子，从小受尽了父母难以用语言形容的暴力虐待，没有人爱自己，也从没得到过一个拥抱。在北斗的人生中，他从来没有认为自己是一个有价值的人，是一个无可替代的、受人尊敬的生命，一次也没有。而且，也从来没有感觉到活着的快乐。

当亲生父亲至高因晚期癌症痛苦地死去时，北斗感觉头上的天空豁然开朗，往日的阴云一扫而光。即使现在想起这件事，北斗也会感到无比爽快，其中不仅有复仇的快感，也有不用亲手杀死至高的安心感。自从北斗记事起，他就确信，自己总有一天会亲手杀死这个男人。

可是，每次回想起和亲生父母在一起生活的日子，北斗就感觉身体里有一个“冰芯”一样，从头凉到脚，浑身不停地颤抖。北斗小的时候，没有生存能力，不得不依靠那随时可能杀死自己的父母，还得装出爱他们的样子，这相当于强迫自己爱两个怪物。儿时的记忆，不管何时想起，总能让北斗的心脏痉挛，产生刀剜般的刺痛。而在学校的教室里，北斗又总是扮演一个美满家庭中的孩子，在老师、同学面前，表现出非常爱自己父母的样子。书本上出现的那些美好的家庭故事，令北斗憧憬得无法自已，但自己又永远无法触及。

北斗早已把自己的感情封印起来，不去触碰。

因为他觉得自己是一个没有任何价值的人，那么自然地，自己所想的、所感觉的同样都是没有价值的。哪怕是自己的悲伤、不安、恐惧等强烈得无法控制的感情，他也可以像隔着玻璃一样理智地冷眼旁观，因为内心深处已经冰封。北斗胸中那些再也不会解冻的感情，就像危险的核废料一样不断累积着。

明日实和高井律师会时不时地来警察局探望北斗。明日实每次来探望北斗时，总会把有限的时间利用到最充分的程度，直到看守把自己赶出去为止。除了姐姐和律师，也有一些媒体记者请求探视北斗，但都被北斗拒绝了。有一些自我展现型的罪犯，总喜欢让天下人都知道自己的所作所为，但北斗完全没有这样的自我表现欲。这和他小时候的受虐经历有关。那时，在学校为了隐藏自己受虐待的经历，他总是想尽一切办法抹杀自己在人群中的存在感，慢慢地就形成了一种癖好。

天气渐渐热起来，高井律师每天忙着调查有关北斗的一切，努力寻找可以帮北斗酌量减刑的证人和证据。每次来探视北斗的时候，高井律师总是一副快活而精神十足的样子。警察局的探视室，可以算得上是相当煞风景的见面场所，但高井律师积极的态度、乐观的情绪，总能让这个小房间有阳光照耀的感觉。他身上的光芒有时甚至让北斗感觉有些炫目。

高井律师这次探视北斗，选在了接近周末的星期五，而且，探视时间被安排在了下午较晚的时候，他可能是今天警察局里最后一个探视犯人的人。不可思议的是，在这个与社会隔绝的拘留室中，似乎也洋溢着临近周末的轻松气氛。高井聪一律师在透明树脂板的一边抱着双臂对那边的北斗说："北斗君，周围认识你的人，对你的评价都不错啊。"

对此，北斗不知说点什么好。北斗从来没有在意过别人对自己的评价。连自己的心都冰封起来了，哪还有心思去理会别人对自己的评价。

"儿童福利司的人，大学、高中的同学，近藤太太住院时的医生、护士，不管我和谁谈起你，他们都会做出充满好意的回应。这可是让法官轻判的好材料。"

北斗的心并不在他的身体里，而是飘在接近天花板的地方。他的心正俯视着这间被透明树脂板隔成两部分的探视室。

“生田友亲的医疗诈骗，也是大限将至了。据说警方近期就要对生田友亲实施抓捕了。据初步统计，那个家伙靠波洞水骗到了七十多亿日元的巨款。”

北斗想起了生田友亲那风度翩翩的学者般的面容，一头白发加瘦削的脸，更加凸显出理性、有深度的气质。人是在不停地改变着，曾经那么憎恨的人、曾经是自己刺杀目标的人，如今在北斗心里也掀不起什么波澜了。一切都无所谓了。北斗只想尽早从现在这种煎熬状态解脱出去。通过死刑的方式获得解脱也不错。北斗开口了，但他只是为了让谈话能够继续下去才随便找了个话题。

“那给非洲孩子的捐款，以后怎么办呢？”

高井律师只是轻微地摇了摇头。在这个探视室中虽然没有人抽烟，但却有一股烟草味。

“实际上，那个家伙给非洲的捐款只占他骗来的钱的五分之一。其余的大部分他都自己挥霍了，买了别墅、游艇，还包养了情妇。他的故事听起来真是荒唐、愚蠢。”

荒唐、愚蠢的不仅仅是生田友亲一个人。这个世界本来就是一个荒唐、愚蠢的存在。愚蠢的人又被其他愚蠢的人欺骗。

“先不说这个。北斗君，我们这是第几次见面了？”

北斗哪有心情记这个，当然回答不出来了。高井律师把脸向树脂板上的小孔凑了凑，意思是催促北斗回答。

“我记不清了。”

“我们见面的次数已经有两位数了，距离第一次见面已经过去两个多月。可是，到现在为止，我还完全搞不清楚你内心的真实想法。这到底是为什么呢？”

这是一个北斗没法回答的问题。因为连他自己都不太清楚自己的真实想法。他甚至怀疑，不仅仅是自己，世界上的其他人也不清楚自己的真实想法吧。

“我不知道。”

“你不知道的话，最为难的可是我啊。我可是想尽各种办法在努力帮你。可是，最重要的一点——你的真实想法，我却难以把握。这让我怎么帮你呀？来，你看着我的眼睛。”

北斗隔着两层透明树脂板，看着律师先生的眼睛。黑眼珠旁边的白色部分布满了血丝，眼睛看起来很浑浊。

“昨天分析你的资料，又干了一个通宵。”

“对不起！”

高井律师咬着嘴唇，从牙缝里挤出几个字来：“反正也不是真心的，我不需要你的道歉！”

他好像生气了。北斗不知高井律师为什么突然发脾气。

“北斗，你给我听好了。”

可能高井律师真有点激动，说话时口水都喷了出来，并在透明树脂板上留下了斑斑点点的口水痕迹。

“我这边拼死拼活地为你收集了一些可以酌情减刑的证据、证言，可以说，还是取得了不错的成果。可是，要想避免被判处极刑，最关键的钥匙还掌握在你自己手里。”

其实这句话北斗已经从高井律师口中听过好几遍了，但北斗还是不太明白它的意思。

“就是你本人悔改的情况。”

说话的同时，高井律师右手握拳，不停地捶打着自己的左手掌，在探视室里发出很大的声响。

“我跟你说透彻点，如果你内心的真实想法无法打动法官、陪审员[1]的话，那所谓的悔改都是没有任何意义的。北斗，你对这个事件到底有没有进行过真心的反省？”

“这……”

其实北斗自己也不知道。如果时间能够倒流，再回到那天傍晚，自己踏进生田波洞研究所之后，肯定不会杀死那两个与此事无关的女性职员。此刻，北斗深切地感受到自己给那两位女职员带来的恐惧和痛苦。可是现在为时已晚，不管怎么向受害者的家属谢罪、道歉，也无法让两人再回到她们家人身边。

只要反省就可以减轻罪过，如果法律是这样规定的，北斗觉得这法律本身就是一种欺诈。人的生命是绝对一次性的东西，自己剥夺了别人仅有一次的生命。做了这种无法挽回的事情之后，只要反省、谢罪的话，就可以保住自己那同样仅有一次的生命，对于杀人凶手来说，这样是不是过于仁慈了？

其实，北斗从心底里蔑视那种通过表现悔过的心情而争取减刑的杀人犯。他认为，那么活下来也是苟且偷生。现在的法律不是为保护死者的利益制定的，而是为保护活人制定的。即使那些活着的人是残忍至极、卑鄙无耻的杀人凶手。人类制定的法律，其效力无法延伸到死人的世界。

高井律师用老大哥般的眼神看着沉默的北斗。

“北斗，法庭审判是怎么一回事，你还没有领教过。”

刚上大学没多久的北斗，当然不清楚法庭上会发生的事情。一直以来，虽然他知道自己在不久之后将步入法庭接受审判，但法庭到底是怎么运作的，他根本就不关心。不过，刚才高井律师的那句话，多少激起了北斗对法庭审判的兴趣。

---

① 日本法庭审判中的陪审员，类似于美国的陪审员，但也存在区别。

“法庭审判，是什么样的呢？”

高井律师把已经松散的领带拉得更松了，索性又解开了衬衣上面的两颗扣子。

“法庭审判，就是一出让人把内心赤裸裸地呈现出来的戏剧。”

北斗不太明白，略微歪着脑袋望着对面的中年律师。高井律师则自嘲式地笑了。

“当然，了无生趣的法庭审判压倒性地占了多数。大多是事务性地给犯罪嫌疑人的罪行在现有法律中找一个罪名。但是，每隔几年也会出现一两次非常精彩的审判，身为律师能遇上这样的审判，也算是三生有幸了。你的案子在法庭上就可能上演一出非常精彩的戏剧。你知道在法庭上，那些人将会对你做些什么吗，北斗？”

北斗摇了摇头，这还是他有生以来第一次当被告，也是第一次上法庭。他当然不会知道法庭上的那些人将会对自己做些什么。

“作为公诉人的检察官，将会对你所犯罪行的恶劣性、残忍性进行彻底的举证。他想让法官和陪审员知道，被告人是多么凶恶、多么残暴。而在这个过程中，你内心外面的保护壳将被一层一层地剥落。”

北斗心想，这种事情可能不会发生在我身上。因为我的心原本就没有什么保护壳之类的东西。

“而反过来，作为辩护人的律师，将会把被告人善良的一面尽量地展现出来，不管那是多么小的一个善举的片段，都不会被律师放过。律师将会列举被告人不得已犯罪的原因，其中可能有被告人不幸的身世、多舛的命运，以及社会、时代背景，等等。总之，就是要为被告人塑造一个善良友爱的形象。”

北斗的嘴里不由自主地冒了一句话出来：“那么，法庭审判的主角……就是我咯？”

高井律师似乎很兴奋，说话时嘴里的热气都从树脂板的小孔中传了过来。他说："检察官和辩护律师所追求的目标是一样的，虽然方向是完全相反的，一个指向的是恶，一个指向的是善。他们关注的焦点其实并不是被告人所犯罪行的物理事实，而是被告人在实施这一罪行的时候心里所发生的一系列变化。其中包括被告人原本是一个什么样的人，他喜欢什么，讨厌什么，有什么梦想，最害怕什么。检察官和辩护律师就是要把被告人内心深处的一切都挖掘出来。所以你最好现在就做好心理准备，可别小看了法庭审判。到时候你的内心将会被赤裸裸地呈现在法庭之上。"

听到这里，北斗的心里刮起了一阵恐惧的暴风。他最害怕的就是把自己小时候受虐待的经历展现在众人面前。到时候自己将会被看成一个可怜的孩子，一个有着悲惨过去而内心一时爆发杀了人的大学生，一个值得同情的杀人犯……北斗最怕自己在别人心目中是这样一个形象。他咬着牙齿，从牙缝里挤出一句话："与其被人可怜，我宁可去死。"

高井律师看北斗的目光也荡漾着同情的气氛。北斗就感觉自己好像宠物医院中一只受伤的小狗。这种感觉不禁让他全身起了一层鸡皮疙瘩。

"但这可不是你自己能决定的。死也好，活也好，只有交给法庭了。北斗虽然是法庭审判的主角，但这部戏一旦上演，就没有人能让它停下来。"

这个时候，北斗渐渐明白犯人要被囚禁起来的意义。警察局、拘留所、法庭、监狱都是一样的，要让犯罪的人彻底被限制地活着。人活着本来是自由的，但在这里要被强迫接受与活着完全不相符的限制。连死的自由都没有。想到这儿，北斗的胸口就像插了一根金属棒一样痛苦。令人窒息的、无言的时间就这样在探视室中静静地流淌着。

不知过了多久，北斗问了一句话：“内心被剥得一丝不挂之后，又会发生什么呢？”

高井律师点了点头，用与他那张四方脸相称的声音说道：“然后就决定北斗的未来。法官做出判决。”

这个回答是北斗早就应该知道的。但是，直到高井律师说出这样的话，北斗才第一次真正意识到自己即将接受审判。

北斗挺直了脊背，坐在椅子上向对面的高井律师点头行了一个礼。因为对面这个中年男人为了自己正在拼命努力。与此同时，他似乎也正陶醉于即将进行的审判——那场对北斗的内心进行解剖的戏剧。对北斗的审判结束之后，可能高井律师会继续投入对其他人善恶的审判。

高井律师对北斗点了点头，然后开始收拾桌子上的笔记本。

“好啦，你内心的真实想法到底是什么？回去之后你可以认真地思考一下。你找到的答案的深刻程度，将决定法庭审判的走向。”

接着，高井律师把脸凑到树脂板的小孔附近，小声而快速地说：“我经常把法庭审判看作一部小说或电影。法官、陪审员虽然是客观公正的，但谁能撼动他们的心，感动他们，谁就赢了。检察官也好，辩护律师也罢，为了打动他们都会不择手段。”

探视时间刚好结束，看守走了进来。北斗站起身来，配合看守戴上了手铐和系上腰绳。在离开探视室之前，他向高井律师问了最后一个问题：“对我的审判什么时候开始？”

高井律师也已经站了起来，把资料抱在胸前，说：“很早，我估计应该在明年春天。”

“谢谢！”

在看守的带领下，北斗转身离开了探视室。背后传来了高井律师的喊声：“拜托你啦！北斗！”

但是，在现在这个时间点，对于自己内心真实的声音、赤裸的心，北斗还完全没有一点把握。可是，要在很多人面前把自己赤裸的内心呈现出来，这种恐惧感让北斗全身每一根汗毛都竖了起来，而且还能感觉有令人讨厌的黏糊糊的汗水从毛孔里冒出来。

检察官的审讯和刑警的审讯完全是两回事。

检察官的审讯不管是时间还是内容，对北斗来说都是突如其来的。一个下雨天，北斗被突然带出了拘留室，乘上警车离开了警察局。在道路上行驶了五分钟左右，就来到横滨市中心的检察院。

北斗一行人进入检察院后，乘电梯向这座建筑物的高层移动。北斗还是被要求面壁而立，因此到了几楼他也不清楚。最后他被带到了一间和警察局审讯室十分相似的小屋，同样是水泥墙壁，同样是四方形的。在接近天花板的位置，有一扇小窗，窗户上还有铁栏杆。只有微弱的光线从小窗射进来。空气中弥漫着一股潮湿的霉味。

北斗坐在房间中央的桌子后面，马上就走进来一个年轻女性和一个体格强壮的中年男性。男性坐在靠墙的小桌旁，打开了笔记本。身穿深蓝色西服套装、白色衬衣的年轻女性则坐到了北斗对面。她用令人生畏的眼神盯着北斗的眼睛看，北斗顿时感觉毛骨悚然。这位年轻女性的面容看起来就像个大学生或研究生，表面上好像不经世事，但说话的声音却威严有力。

“我是负责你这个案子的森永早苗。”

森永小姐的黑发干净利索地扎在脑后，宽阔的前额都展露在人前，前额的头发也被向后拉着，淡青色的血管若隐若现。她就是要把自己内心的恶全都挖掘出来的检察官吗？北斗暗自思忖着。女检察官打开了文件，首先确认了北斗的姓名和出生年月日。在北斗被捕之后，核实身份的询问，已经接受过无数次了。而且不管到哪儿，首先要做的事情就是确认身份。女检察官打开的文件好像是中森刑警的记录。过了一会儿，森永小姐毫无感情地淡淡读了起来："被告人之前就对生田波洞研究所的所长生田友亲怀有仇恨，并准备杀死生田友亲。于是他在东京千代田区外神田的一家刀具店购买了两把刀具。一把是黑色的野外生存刀，刀刃长二十厘米；另一把是大马士革刀，刀刃长十五厘米。"

读到这儿，森永检察官抬起头来，用观察的眼神注视着北斗。

"你要杀害生田友亲的意图，是没有问题的吧？"

与刑警相比，检察官的措辞更加谨慎、客气。可是，这份谨慎和客气，也让人感觉到一种与之相当的冰冷。

"是的。"

"你购买刀子是想刺伤他，还是想在不通知他的前提下杀死他？"

这不是一个意思吗？对于角度稍微改变一下的提问方式，北斗一时反应不过来，不知道这位女检察官到底是什么意思。

"是的。大概那个时候我觉得一定能成功报仇。"

森永检察官一边记录一边问："大概？审讯记录里可没写'大概'。"

对于这样的问题，北斗真不知道该怎么回答，而对方到底想要问什么，她要抓住的重点在哪儿，北斗也无从把握。

"不是。我确定是想杀死生田友亲，我认为是这样的。"

"只是单纯地想想，还是下定决心要杀死他？"

现在回想起来，当时自己的复仇心还真有点不可思议。那个时候自己一味地确信，一定要杀死生田友亲。北斗用很小的声音回答："我想，我是下定决心要杀死他的。"

森永检察官的目光和高井律师完全不同，从她的眼神中，北斗根本无法读出她心里在想什么。森永检察官接着说："我知道了。是不是可以说，你杀生田友亲的意志已经非常坚决？"

"是的。"

难道自己还有其他回答方式吗？北斗坐在椅子上，却感觉两条腿使了很大的力量。因为要尽量控制不停颤抖的双腿。

“你是在有了杀意之后再去买的刀子，用来当作案工具，是吗？”

除此之外，自己买刀子还有其他目的吗？北斗想不出来。所以他暂时沉默了。可是，女检察官却不依不饶，换了种说法再次问了同一个问题。

“你要杀死生田友亲的决心下定之后，为了杀他才去买了刀子，对吗？”

“我想是这样的。”

森永检察官不给北斗喘息的时间，继续追问：“当时是怎样一个情形？我想听你自己描述一下。”

“为了杀死生田友亲，我需要工具。所以决定去秋叶原的刀具店买刀子。可是，检察官小姐，这些经过在刑警做的审讯记录中不都已经写清楚了吗？我对刑警已经全部坦白交代了呀。”

森永检察官点了点头，可是，对于北斗的抗议她似乎完全不为所动。

“因为我没有亲自从你嘴里听到这些经过，虽然刑警制作了审讯记录，但对于其中的内容我需要亲自确认。所以接下来我会继续按照我的步调向你提问题，请你尽量准确地做出回答。”

北斗心里明白了，这里是敌人的阵地。警察和检察官的工作领域是各不相同的。逮捕犯罪嫌疑人是警察的工作，在法庭上想方设法让法官审判犯罪嫌疑人有罪，才是检察官的工作。中森刑警对自己的审讯，是以调查自己犯罪行为的经过为目的的，而森永检察官对自己进行审讯的目的，则是要在法庭上证明自己有罪。在警察和司法的系统中，犯罪嫌疑人就像是激流中的一片枯叶，被冲得头晕目眩，根本没有自己掌握方向的可能性。

“你为什么要买两把刀子？”

北斗想起了那把大马士革刀身上的美丽花纹。自己为什么要选这把刀呢？这时候北斗才忽然意识到，在那家刀具店里，就杀人来说，比这把大马士革刀便宜而且实用的刀子有很多。不过，北斗暂时把这个新疑问压制在心里，而是认真回答刚才的那个问题。

“我想只准备一把刀的话，如果到时候刀子被夺走、刀刃断了就没法达到目的了，所以又买了一把当作备用刀。”

“然后呢？”

买一把备用刀，还有什么然后呢？北斗又被问蒙了。

“这个……我不太明白你的意思。”

森永检察官停下手中的笔，盯着北斗的脸说：“就是说，为了杀死生田友亲，你做好了万全的准备，对吗？”

原来是这个意思啊。看来对面这个女检察官是在对警方审讯记录中的不足和漏洞做最为精密的填补。

“是的，我想我是因为害怕报仇失败才又买了另一把刀子。”

“那么，你选的刀子刀刃都很长，长的那把刀刃足有二十厘米，这是为什么呢？”

北斗的心中立刻发出了绝望的哀号。按这个方式问下去的话，检察官的审讯何时才是个头啊?！而且，按照这样的提问密度制作出来的审讯记录，将会是多么厚的一本书啊！高井律师曾经说过，哪一方能在法庭上打动法官、陪审员的心，哪一方就将赢得审判。北斗虽然并不希望自己免于死刑，但也不希望自己被这位女检察官描绘成一个穷凶极恶的杀人故事中的主角。所以，北斗在心中盘算，下次和高井律师见面的时候，一定要问问他自己该如何对付森永检察官这种狂风暴雨式的提问。否则的话，估计自己在法庭审判开始之前，内心就已经崩溃了。

森永检察官对北斗进行审讯的第一天，算上午休时间一共进行了六个小时。

用“压榨”这个词来形容女检察官的审讯再合适不过了。北斗感觉连自己骨头里的水分都已经被榨干了，如果现在就把自己火化的话，身体一定会像一根枯木一样瞬间就会被燃烧起来。那无穷无尽、看不到终点的提问，真能把人的心灵逼到崩溃的边缘。

那天晚上，当北斗被带回自己那间拘留室时，面对这个冰冷无比的牢房，他竟然产生了回到家的感觉。直接埋在地板中的不锈钢便池、白色的铁格子门、被铁网子罩住的荧光灯、小床……这里的一切都是那么亲切，比那灰色的审讯室可强多了。

面对森永检察官那毫无表情的目光，并回答那貌似永无止境的问题，简直就是身处地狱一般。而离开检察官之后，任何地方都是天堂。

横滨地方检察院对北斗的审讯持续了将近一个月时间。

那段时间，可以说北斗是“熬”过来的。高井律师曾经给北斗支招儿，告诉他对于检察官的提问可以保持沉默，也可以不正面回答问题，只是东拉西扯。那样的话，检察官所制作的审讯记录，将会对被告一方有利。

但是，对于森永检察官的提问，北斗还是尽量做出了诚实、准确的回答。他认为，这样做也是赎罪的一部分。在这将近一个月的时间里，自己到底说了多少话，他自己也记不清楚了。反正这二十年来，自己从来没有和谁进行过如此大量的语言交流，森永检察官算是这个世界上让北斗开口说话最多的人。但是，森永检察官和北斗的交流与中森刑警完全不同，不管北斗和她说了多少话，说了多长时间，他都感觉不到对方对自己的一丝理解。

在检察院的审讯室中虽然没有透明树脂板将检察官和犯罪嫌疑人

隔离开，但北斗始终感觉自己和森永检察官之间有一道无形的屏障，且比探视室中那双层透明树脂板还要厚很多。北斗心想，如果生物实验室中饲养的实验动物和研究人员有交流的话，恐怕就和自己与森永检察官的交流差不多。

四方形拘留室中的空气膨胀起来，四壁似乎都被胀得鼓鼓的，说明真正的夏天来到了。

北斗二十岁的夏天就在单人拘留室中度过了。没有发生什么特别的事情，也没有留下特别的记忆。大多数这个年纪的年轻人，都像夏天的昆虫一样在恋爱、学习、工作之间忙碌着，而北斗在拘留室中无所事事，带着一颗冰冷的心等待着审判的开始。他能做的事情仅此而已。

24

端爪北斗的人生迎来了第二十个秋天。

警察局和检察院对北斗的审讯结束之后，北斗被从西区警察局内的拘留室转移到了数公里外的港南区的神奈川拘留所。新的拘留室竟然和北斗之前住的那间几乎一模一样。北斗心想，这肯定是从同一家工厂定制的单人拘留室，估计都是一个流水线上生产出来的。也正因为这样，入住“新房”的时候，北斗对白色的铁格子门、不锈钢便池、小床等，都怀有无比的亲切感。

季节的变化从未停下脚步。

在封闭的拘留室中，只有空气和外面的没什么不同。当房间中的空气膨胀、变轻时，夏天就来了；而当这里的空气收缩、变重的时候，秋天的脚步就近了。

北斗从没有像现在这样对季节的变化如此敏感。感受季节的变化应该是生物的一种本能，但是，在外面自由的世界里，影响人感官的东西太多，所以人类感知季节变化的能力也变迟钝了。但是，在这个四方形的独处空间中，捕捉空气的变化，对北斗来说是为数不多的开心事。

早已决心赴死的北斗，对这个世界已经没有什么留恋。

大学、朋友、学习、时尚、流行……这些和自己已经没有任何关系。当自己与这个世界被水泥墙和铁格子门隔离开之后，北斗所感觉到的孤独只能用爽快来形容。在这里，虽然做任何事情都受到严格的限制，但至少没有像至高那样的暴君；在这里，不用拼命去读懂别人的脸色，也不用伪装自己；在这里，不用受到暴力的摧残，也不用忍耐屈辱的折磨。确实，和绫子太太一起生活的日子是无比幸福的，那段日子，北斗感受到了“被爱”是种什么滋味。但是，北斗认为那并不是自己本来的、应有的状态。在将近二十一年的人生中，被囚禁在囹圄之中的北斗，渐渐感觉到，监狱才是自己最终的归宿。

明日实姐姐和高井律师每周都会来探望北斗，北斗对他们心怀感激。可是，在探视室中，北斗会像观察奇怪生物一样隔着透明树脂板观察来探望自己的人。偶尔，会有小鸟飞到探视室的窗边。鸟儿是自由的，它们唱着自己喜欢的歌，当房间里的人注意到它们的时候，它们会立刻飞走。对于现在的北斗来说，自由也好，歌唱也罢，他都没有一丝羡慕的感觉。

秋去冬来，外面的天气越来越冷。

在探视室中，北斗透过窗子望着大雪纷飞的横滨市街景，心中暗想，像这样的地方还是没有暖气更好一些。因为自己已经加入死人的行列，完全没有必要再为身体保暖。警察局和检察院的审讯都已经结束了，现在自己就是一个等待判决的囚徒，这样的人只有时间最多了。拘留所和监狱不同，没有体力劳动，也没有可以学技术的工作。

生活的技能和这拘留所里的暖气一样，对北斗来说都是多余的。工作，是为那些有未来的人准备的，而曾经杀死两名波洞研究所女职员的北斗，已经没有未来。

在新年即将到来的日子，高井律师来探望北斗。拘留所的探视室比警察局中的探视室大一些，而且有好几间，可以同时让多名被拘留者接受探视。探视室中的荧光灯有些刺眼，人待在里面谈不上舒服。这一天的高井律师似乎有些兴奋。

“北斗，审判的日子定下来了！”

北斗笑了，那可是他期待已久的日子。让他无法忍受的不是被判处死刑，而是现在这种浑浑噩噩的日子。虽然自己杀了两个人，是个不折不扣的杀人犯，可现在的自己依然穿着学生时代的牛仔裤和运动衫，自己的行为举止也和以前没什么两样，这是北斗无论如何都难以接受的。也许，杀人犯就应该有个杀人犯的样子。

“好，我知道了。”

这段时间以来，从北斗嘴里说出来的话不是“好”“是”，就是“不”“不是”，很少有其他的话。他的胳膊又细了，肋骨也一根根地凸显出来，体重减轻了不少，但他并不在意。

“四月十五日。”

北斗的心翻了个个儿，这个日子正好是去年自己杀人的前十天。已经快一年了，唉！这个世界不管发生什么事情，时间从来没有停止过前进的脚步！

“你的案子受到社会各界的广泛关注，审判肯定也会吸引很多人的注意。日本采取陪审员审判这种新的审判体制后，所审判的杀人案件中，被害人都只有一人，即使被告人在杀人的同时还犯有强盗罪，最终也都没有被判死刑。那些被告人都对犯罪事实供认不讳，争议点也很少，他们最重的被判无期徒刑，其他的还有十七年、十三年、十年有期徒刑。根据我的预测，你的判决结果应该会很不错。”

北斗好像在听另外一个世界的故事。在和自己毫无关系的另外一个世界中，法律、审判之类的东西在有条不紊地运行着。自己只不过是一粒落在巨大齿轮之间的沙子，最终的结果肯定是被碾得粉碎，不留任何痕迹。北斗想起了随风飘散的白色骨灰。

“北斗，你的案子中有两名受害人。证据确凿，对于起诉事实我们也都承认了，没有疑问。所以，审判本身并不难。问题就在于如何量刑。”

高井律师似乎也有点犹豫，有些话他不知道该和北斗说到什么程度。在拘留所中的犯罪嫌疑人，不会接触到有关案件的所有信息。关于北斗这个案子的媒体报道，拘留所方面都尽量不让北斗看见。高井律师也不想刺激北斗，以免让他太兴奋。

“媒体对这个案子关注的焦点就是法官是否会判你死刑。估计审判当天法院周围多半会聚集很多人，其中有很多媒体记者，你要做好心理准备。”

当天运送北斗的警车中应该会挂上帘子，也会给北斗戴上头套，以避免让他的脸曝光在媒体的闪光灯下。可警方为什么要保护自己的隐私呢？北斗想不明白其中的原因。对于媒体过热的关注，北斗也没有任何办法，当然他也不关心这个。高井律师哗啦哗啦地翻着笔记本，像说给自己听似的开口道：“这次的案件，话题很多嘛。在生田友亲的波洞水事件中，北斗作为受害者已经被作为医疗欺诈原告团的一员。”

波洞水受害者成立的组织已经自作主张地把端爪北斗的名字添加到了原告团的花名册中。北斗对于波洞水受害者组织的动向，也没有特别关心。

“还有，各种媒体上流传的你的照片。”

对此，北斗早就感到厌烦无比。什么英俊的杀人魔鬼、未来的帅哥死囚犯，网上竟然还成立了不少自己的粉丝俱乐部。这些事情，在拘留所中的北斗也有所耳闻。

“然后，就是关于你的过去。”

听到这个，北斗的脸顿时涨红了。

“我以前的事，在外面被传成了什么样子？”

高井律师隔着树脂板看着北斗的眼睛说：“不管你怎么想，媒体的报道是不会停止的。现在几乎任何一本杂志，都对你受虐待的童年经历进行过专题报道。其实，他们的报道对你的案子是有利的。你被描绘成一个医疗欺诈的受害者，同时也是儿童虐待的受害者。这两个事实，都能成为对你酌量减刑的理由。”

北斗感觉到羞耻得无地自容。自己不想让任何人知道的过去，竟然被人挖出来在整个社会中传播，而且，它现在竟然还有可能成为自己的保命盾牌。耻辱！北斗的头脑中就只剩这两个字了。

高井律师向前探了探身，扬起一只手，把手掌按在了树脂板上。

“我认为，接下来你应该做一件事。北斗，写封信怎么样？”

北斗的心稍微动了一下。压抑在内心深处的感情似乎有点想溢出来。北斗敏锐地联想到前段时间刑警对自己讲过受害者家属的事情。

高井律师接着说道：“给受害人的家属写封信，怎么样？”

北斗知道自己所做的事情是永远也无法挽回的。这么长时间以来，那天晚上发生的事情没有哪一天不出现在北斗的头脑中。刀子刺进人体时的触感、鲜血的腥味、刀子在手中的重量，这一切对于北斗来说都是无法忘记的。但问题只有一个。如果自己明确地表达出自己的反省和悔改之心，结果可能会影响到量刑。如果自己谢罪的话，在法庭审判中将成为对自己有利的条件。以北斗的性格和想法，他是坚决不想让法官轻判自己的。所以这么长时间以来，北斗从没有给受害人家属写过一封信。他知道那封信将在法庭上成为对自己有利的证物。

于是，北斗从牙缝里挤出几句话："我不写。如果我是受害人家属的话，也不想看凶手写来的信。我只想尽快用生命来偿还我犯下的罪行。"

高井律师敲着桌子说："听好了，北斗！不管你多么想被判死刑，我都要尽全力挽救你的生命！北斗，不要小看了未来！"

他到底在说些什么，北斗不明白。高井律师揪着自己的头发痛心疾首地继续说道："北斗，你还不了解时间这种东西的力量。明天、下个星期、明年、十年后，你还不知道会发生什么事情。但是，只要你活着，就总会迎来改变的一天。这个世界上的任何一个人都不可能永远保持现在的状态一成不变地活下去。对于时间洪流的力量，你最好不要那么轻视。我绝对不允许你抛弃自己未来的可能性。"

被自己的双手夺取性命的那两位女性，她们的未来又会怎样呢？北斗深刻地感受到，眼前这张树脂板就像是分隔阴阳两界的鸿沟。他的嘴里小声地漏出一句话："……我还能改变吗？"

高井律师点了点头，说："嗯，不管什么人，都会改变的。不管是变好还是变坏，但总不会一成不变，人类就是这个样子的。我所付出的努力不是为了现在的北斗，而是为了未来的北斗，你明白吗？"

明天、未来这样的词语就像甜得发腻的糕点，进到耳朵里，让北斗一时感觉有些眩晕。但是，他慌忙拼命地打消了心中萌生出的某种东西。那东西叫作"希望"，希望是毒药。不知道自己以后还能活多少年，但在被执行死刑之前，绝对不能让我自己的心中产生任何希望，一天也不行。但是，对于眼前这位律师先生所付出的努力还是值得献上敬意的。这位律师的热情和理想绝不是虚假的。于是，北斗隔着透明树脂板向高井律师深深地低下了头。过了挺长一段时间，当北斗抬起头来的时候，他发现高井律师的眼圈红了。

“谢谢您！为了这样的我您付出了那么多，我要真心感谢您！但是，信我是不会写的。在法庭上我也不打算表达心里的悔改之意。非常对不起您，高井先生，在法庭上，对自己有利的辩护我一概不会说。”

高井律师叹了口气，说道：“为什么呢？你为什么要惩罚自己到这种程度？你的人生已经十分艰难了，活下来赎罪不好吗？我觉得你只是一心求死。”

北斗微笑着，隔着树脂板望着对面的生者。活着的人是那么灿烂耀眼。

“我本来就是一个不应该来到这个世界的人。我只想快点了结这一切。”

高井律师似乎已经感受到北斗坚定的决心，略带绝望地说：“看来，我是没有能力把你挽留在这个世界上了。对了，明日实说在审判前她会来看你，她有话要对你说。”

听到明日实这个名字，北斗冰冷的心稍微缓和了一点。算起来已经有好几个星期没见到她了。

“她有什么话要跟我说？”

高井律师开始收拾桌子上的笔记本。他看了一眼手表，然后说：“具体内容我不清楚，你还是自己问她吧。北斗，请你再考虑考虑给受害人家属写信的事情。今天，就到这里吧。”

高井律师收拾好之后，并不抬头看北斗，只是弓着背像一只斗败了的公鸡一样转身离开了探视室。北斗的头脑中又想起审判那天的事情。他在心中为死去的两位女性双手合十，祷告了一番。终结一切的那个春日就快到了。四月十五日，樱花应该都落光了，新长出的嫩叶会在阳光照耀下散发出亮眼的生命力。

在那个绿意盎然的春日，自己将静静地接受死刑的判决。

这是北斗现在唯一的愿望。

25

这个春天，端爪北斗没有机会去赏樱花。

但是，春天的脚步他还是感觉到了。开庭审判之前，四月的第一周，明日实来拘留所探望北斗。她穿了一件米白色春秋风衣，肩膀上绣着粉红色樱花花瓣。进入探视室后，明日实挥手和北斗打招呼，北斗对她说："就这样，先别脱外衣。你穿这件风衣很漂亮，我想好好看看。"

在北斗所在的那个楼层，没有女性囚犯。这一年来，北斗见到的女性就只有明日实和那位森永检察官。被拘禁之后，北斗的性欲就消失了。早晨醒来的时候，性器官也不会勃起，更不需要通过自慰的方式来释放青春的能量。但是，女性之美他还是会欣赏的，这种美和性欲没有关系。

明日实本来长得就漂亮，但这一年来变得更瘦了，整个人看上去似乎就只剩下骨头、光滑的皮肤和两只大眼睛了。当她聚精会神地看一个人或一个事物的时候，那个样子本身就能散发出一种质朴的美感。即使隔着两层透明树脂板，北斗也能感受到这种美。

"好的，你说穿着好看，我就一直穿着。"

明日实那略带沙哑的声音，像五线谱上的音符一样穿过了树脂板上的小孔，直达北斗的耳朵里。年轻男女的对话，背后还有看守旁听，北斗感觉这个场面很不可思议。那位中年看守听到了什么、没听到什么，从他帽子下面那张岩石一般坚硬的脸上看不出任何迹象。

"谢谢！"

“客气什么。北斗说穿我就穿着，说脱我就脱掉。”

北斗心中一惊。难道是审判的日子临近的缘故吗？明日实说话比往常更加直率了。以前可从来没听她开过类似的玩笑。关于明日实的恋爱史，除了知道她先后有过几个男朋友之外，就一无所知了。

“听高井律师说，你好像有话要跟我讲？”

“嗯，我是有话要说。”

眼睛直勾勾地盯着北斗的明日实说道，但与此同时，她的脸颊好像花蕾绽放一般染上了一层红晕。难道她还有点害羞吗？不知道明日实这是什么反应，但北斗就像观赏一朵鲜花一样，看着眼前这位年轻的女性。

明日实从笔记本中抽出一张类似磨砂玻璃纸一样的文件。那张纸在空中抖动时还发出啪啦啪啦的声响。明日实将那张纸有字的一面贴到了透明树脂板上。北斗定睛一看，那是一张结婚申请书。鞠谷明日实的印章像鲜血一样印在下方。“丈夫”一栏中还是空白的，但“妻子”一栏中已经被“鞠谷明日实”那几个熟悉的字填满了。

“这是……”

北斗不知该说些什么。明日实接下来的话像箭一样穿透了透明的树脂板，直刺进北斗的心里。

“这是我从市政厅拿来的。我和北斗都是成年人了，可以根据自己的意愿选择结婚。这份申请书我已经填好了，只要北斗也填好，我就可以交上去了。”

明日实说得很自然，好像北斗填表是理所当然的事情，就像吃完饭后拜托北斗去洗碗一样轻松。北斗不知不觉地张开双臂，把双手都按在了树脂板上。这个时候，那张结婚申请书和他的脸只有几厘米的距离。而对面的明日实还像往常一样，没什么感觉地微笑着。

“等等！明日实姐姐，我犯了那么严重的罪行，怎么可能结婚？

你和我结婚的话，也许过不了多久就孤身一人了。”

对于审判，北斗没有抱任何生的希望。自己残忍地杀害了两名无辜的女性职员。已经过去一年时间，说句不好听的话，现在北斗连那两个人的容貌都已经记不起来了。但北斗知道自己确实是一个杀人犯。如果自己被判处死刑的话，那么明日实就要当死囚的妻子；如果自己被判无期徒刑的话，那么明日实至少要在高墙之外独自等待自己三十年时间。为了自己这个“人渣”，明日实姐姐要把自己的大好青春浪费了，还要跟自己的姓，北斗是无论如何也不能接受的。

“没关系的，北斗。我也恨极了生田友亲。我在头脑中也无数次想要杀死他。那样的家伙，还是早点从这个世界上消失的好，可是他现在依然逍遥法外。你这个案子——医疗欺诈的案子，他已全权委托给律师处理，自己根本就不露面。”

淡淡的口吻，似明日实一贯的风格。明日实有一点和北斗非常像，就是常会在毫无先兆的情况下擅自采取行动。

“北斗，你也是为妈妈报仇才那么干的，只是最后失败了。当初我要是和你一起去就好了。”

北斗只感觉自己的胸膛几乎要爆炸了，一股热得甚至能将自己烫伤的血液已经将胸膛填满。北斗不想再看见任何人因为自己而变得不幸。北斗踮起脚尖，急切地对着树脂板那边的明日实喊道：“不行！咱们不能结婚。那样做的话，会给明日实姐姐带来不幸的！和我这样的人结婚，将毁了你的人生！我绝对不能让那种事情发生！”

明日实的脸上依然保持着微笑。但是，在那温和的表情下面却隐藏着“我也不会退让”的坚定决心。

“不能说这种话，北斗你不应该说啊。”

哪有这样的道理？北斗不明白明日实的意思。他有点生气了。

“为什么不能说？那可是我的婚姻。”

明日实用平静的目光望着北斗的眼睛。她那双大眼睛就像映着蔚蓝天空的一汪湖水。

“北斗，你是为了妈妈才去杀人，自己糟蹋了自己的人生。那是你自作主张的行为。所以，我也可以为了你，和你结婚，自作主张地糟蹋我的人生。这是我的自由。而且，我说北斗，除了我以外，你还有别的对象可以结婚吗？”

不知怎的，这最后一句话让对话变了味。北斗本来想提醒明日实，问题的重点不在自己有没有结婚对象。但他似乎突然明白了明日实话语中一半的含义，于是把刚要出口的话又咽了回去，心想，我可以自作主张地杀人，她也就可以自作主张地结婚，人类不就是这么一种生物吗？人类就是一种喜欢自作主张、愚蠢又自由的生物啊。

“知道了，让我考虑一下。”

而明日实突然用力拍了一下透明树脂板。北斗感觉到身后的看守似乎有所行动，接着就听到看守厉声说：“安静！”

明日实抬起头来说：“对不起！但是，北斗，已经没有考虑的时间了。如果审判后对你做出了最差的判决，那以后就只有亲属才能来探望你了。审判只有五天，也许下周我就再也无法看到你了。你怎么能让我再也看不到你的脸？所以，不要考虑，告诉我，你要和我结婚！”

为什么她会为我这样的人流泪呢？虽然两个人之间只有几厘米的距离，都能感受到彼此的呼吸，但自己的手无论如何也无法触及明日实那满是泪水的脸。自己现在到底在做什么？犯了罪的人，就连和最亲近的人在一起的时间、距离都受到了限制。到现在，北斗才渐渐感受到监禁惩罚的重量。北斗已经被拘押了将近一年时间，这一年来，外面没有一个人能把北斗的心留在外面。而明日实是一个危险的存在，对于极端恐惧与人亲近的北斗来说，眼前这个哭泣的女人突然令他非常害怕。

“和你结婚，不是出于同情，更不是法律上的一种手续。我喜欢你，北斗。不是以前那种姐姐对弟弟的喜欢。我就是喜欢你！我想永远和你一起活着。”

泪水和鼻涕，已经让明日实脸上化的妆变成了一团花。明日实姐姐竟然喜欢自己，而让一个女孩子在拘留所的探视室里当着看守的面向自己表白，北斗简直无地自容。不是明日实的表白让他羞愧，而是作为一个男人竟然让喜欢自己的女人陷入那么尴尬的境地，这一点让北斗无法忍受。如果地上有个缝的话，北斗一定会钻进去。

北斗拼命压抑着自己内心的感情，又用尽量不掺杂任何情绪的语言说了一句话。这句话就像平淡的水一样，从树脂板的小孔上流到了明日实那一边。

“谢谢，明日实姐姐！”

明日实的眼睛瞬间变成了两个黑洞。

“我是一个女人，我都说出了我心里的感情，我喜欢你，我想和你结婚。可是，你就这样回复我?!我想和你一起活着，哪怕毁了自己的人生都无所谓。”

可从北斗嘴里发出来的声音就像收音机里外国频道的播音员说出的话一样，不停地重复着：“谢谢，明日实姐姐，谢谢你！”

明日实哭泣的声音充满了这间不大的探视室。

“喜欢和感谢完全没有关系啊！”

在场的看守看了看墙上的挂钟。放在平时的话，探视时间一到十五分钟，他就要催促了，可今天都已经到二十五分钟了。可能是受到了明日实的感动，也许是被她的气场压制住了，今天的探视时间足足到了三十分钟，看守才犹犹豫豫地打断他们。看来，不管表面上多么冷酷的组织，都是由人驱动的。每个人都有自己的感情，也都有自己软弱的地方。这是北斗被关在拘留所一年当中所领悟到的。

北斗站起身来，向看守鞠了一躬，嘴里说道："谢谢您！"

中年看守脸上的表情略微动了一下。明日实对着北斗的背影说："最后，高井先生让我捎话给你。他说，在法庭的时候，表现出你原本的样子就好了。你希望被判死刑的话，直接表达出来就行了。不管怎么说，一定要做原来的自己。把你所感受到的，把你心底所想的如实地表达出来。"

原本的自己、心底所想……多么甜美的词语啊！好像青少年流行歌曲中的歌词。北斗走向探视室大门的同时，脸上苦笑着。明日实在背后喊着："高井先生还说，请你不要关闭心门去寻死。只要你把心扉敞开，一定能够活着赎清自己的罪过。"

北斗不能控制自己回过头来望向明日实。只见明日实把脸贴在树脂板上闭着眼睛喊叫着："我想和你一起活着！我喜欢你！北斗！"

北斗感觉那声音不是从明日实嘴里发出来的，而是来自大地之下的声音。是啊，喜欢一个人就是发自内心深处的一种感觉。北斗浑身颤抖着，内心也被明日实打动了。这时，看守对北斗说："快走吧。"

北斗戴着手铐点了点头。此时如果再说一些形式上感谢的语言，北斗觉得很对不起明日实。明日实睁开了眼睛，她注视北斗的视线好像一把锁，紧紧地锁住了北斗的身体。北斗扭头望着明日实的眼睛，一步一步地走出了探视室。

走廊里被荧光灯照得很明亮，北斗戴着手铐、系着腰绳走在这条长长的走廊里。他感觉到身体内部涌上一股不可思议的力量。

下周，自己将近二十一年的人生将被盖棺定论。

不管审判的结果怎样，北斗都准备全盘接受。

北斗双脚用力，一步一步地前行在长长的走廊中。

26

端爪北斗目视前方。

证人席是一张小立桌，那后面还没有人。

在墙边的一张长条桌后面，坐着森永早苗检察官和一位中年男士。他们俩都穿着黑色的西服套装、白衬衫。森永检察官的衬衫是开襟的，在西装的领子上别着一枚很小的银色胸针，好像是一朵水仙花。除此之外，这位年轻女检察官的身上没有任何装饰品。而坐在她身旁的中年男子，则完全没有任何特殊的地方。看森永检察官和他说话的语气神态，可以判断出他是森永的上司。在这两位检察官头顶的墙壁上，挂着一面六十英寸大小的液晶显示屏。

北斗所坐的被告席，是一个表面垫了海绵垫子的木凳。他的两侧分别坐着一名身高体壮的警卫。北斗手腕上戴着黑色的铝制手铐，腰间系着很粗的腰绳，这套装备就是从拘留所中带出来的。这一年来，北斗已经习惯了这身装备。所以，不管到了哪里，只要一站住，就会自然地双手交叉放在身前。当然，戴着手铐的双手，也只能保持这一种姿势。手铐也好，腰绳也罢，第一个作用是防止犯人逃脱，第二个也是更为重要的作用，就是让犯人意识到自己是绝对没有自由的。北斗无事可做，只能发呆出神，高井律师的一句话一直在他的头脑中盘旋。

审判就是一出把人的内心全部剥光的戏剧。

那样说的话，这个法庭就是一个剧场喽。

这个位于横滨地方法院大楼四楼的法庭，面积有两个羽毛球场大小。北斗的脸始终保持朝向前方，他只是用眼角的余光确认了一下左右的情况。右边有一个木栅栏，栅栏后面是电影院观众席一样的座椅。那座椅是每一组有五个座位连在一起，一排有三组，前后一共有三排，也就是说一共有四十五个座位。这里，就是法庭的旁听席。现在，旁听席已经座无虚席。以媒体记者和年轻女性居多。他们在小声地交头接耳说着什么，那片嘈杂声就像没有节目的电视频道发出的沙沙声。

北斗虽然有些紧张，但这法庭的宽阔程度和高度却让他心里很舒畅。在拘留所里，大部分时间都被关在狭小的单人拘留室里，只有在极少的放风时间里，北斗才能看见天空。北斗身上穿的是明日实带给他的黑色修身西装和白衬衫，都是新的。脚上也是一双崭新的黑皮鞋。因为明日实听高井律师说，审判时，给人的第一印象非常重要。

北斗想，现在自己所处的位置就像一个明亮的山谷底部。右首是旁听席，那里是由人组成的高崖；而左首是垂直的悬崖，悬崖上面摆着一排麦克风。那应该是审判长和审判员坐的地方吧。不管是北斗所在的位置，还是旁听席，乃至检察官所坐的席位，要看审判长都得抬头。这种居高临下的感觉，可能就是要制造出一种审判别人的威严。

随着开门的声音响起，原本人声嘈杂的法庭内瞬间静了下来。从右侧的专用门走进来的是一群年龄、性别不同，服装各异的人。他们有的穿着西装，有的穿着休闲夹克，也有的穿着毛衣或运动服。北斗数了数，这次进来的人一共有十二名。其中有六人坐到了靠墙设置的候补陪审员座席，而另外六人则直接坐到了陪审员座席。六名陪审员中有四名女性、两名男性。其中一名女性最显眼，她五十多岁的年纪，穿着一件运动卫衣，胸前印着一张白色雪豹的脸。她一头红发，还烫出了很多小卷。包括这位女性在内，所有陪审员都和在商业街上擦肩而过的路人没什么区别，看上去他们都是普通人。

这六名陪审员加上由法官担任的一名审判长和两名审判员，一共九人组成合议庭，将通过合议和少数服从多数的原则，决定北斗的命运。被素不相识的人审判，还有可能被判处极刑。这对北斗来说虽然不是什么愉快的事，但北斗却在不经意间露出了短暂的微笑，因为他觉得这有点不可思议。

北斗感觉到了来自右侧的锐利视线。右侧旁听席上有一位中年男士、一位年轻男士、一位老妇人和一个穿着高中校服的女孩子，正用带有杀意的目光盯着北斗。刚才进入法庭的时候，北斗朝庭内鞠了一躬。从那时起，早已到庭的受害者亲属那灼热的视线就聚焦在了北斗身上。北斗知道受害者家属在旁听席中，所以当时他也低下头向旁听席行了一个礼。北斗心里清楚，自己来这里是接受审判和惩罚的，所以心里已经做好了背负仇恨、憎恶的准备。因为自己是一个夺走别人生命的杀人犯。

这时，法庭内侧的门打开了，三名身穿黑衣的男人抱着文件走了进来。其中一位五十多岁的半老男人带着沉稳的表情坐到了审判长席位上，那是最中间的一个座位。他的动作很敏捷，就像在上班的地铁中发现了一个空座一样。在接下来的五天时间里，这位法官就将担任此次审判的审判长。

在审判长的右首，是一位留着胡须的不到四十岁的法官，他应该是审判员。这位审判员的皮肤被太阳晒得黝黑，脸庞非常精干，很有职业运动员的气质。而审判长的左侧则是一位外表看上去年纪和北斗相仿的大男孩。他脸上有不少青春痘愈合后留下的小凹坑。这位是刚通过司法考试没多久，正处于实习期的法官，所以，虽然他已经年近三十，但因涉世未深，因此还保留着大学生的面容。

审判长对着麦克风发话了："不好意思，可以帮被告人解开手铐、腰绳。"

他的话没有什么威严感，就像一个寿司店的老板在柜台后面对客人说"请把酱油递给我用一下"的感觉。北斗两旁的警卫站起身来，北斗也自然地跟着站了起来。一个警卫用钥匙打开了北斗的手铐，另一个警卫从背后解开了腰绳。然后，北斗又坐回了被告席。

“接下来，审判就开始了。我是审判长平冈茂美。请大家多多关照。”

北斗抬头望着审判长，疑惑不解地思索着，“请大家多多关照”这句话，审判长到底是对谁说的呢？

这时，坐在审判长右首那位肤色黝黑的审判员开口了：“我是右陪席审判员间山义正。”

接下来是那位麻子脸审判员做自我介绍，他的声调意外地高，和他那张娃娃脸反差有点大。

“我是左陪席审判员河合浩志，请多指教。”

审判就这样不知不觉地开始了。各种花架子仪式之类的形式主义，一概没有。审判长再次发言：“也请检察官方面做一下自我介绍。”

那位年轻的女检察官看了北斗一眼，然后马上移开视线。她规规矩矩地站起身来说：“我是检察官森永早苗。请多关照。”

平冈审判长还没来得及点头，北斗就听到背后有人走动的声音。

“我是被告人的辩护律师高井聪一，请多关照。”

这个时候，北斗终于明白了。刚才在法庭上发言的所有人都说“请多关照”，其实是对着旁听席说的。他们是对旁听席上的听众，以及在法庭外关注着这场审判的所有人说的。

接下来，审判长客气地说：“端爪北斗，请移步到证人席。”

北斗从被告席上站起身来，向前走了几步，站在了证人席的麦克风前。这时法庭中所有人的视线都集中到了北斗身上。最讨厌受人关注的北斗，现在简直难受得喘不上气来。他感觉自己就像全裸地站在法庭中央，而四面八方的探照灯都把焦点对准了自己。接下来，审判长用谆谆教诲的口气对北斗说：“请说出你的姓名。”

北斗不知道该和麦克风保持多远的距离才合适，他的声音就像春风一样吹向了麦克风，经过扩音器发出来的声音让他自己觉得有点陌生。

“是……我叫端爪北斗。”

接下来审判长又询问了北斗的出生年月日、籍贯、住址、职业等信息。北斗一一回答之后，审判长点了点头，看起来心情好像不错。

“在法庭审判的过程中，端爪君，我们就叫你被告人，怎么样？当叫到被告人的时候，指的就是你，你要好好回答哟。”

审判长说话的语气就像小学低年级的班主任老师。初中、高中的老师说话语气都没有这么客气。

“是。”

“那么，接下来，检察官，请你朗读起诉书。”

头发扎在脑后的森永检察官拿着一份文件站了起来。她的表情异常严肃。北斗站在证人席，听到了森永检察官那犹如刀切斧裁的声音。

“起诉书，横滨地方法院，检方就以下事件提起公诉。”

然后森永检察官又读了一遍北斗的姓名、户籍、住址、职业等身份信息。北斗现在是拘留的刑事被告人。检察官的声音和审判长的不同，要严肃得多。

“公诉事实：被告人于平成 ×× 年四月二十五日下午五时前后，怀着杀死生田友亲的目的访问了位于横滨市的生田波洞研究所。被告人对生田友亲一直怀有仇恨。被告人进入研究所后，等待生田友亲回来。晚七时左右，因为被告人携带的刀具被该研究所的事务员饭冈佳惠（当时五十六岁）发现，为了防止自己的意图泄露，被告人带着明确的杀意用刀子将饭冈刺杀。二十分钟后，该研究所的护士关本美野里（当时二十七岁）准备下班，来找饭冈告别，因关本看见了被告人行凶后的现场，所以被告人用刺杀饭冈的同一把刀子对关本进行了袭击。两名受害人被发现后，立刻被送到了就近的医院。当晚十一时，医院确认两名受害者已经因失血性休克死亡。”

读到这儿，旁听席上受害人亲属的哭声像涨潮的海水一般越来越大。北斗回忆起当天发生的事情，无意间，他的两颊痉挛般地抽搐起来。森永检察官昂首挺胸地继续读着：“罪名及触犯的法律条款。杀人罪，《刑法》第一百九十九条；非法持有管制刀具，《刀枪法》第二十二条。”

在森永检察官朗读起诉书的时候，法庭内的空气一下子收缩起来。没有人小声说话或交头接耳，甚至连咳嗽的声音都听不到。只有审判长始终保持他那和蔼的姿态，在森永检察官读完起诉书之后，对北斗说：“被告人，对你不利的事实，你可以保持沉默。对于审判长、审判员以及检察官提出的问题，你也有权拒绝回答。但是，只要是你说出来的话，不管对你有利还是不利，都会被记录在案。你明白了吗？”

北斗和森永检察官一样，站得笔直。对于审判长的提问，他回答道：“明白。”

这时，和蔼的审判长也比刚才严肃了些。

“但是，一旦你决定开口说话，就必须说实话。在法庭上撒谎可是犯罪，有可能会以做伪证的罪名追究你的责任。你可以对着良心发誓，说的都是真话吗？”

这是一场在没有神的国度中进行的审判。任何人都有良心，但每个人的良心都值得信赖吗？这简直是个神话。一个讽刺的想法划过北斗的大脑，但一眨眼之后他又恢复了严肃，对着审判长点了点头。

“是，我发誓我说的话都是真话。”

北斗听见背后传来铅笔在纸上划过的沙沙声。那应该是法庭画家在给自己画肖像吧。在那画家的笔下，也许自己有一张凶恶、阴险、等待接受制裁的脸孔。恶人，到哪里都是恶人。

审判长问北斗："被告人，对于刚才检察官陈述的事实，你有没有异议？"

"没有异议。"

"被告人，对于起诉的内容，你有没有什么要申辩的？"

北斗知道，现在轮到被告人，也就是自己做意见陈述了。北斗转过身朝旁听席鞠了一躬，又对审判长鞠了一躬。如果说审判是一出戏剧的话，那么观众不仅仅有坐在这里的人，还有法庭外关注这场审判的人。自己虽然是个杀人的凶犯，但也不想把自己笨拙、丑陋的一面展现在"观众"面前。

"没有。对于两名受害人和她们的亲属，我从心底感到万分的抱歉。我知道我做了一件无法挽回的事情。对于这件事，我的心中充满了悔意。所以，不管法庭对我判处什么样的刑罚，我都接受。我将用人生剩余的时间赎罪。但是……"

北斗的话突然停住了，他做了一次深呼吸。审判长眯着眼睛问道："但是什么？"

"说下面这番话也许对受害人及其亲属是一种不敬，但是，我必须得说。如果现在给我自由的话，我还是要去杀死生田友亲。虽然我已经对自己的罪行进行了深刻的反省，但是对生田友亲的仇恨却丝毫没有减少。而且，我希望不要对我进行任何的酌量减刑。"

法庭又恢复了平静。但和上次的安静不同，这次是散发着一股热意的深深的平静。沉默从皮肤渗入每个人的心中。

"你还有其他要说的吗？"

"没有了。"

审判长用沉稳的声音说："我明白了。请被告人回到被告席。接下来，请检察官做开场陈述。”

森永检察官站起身来，单手拿着审讯记录，淡淡地讲述着案发那天晚上发生的事情。检方的开场陈述结束以后，就轮到辩护律师做意见陈述。

高井律师依然穿着那件藏青色的夹克，里面一件白衬衫，但是脖子上却系了一条和法庭气氛格格不入的红色领带。也许是因为刚才北斗的发言有些不符合他的预期，所以他说话的声音不知是因为紧张还是兴奋，有些尖厉。

“本案是一个非常不幸的事件。被告人从小就受到亲生父母的残酷虐待。他身上被殴打致骨折，后来自然愈合的地方就有三处。因为生母基本上放弃了养育儿子，所以他从小营养不良。其他各种残忍的暴力虐待事实，在松屿市儿童福利司有详细的记录。现在，被告人的前额还留有其生父用螺丝刀钻伤留下的疤痕，那伤深至头骨。刚才被告人陈述的他那过度的复仇心，和受虐待的成长史有着密不可分的关系。被告人离开儿童养护中心，被近藤绫子太太收养，是在他读高一的时候。那个时候，被告人才第一次感受到被人疼爱的温暖，才第一次体会到家庭生活的喜悦。我们常人头脑中认为理所当然的家庭生活，在被告人眼中是无比珍贵的。可是，他得到这种生活才只有几年时间。”

高井律师一边轻轻地左右摇晃着身体，一边像唱歌一样发表着他的演说。北斗不自觉地伸手去摸额头上的伤疤，同时回想起了松屿市的家、小学、初中以及高中的生活；想起了不多的几个交往不深的朋友；想起了周末不想回家，独自一人在小山丘上看日落的情景。但是，父亲至高、母亲美砂子的脸是他无论如何都不愿想起的。每当想到这两个人的时候，他俩的脸都被黑色的蜡笔涂了厚厚的一层，根本看不见。

“好景不长，接连不断的不幸向被告人袭来。首先是被告人最为亲近的人——养母近藤绫子太太患上了晚期肝癌。因为癌症已经发展到了晚期，根本没有治愈的可能，只能在医院的病床上延续生命。近藤太太的朋友来探病的时候，给她带来了波洞水。这又是一个偶然的不幸。生田波洞研究所的医疗欺诈行为，我想大家也都知道，现在正闹得沸沸扬扬呢。只加入一点点金粉、银粉的自来水，一升就卖五万日元、三万日元，还打着‘抗癌特效药’的旗号，这摆明了是欺诈！被告人不忍看到养母受到病痛的折磨，不断购买昂贵的波洞水给养母喝，不仅花光了近藤太太的积蓄，甚至连养母留给他上大学的学费、生活费都快花光了。但非常遗憾的是，近藤太太最终还是离开了人世。”

法庭中的每一个人都被高井律师的话“夺去”了耳朵。为什么绝望和不幸会如此眷顾这个年轻人呢？只有北斗，像听别人的故事一样，听着高井律师讲述自己的人生经历。

“近藤太太临终的时候，被告人在床边询问养母，要不要找生田友亲报仇。被告人说确实看见养母点头同意了。但是，作为近藤太太最后的一个养子，她很爱这个孩子，谁会希望自己的儿子去杀人而毁掉大好前程呢？肯定是近藤太太在临死之前因呼吸困难而用嘴巴吸气时引起的不自觉的点头动作，结果被被告人误解为点头同意。这又是一个偶然的不幸。”

北斗脸色发青，但从内心深处发出了讽刺的笑。这个时候，重要的不是讨论动机，而是自己杀死两名无辜女性的事实。绫子太太也好，被杀的两个女人也好，都是无法复生的。

“去年四月，被告人确实造访了生田波洞研究所。而且，为了报仇，也确实带了两把刀子。但是，被告人复仇的目标只有一个，就是生田友亲。之前被告人在做陈述的时候，也已经明确了这一点。而对于两名被害人，被告人并没有明确的杀意，更没有杀死她们的计划。

当天，因为生田友亲去警察局接受有关医疗欺诈的调查，所以并没有如被告人期望的那样待在研究所里。为了等生田友亲回来，被告人在研究所的大厅里等了两个多小时。而在这段时间里，研究所外面聚集了不少等待采访生田友亲的媒体人士。就在这个时候，又一个偶然的不幸发生了。研究所的事务员饭冈佳惠发现了被告人口袋里隐藏的刀子。惊慌失措的被告人才拿出刀子刺向了原本不是目标的被害人。之前，他对饭冈佳惠并没有杀意。”

森永检察官举起了右手。

“审判长，反对。这只是辩护人自己的设想，并不是事实，也没有得到证明。”

“反对有效。辩护人，请你以事实为依据进行陈述。”

高井律师并不服输。他说：“明白了。那我就讲讲事实。被告人进入生田波洞研究所之后的两个小时里，并没有袭击饭冈佳惠。如果被告人对第一名受害人早有杀意的话，那么在等待生田友亲回来的这两个小时里，杀害她的机会有的是。他应该早就下手了，而不会等上两个小时。”

审判长一边翻阅文件一边说：“好的，请继续说。”

“被告人袭击第二名被害人的情况，也和前一次类似。这一次不是因为刀子被发现，而是刺杀饭冈佳惠的现场被关本美野里偶然目睹，这成为被告人刺杀第二名受害人的诱因。本案发生的当天，是被告人刚过完二十岁生日的第五天。他不幸的成长经历中有很多值得同情的地方。案件本身也是偶发性的犯罪。在说下面这番话之前，我要先向受害人的亲属道歉，大家要清楚，本案的被告人也是生田波洞研究所医疗欺诈事件的受害者，同时，从某个角度来讲，两名受害人是这次医疗欺诈事件的受益者。所以，作为辩护方，我认为本案中被告人的罪名不应该是杀人，而是伤害致死。再考虑到被告人痛苦的成长经历和医疗欺诈事件受害者的身份，我认为酌量减刑的余地还是很大的。审判长、审判员、陪审员，请仔细看一看这位身上发生一连串不幸的青年！我恳请你们考虑给他一条活着赎罪的道路。”

最后一句话，高井律师有意提高了嗓门，并深深地低下了头。

在高井律师雄辩的陈述之下，可以听见旁听席上传来了有人叹息的声音。森永检察官的脸上没有任何表情的变化，或者说没有任何表情。只见坐在她身旁的上司对她耳语了几句。这时，审判长发话了：“辩护方还有其他要说的吗？”

“没有了。”

说着，高井律师开始收拾桌子上的文件。而平冈审判长望了一眼墙壁上的挂钟，已经正午十二点十分了。

“那么，上午的审判就到此结束，现在休庭。午休之后，下午继续开庭。下午的审判，首先由检方进行举证。对了，请大家下午一点十五分准时到庭。”

说完，审判长、审判员和陪审员们像一阵风似的走出了法庭。身旁的警卫朝北斗点了一下头，北斗会意，马上站起身来。警卫给他戴上手铐，系上腰绳。这时，高井律师附在北斗耳边小声对他说：“到目前为止还算顺利，下午的话可没那么简单了，你要冷静面对。”

北斗感觉到背后有灼热的目光射向自己。他转过身，将戴着手铐的双手放在身前，朝旁听席鞠了一躬。然后在警卫的押送下，挺着胸膛离开了明亮的法庭。

27

端爪北斗仰头望着液晶屏幕上的画面。

六十英寸的液晶屏幕上显示的是生田波洞研究所一楼的平面图。在事务员饭冈佳惠和护士关本美野里倒毙的位置，分别画着一个人形轮廓图。饭冈佳惠的位置在大厅中，关本美野里的位置在大厅通往里面房间的走廊上。这个时候，北斗感觉在自己鼻腔深处泛起了一阵散发着热度的血腥味。

在旁听席上的大部分人，包括媒体记者和年轻女性，都和北斗一样仰头望着墙上的液晶屏幕。在审判长、审判员、陪审员面前的桌子上，都安装有小型液晶屏幕，他们面前的小显示器上显示的内容和墙上大屏幕中的内容是一样的。杀人现场的画面具有奇妙而强大的吸引力，在那么多人的视线压力下，平面的大屏幕似乎都快凹陷下去了。

开庭审判的第一天下午，审判长于一点十五分用轻柔的声音宣布下午的审判开始，首先由检方举证。就像在大学下午上课一样，一开始法庭里的空气比较轻松，还带着一些懒散。接着，传来了森永检察官的声音："你最初发现尸体的位置，和图中描绘的位置吻合吗？"

此时的证人席上，站着一位北斗没见过的男人。他是第一个发现案发现场的人——生田波洞研究所附近派出所的巡警警长。当时，研究所外有些媒体记者发觉研究所里似乎有异常，于是报了警，这位警长很快就赶到了现场。眼前这位中年警长身上所散发出来的气质，与其说是一名警察，倒不如说更像一名邮递员。他今天没有穿警服，穿的是一身深灰色西装。

"嗯，我认为图片中描绘的位置大体准确。"

这时，右陪席的间山审判员开口了："大体是什么意思？请用准确的语言陈述证言。"

证人席上的警长伸出右手指着墙上的大屏幕，好像在测量距离一样张开了大拇指和食指。

"图片中第一名受害人的位置是准确无误的，我可以确认。但对于第二名受害人的位置，我记忆中应该再往走廊中间挪一点，而没有图片中那么接近里面房间的门。”

北斗坐在被告席上，双手放在膝盖上，腰板始终保持挺直。虽然现在是自己在接受审判，但仪态也要说得过去，不能一副吊儿郎当或垂头丧气的样子。只要是北斗认为正确的事情，他就会付诸行动。结果虽然很悲惨，但对于自己的动机，他的心中没有一丝愧疚和后悔。

事实上，护士倒下的地方正如警长所说的那样，照片中描绘的位置不太准确。护士转身逃走时，北斗马上就去追她，并在走廊中段赶上护士，用刀子从背后刺向了她。如果如图片中描绘的那样，护士倒在走廊尽头、房间门前的话，那自己当时肯定会更加慌张。如果关本护士再往前迈一步，躲进房间，锁上房门，那自己就无计可施了。她可以在房间里用手机报警。那样的话，自己的复仇计划就完蛋了。想到这儿，北斗感觉到推理小说中的情节和现实存在着巨大的差别。小说里那种能够哼着小曲完成杀人的全过程，事后还能彻底毁灭证据潇洒离去的杀人天才，在现实生活中是不存在的。自己在杀害那两个手无寸铁、毫无反抗能力的女人时，心中的恐惧简直难以言喻。这时，年轻女检察官的声音像一把冰冷的刀子切断了北斗的思绪。

“明白了。图片中受害人身体的朝向和实际没有出入吗？”

警长点了点头说：“对，没有出入。”

这时传来了审判长翻文件的声音。森永检察官说：“你进入生田波洞研究所时，看到的案发现场是什么样子？”

警长不看北斗，他的视线只在审判长和检察官之间来回移动。

“第一名受害人的遗体，并没有任何凌乱的迹象。第一眼看见她时，我心里还在想，怎么会有人躺在地上睡觉？当我走近时，才发现沙发的阴影中有一大摊血迹。”

森永检察官操作着手中的笔记本电脑。她是在切换图片。她的笔记本电脑和法庭中的各个显示器是连接在一起的。这时，陪审员席上传来了一个女性受到惊吓时的大口吸气声。是那位胸前印着雪豹图案的中年女性陪审员。因为她看到了自己桌子上显示器中的恐怖照片。而墙上那面大显示器中的图片依然是研究所一楼的平面图，并没有切换。

“当时你看到的状况应该和这张现场照片相同吧？这是饭冈佳惠的遇害现场。”

原来，森永检察官只把案发现场照片传到了审判长、审判员、陪审员、证人、辩护人面前的显示器中。所以大屏幕中没有显示这张案发现场的照片。北斗也看不到。证人席的小立桌上也有显示器，警长看了看照片点头说：“相同。”

北斗努力想让自己回想起当时的状况和自己的行动。可是，头脑中的画面，就像隔着一锅正在冒热气的开水看过去的样子，所有事物都是扭曲的。只有一些片段的触感、气味出现在脑子里。虽然自己杀了两个人，但是内心和身体似乎都不愿意承认杀人这个事实。因为杀人这种行为本身，对于大多数人来说都是不曾经历过的，是超出了他们经验范围的。人们无法想象，更无法感知杀人的感觉。森永检察官的询问还在波澜不惊地继续着。

“第二起杀人现场，又是怎样的呢？”

警长好像因为说了太多话，有点口干的样子，咕嘟一声吞了一口口水。

“第二个受害人遇害的现场惨不忍睹。地板上、墙壁上全都是血迹。我做警察也有二十年的时间，还从没见过这么残忍的杀人现场。”

森永检察官再次切换了图片。结果，四名女性陪审员中有三名都不约而同地把身体向后靠在椅背上，她们是想让自己的眼睛离显示器中那可怕的照片远一点。似乎桌子上那小显示器中射出了刺眼的射线。就连两名男性陪审员也皱起了眉头，一脸铁青。

北斗想起当时的情景，二十七岁的女护士好像拥有不死之身。不知自己刺了她多少刀，可她一直在挥舞着双臂、扭动着腰身呼喊着，哀求自己不要杀她。那真是一段人间地狱般的恐怖时刻。北斗依然保持着端正的坐姿，但不经意间双手紧紧地握成了拳头。

“明白了。检方没有问题了。”

审判长转向高井律师，说：“辩护人，对证人有什么要问的吗？”

“谢谢！我有几个小问题。”

北斗能感觉出背后的高井律师站了起来。高井律师的声音格外明快，和这个法庭的气氛有点格格不入。因为法庭中的一部分人已经看见了案发现场的照片，所以空气变得非常严肃、紧张。高井律师好像有意要缓和现在的气氛。

“证人，你最初看见案发现场的时候，心里是怎么想的？”

站在证人席上的警长露出了为难的神情。

“我怎么想，我认为对于本案并不重要吧。”

森永检察官轻轻举起了右手，抗议道：

“证人说得有道理。因为现在是举证，证人只陈述事实即可。”

高井律师并不理会，继续说道：“我不这么认为。经验丰富的警长如果能够客观地描述他对案发现场的感受，相信将对各位法官、陪审员从整体上把握案情有很大的帮助。所以，审判长，请允许我继续问下去。”

平冈审判长用一只手遮住了麦克风，和左右陪席的审判员小声交换了意见，然后说：“同意。辩护人可以继续询问。”

北斗冷静地观察着法庭上发生的一切。现在他才体会到，高井确实是一位能力很强的律师。

“那么，请证人先回答我刚才的问题。”

警长并不是太情愿地讲述了自己的感受。

“第一个案发现场让我感觉凶手心中没有一丝迷茫，实际上一刀就刺中了心脏，受害人没有遭受太多的痛苦。”

“第二个案发现场又怎么样呢？”

高井律师基本上不使用杀害、罪犯等词语。他尽量不给北斗制造残暴、凶恶的形象，以便在法庭中的人的脑海里留下一个好一点的印象。

“我认为这个时候凶手已经乱了方寸。因为被害人的出血量相当大，而且她身上还有很多反抗时造成的伤痕。现场真是很可怕。”

高井律师单手拿着笔记本说道：“也就是说，被告人一开始并没有疑惑，而面对第二名受害人的时候就乱了方寸，是这样吧？”

“是的，我认为是这样的。”

“那我们是不是可以这样想：在面对第一名被害人的时候，被告人没有想到后果，而是毫不犹豫地采取了行动。可是，事后当他看到被害人倒在血泊中的样子时，精神上受到了很大的冲击。因此在第二名受害人出现时，他就乱了方寸。”

这时，传来了森永检察官那尖厉的声音。

“我反对。这只不过是辩护人自己的想法。他这是诱导性提问。”

审判长立刻回应道：“反对有效。请辩护人改变你的提问方式。”

而高井律师并没有就此收敛，继续用高亢的声音问道：“你是不是认为第一个现场和第二个现场，完全是不同类型的案件现场？”

站在证人席上的警长点了点头，说：“是的，就像两个凶手分别制造的杀人现场。”

“明白了。就是说在第一次作案和第二次作案之间，被告人身上或心里肯定发生了什么变化。这是经验丰富的警长根据现场情况得到的最为直观的印象。好的，我问完了。”

森永检察官和旁边的上司小声说着什么。虽然听不见他们在说些什么，但从表情神态可以看出，上司在用严厉的语气批评年轻的女检察官。平冈审判长用平稳的语调说道："现在进行下一项举证。证人请归座。"

警长行了一个礼后，离开了证人席。随后，森永检察官从桌斗中拿出一个很厚的透明塑料袋。看到袋子里装的东西，北斗浑身颤抖起来。原来袋子里面装的是一把刀刃带有斑驳的锈迹、刀柄皮绳染着淡淡血色的黑色匕首。当时北斗把刀柄上的皮绳清洗了很多遍，可那血迹就是没有办法完全洗掉。

"现在向大家展示的是甲七号证物。"

说完，森永检察官把那个塑料袋高高举过头顶。

"这把刀子就是被告人在行凶时使用的凶器。刀子上检测出血液反应，并检测出两种血型。根据DNA鉴定的结果，刀子上残留的血液和两名被害人的血型相符。我有问题要询问被告人。"

审判长点了点头，说："被告人，请到证人席。"

北斗慢慢站起身来，因为坐得太久了，他的小腿和膝盖有些僵硬。他就像吊线木偶一样，机械地走了五六步，站到了证人席前。

"这把刀是你的，没有异议吧？"

北斗既不看森永检察官也不看那把刀，而是直直地盯着正对面审判长他们的大桌子。审判长、审判员、陪审员所坐的大桌子就像一个祭坛，高高在上。北斗只是平视着这个祭坛，所以审判长、审判员、陪审员也没有进入他的视线。

"是我的，没有异议。"

森永检察官把染有血色的凶器交给陪审员们。六名陪审员轮流审视着这把匕首。他们肯定也感觉这是一个"不洁"之物，所以每个人都只用两个手指尖捏起塑料袋的一角，远远地望一下。

“接下来展示甲八号证物。”

这次，森永检察官举起的塑料袋里装的是寒光闪闪的大马士革刀。这把刀上既没有血迹，也没有人体脂肪的油污。

“这把刀是被告人当作备用凶器事先准备好的，它也被被告人带到了案发现场。对不对，被告人？”

“是的。”

接着，森永检察官对陪审员们说：“这两把刀子都是在案发前不久被告人从秋叶原的刀具店买的。其中，甲七号证物的刀刃长二十厘米，甲八号证物的刀刃长十五厘米，都足以置人于死地。为了防止第一把刀子失落或破损，被告人还专门准备了另外一把同样具有杀人功能的刀子作为备用。可见，本案是被告人基于周密的计划和万全的准备所实施的。”

说完，森永检察官也把这把大马士革刀递交给陪审员们审视。原本已经被杀人现场照片弄得充满寒意的法庭空气，在两把凶器登场之后，简直就要冻结了。平冈审判长说：“辩护人有什么要说的吗？”

看样子高井律师好像有话要说。不过，北斗只想尽快离开这个让众人瞩目的证人席，因为在众人的注视下实在是太痛苦了。

“我只有一个问题。被告人，你准备这两把刀子，目的是什么？”

闹了半天竟然是这么简单的问题，北斗心中有些生气，他说：“为了杀死生田友亲。”

高井律师点了点头。

“不是为了杀那两位受害人，而是为了杀生田友亲。我明白了。辩护方没有问题了。”

北斗终于明白了。森永也好，高井也罢，虽然检察官和辩护人的立场不同，但他们都是非常优秀的。一方出一招，另一方肯定已经准备好了对策。在这个法庭上，北斗什么事也做不了。这里是法律专家斗法的地方。

平冈审判长说："森永检察官，请继续举证。"

一身黑色的西装让森永检察官显得格外干练，她点了几下笔记本电脑，然后站起身来。

"接下来我要出示的是两名受害人身体伤痕的照片。可能会引起您的不适，请谨慎观看。"

墙壁上的大屏幕并没有显示出伤痕照片。此时北斗还站在证人席上，通过证人席上的小屏幕看到了那些照片。第一张照片显示的是一个中年女性的胸部。松懈的乳房横着垂在一边，一个横向的伤口从乳房正中延伸到胸口正中。那伤口像一对嘴唇，上下翻着，可以看见黄色的脂肪。而伤口里面则有一团凝固了的黑红色血液，像泥巴一样塞在里面。

"根据法医的鉴定，饭冈佳惠的伤只有胸部一处。深度达十三厘米，心脏被切开一个四厘米宽的伤口。刺中心脏的这一刀引发大量出血，是致命伤。"

六名陪审员的反应各不相同。有的人趴着身子把脸靠近小屏幕看照片，那照片像有吸引力一样；有的人则尽量把上半身往后仰，想让眼睛离那屏幕更远一点。如果把六名陪审员此时的神态画下来的话，有点像著名油画《最后的晚餐》中众人的神态。

北斗稍微向前探了探身，盯着小屏幕上的照片看。虽然从外表上看他没有任何变化，但是他的心里已经掀起了一阵狂风暴雨，感情的巨浪打着旋涡上下翻滚着。受害人和她们身上的伤口，北斗以前从来没有仔细看过。当时，他哪有时间和心情确认受害人身上的伤痕？而现在，在法庭这个环境中，在众人的注视下，自己不得不去看那些照片。

审判确实是一出戏剧，但对于北斗来说绝对是一出恐怖的戏剧。

照片上那些可怕的伤口都是自己一手制造的。由于这些伤口，让受害家庭那原本慈祥的母亲、温柔的妻子都已不复存在。

森永检察官的声音异常冷静，从她的声音中大家都能感觉到她有让审判按她的计划进行下去的坚定信心和游刃有余的放松心态。

“接下来是关本美野里的照片。她的照片比较多，我将按顺序展示。”

肩膀的伤、额头的伤、后背的伤、手掌的伤、上臂的伤、肋部的伤……那些照片令人一阵眩晕。脸颊上有一个开裂伤，甚至都能看到里面白色的牙齿。北斗心里发出了哀鸣，这些照片什么时候才是个头啊?!不知过了多久，关本的伤口照片展示以肋骨下方的一个伤口画上了句号。

“根据法医的鉴定，关本美野里全身共有十二处伤口。其中最为致命的是最后一刀，深度达十五厘米。对肝脏形成八厘米宽的伤痕，差点将肝脏割成两半。死亡原因是失血性休克。”

受害人亲属的啜泣声传遍了整个法庭。正是这种想痛哭又极力压抑着的啜泣，反而能够深深地刺入人的心灵。每一张伤口照片都刺痛了北斗的心。每当小屏幕上更换照片的时候，北斗就感觉后背上多了一块巨石。为了不让自己被压垮，他的双腿已经使出了最大的力气。北斗的精神正在慢慢走向崩溃的边缘。能让自己像一个人一样站在法庭中央，已经消耗了他所有精神和肉体能量。如果稍微松气的话，说不定自己就会像一摊烂泥一样融化在地上。此时，北斗心中只浮现出一句话：

“已经没有任何余地了，自己必须得死！”

让两名手无寸铁的无辜女性死得如此之惨的人，不管是谁，都没有活在这个世界上的资格。

即使和自己已经朝夕相处了二十年的端爪北斗，即使他的人生是那么不幸，他也不能再活下去。

自己本来就是一个不应该活在这个世界上的人。被害人的亲属也好，检察官也好，审判长，审判员，陪审员，法警……谁都行，真希望有人现在就站出来用石头砸死自己，或者用绳子勒死自己。

总之，北斗现在唯一的愿望就是立刻消失在这个世界上。

下午的审判就这样继续着。

沾着血迹的北斗的背包和鞋子也被当作证物展示在法庭上。北斗家里电脑中的部分内容也成了证物。北斗为了复仇，曾经在网上详细地调查了生田友亲和生田波洞研究所，并将调查内容做成了文件。还有北斗和养母近藤绫子太太一起在高尾山拍的合影也被展示在法庭上。照片中，山顶上人很多，北斗搀扶着绫子太太的手臂，两人的笑容成了瞬间的永恒。当时，绫子太太还没有查出患有肝癌。也不知道世界上还存在波洞水这种害人的东西。不知道未来会怎样，真是无比幸福。

对于检方出示的证物，北斗只是冷静地一一点头回应，淡淡地承认证物的可信性。

下午四点半，平冈审判长说："公审第一天的审理就到此结束了。"

旁听席上最先传来了放松的叹息声，之前一直绷着的紧张气氛一下子松缓下来。只见旁听席上有人小声地交头接耳，也有人开始收拾东西。

"明天早晨，我们首先和各位陪审员进行中间评议。然后再开庭，所以开庭时间延迟为上午十点。开庭后，首先由检察官和辩护人对证人、被告人进行询问。好，现在休庭。各位，明天见。"

怀抱文件，三名法官从法庭内侧的门迅速离开了。好像他们一刻也不想在这里多留。而六名陪审员和六名候补陪审员都面带疲惫的神色，从右边的专用门有秩序地离开了。

北斗规规矩矩地把双手伸向前方，等待身旁的警卫给自己戴上铝制的手铐。另一名警卫则给他系上了腰绳。这时，高井律师凑过来，在北斗耳边小声说："表现得不错，北斗。明天，就该我们反攻了。坚持下去，加油！"

北斗沉默着，眼睛直勾勾地看着眼前这位律师先生。这个人，是不是只把审判当作一场游戏？不管游戏的结果是胜是负，北斗认为自己都不是这场游戏的玩家，是不该活在这个世界上的人，哪有胜利可言？

北斗铁青着脸，朝旁听席最前排受害人的亲属鞠了一躬。他能感受到他们那充满仇恨的尖利目光。但也有年轻的女学生模样的旁听者在悄悄议论："哇，他果然很帅。"

北斗感觉自己就像马戏团的动物被人评头论足，可谓出尽洋相，可他并不在意。因为，对于别人的议论，北斗心中一点感觉也没有。不管别人怎么想，反正自己已经死了，至少内心已死。此刻的北斗只感觉异常疲惫，困意袭上了大脑。他想，自己可能等不到吃晚饭就会倒在床上睡着吧。

有着大树一样粗壮身躯的两名警卫对北斗说："走吧！"

北斗慢吞吞地挪动着脚步，因为他感觉腿脚实在太沉重了。从法庭到警车的这段路，好像没有尽头一样。如果自己在途中倒下来，警卫会把自己架到警车上吧？这时，忽然有一名戴着口罩、遮住半张脸的年轻女性从法庭门外匆匆地跑进来。她有一双枯枝般极细的腿，下身穿着一条紧身弹力牛仔裤，上身是一件北斗熟悉的春秋风衣。

"北斗，今天你辛苦啦！"

原来是明日实。警卫低声对北斗说："不要回应她，端爪。"

北斗没有回话，并不是因为警卫的警告，而是因为他觉得连张嘴都很麻烦。明日实着急地说："今天我没办法来旁听，但明天我会作为证人出庭。北斗，你千万不要放弃啊！"

受害人的亲属隔着旁听席的木栅栏用同样仇视的目光盯着说话的明日实。而对于明日实的话，北斗既没有回应也没有点头。因为他认为自己已经是死人。明日实还让自己和她结婚，那是根本不可能的，就连形式上地在结婚申请书上签个名字，自己也做不到。

"快走！"

警卫不耐烦地催促着，北斗朝着左边的门走去，那是被告人和辩护人的专用门。曾经有多少死刑犯从这扇门走过呢？不应该活在这个世界上的人，应该不止自己一个。

想到这儿，北斗的嘴角稍微向上翘了翘。人类的恶与残忍，不仅自己一个人身上才有。肯定还有无数的和自己一样，精神完全毁掉的人。只有这样想，北斗才有向前迈出一步的勇气。法院的走廊里没有一个阴暗的死角，每个角落都被荧光灯照亮。

北斗戴着黑色的手铐，腰间系着腰绳，但他却尽力挺直胸膛，朝电梯厅走去。

28

端爪北斗惊恐不已。

这里不是自己熟悉的生田波洞研究所的白色大厅吗？北斗坐在沙发里，隔着磨砂玻璃茶几和两个女人相对而坐。北斗一眼就认出，对面的两个人正是被自己杀死的事务员饭冈佳惠和护士关本美野里。因为以前北斗不止一次地见过她们。

两个人的衣服上没有一丝血迹，这让北斗感到前所未有的恐惧。

饭冈的上衣在左胸口正中有一个不大的口子，好像是专门设计成那样的。而关本身上穿的护士服则到处都是破洞，衣襟也破碎成一条一条的，像海草一样杂乱地下垂着。透过衣服的破洞，可以看见关本那洁白、健康的皮肤。十二处伤口！昨天在法庭上森永检察官公布了法医鉴定的结果，那是北斗用黑色的野外生存刀在关本身上刺出来的。没想到在梦里，北斗依然清晰地记着这个数字。

最令北斗感到恐怖的是根本无法看清两名被害人的脸。在她们两人头部的周围各有一个灰色的烟雾般的小旋涡，使北斗无法看到她们的脸。北斗虽然杀害了这两个女人，但却记不起她们的长相了。

北斗没和她们说话，对方也没有任何反应。北斗没法离开沙发一丝一毫，像是被沙发吸住一样。时间就像沙漏里漏下的黑沙，一分一秒无声地流逝着。就这样，不知过了多长时间，北斗透过二人衣服上的裂口忽然发现她们白色的皮肤上开始有红色的液体渗出。那是鲜血啊！开始只是像污水一样往外渗，渐渐地就汇成大滴大滴的血水往下流，两个人的衣服慢慢都被染红了。北斗像被丢进了绞肉机里，只从嘴里挤压出三个字：“……对不起！”

这时，从二人伤口处喷涌而出的鲜血犹如消防员的水枪，那势头简直一发不可收拾。还带着体温的鲜血喷溅了北斗一身，他从头到脚变成了一个红色的血人。还有不少血液喷进了北斗张开的口中，他反射性地大口吞咽着两个女人的鲜血……这恐怖的场面和感觉，让北斗狂乱地尖叫起来：“啊——”

睁开眼睛之后，北斗发现自己躺在单人拘留室的小床上。白色的天花板上有一个被铁网子罩起来的荧光灯。外面传来了乌鸦的叫声。在这个被厚厚的混凝土包裹的单人拘留室里，也散发着黎明的气味。北斗浑身都被汗水打湿，被子也被踢到了脚下。他把被子拉起来盖到胸口处。在这里，一切都得按照规定来办，包括睡觉盖被子的样子。

北斗估计自己已经无法再睡到起床时间了。可是，虽然已经醒了，但没到起床时间也不能随便起床。如果闭上眼睛的话，没准还会梦见刚才那么恐怖的情景。所以北斗只能躺在床上一动不动地盯着天花板发呆。

公审的第二天，首先由审判长、审判员、陪审员进行了讨论。然后于上午十点才开庭。

进入横滨地方法院四楼的法庭之后，北斗反而有一种莫名其妙的安心感。旁听席已经被人填满。最前排还是坐着受害人的亲属。北斗朝着他们投来的几乎能杀死自己的目光，鞠了一躬。在辩护席后面的旁听席上，坐着明日实和儿童福利司的富冈一磨。明日实关切地朝北斗点了点头，北斗脸上的表情没有任何变化，好像没看见似的。今天富冈也来了，估计是高井律师的策略，可能是想利用富冈讲述自己受虐待的历史，好让自己在法庭上痛哭流涕吧。想到这儿，北斗不禁一阵反胃。

辩护席前面的一张长条椅是北斗和两名警卫坐的地方。北斗被夹在两名强壮的警卫中间坐下。他想，今天自己必须得努力了。但是，他的努力和高井律师以及明日实所说的努力，可完全不是一个意思。坐定后，北斗挺直了腰背，呆呆地目视前方。

森永检察官早就到了，正在翻阅着文件，北斗并不看她。年轻女检察官的头发一如既往地扎在脑后，她的头发十分平顺，而且乌黑发亮。她身旁的那位中年检察官依然是一副严肃，甚至带些不高兴的表情。这位上司估计大多数情况下都是这副表情吧。他每天都要面对杀人、抢劫、强奸、盗窃、吸毒贩毒的犯罪嫌疑人，心情自然好不起来，这也是可以理解的。而且，这份工作虽然充满了负能量，但总得有人做吧。

法庭内侧的门打开了，审判长以及左右陪席的审判员穿着黑色的法袍走进了法庭。

紧接着，右边的专用门也打开了，进来的是陪审员和候补陪审员。昨天穿着雪豹图案运动服的中年女陪审员，今天换了一件胸前印有长颈鹿图案的长袖T恤衫。看来这位阿姨有不少动物图案的衣服啊。

平冈审判长调整了一下麦克风的位置，然后说道："各位，上午好！第二天的审判开始了。我是审判长平冈茂美。"

接下来，左右陪席的审判员也分别做了自我介绍。北斗心想，难道每天开庭都要做自我介绍吗？随后，检察官和辩护人也都介绍了自己。北斗不知道其他法庭审判是个什么样子，但审判自己的这个法庭，开始的气氛总是很轻松，就像座谈会一样。难道这是平冈审判长个人风格造成的吗？只见平冈审判长把眼镜拉到鼻尖，开口说道："首先，由辩护方的证人接受讯问。高井律师，请！"

今天，高井律师没有穿他那件夹克，而是换了一身深蓝色西装，领带也不是鲜艳的红色了，而是一条藏青色的纯色领带。高井律师曾经说，在法庭上，服装对人的形象有非常大的影响，会给别人留下截然不同的印象。设想一下，假如坐在被告席的北斗穿一件背后印有骷髅图案的黑色T恤，会给人留下什么印象呢？不用审判就觉得他不像个正派人。人们在做判断的时候，不仅仅会借助证据，还会根据人的外表主观地下结论。北斗穿着明日实给他送来的黑色西装、白色衬衫。这时，高井律师那充满张力的声音通过麦克风、扩音器，在整个法庭中响起。

"我首先想询问松屿市儿童福利司的富冈一磨先生几个问题。他曾经负责过被告人领养的事务。富冈先生，请移步至证人席。"

北斗第一次见到富冈时，他三十多岁，现在估计也过四十了吧。如今，他的表情更加稳重了，给人一种诚实可靠的感觉。今天富冈穿了一身灰色西装，里面是一件薄的高领黑毛衣，看上去就像某所大学的教授。

法警打开了旁听席的木栅栏门，富冈从旁听席走了出来。他首先向审判长鞠了一躬，然后站在了证人席前。北斗感觉富冈的个子好像没有以前高了，也许是因为这些年来北斗自己长高了吧。审判长首先让富冈宣誓，保证自己所说的话都是真话。然后，高井律师开始提问。

“您的职业是什么？”

富冈咳嗽了一声，清了清嗓子，然后回答道：“我在东京都松屿市儿童福利司工作。主要工作是保护儿童的正当权益。”

“被告人端爪北斗是您曾经救助过的儿童吗？”

富冈朝北斗望了一眼。而北斗故意不与他视线相交。

“是的。本案重要人物之一的近藤绫子太太，就是当年我介绍给被告人的养母。”

旁听席上传来了叹气的声音。高井律师故意停顿了几秒钟，好像有意让大家听到、看到旁听席上的反应。现在的他就像一个站在舞台上的演员。

“您第一次见到被告人，他当时多大年纪？”

“他当时读初中三年级，所以应该是十五岁左右。”

高井律师看了一眼桌上的文件，然后说：“您是因为什么认识被告人的？”

“我所负责的片区包括松屿新城。当时，我们儿童福利司多次接到当地居民的举报，说有个男孩子好像经常遭到虐待。其实先后接到举报有一年多时间，但我的前任同事因为工作太忙，没有抽出时间来处理这些举报。我接手这个工作之后，就去被告人家里进行了调查。现在我十分后悔，如果能更早一点处理被告人的问题就好了。”

“您第一次见到被告人的时候，他给您的印象如何？”

富冈对着北斗的侧脸望了一会儿。北斗感觉那半边脸都热了起来，他心里清楚，那半边脸肯定红得不行。接着，富冈用平静的声音说道：“当时端爪君头上缠着绷带，躺在病床上。那是在松屿新城一家医院的急救病房中。”

高井律师当即询问：“被告人是怎么受的伤？”

“是端爪君的父亲用一把生锈的十字螺丝刀在他额头上钻出来的伤。”

在场的人一同发出了惊讶的吸气声，法庭内的空气似乎顿时稀薄了不少。北斗的双腿在不停地颤抖，他已经无法控制它们。他心想，判我死刑什么的，都无所谓了，但你们赶快判决呀！别再这样折磨我了！这些话，等我死后你们再说吧！北斗不自觉地伸手去摸额头的伤痕，它就像一个小火山口一样微微隆起着，似乎随时可以喷出愤怒的火焰。

“但是，端爪君却告诉我说，那是他自己不小心在客厅跌倒，额头恰巧摔到螺丝刀上受的伤。我把我的名片给了他，告诉他在发生严重状况之前一定要和我联系。”

“他很快就给你打电话了吗？”

“没有。端爪君的忍耐力相当强。额头的伤在医院处理之后，没多久就回家了。但后来我听说，他的父亲再一次用螺丝刀袭击了他，并钻了他额头的同一个地方，说是要给他留下一个终生不会消失的伤痕。也可能是端爪君对自己父母的行为感到羞耻吧，所以不愿意说实话。受虐待的儿童都有非常不可思议的心理活动，常会觉得家里的问题都是自己造成的，认为一切都错在自己。”

好像富冈说中了问题的核心，法庭的温度迅速升高，空气的黏稠度也随之增加。富冈接着用平静的声音说道：“端爪君给我打来电话，已经是一年之后的事情。”

“当时是个什么情况？”

“这一年里，端爪君的父亲因病去世了，家里只剩他和母亲两个人一起生活。”

高井律师用低沉的声音问：“那么，被告人受虐待的悲惨生活应该结束了吧？”

富冈又望向了北斗。那快要把人融化的视线，北斗实在是受不了了。富冈的眼神中充满了同情、可怜、共鸣……都是北斗最为讨厌的词汇。

“并没有。这次他打电话告诉我，说他的母亲很恐怖。”

北斗感觉法庭里的温度在持续上升。为什么大家非要抓住自己的过去不放？这真是太不可思议了。也许正如死去的至高曾经说过的，每个家庭都是独一无二的，家庭与家庭之间不可能进行比较。北斗不奢求别人理解自己的家庭，也不希望别人把自己的家庭当作一个研究的对象。

高井律师用假装没听懂的语气问富冈：“母亲很恐怖？这次是母亲开始暴力虐待被告人了吗？”

富冈摇了摇头。

“不是，当时的情况有些复杂。受惯了暴力虐待的人，有时会对暴力虐待产生依赖倾向。没有人虐待自己之后，有些人反而找不到生活的方向。端爪君的母亲就是这样的。她以前也经常遭受丈夫至高的家庭暴力，可当至高去世之后，端爪君的母亲就不知道该如何生活下去了。于是她有时会在端爪君面前故意失态或犯错，让儿子殴打自己，以满足她受虐待的欲望。端爪君打来电话跟我说，如果再这样下去的话，他也快变成自己父亲那样的虐待狂了，并恳请我帮帮他。”

旁听席上的视线齐刷刷地聚焦到了北斗身上，北斗几乎感觉到了那视线的压力。他能从那些视线中读懂几个字：“可怜的孩子！”于是，北斗又是一阵反胃。

“当时您做出了什么反应？”

“我想不能再让端爪君和他的母亲一起生活下去了。于是，在做了他母亲的工作后，我帮端爪君办理了手续，把他接到了儿童养护中心生活。在进入儿童养护中心之前，我们要对帮扶儿童进行全面的身体检查，其中一项是全身的X光检查。结果发现，端爪君全身有三处骨折的痕迹，都已经自愈了。”

高井律师让助手把显示北斗骨折痕迹的X光照片放在了投影仪上，于是，法庭中设置的三面大幕布上同时显示出了X光照片的内容。X光照片上还印着松屿市综合医院的标志。高井律师提高了嗓门说道：“这些骨折痕迹，是否都是被告人亲生父亲暴力虐待的结果？”

富冈点了点头，说：“是，端爪君在家里受到父母的残酷暴力虐待。”

“富冈先生，听说您在儿童福利司工作已有十五年之久。在您的工作经验中，被告人所受的虐待，算是什么程度呢？”

富冈又用那同情的目光望向北斗，北斗依然颤抖不止，并恶心得想吐。

“因为工作的关系，我接触过的受虐儿童超过千人，端爪君受虐待的程度，应该处于最坏的前五名之中。”

“那这受虐最严重的五个孩子中，现在还有几人活在人世？”

一看这就是事先编好的剧本。为了今天在法庭上陈述这样的证言，不知高井律师和富冈在私底下研究讨论了多长时间！富冈的声音有些颤抖，他说：“还有三个活着。另外两个孩子死在了亲生父母的手里。”

高井律师的目光朝那高高在上的审判长、审判员和陪审员们扫了一遍，然后挺起胸膛说：“也就是说，被告人在残忍的家庭暴力虐待中幸运地活了下来。”

富冈慢慢地点了点头，说：“是的，他是家庭暴力的幸存者。”

高井律师好像翻过了一座大山，既疲惫又放松。他拿起桌子上的水杯喝了一口水，让法庭的节奏稍微停顿一下，然后说道：“被告人住进儿童养护中心之后状态如何？有没有和周围的人发生纠纷或暴力事件的报告？”

“完全没有。”

“近藤绫子女士是怎样的一个人？”

富冈点了点头，也不知道他是在对谁点头，然后他抬头望向法庭的天花板。也许他是想透过这个建筑物，望向天空。

“近藤绫子女士的丈夫早年去世，他们也没有生育子女。后来近藤绫子女士就先后收养了几位不幸的孩子。从我的工作角度来看的话，她真是一个不可多得的好人。”

“被告人和近藤绫子女士的关系如何？”

“起初，端爪君也和养母闹了一些别扭。不过，被收养的这些孩子，在成长经历中都是极度缺乏关爱的，他们一般都不信任成年人，所以一开始闹别扭也是正常的。但是，度过了那段磨合期后，端爪君的状态就稳定多了，他和养母的关系越来越好。而且，端爪君还考上了理想的大学。当时我想，这下可以放心了。”

高井律师看着北斗的侧脸说道：“当您听到近藤绫子女士去世的消息后，您心里是怎么想的？”

“我非常不安。因为近藤绫子女士是端爪君有生以来接触到的第一位能够无条件接受自己、爱自己的大人。在人的成长过程中，爱自己、包容自己的人是必不可少的，就像我们每天都需要空气、水和食物一样。我担心的是，端爪君失去了这样一位，也可以说是唯一一位爱自己的人，他能接受这个现实吗？”

高井律师好像恐惧什么似的，把声音压低了说：“您所担心的是不是被告人可能引发暴力事件？”

富冈用力地摇了摇头，以至于他梳理好的头发都散乱了，额前的长发都遮住了眼睛。这个人也很疲惫、很紧张。北斗冷静地观察着法庭上发生的一切。

富冈用手整理了一下头发，然后说道：“不是的。端爪君的左手手腕上留着学生时代自杀的伤痕。我所担心的不是他会去袭击别人，而是怕他再次尝试自杀。在那个时间点，我还不知道生田友亲的医疗欺诈事件。”

“原来是这样啊。那么，作为救助受虐儿童专家的富冈先生，您对本案是怎么看的？”

那种眼神又来了！北斗在富冈的眼神中感受到了和至高别无二致的纯粹的、没有一丝瑕疵的光芒。那是一种对自己坚信不疑、认为自己完全正确的目光。北斗心想，大人们的目光还真是恐怖啊！

“端爪君失去了唯一爱自己，也是自己最爱的亲人，于是自暴自弃地走上今天的道路。这次的悲惨案件，其实对他来说是一种换了形式的自杀。”

等富冈说完，高井律师又有意地停顿了一下。如果今天的庭审是一出戏的话，那么接下来就应该是最精彩的高潮部分了。高井律师，给观众充分的时间酝酿感情，做好迎接高潮的准备。看来，律师这个职业还得具备演员的才能。

“最后，您还有什么想说的吗？”

只见富冈把双手交叉放在自己胸前，祈祷似的说：“我首先向两名受害人及其亲属表示由衷的同情，不过，端爪君才二十一岁。因为在他的成长过程中有异常残酷的经历，所以他现在可能还无法把悔改的想法表达出来。但是，我相信他一定会改变的。所以希望大家给他一条活着赎罪的路。请不要在这个法庭上给一个从残酷的暴力虐待中幸存下来的孩子判死刑。拜托大家啦！”

过了一会儿，高井律师平静地说：“辩护方提问结束。”

法庭中瞬间充满了放松的空气。审判长事务性地说：“检方有问题要问吗？”

森永检察官举起了白皙的右手，说：“只有一个问题。”

森永检察官站起身来，单手拿着麦克风对富冈说：“你在儿童福利司工作已经有十五年的时间，接触过的受虐儿童超过千人，是吗？”

富冈点了点头。他的那件高领毛衣，在这个法庭上会不会有点热呢？

“是的，我想我接触过的受虐儿童应该超过一千五百人了。”

“那么，除了被告人端爪北斗之外，你救助的受虐儿童中还有杀死两个人的例子吗？”

这个问题让富冈一时语塞，过了半天他才挤出几个字来：“……没……没有。”

“检方没有问题了。”

就这样，在第二天的审判中，第一位辩护方证人的陈述结束了。

29

端爪北斗真想逃走。

自己从小受到亲生父母的残忍虐待，从很小的时候北斗就不想让外人知道这件事。如果让他在同学面前承认这件事的话，他宁可去死。

其实，北斗的父亲至高也害怕别人发现这个事实，于是他用非常严厉的口吻告诉北斗，我们家的教育是独一无二的，绝对不能告诉外人。他还灌输给孩子说，外面是一个异常恐怖的世界，如果把家里的秘密泄露出去的话，绝不会有好结果，甚至会导致家庭的破裂，那样的话，你就只有一个人求生了。现在北斗回想起来，那还真是一种愚蠢的威胁——与其和那样的父母生活在一起，不如一个人流浪更爽快一些。但是，自打北斗记事起，在他幼小的头脑中就没有什么事比自己一个人被抛弃到外面冷酷的世界中更为恐怖了。

在学校的教室里，北斗绝不会流露出自己在家里的生活状态，更不会表现出自己软弱的一面。

他努力装出一副普通家庭孩子的样子，预习、复习、写作业，哪一项也没有落下过。他不愿意交朋友，第一是为了守住家里的秘密，第二是遵从父亲说的话，绝不拿别人的家庭和自己的家庭做比较。

而这样一种性格的北斗，在近五十人的旁听者都竖着耳朵悉心倾听的法庭上，必须忍受证人详细地讲述自己受虐待的过去。想想这是怎样的一种折磨啊！尤其是儿童福利司的富冈所陈述的证言最为可恶。北斗黑西装里面的白衬衫已经完全被汗水打湿了，正黏糊糊地粘在后背上。北斗的头脑异常清醒，可胸腔之中却燃烧着一团厌恶的火焰。

这个法庭里的旁听席，就是整个世界！

当年北斗在遭受凄惨虐待的时候，没有人关心，可是如今他制造了震惊世界的惨案，人们的好奇心却被激发出来，然后像逐臭的苍蝇一般，发着嗡嗡的声音聚拢过来看热闹，这就是可悲的人类啊！在这样的一群人面前展示自己遭受虐待的历史，对于北斗来说还不如剖腹自杀来得痛快。北斗心想，若是现在剖腹的话，就可以不用再活了。他的头脑中想象着，在这个“干净”的地方，把自己的内脏一一掏出来，摆在法庭上供人观看的情景。

平冈审判长又把老花镜移到鼻尖，用近乎缥缈的声音说道："嗯……接下来，由辩护方请出另一位证人。"

北斗闭着眼睛也知道下一位证人是明日实。可是，没想到走到证人席的竟然是绫子太太生前的好友。这位初老的胖太太穿着一身黑，像丧服一样。双手紧握一块手帕。看样子她昨晚可能没睡好，脸色很差，原来胖鼓鼓的脸颊也瘪下去了。高井律师用清晰的声音说道："请告诉大家您的姓名和从事的职业。"

"我叫大杉聪子，是一名家庭主妇。"证人席上的老妇人回答道。

然后，平冈审判长按照惯例，让大杉太太进行了宣誓。对北斗来说，这简直是浪费时间，因为这种宣誓完全没有意义嘛，这是一个没有神的国度。

高井律师开始提问："您和去世的近藤绫子太太是什么关系？"

"我们是朋友。"

"近藤太太是个怎样的人？"

大杉太太把手中的手帕攥得更紧了。手指的关节都发白了。

"她是一个非常非常好的人。"

高井律师稍微停顿了一下问："具体点呢？"

"绫子的丈夫去世后，她就开始收养那些在生活中遭遇不幸的孩子。今天在这个法庭上的明日实、北斗，都是绫子收养的。"

"关于收养孩子这件事，近藤太太生前有没有和您提起过，她曾经说过什么吗？"

大杉太太看了北斗一眼，然后说："绫子跟我说，当养母是一件很辛苦的事情。被绫子收养的孩子基本上都是从未受过关爱，甚至遭亲生父母虐待的可怜孩子。这些孩子刚来到绫子家的时候，也不会轻易信任这位养母。为了试探养母，他们会做各种各样任性、胡来的事情。比如有的孩子一次性吃一打冰激凌；有的孩子故意躺在街边的水洼里。而北斗呢，则故意毁坏了绫子最为珍视的丈夫的祭坛。”

高井律师打开了一个黑色的文件夹，看了几眼说：“但是，根据我国的领养制度，国家每个月是会给养父母支付一笔抚养费的啊。”

“是的，具体金额我没问过绫子，她说过每月都会领到一笔钱。但是，现在的孩子都要上学，上学要花钱，穿衣服也不能太差，还要上补习班、兴趣班，这些都需要花钱。国家发的那点钱根本不够用。养孩子的大部分钱都是绫子自己掏腰包出的。”

“关于被告人，近藤太太跟您提起过吗？”

这次，大杉太太的眼睛直勾勾地盯着北斗。在说话之前，她的眼泪先掉了下来。

“她说她领养了好几个孩子，从来没见过受过这么多伤的孩子。还有……”

泪水不停地往外涌，大杉太太哽咽得无法再继续说下去。她用手帕擦着眼泪，同时调整着自己的情绪。此时，旁听席上也传来了抽泣的声音。

“还有，绫子还说北斗是一个特别孝顺的好孩子。一般来说，把养子女抚养到高中毕业，养父母的任务就完成了。但是，绫子说她以后想和北斗一直生活在一起。”

听到这些话，北斗的心中产生了一股热流，而且这股热流不断往上涌，通过了喉咙，要从两个眼睛里涌出来。北斗拼命地抑制着自己对养母的思念。他告诉自己，自己是一个杀死两个无辜女人的杀人凶手，正在这里接受审判，自己没有资格拥有和普通人一样的感情。

“当近藤太太住进松屿市综合医院之后，您曾经去探望过她，是吗？”

大杉太太的脸色更加不好看了。她朝着被告席深深地低下了头。

“对不起，北斗！是我给你妈妈带去了那该死的波洞水，才会发生后来那些事情。全都是我的错！”

高井律师离开了辩护席，走到了法庭中央。

“您做了什么？请按顺序说给大家听听。”

“好的。把生田友亲的波洞水介绍给绫子的人，就是我。我从一个远房亲戚那儿听说，波洞水对治疗胃癌有效，而听说绫子得的是癌症，所以去看望她的时候我就给她带去了波洞水。后来发生的事情大家就都知道了。”

“喝了波洞水后，近藤太太的反应如何？”

“我觉得她很高兴。她说那水能缓解抗癌药物的副作用，而且很好喝。实际上，使用抗癌药物进行治疗之后，为了让那些药物尽快排出身体，医生都会嘱咐患者多喝水。而那个时候，生田友亲的医疗欺诈事件还没有被曝光。那时，绫子每天都要喝昂贵的波洞水。”

“近藤太太每天喝的波洞水，是谁买的呢？”

“对不起，是北斗买的。具体情况我不太清楚，但听说北斗已经花光了家里的生活费和自己的学费，就为给绫子买波洞水喝。”

高井律师沉默了一会儿，感觉他接下来要放一个重磅炸弹。结果，他的问题果然很有分量。

“请问那波洞水的价格是多少？”

大杉太太用极小的声音回答道：“绫子喝的波洞水·白金，一升一瓶五万二千五百日元。”

旁听席上的人一起发出了惊讶的嘘声。

“这么贵的水，近藤太太每天都要喝吗？”

如果生田友亲的医疗欺诈一直没被揭穿就好了。那样的话，绫子太太每天喝着那飘荡着白金粉末的水，会是多么幸福啊！如果绫子太太最后也没有发觉波洞水的骗局，北斗也就不会找生田友亲报仇了，更不会杀死两个无辜的女人。

“是的，听说每天要喝一瓶多。”

“那花钱买波洞水持续了多长时间？”

北斗忽然想起一句话，有钱能使鬼推磨，据说这法庭审判也是可以用金钱操纵的。没想到在对自己的审判中，也涉及金钱的问题。

大杉太太回答说：“直到绫子去世，她喝了好几个月。”

“根据辩护方的调查，为了减轻处于癌症晚期的养母的痛苦，满足她的心愿，被告人先后花费数百万日元购买波洞水。而且，后来被告人知道了波洞水是医疗欺诈，也知道波洞水根本没有治疗效果。可是看到养母喝了波洞水后开心的样子，被告人没有把事情的真相告诉她，而是继续为她买昂贵的波洞水，最后花掉了大部分的储蓄和未来的学费。为了最爱自己，也是自己最爱的养母，他觉得自己必须这么做。请大家想象一下，对于一个还不满二十岁的青年来说，那几个月他是怎样熬过来的？”

真是一番了不起的演说。坐在中央的三位职业法官还能保持平静，但六名陪审员中已经有两人在偷偷擦眼泪了。高井律师继续说道：“大杉太太，最后您还有什么话想对大家说吗？”

大杉太太点了点头，开始最后的发言：“受害人和她们的亲属真的是很不幸，对于那个案件我不是很清楚。不过，我所认识的北斗，也是一个被骗光了未来学费的受害者。我只希望大家能记住这一点。”

说话的过程中，泪水已经把她脸上化的妆都弄花了，但大杉太太坚持不用手帕去擦，而是仰头凝视着正前方的审判长，直到把话说完。旁听席上呜咽的声音也高了起来。高井律师平静地说出了结束语。

“辩护方没有问题了。”

平冈审判长看了一眼墙上的挂钟，然后说：“检方有什么问题吗？”

长发在脑后扎成马尾的森永检察官用一只手遮住嘴和旁边的上司小声交流了几句。然后她说："没有，检方没有问题。"

估计两名检察官一致断定，尽快让这位大杉聪子太太离开证人席才是上策。接着，平冈审判长开口了："那么，上午的证人陈述就结束了。这个……因为上午稍微拖延了一会儿，所以下午一点半开庭。休庭。各位，下午见。"

就像水槽中的水快速流走一样，人们从各个出口快速地离开了法庭。北斗向大杉聪子太太稍稍点了一下头，不过下颚也只向回缩了一厘米的距离，算是行了一个礼。然后，北斗自然地向前伸出双手等待警卫给自己戴上冰冷的手铐。

下午开庭后，首先接受讯问的是辩护方的证人，这次轮到了明日实。

明日实向审判长行了一个礼后，便朝证人席走去。这个过程中她没有看北斗一眼。她挺直了胸膛，目不斜视。众人只感觉这个人的周围似乎包裹着一团冷却的空气。她今天穿了一件黑色的修身小西装，下面是同色的西裤。她柔软的身体怎么看都只像一个影子。

明日实宣誓已毕，高井律师开始发问："鞠谷明日实小姐，你和被告人是什么关系？"

明日实的声音虽然不大，但却能让在场的每个人都听清楚。或者说，她说话的时候有一种不可思议的魔力，可以让人竖起耳朵仔细去听，也许她的声音具有一种抓住人心的特殊波长吧。当她开口之后，座无虚席的法庭里立刻安静下来，就连室内的温度都好像降了几度。明日实只瞥了一眼北斗。

"我和端爪君虽然没有血缘关系，但却是姐弟。"

只听旁听席上有人发出叹息之声。高井律师擦了一下额头渗出的汗水，继续问道："你这样说有点不太好理解，能讲得具体一点吗？"

其实高井律师比谁都清楚内情，但是，为了让陪审员、旁听席的听众更容易理解，他会诱导证人把事实一点一点、详详细细地讲出来。在这个过程中，作为律师，既不能表现出过度的演技，还得把感情充分地表达出来。他自己曾说审判就是一出戏剧，这出戏并非只有被告人一个演员，律师也是一个重要的角色。明日实的声音变得更加冰冷。

"我也是去世的近藤绫子太太收养的孩子，比端爪君更早来到这个家里。"

高井律师装出一副翻看文件的样子。实际上，他对要问的问题、提问的流程、证人的回答早就了然于心，但他这样做是为了控制审判的节奏，给听众一个消化的时间。

"当被告人与近藤绫子太太一起生活的时候，你也住在松屿市近藤太太的家中吗？"

"没有，我没有和端爪君在一起生活过。因为我在一所护士学校上学，平时是住在学校宿舍的。"

"你第一次见到被告人的时候，对他有什么印象？"

当明日实把视线从律师身上移到陪审员身上的过程中，她和北斗两个人的视线碰在了一起。北斗心想，在大学里经常有同学说自己是一个摸不透心思的人，但明日实比自己更加难以捉摸，她心里到底在想什么，没有人知道。她就像戴着一张能够漂白一切感情的假面具。

"我觉得他和我很像。"

说完，明日实把左手举了起来，慢慢地卷起了外套袖子，解开里面衬衫袖口的扣子，露出了手腕上那令人无法直视的多条伤疤。

"这是我自杀和自残留下的伤疤。端爪君的手腕上也有同样的伤疤。我觉得他是一个无处可去、不被任何人关爱，甚至不知道自己的痛苦到底在哪里的人，和我很像。"

虽然明日实说这番话的时候有表演的成分，但是从她嘴里说出来，大家都毫不犹豫地接受了。法庭的温度进一步下降了。

“站在你的角度，你觉得被告人和近藤绫子太太的关系如何？”

明日实面朝审判席说道：“我很担心。”

“什么意思？”

法庭里的所有人，都被明日实这个演员吸引了。这个年轻女子到底是个什么人？旁听席上的五十来人，双眼都直勾勾地盯着证人席上的明日实，有的人还不时紧张地吞口水，眼睛都不敢眨，生怕错过任何一个细节。确实越是神秘的东西越有吸引力，人也是一样。明日实具有一种拒绝被人理解的冰冷的魅力。

“端爪君是个完美主义者，不管什么事情他都要做到极致。在我们的养母面前，他在极力扮演一个理想的儿子形象。但是，个中滋味我是能理解的。”

趁明日实喘气的机会，高井律师打断了她。他又在有意控制节奏。这次高井律师抛出的问题其实和之前的是一样的，只是换了一种形式。他这样做其实是为了增加听众的印象。他一字一句地说：“那是怎样的一种心理状态呢？”

明日实毫不迟疑地回答道：“受到亲生父母虐待的孩子，当他们第一次接触到真心关爱自己的人时，他们会紧紧地抓住对方不放手。他们心中会非常恐惧，害怕一旦这个人离开自己，一生就再也找不到爱自己的人了。所以他们会十分依赖这个人。”

“关于这种内心的恐惧，你能讲得更具体一点吗？”

“那种感觉就像沿着一根绳子从悬崖顶向无底的深渊滑落。只要一松手，就会坠入看不见底的深谷。爱自己的那个人，就是那根救命绳，就是自己的生命，就是整个世界。”

年轻的左陪席审判员在本子上记着什么。这时，森永检察官举起了右手。

“审判长，我反对！证人的证言太过倾向于自己的印象和感想。”

初老的审判长和左右陪席的审判员小声地交换着意见，看是否应该让证人继续说下去。这时，高井律师开口了：“审判长，证人的证言和被告人制造这起案件的动机有着密切的联系，请允许证人继续说下去。”

眼镜架在鼻尖上的平冈审判长用不带任何立场的语调说道：“反对无效。辩护人，请继续。不过，后面还有辩护方证人要出庭作证，所以请你尽量快一点。”

辩护方除了明日实之外还有别的证人？明日实不已经是王牌了吗？北斗感到十分疑惑，他想不出还有什么重要的证人。这时，身穿藏青色西装的高井律师开口了：“鞠谷小姐，你的意思是，对于被告人来说，养母近藤绫子太太就相当于他的生命、他的整个世界，是吗？”

明日实点了点头。她半闭着眼睛环视了法庭半圈，当然，她只睁一半的眼睛也是相当大的。最后，她的视线落在了审判长身上。

“是的，对于端爪君来说，养母就是一切，就相当于自己的生命。”

高井律师用舌头舔了下嘴唇，然后用异常柔和的语气说道：“可你怎么会了解这些？”

明日实的脸上依然不露任何感情的痕迹，她淡淡地说：“因为我也有同样的心病。当我考上护士学校，离开养母身边到学校宿舍生活的时候，我对男人产生了依赖性。当时只要有异性稍微对我表示好感，我就会和他交往，并很快和他上床。但幸福感总是只有短短的一瞬间，一点点不合心意，我就会和对方分手。心中的不安让我难以忍受，所以我在不停地更换交往对象，也通过这种方式来伤害自己。其实这是对自己的一种惩罚，是一种依赖症。说到底，是我在内心深处对养母绫子太太的依赖。”

因为北斗长得帅，社会上竟然有一些年轻的女性对他产生了狂热的崇拜，甚至有些人追随他来到了法庭上。听了明日实的一席话，旁听席上几位北斗的“粉丝”都拿出手帕开始擦眼泪。而明日实就像当众朗读自己的实验报告一样，冷静地说道：“突然失去依赖对象之后，端爪君就不知不觉地用复仇之心来填补了内心的空白。借此对自己进行惩罚，结果……”

就像电池的电量耗光一样，明日实的话突然停住了。法庭中那令人窒息的沉默正在酝酿发酵。北斗感觉自己已经无法呼吸。明日实的话总是正确的。可是，再正确的语言也没有办法挽救自己。高井律师也好像有点不知所措，他只得顺着明日实的思路抛出一句：“结果怎么样？”

明日实把视线投向了法庭的空中，不过那里什么也没有。但看她的样子并不是想做出什么戏剧效果，只一种很自然的动作。忽然，她的嘴角稍微向上翘了起来，好像是在微笑。

“结果，他真的惩罚了自己，不想继续活在这个世界上。”

旁听席上流泪的人又增加了，哭泣声也越来越大。高井律师用力地点了两下头，然后说：“鞠谷小姐，你是不是想说，被告人没有选择自杀，而是制造了这起严重的案件，目的也是寻死？”

明日实只轻轻地点了一下头。

“是的，当养母去世之后，端爪君人生中最重要的一切都已经完结了。”

明日实用她那没法读出感情的眼睛望着北斗。其中既没有悲伤，也没有共鸣。她看北斗的眼神，和看天空、石头的眼神没什么区别。这时，明日实又加了一句话：“现在坐在被告席上的端爪君，多半已经死了。”

在明日实说话的时候，法庭里一片寂静。明日实自言自语地讲述着，而法庭里的时间似乎也戛然而止，不再流动。高井律师没有说多余的话。他觉得已经没有那个必要了。而对于北斗制造这起案件的动机，大家都在死一般的沉寂之中用自己的头脑思考着。

在平冈审判长失去耐心之前，高井律师不失时机地又抛出了一个问题："以上就是案发时被告人的心理活动以及复仇的动机。那么接下来，鞠谷小姐，我再问你一个问题，可以吗？"

"好的。"

已经问到这种程度了，没想到他还有其他准备。北斗心中暗想，律师这份工作还真是不容易啊。北斗抱着看戏的态度，静静地等待着，看高井律师还有什么"招数"。

"假如被告人被判处无期或有期徒刑的话，你打算怎么办？"

明日实并不看北斗，而是目不转睛地望着审判长，然后像流水一样自然地说道："不管等多少年，我都会等端爪君出狱。"

平冈审判长用手指尖推了推快要掉下来的眼镜，继续认真地倾听着。

"鞠谷小姐，为什么呢？"

明日实看了高井律师一眼，律师则用点头做出回应，好像是示意她鼓起勇气说下去。

"今天，我不仅仅是以证人的身份来到法庭上。我还有一个身份，就是端爪君的未婚妻。结婚申请书我已经签字盖章了，也给端爪君看过了。"

这时，旁听席上像海潮一般传来了各种表示吃惊的声音。而北斗只感觉头脑一阵眩晕，眼前的世界好像旋转了起来。

"假如有一天被告人出狱重返社会，鞠谷小姐你会用什么方式迎接他？"

这应该是事先对好台词的问题，明日实毫不迟疑地回答道："到时，为了让端爪君能够很好地适应社会生活，我会全力支持他。住房、生活费、找工作的费用，都包在我身上，因为我是他的妻子。我会诚心诚意地支持、鼓励他走上人生的正轨，融入这个社会，不再做出任何反社会的事情。”

“嗯！”旁听席上不知是谁不经意间大声“嗯”了一下，似乎非常赞同明日实的说法。这时，右陪席那位留着胡须、像职业运动员一样的审判员开口说话了：“有可能是二十年、三十年的时间哟，这么长的岁月你真的有足够的耐心和信心等被告人出狱？”

明日实像夜晚的湖面一样平静地说：“为了表示我的决心，我已经把结婚申请书给端爪君看过了。”

右陪席审判员继续问道：“对于你提出结婚的请求，被告人有什么反应？”

“端爪君担心会毁了我的未来，所以还没有在结婚申请书上签名。但是，接下来我会耐心地做他的工作，一定会让他同意和我结婚的。”

假如北斗被判处无期徒刑的话，那至少要在监狱中度过三十年的时间。这三十年中虽然可以来探视，但没有可能牵手，更不可能拥抱，这样的婚姻生活谁能忍受？那么，二人的婚姻也只是法律文件上的形式而已。但尽管如此，当一个罪犯出狱的时候，如果有人愿意接受他，让他有家可归，那么，对于法官来说这也是一个重要的参考信息。虽然结婚证只是一张纸，但也能从法律上证明两个人是配偶。这时高井律师说道：“辩护方没有问题了。”

平冈审判长摘下老花镜，看着森永检察官。

“检方对证人有什么要问的吗？”

年轻的女检察官又和身旁的上司商量了几句，然后对着麦克风说：“没有问题。”

审判长说：“请证人归座。”

旁听席上竟然有几个人小声地拍起手来。像大学生一样带着一脸稚气的左陪席审判员说话了："肃静！"

明日实朝审判席行了一个礼后，离开了证人席，然后朝坐在被告人椅子上、被两名法警夹在中间的北斗点了下头。北斗用眼角的余光看到了明日实在朝自己点头，并不把目光投向她，但也点了下头，表示回应。当明日实从北斗面前路过时，像抛来一枚小石子一样说道：

"接下来可有一座大山要出场咯，你要做好心理准备哟，北斗。"

什么？有比明日实还重要的证人？明日实可是要当自己的妻子，愿意为自己等候几十年的人啊，北斗怎么也想象不出还有比她更重要的证人。他挺直了脊背坐在硬硬的椅子上思索着。

经过十五分钟的短暂休息，北斗又坐回了被告人的椅子。

北斗两旁分别有一个柱子一样的法警。他们就像金刚雕像一样，在法庭审判过程中从来不说一句话，而且穿了警服后每个人的样子都差不多，所以北斗根本没有注意到这几天来身边的警卫有没有换人。关于还有证人出庭的事情，高井律师对北斗守口如瓶。所以北斗现在才知道辩护方还有证人要出庭。北斗移动着视线，在法庭内搜索着，但并没有找到"疑似"证人的人物。他想，对自己来说，世界上已经没有比明日实更加亲近的人了。那位证人到底是谁呢？

头上已满是白发的平冈审判长，好像某所小学的副校长。他稳重，没有野心，可能不久之后，他就要从现在的岗位上退休了。北斗在心底的某个角落里思考着，自己是不是也想度过一个他那样的平静人生呢？那是风平浪静的大海一般的人生。没有波澜，却很深沉。可是，自己想过那种人生的想法，早在自己出生时就被亲生父母彻底粉碎了。北斗低头看了看自己的手腕，还残留着手铐留下的微红的压痕。

平冈审判长环视了法庭一圈，看旁听席上的人基本上都已经就位，就用在咖啡馆点咖啡一样的轻松语气说道："好啦，接下来请下一位辩护方证人出庭。"

高井律师连忙在北斗背后站起身来说道："请稍等一下。马上就把证人叫进来。"

高井律师的助手一路小跑，从法庭侧面的辩护人专用门跑出去了。北斗已经放弃猜测，不再想那位证人是谁了。不管是谁，自己也不会吃惊。反正自己受虐待的事情、在儿童养护中心生活的事情、和养母一起生活的事情，都已经被赤裸裸地呈现在了众人面前。还有什么没详细说的，就只有案件本身了。也许这次轮到说此次的案件了，可是并没有什么好说的呀。这时，传来了开门的声音。同时，高井律师说道："审判长，久等了。"

北斗扭过头去，穿过法警的肩膀朝进来的证人望去。只见她穿了一件和法庭气氛不相称的白色套装，上身是一件白色的带蕾丝花边的毛线罩衫。脖子上还戴着两串珍珠项链。当北斗意识到这个人是谁的时候，他不禁站起身对着来人大叫起来："开什么玩笑！快回去！"

两旁的警卫也迅速站起身来，并用力钳住北斗的双臂，让他动弹不得。平冈审判长则用安抚的声音说道："好，请安静！再这样大吵大闹的话，可要把你从法庭上赶出去咯。那样就不好了。"

北斗还在使劲地挣扎着，想挣脱法警的束缚，但体重至少是他一点五倍的法警，却纹丝未动。

"证言什么的，前面已经说了很多了，足够了！快把这个女人赶出去！"

北斗的身体中，有一团红色的旋涡，那是羞耻和愤怒所形成的感情的激流。高井律师赶紧走到北斗面前，盯着北斗的眼睛说："我知道你很愤怒，也能理解你的心情。但是，她的证言将是我们最后的王牌。请你认真地听。而且，如果你被赶出法庭的话，她的证言也难以正常陈述下去，明白吗？”

北斗没有办法，只得点了点头。为了这次审判，高井律师已经付出了太多努力。为了别人的罪过，他如此卖力地辩护，这种精神起码就值得尊敬。北斗向律师低下了头。而且，如果自己不在场，任由那女人乱说话的话，北斗就更不自在了。那个女人脑袋有问题，不知道她嘴里会冒出些什么话来，还是自己在这里盯着她好一些。于是，北斗从紧咬的牙缝中挤出几个字：“对不起，我不会吵闹了。”

北斗弯腰坐了下来，两旁的警卫也以同样的节奏坐了下来。北斗心想，这两个人连续多天坐在自己的身旁就是为了防止自己像刚才那样吵闹，还真是一种浪费啊。与其花钱雇人看守被告人，还不如做个铁笼子或强化玻璃箱子，把被告人关进去来得省事。

见北斗平静下来，平冈审判长发话了：“下面继续由证人接受讯问。证人，请你站到证人席。”

证人席是一个方形小立桌，像个演讲台，桌子上有小显示器和麦克风。那位中年女证人迈步朝证人席走去，她的鞋子也是白色的。这身行头是为了今天出庭作证专门买的吧，都是新的。北斗心中又升起一股无明火。那女证人向审判长行了一礼。

“请告诉大家你的姓名。”

那女人完全不看北斗。脸上像戴着面具一样，装出一副一本正经的样子。

“我叫木村美砂子。以前跟前夫姓，叫端爪美砂子。”

审判长翻阅着资料，核实证人所说的话。

“你和被告人是什么关系？”

美砂子平静地说：“从遗传学上说，我是北斗的生母。”

听到这句话，旁听席就像被一阵强风刮过的树林，发出嘈杂的议论声。北斗低垂着眼皮，思考着。为什么自己杀的是两名无辜的女性，而不是眼前这个女人？也许自己犯的错误就出在这里。

美砂子也在审判长的要求下开始宣誓。北斗不屑地想，这个女人是恶魔，她说的话没有一句是真的。北斗根本不看证人席，只是用耳朵听着，尽管如此，他也觉得不耐烦。法庭里又没有测谎仪，这个完全没有良心的女人，宣誓什么的根本就没有意义。

仅根据美砂子说话的语调，北斗就能判断出她在微笑。他真想现在就冲过去杀了她，北斗的手紧紧地攥成了拳头。高井律师开始发问："被告人刚出生的时候，是个什么样子？"

怎么突然问了这么个不合时宜的问题？即使是最凶残的杀人犯，刚出生的时候也是个小婴儿，这是理所当然的事情啊。律师问这个问题到底有什么用意？

"那孩子出生在春天，早晚还有一丝寒意的四月中旬。体重三千二百克。哭声很大，是个有点神经质的男婴。"

这是每个母亲都会说的常规台词吧。旁听席的人似乎都有点迷惑，不知对她的这番回答该做怎样的反应。高井律师继续问道："你们是怎样迎接这孩子回家的？"

美砂子的声音开始变得谨慎起来。一提到与至高虐待有关的事情，就会很危险，有可能暴露她魔鬼般的本质。

"从妇产医院把孩子抱回家后，头一个小时里，我丈夫也挺高兴的。但是，当那孩子一哭，丈夫的表情立刻就变了。他瞪着我，低声对我说，让他别哭了！"

几名女性陪审员纷纷皱起了眉头。

"那你是怎么做的呢？"

美砂子毫不犯怵地说："我给孩子换了尿布、喂了奶，可他还是哭。那孩子从婴儿时期起就很顽固，对某些事情很执着。客厅里的丈夫突然走了过来，一把从我怀中把孩子夺过去，对着他的小脸颊扇了几巴掌。”

“当时，被告人是什么反应？”

“一瞬间，孩子不哭了，因为被吓到了。但马上又哭起来了，而且哭得比之前更大声了。没有办法，我只好抱着他离开家，来到楼道里。”

北斗好像看见了至高那玻璃球一般清澈的眼睛。那无底般深邃的目光，随时酝酿着狂风暴雨。旁听席的人一齐发出吸气的声音，法庭里的气压瞬间变低了，因为空气稀薄了不少。高井律师等大家的情绪慢慢释放完之后，又开始问道：“为什么要到屋外呢？孩子才出生没几天，而且那个季节一早一晚还是有点冷的啊。”

美砂子的声音没有抑扬顿挫的语调：“如果继续留在家里的话，不仅是北斗，连我也要挨打。”

“你平时都会遭到丈夫的暴力虐待吗？”

法庭中的全部视线都集中到了美砂子身上，她毕竟是北斗生物学意义上的母亲。

“是的，经常受他虐待。”

“具体是怎样的虐待呢？可以给大家讲讲您受虐待的细节吗？当然，以不侵犯您的隐私为前提。”

“扇耳光，用拳头打，用脚踢，把菜淋在我身上，用盘子、碗、杯子砸，用剪刀剪我的衣服，一边剪一边笑，罚我脱光衣服，用水泼我，冬天让我到阳台罚站，还有其他各种各样的方法。”

美砂子的语调并没有变，诉说自己受到的暴力虐待时，甚至还说出了韵律，像唱歌似的。北斗能理解美砂子的心情——她必须得把这些恐怖的经历当作发生在别人身上的事来讲述，就像看电影一样。否则的话，那些记忆就会像地狱一样把自己吸进去，让人重返那段痛苦的过去。

“关于受丈夫暴力虐待的事，您有和谁倾诉吗？”

美砂子用几乎快要消失的声音说：“……只有一次。”

“那是对谁说的呢？”

“松屿市的警察。”

旁听席的人都被美砂子的讲述吸引了。人们对暴力、残忍、虐待之类的事情几乎没有抵抗力。虽然通过理性判断人们都不想看、不想听这种可怕的事情，但却会不自觉地被这种事情吸引，就和苍蝇逐臭、蚂蚁爱糖一样。高井律师的声音依然很温柔，他说：“结果怎样呢？”

“结果……丈夫知道我去找警察之后，用刀子割了我。”

陪审员中的中年女性吓得瞪大了眼睛。

“割了哪里？”

听到这儿，就连北斗也不自觉地抬起头来，目光投向了美砂子。美砂子抬起左臂，用右手指着肋下说：“他用刀子在我肋下割了三道口子，现在伤痕还在。”

“当时您丈夫对您说了些什么？”

法庭里又恢复了死一般的寂静。大家的耳朵都竖了起来。

“他说下次就是脖子了。如果我再去找警察，把我们家的秘密说出去，他就要割断我的脖子，还要把北斗从十一楼的窗户扔下去。”

美砂子好像陷入了那恐怖的过去里。她脸色苍白，脸上失去了所有表情，口鼻做着短粗的浅呼吸。高井律师走过去对她说：“您没事吧？喝口水吧。”

说着递过去一瓶矿泉水。美砂子喝了一小口含在嘴里，过了好一会儿才勉强咽下去。高井律师回到辩护人席后，声调提高了一个八度。

“关于您丈夫虐待您的细节，说到这里就行了。那么，他对您的虐待持续到什么时候呢？”

美砂子的脸颊又恢复了血色。至高的死，不管是对于北斗还是美砂子，都让他们内心获得了极大的安全感。

“直到那个人住院。”

“因为什么病呢？”

美砂子点了一下头后，继续说道：“精神上的问题。具体我不太懂，但好像医生说是境界型人格障碍。”

“后来呢？”

“我丈夫住进了松屿市精神医疗中心，在那里又发现了恶性肿瘤，后来转院到松屿市综合医院了，没多久就死了。他人生的最后时光没什么好说的了。”

在场的人都能感受到，至高的死给美砂子带来了多么大的安心感。现身说法的力量就在于此。美砂子的陈述至少让法庭中的人都知道了她也是家庭暴力的一名受害者。高井律师说道：“关于您在家里受到丈夫虐待的事实，我们都清楚了。我这里有一份松屿市儿童福利司的报告，其中写道：被告人曾经受到亲生父母两个人的虐待。您承认这个事实吗？”

美砂子的脸就像日晷的影子那样极慢地转向了北斗，而北斗的眼睛也无法从这个一身白衣的中年女人身上移开。

“是的，我也虐待过这个孩子。一次又一次，一年又一年，持续不停地虐待北斗。”

北斗感觉法庭的地板裂开了一个大口子，自己直直地跌进了地狱里。这个女人和至高没什么区别。至高想出来的魔鬼一般的虐待方法，她也跟着一起尝试了，可她并不满足，还会发明出更加残酷的虐待方法。用洗衣店的金属衣架抽打身体最脆弱的地方，不让小学时代的北斗吃饭，都是她想出来的法子。被金属衣架抽打之后，全身隐蔽的地方爬满像蚯蚓一样又红又肿的伤痕，以及从肚子里面传来的撕裂一般的饥饿感，都是北斗一生难以忘掉的痛苦记忆。

美砂子的陈述还在继续，北斗又感觉自己落入了地狱的第二层。

北斗目不转睛地瞪着美砂子。幸好身旁有两名高大的警卫，否则的话，北斗早就一跃而起，飞奔到那个女人面前，扯下她的珍珠项链，用那项链勒住她的脖子，直到她的心跳和呼吸都停下来，让她那和自己很像的眼睛再也看不见任何东西。可是，现在只能在头脑中无数次杀死这个生物学上的母亲。这样的想象也是有作用的，至少让北斗的心情慢慢地平静了下来。

法庭中异常安静。

走出这座法院不多远，就是砖砌的神奈川县政府大楼，再走几步还有沿海岸展开的山下公园。到了周末，街头艺人会在这里竞相展示才艺，推着自行车卖冰激凌的摊贩也会沿街叫卖。北斗曾经好几次和女朋友在山下公园约会。回去的路上就在中华街吃水饺和虾仁荞麦面当晚餐，这是他们约会的标准行程。那仅仅是两年前的事情，可在北斗头脑中却像上个世纪的记忆。北斗的脸上露出浅浅的笑意，他低头看了看自己紧握的拳头，心里想：

如果自己被判死刑的话，剩下的人生就再也没有机会在那公园中边吹海风边散步了。如果被判无期徒刑的话，那么至少三十年呼吸不到外面的空气，也不能自由地在街上行走。只有这个法庭中的一切才是现实，而外面的事物都像电影中的镜头，既像是虚构，也像是幻想，哪怕是骗人的，都是那么令北斗陶醉。

而现实就是枷锁！现实就是诅咒！

北斗慢慢地抬起头，把视线投向了站在证人席的那位自己生物学上的母亲——美砂子。她已经再婚了，好像改姓木村什么的了，但北斗对她的憎恨和厌恶还是和从前一样。如果自己的眼睛是狙击手的狙击步枪就好了，那就可以一枪射穿她的胸膛，让她倒在血泊中。北斗只有想象着美砂子气绝身亡的样子，才能让他的情绪保持正常。

高井律师的语调突然一转，再没有了之前的和蔼。

“从被告人出生开始，你就对他进行了虐待，是吗？”

美砂子也觉察到了不对劲，她的脸上露出了迟疑的神色。

“是的，和他爸爸一起。”

高井律师举起了右手，示意美砂子先说到这儿，然后把目光投向了旁听席，好像是在用眼神征求听众们的同意。

“关于你虐待儿子的事情，我有几个问题想问。你每次虐待被告人，都是丈夫强迫的吗？”

身穿一身纯白色新衣服的美砂子毫不犹豫地点了点头。

“是的。都是我丈夫至高强迫我做的。如果我不顺从他一起虐待北斗的话，那么下一个遭殃的就会是我。”

“你是害怕被丈夫殴打，所以才会对年幼的被告人下手，是吧？”

美砂子挺着胸膛说：“是的。那个人暴力的恐怖性，没有亲身体验的人是不会明白的。你们看看这孩子现在崩溃的程度，也许能想象到他爸爸可怕之处的一二。”

美砂子瞟了一眼北斗，虽然他们之间只隔几米远，但她看北斗的眼神就像看别人家的孩子一样。北斗真想在法庭上大喊出来：“我有今天，都是她害的！”当美砂子的视线与北斗的目光碰到一起时，她连忙把脸扭了过去，好像看到什么恶心的东西似的。然后，美砂子压低了声音说道：“为了苟延残喘地活下来，我已经动用了全身的每一根神经，根本没有多余的精力去想北斗的事情。”

高井律师点了点头，说：“应该说，你丈夫是一个暴君，没错吧。那么，你丈夫不在家的时候，又怎么样呢？”

美砂子微微皱起了眉头，脸上露出了警惕的表情。北斗心想，这就是一只母狐狸的面孔。

“您是什么意思？我不太明白。”

高井律师耐着性子温和地说：“我问的并不是一个多难的问题呀。就是说只有你和年幼的被告人两个人在家的时候，你们是怎么相处的？因为你丈夫要上班的嘛，他上班之后，家里就剩你和被告人两个人了呀。在一般的上班族家庭中，母亲和孩子在一起的时间都比父亲多啊。”

美砂子没能马上回答这个问题，她好像失去了语言能力。随着沉默时间的延长，审判长和两名审判员、六名陪审员、六名候补陪审员、两名检察官，以及旁听席上包括受害人亲属在内的近五十人，都把目光集中到了这位一身白衣的中年妇女身上。

“我……我想……我就是一个普通的母亲。”

听到这话，北斗的胸中立刻燃起一团憎恶的火焰。高井律师打开那个黑色封面的文件，开始放声朗读：“下面是被告人的证言。被告人说，自从有记忆开始，自己的父亲和……生物学上的母亲，就没有拥抱过自己。那么证人，请问你有拥抱过被告人，对他说‘生了你这样的儿子真好’之类的话吗？”

美砂子又沉默了。在场的所有人都屏息凝神、目不转睛地盯着她。

“……我想……没有。”

高井律师用略显尖厉的语气进一步问道：“‘我爱你’之类的话，对被告人说过吗？”

北斗已经受够了现在法庭里的气氛。而且，他已经完美预测出美砂子的回答。

“没有。”

“也就是说，你从来没有拥抱过自己的儿子，也没对他说过一句

‘我爱你’，是这样吗？”刚才还自信满满的美砂子，现在整整矮了一截，背都弓了起来。她用极小的声音说：“我不知道……如果你这样想的话，我也没办法。”

高井律师再次翻开那本黑色封面的文件，翻阅着其中的内容。这两天，北斗基本上摸清了高井律师提问的套路。他提问的内容越是具有冲击性，越是重要，他越会抑制感情，尽量保持客观地提出问题。他是在引导听众用自己的脑子去思考、去辨别。法庭中传来了高井律师淡淡地朗读资料文件的声音。北斗预感到，这位律师好像要出关键的一招了，于是他竖起耳朵，把注意力全都集中到律师的声音上。

“被告人还是小学生的时候，你基本上放弃了养育孩子，还发生过不让孩子吃饭的事情。”

美砂子脸色变得苍白，只是微微点了点头，没有回答。

“有一次被告人实在饥饿难耐，偷偷吃了电饭锅中刚煮好的白米饭。没有下饭菜，他偷偷在饭上淋了酱油和蛋黄酱。儿童用的小碗，他一共吃了三碗。”

打开电饭锅的盖子，那刚煮好的米饭的蒸汽一下子扑到脸上，使劲吸入米饭的香味，让它充满整个胸腔，那种久旱逢甘霖的幸福感再次重现在北斗的头脑中。当北斗回过神来的时候，他发现自己的口腔中竟然分泌了很多唾液，那白米饭的香味对于一个饥饿难耐的孩子来说，实在太诱人了。在北斗这二十一年的生命中，没有哪次吃美食的体验超过那一次。自己前半生中关于吃的最美好的记忆，竟然是偷吃白米饭。北斗自己都笑了，自嘲地笑了。

高井律师平静地问道：“随后，你对被告人说了些什么？”

那天晚上发生的事情，北斗绝对不会忘记。第一次自杀未遂，不也是发生在那天晚上吗?!实际上，北斗对于自己幼年时受虐待的记忆经常发生错乱，时间和顺序经常会以几年为单位发生偏移。

美砂子半闭着眼睛回答道："'偷食物的人是卑鄙无耻的人，将来会变成小偷。你偷吃饭，最不要脸了！'这是我和他爸爸一起说的。"有半数陪审员都不愿再正视美砂子，纷纷移开了视线。而剩下那一半的陪审员则严肃地瞪着这位证人。

"你又做了些什么呢？"

美砂子像读说明书一样，用毫无顿挫的语气说道："我拿起一个金属衣架，拧了两三下，然后让北斗脱掉衣服，用衣架抽打他的全身。那孩子一个劲地说：'我饿得实在受不了才先吃了，对不起，我再也不会偷吃了，饶了我吧。'他一边哭，一边认错、求饶。我反复地抽打着他，慢慢地我感觉到，在他的身上留下伤痕还挺开心的。所以，在他身体的正面、背面，我给他抽出了很多条像蚯蚓一样突起的伤痕。"

高井律师的声音又恢复了当初的温和。

"如果我没听错的话，刚才你说了'开心'两个字，是吗？"

"是的，我和丈夫在一起的时候，就会变得不可理喻。不，也许我现在仍然不可理喻。"

"用衣架抽打被告人之后，你和丈夫又对他做了些什么？"

美砂子好像在微笑，像做梦似的望着远方说："我记得当时的天气还很冷。我们让北斗光着身子到阳台上罚站。那孩子知道，如果他在阳台上哭出声来的话，会遭到更可怕的惩罚，所以他不敢出声地哭。我忘了是深夜还是黎明，才让他回到屋里。"

高井律师略微皱起了眉头，说："你们就不担心他吗？有没有偶尔朝阳台外面看看被告人。"

美砂子就像一部机器一样，默然地摇了摇头："没有，我们把窗帘拉下来了，还从里面锁上了阳台的门。在开锁让北斗进屋之前，我们一眼也没有往外看。我丈夫打完孩子之后，总是很兴奋，所以我们就像平常那样在屋里做了起来。”

“你说的‘做了起来’，是指性行为吗？”

“……是。”

那天晚上，自己差点在阳台上被冻死，而他们却隔着窗帘在做那种苟且之事！北斗心里已经无力愤怒，当初真该杀死那个女人。自己被关进监狱，而那个女人却能自由地生活在外面的世界，这一定是法律出了问题。法庭里的空气就像冷冻库一样冰冷，而大家看美砂子的眼神也像看一条被冷冻的鱼。她就是一具穿着一身白色新衣服的尸体。虽然她还呼吸着，但她的心早已死了。大家都不想看她，但却没法把视线从她身上移开。

“你丈夫不在家的时候，你也曾多次用金属衣架殴打过被告人。把金属衣架扭几下，抽打被告人身体的方法，就是你最先想出来的，关于这一点你有什么异议吗？”

美砂子似乎已经打消了心中的迷茫，她准备把一切都揭露出来。

“是我干的。我没有异议。”

法庭中每个角落都流淌着厌恶的空气。如此丑恶的事情，谁都不想再多听一句了。北斗看得出来，就连温厚的审判长心里也是这么想的。因为谁也不想让自己干净的耳朵装进这么肮脏的东西。

“我明白了。那么，我们再来谈谈你丈夫去世之后家里发生的事情吧。”

关于虐待的证言陈述终于结束了。法庭里的人都流露出了安心的神情，不时还能听到一两声放松的喘息。

“你丈夫去世后，家里就剩你和被告人两个人一起生活了。那段时期，被告人的生活状态和心理状态如何？”

“这个……”

美砂子忸怩作态地歪着脖子。四十多岁的中年妇女还这样作态卖萌，让北斗浑身都起了一层鸡皮疙瘩。

“具体的我记不太清楚了。但我丈夫去世后，我想就没有人再虐待那孩子了。”

“也就是说，被告人和你相处得非常融洽，是吗？”

高井律师慢慢地捧起那本黑色封面的文件，在胸前翻开，搜寻着相关的资料。然后他接着说道：“被告人说，在你丈夫去世后的几个月间，你像变了一个人。会故意把饭菜做得难以下咽，故意忘记洗衣服，把北斗上学要交的作业藏起来……你这样做，是为了激起被告人的愤怒，让他对你使用暴力，实施虐待。你是不是想让被告人扮演你丈夫以前那个角色？”

此前一直冰冷的法庭空气突然产生了变化。平冈审判长举起右手打断了高井律师，对他说：“请稍微停一下。你说，让被告人扮演她丈夫以前的角色，这到底是什么意思？我们不太清楚，请详细解说一下。”

平冈审判长真的没听懂吗？北斗搞不清楚。也许审判长是为了让非职业的陪审员和旁听席上的听众更好地理解其中的含义，而故意这么问的。可见，在法庭审判这出戏剧中，法官所扮演的角色不仅仅是最终的仲裁者，还是负责解说的人。

高井律师把文件向后翻了一页，说道：“松屿市儿童福利司的记录显示，被告人上高中的时候曾主动找儿童福利司的工作人员求救，说自己处于一种非常严重的恐惧情绪之中。虐待的主角——父亲去世之后，还有什么事情让被告人感到更加恐惧呢？”

高井律师慢慢地把视线移到美砂子身上。为了让法庭中所有人的视线都集中到美砂子身上，律师做这个动作的时候故意放慢了速度。然后他开口说道：“被告人说，他害怕自己变成父亲那个样子，对母亲使用暴力。如果这样下去的话，说不定什么时候可能把母亲杀死。”

高井律师又装作翻看文件的样子，目的是让刚才那句话的作用传遍法庭的每一个角落。其实，高井律师这个小伎俩还是非常明显的，可为什么没有人对他的小聪明产生反感呢？因为他所陈述的事实实在太丑恶了，以至于在场的人都没有余暇去思考其他问题。对于自己那不堪的过去，北斗大大地吞了一口口水。

“你很喜欢使用暴力虐待孩子，也喜欢被别人用暴力虐待你，是这样吗？你所依赖的对象——丈夫去世后，为了让被告人用暴力虐待你，你就故意做错事，以激怒被告人，让他对你动手。换句话说，你为了满足自己受虐待的欲望，而把被告人当工具使用。从小就遭受残忍虐待的被告人，比谁都了解受虐待的痛苦，可是进入青春期后，父亲去世，原以为可以结束地狱般生活的被告人，又要做母亲的工具，像父亲那样去虐待母亲。”

一串连珠炮似的陈述，让高井律师有点喘息。短暂地歇了口气后，他继续说道：“你强迫曾经饱受虐待的被告人虐待你自己。你丈夫去世之后，你的这种行为比普通的虐待更加残酷，你不觉得吗？”

这时，久未发声的森永检察官举手大叫道：“审判长，我反对！辩护人这是在诱导提问！”

审判长和左右陪席的审判员小声商量了几句后说：“反对有效！辩护人，请你注意提问的方式。”

高井律师丝毫没有退缩的意思。他用力地合上了文件，故意发出很大的声音，然后说道：“我明白了。关于你丈夫去世后的事情，我就问到这里了。但是，当被告人向儿童福利司求救的时候，他非常恐惧和证人两个人一起生活，这也是事实，请大家不要忘记。因为那样继续下去，被告人有可能变成和自己父亲一样的人，也许有一天会杀死母亲。只有十几岁的被告人，竟然被亲生母亲逼迫到这种程度。如今，被告人已经长大，并且以那么残忍的方式走上复仇的道路。难道说，这全都是被告人一个人的责任吗？”

北斗完全没有预料到事情会发展到这样的地步。虽然美砂子的每一句证言都是事实，但她为什么要来到这个法庭上做证呢？现在，法庭中的所有人都会认为她是一个有病态嗜好的、脱离常规的女人。另外，由于这是公开审判，旁听人的记录很可能会流传到媒体上，也许还有旁听人会把法庭上的情况发布到网络上。到时候，所有人都会把美砂子看作一个魔鬼母亲、虐待儿子的母亲、变态母亲。

美砂子现在已经再婚，据说生活在东京都北部。已经过上平静生活的美砂子，对她来说出庭作证有什么好处呢？这时，北斗的头脑中闪现出一种可能性，可是，这个想法立刻让他汗如雨下。大滴的汗珠从额头沿着鬓角流到了脖颈，新衬衫再一次被打湿，黏糊糊地贴在身上。

受到亲生父母如此残忍的虐待，北斗那悲惨的成长经历肯定已经博得了法庭中很多人的同情和怜悯。为了赢得酌量减刑，美砂子就彻底地扮演了一个恶人的形象。这位身穿传统三粒扣西装的律师先生，不是曾经说过，为了帮北斗避免死刑他会使用任何手段吗？之前他肯定苦口婆心地游说过美砂子，告诉她这次审判关系到北斗的生死，请求她在法庭上扮演一个魔鬼母亲的形象。

美砂子这么做，承担了很大的风险，也许她的新家庭会因此破裂，也许她来之不易的平静生活会因此付之东流，但她还是来到了法庭上，并出色地完成了她的任务。所有这一切，只意味着一个事实。

（这个女人，为了我来到这里……难道她是爱我的？）

产生这个想法之后，北斗感觉胸口像是被什么东西堵住了。他真想大吼一声，把胸中积压的各种复杂的感情发泄出来。当初美砂子对自己连续不断地虐待是怎么回事？除了使用暴力之外，她根本不愿意接触自己的身体，哪怕自己生病的时候，她也从未抱过自己，这又算什么？虐待和爱，这两种相互背离到极点的感情，有可能同时存在于一个人的心里吗？这一点，不管是虐待实施者美砂子，还是受虐者北斗，都是很难做到的。美砂子在法庭上承认自己是一个残忍、变态的母亲，对于救北斗的命是大有帮助的。那个女人对北斗的爱的唯一表现形式，竟然是在法庭上承认自己的残忍、变态！

北斗注视着站在证人席上的美砂子，而美砂子也回过头来望着北斗。这次，她的视线没有一点躲闪，反而充满了坚定的力量。美砂子昂首挺胸，对审判长说："我还有最后一句话要说，可以吗？"

平冈审判长把滑到鼻尖的眼镜往上推了推，说道："可以，请说吧。"

美砂子把身体朝北斗这边稍微转了一下，然后开口说："从今天起，我再也不是你的母亲，你也不是我的儿子，以后，请你一个人活下去。一边清偿自己深重的罪孽，一边活下去，一直活下去。"

旁听席上流动着鄙夷和不屑的空气，还有很多白眼。来旁听的人都是普通市民，对于这位魔鬼母亲最后的煽情陈述，他们的反应非常冰冷。可能心里都在想，这个魔鬼般的女人又在演戏了，说的都是些虚情假意的话，最后还想把自己装扮得好看一点。北斗瞟了一眼坐在旁听席最前排的明日实。整个旁听席上只有她一个人。她在悄无声息地哭泣。当北斗回过神来的时候，他发现美砂子也站在证人席上双手掩面，后背一起一伏，没错，她是在抽泣。

把法庭作为自己职场的法官、律师，以及被美砂子的证言打乱方寸的检察官，应该已经觉察到了，美砂子今天的演出非常卖力，就像著名演员在隐退之前进行的最后一场告别演出一样。北斗只能呆呆地坐在椅子上，他不知道自己该做点什么，该想点什么。

有生以来，第一次，也是唯一一次感受到母亲的爱，竟然是在即将判处自己死刑的法庭上。因为幼年时期对亲生父母的憎恨太过深刻，因此北斗无法像明日实那样简单地哭出来，更不可能向美砂子表达感谢之类的感情，哪怕是一个表情、一个眼神，他都做不到。但北斗的嘴里却不由自主地发出了一个非常微小的声音：“……妈妈。”

检察官表示没有问题要问。美砂子对着审判席行了一个礼后，转身走出了法庭。她那一身白衣的背影，是北斗见到美砂子的最后一面时留下的印象。

30

端爪北斗没法入睡。

在拘留所的单人间里，北斗躺在床上仰望着白色天花板发呆。熄灯时间已经不知过去了多久，天花板上那白色的荧光灯被罩在一个金属网子里。为什么非要给荧光灯罩上金属网子呢？估计是防止被拘留者弄碎荧光灯，用灯管的玻璃碎片做出危险的事情来吧。今天的晚饭北斗基本上没怎么吃。他现在根本没有感觉饥饿的闲工夫，只感觉全身发热，好像有无数的钢针在扎自己身体一样，从头到脚都会感觉到阵阵刺痛。这个时候，他根本不会注意到自己的胃，甚至连自己有胃这个器官都忘记了。墙边的嵌入式便池散发着下水道的腐臭味。不知什么时候，北斗已经适应了和便池同居一室的生活。

通过两天的审判，北斗用身体理解了高井律师之前所说的话。

高井律师曾说，法庭就是剧场。在审判的舞台上，人的内心将会被剥得精光，人将用赤裸裸的灵魂在舞台上表演。虽然北斗知道自己是这出戏剧的主角，但他不清楚台下的观众怎么看他。美砂子白天的证言把北斗的整个内心都搅乱了。那些随着时间的流逝被埋藏在内心最深处、像亿万年前的岩石一样坚硬的记忆，今天，被美砂子的一番话给融化了，它们变成了黑色的泥水，浮到了北斗内心的最上层。

这两三年来，在北斗的头脑中从没出现过父亲至高的影子，可不知今天怎么了，至高的脸清晰地出现在了北斗的眼前。这些老记忆的复苏，让北斗根本无法入睡，甚至连眼睛都没有闭过。白色的天花板变成了一个大屏幕，北斗就像看电影一样，回忆着过去的事情。对于以往受虐待的点点滴滴，北斗又体验了一次，可这次并没有感觉到太多的痛苦。也许是内心已经麻痹的原因，连恐惧的感觉也没有，而且，心中的憎恨与当初相比也少了很多。天花板上那没有背景音乐也没有台词的影像，给北斗带来的只有悲伤。在若干画面中，北斗发现了儿时没有看到的细节。曾经被自己认为是恶魔的至高，在虐待北斗的时候，眼睛中也闪烁着恐惧和悲哀的光芒。

那个男人到底在害怕什么呢?

这一点让北斗备受冲击。他害怕的是那个无法停止暴力、虐待儿子的自己，还是怕把北斗毁了，抑或害怕自己的行为违反法律而被警察逮捕?北斗想不明白。不过，那个男人确实在害怕什么。他用拳头打自己的时候，用脚踢自己的时候，把自己的头淹在水槽里的时候，把自己关在阳台外面的时候，他都流露出恐惧的神色，而且这份恐惧似乎让他无法忍受。也许正是这个原因，让他无法停手，让他不得不继续更加严重地伤害自己的儿子。对于北斗来说，父亲的恐惧是他的新发现。也许，那个男人比自己小时候认为的要脆弱得多。

让自己回想起这些事情的导火索，就是母亲美砂子白天在法庭上的证言。那个女人，今天竟然为了一个自己从未拥抱过的儿子，来到法庭上做证。她冒着毁掉自己新的婚姻生活的危险，讲出了自己以前虐待儿子的事实。她在法庭上说的话，全都是真话，这一点毫无疑问。因为北斗是用自己的耳朵听到的，用自己的眼睛看到的，那个女人并没有一点为自己的可耻行为辩护的意思，只是毫无保留地把事实讲了出来。可是，关于那些陈年往事，说与不说，都是她的自由。她完全可以说，这次在波洞研究所发生的事件和她一点关系都没有，然后拒绝出庭作证。她有那样做的权利。可是，她还是穿了一身白色的新衣服，出现在了法庭上。

看来，高井律师把美砂子当作辩护方的王牌证人，是正确的决定。

要想博得那些非职业陪审员的同情，只要强调北斗成长过程中所遭受的悲惨虐待就可以了。一般来说，如果犯罪嫌疑人在成长过程中遇到过心灵上的摧残，即使是凶恶的杀人犯，审判中也有根据情况给他减轻量刑的可能性。

当美砂子向法官行礼之后，走出法庭的时候，北斗的视线就像粘在她身上一样，无法从她的背影上移开。那个女人说，以后彼此再无母子关系，让北斗一个人活下去。她没说让北斗用死去赎清罪过，而是让他活下去。难道美砂子出庭作证，就是来给北斗饯行的吗？美砂子想切断和北斗的母子关系，而代价就是要出庭作证吗？北斗搞不清楚，那个女人到底爱不爱自己。

眼睛深处沉淀着乌黑色的恐惧与悲伤，但却不停地动手虐待自己的父亲，冒着破坏来之不易的平静婚姻生活的风险，来法庭上为自己作证的母亲。从如此难以捉摸的父母身上，北斗根本无法体会到爱与被爱的感觉和意义。行为那么矛盾的父亲和母亲，难道在他们内心的某个地方爱着自己？有这种可能性吗？想到这儿，北斗真想大吼一声，然后从床上一跃而起。可是，拘留所里禁止被拘留者大喊大叫，也禁止在睡觉时用被子蒙住脑袋，还禁止在睡觉时间内起床走来走去。所以，北斗只能睁着眼睛望着白色的天花板，除此之外，此时他不能做任何事情。

时间就像黑夜中悄然流淌的河流，当北斗决定放弃睡觉的时候，他看见天花板上浮现出一个少年的身影，他有一副英俊但严峻的面容。那少年飘浮在空中，后背贴在天花板上。他拨开额前的头发，对北斗说："你还好吧？"

北斗张开嘴回答，但只是嘴唇动了动，并没有真正发出声音。

"我挺好，你呢？"

北斗觉得，自己和自己对话是一件很自然的事情。天花板上的是读小学或初中时的自己，他的前额还没有被螺丝刀钻出的伤痕。

"我很好啊，可是，你现在应该不太好吧。"

天花板上这位还真是一个神气活现的家伙。他有一双冷静的、似乎可以看透人心的眼睛。北斗心想，就是因为有这样的眼睛，自己才会天天挨打吧。

北斗不服气地说："审判什么的，对我来说没什么大不了的。"

北斗看着空中那位穿着短裤、白衬衫的自己，露出来的胳膊、腿就像白色的木棒一样细。回想起来，自己在那个年龄，经常饥一顿饱一顿的。有的时候，中午在学校吃的一餐就是一天中唯一的一顿食物。所以那时的自己长得异常消瘦。不过，天花板上那位的手腕上还没有刀割的伤痕。

"说审判没什么大不了的，你纯粹是在骗人。否则的话你也不用把我召唤出来了。"

不知为什么，飘浮在黑暗中的白色天花板屏幕上的少年，眼中怎么闪动着湿润的光芒。北斗躺在床上使劲闭上眼睛，过了一会儿又睁开眼睛，可是，那消瘦的少年依然飘浮在天花板上，并用湿润的眼睛向下俯视着北斗。北斗对他说："我现在很累了，不想说话，你快回去吧。"

少年微笑着，露出了遗憾的表情。他说："那我可办不到。是你把召唤来的，我没有决定的权利，我想走也走不了。”

北斗心想，这家伙脑子有问题吗？这时，外面走廊里传来了拘留所看守来回巡逻的脚步声。鸟儿也开始唱起歌来，看来，离早晨不远了。和带有铁栏杆的窗子、水泥墙壁一样有现实感的，还有天花板上那少年的笑容。

“你是不是有什么话要对我说？”北斗问。

那少年是不是自己的良心现形了，要捎给自己什么信息？心理学上不是说过吗，自我有的时候会以某种形式显现在现实中，来告诉自己内心的声音。但是，眼前这位少年，不论是肌肤的质感，还是身上衣服的纤维纹路，都是那么真实，这种现象超越了所有科学和魔法。在天花板上飘着的，就是一个活生生的少年时代的自己。看着那少年上下起伏的胸部，北斗被自己以前的样子打动。

“我没有什么重要信息。只是想告诉你，你只看到了自己的一半。在后面的审判中，希望你能更加坦诚一些。当然，在那么多人面前，把自己脱得一丝不挂，那是一件很难堪的事情。我就是你，当然能理解你的心情。”

过了好半天，北斗才像挤牙膏一样挤出一句话：“我杀了两个无辜的女人，无可救药了。”

少年露出了纯真而温暖的笑容：“不会的。你还没有真心地反省，而且，你对于自己所遭遇的事情还没有做到真正地接受和理解，说白了，你还没有想通。”

“谁说的，我有反省，也很后悔。如果再回到那一天，我绝不会杀害那两个无辜的女人。”

天花板上的少年举起了右手，不让北斗继续说下去。他说道：“时间不可能往后退，已经发生的事情也不可能当作没发生。这就是你们这个世界的规则，过去的事情绝对不能改变。你出生在那样的家庭中，那两个可怜的女人已经死了，这些都是无法改变的事情。”

“那我该怎么办呢？”北斗不经意间把这几句说出了声音。

少年笑了，说：“我也没法回答你。过去的你不可能知道自己在未来世界中所需要的答案。”

“真狡猾，你这家伙。”

“没有办法呀，因为我是你嘛。”

窗外鸟儿的鸣叫声越来越大，也越来越多，空气中弥漫着清晨凉爽的味道。很快就要迎来第三天的审判了。少年北斗一点着急的样子也没有，自在地飘浮在空中，不慌不忙地说：“你的问题很麻烦啊，我都有点同情你了。你要是能活下来，会很艰辛，可是要是判了死刑的话，就更麻烦了。虽然杀了人让你觉得很愧疚，但你还是想活下来的，即使是生活在这样的混凝土小箱子里。”

“你很烦，好像你很懂我似的。”

在昏暗的单人拘留室中，少年的形象却显得格外分明。北斗心想，说不定以后的日子，自己都要和这孩子生活在一起了呢。

“再坦诚一点，向他们认罪，怎么样？你这个人就是倔，不管最终被判什么刑，你都表现出愿意接受的样子，你觉得这样很酷吗？你才二十出头，你那么年轻，不用担心什么面子问题，下跪谢罪也不丢人。总之，你要做出一种服从法律、接受世间道德拷问的姿态。律师先生不是说了吗，法庭审判就是一出戏剧，你演一出戏给那些品位不高的观众们看看就行了。”

经过这两天的审判，北斗注意到，其实法庭并不仅仅是剧场。

“不行的，仅仅是表演的话，是没法骗过世人的眼睛的。正如高井律师说的那样，法庭上的所有人都在盯着我，看我把内心裸露到什么程度。不是发自内心的过度的演技，只会起到反作用。”

“可是，你并没有把自己的内心全部剥开呈现在众人面前的觉悟和自信啊。也正因如此，你才把我召唤出来，和你商量这个问题。虽说我们那边的世界很闲，我可以陪你聊很久，可是，这样聊得再久，也找不出合适的答案呀。”

北斗心想，也许这只是一个梦。北斗的一只手在被子里握成拳头，狠狠地给自己的软肋来了一下。他立刻感到内脏传来一阵钝痛，这不是在做梦，而是活生生的现实。

北斗问那少年：“我该怎么办才好？接下来我该怎么办才好？”

这是在审判过程中，一直占据北斗头脑的一个问题，如今它不自觉地表露了出来。

少年也皱起了眉头，一脸为难的样子，说：“我不是跟你说过了吗，未来的事情我没办法告诉你。虽然未来的一切都早已决定好了，但我不能告诉你任何事情。不该知道的事情还是不知道的好。在你们那个世界中，时间是不透明的，这是非常好的，因为那样可以保护你们所不知道的幸福。”

说完，少年用慈悲和同情的目光俯视着人间的北斗。

北斗问：“也就是说，你知道未来的事情咯？”

“不能说完全知道，但是，我多少能感觉到一些。不过，仅仅是感知到未来的事情，也让我觉得挺辛苦的。如果有人能帮我消除这种能力，我真要好好地感谢他。”

这时，从其他拘留室中传来了人们从睡梦中醒来，伸懒腰、打哈欠的动静。估计离拘留所规定的起床时间没有多久了。

“未来不能谈的话，那么我们谈谈过去的事情吧。”

“你果然是我，脑袋那么聪明。过去的事情就不一样了，在一些事情上，我完全可以回答你的疑问。”

在北斗听美砂子陈述证言的时候，头脑中就产生了一个疑问，并且一直挥之不去。于是北斗首先抛出了这个问题：“爸爸和妈妈爱我吗？他们爱你和我吗？”

天花板上的少年动了动身体，可能是一个姿势待久了感觉有些累。他把双臂抱在胸前，做出一副思考的样子，想了一会儿说：“这个问题有点难度。每个人对爱的理解、爱的表现形式，都会有所不同。但是，我觉得，爸爸和妈妈在心里爱着你和我。”

“那样地打我们，把我们的人生毁成这个样子，还爱我们？我们已经无法回到正常的生活轨道上了。”

少年摇了摇头，半闭着眼睛看着北斗。忽然，他的一侧脸颊出现了一个阴影，似乎脸颊凹了下去。

“没有办法呀，是我们选择了出生在那样一个家庭。从结果上说，不管什么样的命运，都是我们自己选择的。对于至高和美砂子来说，爱就是毁坏。他们头脑中的神经可能有些地方搭错了弦。他们就是那样的人，你只能怨自己倒霉。”

北斗对着少年时代的自己说：“你也一样啊，只能自认倒霉。”

这时，少年裸露的肌肤上忽然鼓起了奇怪的青筋，身体的很多地方出现了瘀青般的伤痕。有些地方的皮肤还肿了起来，好像还有血渗出来。少年皱着眉头说：“那两个人在召唤我了。能够感知到未来的事情，还真是烦呢。”

北斗向上伸出双手，想去拥抱少年时代的自己，不过，自己的双臂不可能伸到天花板附近。但北斗心中执着地想着，眼前的一切都不是现实，在虚幻的世界中，说不定自己的双臂可以延长呢，没准自己还能穿越时间的壁垒回到过去或穿越到未来呢。于是，北斗躺在床上，用力地向上伸着手臂。他想拯救过去的自己。可是，自己的手无论如何也够不到天花板上的少年。

“你要去见至高和美砂子吗？现在你身上的伤，就是接下来他们要给你留下的吗？”

少年悲伤地笑了笑，然后点了点头说："是啊。未来早已决定好了。只有伤痕是时间的证明。接下来，他们又要暴风骤雨般地殴打我一次，甚至把我拆零散了。不过，爸爸也好，妈妈也罢，他们从心底里并不想这么做。但是没有用的。他们两个人必须这么做。如果不这样虐待我的话，他们自己就会垮掉。"

渐渐地，对于少年的话，北斗已经能够理解一点了。于是他重复少年的话说："因为未来已经决定好了。"

少年的脸一下子变得明快了，对北斗说："看来你开窍了。已经决定的事情，我们就只能接受。这种力量，你们人类是不是叫作'勇气'？一会儿我又要被衣架抽打了，那种痛你还记得吧。"

衣架不仅仅是打在身体上，仿佛直接抽打在了脑神经上，那种痛北斗怎么能忘记。而且，人的大脑和身体之间的距离本来就很近。

"啊，我当然记得。"

那个少年，一会儿又要被父母虐待了，可他似乎并不紧张，也不恐惧。他说："其实爸爸妈妈也恐惧，也痛苦，也煎熬。"

北斗接着他的话说："但就是停不下来。"

"是啊，他们俩也很痛苦，所以才来打我。"

这个少年竟然欣然地接受了这一切，这让本来就仰视他的北斗，心中对他也产生了几分敬意。北斗心想，这个少年和自己小时候并不一样，他不仅比那时的自己成熟，甚至比至高和美砂子更成熟。尽管心中这么想，可北斗嘴上还是抛出了一句讽刺的话：

"你知道他们虐待你之后，会做些什么吗？"

在那个寒冷的夜晚，北斗被狠狠地揍了一顿之后，又被关到寒风凛冽的阳台上。他们拉起窗帘，在屋里像两只动物一样把身体叠在了一起。这是美砂子在证言中说到的。

"我当然知道了。不过，大人们的爱情，不就是这样嘛。爸爸妈妈召唤我了，我得过去了。”

少年在天花板附近朝北斗挥了挥手。北斗还是分不太清这到底是梦还是现实。他也举起了手，朝少年挥了挥手。马上要去接受暴力虐待的少年，笑着点了点头。北斗也朝他笑着点了点头。今天北斗要面对的事情也不轻松。审判的第三天，北斗要面对的是检方的证人。也许，未来的事情真的早已决定好了。

“62 号，起床！”

一夜没有合眼的北斗，开始安静地起床。他端坐在床边，像往常一样先和看守打个招呼：“早上好！”

拘留室的金属门上有个小窗，从小窗中只能看见看守的两只眼睛。看守的目光在北斗这间拘留室中环视了一圈，然后说：“62 号，一切正常。”

北斗开始叠被子，换衣服，洗脸，刷牙。今天早晨北斗的心情特别舒畅，他熟练地完成了每天早晨的必要工作。

31

端爪北斗闭着眼睛。

他感觉右半边脸上聚焦了很多灼热的视线。在旁听席的最前排，坐着几位被害人的亲属和友人，他们憎恨的热潮让北斗的脸颊有些发烧。今天，法庭审判恐怕要迎来一个高潮。高井律师早已告诉北斗，今天的审判对他来说可能是最为严峻的考验。

“下面，由被害人亲属陈述意见，请做好准备。”

总是一副和蔼可亲的样子的平冈审判长，今天的态度变得异常认真，声音也比以往生硬了不少。法庭就像被几座大山压住一样，空气很是沉重。

“首先请饭冈佳惠女士的亲属移步到证人席。”

这时，北斗睁开了眼睛。只见一位身穿黑色西装的中年男人从旁听席上站了起来，并慢慢地走向法庭中间的证人席。他的脚步非常沉重，原本只有几米的距离，在他看来似乎要跋涉万水千山。

“您的姓名？”

那个中年男人并不朝北斗这边看一眼。他向审判长低头行了一个礼后，开口说道：“我是佳惠的丈夫，我叫饭冈正志。”

他好像很紧张。站上证人席后，被害人的丈夫愣了一会儿。

“您可以自由地陈述自己的意见。现在可以开始了吗？”

平冈审判长用引导的语气对证人说道。北斗心想，真是多亏了这位法官，不知道他这一生拯救了多少充满仇恨和杀气的法庭。北斗打心底里感谢他。不管是什么样的法庭，过程和内容都不会轻松，结果也肯定是有人哭有人笑。但是，在结果出来之前这段时间的痛苦，因为这位审判长的风格而被缓和了很多。仅此一点，北斗就感到非常幸运。

饭冈正志从上衣的内兜里掏出一张叠好的稿纸。展开稿纸后，他朝前走了一步，调整了一下麦克风的位置，然后开始朗读：“去年，我和佳惠结婚二十九周年。如果佳惠现在还活着的话，今年我们结婚就整整三十年了。佳惠曾对我说，在我们结婚三十周年的纪念日上，希望我送她一条珍珠项链作为礼物。我记不太清了，但满三十周年的婚姻好像叫珍珠婚。佳惠当初最大的心愿就是戴着我送她的珍珠项链和我一起去旅行，来纪念三十年的婚姻历程。为此，佳惠收集了很多旅行社的宣传单，现在，那些宣传单还静静地躺在我家厨房的角落里。”

读到这儿，旁听席上已经传来女性的啜泣声。那哭声就像藤蔓植物一样，沿着地板朝北斗爬来，并死死地缠住了北斗的脚腕。

“我们两个，就是一对普通得不能再普通的夫妇。我是一名公司职员，为了贴补家计，佳惠也出去上班。我们一边还房子贷款，一边抚养孩子长大。我们的家庭没有什么值得夸耀的地方，但也没有任何地方受人指责，就是和众多家庭一样，虽然普普通通，但也有属于我们的小小幸福。”

饭冈正志的声音很平淡，但却有感染整个法庭的力量。他脸颊瘦削，头发也白了大部分。可以看得出来，失去妻子的这一年时间，对这个男人来说是多么漫长、难熬。

“对我来说佳惠是个好妻子，对我们的儿子来说她也是个好母亲。朋友、熟人都说她是一个善良的好人，虽然我知道她平时爱唠叨，做事又有点冒失。这样一个平凡但不可替代的妻子，去年四月二十五日那天，在一桩恐怖的犯罪案件中被夺去了生命。”

这么长时间以来，北斗已经淡忘了那位中年女性事务员的容貌。可不知道为什么，这一刻，在生田波洞研究所的大厅中给自己端茶的那位事务员的脸，突然清晰地浮现在北斗的脑海中。她那圆润的脸，对着北斗露出了微笑。北斗还想起，饭冈佳惠曾经告诉自己，她已经准备从生田波洞研究所辞职不干了。

“发生那个事件以来，我就变成了一具空壳。虽然还能把公司的工作勉勉强强应付下来，但我已经找不到活下去的意义。原来我的爱好是钓鱼和摄影，可以算是狂热的爱好者了，但佳惠走了以后，我就再也没摸过鱼竿和照相机，就连吃饭和睡觉，在我的生活中好像也成了不重要的事情。有的时候上一天班，也不吃一顿饭，还曾晕倒在公司里。晚上虽然能睡着，但夜里要醒好几次。不是梦见恐怖的事情，就是梦见悲伤的事情。我的人生已经完全被毁了。我儿子正昭也是一样，他现在也生活在痛苦之中。被告人不只杀害了佳惠一个人，他还彻底毁灭了我们的家庭、二十九年的婚姻生活，以及我们两个人未来的平静的老年生活。如果可能的话，被告人当时把我一起杀了，也比让我现在活受罪要好一些。”

有人咳嗽了一声。在这个安静得地上掉根针都能听见的法庭里，这咳嗽声简直刺得人耳朵痛。饭冈正志保持着沉稳的声调，继续说道：“我知道现在社会上对死刑存在着很大的争议，也许死刑确实是一种过于残忍的刑罚。另外，即使被告人被判处了死刑，我的佳惠也不能复活了，这一点我是非常明白的。可尽管如此……”

饭冈正志的眼睛离开了稿纸，他抬起头来把视线移向了北斗。这眼神中没有憎恨的光芒，其中只有干燥的、纯白色的灰烬一样的绝望。他用这无尽绝望的神情望着北斗，然后说道：“这个世界上，如果还有正义的话，我希望判处被告人死刑。被害人丈夫，饭冈正志。”

北斗还是第一次在如此寂静的环境中，亲耳听到有人带有如此强烈的意志说希望自己死。被害人的丈夫如此认真地向法庭中的所有人说希望自己死，看来自己必须得死了。北斗低头看了看自己的右手，当初他就是用这只手刺死了饭冈佳惠。这时，平冈审判长开口了：“辛苦了，饭冈先生。接下来将由检察官对您进行询问，您准备好了吗？”

饭冈正志把稿纸折起来放回了上衣内兜，然后点了点头，说：“好的。”

“那么，我就问您几个问题。”

森永检察官手拿文件夹站了起来。同时，她用幻灯机将一张家庭合影投影到了法庭的幕布上。那照片应该是在照相馆拍摄的，里面有三个人，分别是饭冈正志、饭冈佳惠、佳惠怀里抱着的一个男孩子。看上去就是一个幸福的三口之家。看到这张照片之后，饭冈正志极力控制着自己没有哭出声来，但眼泪已经顺着脸颊淌了下来。从背后看，他的双肩在痉挛似的抽搐着。

“请问，饭冈佳惠女士是个什么样的人？”

“……她是一个好人。我儿子正昭上高中一年级的时候，班上有位同学的母亲去世了。那位同学叫吉木，他和正昭是好朋友。打那以后的一年时间里，佳惠每天在给正昭做午餐盒饭的时候，也会给吉木做一份。所以，到现在吉木还管佳惠叫妈妈，这孩子很尊敬佳惠。”

这时，旁听席上传来了成年男性的哭泣声。只见一个身穿西装的青年正捂着脸痛哭。他可能就是吉木吧。森永检察官继续问道：“刚才，饭冈先生您说‘这个世界上，如果还有正义的话’，这指的是什么意思呢？”

饭冈正志显得有些疲惫。肩膀已经低垂下来，说话的声音也没有先前那么有张力，但尽管如此，他的话语还是实实在在地传遍了法庭的每一个角落。他说：“因为佳惠被杀害，对于被告人我当然也怀有个人的仇恨。但是，我心里的感情并不仅限于此。一个过着平凡生活的善良人，无缘无故地就被夺去了生命，如果放任这样的事情，对我们的社会有好处吗？杀害了两名无辜女性的被告人，即使被判处无期徒刑，他也总有一天会自由地回到外面的世界。让我们的世界存在如此不公平的事情，真的可以吗？我认为，如果这个世界真的存在正义的话，就不应该发生这样的事情。”

法庭各处又响起了人们大口出气的声音，好像刚才为了认真听饭冈正志的解说，大家都憋了一口气似的，等他说完，大家才敢喘一口气。而且，好像有些人对他的回答有些失望，原来饭冈正志反复思考得出的结论，就是这个呀。

森永检察官对饭冈正志的话进行了总结：“关于废除死刑这个问题，现在社会上存在很大的争议。饭冈正志先生充分理解这一点，在此基础上，他不单单出于个人的仇恨，也从社会正义的角度进行考虑，希望判处被告人死刑，是这个意思吧，饭冈正志先生？”

“是的。”饭冈正志用力地点了点头。

“检方没有问题了。”

“那么，接下来由辩护方对证人进行询问。辩护人，请开始吧。”

平冈审判长朝高井律师点了一下头，示意他开始询问证人。辩护人询问被害人亲属，这对律师的要求应该很高吧，必须具备非常缜密的心思才行。正义与邪恶、审判的一方与被审判的一方，就因为一件犯罪案，被明确地分隔在了河流的两岸。

“我们看得出因为太太的遇害您非常悲伤，我也很理解您的心情。刚才您谈到正义这个话题，我非常感兴趣，也让我受益匪浅。现在对于已经故去的饭冈佳惠女士，我想向您提几个小问题，可以吗？”

饭冈正志面无表情地点了点头。

高井律师开始提问了：“饭冈佳惠女士在生田波洞研究所工作了多长时间？”

“将近三年时间。”

这时，高井律师的视线落到了他面前的文件上，像是在查阅什么资料，然后说道：“饭冈佳惠女士在生田波洞研究所工作期间，媒体已经开始报道生田友亲的医疗欺诈事件。如果饭冈佳惠女士在那个研究所工作了将近三年时间的话，那么在她工作的最后几个月时间里，应该已经通过电视、报刊等媒体了解到生田友亲一手主导的医疗欺诈事件。那么，请问证人，关于生田友亲的医疗欺诈事件，饭冈佳惠女士曾对您说过什么吗？她是怎么看待这件事的呢？”

饭冈正志一时语塞，低下头思考了一会儿，然后才开口说道：“佳惠对所谓的医疗欺诈事件的态度，前后不太一致。有时她会同情那些被骗的人，说他们很倒霉；有时也会对我说波洞水确实有一定的治疗效果，确实有人喝了波洞水后把病治好了。”

“不管饭冈佳惠女士的态度如何，至少她已经觉察到自己工作的这个研究所出现了问题，而且很可能会发生混乱。另外，饭冈佳惠女士也意识到，价格那么昂贵的波洞水，在疗效方面已经受到了很多人的质疑。是不是这样，饭冈先生？”

饭冈正志不情愿地点了点头。

“饭冈佳惠女士在生田波洞研究所中的工作内容是什么呢？”高井律师的语气非常认真，但却能让人感觉到一种不怀好意的味道。

“她的具体工作内容我也不太清楚。但佳惠以前一直在医院从事事务性工作，估计在生田波洞研究所中的工作应该也差不多吧。”

“嗯，明白了。就是医疗事务性工作。”

饭冈正志用心有不甘的语气说：“是的。”

“我询问了几个从事医护职业的朋友，也去一些医院进行了一番实地调查。对于医疗事务性工作的收入，我大体有了一个了解。根据医院规模的大小、连续工作的年限、职务等不同，收入会有一定的差别。但大体上来说，在一般医疗机构中连续工作两三年的普通事务员的年收入就在三百五十万日元左右。”

饭冈正志的脸立刻变成了青色。他似乎已经猜测到眼前这位律师接下来要问的问题。

“下面我要问一个失礼的问题，请问饭冈佳惠女士的年收入大概是多少？”今天高井律师又穿上了那件藏青色的夹克，问这个问题的时候，语调异常轻柔。

“这个问题和杀人案件有什么关系？佳惠的年收入有六百多万日元。”

说完之后，饭冈正志好像有点后悔，把原本放在证人席小桌上的手紧紧地握成了拳头。

而高井律师用平静的声音说：“辩护方没有问题了。不过请大家记住一个事实，被害人饭冈佳惠在一所被以‘医疗欺诈’罪名起诉的研究所工作，而且还拿着将近同行业两倍的薪水。饭冈先生，谢谢！辛苦您了！”

饭冈正志用拳头捶打着证人席的小桌喊道：“佳惠的薪水和这个案件有什么关系?！佳惠她……佳惠她……”

这时，平冈审判长开口了：“饭冈先生，询问已经结束了。请回到您原来的座位。在座的各位，刚才都听清饭冈正志先生的陈述了吧。”

饭冈正志带着不甘、失落、悔恨的心情低下了头，然后回到了旁听席自己的座位上。审判就是一场把人心剥开、赤裸裸地呈现在众人面前的戏剧，这是高井律师曾经说过的话。本来，这应该是一出用灵魂演出的戏剧，可讽刺的是，北斗被波洞水骗取的金钱和受害人饭冈佳惠的薪水在法庭上竟然有如此强大的说服力。北斗心想，饭冈正志还真不走运，被高明的律师耍弄了。

“下面，大家休息十五分钟。”

说完，平冈审判长和左右陪席审判员一阵风一般离开了法庭，只留下那宽大的黑色法袍在他们三人身后飘舞的景象。将审判别人成为每日生活的一部分，法官们过这样的人生到底会有什么样的感受呢?北斗用麻木的心注视着被称为“灵魂剧场”的这个法庭。

休息过后再次开庭，这次第一个被叫到名字的证人是饭冈正昭。

一位和北斗年纪相仿的青年从旁听席上站了起来，向众人行了一礼后走向了证人席。在法庭中，旁听席是用一道与腰部齐高的木栅栏专门隔开的。旁听席上除了受害人亲属、友人外，基本上都是对本案感兴趣的普通市民。可是，当人离开了那道木栅栏走向法庭中央的时候，就再也不是普通市民了，而且还会感觉自己和普通市民之间隔着一道深深的鸿沟。那位青年走到证人席之前，眼睛一直没有离开过北斗。北斗低头望着自己的脚尖，忍受着那位青年几乎喷出的火焰般的目光。

平冈审判长淡淡地说道："你就是饭冈正昭吧，请先介绍一下你和受害人饭冈佳惠的关系。"

青年咬牙切齿地说："我是饭冈佳惠的儿子，我是独生子。"

"那么，请陈述你的意见。"

饭冈正昭双手支撑在证人席的小桌上，耷拉着脑袋，肩头一起一伏地大口呼吸着。过了一会儿，他还没有抬起头来的意思，法庭中又恢复了死一般的寂静。因为在这里，被害人亲属的语言，是最为沉重的。

"今天，我没有做任何准备。像父亲那样冷静地朗读事先写好的稿子，我实在做不到。而且，我也不知道今天在法庭上到底要说些什么。所以，我下定决心，先站到这个位置上，然后想到什么说什么。"

说完之后，这个年轻人又陷入了沉默。听说饭冈正昭在一家化学制药企业的工厂中工作。他的头发剪得很短很整齐，身体被深蓝色西装包裹着，但依然难掩他健硕的体形。而且，看得出他还不是很习惯穿这种正式的服装，应该大学毕业进入社会没多久。

沉默就像一个巨大的窗帘，隔绝了外界的光亮，将整个法庭笼罩在黑暗之中。现在，北斗知道了，法庭上会出现各种各样的沉默。对于在法庭上没有发言权的旁听席上的听众来说，沉默的过程具有很大的感染力。对于饭冈正昭带来的这次沉默，似乎大家都感觉到了某种共鸣，所以并没有人觉得这次沉默有什么不自然的地方。

"……现在坐在那里的那个人，他的养母被生田波洞研所的医疗欺诈行为所欺骗，最后含恨离开了人世。那个人为了复仇，杀害了我的母亲。我认为他的养母很不幸，我也很同情她，但是，她死亡的原因是疾病。波洞水确实价格昂贵，但它只是水而已，虽然不能治病，但也不具有杀人的能力。"

饭冈正昭第一次在证人席上抬起了头。他的眼睛放着光，直接刺向北斗。

“可是，那个人却把仇恨转移到我那无辜的母亲身上，杀死了我的母亲。”

现在站在证人席上的饭冈正昭，绝不用“被告人”来称呼北斗。他并没有用法律的原理来看待自己和北斗的关系，不是审判与被审判的关系，而是把北斗当作一个人来看待。这一点让北斗很感激，于是，北斗也挺直了脊背。

“我听了那个人幼年时不幸的成长经历，觉得他确实很不幸，在这一点上我很同情他。说实话，我心里也在想，怎么没有人因为他所受到的残忍虐待而受到审判呢？但是，我母亲被杀害这件事情，是不是也应该有人受到惩罚呢？我的母亲是那么善良，她这一生也没有做过坏事。”

做了一次深呼吸之后，饭冈正昭将目光在法庭中环视了一圈。

“大家来到这里，是为了做什么？”

青年那低沉的声音震动了整个法庭，其中有一股抓住人的耳朵和心灵的力量。平冈审判长眼镜后面的眼睛也眯了起来，看得出，审判长更加认真了。

“法律这种东西，到底有什么意义？那个人因为最亲爱的养母在医疗欺诈事件中含恨而终，才做出了如此残忍、恶劣的杀人案件，而他复仇的结果，是我的母亲被无端夺去了生命。我和那个人一样，母亲都不在了。其实，我和他之间的问题，答案不是很简单吗？”

饭冈正昭说话的语调改变了，北斗抬头朝那个青年看了一眼，只有短短的一眼。饭冈正昭脸上的表情与憎恨不同，是一种彻头彻尾的悲凉。这种悲凉，让北斗的胸口瞬间冻结了。

“请大家都离开这个法庭，只留我和那个人。只有我们两个人的话，就可以很简单地解决问题了。我们两个人的母亲都不在了，我们两个人都需要复仇。本来很简单的事情，结果现在大家都在这里说些难懂的话，反倒把问题搞复杂了。”

北斗心想，他的提议很好啊。如果按正常情况来说的话，自己被判处死刑后，会被关进某个地方的监狱，然后在一个谁也不知道的时间、谁也不清楚的地点，让不认识的狱警用绳子套在自己脖子上，然后被吊死。与这种死法相比，现在看着饭冈正昭的眼睛被他杀死要好得多。北斗清楚，自己的死没有任何意义，但是，如果自己的死能满足这个青年的复仇之心的话，也算死得其所了。

平冈审判长慢慢地、一字一顿地说：“个人性的复仇，在法律上是不允许的。”

饭冈正昭点了一下头，说：“明白了。所以我才会感到烦恼，即使判他死刑的话，也是完全不够的呀。如果最后法庭判了他死刑，那在执行死刑之前，他还能活七八年。而且，现在很多人都同情他，他也有活得更长的可能性。”

北斗心想，法庭就是一个想把不可能的事情变为可能的地方。但是，死去的人是绝对没有可能再活过来了。即使判处被告人死刑，或其他刑罚，世界也不可能再回到被告人犯罪前的状态了。当事人和相关人等所受的创伤也是不可逆转的。而法庭的目的是想让各方达成妥协，尽量抚平各方的伤痛。北斗心里明白法庭的这个目的，但是当他看到饭冈正昭的样子时，他就知道，法庭的目的是绝对无法实现的。

犯罪给相关的人造成的心理创伤是法律所无法治愈的，只有人心才能治愈人心的伤。人类制定的法律，没有办法挽救人心的伤痛。也正因如此，像“真挚的忏悔”“诚心的反省”之类看不见、摸不着的心理状态，其实非常难能可贵。法律没有制裁人心的能力，所以更要依赖人心来挽救世界。人世间的法律，所能做的一切就是束缚犯罪者的肉体，有时还会将绞索套在他们的脖子上。不过，法律的能力也仅此而已。

饭冈正昭用掷地有声的语气继续说道：“我想说的是，即使那个人被判处死刑，我也绝对不会感到满意。我希望他立刻就死！就像我母亲那么突然地死去一样，我想让他现在就消失在这个世界上。”

北斗感觉得到，饭冈正昭非常强烈地希望自己现在就死。他恨不得马上就在自己的心脏上开一个洞，让生命从那个洞中漏出来。人从心底里憎恨一个人到极致的时候，就想消灭他。饭冈正昭用双手支撑在证人席的小桌上，再一次低下了头。法庭又陷入了长时间的沉默。

平冈审判长首先打破了这吓人的沉默，他说：“你的意见陈述完了吗？可以回到自己的座位上了。”

饭冈正昭并不抬头，但举起了右手，表示还有话说。

“稍等！我还有最后一件事要说，审判长大人，可以吗？”

这位被仇恨和痛苦包裹着的青年终于抬起了头，并把身体转向了北斗。饭冈正昭的这个动作引起了北斗身边两位法警的紧张。北斗能感觉到，他们的身体都已经紧张起来，随时准备应对突发情况。北斗在心中的某个角落里想，如果在其他情况下遇到这位饭冈正昭，自己没准还能和他成为朋友呢。

饭冈正昭并没有冲过来做出人意料的事情，而是对着北斗说道：“你曾说过，你从很小的时候就觉得自己生存在这个世界上没有任何价值，你早就想结束自己的生命了。这两天我在旁听席上听到你的诉说，感觉你对这次事件已经做了认真的反省，也从心里对受害人表示了忏悔。我看得出来，你是真心的。”

被两名身高体壮的法警夹在中间，北斗只能坐在那硬邦邦的被告人椅子上，根本做不出其他动作。所以，他只能把脸扭向饭冈正昭，将下颚往回收了收，算是点头认同了对方的话。

“那样的话，端爪北斗君，我们来结束这场愚蠢的法庭审判吧。我想，不管是你还是我，对这个审判都没有什么信任感。”

就像有什么吸引力一样，北斗的眼睛始终无法离开饭冈正昭。对面的这个人，也失去了母亲，而让他失去母亲的人，正是自己。似乎感觉到了饭冈正昭情绪的不稳定，右陪席的审判员对他说道：“请证人注意，这里是法庭，说话要慎重！”

饭冈正昭也无法把视线从北斗身上移开。好像有一根看不见的纽带把他们两个人牢牢地拴在了一起。饭冈正昭好像要发出致命的一击了，大声喊道：“端爪君，你自行了断吧！用自杀来结束整个事件。”

森永检察官听不下去了，连忙站起来大声喝止饭冈正昭道：“饭冈君，不要再说了！教唆别人自杀是犯罪！”

法庭里也因为饭冈正昭刚才的那番话而一片哗然，就像平静的海面忽然掀起了狂风巨浪。旁听者的情绪一下子被戏剧性地推向了高潮。平冈审判长也第一次在这个法庭中用很大的声音说道：“请大家肃静！”

满头白发的审判长把滑落到鼻尖的眼镜向上推了推，然后对证人说：“饭冈君，我不是不能理解你现在的心情。不过，请你暂时放下心中的仇恨和悲伤，想一下，数百年来，法律一直在探索一个问题，就是如何让社会变得更好。经过前人的不断努力，我们的法律才发展到现在的地步，社会才呈现出人类有史以来最为安定与和谐的局面。请你思考一下前人付出的努力。明白了吗？”

饭冈正昭的表情没有任何变化。他说：“我的脑子不太好使，您说的话我一点也听不懂。”

审判长并不介怀饭冈正昭现在的态度，继续用开导的语气说道：“那一天，你突然变成了受害人亲属，这个立场的转变让我们感到非常痛心和同情。但是，已经发生的事情是永远无法挽回的，不过，如果你能把握住这个机会，更深一层地思考法律与社会的问题，也许还能在无法挽回的损失中得到些许收获。你的意见陈述可以结束了吗？”

知道自己没法再说下去，饭冈正昭点了点头，但他这个动作并不是对平冈审判长行礼，而是对北斗的示意。

北斗在两名法警的“陪伴”下，坐着一动也不能动。他放在膝盖上的双手早已用力握成拳头，手指的关节都已经发白，他恨不得把自己的手掌捏碎。看到那个青年朝自己点头，北斗就像后背中了一箭似的，突然把背挺得更直了。他心想，既然饭冈正昭刚才都鼓起了勇气说出了那些令人吃惊的话语，那自己是不是也应该有所回应呢？想到这儿，北斗朝饭冈正昭低头回了一礼，然后用低沉的声音对他说道：“谢谢你！我会认真地考虑一下你的建议。”

左陪席的审判员提醒北斗道：“被告人，未经法庭许可不得发言！”

北斗的眼睛一直无法离开饭冈正昭。他并不看左陪席审判员，只是点了下头，表示自己听到了。看到大家还算守规矩，没有太过激的行为，平冈审判长似乎很满意。也许他这个人就是喜欢审判的过程，享受身在其中的感觉。不过回过头来想一想，如果没有这种精神的话，当一辈子法官还是很辛苦的。

“检察官，你们对证人有什么要询问的吗？”

森永检察官有点慌乱。因为饭冈正昭在站上证人席之前，还不知道自己要说些什么。检察官对自己这一方证人的想法没有个整体的把握，也就没法事先准备问题。森永检察官赶紧和身旁的上司耳语了几句，然后说：“检方没有问题要问证人了。”

本来，按照现在的情况，检方应该想方设法激发出受害人亲属的悲伤情绪，强调他受到的伤害之大，以博取人们对他的同情。可是，饭冈正昭刚才的一番陈述，彻底打乱了检方的安排，所以检察官希望他尽快离开证人席。

《波洞水杀人事件受害人的亲属，逼迫凶手自杀！》，明天早晨的报纸上，肯定会出现这样的大标题。这是检察官最不想看到的事情。

这时，平冈审判长又把头扭向了辩护方，说：“辩护人，有什么问题吗？”

因为北斗始终面朝前方坐着，所以他无法看到背后的高井律师的表情。但是，从他说话的语气中，可以感觉到高井律师似乎有点高兴，因为刚才检方证人饭冈正昭的意见陈述非常失败，这对己方就十分有利了。

“我没有问题。刚才饭冈正昭证人的意见，非常值得回味。”

饭冈正昭那感情用事的想法，引起法庭一片骚动的不成熟的语言，在这个严谨无情的法律世界中，只能起到负面作用。但是，那番话却在北斗胸中激起了轩然大波，让他久久不能平静。现在在这个法庭中一共有七十多个人，但只有饭冈正昭和北斗理解刚才那些话的重量。那不仅仅是几句话，还是夺人性命的利刃。饭冈正昭的话不但不是让生命延续下去的语言，而且是要切断生命的语言。

北斗的心情倒是变得轻松起来。

因为自从案发以来，北斗一直处在被人审判的立场上。受人摆布、听命于人的日子并不好过。

可是现在，北斗忽然明白了，法律制裁不了自己的地方，自己可以制裁自己。

即使是被关押起来的犯人，也有一定的自由。

那就是选择死的自由。北斗心想，与其被人绞死，不如自己杀死自己，那样要干净利索得多。

从那天开始，除了死刑和无期徒刑之外，北斗又发现了第三条路，那就是自杀。其实以前也想过，但从未像今天这样深思熟虑过，尤其是等审判结果出来后，北斗将会更加认真地考虑饭冈正昭的提议。

最后的自由，竟然是自行结束生命的自由。北斗怀着一种麻木的满足感，直直地坐在被告人席上。

32

端爪北斗呆呆地望着法庭工作人员给自己端上来的盒饭。

透过一次性饭盒那透明的盖子，可以清楚地看见里面饭菜的内容。其中一半是撒了黑芝麻的白米饭，米饭中央还埋着一颗深红色的梅子干。而另一半的菜以油炸食品居多，有炸鱼和炸鸡块。炒的素菜以当季的春笋为主，辅以牛蒡、胡萝卜和魔芋。还有一个炒鸡蛋，上面盖着海苔末，黄色的鸡蛋配上深绿色的海苔，这搭配可真有春天的气息。腌菜是腌柴鱼，柴鱼汁把旁边的卷心菜丝染成了血红色。卷心菜丝上还有几片香菜作为点缀。春天的香菜，颜色简直绿得任性。

“可以吃午饭了。”

北斗的右后方传来了警卫的声音。他们所处的这间没有窗户的狭小房间，是横滨市地方法院专门为被告人准备的休息室。北斗坐在椅子上，面前的不锈钢桌子上就摆着那盒丰盛的盒饭。盒饭旁边是一杯冒着热气的茶，虽然冒着热气，但并不烫。这么说起来，在被羁押的这一年时间里，北斗从来没喝过很烫的茶。他喝到的都是温茶。也许是拘留所担心犯人烫伤，或用烫的茶做出危险的事情；也许是被拘留的人太多，一下子要泡很多杯茶，花很长时间，所以端上来的时候早已经不烫了。至于其中的原因，北斗也不清楚，也不愿意多想。他直直地坐在椅子上，说了一句：“谢谢！”

北斗依然系着腰绳，但铝制的手铐已经被解开了。以前的手铐都是铁的，但出于轻便性和耐腐蚀性的考虑，后来铁手铐被淘汰了，换成了铝手铐。据说以前某个监狱曾发生了一起越狱事件。犯人是一个重刑犯，他被关在单人牢房中，而且一直戴着手铐。他每天把饭菜中的酱油汤偷偷滴在手铐的锁孔中，终于有一天锁孔里的机关被腐蚀坏，他趁放风的时候，挣脱手铐逃跑了。这也是后来淘汰铁手铐的原因之一。

北斗一直盯着那份盒饭看，可并不开动。于是警卫问："你不吃吗，62号？"

拘留所的规定就是在规定的时间吃饭、洗漱、做扫除、洗澡，在规定的时间以规定的姿势休息和睡觉。如果做出与规定不符的行为，警卫会立刻严厉制止，并当即加以纠正。每个人必须得和其他人保持相同的步调，北斗心想，在这个国家中，不管是监狱里还是外面的自由世界，都是一样的。

"不，我马上吃。"

不知为什么，这么一份简单的盒饭怎么看起来那么诱人？

其实北斗知道其中的理由。不管经历再怎么艰难的时刻，人的肚子到了时间都会饿。在医院守护养母绫子太太的时候，在绫子太太的葬礼上，在审判进行的过程中，乃至杀死两名无辜女性之后，北斗都曾体会过饥饿的感觉。

当人肚子空空的时候，面前的食物就会充满了魅力。不管人有多么悔恨、悲伤，不管人是在反省还是在诅咒，当人饥饿难耐，而眼前又摆着一份盒饭时，他头脑中的思绪肯定会被这份盒饭吸引。不管是多么痛苦或多么兴奋的事情，人的头脑都不可能一直去想它，就连北斗这种有如此坎坷经历的人，都难以做到永远陷在痛苦的回忆中走不出来。人心就像大海的浪涛一样起伏不定。"用余生去悔改"，在法庭审判中人们常把这句话轻易地挂在嘴边，可实际上，人真能做到这一点吗？人真的能一直对自己犯的过错诚心悔改吗？

当北斗掀开盒饭那层透明的盖子时，两名死者已经从他心里暂时消失了。

北斗先咬了一口梅子干，又把撒了黑芝麻的白米饭送进嘴里，那米饭还是温热的。

下午的审判在一点十五分准时开始了。

第一个站上证人席的是一个高中女学生。她穿的是一套校服，上身是茶色的小西装，下身是一条格子花纹裙子，腿上一双白色的中筒学生袜。黑色的头发梳理得很整齐，在脑后扎成马尾辫。平冈审判长用对自己孙女说话的和蔼语气对这位证人说："请告诉大家你的姓名，还有你和受害人的关系。"

北斗能感觉到，旁听席上所有人的目光都集中到了这个女孩子的身上，就像看话剧或演唱会那样，来到法庭中的这些旁听者，对别人的不幸故事表现出了异常的关心。

"我叫关本晴香，上高中三年级。是被害的关本美野里的妹妹。"

"嗯嗯。"

好像一个"嗯"不足以表示自己听清楚了，所以平冈审判长"嗯"了两下。接下来是证人必不可少的宣誓。对北斗来说，平冈审判长轻松的态度，算是在这个沉重的法庭中拯救自己的一根救命稻草。

"那么，作为被害人的亲属，我们想听听你的想法。"

被害人亲属的意见陈述，虽然这个法律术语显得有些生硬，但实际上只要把自己头脑中的想法表达出来就好，可以自由地说。和宣誓、起诉书不同，意见陈述没有固定的格式，可以自由发挥。

"我们家在很久以前，爸爸妈妈就离婚了。我们家和被告人的家庭一样，小的时候我爸爸常对家人挥拳头，因为妈妈受不了他的家庭暴力，所以就和爸爸离婚了。不过当时我很小，对那时的事情没什么记忆，但从妈妈和姐姐那儿听到过。”

北斗心中略带不屑又充满讽刺地想，家庭暴力还真是无处不在啊。自己上小学的时候，为什么那么害怕同学们知道自己在家挨打的事？那时被父亲拳打脚踢，被母亲用金属衣架抽打，光着身子到阳台罚站，对于北斗来说都是莫大的耻辱，是绝对不能告诉外人的。不管是妻子还是孩子，都羞于把在家里受暴力虐待的事情讲出来，也是家庭暴力难以被发现的原因之一。

关本晴香是个很瘦的女孩子，裙摆下露出的两条小腿细得像木棍一样，基本上没有什么曲线。但是，一头黑发显得十分内向的她，说话的声音却清脆得和她的外貌不符，像敲击三角铁的声音，在整个法庭的宽阔空间中回响。

“妈妈和爸爸离婚后，妈妈就带上美野里姐姐和我搬到外婆家和外婆一起生活。一开始的三年里，因为再也没有人对我们拳打脚踢，所以我们过得很快乐。妈妈非常努力地工作，虽然我们家没有多少钱，但我们三代四口都是女人的家族，过得很幸福。”

物质上不富裕，但非常幸福地生活着。这样的生活北斗也体验过，但在他的人生中，那样的幸福时光只有两三年而已。北斗端正地坐在被告人席上，想起了自己和养母绫子太太一起生活的快乐日子。

“但是后来，妈妈突然病倒，去世了。她得的是心脏病。美野里姐姐在初中、高中的时候学习成绩都很好，但是因为妈妈突然病故，家里失去了经济来源，所以姐姐放弃了上四年制大学的机会，而去读了一所护士学校。她想尽早出来工作，代替妈妈养家。可是，那位律师先生却说……”

说着，关本晴香用非常哀怨的眼神看着坐在北斗后面的高井律师。

“律师先生却说，饭冈太太在生田波洞研究所中拿着普通医院事务员两倍的薪水。意思好像是说，因为那个研究所涉嫌医疗欺诈，所以在那里工作拿比较高的薪水的人，都比较可疑，是这个意思吧？可是，我们整个家庭都靠那份薪水生活。”

北斗抬起眼睛，第二次看了这个女孩——被自己杀害的女人的妹妹一眼。令北斗感到恐怖的是，即使看着关本晴香的脸，他也想不起她姐姐关本美野里的样子。自己曾经刺了她十多刀，却完全记不起她的容貌。看来自己真的是没有良心到了极点。

“姐姐曾经这样说：‘我不是因为爸爸的虐待和妈妈的去世而做出牺牲才不去读大学的，我选择当护士是因为我喜欢。晴香，你完全不用过意不去。希望你以后也能做你喜欢做的事情。’”

关本晴香正对着审判长，大颗的泪珠不停地从脸颊上滚落下来。但是看样子她并不打算擦掉脸上的泪水。

“我和姐姐不一样，我学习成绩不好，又不会料理家务，更不会做饭，我这个人基本上没有什么优点。要是逼着我考四年制的好大学，我拿大顶也做不到。现在的我，读书读不好，朋友也很少，所以应该不会有什么美好的未来，我也没有什么远大的理想。不过，我有一个小小的爱好，也是自己最喜欢做的事情，就是为动画片配音。这个梦想我都不好意思告诉别人，只有姐姐知道，可她非常支持我。她告诉我，结果能不能成功并不重要，最重要的是为了自己喜欢的事情拼命努力，为此而活得生龙活虎的状态，那就是精彩的人生。于是，姐姐劝我去读动漫学校，那里就有配音培训。”

旁听席上抽泣的声音越来越多。北斗告诉自己，自己是不允许有眼泪的。于是，他只能死死地盯着脚下的地板，任由女孩的话语刺痛自己的内心。

“姐姐尽量找薪水高一点的工作，是为了让外婆和我过得好一点。

所以，虽然现在知道生田波洞研究所可能存在医疗欺诈行为，但我一点也不为姐姐感到耻辱。我在心中永远感谢姐姐。”

关本晴香的眼泪就像没有尽头的泉水一样不停地往外涌，但她的声音绝不会有丝毫颤抖。被害人妹妹的语言，在这个安静的法庭中，刺痛了每一个人的心。不仅仅旁听席上有很多人在落泪，就连六名陪审员中也有半数在用手帕擦着眼睛。

“我对被告人有一个请求。”

起初听到“被告人”这三个字，北斗的肩膀像触电一样震颤了一下。他的视线无法从这个女孩身上移开，他和关本晴香的视线发生了交接。关本晴香的目光异常清澈，北斗从中感觉不到任何愤怒和仇恨。

“端爪君，你能不能把我杀死，然后让我姐姐活过来？”

法庭里顿时又骚动起来。右陪席的间山审判员说：“请大家肃静！关本同学，你的话是什么意思？”

关本晴香抬头望着间山审判员，说：“我姐姐比我漂亮多了，头脑又聪明，人也好。我想替她死。如果能让姐姐活过来的话，我愿意用我的生命去换。即使被端爪君用刀子刺死也没关系。拜托了，请让我姐姐活过来吧！如果姐姐能回来，端爪君杀死我，也请判他无罪，好吗？”

在严肃的法庭上，这可真是一个不讲道理的请求。不管什么样的法律、证言、刑法，都不可能让死去的人再活过来。但是，北斗能理解她的心情。自己亲爱的姐姐突然被夺走生命，这本身就是一件不讲道理的事情，所以关本晴香有这种不讲道理的想法也是理所当然的事情。在北斗的耳朵中，关本晴香的声音就像水龙头里滴答滴答滴落的水滴，在地上汇集成一片，并已经开始向自己脚边漫延。

“我求你了，端爪君。请用我的生命把姐姐换回来吧。求求你了！我的生命没有什么价值，但姐姐可是对社会很有用的人啊。求你了，杀死我吧！”

突然，“哇——”的一声，像夏天傍晚突然降临的雷雨一般，关本晴香大哭起来。虽然她哭得很激烈，但时间并不长。如果用秒表来计算的话，可能还不足十秒钟。北斗从头顶到脚尖，似乎都被她那暴风骤雨般的号啕大哭淋湿了。他心里也在想，如果能回到过去，回到那天晚上，如果能用自己的手救下关本美野里护士，那么，就像她妹妹说的那样，北斗也愿意献出自己的生命，用自己的死来换关本美野里的生。但是，时间和死亡这两样东西是残酷的。时间不会倒流，死者也不能复生。每个人都被囚禁在名为“现在”的透明的肥皂泡中，最后，随着肥皂泡的破裂，人也被撕成碎片。

“不好意思，刚才一下没控制住情绪。”女孩子对自己的失态表示抱歉。

被泪水和鼻涕糊满的女孩子的脸是那么美。自从被警方抓住以来，北斗就没见过什么美好的事物。这个女孩子现在的样子算是北斗这一年来见过的最美的东西。可是，自己杀了她的姐姐，自己是一个理所当然该死的人。也只有死才能让自己从烦恼和痛苦中解脱出来。

平冈审判长用轻柔的、安抚的语气对女孩子说：“非常遗憾，法律没有让死去的人复生的能力。而且让被告人伤害你，也是法律绝对不允许的。你痛苦的心情我非常理解，但是，从法律的角度如何处置被告人，你有没有什么建议？”

闭着眼睛认真思考了一会儿，关本晴香睁开她那双哭红的眼睛，抬头望着审判长说：“我不希望他存在于这个世界上。”

这时，左陪席审判员插了一句话：“就是说，你想法院判他极刑，是吗？”

关本晴香扭过头，用悲伤的目光看着北斗，然后对着法官说：

“从得知姐姐遇害的那天开始，我就一直在想这个问题。我一直希望那个人死！我非常恨他，希望他被判死刑。但是，直到有一天……”

女孩抿起了嘴唇，抑制住了泪水，抬起头，用很小但很清晰的声音说：“直到有一天，我换了一个角度思考这个问题。我想，如果姐姐处在我现在的立场，她会怎么想呢？”

平冈审判长连连点头，似乎很赞赏女孩的想法。六名陪审员对女孩的言语似乎也很感兴趣，都探着身子、抻着脖子，等着听她接下来的话。

“我姐姐比我高尚、善良多了，我想，即使是杀害她的人，她也不会希望他死。像我姐姐那样善良的人，应该会赞成取消死刑这种残酷的刑罚吧。于是，我心里有些迷茫了，心里有一半希望判那个人死刑，但另一半已经不想再看到任何人失去生命。所以……”

说到这儿，关本晴香陷入了沉默。过了一会儿，左陪席的河合审判员说话了。虽然说法官应该处于绝对客观、公正，不带任何私心的立场，但法官也是人，是人就有自己的主观好恶。灵魂的戏剧，也正是人类单纯的好恶在背后驱动的。年轻的河合审判长就明显对现在这位证人怀有好感。

“那么，你所说的‘不希望他存在于这个世界上’，意思是要消除被告人内心邪恶的一面，是吗？”

关本晴香点了点头，继续说道：“是，我是这样想的。我姐姐是一名护士。她的工作就是挽救或延长患者的生命，但并不是每次都能如愿以偿。所以，每当她负责的患者去世时，姐姐总会消沉好长一段时间。这样的一个人，不会希望法律夺去被告人的生命。”

然后关本晴香又扭过头来瞪着高井律师，说道：“虽然我姐姐拿的比较高的薪水可能是生田波洞研究所骗来的钱，但我仍然觉得我姐姐是个了不起的人。我为她感到自豪，以后也会永远在心里喜欢她。

如果有机会的话，我希望能给被告人讲讲我姐姐的事情，让他了解我姐姐是个什么样的人，让他知道自己杀害了一个多么好的人，让他知道姐姐对我来说是多么重要，让他知道我们家人和姐姐周围的人是多么爱她。我希望被告人在有生之年每天都会想到我的姐姐。”

北斗感到自己的眼眶在发热。他拼命抑制着自己的感情，不让眼泪流下来。眼泪是被害人亲属的专属物，杀人凶手是不配流眼泪的。不过，伴随着这股热潮，北斗的胸中浮现出一个词语：

悔改。

以前，北斗认为“悔改”这个词只是一个法律术语。当人肚子饿的时候、想睡觉的时候、想上厕所的时候，悔改的感情会瞬间消失。人类只能看到眼前的事情，只会重视眼前的欲望。这是事实，不过，也许还存在另外一种力量，可以超越人类肉体和心灵的某种力量。这种力量可以让人像呼吸一样、像心脏跳动一样，不间断地忏悔、悔改曾经的过错，不间断地想念着被自己杀害的人。这简直是一种圣人的生活方式，北斗不敢确定自己能否做到这一点。

平冈审判长说：“你还有其他想说的吗？”

关本晴香微笑着摇了摇头，说：“没有了。不过，在座的各位，对于我姐姐，我希望你们不要只把她看作一个被害人，希望你们以一个普通人——关本美野里来记住她。希望大家永远记住我最亲爱的姐姐，关本美野里。”

平冈审判长、高井律师、森永检察官三个人相互交换了一下眼色，从他们相互点头的样子可以看出他们似乎达成了某种共识。三位法律专家在一瞬间达到了心灵相通。大家已经从这位受害人亲属嘴里听到了最为强大有力的证言。辩护方如果再抓住受害人的高薪水不放，肯定会遭到所有人的白眼，而检察官想从关本晴香嘴里引出她希望被告人死的话语，也是不可能的了。

一阵短暂的沉默过后，平冈审判长说："你的意见很有意义。小姑娘，希望你坚强起来，把你姐姐未能走完的人生路，也一并精彩地走下去。祝你实现你的梦想！"

"谢谢！"

关本晴香做了一个不自然的笑容，向审判长深施一礼，然后转身离开了证人席，校服裙的裙摆在她身后飘扬。北斗僵硬地坐在被告席上，但也深深地低下了头，向那位小姑娘表达了自己的敬意和谢意。但是，有一个疑问盘旋在他头脑中，始终挥之不去。他想，自己向那小姑娘低下头，对她会不会是一种玷污？从那一天起，自己就变成了一个杀人凶手。将有一种无法抹去的污秽伴随自己余下的人生，甚至自己死后那个污名也将无法洗清。自己是不能够得到安心和幸福的人，甚至连看一眼美丽的事物也不配。

这时，旁听席上的明日实忽然闪现在北斗视野的一个角落里，北斗赶紧移开了视线。

北斗心里清楚，自己无法给这个人幸福。虽然在法律上二人有成为夫妻的可能性，但自己就连普通的家庭生活也没有办法带给这个女人。

"接下来，请下一位证人。"

随着平冈审判长的一声宣布，下午第二位证人陈述证词的时间开始了。

这位证人上身的灰色外套，款式已经相当老旧。

北斗偷眼去看证人席上站着的那位老婆婆，尽量不让自己的视线与对方的视线重合。那是一个身材十分矮小的老年人。她叫关本嘉代，是本案第二个受害人关本美野里的外婆。孤零零地站在宽阔的法庭中央，这位弯腰驼背的老婆婆就像一截枯木。

证人宣誓结束后，平冈审判长对这位老婆婆说道："请您讲一下心中的想法。慢慢想，慢慢说，没关系。中间想不起来也没事，停下来慢慢想一下再说。”

“好的。”

老婆婆的声音虽然沙哑，但却一字一句、一板一眼。关本嘉代婆婆低着头便开始了发言：“美野里差不多就是现在这个季节出生的。她刚出生的时候，头发就很浓密，真是一个可爱的小宝宝。孩子她爸爸是个暴躁的人，经常对家人拳打脚踢，所以那孩子从小就没有感受过什么是父爱，不过我和她妈妈倒是对她很疼爱。美野里长大一点，有一次她爸爸又在家里发疯，于是那孩子偷偷从家里跑出来，来到我家，那时我和他们住得不远。美野里哭着对我说，希望以后永远跟我生活在一起。”

看来这位老婆婆是要从关本美野里出生之日开始讲起啊。北斗意识到，她要讲的故事肯定短不了。

“我没受过什么教育，我家老头子死得早，他也没什么文化，悟性又不高，所以我家一直很穷。我们希望女儿过得幸福一点，就给她找了一个在大企业里上班的男人，心想，起码从经济上会稳定一些。但谁也没想到那个男人性格太暴躁了，平时在表面上根本看不出来，可回到家里就经常对家人动粗。也许我们这个家庭本身就没有任何可取之处，所以也没有资格得到幸福。”

关本婆婆的故事到底要讲到什么时候啊？陪审员、旁听席上的人都在心里暗自盘算着。因为老婆婆的话始终抓不住重点，所以整个法庭的气氛渐渐散漫起来，不像刚才关本晴香陈述意见时那么紧张了。

“讲再多的道理也没用，这就是一个不平等的世界。穷人会一直穷下去，而不幸的家庭，总会遇到不幸的事情。”

左陪席的年轻审判员开口说话了：“关本太太，请讲与本案有关的事情。希望您站在被害人亲属的角度上谈一谈您对本案的看法。”

北斗抬头望着三位法官。从北斗的角度望过去，高大的审判席有如悬崖一般，上面坐着三位法官。即使自己冲过去跳起来，最多也只能用手指尖够到审判席的上沿。法官们高高在上地听被告人、受害人、证人陈述意见，会是怎样的一种感觉呢？北斗感觉到，所谓法庭，就是要把人们都装入一个由法律规定的框架之内，让人产生拘束感。

关本嘉代老婆婆诚惶诚恐地低下了头，说："对不起！我上了年纪，脑子也变痴呆了，真是对不起！"

平冈审判长用调解的语气说道："没有没有，没关系的。我们为关本太太准备了充足的时间，请您继续讲吧。"

关本太太连连点头道谢。她又开始说话了，可这位老婆婆的声音有种不可思议的圆润，就像从很深的洞穴中发出来的。

"就连像我们这种一个不幸接着另一个不幸的家庭，有时也会受到神的眷顾。神赋予了我们家一个非常了不起的孩子，那就是美野里。美野里的脑子特别聪明，在她临近小学毕业的时候，我们那个地区的所有孩子接受了一项记忆力测试。结果，在三千一百名参加测试的孩子中，美野里得了第一名。当时，她妈妈刚和那个暴躁的男人离婚，她们母女三人搬来和我一起住。听到美野里得第一的消息后，她简直吃惊得说不出话来。听老师说，美野里看过的东西都能像电影画面一样记在脑子里。"

北斗心想，这就是所谓的直观记忆吧，以前好像听说过。没想到那位年轻的女护士还有这样了不起的能力。

"学校的老师还跟我们夸奖那孩子说，只要美野里继续努力的话，以后不管多么有名的大学都能考上。她完全可以当一名医生或律师。老师说：'婆婆您放心，那孩子的将来一定会很幸福的。'"

之前在老婆婆不着边际的漫谈中，法庭的气氛变得有些松散。但是，当老婆婆讲到这儿的时候，人们的兴趣又逐渐被调动了起来。

“我也是这么想的，我们家终于出了一个有出息的孩子。男人是靠不住的，我们也不想再吃男人的苦头。我们家只有四个女人，如果那孩子以后当了医生，那我们就都可以跟着沾光了。这话说出来都有些不好意思，但我心里的小算盘就是这么打的。唉，上了年纪，人就容易只为自己打算。”

关本美野里，是全家人的希望之星。北斗心想，她比自己不知要强几百倍、几千倍，可是却被自己这样一个人渣给杀害了。北斗低头看了看自己的手掌，手掌上没有任何痕迹。可是盯着看久了，北斗似乎看到了那已经渗入毛孔的鲜红的血液，其中就有那女护士的血。

“一天，我女儿工作的学校打来电话，说她出事了。我女儿在一所小学的食堂工作。那天上午，她正在用大锅炒菜，可突然捂着胸口就倒了下来。当同事把她送到医院的时候，她的心脏已经停止了跳动。”

就像一起喝茶聊天一样，平冈审判长用毫不做作的语气对关本婆婆说：“这样啊，唉，还真是不幸啊！”

关本婆婆并不抬头，她继续说道：“对我的女儿来说，我不是一个好母亲。她小时候没有让她读更多的书，长大后还要操劳养活我们一家人，我身体又不好，还需要她照顾，结果把她给累垮了。可尽管如此，听到她出事的噩耗，我最先想到的还是美野里。孩子她妈妈走了，那孩子就上不了大学了，她的将来和我们这个家该怎么办？我头脑里想的都是这些和自己有关的事情，自己女儿的死似乎并没有放在心上。”

看起来这是一个很漫长的故事，不知还要讲到什么时候。北斗心中暗想，这位老婆婆和自己有很多相似之处。来到这个世界之后，基本上没遇到过什么好事，一直生活在不幸之中。

“我女儿的葬礼结束之后，美野里对我说：‘外婆，没关系的，妈妈肯定也和您想的一样。她绝对不会生您的气。’为女儿守灵以及葬礼的时候，我觉得自己简直无地自容。自己的女儿死了，可我并没有感到悲伤，而心里想的全都是金钱的事情。我真的想让美野里继续深造，考上名牌大学，可是，让她考大学也都是出于我自私的打算。她考上名牌大学，以后当医生，不仅可以让我这个老太太在人前直起腰来走路，等我老得走不动以后，也能有个依靠。我知道自己这样的想法太自私，所以在女儿的葬礼上，我在心里不停地责备自己。”

老婆婆的声音就像嚼饼干一样沙哑、干燥。而不停抽泣的声音来自旁听席。

“美野里是个特别懂事的孩子。她知道她妈妈在担心什么，知道我在算计什么，也知道我在责备自己，她什么都知道。但是，她对我说：‘外婆，一切都没关系的！’”

关本婆婆忽然转过身来，对着旁听席前排的外孙女说：“刚才站在证人席上的晴香，也是一个活泼可爱的好孩子，但她跟美野里比还差得很远，我也一样，不及那孩子的百分之一。美野里出生在我们家里，真是一个奇迹。”

北斗看了一眼坐在旁听席最前排，穿着高中校服的女孩子。关本晴香似乎非常赞同外婆的观点，不住地朝外婆点头。外婆说她不如姐姐美野里，她的自尊心也丝毫没有受到伤害。自己所杀死的那个年轻女护士，毫无疑问是个非常特别的人。这个领悟像电流一样流遍北斗全身，让他感觉浑身都麻酥酥的。

“美野里放弃了上名牌医科大学的机会，而是选择了一个可以拿奖学金的护士学校。毕业后，因为她头脑聪明、手脚麻利，懂得关怀别人，对患者又很和蔼亲切，所以她成了一名优秀的护士。后来，听说生田波洞研究所的薪水比较高，美野里就去应聘。要知道，当时是三十个人应聘那一个职位，结果美野里还是脱颖而出，通过了异常困难的考试和面试，成了生田波洞研究所中的一名护士。可是，谁也没想到后来发生了那样的事……”

自己想杀的人是生田友亲啊。那天在研究所中的那两个人，不过是自己在实现最终目标的道路上的小小障碍而已。在当时的北斗眼中，并没有把那两个女人当作人来看待。她们就像是路上的绊脚石，或者是为了报仇可以任意被踩死的小虫子。否则的话，北斗怎么会把那么长的匕首深深刺入她们的身体呢？

这时，关本婆婆的声调忽然改变了，她说：“我目睹了自己丈夫的死，他卧病在床很长时间，痛苦了很久才咽下最后一口气。后来女儿也死了，不过她死在工作岗位上，我都没来得及见她最后一面。最后，我最最疼爱的外孙女也死了。她的遗体简直惨不忍睹，真是太可怜了。只有我这个不中用的老太婆还活在世上，可我剩下的日子也只有痛苦了吧，我找不到一点能让自己感到幸福的办法。可能，我的人生，注定就是这个样子吧。”

“您还真是很不幸啊。”

平冈审判长的话语中带着谨慎的同情。高高在上的这个人，到底是个什么样的人？这是从审判开始至今，一直萦绕在北斗头脑中的问题。

“那么，关本嘉代太太，您觉得应该怎么判处被告人呢？”

在关本婆婆不幸的人生中，最后竟然出现了一颗希望之星——外孙女关本美野里。可是，就连这颗希望之星也被残忍地杀害了。北斗挺直了上半身，做好准备听那位老婆婆说出希望判自己死刑的话。虽然北斗也知道自己必须得死，但从别人的嘴里听到希望自己死的话，对北斗的冲击还是很大的。虽然之前已经听几个人说过这样的话了，但北斗还是不能习惯。所以他现在必须得做好准备，否则的话内心还是可能被击垮。关本婆婆的意见陈述终于迎来了最后的关键时刻。法庭中的人都下意识地屏住了呼吸，注意力都集中到了证人席上那位老婆婆的身上。

关本婆婆用春日暖阳般的温柔语气说道：“我已经没有几天可活了，我这一辈子，看了太多人的死。接下来我要说的话对已经离开人世的饭冈太太的家人可能有点失礼，但我还是要说，我不希望被告人被判处死刑。我希望那个可怜的年轻人，活着补偿他的罪过。我不想再看到任何人死。”

旁听席上的人一齐长长地出了一口气。但对于北斗来说，这股气息似乎变成了暴风吹在自己身上。与希望自己死的语言相比，老婆婆刚才那番话更加刺痛了北斗的心。北斗放在膝盖上的手紧握成拳头，就连皮鞋里的脚趾也使劲抠着地板。他尽力控制着自己的情绪，以免眼泪掉下来。他知道，眼泪对于自己来说，是一种奢侈无比的东西。

“也许是我太老、太软弱了，我没有办法像被告席上那个小伙子一样去为美野里报仇。我是一个只能眼睁睁地接受亲人的死的一个没有用的老太婆。可是，即使判处那个小伙子死刑，我的美野里也没有办法活过来呀。就像刚才晴香说的那样，美野里肯定也不希望判处那小伙子死刑，即使是他杀害了自己。她是一个那么懂事的孩子，她不会责怪任何人的。”

关本婆婆用淡淡的语气说出来的语言，静静地流淌在整个法庭中。但是，她的语言对北斗来说却有着无与伦比的力量，尤其是“我是一个只能眼睁睁地接受亲人的死的一个没有用的老太婆”，这句话始终萦绕在北斗的头脑中。如果对于人的死，生者只能接受的话，那么杀人这件事呢？生者又该如何面对呢？自己杀了两名无辜的女性，对于这个事实，先不说别人，自己该如何用身体和心灵来接受呢？不管自己最终被判处了死刑还是无期徒刑，这个问题都一样困扰着自己的心。

等关本婆婆说完，平冈审判长对检察官说："检察官还有什么问题要问关本太太吗？"

年轻的森永检察官和旁边的上司小声交谈了几句。希望判处北斗极刑的检察官，可能也觉得关本嘉代太太的意见中没有什么值得深入挖掘的重点，于是森永检察官坐着回答道："检方没有问题要问。"

"那么，辩护人呢？你有什么问题吗？"

"嗯，我只有一个问题。"

高井律师举起右手，同时站起身来，说："关本嘉代太太，您的意见非常精彩，深深地打动了我的心。我想问的是，您反对死刑制度吗？"

老婆婆依然低垂着头，但大家能看到她的脸上露出了微微的笑容，她说："制度上的问题太复杂，我不懂。我只知道，被告席上那个小伙子也有家人和朋友，也有人替他感到悲伤。我自己已经很不幸了，我不想别人也像我一样不幸。我想，这样思考这个问题，对我来说要简单一点。"

高井律师点了点头，说："我明白了。关本太太，十分感谢您的回答！辩护人没有问题了。"

北斗能感觉到，法庭上的所有人都在和自己想同样的问题——所谓人心的高尚，到底指的是什么呢？

当自己遭遇不幸的时候，人会以此为理由诅咒别人不幸吗？还是会以同样的理由为别人祈祷幸福呢？一生经历了太多不幸的关本嘉代太太，就选择了后者，因为不愿看到别人和自己一样不幸，所以她希望别人幸福。和她相比，自己又怎样呢？因为自己遭遇了不幸，就想复仇，就想杀人。除此之外，什么都无法思考，自己一直在诅咒别人。想到这里，北斗觉得自己是个卑鄙无耻的人。北斗知道自己的头脑中没有任何人，因为自己压根儿没有把那两名无辜的女人当人看，所以才能轻易地杀害她们。祝福别人幸福的念头，北斗搜遍了内心的每一个角落，也没有找到一点蛛丝马迹。现在虽然想反省，但忏悔再多次，受害人也不可能再活过来了。

（看来自己必须得死。）

就在北斗垂头丧气这样想的时候，头顶上传来了平冈审判长的声音："关本嘉代太太，请您回到自己的座位上。各位，明天上午法庭于九点半准时开庭，请各位把握好时间。那么，今天就到这里了。再见！"

三位法官迅速离开了法庭，只留下三个黑色的背影。只要审判一结束，三位法官就急不可耐地离开法庭，好像这里失火了一样，这到底是为什么呢？难道自己身上散发着尸体的臭味？北斗百思不得其解。这时，北斗身边的法警开口了："把手伸出来。"

黑色的铝制手铐戴在了北斗的手腕上。与此同时，北斗的身后传来了高井律师的声音："北斗，我有话要跟你说。我不想跑到拘留所去了，就在法院后面的休息室就行，只要五分钟。我去跟法官商量一下，看他们同不同意。"

北斗默默地点了点头。耳边传来了哭泣的声音，那声音是从旁听席上传来的，北斗扭过头去一看，原来是关本晴香在哭。她抱着身材矮小的外婆，哭得跟泪人似的。稍微平静了一下，关本晴香对外婆说："外婆，没想到我竟然活了下来，真是对不起。"

关本婆婆在外孙女的耳边小声说了几句。虽然北斗听不见，但他非常清楚那位老婆婆说的是什么。她肯定在对外孙女说："应该抱歉的是我才对，我才是最不应该活下来的。你不用太难过。"

"走了！ 62 号。"牵着腰绳的那名法警催促北斗道。

"稍等一会儿可以吗？"

北斗从硬邦邦的木头椅子上站起来，把身体转向了旁听席，正对着几米之外木栅栏那头的关本嘉代婆婆和关本晴香，然后北斗慢慢地、深深地低下了头，并在心中对关本美野里和她的家人说了无数声对不起。当北斗抬起头来的时候，发现祖孙二人的身旁还站着一个人，原来是明日实。

明日实正在朝北斗微笑，好像有话要说的样子。看到北斗抬起头来，她朝北斗点了下头。明天就是审判的第四天，也是实质性审判的最后一天。明天，北斗作为被告人，也必须陈述自己的意见。第五天，也就是审判的最后一天，主要任务是宣布判决结果，决定北斗的命运。

北斗面无表情地略微点了一下头，算是朝明日实打了个招呼。然后，在两名法警的陪伴下，北斗走出了灯光明亮、整洁干净的法庭。

“真是麻烦！竟然不允许我在法院的休息室里见你。”

高井律师说话的地点是拘留所的探视室。北斗和高井律师之间依然隔着两层透明树脂板。为了让两边的人听见彼此的声音，树脂板上开有小孔，但是为了防止两边的人传递物品，两层树脂板上的小孔是相互错开的。

高井律师看了一眼北斗身后的警卫，用大到能让他听见的声音说：“本来在法院里只要五分钟就可以说完的话，非得让我跑到这儿来和你说。幸好这儿离法院不算太远。警官先生，我想跟他单独聊一聊，好吗？”

看守开门离开了探视室。北斗始终不发一言。他知道高井律师之前在法院提出的见面要求肯定会被拒绝的。被关在拘留所里的这一年时间，北斗用身体感受到了法律的严谨性，也知道了“执法必严”这句话的真正含义。这里的规则，对任何人都是平等的，而且是必须遵守的。规则比人的感情、身体状况，甚至是生命都更为重要。不仅是北斗一人，其他被拘留者，以及警察都必须得遵守。这就是监狱中的生活。高井律师看到北斗对自己的话一点反应都没有，多少有点失望，然后心不在焉地说："明天就是我们最后的战斗了。"

公审一共有五天，第五天是用来宣布审判结果的。明天是第四天，确实是实质性审判的最后一天，但对于"我们最后的战斗"这个词，北斗心中并不愿承认，因为他觉得似乎跟自己关系不大。

"明天的法庭流程是首先由检察官向法官提出量刑请求，然后由我进行最终辩护。最后是你陈述意见。我想，检察官肯定会提出很严苛的量刑请求。"

自己杀了两名无辜的女性，检方理所当然会请求判自己死刑。北斗心里非常清楚这一点，于是他向高井律师点了点头。

"是啊。不过，北斗，我们不能让这种事情真的发生。"

说着，高井律师忽然把脸凑近了透明树脂板。北斗仔细打量着对面律师先生的脸，经过这几天的审判，这位中年律师的脸颊好像被削过一样，明显变瘦了。为了准备这场审判，以及思考辩护的策略，估计高井律师花费了太多的心力。北斗心中暗想，难道自己的生命有如此高的价值吗？值得别人为自己如此奔波、操劳吗？这也是这一年来，在无数个不眠之夜中北斗心中反复思考的问题。

"在法庭上，你从没丧失理智，也没有掉过泪。你会向受害人亲属低头，也能认真听法官、检察官的话。你积极配合审讯、调查，对于自己的罪行也供认不讳。对于法官和检察官来说，你算得上是一个'模范被告人'。我在法律界混了这么多年，你的法庭表现可以用诚实、冷静来形容。我见过的被告人太多了，什么样的都有，有的在法庭上情绪失控大喊大叫，有的完全不配合我的辩护，有的则无视法庭的一切，一句话也不说。"

高井律师略显疲惫地叹了口气，他的额头已经贴到树脂板上了。

北斗坐在对面，挺胸抬头，双手放在膝盖上，认真地听着律师先生的话，那姿势和在法庭上别无二致。

“北斗，你冷静过头了，你把内心包裹得太严实了。你一直这样的话，别人看不出你是否真心地反省了自己的罪行，你是否对两名受害者表示了真诚的歉意，你是否对自己引发的案件进行了彻底的反悔。”

“……嗯。”

因为沉默了太久，从北斗喉咙里发出的声音有些奇怪，语言功能似乎都有些退化了。不过看到北斗总算做出了反应，高井律师满意地点了点头，然后说道：“我说过，法庭就是一个上演灵魂戏剧的舞台。可是，你在这个舞台上还从未把自己的灵魂赤裸裸地展现在众人面前，哪怕灵魂的一角也没有。也许因为你父母从小那样对待你的关系，你不太善于把自己的感情表露出来。但是，到了现在这个地步，你必须得冲破内心的束缚，在法庭上把自己的心声表露出来。你想要的结果是什么，相信你非常清楚。”

高井律师所追求的终极目标是帮北斗避免死刑，仅此而已。可是，这也是自己追求的目标吗？这几天来，北斗自己也弄不清这个问题的答案。在法庭审判过程中，有时北斗想活下来赎罪，而有时又认为自己必须得死，只有自己死了，才能让世人安心。他的心情会随着被害人亲属的证言以及呈现的证物而飘忽不定。

“我明白了。”

虽然自己说出这句话后，北斗都感觉好像是别人说的似的。但至少这次可以用完整的句子来回应高井律师了。

“所以，请你在做最后意见陈述的时候，一定要打破自己心灵外面的那层厚厚的壁垒，把心里的感情直白地表达出来，悲伤、悔恨、反省、愤怒……什么都可以。把你心灵最深处的声音说给法官、检察官，以及在场的所有人听，怎么样？不管最后得到什么样的结果，如果你依然保持现在这种旁观者的态度接受审判，那么，对于你的人生来说，这场审判就没有任何意义。那只是在法律的名义下，别人为你开办的一场演出，而你只是从头到尾看了一遍演出，自己并没有参与。说实话，我亲身经历过很多这种像肥皂剧一样的审判，很没有意思。但我希望你的审判不要变成那个样子，如果就这样结束了，你的人生就真的毫无价值了。”

北斗心里吃了一惊。他知道对面这位律师是一个主张废除死刑的人，但是，北斗能感觉到，他在自己这个案子上花费的精力，已经远远超出了他反对死刑所应该投入的精力。北斗所不清楚的，是自己这个人到底有什么价值。他所不清楚的，是高井律师所说的自己“心灵最深处的声音”到底是什么。

“高井律师，在法庭上该说点什么，我不太清楚。”

不知为什么，高井律师露出了微笑。北斗心里很疑惑，刚才他还一副认真，甚至紧张的表情，而且，明天就是实质性审判的最后一天了，可他为什么现在还有心情笑？

“如果是其他被告人的话，我也许可以给他写个小字条，告诉他该说什么，不该说什么。但是，我不打算帮你准备那样的‘发言稿’。到明天下午你做最后意见陈述之前，还有很充足的时间。反正已经到了最后的关键时刻，哪怕今晚不睡觉，你也用自己的脑子好好思考一下吧。”

思考？长这么大以来，北斗从来没有思考过自己内心所想的东西。本来是应该关爱、呵护自己的父亲，却不停地伤害自己。为了隐藏心灵上的伤痕，北斗从小就会装出一副什么都没想，对什么都没有感觉的样子。这就是北斗二十一年人生的全部。想对别人说的话，想提出的主张，在北斗心中一句也没有。而且，自己还杀害了一个无法替代的妻子、母亲和一个非常优秀的外孙女、姐姐。像自己这样一个人，在法庭这种公开场合，哪有资格提出自己的诉求？

“你现在这个表情，我还是头一次见到。很痛苦吗？”

北斗双手紧紧地攥成了拳头。

“我制造了那么恶劣的案件，即使说出心里的话，又能怎样？而受害人永远也不能发表她们的意见了，这样公平吗？”

如果她们还活着的话，想必能说出无数指责北斗的话。而且，检察官对自己的量刑请求肯定很严苛，这也是理所当然的事情。那位年轻的女检察官不仅仅是在执行法律的正义，她还是两名受害人的代言人，她担负着两名受害人的痛苦和遗憾。

“关于这些事情，也只能靠你自己的头脑去想通。拜托你使劲想一想好吗？哪怕绞尽脑汁也一定要想通。”

高井律师双臂抱在胸前，把上半身靠在了椅背上。领带松松垮垮地挂在他的脖子上，衬衣的下摆也都从裤子里拽了出来。看着他一脸的油脂，就知道他这一天已经非常疲惫了。

“北斗，你凑过来。明日实让我给你传个话，就一句。”

北斗把耳朵凑近了树脂板上的小孔，高井律师小声对他说：“要活下去。”

要活下去？这到底是什么意思？她是希望我努力争取个无期徒刑或者有期徒刑吗？那样就可以活下去了，北斗心想。

“什么意思呢？”北斗问。

高井律师摇了摇头，他前额的头发也跟着左右摇摆起来。

“我也不清楚，其中的含义还是得你自己思考。反正明日实只说了这么一句，就是‘要活下去’。”

北斗彻底陷入了困境。无论是高井律师所说的“心灵最深处的声音”，还是明日实所说的“要活下去”，现在在北斗的头脑中都没有一点头绪。而高井律师像给北斗打气一样，用力地点了点头，说：“哭也好，笑也好，就只有明天一天了。加油！一定不要给这次审判留下遗憾，不要在最后关头给自己的人生留下悔恨。好啦，明天见！拜托你了，北斗。”

高井律师抱着一大摞文件和公事包站起身来，随后转身离开了探视室。北斗也站了起来，朝高井律师的背影鞠了一躬，然后目送他离开。距离明天开庭，还有一个晚上的时间。

北斗心想，确实要像高井律师说的那样，彻夜思考一些问题了。

这一天刚好赶上拘留所每周两次的洗澡时间。

冬天的话，一周只洗两次澡北斗还能够忍受，但是进入春天，天气暖和起来之后，不能天天洗澡，哪怕连淋浴也不行，这让北斗浑身都不自在。而且，即使到了每周那两天可以洗澡的日子，每个人洗澡的时间也被限制在十五分钟以内。所以，刚进拘留所不久，北斗就学会快速洗澡的方法。

进入更衣室，北斗听到其他被拘留者在窃窃私语，他们还不时地朝自己这边看一眼，个个都一脸兴味盎然的样子。

“你看报纸了吗？听说很快就有结果了。”

在更衣室中监视被拘留者的警卫立刻大声提醒道：“38 号，不许随意说话！”

“是——”

那个 38 号故意把声音拉得很长，然后转身走进了带隔断的单人淋浴间，只见他后背上有一个巨大的鲤鱼图案的文身。对于他们的议论，北斗没有任何想法，径直走进淋浴间，把身体冲洗干净是现在最重要的事情。

晚饭后的自由时间里，北斗选择读报纸度过。发给被拘留者的报纸，有关社会的一些敏感报道都被事先剪掉了，所以，拿到北斗手里的报纸，就像破抹布一样，一个洞接着一个洞。刚才 38 号文身男说的是哪一条新闻呢？北斗仔细地翻阅着报纸。在第一版的顶端，十分醒目的四个字——“内阁改革”首先映入了北斗的眼帘。报道中说，防卫大臣和法务大臣，因为能力不足以及在公开场合发表不适当言论，受到在野党的弹劾，于是两位大臣向首相递交了辞呈，而首相也接受了二人的辞呈。另外，为了让议会通过一项新的重要法案，首相现在需要在野党的配合，因此目前他不得不屈从于在野党，当天就任命了新的防卫大臣和法务大臣。

这则新闻，对于自己来说有什么意义呢？北斗感觉那似乎是另外一个世界的事情，跟自己一点关系也没有。于是他接着往后翻，后面一版是这则新闻的关联报道，介绍的是新法务大臣举行的记者招待会。报道中说，新法务大臣是一位稳重的中年女性，五十多岁，律师出身，还是两个孩子的母亲。在记者招待会上，有记者问了她有关死刑制度的问题。她的回答是，只要现有法律已经规定了，作为法务大臣，在死刑这个问题上，必须做到严正、公平。

当读懂这句话之后，北斗的心头就像打了一个惊雷。在单人拘留室中，还准备一张供被拘留者吃饭、读书学习用的小桌子，这张小桌子也放在规定的位置上，不可随便移动。北斗坐在小桌前，把刚才那篇报道反复读了好几遍。在拘留所中，那些等待判决的被拘留者谈得最多的话题就是在同一座建筑物中，有可能被判处死刑的“同伴”。虽然被拘留者之间私下交谈的机会少之又少，但北斗依然听到了一些传言。北斗被收押在这个拘留所已经将近一年的时间，在这段时间里，内阁法务大臣是一个死刑反对论者，因为他拒绝签署死刑执行命令，所以这段时间里没有一个死刑犯被处决。

对死刑制度毫不关心的北斗，也不知不觉地了解到一件事情。据说在神奈川监狱中，关押着一名已经被判处死刑的囚犯。他叫安川秀则，五十三岁。他先后收养了几个养子、养女，为了骗取保险金，他把这些养子女先后杀害了。第一个被害人是被安川灌了很多酒之后，推入河中溺亡的；第二个被害人是被安川灌醉又喂食了过量的安眠药导致死亡的；第三个被害人则是和汽车一起坠落悬崖，掉进海里，像是一起事故死亡，但警方从死者遗体中检测出足以致人失去意识的酒精量。第三次的保险金申请被保险公司拒绝了，但前两次安川都成功了。前两次他总共骗得八千五百万日元的保险金。安川被判处死刑后，并没有上诉，如今他已经在神奈川监狱被关押了九年之久。据说安川在监狱中非常嚣张，经常只动动下巴就使唤狱警帮他干这干那，而监狱方面也拿他没有办法，因为在执行死刑之前，必须保证安川健康地活着，这关系到一个监狱的名声和面子问题。还有人说，安川曾经以自杀相威胁，胁迫监狱方面满足他的要求。他以自己的生命为筹码，在监狱的单人房中过着王族一般的生活。

在拘留所中，人们最关心的事情竟然是死刑犯的话题，这还真是有点讽刺。虽然他们嘴里天天说着反省、悔改等动听的词语，但内心里却在看别人的笑话。拘留所里甚至还有人拿“同伴”会不会被判死刑的问题来赌博。在他们看来，只要不是自己被推上绞刑架，别人的死刑都只是残酷但令人兴奋的一场好戏。人类的浅薄，不管到哪里都是一样的。

北斗合上报纸，闭上了眼睛。他告诉自己，不能被这种事情扰乱了心绪。今夜还有很多难题等着自己去思考。想着自己可能已经成为“同伴”们赌博的对象，北斗不禁笑了。人类真是愚蠢得无可救药了。

夜晚终于降临了。

北斗在狭小的单人拘留室中，把小床上的被子铺开，以拘留所规定的姿势躺在了小床上。躺下之后，用被子蒙住头在这里也是禁止的。熄灯后，依然睁着眼睛也是不行的。于是，北斗闭着眼睛思考着。明天的法庭上，旁听席也会座无虚席吧。被害人亲属一定也会出现吧。当自己做最后陈述的时候，我该说点什么好呢？

对于北斗来说，这场审判没有损失与收益之说。避免被判处死刑，继续活下去，这到底是一件好事还是坏事，北斗无法判断。如果从被害人亲属的感情上考量，献出自己的生命显然更好一些，虽然以一命抵两命，他们不划算，但至少能让他们心理上平衡一点。就和小时候一样，现在的北斗对自己的未来也没有一星一点的期待。如果被判处无期徒刑，那么迎接北斗的也将是三十年的监狱生活，那像荒漠一般的生活。人生最熠熠生辉的时光，都将在高墙之内度过。

这时，走廊里传来了有人走近的脚步声，那是警卫在巡视。虽然闭着眼睛，但北斗能感觉到，门上的小窗中正有一双眼睛往自己这边张望。不知为什么，这个时候北斗的头脑中清晰地听到了明日实的声音。那个声音非常真实，甚至让北斗一时产生错觉，认为明日实走进了这间单人拘留室。

(要活下去。)

明日实又说了那句话。

“活下去”，到底是什么意思呢？

是让自己在高墙之内的荒漠中苟延残喘地活下去吗？

还是让自己在公审的第四天——实质性审判的最后一天，精彩地活一回？

北斗悄悄地睁开了眼睛，那动作轻微得让任何人都察觉不到。当然，这里只有他一个人。这就是被监禁后所养成的习惯吧。他想，今晚肯定是无心睡觉了。自己必须潜入自己内心最深的地方，在那里找到连自己都不太清楚的真正的“心声”，并在明天的法庭上表述出来。

反正死或者不死，北斗都觉得没有什么特别的感触。

为了寻找到那些让自己不留一丝遗憾的话语，在单人拘留室的这个深夜，北斗一直保持着无比的清醒。

33

一夜未眠的北斗，迎来了第四天的法庭审判。当一脚迈进法庭，北斗就感觉今天的法庭内明亮得有些炫目。

法庭的各个角落里都充满了春的气息，本来就很高的天花板看起来比平时还要高一些。在这间没有窗户的密闭的法庭中，季节的特征也是如此鲜明。现在的北斗，与以前自由的北斗相比，对季节的变化更为敏感。

审判长和陪席审判员所坐的审判席，在法庭中就像一截悬崖绝壁，从下面往上看，就像站在谷底仰望悬崖顶端。望着那无人的审判席，北斗思索着，从那上面俯视犯了罪的被告人和无辜的受害人，会是怎样的一种感觉呢？而自己又会被看成什么样子呢？戴着手铐、系着腰绳的自己，在法官的眼里应该会显得十分卑微吧，甚至他们都不屑看自己一眼，即使自己用足力气跳起来，最多也只能用手指尖碰到那高大无比的桌子的边沿吧。审判席的高度，一下子就将审判者与被审判者的地位明显区分开了。高井律师不止一次说法庭审判就是一出灵魂戏剧，北斗现在觉得这法庭确实像一个舞台。

在开庭前的嘈杂声中，北斗一步一步走向了被告席——那种硬邦邦的木椅子。与北斗同来的拘留所的警卫一共有三人，最前面一名带路的是负责人，还有一名在北斗前面一步远，后面一名手里牢牢握着北斗的腰绳。路过旁听席的时候，北斗看见了被害人亲属的脸。他们看北斗的目光，有的充满了仇恨，有的满是无奈，有的悲伤无比。但是，北斗和之前一样，迎着这些目光默默地低下了头。饭冈佳惠的丈夫朝北斗举起了自己妻子的遗像，黑白照片中，那位中年女性略带羞涩地微笑着。北斗想起，在案发当天，饭冈佳惠对自己很客气，还给自己泡了茶喝。而自己却一刀刺中了她的心脏，夺去了她的生命。

北斗面无表情地又对着遗像鞠了一躬。他能忍受受害人亲属那仇恨的目光，但却不敢看遗像中那个女人的眼睛。自己制造了那么残忍的案件，当然无法直视受害人的眼睛。因为北斗心中充满了恐惧和无法言喻的羞耻感。虽然北斗对自己的罪行供认不讳，也准备接受任何惩罚，但是，他从内心深处还是不敢面对死在自己手上的两个受害人。

另外一名受害人关本美野里，她的外婆和妹妹并没有带她的遗像来。北斗也向这祖孙俩深深地低下了头。旁听席的最前排坐着希望判北斗死刑的饭冈佳惠的亲属，以及不想判他死刑的关本美野里的亲属。他们的态度，从带没带死者遗像上就可以鲜明地体现出来。

旁听席上还有一些媒体人士，连续几天报道北斗这个案子，他们似乎已经没有什么新鲜感了，从他们脸上倦怠的表情就可以看出来。其余的旁听者基本上都是对这个案子或法庭审判本身很感兴趣的人。他们和北斗以及被害人都没有一丁点儿关系。因为法庭审判就像是一部没有剧本的电视剧，所以他们才如此感兴趣吧。在这部电视剧中有残忍的杀人主题，有儿童虐待、医疗欺诈等延伸情节，还有帅气的“男主角”……这些都是吸引人们前来围观的要素。经过前几天漫长的审判，今天终于进入了关键性的一天，“男主角”被告人的命运也快有了结果。如今的法庭审判已经向普通市民开放，这种公开性与公平性，却成为激发某些人庸俗的好奇心的原动力。北斗心想，如果这不是审判自己的话，说不定自己也会很感兴趣吧。

这时，明日实也走进了法庭，她迅速在旁听席上找个位子坐了下来。虽然北斗看见了她，但却不敢和她对视。

“坐下！”三名警卫中，那个走在最前面的负责人命令北斗道。

当北斗把屁股放在那硬邦邦的木头椅子上后，其余两名警卫迅速坐在了他的左右边，用他们魁梧的身体把北斗“固定”在了中间。

今天最后的法庭辩论结束后，明天就要宣布审判结果了。北斗虽然清楚地知道这一点，但却没有丝毫现实感。之前的审判虽然只有短短的三天，但对于北斗来说却漫长得令他恐惧。那些从审判第一天开始就来旁听的人们，对于北斗从小受虐待的经历，恐怕比北斗本人还要清楚吧。

还差一分钟开庭的时候，高大的审判席后侧的门打开了，三名身穿黑色法衣的法官旋风一般走了进来。紧接着，六名陪审员从右边的另一个门进入了法庭。陪审员都不是专业的法律人士，从他们的服装上也看得出来，穿什么的都有。六个人之中，只有一个人穿了西装、打了领带。其中，那位喜欢穿动物头像运动服的女人，每天的衣服上都会出现不同的动物头像。什么雪豹、长颈鹿、斑马啊，她都穿过。今天她衣服上的图案是羚羊的头像。不知她到底想过没有，顶着两只大角的威武的羚羊头像和这个法庭的气氛搭配吗？

"开庭！"

在平冈审判长轻声细语的一句话中，第四天的审判开始了。今天，围绕北斗所犯下的罪行，检察官和辩护人之间将进行最后的辩论。北斗深深地感觉到，法庭中的一切都被光照射着，也都有自己的阴影。一个事件或一个被告人，将被用不同方向的光线照射，以便人们从各个角度审视这件事或这个人，让人们更准确地把握和理解整个案件。站在检察官的角度，希望尽可能以重的刑罚来惩罚被告人，而辩护人则会想尽一切办法减轻被告人的刑罚。不过，有一件事情北斗怎么也想不明白——法律是根据什么来给各种犯罪行为进行量刑的。举例来说，生田友亲的医疗欺诈，骗了很多的患者，骗取了总额超过七十亿日元的巨款。从某种意义上来说，生田友亲所犯的罪行比北斗还要严重，可为什么在法律上只能以诈骗罪对他进行惩处呢？法律规定，对于诈骗罪的量刑，最重也只有十年有期徒刑，北斗却有可能被判死刑。

“那么，首先请检方做总结陈词，并提出量刑建议。”

也许是因为连续审判了好几天，大家都已经疲惫了，也许是因为早晨起来大家还没有进入状态，所以刚开庭时，法庭上还有些嘈杂，有的人交头接耳，有的人打哈欠、伸懒腰。可是，审判长这句话一出口，法庭里立刻安静了下来。今天，森永检察官穿了一套修身的黑色西装，白色衬衣领子翻在西装领子外面。今天的发型不是马尾，而是干净利落地盘在了脑后。这几天来，她全身上下只有一处点缀饰物，不是胸口的胸针，就是胸前口袋里插的手帕。从这一点也可以看出，她是个很冷静的人。在审判期间，她从来没有因为头脑发热而出过乱子。

向审判席鞠了一躬之后，森永检察官开始陈词。她的声音在这个肃穆的法庭中虽然显得有些年轻，但却充满了真诚。在法庭中，说话的声音极为重要。人们不仅会对法律和道理产生反应，还会对人的声音产生反应。当日本引入陪审员制度之后，检察官的地位也发生了变化。在法庭审判过程中，不仅被告人和辩护人会费尽心机赢得众人的好感，就连检察官也要想方设法让大家喜欢自己。森永检察官也想抓住各位听众的心。

“表面上看，本案似乎比较复杂，但实际上非常简单，就是粗暴的故意杀人案。虽然被告人在成长过程中存在严重的被虐待问题，虽然生田波洞研究所的医疗欺诈事件也是本案的背景之一，但是，一年前的四月所发生的那起杀人案却是事实清楚、证据确凿的。”

年轻的女检察官把视线移到了北斗身上，并沉默了几秒钟。她这样做是为了把听众的注意力都集中起来。结果她得偿所愿，在场的人都屏气凝神地听着她接下来要说的话。

“被告人为了杀死生田友亲，而进入了生田波洞研究所，并事先准备了两把刀子作为凶器。从这一点我们可以看出被告人具有明确的杀意和周密的杀人计划。因为生田友亲那天恰巧有事外出，所以被告人就使用事先准备好的刀子，以极其残忍的手段杀害了医疗事务员饭冈佳惠和护士关本美野里。其中，饭冈佳惠女士被一柄刀身长二十厘米的刀子刺中心脏，一刀毙命。关本美野里小姐全身有十二处刀伤，最终因出血性休克死亡。如果在上述两人遇害后，生田友亲回到了研究所，那么，本案肯定还会出现第三名受害人。被告人也曾经在法庭上陈述，如果自己获得自由的话，一定还回去找生田友亲报仇，并亲手杀死他。”

北斗感觉自己的整个视野都暗了下来。仅仅是把当时发生的事情再次复述一遍，就让他感到万分痛苦。杀了两名无辜女性的凶手，除了判死刑还能判什么呢？北斗心想，任何人通过报纸、电视了解到这个案件，都会毫无疑问地这么想。如果自己看到这样的案件，也会不假思索地在心里给那个凶手判死刑。森永检察官稍微停顿了一下，她在法庭里环视了一圈，以确认一下自己所说的话产生的威力，同时也在寻找打动听众的最佳时机。

“被告人对生田友亲怀有明确的杀意，而且事先制订了周密的计划。可是，在生田波洞研究所工作的两个无辜的女性的生命，以及她们各自的幸福家庭的未来，都断送在了被告人的手中。而留给她们家人的只有无尽的悲伤和痛苦。饭冈佳惠女士是一个好妻子、好母亲；关本美野里小姐是外婆最疼爱的外孙女，是供妹妹上学的好姐姐。她们两人的生命再也无法挽回。而且，和被告人的养母的生命一样，是不可替代的。被复仇的念头填满头脑的被告人最终做出了自暴自弃的恶劣举动，请大家思考一下，被告人所犯下的罪行是多么深重！”

听到“一个好妻子、好母亲”这一段时，饭冈佳惠的家人都哭出了声来，而关本美野里的家人则默默地抹着眼泪。一片哭声让法庭中的气氛变得异常沉重。在这个封闭的、审判自己的空间中，北斗感觉到了一种快要窒息的麻痹感，大脑似乎已经停止了工作，什么也想不出来。以前听高井律师说，有些犯了杀人罪的被告人，会在这样的气氛中情绪失控，要么固执地不认罪，要么用粗暴无理的言语攻击受害人或他们的亲属。

法庭里的空气已经接近冰点。这位年轻的女检察官会提出怎样的量刑建议呢？此时，所有人都已经用自己的皮肤感觉到了法律刑罚的重量。

"另外，被告人对于自己在本案中所犯下的罪行，其自责和悔改之意，绝对谈不上充分。他甚至还公开宣布，如果自己获得自由，将再次去找生田友亲报仇。可见，被告人对自己的罪行并没有足够的认识，也没有诚心的悔意。全国各地的儿童福利司，每年都会处理数万件有关虐待儿童的案子。但是，大多数被解救的受虐儿童都克服了心理阴影，建立了健康的人际关系和新家庭，过上了正常、幸福的生活。所以，绝不能把受虐待的经历当作杀人的一个借口。否则，对那些儿时同样有着受虐待经历但现在过上幸福生活的人来说，就太不公平了。另外，我再次重申一下，受虐待的经历也好，医疗欺诈事件也罢，都不是本案的核心内容。"

之前，不少陪审员的心已经被北斗童年受虐待的遭遇打动，而森永检察官说这一席话的目的，就是想让那些感情用事的陪审员重新思考一下本案的经纬，让他们再次理智起来。森永检察官这段冷静的开场陈词，让大家再次想起了两名女性受害人所遭受的暴行，让大家再次认清被告人作案之前怀有明确的杀意并做了充分的准备。女检察官的陈词似乎起了作用，有些人已经从心里否定了为北斗减刑的可能性。

只见森永检察官从脖子到脸颊都涨红了，可见她刚才陈词的时候用了多大的力气。说完之后，她短短地喘了几口气，然后在胸前打开了一个黑色文件夹。

“下面，我为大家朗读根据被告人的供述所制作的调查书的要点。”

人的语言真是具有不可思议的力量。刚才森永检察官脱稿陈词时，法庭中所有人的注意力都集中到了她的身上。可是，当她说要朗读调查书的时候，大家的注意力一下子就涣散下来。似乎没有人想听照本宣科的朗读。不管那份调查书的内容是多么正确，写得多么精彩，但只要是死板的朗读，就会让文字的魅力大打折扣。旁听席上已经传来了清嗓子的咳嗽声、交头接耳声。

森永检察官的朗读持续了大约十五分钟。而在这段时间中，北斗就好像在隆冬腊月站在一个瀑布下，等冰冷的水劈头盖脸地淋在自己头上。森永检察官所朗读的调查书，把焦点放在了被告人的“残忍性”“毫无反悔之心”，以及“日后回归正常社会生活的可能性非常低”上。北斗确实在这份调查书中签了字。虽然在用词上多少有一些是检察官的个人发挥，但内容基本上都是事实。

法庭的空气似乎变得异常稀薄，北斗只感觉这里的氧气不够用，自己就快窒息了。于是北斗低着头，张着嘴，大口地喘着气。调查书中的事实留在了人们的记忆中，而其中检察官发挥、创作的部分，则留在了人们的印象中。北斗被描述成了一个被关在笼中不可能再伤及无辜的怪物一般的杀人犯，而对于这样一个形象，北斗也只有接受的份。人为什么会这样？这也是一个值得深思的问题。虽然北斗杀了人，但并不等于他已经完全丧失了自尊心。悲惨的生活经历，早已把北斗的自尊心撕成碎片，但即使是一点点自尊心的碎片，也会让北斗希望自己在别人眼中是有价值的人。而检察官的一番话，又将北斗仅有的一点点自尊心碎片给击得粉碎。

用很快的语速将调查书的重点内容读完之后，森永检察官抬起头来。她用冷静，但深层却隐含着热力的视线环顾了法庭一周。不过，当她的视线扫过受害人亲属的时候，稍微减慢了速度。为了主持正义，还受害人及其亲属一个公道，检察官非常努力。北斗也不是不能理解检察官的心情。

“在本案中，被告人用事先准备好的凶器刺杀了两名无辜的女性，手段极其残忍。为了以防万一，被告人还专门购买了第二把刀子作为备用刀，可见其杀人的意图非常明显，而且计划十分周密。对于自己所犯下的罪行，被告人也没有充分的反省和悔改之意。虽说被告人小时候的成长经历中有值得同情的部分，但那和被害人一点关系都没有。从被害人的惨死和亲属们悲痛的心情考虑，除了极刑之外，没有合适的处罚。在一个健全的法治社会中，是不允许为报仇而杀人的，为了维护这一法治观念和法律的尊严，也应从严惩处被告人。”

停顿了一会儿，森永检察官抬头望向高高在上的三名法官和六名陪审员。她并没有看北斗，因为她所说的这些话是给审判者听的，而不是给被审判者听的。

“综上所述，检方建议判处被告人死刑。”

此刻，整个法庭笼罩在完美无缺的寂静之中。在场的所有人都停止了一切动作，就像一尊尊蜡像。针对北斗抛出的判处死刑的建议言语，已经让北斗愣住了。刚才检察官嘴里所说的死刑不是反对或赞成“死刑制度”中抽象的死刑，而是针对自己的、现实无比的死刑。检察官的话就像带着棱角的石头，向北斗投掷过来。根本来不及躲闪，也无处可躲的北斗，只感觉自己的脑袋、胸口、腹部都被那些石头击中。“疼”得快要喘不上气来。在这个世界上居然有些国家有“石刑”这种刑罚，而发明“石刑”的人，其恐怖的想象力真是令人折服。森永检察官刚才的话就像对北斗实施了“石刑”。

北斗感觉，对自己来说这打击实在是太大了，几乎从根基上夺去了自己的生命力。不过他也知道，对于杀了两名无辜女性的凶手来说，这样想也有点太奢侈了，因为自己早已没资格活在这个世界上。

平冈审判长透过已经滑落到鼻尖的眼镜，从上往下地俯视着法庭。即使在这个时候，他依然只是用很低的声音说：“好，我明白了。”

审判长到底明白了什么？检察官代表这个国家的司法制度、警察制度和正义，判断北斗不可以再活下去。平冈审判长是明白这个了吗？现在的旁听席上，似乎很多人已经没有兴趣再听接下来的辩论了。杀人凶手是没有支持者的。大多数旁听者对于检察官的死刑建议都点头表示赞成。北斗是个不能再活下去的人。他再活下去只会污染这个世界的空气。

“下面，请辩护人做最终辩护。请开始吧。”

北斗听到背后传来了咳嗽的声音，那是高井律师在清嗓子。那咳嗽声还真够大的，不过，从这个声音可以听出高井律师似乎底气十足，而且也做好了最后战斗的准备。

“各位，请先看看我找来的一些照片。”

那是带有热度的语言，完全没有照本宣科的死板和生硬。北斗扭过头望向了高井律师，只见律师先生手中拿着一张放大的 A4 纸大小的照片。事前律师和北斗沟通的时候，可没提照片的事，所以北斗吃惊不小，不知道这位律师会拿出什么照片来。高井律师对助手点了下头，助手就用幻灯机将照片投影到了法庭左右的墙壁上的巨型屏幕上。照片里有一个被包裹在淡蓝色襁褓中的婴儿，婴儿的肤色非常白皙，小脸蛋很圆润。他正在笑呢。婴儿躺在婴儿床中，照片是从正上方拍摄的。

“这是被告人婴儿时的照片。据他母亲说，那段时间，他父亲的精神还算稳定，工作也很顺利，家庭暴力也相对少一些。但是，对于被告人来说，这样的幸福并没有持续多久。”

接下来，照片被切换成了幼儿园时期的北斗，照片中孩子的眼神中充满了畏惧和警惕。他心里似乎一直在盘算，自己对大人做出什么样的反应，才不会挨打。在那个时期，如果判断不出大人将会在什么情况下对自己动手，北斗就不会做出任何反应，只是一脸呆然。那个时候，表情这种东西已经从童年的北斗脸上消失了，他的眼睛就是木柴燃烧过后剩下的死灰，毫无生气。只见照片中的孩子略微弯曲膝盖，弓着腰，做出一副随时准备逃跑的姿态。而且，那张照片是在幼儿园的沙池中拍摄的。本来应该是尽情玩耍的时候，可北斗最先考虑的总是如何逃避大人的殴打。

“刚才，检察官已经讲过，本案的被害人都有一个幸福的家庭，家人之间相互关照，温馨和美。”

在刚才的陈述中，森永检察官确实提到了这一点。不过，每个家庭中肯定都存在不想为外人所知的不好的事情，只不过受害人家庭中的这种事情都不如北斗家里的严重，也没有北斗家的多。所以他们会显得更幸福。为了将正义和邪恶的反差更加分明地展现给旁听席上那些非法律专业人士听，森永检察官把被害者和加害者进行了单纯化的加工。好人就是单纯的好人，坏人就是单纯的坏人。其实，不管是谁，要深入描写一个人的过去和内心，至少需要写上好几百页。可是，在只有数十页的调查书中，要想把人物的善恶描述分明，而且还要想办法加重对被告人的惩罚，那么检察官必须得用单纯的笔触为受害者和加害者上色。

“而对于被告人来说，则从未感受过家庭的温暖。家里没有愿意拥抱他的母亲，也没有偶尔严厉批评却会耐心地引导他成长的父亲。根据儿童福利司的调查结果，被告人身上竟然有三处未经治疗而自然愈合的骨折痕迹。可见他从小就受到亲生父母的残酷暴力虐待。被告人高中时期，离开亲生母亲进入儿童养护中心。儿童养护中心的体检结果显示，被告人的体重比同龄少年的体重轻至少10%。可见他以前在家的时候，根本得不到充足的营养，甚至经常没有饭吃。”

屏幕上又显示出了北斗小学高年级时的照片。那段时间，他只有一件白衬衫穿，袖子和衣领已经都磨破了。因为母亲不给他洗衣服，所以同学们都嫌弃他又脏又臭，于是他开始自己洗衣服。还有，母亲基本上不给他买衣服，所以他总是穿着那件已经变成灰黄色的破旧白衬衣。在这张照片的背景中可以看到门上挂着的稻草绳[①]，因此我们可以看出那是过新年时拍的照片。可是，就在新年那么寒冷的季节，北斗的上身也只有一件白衬衫，下身是一条灰色的短裤。

高井律师到底是从哪儿弄来的这些照片呢？因为北斗非常讨厌把自己受虐待的成长经历公之于众，因此之前高井律师找他借儿时照片的时候，他非常不配合，说没有照片。其实，北斗小时候的照片都保存在养母绫子太太家。那么，找到这些照片并把它们交给高井律师的只可能是一个人，那就是北斗被捕后，管理绫子太太家的明日实。北斗用苛责的眼神朝旁听席上的明日实瞥了一眼。而明日实则微微地朝他低下了头。

“在人最需要爱、温暖和保护的儿童时代，被告人在精神上没有得到任何他所需要的。不仅如此，有的时候他父母甚至不给他饭吃。可以说，每天为了生存下来，被告人已经竭尽了全力。不愿意接近他人的那种顽固的精神倾斜，也是被告人为了保护自己而在内心表面形成的一层铠甲。正是这层铠甲的原因，被告人无法将内心的悔改之意和反省之情表现在表面上，他一心只想被判处死刑，好一了百了。”

照片换成了用一只手拨开额前头发的高中生北斗。他的额头上有一个清晰而恐怖的伤疤，那是北斗的亲生父亲至高用十字螺丝刀残忍

---

① 日本人在新年时会在门上挂稻草绳，用来祈福。

地钻出来的。那个男人为什么非要在孩子的额头上留下一个永远也无法抹去的伤疤呢？难道他已经预知到自己剩下的日子不多，将在一年之内痛苦地死去？虽然北斗现在是法庭的被告，但一想到至高生命中最后的那段日子，北斗还是感觉到无比愉悦。那个男人精神崩溃了，肚子里还长了恶性肿瘤，最终痛苦地死去。对北斗来说，这真是一个痛快的话题。

“被告人曾经多次试图自杀。一个深秋的夜晚，还是小学生的被告人，为了把自己冻死，穿着单薄的睡衣偷偷溜出家门，爬上了自家后面的小山。据说当时是一台自动售货机救了他的命，让他暂时放弃了轻生的念头。与亲生父母相比，山顶小广场上矗立的自动售货机反而更让被告人觉得温暖。就是那一点点的温暖，让被告人活了下来。可见，被告人在成长过程中，承受了远远超越一个孩子承受极限的残忍和暴力。”

对于自己生长在那样一个可怕的家庭，北斗感到无比羞耻。家庭就是一个不可思议的地方。虽然北斗知道自己的亲生父母万恶无比，但是，他却从心底里认为，至高和美砂子对自己实施暴力虐待的责任，全都在自己身上。他们殴打自己，肯定是因为自己哪里没有做对；他们不爱自己，肯定是因为自己是一个不值得爱的孩子。虽然自己的父母像魔鬼一般可怕，但北斗一直认为，如果换成另外一个孩子，也许他们就不会虐待他了。

北斗的头脑中一直在胡思乱想着，但“一切都是自己不好”的想法却始终挥之不去。

“被告人的亲生父亲至高病逝后，看上去这个家庭中的暴力虐待应该结束了。但是，对至高的暴力虐待已经产生依赖症的美砂子，却要求被告人代替他父亲的角色，对她进行暴力虐待。深受虐待之苦的孩子，这次又要被强迫对母亲实施虐待。当儿童福利司前来解救被告人的时候，被告人曾说，如果再这样下去的话，自己也会变成至高那样的恶魔，而要把他变成恶魔的人，竟然是他的亲生母亲。”

这时北斗想起了前几天曾经站在证人席上的美砂子，她的心思真的难以捉摸。之前她想方设法强迫自己代替至高的角色对她进行虐待，可是，在审判自己的法庭上，她却承认了虐待的事实，难道她是希望借此来为自己减刑吗？自从北斗离开家之后，就没有和美砂子通过电话，也没有短信联系，所以，那个女人过得怎么样、心里到底在想些什么，北斗一无所知。

高井律师根本不看自己的笔记本和资料。虽然说在法庭上所说的话都必须得有相关的法律或证据作为依据，但实际上，语言的力量反而占了八成的效果。看似律师嘴里说出来的话都是即兴有感而发的，但实际上，他在私底下不知道练习了多少遍。

“刚才，检察官说被告人悔过的观念非常淡薄，说他并没有认真地反省自己所犯下的罪行，但我并不这么认为。被告人在十多岁的时候就曾明确地说过，与受虐待相比，更令他恐惧的是变成施虐者。对于暴力行为的丑恶，被告人是用身体领悟到的，相信他比我们一般人对暴力的理解都要深刻。实际上，在成为本案被告人之前的二十年间，他几乎没有引起过一起暴力事件，甚至都没有和人打过架。根据很多人的证言我们可以了解到，被告人是一个成熟懂事、做事认真、孝顺养母的好孩子。初中、高中，他的成绩一直很优异，高中毕业后还考上了名牌大学。后来，让这个懂事、孝顺的大学生不得不拿起刀子的是一系列的偶然事件。是那些偶然发生，但巧合性地联系在一起的不幸事件，逼他变成了今天的被告人。在发生这起案件之前，在被告人二十年的人生中，唯一让他感受到信任与关爱的成年人，就是养母近藤绫子太太。在这里，我们必须介绍一下这位近藤绫子太太。”

这时，法庭墙壁上的大屏幕浮现出了绫子太太的笑脸。她头上戴着一顶登山帽，上身穿的是一件薄款的冲锋衣，和北斗肩并肩地坐在一起。那是她和北斗一起登高尾山时，请路上的登山者帮忙拍的一张合影。看到这张照片，怀念之情迅速充满了北斗的胸膛。当时，绫子太太还没有检查出患有癌症，而北斗也绝对想不到自己日后会杀死两名无辜的女人。

高井律师继续用轻描淡写的语气说道："近藤绫子太太早年丧夫。她和丈夫没有孩子，所以在丈夫去世后，她开始收养儿童养护中心的孩子，作为养母照顾他们长大。近藤绫子太太先后共收养了五名子女。被告人是她收养的最后一个儿子。因为近藤绫子太太年纪也大了，所以她打算以后都和被告人一起生活。她已经准备好让被告人加入自己的户籍了。在和近藤绫子太太一起生活的两年零几个月的时间里，对于被告人来说是幸福无比的日子。"

后面发生的事情，北斗不想再听下去了。不过，他虽然可以闭上眼睛不看外面的世界，但却无法关闭耳朵，不听外界的声音。即使不喜欢，声音也会潜入人的内心。北斗咬紧了嘴唇，已经做好了迎接冲击的准备。而就在这个时候，随着高井律师讲到了紧要关头，超过六十人的法庭又迅速恢复了安静。

"就在这个时候，命运中的恶魔降临了。近藤绫子太太被查出了肝脏的恶性肿瘤，即肝癌。而被告人才上大学一年级。近藤绫子太太的癌症无法通过手术切除，所以医生只能通过抗癌剂对她进行化学治疗。"

屏幕上换成了近藤绫子太太斜靠在病床上输液时的照片。她的脸颊已经明显浮肿，在医院接受治疗的半年时间，让她仿佛老了十岁。照片又切换了，这次的照片是一个水晶瓶，瓶中装着飘荡着银色粉末的水。这张照片让北斗受到了视觉的冲击，他险些从被告席的木头凳子上仰倒过去。幸亏旁边的两名警卫及时抓住了北斗的手臂，才没让北斗跌倒。北斗连忙小声对警卫说："我没事。"然后继续看屏幕上的照片。这张波洞水的照片，应该是律师先生从网上找来的吧。

"偶然的不幸再次袭击了母子二人。近藤绫子太太昔日的友人来医院探望她的时候，作为礼物给她带来了生田波洞研究所开发的波洞水。照片里是最高级也是最昂贵的一种波洞水——波洞水·白金。一升一瓶，包含消费税的售价是五万二千五百日元。宣传中说，利用波洞水的能量，可以将人体内的坏细胞一扫而光，让细胞恢复原本具有的自然愈合能力，从而起到治病保健的效果。但实际上，生田波洞研究所生产的波洞水，就是用市场上销售的饮用水过滤器对自来水进行过滤加工，然后再加入十分微量的金粉、银粉，装瓶之后就上市销售了。近藤绫子太太饮用了波洞水后，感觉似乎可以减轻抗癌剂的副作用，于是，她在不知道波洞水价格的情况下，每天都要喝一瓶波洞水，有的时候还会喝两瓶。"

旁听席上传来有人叹息的声音，是位女性的叹息声。估计是同情北斗的一名旁听者。北斗在残酷的暴力虐待中生存了下来，又遭遇了可恶的医疗欺诈，他为了复仇而杀人。这一系列经历，让社会上一些人把北斗当作了英雄。

"近藤绫子太太留给被告人的财产，原本是供被告人上大学的学费和生活费。可是，关于购买昂贵波洞水为养母治病这件事，被告人没办法和任何人商量，只能看着银行账户里的存款一天一天地不断减少。我顺便提一句，大家也许已经知道了，关于生田波洞研究所的医疗欺诈案件，目前正在进行民事和刑事两方面的审判。"

仅仅是看一眼波洞水的照片，北斗也痛苦无比，因此他索性闭上了眼睛。北斗心里在想，那个男人现在也在同一座建筑物的其他法庭中和自己一样坐在被告席上吗？据说法律对诈骗案的审判，首先会没收被告人骗取的钱财。现在，北斗心里已经想得很清楚，生田友亲根本就是一个不值得杀的人渣。当时，如果只是从他那里把自己被骗的钱抢回来就好了。

“近藤绫子太太是去年四月去世的。就在她临终之前，那位送波洞水给她的朋友把波洞水诈骗的真相告诉了她。在近藤绫子太太的弥留之际，被告人问她，要不要找生田友亲报仇？到那个时候，被告人购买波洞水的金额已经超过六百万日元。”

听到这儿，北斗回想起了当时每天都要给生田波洞研究所的账户转账的痛苦经历。银行存折里的余额在快速减少。花出去的这部分钱，就是北斗的未来，也是维持养母活下去的代价。北斗放在膝盖上的双手，已经不知不觉紧紧地攥成了拳头。

“只要用脑子稍微思考一下，大家都能理解。任何一位希望自己养子幸福的母亲，都不可能同意养子为自己去报仇、杀人。我曾经询问过专业医生，他说人在弥留之际，因为呼吸困难会用嘴巴呼吸，那样的话，下巴是会跟着上下活动的。可是，被告人把近藤绫子太太因为呼吸困难而用嘴巴呼吸当成了同意他去报仇的信号，并坚信那是养母用尽生命最后的力气在点头同意他的想法。于是，被告人把杀死生田友亲为养母报仇，当成了他和养母生前的最后约定，并发誓一定要实现养母的心愿。我们只能说，这是命运和他开的第三个恶意的玩笑。即使是认真生活、努力工作的普通人，也难免遭遇命运的捉弄，这是任何人也无法回避的命运的无常。”

等自己的话渗透进法庭的每一个角落，让所有人都安静下来之后，高井律师换了种语调继续说道：“我还走访了被告人的一些朋友和认识他的人，听他们讲述了自己对被告人的印象。结果大多数人对被告人的评价是，一般情况下他都是一个成熟懂事、待人和善的人，不过，他不善与人交往，对坚信的事情也会十分固执，偶尔会做出让人意想不到的事情。虽然我们无法轻易地断定被告人的这种性格是他在幼年时受到的虐待所形成的，但是，他对成年人的不信任和攻击性，绝对是受悲惨的成长经历影响的。被告人唯一信任的成年人即养母近藤绫子太太，可是，就在被告人还不满二十岁的时候，这唯一的‘亲人’也离开了人世。至此，他和养母近藤绫子太太一起生活的日子才只有三年半左右。”

这时北斗听见有人呜咽的声音。他把目光投向了旁听席。原来是明日实，她眼睛看着前方，却在不停地抽泣。

“为了实现养母临终前的遗愿，被告人带着刀子第二次访问生田波洞研究所是在近藤绫子太太去世后两周左右。之前检察官一再强调被告人杀人是经过周密计划的。可是我却认为，被告人的犯罪行为缺乏计划性，这也是本案的一大特征。首先，被告人为什么偏偏要在目标——生田友亲不在的时候访问生田波洞研究所呢？虽说他事先通过电话预约了和生田友亲的见面时间。可是，生田友亲因为是医疗欺诈案件的主要嫌疑人，随时有可能会被警方传唤。被告人也知道这一点，那他在前往生田波洞研究所之前为什么不再次打电话确认一下生田友亲的行踪呢？我想不用我多言，大家都知道被告人的目的是什么，是复仇。另外，当天媒体对生田波洞研究所医疗欺诈事件的报道已经到了白热化的程度，所以研究所周围肯定会出现很多媒体人士。而生田波洞研究所周围还设置有好几个摄像头。在这种情况下去杀生田友亲，正是被告人缺乏计划性的证据。”

森永检察官和上司的头凑在一起，正在小声谈着什么。他们好像被高井律师戳中了要害。

检察官与辩护人之间的辩论，就是相互推翻对方的论据，是使用语言进行的格斗。

“关于携带备用刀具一事，我也和被告人谈过。原来被告人通过阅读历史小说了解到，日本刀在使用一段时间过后，刀刃会磨损，出现卷曲、缺口等现象，就不锋利了。为了防止复仇因为这个而失败，他才购买了第二把刀具。但实际上，他只使用了黑色的野外生存刀。从这一点来说，我们也看不出被告人事先有进行过周密的计划。”

北斗只感觉喉咙干渴得不行，所以他不停地吞着口水，可那口水也十分黏稠，根本无法给喉咙带来滋润。

“那天晚上，在生田波洞研究所中发生的是突发性的、激情性的暴力行为。或者说，是自暴自弃的被告人做出的一种社会性自杀行为。为了等待刺杀的目标——生田友亲回来，被告人长时间坐在生田波洞研究所的大厅中等待。这一过程中，还曾多次和被害人饭冈佳惠女士有语言上的交流。假如被告人也把研究所的工作人员当作复仇对象的话，那么他有很多机会可以杀死饭冈佳惠女士，而被告人杀害饭冈佳惠女士的唯一动机，就是他带的刀子被饭冈佳惠女士发现了。被告人意识到，如果饭冈佳惠女士因此而大声呼救或大喊大叫的话，他可能永远失去杀死生田友亲的机会。那样的话，也就无法实现自己和养母的约定了。这让被告人感到无比恐惧，这种恐惧也成为他第一次行凶的导火索。”

北斗忽然对自己的记忆力感到非常难堪，也为此对被害人和他们的亲属感到十分抱歉。他心想，原本是自己动手杀了人，可那杀人行为在自己头脑中却已经变得模糊不清。无论是当时的感觉、身体的动作，还是刀子刺入人体后的手感，一切都已经变得十分模糊，缺少现实感。实际上，即使是为了那两个被自己杀害的人，北斗也想把当时的一切都清清楚楚地留在记忆中。那样的话，也许每天都会想起被害人，也算是对她们的一种纪念。

“被告人第二次行凶，则是由偶然的第一次行凶再次引发的偶然状况。关本美野里小姐工作结束后，收拾好东西准备下班，离开前她想和饭冈佳惠女士打个招呼，可无意间却发现了饭冈佳惠女士的尸体。而此时被告人为了防止事情败露，影响自己复仇，就头脑一热杀害了关本美野里小姐。被告人在关本美野里小姐身上捅了十二刀，夺去了她年轻的生命。饭冈佳惠女士本来已经打算辞去生田波洞研究所的工作，开心地和家人计划退休后的安逸生活，结果也不幸遇害。对于两人的遭遇，我们都感到万分悲痛。对于被害人亲属要求严惩凶手的心情，我们也是非常理解的。”

高井律师依然是他习惯的那身打扮，上身一件藏青色商务夹克，里面白衬衫，扎着一条斜纹领带。不过，这一天衬衫领尖上的纽扣并没有扣。头发因为反复抓过很多次，所以显得很乱，根本没有发型可言，只是胡乱地垂在额前。他双腿分开站立着，重心还不时在两腿之间轮换，他像唱歌一样继续说道：“夺去两人生命的残忍暴行，确实是无法容忍的。但是，各位，我诚恳地希望你们再次考虑一下。被告人在行凶之前的二十年时间里，除了儿童福利司和养母之外，可曾有大人向水深火热中的他伸出过援手？如果社会早早对他实施救助，哪怕只有一两次，恐怕也可以阻止这么可怕的案件发生。请大家不要因为看到本案出现了两名悲惨的被害人，就不假思索地认为应该判处被告人极刑。应该先思考一下被告人的成长环境和经历，以及整个社会的责任。以前，被告人遭到了家人和社会的无情抛弃，现在我想问大家一个问题，难道你们可以眼睁睁地看着他再次被抛弃吗？被告人也非常痛苦，他犯下的罪行也没有明确的计划。而他从小经历的悲惨遭遇，也足够酌量减刑的条件。所以，我衷心地希望能给他尽量宽容的审判，让他活着偿还自己的罪过，改过自新，让他有机会重返社会，为社会变得更美好做出自己的贡献！”

为被告人辩护，是辩护律师的本职工作。可是，高井律师如此庇护北斗，在北斗看来已经超出了他的职责范围，这是为什么呢？在这个案件中为北斗进行辩护，报酬并不高。难道是因为这个案子比较轰动，受到社会各界的关注？如果能在这样一个“出名”的案子中帮被告人避免死刑的话，辩护律师也可以声名大噪。也许高井律师图的并不是眼前的利益，而是这个案子中“潜在”的某种利益。北斗在头脑中胡思乱想着。他想，自己会不会也有一天能像高井律师那样全身心地投入一项工作呢？北斗怀着无比憧憬的心情，“幻想”着自己将来的工作情况。虽然说自己极有可能被判处死刑，而一旦真被判死刑，那将来的一切都将永远只停留在“幻想”的层面上。可尽管如此，一瞬间在北斗心头产生的憧憬之情还是令他异常兴奋。

平冈审判长淡淡地对高井律师说：“辩护人，你的最后辩护结束了吗？”

高井律师轻轻地举起了右手。只见他额头闪烁着汗水的光芒，白衬衫的领口和袖口也都被汗水打湿，呈现出浅灰色。

“还有一点我忘了说。被告人对于此次事件是否进行了彻底的反省和真诚的忏悔，说老实话，我不太清楚。被告人不太善于将内心深处的想法表达出来。所以，关于这一点，请大家耐心地听完被告人的最后陈述，再做判断。”

高井律师已经尽力了，刚才，他把影响本案判决的最后一招，交给了北斗，让他自己走这一步。北斗愣住了，不知接下来自己到底该说些什么。也就在这时，之前和高井律师会面时，高井律师传达给他的明日实说的那句话，在他耳边响了起来。

(要活下去。)

当时北斗无法理解的那句话，现在犹如雷鸣般在北斗的头脑中轰鸣着。在检察官和高井律师之后，自己在这个法庭上到底该说点什么呢？北斗的心脏不由自主地乱跳着，脸颊和脖颈都涨红了。

平冈审判长从高处俯视着高井律师，他脸上的表情毫无变化。但是在北斗看来，审判长的视线似乎告诉别人，他非常认可高井律师的话。这多半是北斗一厢情愿的感觉。在这个舞台上，正上演着一出打着法律旗号的假面舞剧，人的视线可以表现出认可、反对、理解、不悦等各种各样的感情。

“接下来，被告人，请你步入证人席。下面由你做最后的陈述。请把你内心所想的一切，都不加修饰地、毫无保留地讲出来。”

北斗感觉双腿酸软无力，如果现在站起来的话，说不定要跌倒。他做了几次深呼吸，双腿使足了劲才勉强从凳子上站起来，然后，朝着三米之外的证人席迈出了脚步。可是，那近在眼前的证人席，却好像永远也走不到似的。

34

端爪北斗陷入了完全的沉默。

眼前就是那个安装有小显示器和麦克风的证人席。在这次审判中，自己已经是第几次站到这个不大的木制证人席前了？而这次应该是最后一次了吧，做完最后陈述，恐怕就再也没有机会站上证人席了。平冈审判长刚才说，要不加修饰地、毫无保留地说出心里话，可是，北斗的头脑中好像正在经历风暴的大海一般，各种单词、短语、句子像惊涛骇浪一样翻来覆去、此起彼伏，但他就是不知道第一句该说些什么。很多被告人在法庭上做最后陈述之前，都会事先和辩护律师商量好，甚至有些辩护律师会帮被告人准备最后陈述的稿子。可是，高井律师并没有为北斗做这样的准备。

这个最后陈述，对北斗来说是完全自由的，自由得甚至让他心里一点底都没有。同时，这最后的陈述也像是赌上性命的走钢索。如果无意中说出一句对被害人或者被害人亲属不敬的话，就可能改变审判长、审判员以及陪审员对自己的看法，从而改变自己的命运。所以，不管再怎么忏悔、反省，只要稍有疏忽，就会让一切都化为乌有。

现在的北斗终于真正认清了自己处于被审判的立场上。不过，人就是一种愚蠢的生物，哪怕马上就可能被判处死刑，但人心里仍然希望自己看上去好看一点，不要显得太狼狈。虚荣心和自我展示的欲望，是永远也杀不死的怪物，一直潜伏于人的内心之中。即使杀了人之后，人的心里还是有自尊的成分。就连盼望着被判处死刑的北斗，也感觉眼前有一个深不见底的大裂缝，生怕自己掉下去。一旦开口，只要说错一句话，就有可能掉进那个无底深渊。

北斗闭上眼睛，又做了几次深呼吸。明日实的那句话还在头脑中盘旋。

(要活下去。)

那句话中，没有加任何修饰，没有告诉北斗到底该怎样活下去。努力活下去、不后悔地活下去，还是不给别人添麻烦地活下去？都没有说。也没有限定时间，是让北斗在审判中好好地活下去，还是判决后好好地活下去？就只有一句话：要活下去。

北斗睁开眼睛，在法庭中环视了一圈，这是那个他已经非常熟悉的地方法院的一间法庭。这个证人席，是连接未来的一个起点。而这个起点，也是他人生道路上的一个岔路口。明日实的那句话还死死缠着北斗不放。

(要活下去。)

北斗认为，这是让他在法庭审判中好好活着的信息。因为现在不好好地活，就不会有未来。今天不好好地活，明天就不会如期而至。对于现在的北斗来说，明日实的那句话就是这个意思。不管怎样，为了从现在开始好好地活，现在必须得说点什么。一直铁青着脸，不发一言的北斗，已经让旁听席上出现小声议论的声音，还引来了各种奇怪的眼神。北斗咳嗽了一声，清了清嗓子，然后像挤牙膏一样挤出了几句话：“首先……我要向被我杀害的饭冈佳惠女士和关本美野里小姐，以及她们的亲人谢罪。我做了一件无法挽回的、罪大恶极的事情。虽然道歉改变不了任何事情，但我还是要发自内心地说一句‘对不起’！”

北斗转身朝向他们，深深地鞠了一躬。他这一躬鞠了很长时间，不是为了追求某种效果，以赢得众人的谅解，而是北斗在心中默念着被害人的名字，再一次向她们道歉。现在的法庭异常寂静，只能听到记者用笔在纸上写字的沙沙声。法庭里每一个人的神经都处于紧绷状态。北斗直起腰来，身体转回证人席，继续说道：“刚才辩护人说不清楚我是否对自己的罪行做了认真的反省。我自己也知道自己的反省还不够，但我确实进行了深刻的反思。这段时间以来，没有一天我不会想到被害人和她们的亲人。不过，反省这项工作对我来说真的是很艰难……”

说这么一堆没有头绪的话好吗？北斗迷茫了，但不得不继续说下去。而法庭中的人似乎都忘记了呼吸，急切地等待着北斗接下来的话。北斗稍微改变了一下语调继续说道：“我曾经读过一本小说，书中一名法官对杀人犯说，每天反省还不够，必须要每时每刻都想着被害人，真诚地反省自己的罪行，用余生来悔改，争取重新做一个好人。”

突然说到小说中的事，会不会不太谨慎？因为北斗注意到，法庭里已经失去了之前的平静，不时传来人们咳嗽的声音、交头接耳的声音和调整姿势的声音。也许引用别人的话，听众们并不买账。

“被关押在拘留所的这一年时间中，我曾无数次尝试小说中那位法官所说的话，无时无刻不想着被我杀害的两个人。但是，从一开始我就知道，即使自己能做到这一点，也无法让死去的人再活过来，也不能减轻被害人亲属的悲伤。不过，我觉得作为一个杀人犯，我必须得反省，必须得忏悔。”

在单人拘留室中独自面壁的日子是非常难熬的。在那样的生活中，北斗得出一个结论，那就是：“虽然我拼命努力，想每时每刻都想着被害人，但是，没有哪一天在睡觉之前，我对自己一天的忏悔感到满意的。我想，这一定是因为我的心不够坚强吧。有的时候，强迫自己想着被害人，但时间不长，思想就会不自觉地溜号，想到其他事情上去了。在拘留所的运动场上放风时会这样，洗澡的时候会这样，晚餐时看到有一个小点心时也会这样。不知不觉就想起别的事情，当我反应过来的时候，发现自己已经把被害人抛到脑后了。我无法让自己的内心始终想着一件事情。无时无刻不忏悔，是一件非常艰辛的事情，像我这样的人实在难以做到。所以，对不起大家！”

北斗心里有些焦虑，他想，自己这样说会不会让大家觉得自己根本就没有反省呢？可是，从眼角的余光中，他似乎看见平冈审判长的下巴稍微向回收了几下。这可让北斗吃惊不小。虽然审判长的动作非常轻微，但他确实是在点头，对自己所说的话点头。这反倒让北斗慌了手脚。如果是无视或者拒绝的话，北斗倒是更为习惯。大人认真听自己说话，还会表示认同，这会让北斗不知所措。

“这个……我想说的是，真诚的反省对我来说做起来有些困难，到底怎么做才能更好地反省，现在我依然在努力尝试，希望找到更好的方法。我觉得我的反省还远远不够，而被害人的亲人肯定也对我恨之入骨，但是，就算这样也不能说我的心里没有一点忏悔之意。不能很好地将心里的抱歉、忏悔、反省表达出来，也许是我从小就不善于和人交往的原因吧。”

北斗发现，自己一直在说自己的事情，也许这样不太好。站在证人席前，北斗的头脑中一直萦绕着一个问题：自己到底想在这个法庭上对众人说点什么？经过这几天的审判，自己有什么样的感受要告诉大家？北斗隐约地感觉到，那种东西似乎已经触手可及，可就是还无法把握住它的形状，还没有办法把它用语言表达出来。

“在不算长的有生之年，最令我深受打击的事情就是绫子妈妈的死。我从来没有把亲生父母当作亲人看待。就像那个女人前几天在法庭上说的那样，我和她只有遗传基因上的关系。而我的养母近藤绫子太太，在我心中是我唯一的亲人。所以绫子妈妈因癌症去世的时候，我受到的打击非常大，就像全部内脏都被掏空了一样。我之所以那么执着于杀死生田友亲为绫子妈妈报仇，也是因为除此之外我不知道自己还能做点什么。绫子妈妈去世后，我生命中最美好的那部分也跟着死了。活下去的目的、未来……都没有了。我只想尽快结束这一切。我当时的感觉就是这样的。”

整个法庭又陷入了一片死寂。平冈审判长隔着眼镜看着手头的文件。而高井律师则向北斗点头示意，意思是：“很好，就按照这个感觉继续说下去。”

“饭冈佳惠女士对于她的儿子来说，也是一位母亲。关本美野里小姐有一天也会成为母亲吧。在我被审讯的过程中，了解了一些被害人亲属的事情，这个时候，我才真正意识到自己犯了一个永远无法挽回的恶劣错误，而且，已经不是错误那么简单，而是丧心病狂的、惨无人道的罪行。”

说到这儿，北斗吞了口口水，望着法官们所坐的那张高大得像寺庙供桌一样的审判席。审判席那茶色的木头纹路，恐怕在北斗的余生中都是难以忘记的。在这么多人面前诉说自己的心声，对北斗来说是一个不可思议的体验。就像把自己的内脏一样一样掏出来，擦干净上面的血液、淋巴液，然后展示在众人面前一样。北斗想象着依然冒着热气，还在跳动的鲜红色的心脏。

“我一直认为自己是一个没有价值的人，而我这个没有价值的人却杀害了两名没有任何罪过的女性。反正自己肯定会被判死刑，什么都无所谓了。审判什么的，也只不过是一种形式，我只希望早点对我执行死刑。被关在拘留所的每一天都很痛苦，我已经受够了，赶快做个了结吧！一开始我就是这么想的。但是，当我了解了被害人和她们的亲人之后，我的想法改变了。即使我终将被执行死刑，但也必须得进行反省和忏悔，不能再什么都无所谓了。我对别人的母亲、姐姐做了那么可怕、不可原谅的事情，我必须得谢罪。两个原本幸福的家庭，被我以无法修复的形式彻底摧毁了。饭冈佳惠女士的亲人、关本美野里小姐的亲人，在这里我要深深地对你们说一声对不起！我错了！”

北斗现在终于理解到，感情这种东西并不是独立存在的。随着自己的陈述，泪腺自然而然地分泌出了眼泪。但是，北斗是绝对不允许自己流下眼泪的。他几乎把全身的力气都用在了眼睛上，不让一滴泪水滚落下来。被害人的家属，是可以自由哭泣的。但是，作为加害者，为博得别人的怜悯、宽容而流泪，是绝对不允许的，这是北斗那些顽固的价值观之一。此时此刻，北斗还能够清醒地认识到自己的立场。

“刚才检察官和辩护人都谈到了我杀人是否有计划的问题，其实关于这一点，我自己也说不太清楚。我买了两把刀子，这是事实。为杀死生田友亲做了计划，这也是事实。但是，那天晚上情况发生了意想不到的变化。当时我听说生田友亲已经被警方盯上，随时都有被逮捕的可能，我就着急了。我想，如果错过今天这个机会，而生田友亲被逮捕的话，他很有可能因为诈骗罪被判处若干年的徒刑，那么，我就不知道何时才能杀死他报仇了。所以，必须得在今天下手。可是，当我进入生田波洞研究所，得知生田友亲被警察传唤走之后，才注意到研究所里还有饭冈佳惠女士和关本美野里护士两个人在。因为之前我的头脑中只有生田友亲一个人，所以根本没有考虑研究所里其他的工作人员。至少在制订杀死生田友亲的计划时，我没有想过要袭击其他任何人，这也是事实。如果当时饭冈佳惠女士没有发现我带着刀子的话，那么她和关本美野里小姐现在应该还活在世上。”

接触到波洞水是个偶然，刀子被发现也是个意外。但是，饭冈佳惠女士和关本美野里小姐的死也只是一个偶然吗？而手握刀子刺向她们的，确实是自己。自己只是出于偶然的冲动，用刀子杀死了她们两个，这样说对得起两名被害人和她们的家人吗？

“因为种种不幸的偶然叠加在一起，我在冲动的驱使下举起了刀子。对于当时残暴的行为，我是无论如何也无法挽回的，所以，不管我怎么反省、忏悔也是永远不够的。但是，如果说我是从一开始就计划杀死那两名被害人，我也是心存疑问的。如果我事先做好了周密的计划，那么最终的死者应该只有一个，那就是生田友亲。如果事情真是那样发展的，那该有多好啊！现在，我每天还会这样幻想。”

虽然只有一瞬间，但北斗还是禁不住沉醉于已经杀死生田友亲的幻想之中。如果是那样的话，自己肯定也会像现在一样在法庭中受审，但是绝对不会像现在这样深刻地反省自己。北斗幻想着自己昂首挺胸站在法庭中的样子，那时候，肯定不会对自己所做的事情或者说所犯下的罪行感到一丝歉疚。真是那样的话，审判也就简单了，按照法律来判刑就是了。自己只杀了一个生田友亲，手段也不会太残忍，所以应该不会被判死刑。而且，生田友亲是医疗欺诈案件的主谋，自己是医疗欺诈的受害者，这样的背景也对自己的量刑有利。那时候，北斗应该能够平静地听着审判长宣读判决结果吧。但是，事情如果那样发展的话，那么北斗在法庭上应该不会像现在这样深入反思自己的行为吧，也不会考虑被害人的亲属和自己的未来吧。如果当时只杀死生田友亲一个人的话，北斗应该会以一个杀人犯的身份，并且心里带着一些英雄情结度过余生吧。

接下来该说点什么呢？北斗盯着眼前证人席的木质花纹，思索着。

“假设，我是说假设，我被判处无期徒刑的话，那么，在服刑过程中我能不能转变成一个对社会有益的人，我没有自信。这和对自己罪行的反省、悔改程度没有关系，我是觉得自己缺乏人际交往的能力。如果被判无期徒刑，即使我结婚，三十年内也没法和妻子生活在一起，更不可能给她幸福。而且，为了不让我亲生父母的遗传基因再传播下去，我也不想生孩子。所以，对我来说，剩下的只有不知何时结束的监狱生活，而即使出狱，我要面对的也将是更加艰难的社会生活。因此，我现在的想法真是一天一变，甚至一天几变。有的时候我真觉得判我死刑，快点执行，对我来说是更好的出路。”

听到这儿，高井律师吃惊地睁大了眼睛看着北斗。北斗也听到身后的明日实叹了口气。记者们写字的时候也许太用力，所以笔在纸上快速行走的声音就像无数条虫子啃青菜时发出的声音。

“虽然有时我会想一死了之，但有时也会觉得活下去反省自己的罪行，深刻地思考人生更好，虽然活下去对我来说更加艰难。不管哪条路，对我来说都是没有幸福可言的。我不会有普通的生活、普通的家庭和普通的亲人，更不会有真正的工作。所以，不管是死刑，还是无期徒刑，都不能改变我一无所有的人生。”

北斗稍微感到一点安心。因为自己没有说出“我要活着赎罪”这句话。对于大多数即将被判处死刑的被告人来说，这句话几乎成了必不可少的台词。那只不过是一句粗浅的辩解，因为自己没说，所以北斗才感到安心。在法庭的最后陈述中，北斗依然坚守着自己的那份矜持。北斗心想，应该差不多了吧，这样就可以结束了吧。只要自己向被害人和她们的亲人再诚恳地道歉一次，就可以坐回到被告席了吧。可是，想到这儿的时候，北斗的嘴里竟然不自觉地冒出了一席令自己意想不到的话。这席话就像一条透明的鱼，从他的嘴里游了出来。

“我存在于这个世界的二十一年，是我空空如也的人生。生来没有经历过任何一件好事。一无所有、一无所成、一无所感的我，却杀死了两位原本幸福的女性。对于被害人，我只有发自内心的抱歉。可是，我那么执着地要杀死生田友亲，到底是为了什么呢？”

北斗还是第一次思考这个问题。这一年多一点的时间，对生田友亲的仇恨和必须报仇的念头在北斗心中无比明确，没有任何疑问。而报仇的理由只有一个，就是养母绫子太太在临死之前点头同意了的，自己已经发誓要完成她的遗愿。北斗对刚才自己提出的疑问深感震惊，同时，他继续说道：“我是一个没用的孩子。不值得被绫子妈妈爱。我是一个不应该来到这个世界的多余的人。可是，对于这样的我，世界上却有一个人愿意接纳我、认可我、爱我。那就是绫子妈妈。你就按照你本来的样子生活下去就好了，这样对我说的人，只有绫子妈妈一个人。所以，当绫子妈妈因癌症去世的时候，我想做点什么来报答她的恩情。即使做这件事可能让我变成一个零，或者被判死刑什么的都无所谓。为了洗清绫子妈妈的悔恨，什么事我都愿意做。这就是我想袭击生田友亲的动机，可没想到的是，结果却杀死了两名无辜的女性。本来是一个零、毫无价值的我，现在变成了被无数人憎恨的、负数的生物。”

负数，是不存在的东西。负数的人，也就不应该活在这个世界上。这个念头在北斗头脑中闪过。他接着说道：“绫子妈妈去世后，为她报仇的念头可能是支撑我活下去的唯一动力。但是，如果像高井律师说的那样，我和绫子妈妈关于复仇的约定只不过是我的错觉的话，那我真的是追悔莫及。在我眼里，绫子妈妈点头同意，只不过是她在临终前因为呼吸困难而频频用嘴呼吸的动作吗？难道绫子妈妈一点想复仇的意思都没有吗？这件事情太恐怖了，以至于这种种可能性至今我都不敢深入地去想。如果这一切都仅仅是我的错觉和误解，那么，因为我的错觉和误解夺去了两个无辜的人的宝贵生命，我是绝对不可饶恕的，就连我自己都无法饶恕自己。”

法庭中异常安静，所有人都竖着耳朵倾听着。说着说着，北斗只感觉浑身发冷，似乎手指尖都在向外冒寒气。但是，嘴里的语言却停不下来。就像风暴到来前夕的海岸，北斗的语言翻滚着，卷起白色的浪花，一浪高过一浪。

“我那么执着于报仇，其中真正的原因是什么呢？我究竟想为绫子妈妈做些什么呢？”

咦？好像哪里出了错。自己原本想说的，并不是这个。北斗暂时切断了语言，开始向自己的内心深处挖掘。这时，明日实的那句话清晰地出现在北斗的脑海里。就像一个扩音器直接安装在了大脑里。就像明日实通过扩音器对北斗说，虽然这只是北斗的错觉，但也未免太过清晰了吧。

(要活下去。)

对！不能让自己的心先死掉！如果现在不好好地活着，真实地活着，那么，不管最后得到什么样的判决结果，自己肯定都会后悔的。北斗再次开始陈述，但这次他的声音却有些沙哑。

“是我弄错了。不是我想为绫子妈妈做点什么，而是从内心里希望绫子妈妈让我为她做点什么。在这个世界上，只有绫子妈妈一个人能让我这样想、这样做。而这样的一个人正在我的眼前慢慢地死去。”

咔嚓一声，北斗确实听见了自己的心脏纵向裂开的声音。当他意识到的时候，发现自己的眼泪已经不争气地滚落下来，并滴在证人席的小桌子上。作为加害者的矜持，瞬间就蒸发了，北斗第一次在法庭审判中哭了出来。

“……我……我只想紧紧抱住绫子妈妈……我希望绫子妈妈爱我，希望她紧紧抱住我，对我说：‘我爱你！孩子。你是我的儿子……你是我唯一的儿子，不可替代的儿子……我非常爱你，不管你做了什么，好事还是坏事，你都是我的儿子……’”

北斗已经没有办法继续说下去。他死死抓住证人席小桌子的边沿，就像抓住救命稻草一样，否则，他的膝盖无法支撑身体的重量，整个人肯定会瘫倒下来。二十一年，虽然不长，但也不算短，在至今的人生中，北斗还是头一次说出这样的话来。北斗从小就懂得，这么恐怖的事情是不能说出口的。想被人爱的话，简直就是一句咒语。这种话只要一说出口，立刻会遭到一顿毒打。北斗就生在一个没有关爱，也不允许要求关爱的家庭中。在这个可能判处自己死刑的法庭上，北斗第一次把内心深处的愿望化作语言说了出来，这算不算一种奢侈的行为？而自己的愿望是不是一个奢侈的愿望？北斗不清楚。当他抬起头的时候，他发现高井律师和几名陪审员都在落泪。旁听席上也能听到哭泣的声音。这是为什么呢？难道自己说的是一个悲伤的话题吗？北斗陷入了混乱之中。

“对不起！我的情绪有点混乱了。”

北斗用白衬衫的袖口擦了擦眼泪，他立刻感觉袖子变得很沉重，也许是吸了太多泪水的缘故吧。

“我也清楚，要把杀死两个无辜的人的理由，归结为我想再次拥抱绫子妈妈，这也未免太过儿戏了。要说我这是幼稚、撒娇，我想应该也没错。但是，当绫子妈妈离开人世的时候，我感觉到的绝望是真实存在的，我想以后只能自己一个人活下去了，不会再有人爱我了。那是一种深不见底的绝望。我人生中最美好的时光，已经随着绫子妈妈的死，彻底终结了。”

北斗二十岁以后的人生，就可以成为“余生”了，真是令人唏嘘。虽然不知道他剩下的人生还有多长，但肯定是要背负着罪过活下去了。

“最后，我要对饭冈佳惠女士及其家人、关本美野里小姐及其家人，再一次谢罪！我是一个没有任何价值的人，又做出了无法挽回的残忍暴行。对不起！虽然我知道道歉也不能改变什么，但我还是要真诚地说声，对不起！”

北斗转过身，朝旁听席上受害人的亲属深深地弯下了腰。饭冈佳惠的丈夫和儿子把脸扭向一旁不看北斗。丈夫的怀里还抱着饭冈佳惠的遗像。关本美野里的外婆和妹妹，则一直盯着北斗。她们两人眼圈发红，脸上还有泪痕。北斗就那样弯着腰低着头，任凭眼泪一颗一颗地往下掉。

这时，平冈审判长用和当前气氛不太协调的轻飘飘的语气说道：“被告人，你把心里的话都说出来了吗？还有什么想说的吗？”

北斗转过身来，面对证人席的小桌子，仰望着审判长说：“没有了。”

虽然发言的时间不长，但现在的北斗头脑中异常混乱，竟然还流着眼泪。北斗很想确信，这绝不是自我陶醉、自我同情的眼泪。此时，在北斗的心中，与羞愧相比，另一种感情占据了上风，那是一种爽快的心情。在那么多人面前把自己的内心完全展现出来，他竟然并没有感觉到尴尬或后悔。难道是因为自己在做法庭陈述吗？在这种特殊情况下，自己的感知和平时就会不同吗？不管怎么样，北斗只感觉在这个午后的法庭中，空气都要比以前干净，天井似乎也比以前高了一些。

“好的。那么，被告人的最后陈述就到此结束了。被告人请回到被告席。现在休庭。接下来，陪审员继续参加合议。”

北斗瞟了一眼墙上的挂钟，下午三点刚过一点。平冈审判长继续说道：“因为明天上午审判员和陪审员要进行最终合议。所以，下午一点钟准时开庭，届时将宣布审判结果。今天的审判就到这里了，大家辛苦了！”

之前，法庭中每个人的神经都像绷紧的弓弦一般，现在松懈下来，法庭中又开始躁动起来。回到被告席的北斗被戴上了手铐，绑上了腰绳。北斗扭头朝旁听席望去，只见明日实在用力朝自己点头。北斗悄无声息地用口型对明日实说了几个字。

（要活下去。谢谢你！）

如果当初没有明日实的这句话，恐怕北斗今天的最终陈述也会以失败告终。北斗想到了自己那执拗的自尊心以及无法相信别人的心理倾向。

旁听席上的听众已经纷纷走出了法庭。而两名被害人的亲属，则被记者们围在当中，不停地问这问那。

“走吧！”拘留所的警卫站起身来，北斗跟在警卫身后准备离开法庭。在经过辩护人席的时候，高井律师小声对北斗说了一句：“干得好！北斗。”

北斗感觉现在的气氛有点尴尬。因为在他的心中从没想过为自己减刑而辩护。刚才，他也只是把自己的忏悔和内心深处隐藏的心声说了出来而已。至于忏悔、谢罪，这也是人之常情，必须得说的话。但是，后面竟然把自己的真心话都说了出来，这让北斗自己都感到震惊，因为事先根本就没想过说这些，而且即使想说，他也不知道怎么说出口。可没想到就那么一气呵成地说了出来。他并没想过博得别人的同情或借此减刑什么的。

北斗朝高井律师轻轻地摇了摇头，然后随着警卫走出了明亮的法庭。

距离决定北斗最终的命运只剩一天时间了。

因为今天下午的审判结束得比较早，所以北斗回到拘留所后，还能赶上晚饭时间。

今天的晚饭有煮沙丁鱼、豆芽菜炒鸡蛋、拌黄瓜、酱油拌裙带菜加葱花，主食还是大米饭。在拘留所中的这普通一餐，却让北斗终生难忘。唯一遗憾的是，今天不是洗澡的日子。北斗真想好好地洗个澡，把头发和身体都清洗干净，明天好利利索索地站在法庭上听审判长宣读判决结果。

北斗吃完晚饭，刚放下餐具，门上的小窗就打开了。透过小窗，看守对北斗说道："计划有变，今天晚饭后可以洗澡。赶快做好洗澡的准备。"

拘留所，是一个以"规则"为原动力运转的地方。只要没有特殊情况，是不会轻易改变日程表的。北斗心里乱猜，难道是因为考虑到自己明天要接受最后的判决，所以拘留所才调整洗澡时间，让自己有机会把自己洗干净吗？北斗并不觉得自己是一个多么重要的被拘留者，在拘留所的这段时间也没有受到过什么特殊的照顾，但是，不管那么多了，只要今天能洗澡，北斗就开心得不得了。

太阳还没有落山就可以洗澡，对于这个拘留所中的所有人来说，都显得不同寻常。北斗和大多数日本人一样，几乎每天都要洗澡。所以，在狭小的拘留室中虽然倍感孤独，但比那孤独更难熬的是夏天也不能天天洗澡。而且，每周只能洗两次。三天才能洗一次澡，这种痛苦的生活北斗真是受够了，他宁愿用一整天不吃饭为条件多换一次洗澡的机会。先把头发和身体洗干净，然后泡在那冒着热气的浴缸中，简直是天底下最舒服的事情。

这个傍晚，洗澡时间只有短短的十五分钟。北斗机械而快速地清洗着头发和身体，然后又给头发抹了一次洗发水。在拘留室的洗澡间，是禁止交谈的，所以大家只能默默地清洗着自己。背上有大面积文身的人，在这个拘留所中占了一半左右。看惯了那些恐怖的日式传统文身图案，北斗对那些文身大汉，也没什么特殊的感觉。

进入拘留所浴室的浴池后，北斗迅速地把自己的身体泡进热水中，只将脑袋露在外面。他望着天花板上的天窗发呆。夕阳的余晖把天窗的玻璃染成了橙色。北斗心想，自己已经没什么可后悔的了。至少在法庭上，自己已经把能做的一切都做了。这时，一股强烈的幸福感冷不防地袭上北斗的心头。现在看见这道斜阳的人，在全日本应该有数十万、上百万人吧。自己虽然身陷囹圄，但那份幸福感绝对不输给任何一个自由地欣赏这道斜阳的人。北斗想起了小时候的星期日。那个时期，每个星期日的下午独自一人欣赏夕阳，是一个星期中最为安心的时间。独自一人欣赏夕阳当然略显孤单，但是，在那个“特等席”上，伴着西下的夕阳，看着像世界末日般的一天结束了，对当时的北斗来说，是一种莫大的幸福。那个流着眼泪希望得到别人的关爱、希望被人紧紧拥抱的孩子，至今还活在北斗的心中。

但是，北斗的幸福感从来都不会持续太久。之前会见时，高井律师的一席话又在北斗心中出现了。

（宣布判决结果的时候，如果审判长先读正文，那么肯定是死刑。）

即使被泡在温热的洗澡水中，想起这句话的时候，北斗还是起了一身鸡皮疙瘩。这是宣读判决的一个技巧，如果首先宣布死刑判决的话，那么被告人肯定没有心情再听后面的判决理由了。所以，除了死刑之外，包括无期徒刑在内的其他判决结果，都会先宣布判决结果，再宣读审判理由。只有宣布死刑判决结果的时候，顺序是颠倒过来的。

北斗哆哆嗦嗦地从温热的洗澡水中出来，视线不与任何人交接，一个人默默地穿上了衣服。

拘留所中规定每天早晨七点起床。

随着天亮，北斗也醒了过来。刚一睁眼，虽然四周一片寂静，而且头脑尚未完全清醒，但北斗已经感觉到身体里有一股难以抑制的兴奋。虽然这间单人拘留室中没有窗户，但根据室内的空气北斗也能判断出，今天外面是个晴天。春天早晨的新鲜空气，充满了这间四四方方的小房间。起床时间到来之前就爬出被窝，或起床之后在室内行走，在拘留所中都是禁止的。北斗只能躺在小床上竖着耳朵倾听，虽然是在大都市中，但偶尔也能听到外面鸟儿的鸣叫声。北斗心想，如果有朝一日能够走出这间拘留室的话，一定要设法查一下外面鸣叫的是什么鸟。

已经临近七点钟，但走廊里还是异常安静。要是放在平时的话，七点整拘留所的看守就会逐个房间地通知大家起床。早晨的点名过后，很快就会送来早餐。所以，每天的这个时候，外面已经传来了各种各样的骚动声。但今天却奇怪了，都已经过了七点钟，可还不见看守来喊大家起床。

结果，七点十五分，看守才从小窗中露面了。

“因为有特殊情况，今天的早餐推迟十五分钟。”

起床和早餐的时间竟然延后了，在拘留所里的一年时间中，北斗还是头一次遇到这种情况，他不知道其中的原因。但是，北斗注意到，小窗中那位看上去比自己年长十多岁的看守，脸上的表情要比往日严肃。拘留所里到底发生了什么事情呢？北斗怀着一丝不安接过了看守递进来的早餐，然后开始安静地吃饭。这时，从一间五人拘留室中传来了一个中年男人的声音，他说：“今天有人要被吊死了。”

今天早晨出现各种异常情况的原因原来是这个。

在这座神奈川拘留所中，现在，正在为某个囚犯执行死刑。

了解到这一情况之后，北斗受到了很大的刺激。现在北斗回想起来，刚才看守那严肃的表情，肯定也是同一个原因。

北斗停下了筷子，食欲也瞬间消失得无影无踪了。作为一般的被拘留者，北斗没有机会见到那个死囚。死囚在被执行死刑之前，在监狱中都会受到特殊的对待，会被单独隔离起来。在对死囚执行死刑之前，监狱方面必须得保证让死囚好好地活着。如果死囚自杀了，那么监狱的管理者是要被追究责任的。

北斗想象着那个不曾谋面的死囚的脸。接着，北斗又想到了一个人头戴黑布套，被一根粗粗的绳索套在脖子上，脚下的踏板突然一撤，那人挣扎几下之后就变成了一具直挺挺、硬邦邦的尸体的情形。今天早晨，想必那个死囚在得到死刑执行通知以前，还认为自己能够继续活下去吧。马上就要迎来夏天了。那个死囚应该会一边抱怨拘留室中的炎热，一边享受活着的日子吧。北斗面对着吃了一半的早餐，想象着夏季那湛蓝的天空，以及天空中飘浮的几大团白云。可是突然，那湛蓝的天空中裂开一个口子，从口子里垂下一根很粗的绳套来。

此刻的北斗，对于死刑的感觉和以前在电视上看到的有关执行死刑的新闻可大不相同，毕竟就在同一座建筑物中，现在就有一个死囚正等待着对自己执行死刑，也许他现在已经被吊死了。那份真实感和迫切感，让北斗的身体都出现了反应，内心也跟着颤抖起来。

因为不管怎么说，今天下午，北斗自己也有被判处死刑的可能性，而且这个可能性相当大。

这可不是看别人被执行死刑那么简单了。很有可能在不久的将来也会发生在自己身上。北斗以前调查过，从被判处死刑到执行死刑，死囚犯平均要被监禁七至八年。

在长达七八年的岁月中，没有一天不会为死刑而感到恐惧，那将是怎样的一种生活？作为死囚，每天早晨都在恐惧中醒来，担心自己能不能活过今天。因为死刑都是在早晨执行，所以只要躲过了早晨，就可以再苟活一天了。北斗放下手中的筷子，身子筛糠般地发抖。没有任何宗教信仰的北斗，也不自觉地双手合十，祈祷着什么。他是在为今天被执行死刑的死囚祈祷，希望他内心平静地死去。

签署死刑执行命令的，肯定是那位刚上任的女法务大臣。因为前任防卫大臣和法务大臣能力不足，以及在公开场合发表不当言论，内阁总理大臣对内阁进行了小规模的改革，任命了新的防卫大臣和法务大臣。新法务大臣上任后，就签署了死刑执行命令。今天早晨全国一共有三名死囚被执行死刑。

第一个叫成濑英行（三十三岁）。七年前，他突然辞去了自己在信用银行的工作。第二天他租了一辆汽车，冲进了仙台市内的一家大型购物中心。在撞飞多名路人之后，他又下车持刀行凶。手持两把菜刀对路人疯狂砍杀，制造了一起共有五人死亡、多人受伤的恶性案件。今天对他执行死刑的是仙台监狱。

第二个叫富泽修（四十七岁）。他曾经是一名汽车修理工，二十六岁那年强暴了一名女大学生，并将其掐死。被判处有期徒刑十八年。出狱后，又强暴了一名购物归来的家庭主妇，事后还将其杀害。今天对他执行死刑的是广岛监狱。

第三个叫安川秀则（五十三岁）。他是一名个体经营者。曾经先后收养了三名年轻的养子女，并为他们购买了高额的人身保险。然后，通过伪装汽车事故等意外状况，将三名养子女先后杀害。前两次成功地从保险公司骗得了巨额保险金。但是，第三次引起了保险公司的怀疑，并向神奈川县警察局报了警，从而被发现。今天对他执行死刑的是神奈川拘留所，也正是北斗被关押的地方。

本来今天上午有三十分钟的户外锻炼时间，但也因为执行死刑而被取消了。

拘留所中异常安静。这座混凝土建筑就像一个巨大的坟墓。里面的人，不管是囚犯还是看守，说话时都有意压低了声音。人的死亡，就是拥有一种能够制造出寂静的力量。尽管死者是一个杀人骗取保险金的恶劣罪犯，他的死，同样具有非同一般的力量。

北斗穿上白色新衬衣，外面罩上黑色夹克衫，然后随警卫乘上了移送警车。手腕上戴着手铐，腰上系着腰绳，被两名警卫夹在中间，这种不自在的状态北斗早已习惯。

从神奈川拘留所到横滨市地方法院，只需要几分钟的车程。但这段时间却是北斗最为开心的时光，能看到在春光明媚的街道上，人来人往，异常热闹。有用不耐烦的目光盯着红色信号灯着急过马路的公司职员，也有吃过午饭有说有笑往公司走的OL，还有总是一副懒懒散散好像青春永远用不完的大学生们……从高楼大厦的缝隙间看到的一点点蓝天、街边已经长出绿叶的银杏树，在北斗眼里都是美不胜收的春色。

今天下午，漫长的审判结束之后，自己恐怕就难有机会像现在这样乘警车外出了。所以，北斗透过车窗窗帘的缝隙，拼命地望着外面自由的街道，好像要把这一切都装进自己的眼睛里，生怕错过什么似的。

“好，现在开庭！”

平冈审判长对着法庭的空中说道，这句话不是对某个人说的，而是对法庭中的所有人说的。他的语气，还和往常一样轻描淡写。北斗看了一眼墙上的挂钟，时间是下午一点过两分。警卫帮北斗取下了手铐，他先用目光向高井律师和旁听席上的明日实行了一个注目礼，然后向被害人的亲属深深地低下了头。礼数算是周到了吧，北斗心想应该没有什么遗漏的了。再看看审判长、审判员和陪审员，从他们的表情上，看不出审判的结果是什么。

“那么，请被告人移步到证人席。”

在北斗的头脑中，依然回荡着早晨有死囚被执行死刑的冲击波。从被告席走向证人席的距离，就像走向行刑室的距离，漫长而又充满恐惧。

“是！”

北斗好不容易抑制住了双腿的颤抖，一步一步地接近了证人席。“先读审判理由就是死刑。”“先读审判理由就是死刑。”“死刑！”“死刑！”同一句话就像飘落的枯叶一般，一片一片地落到北斗的内心最深处。可没想到的是，平冈审判长竟然说了一句出乎任何人意料的话：“在我宣读判决结果之前，给被告人一个特别许可。被告人，最后你还有什么想说的话吗？”

旁听席顿时躁动起来。高井律师的脸色都变了，他目不转睛地盯着审判长，想看看到底发生了什么事情。北斗也一时无法反应过来，愣在了那里。都已经到了现在这个地步，难道自己还有什么话没说吗？

“你可慢慢地考虑一下，因为今天是审判的最后一天了。”

审判长无法读出北斗内心所想的表情和声音，对他轻轻地说道。

北斗心想，能遇到这样的审判长，真是自己的幸运啊。这样想着，语言也就自然地涌到了嘴边：“饭冈佳惠女士及家人、关本美野里小姐及家人，在这里，我要再一次发自内心地向你们道歉！对不起！接下来，我还要对参与本案审判的审判长、审判员、陪审员等，表示由衷的感谢。我本是一个毫无价值的人，可你们竟然愿意拿出五天的宝贵时间来审理我这个案子，我真的是非常感谢！谢谢你们！”

北斗先是转向了旁听席，朝被害人亲属深深地鞠了一躬，然后又转回身朝审判席行了一礼。

“我……”

北斗心中的另一个自己大声喊道，都到这个时候了，就没必要再装酷耍帅了，把心里的话都说出来吧。确实，北斗心里还有一件事，那是今天早晨醒来时，听着外面的鸟叫声做出的一个决定。

“……今天不管对我做出什么样的判决，我都不准备上诉。”

听到这话，高井律师手中的文件夹不小心掉在了桌子上，嘴里还不自觉地小声嘀咕道：“又没人问你要不要上诉！”

右陪席审判员发话了：“安静！”

平冈审判长的老花镜已经滑落到了鼻尖，他的视线从眼镜上方直接射到北斗脸上，然后开口道：“被告人的决心我已经了解了。但是，上诉是被告人的权利，你还是和辩护人好好商量之后再做决定。”

审判长咳嗽了一声，只有一声，就像魔法一样让整个法庭里的气氛为之一变。所有人都把精神集中起来，等待着审判长接下来的话。

“那么接下来，我就开始宣读判决结果。”

平冈审判长认真地盯着北斗，他眼中的那道光芒到底代表着什么含义呢？这个人手里拿的文件中，就写着北斗的生死。平冈审判长停顿了一会儿，这在整个法庭审判中是不多见的。然后用他特有的平静语气开口说道：“我最后宣读审判结果。”

最后宣读审判结果！死刑！北斗全身的血液立刻沙化了，并嗖嗖地从头顶快速流到脚尖，从脚尖泄漏出了身体。北斗知道，自己的脸肯定已经苍白得毫无血色。失血过多而死，应该就是现在这种感觉吧。高井律师坐在那里也仿佛变成了一尊石像，全身变得僵硬，甚至连扭头看北斗的力气也没有了。旁听席又开始躁动起来。有些报社的记者为了抢先报道北斗被判死刑的新闻，已经冲出了法庭去打电话。

“判决理由比较长，被告人可以回到被告席坐下听。”

北斗双手死死地抓着证人席那张小桌子的边沿，支撑着身体以不让自己瘫倒在地。对于北斗来说，这张小桌子已经不知多少次担任救命稻草的角色了。

“……我站在这里听……也可以。”

“好吧，那请你认真地听好。”

平冈审判长的视线在北斗身上停留了一会儿，然后落回了手头的文件上。他开始用较快的语速朗读起来：“本案为平成 ×× 年四月二十五日，当时刚满二十岁的被告人端爪北斗进入位于横滨市内的生田波洞研究所内，用事先准备好的刀子杀害了该研究所的事务员——当时五十六岁的饭冈佳惠，随后又杀害了该研究所的护士——当时二十七岁的关本美野里……”

不知不觉地，北斗的心思从审判长朗读的判决理由中脱离了出来。他铁青着脸呆呆地盯着审判席那张巨大桌子的木纹，任凭平冈审判长的话像冰水一样淋在自己头上。审判长朗读的判决理由中还包含了北斗的成长经历以及养母近藤绫子太太，这一部分就像是北斗前半生的传记。

“被告人也是波洞水医疗欺诈案的受害人，从这个角度来说，被告人有一定值得同情的地方。但是，由于他冲动的复仇行为，结果造成两名无辜的女性被杀害，这种残忍的暴行是不可原谅的。不过，对于两名被害人，我们判断被告人并没有明确的杀意，也没有充分的计划。”

不知为什么，北斗想起了单人拘留室。那个狭小的混凝土长方形箱子，将成为自己度过余生的栖息之所吗？自己可能就要在那个“小箱子”里等待那个早晨——死刑执行日的到来。在那一天到来之前，自己还能迎来几个夏天呢？

“被告人所犯的罪行不仅给被害人及其亲属带来了无法弥补的伤害，也给社会造成了极大的冲击，给一般市民带来巨大的精神不安。从被害人亲属的悲痛心情考虑，被告人没有值得同情的余地。但是……”

平冈审判长从判决文件上抬起了头，望着北斗说：“请被告人仔细听！”

北斗默默地点了点头，没有出声回答。因为他感觉喉咙里好像上了把锁一样。平冈审判长的声音中，似乎增加了热量。他接着说道：“但是，被告人只有二十一岁，还很年轻，而且他已经表现出了真诚的反省和悔改之意。未来的学费都被医疗欺诈骗光了，这一点也值得同情。被告人还引用了某部小说中一位法官对被告人的话，‘必须要每时每刻都想着被害人，真诚地反省自己的罪行，用余生来悔改，争取重新做一个好人’。被告人曾经尝试过，但他觉得自己很难做到。在这里，本庭要求被告人继续挑战，一定要做到时刻不忘反省、忏悔自己的罪行。用自己的余生记住被害人的悲惨，感受被害人亲属心中的悲痛。”

读到这里，平冈审判长停了下来，他用和蔼的目光看着北斗。

“而且，我期待你有一天改过自新，重新做人，成为一个对社会有用的人。”

这个人到底在说些什么？不是已经判我死刑了吗？重新做人、对社会有用，这是一个死囚犯能够做到的吗？北斗疑惑了。接下来，平冈审判长的一句话在北斗心中像一个霹雳。

“下面，宣布判决结果。”

这一刻将永远铭刻在北斗心中。北斗仰起头，望着审判席上的审判长、陪席审判员，以及旁边的陪审员。他挺直了脊背，做好了迎接暴风骤雨的准备，以防被死刑的压力压垮。

“本庭宣布，判处被告人无期徒刑。”

到底发生了什么事？北斗的思维陷入了混乱。高井律师的脸涨得通红，双手紧紧地握成拳头。刚才完全陷入真空状态的法庭，终于可以喘口气了。只听见旁听席上已经传出了各种声音，有叹息声，有大口喘气的声音，有交头接耳的声音，还有人走动的声音。刚才没有出去的记者，这次都跑了出去，因为他们要把北斗没有被判死刑，而是被判无期徒刑的消息以最快的速度发出去。“为什么?!”饭冈佳惠的丈夫失望地叫出声来。

生命就是血，就是血液本身。北斗用亲身感受理解了这句话。

当平冈审判长宣布先读判决理由的时候，北斗确信自己已经被判死刑，当时他体内的血液瞬间干涸成沙子，并从足尖泄漏出身体。可是现在，血液又变成了有温度的液体，回到了血管里。刚才麻木的脚趾、手指，现在开始出现刺痛、刺痒的感觉，那应该是血液流通、刺激神经的感觉吧。

“被告人请回到被告席。如果需要上诉的话，请在两周之内提出。现在闭庭。”

和宣布开庭的时候一样，现在干净利索地闭庭了。对于审判长来说，这只不过是他审理的无数案件中的一件罢了。审判开始，审判结束，这就是审判长常年的工作状态。北斗仍然站在证人席，低着头。他知道这样很难看，但眼泪还是不争气地往外溢。他尽量调整着呼吸，不让自己泣不成声，说：“谢谢！”

和蔼地望了北斗一眼之后，平冈审判长走出了法庭。左右陪席的审判员也跟着走了出去。陪审员、候补陪审员也排着队从侧面的专用出口离开了法庭。

警卫走到了北斗身边，北斗条件反射式地伸出了双手，等冰冷的手铐落在手腕上。这时，高井律师对北斗说道：“太好了。刚才你说不打算上诉的时候，我吓了一跳。审判长说先读判决理由的时候，我也快被吓死了。”

今天警卫也格外宽容，故意留给北斗和律师对话的时间。可是北斗只能对着高井律师默默地点点头。除此之外，他还能做什么呢？站在证人席上听审判长宣读判决结果的这三十分钟里，他就像经历了生与死的轮回，这已经耗尽了他所有体力和精力。

“我还是第一次遇到这种情况。虽然听说以前也发生过，但先宣读判决理由，后宣布判决结果而不是死刑的例子，真的是太少见了。虽然判了你无期徒刑，但毕竟你杀害了两个人，审判长这样颠倒顺序宣读判决结果，意思就是让你进行深刻的反省和忏悔。他的水平还真是高啊！宣读判决结果都如此有艺术性，利用死亡。真是让人颤抖的艺术。”

自己真的想死吗？北斗回想起了刚才自己最接近死亡的时刻。他看了一眼已经空无一人的证人席，北斗似乎看见了一道光芒，在整个法庭中只有那一道光芒，正好照在证人席上。那是上天的眷顾吗？而此时，森永检察官还没有离开法庭，正和上司小声商量着什么。从这个判决结果来看，是检方输了这场官司。他们提起上诉的可能性还很大。

“北斗！”

旁听席上传来了明日实的呼喊声。北斗扭头望去，只见明日实一只手撑在旁听席的栅栏上，另一只手使劲朝自己挥舞着，看那架势好像要翻过栏杆冲过来似的。她哭泣着，也欢呼着。看着流着泪的明日实，北斗刚刚止住的眼泪又如泉水般涌了出来。

“……太好啦！”明日实呼喊道。

北斗依然说不出话来，他只能用点头来回答明日实。

“好，我们走吧。”

手牵腰绳的警卫在北斗耳边说道。北斗又看了看旁听席上被记者们围住的被害人亲属，然后朝他们最后一次深深地鞠了一躬。关本美野里的妹妹看见了北斗，默默地点头朝他还礼。北斗小声说了一句：

“谢谢！”

这句话是对关本美野里的妹妹说的，也是对所有人说的。

三名警卫前后夹着北斗走出了法庭。下午的日光透过走廊上的大窗户，斜射进来。那菱形的光影，指引着北斗前进的方向。法院的大楼中，也充满了略带海潮咸味的春天的温暖空气。现在这个时候，大海应该正张开它那无限宽广的胸怀，翻卷着波涛朝海岸涌来吧。

北斗停住了脚步，深深地吸了一口这春天的空气，然后才慢慢地迈开脚步，不再回头地向前走去。

文治
磨铁图书旗下子品牌

更好的阅读

出 品 人 沈浩波
特约监制 潘 良 于 北
产品经理 刘 烁 烨 伊
特约编辑 栩 栩
版权支持 冷 婷 郎彤童 李泽芳
装帧设计 609工坊

关注我们

官方微博：@文治图书
官方豆瓣：文治图书
联系我们：wenzhibooks@xiron.net.cn

图书在版编目(CIP)数据

陨落的星星 /（日）石田衣良著 ；郭勇译. --广州 ：花城出版社，2022.5

ISBN 978-7-5360-9552-6

Ⅰ. ①陨… Ⅱ. ①石… ②郭… Ⅲ. ①长篇小说－日本－现代 Ⅳ. ①I313.45

中国版本图书馆CIP数据核字(2022)第023654号

合同版权登记号：图字 19−2021−243号

出 版 人：张　懿
责任编辑：蔡　宇　欧阳佳子
特约监制：潘　良　于　北
产品经理：刘　烁　烨　伊
特约编辑：栩　栩
版权支持：冷　婷　郎彤童　李泽芳
营销支持：金　颖
技术编辑：薛伟民　林佳莹
封面设计：609 工坊

书　　名	陨落的星星 YUN LUO DE XING XING
出版发行	花城出版社 （广州市环市东路水荫路 11 号）
经　　销	全国新华书店
印　　刷	嘉业印刷（天津）有限公司
开　　本	880 毫米 × 1230 毫米　32 开
印　　张	16.25　2 插页
字　　数	412,000 字
版　　次	2022 年 5 月第 1 版　2022 年 5 月第 1 次印刷
定　　价	59.80 元

购书热线：020-37604658　37602954
欢迎登录花城出版社网站：http://www.fcph.com.cn